贾其敏　著

吴家坪的春

敦煌文艺出版社

图书在版编目（CIP）数据

吴家坪的春 / 贾其敏著. -- 兰州 : 敦煌文艺出版社, 2022. 8
ISBN 978-7-5468-2209-9

Ⅰ. ①吴… Ⅱ. ①贾… Ⅲ. ①长篇小说－中国－当代 Ⅳ. ①I247. 5

中国版本图书馆CIP数据核字(2022)第149641号

吴家坪的春
贾其敏 著

责任编辑：余 琰
封面题字：万应晖
装帧设计：陈 珂

敦煌文艺出版社出版、发行
地址：（730030）兰州市城关区曹家巷1号新闻出版大厦
邮箱：dunhuangwenyi1958@163.com
0931-2131552（编辑部）
0931-8773112 0931-2131387（发行部）

三河市金兆印刷装订有限公司印刷
开本 710 毫米 ×1020 毫米 1/16 印张 29.5 插页 2 字数 520 千
2023 年 5 月第 1 版 2023 年 5 月第 1 次印刷

ISBN 978-7-5468-2209-9
定价：88.00 元

引　子

吴国民蹲在自家的院畔上，像一尊雕塑，出神地望着远处的山梁。

已经是春天了，大地已经解冻，白云不似冬天的沉重，已由灰白变得通透。沿着村子东边的路上，一些大型机械设备轰隆隆地往上爬，“突突”冒出的浓烟越过山梁，与远处的白云连接在一起。

吴国民摸出洋火，点燃一根烟，站起身来，长久地蹲坐让他的腿一阵麻木，他稍微停顿了一下，自言自语，“老了，老了，到底是老了，该是年轻人的天下喽。”

“咋了，吴家爷，好死不如赖活着，你就等着享孙子的福吧。”旁边坐着一堆看热闹的人中间，有人大笑着说。

“谁说不是呢，你当地主那会儿，哪有这铁牛‘突突’地往上爬。”何老大站起身来，拍拍屁股上的土。

想到这几天自己寻死觅活地阻拦孙子狗剩流转土地成立合作社，吴国民顿时脸颊一阵火烧火燎的刺痒，趁众人说笑之际，从院畔后面悄悄溜回家。

一

太阳已经升得老高了，吴老汉坐在院子里的一片破褥子上，嘴里“吧嗒吧嗒”地抽着旱烟。旁边的空地上，两个孙女正在忙着捉蚂蚁，五孙女兰花已经责无旁贷地担负起了照看小妹妹的任务，不时地把抓一把鸡粪往嘴里塞的妹妹的手拍一巴掌。

老六依旧是个女子，已经十四个月了，晃着一个大脑袋，大多时候只是在光地上爬来爬去，偶尔会双手倒推着把身子直起来，稍稍坐直一下，由于瘦弱，嘴就显得特别大。她瞅瞅半眯着眼睛的吴老汉，咧开嘴笑笑，嘴里发出咿咿呀呀的叫声。

此时的吴老汉看着这两个还不谙世事的孩子，内心莫名的烦躁。每次儿媳妇肚子一显起来，他就成天跑出跑进，负责给牲口倒草料，有时候还会破天荒地打扫一下院子，拉着毛驴去井沟里饮水。

六孙女梅花生下来的那天，日头快要落山，喜鹊在院畔的树上翘着尾巴叫得悦耳动听。他激动地搓着双手在院畔边来来回回地走动，他就不相信，他吴国民一生行事坦荡，从不做辱没先人的事，要让他断子绝孙，实在是没天理！

可随着屋内的一声啼哭，看着摇头叹息的接生的白家老婆子从门里走出来，他连问也懒得问，就转身出了村，恍恍惚惚地来到了白家湾，一抬头，已经泪流满面地站在了祖坟堆前。

“爷啊，大啊，我不孝啊，不能给咱吴家留下根，这烟洞眼怕是早晚让人堵上了啊。”

说到动情处，吴老汉已经是一把鼻子一把泪，抓在手里的泥土抹得满脸都是，地上的几根杂草也给拔了起来，折断的根茎处流出的绿白汁液被吴老汉胡乱地抹到脸上，一时间，这个苍老佝偻的身影显得越发渺小无助。

哭累了，吴老汉把身子斜躺下来，靠在一处土堆上，望着远处熟悉的庄稼，眼前的庄稼长得实在是欢实。

正是小麦扬花的时节，一群蝴蝶在眼前飞来飞去，不远处的田埂上，伏家老汉手里扬着一根鞭子，慢悠悠地把羊堵在一起，窸窸窣窣地朝前移动。

“老吴，像个死狗一样蜷在坡坡上干啥呢，还没到钻坟坑的时候吧，还是想吃奶了。”伏家老汉的嘴，白家婆娘的腿，这是吴家坪上对于这一男一女最精准的总结。

要是在往日，吴老汉准会翻起身来回骂，把伏家老汉骂个狗血喷头。

这些从穿开裆裤时候开始一起长大的老男人一旦开起玩笑来就没个正形，专朝女人下盘攻击。

当然，对于城里人遮遮掩掩的奶头，这些男人才懒得去说呢，谁家婆娘不是当着许多人的面撩起衣服露出白花花的两坨子给孩子喂奶呢。

“老吴，咋不吭声，累得动弹不了了还是咋的，回家吃媳妇子的奶去。”

伏家老汉扯着嗓子吼了半天，见吴国民蜷在地上不吭声，转头对着跑在前面的黑羯羊抽了一鞭子，正想用更恶毒的话来奚落老吴。

“你个老不死的哈屃，你才天天吃媳妇子的奶呢。”吴家老汉突然翻起身来，对着伏家老汉吼出一嗓子。

伏国林一愣，似乎明白了什么，摇着头，嘴里骂骂咧咧地朝山那边转去了。

吴国民失神地坐在山坡上，看看远处的村庄，又看看脚下这片已经埋了祖先的坟墓，突然一阵恍惚。

想起那个能人李三一直以来在他耳边聒噪的话：“你这坟不迁，注定损家里的男人，即便生个男的，也不能成人。”

想起媳妇子已经生了六个了，不是没有男丁，二、四都是欢实的大胖小子，可是两个娃都没有长过百天。

二孙子是四肢逐渐干瘦如柴，挺着一个鼓胀的肚子，四处求医，捉鬼的李三法事也做了，针灸也用，可是最终也没能救得过来。

李三临走时留下一句话，要是不迁坟，以后再不要找他。

难道真是坟有问题，吴老汉痛苦地撕扯着头发，茫然地站起身来。

在吴家坪的人看来，吴老汉就是个犟驴，他决定的事情，九头牛也拉不回来。

妻子原来在世时，也曾不止一次念叨，为了能得个孙子，迁就迁呗，不就是一堆骨头嘛。

六〇年死的人多，哪有坟？情况好些的卷一卷破草席往沟里一扔，情况不好的，直接撇到乡阴湾的大坑里。

吴国民总会大发雷霆，骂这个从南面逃荒来的老婆没有人性：“当初要不是老太爷用一口袋粮食换回你，你家里那几个饿得爬不上炕的兄弟早都死得让狗连骨头都嚼碎了。”

老人的白骨怎能说动就动呢？

天色渐渐暗了下来，这个季节，虽然还没有到夏粮收割的时间，可是庄农人哪有清闲的片刻，到处都是背着草篓往回走的人，或者扛着锄头刚刚锄了秋田回家的人。

此刻的吴老汉走到哪里都感觉不自在，好像有无数双眼睛在瞅着自己。

前面的何家老婆子和白凤英，背着草篓子还凑到一起说悄悄话，笨重的草篓时不时地挤在一块，使两人瞬间往旁边一闪，一个趔趄，像两只大狗熊。

要是在往常，吴老汉早都喊上了，可今天他却像做贼一样沿着麦田边往下走，时不时地还要猫下腰，或者坐下来抽根烟。

二

乡村的夏夜，又美，又静，又祥和。一弯弦月慢慢出现，月光像一片轻柔的白纱，将村子笼罩起来，整个村庄都沐浴在这柔和的月光里。

此时的刘春霞艰难地将身子支起来，拢了拢额前的乱发，身下的一堆黄土已经被血水弄成一堆污泥。刚出生的孩子安静地睡着了，靠着透过窗户的光依稀能看到孩子的轮廓。

下午她正在院子里给鸡喂食，突然腹部感觉到一阵绞痛。正是农忙时节，丈夫中午匆匆吃了饭后牵着毛驴去了后山驮水。

这几乎就是这个男人长年累月固定不变的一项工作，吴家老汉铁青着脸坐在外面的院子里劈盖房用的木棍上，看着一旁正在玩泥巴的五丫头兰花。

“兰花，去看看你白家奶奶在不在。”

“妈，叫她干啥呢。”兰花手里抓着一把土，说话的间隙顺势向上抛去，落了旁边吴老汉一头。

"我把你个死女子。"吴老汉扬了扬手中的斧头。

刘春霞怔了怔，小声说，"妈好像要生了。"

"叫唤啥，又不是没生过。"吴老汉依然铁青着脸。不过还是转头对着兰花，"去，看看你白奶奶在不，让她赶紧过来。"

"哦，要生小弟弟了，我妈要生小弟弟了。"兰花站起身，光着脚丫小跑着出了院子。

吴老汉撇下斧子，提着墙角的篮子，去背后沟里挖了一堆黄土回来，放在厨窑门口。

春霞刚想开口说什么，但看了看公公铁青的脸，又转过身捂着肚子，艰难地弯腰挎起篮子，一手扶着墙壁，吃力地慢慢跨过门槛。豆大的汗珠已经顺着她的脸颊往下淌，厨窑小小的窗户里投进一缕下午的太阳光，窑顶上吊下来丝丝轻柔的絮线在光亮中晃晃荡荡。

"嗯……"春霞已经无力去把那篮子土提起来倒到炕上去，她甚至已经站立不稳，手扶着炕沿，突然就像一口袋没绑口的粮食一样缓缓地扑倒在地上。裆里一热，她下意识地低头，看到已经有血水从单薄的裤子里渗出来。

"恭喜啊，老玩货，要生孙子了。"白凤英人还未进入院子，已经高声地叫起来。

老头子估计是装作听不见，也没搭话。

白凤英撩起门帘，快步走进厨窑，一眼就看到了蜷缩在地上的刘春霞。

"造孽啊，真是造孽。"她把手从春霞的胳膊下伸进去，使劲往上提，可是春霞已经垂得像个口袋，纹丝不动。

"老不死的，你倒是过来搭把手啊！"白凤英朝屋外大喊，可是她知道，哪有公公往生孩子的儿媳妇房间凑的道理。

兰花光着脚丫从门外跑进来，累得气喘吁吁，看到倒在地上的母亲裤子上沾满的血污，恐惧瞬间代替了将有小弟弟的喜悦。

"来，兰花，把妈妈的腿抬起来。"

"对，使劲，就这样。"

"哇……"随着一声清脆的啼哭，白凤英把沾满血污的孩子抓在手中。

"大妈，是儿子吗？"春霞艰难地用手撑在黄土上，试图把身子立起来，又重重地跌坐在炕上。

“唉。”白凤英望了望春霞，摇了摇头。

春霞瞬间觉得身子一瘫，仿佛整个人被掏空般软软地伏在炕上。

白凤英把沾满血污的双手在黄土上搓搓，麻利地溜下炕，在灶前抓起一把柴火。她满屋子找了一圈，盆盆罐罐的就是一些黑面、糙米。

“兰花，屋里有鸡蛋没？”

兰花悄悄地溜下炕，从白凤英身边挤过去，探身从灶坑边的风箱洞里摸出两颗鸡蛋，“我妈要生宝宝了，我悄悄藏起来的，可不能让爷爷知道。”接着踮起脚尖从小小的窗户洞瞄了一眼，“爷爷说，要是生不下带把的孙子，哪有鸡蛋给她吃。”

白凤英摸了摸兰花毛乱乱的脑袋，鼻子一酸，差点流下泪来。她快速地烧水，把两颗荷包蛋煮熟了，端给泪痕未干的春霞。

“趁热吃了吧，孩子，咱女人苦啊。”

吴建仁赶着毛驴回到家时，天已经完全黑透了。村口有晚归的羊群窸窸窣窣地往回走，黑驴跟在羊群后面，扑扑踏踏地打着响鼻，似乎忘记了驮水的一路疲劳。

吴建仁圈好牲口，双手吃力地把装满水的桶提进院门。猛一抬头，就看到黑暗中像个猴一样蹲在院墙头的父亲正在吧嗒吧嗒地吸烟，烟头微弱的红光在暗夜里一闪一闪。

“大，你咋不进屋，蹲在这里干啥。”

吴老汉不作声，吴建仁放下水桶，朝前凑了凑，蹲在父亲跟前。

吴老汉把手里的旱烟锅往前一递：“你说，李三的话是不是真的？”

吴建仁一愣，他显然没有明白父亲的意思，接过旱烟锅他使劲吸了两口，“啥话？”

“就是李三说，你爷的坟。”

“嗯。”吴建仁猛吸一口烟，被呛得咳了几声。

“生了，别人家的。”吴家坪上人说生孩子有时候不说男女，生了女孩子就说别人家的。

只要是生了女孩子，就是别人家的，甚至对于孙女兰花和梅花，吴老汉都从来懒得抱在怀里一会儿。

吴建仁长出了一口气，顺势躺在院子里，半个月亮已经升到半空了，四周是熟悉又陌生的黑幽幽的山。

“要不，咱们请李三把我爷的坟迁了。”

以前他也曾多次试探地问过父亲，可是只要一提起这事，父亲总是火冒三丈，说他吴国民没干亏先人的事，用不着把老先人的骨头翻出来晒。今天父亲竟然自己提出来，他心里一阵激动。

李三提着他那个破破烂烂的擦油皮包出现在吴家坪上时，正是人们在麦地里折腾得乌烟瘴气的时候。

这个时候，正是吴家坪一年最忙的时候，凡是能动弹的人都要上地，大人拔麦，小孩子铲草、放驴。

他一从吴家坪的坪尖尖走上来的时候，白凤英家的狗率先响亮地叫了起来，紧接着是郭家的，何家的，还有李家的，几只狗争先恐后得像是列队欢迎这个成天游手好闲、吃香喝辣的“大人物”。

用吴家坪上女人们的话说，李三从身边过去的时候，那都是有干部味的。吴家坪女人所说的干部味，其实是一种烟草特殊的味道。

对于她们成天闻自家男人抽的旱烟，偶尔有抽纸烟的人从身边走过，就有一种难得的清香。那时候，除了李三，就是下乡的工作组那几个男人身上也有这种味道。

三

李三是子承父业，专干迁坟抓鬼的勾当，据说练就了火眼金睛，只要老远地在谁家的坟头瞄上一眼，就能准确地说出这家的人丁香火情况。一旦被他风言风语告知谁家的坟有问题，并且能准确地说到诸如“猪兔羊，虎马狗”，什么属相的人生什么病，就会有这家人来找他禳解。所以说李三其人，在这方圆十里可以说是呼风唤雨。

李三的父亲李大民，人送外号李送匠，专门超度各种阴间犯事的亡灵。

关于李送匠的传说很多，广为流传的就是他曾经把伏家老汉他爹游荡在外多年的魂收了回来，装在一个玻璃瓶里埋在院墙底下，从此以后伏家就再没有犯过事。

但时隔多年后，当所有人都已经快要忘了这件事时，有一次大雨泡塌了伏家院墙，伏老汉和儿子收拾着挖地基，准备重新砌墙时挖出了那个瓶子。伏老汉早已忘记这个瓶子的事，随手一扔，瓶破。

当晚伏家老婆子就在炕角披头散发，学着公公的声音在空中双手乱抓，一定要找到李送匠报当时囚禁之仇。

当时伏老汉慌了手脚，可那时李送匠却早已死去多年。后来还是李三摆下七尺高的法台，硬是把伏老汉他爹的魂魄妥善安置。

从此，李家父子在吴家坪一带那是名声大噪。

今天，李三昂首阔步地出现在吴家坪，正是为吴国民家迁坟之事而来。

他走在吴家坪不足三百米长的村道上，并不急于赶路，而是踱着八字步，指头缝里夹着一根黄金葉或者“电杆”。

这基本是吴家坪人能看到的最好的香烟，“电杆”是兰州烟，烟盒上面画有一根漂亮的电线杆。

伴随着李三慢慢踱步，吴家坪的村道上就会飘起一股烟草的清香。

这时候，如果有人恰好在家，就会仰起头，用鼻子嗅嗅空气，对着屋内的人喊道，是谁家又要过事情吧。

嗯，应该是李三来了。

这时候的李三，如果阔气一点，恰好在男人也不太多的情况下，会从兜里摸出一包烟，下决心似的抽出来给旁边的人。

今天的李三，走了半天也见不到一个人，只有几只猪哼哼唧唧地鼻孔张开使劲朝地上拱，拴在门口的狗挣得铁链子“咣当咣当”响个不停。

走到半道，还没碰见一个人，李三有些无趣，想着兴许麦黄六月人都已经出工了。

他就把半截烟掐灭了，别到耳朵上，这是李三习惯用的招式，在没人的时候，李三一般是不抽纸烟的。

有时候刚刚一背过人，他就把刚点燃的烟掐灭，以备在人前走过时，路人伸长脖子能闻到他一身的干部味。

他刚把半截揉灭的烟别在耳朵上，一扭头，就看到了吴家老汉。

吴国民刚刚从代销社里拐出来，手里捏着几盒卫生香，一沓黄纸，当然还有少不了给李三买的黄金葉。

“他李家哥，来了。”吴老汉站在村道上，满脸谄笑，手忙脚乱地开始拆烟盒。

这种烟，对于吴老汉来说平日都难得一见，更别说亲自去拆整包烟。

“嗯。”李三斜着眼看了看卑微讨好的吴家老汉，对于这个“不听话”的长辈，他打心眼里瞧不起。要是听他李三的话，早就抱上孙子了，也不至于现在成天为了孙子寻死觅活。

“东西都准备好了吧。”

李三所要求的东西，就是他迁坟时的“用物”。

这在当时，可不是一件小事，对于李三来说，那都是一些实用又可以不劳而获的东西。比如说一升麦子，一只公鸡，三尺或者六尺棉布，青棉布是最好的。

这在李三起初想要用物的时候都是想好的了，他可以把青布做成衣服，或者有剩余的，再倒腾给别的没有布票又有需要的人。

“麦子，公鸡都有了，就是这个棉布，只有三尺红的。”说这话时，吴家老汉像一个刚刚过门的小媳妇，苍老的脸上竟然有了一丝难得的红晕。

李三接过吴老汉递过来的黄金葉，放在鼻子上闻了闻，划着了一根火柴，眼里露出轻蔑的神情，请他李三迁坟，怎么也得是“电杆”。

吴老汉家今日难得的热闹，吴建仁正在屋里倒腾炉子，一边眯眼鼓嘴吹着烟气腾腾的火炉，一边歪着脑袋给旁边的老黄说着什么。

老黄是村里的赤脚医生，平时谁家有个头痛脑热的病，都少不了麻烦他。所以他也是和李三齐名的人物，除了给人看病，他还有个重要的工作就是迁坟时为死者整骨。

可别小看这个老黄整骨，要是东家没有伺候好他，他稍微心情不好，给你把骨头的位置放错了，那阳间的后人就要得错骨交筋的病痛。

“黄家哥，来得早啊。”李三钻进满是烟雾的窑洞，看着坐在炕头上举着茶杯的黄川东。

“嘿嘿，兄弟你也来得不迟嘛。”黄川东露着满嘴的大黄牙，冲着李三笑了笑，把屁股朝窑洞东边的炕沿上挪了挪。

李三脱鞋上炕，接过吴建仁递来的纸烟，转身把嘴里叼着的半截烟“噗”

的一声吐在地下。

跟在身后的吴家老汉下意识地往地下看去，那可是还有好长半截烟呢。

吴老汉平时难得抽一根纸烟，一般都是在快要烫嘴了，才将剩余的烟渣剥掉外面的烟纸又放到烟锅里，抽得干干净净才算完。

吴建仁慌乱中瞪了一眼父亲，怕他做出让人难堪的事来。其实并不仅是父亲，就他吴建仁都想把那半截烟捡起来。

不过吴建仁哪里知道，李三也就是现在摆个谱，平时都是积攒烟屁股，重新卷在烟棒里抽。

“兄弟你先等一等，我这就喝好了。”黄川东一手托着茶罐，一手用一根竹筷子使劲把茶叶往瓷实里捣，熬出的浓茶往杯子里倒时，稠得都能流出丝线。

“你慢慢喝，喝好了再说，我这忙一会儿。”李三说着，转身把破擦油皮包抓在手里。皮包的拉锁的齿早已残缺不全，像一个满嘴没几颗牙齿的老太太。

李三费了好大劲才从里面取出来一支毛笔，一个装过香脂油的盒子。

黄川东不屑地撇撇嘴，对于李三，他打心里瞧不起，觉得李三尽干些装神弄鬼的勾当，指望着死人发财。哪像他黄川东，靠的是实实在在的手艺，专门治病救人。

“建仁，你给盒子里倒些水。”李三打开盒子，里面是一块被墨汁浸透的废旧涤棉，但墨汁已经干涸。

吴建仁接过盒子，滴了几滴水进去。李三捏着毛笔帽，这毛笔显然是好久不曾使用，他连捏带拔地总算将笔帽拔下来了，可是毛笔头带塑料套却从杆子上直接被拔掉了。

四

李三尴尬地拿起笔帽，在窗户洞的土台上敲敲，总算折腾出一个拉拉碴碴的毛头。

吴建仁早已准备好了一根细线。

对于李三的这个毛笔，他比李三更熟悉。村里只要是谁家有白事，李三总会这样折腾一番。

当然，村里不管是谁家的事都是全村的事，每家每户都会抽时间来帮忙，农闲时来得早一些，农忙时也尽量会抽时间赶到。

李三抬起头看了一眼吴建仁，显然对于吴建仁这样的“及时雨”表示出不满意。

“他李爸，你看，这个墨有些淡了，能不能兑点锅底灰。”吴建仁边往笔杆上绑笔头，边小心翼翼地问。

李三从鼻腔里哼出一股气，好似自己的把戏被人揭穿一样。他李三是谁，只要摆下法台就能捉鬼，放下罗盘就能埋人，别说在吴家坪，就是东湾乡，又有几个人能比。

兰花一直怯怯地站在门外，一听要锅底灰，露出讨好的笑容，伸手接过香脂油盒，大叫着向厨窑跑去。

此时的刘春霞，已经下地劳动好些天了。

对于这些农村妇女，生前一小时都在干活，生完孩子后也就没有什么坐月子一说，大都是两三天内就自己下炕做饭洗碗，年纪轻轻就落下了一身的病痛。

刘春霞正在地上忙碌着，今天来的人多，她也要准备这些人的伙食。

“妈，要锅底灰。”兰花扬着脏兮兮的小手。

刘春霞抬起大锅，示意兰花把香脂盒伸进锅底。

兰花踮起脚尖，下巴几乎是悬在灶台上，使劲把拿着香脂盒的小手凑向锅底。

已是正午，屋外村道口聚集了一大堆刚从地里回来的人。

他们这几天除了在地里灰头土脸的干活之外，就是为了吴国民老汉家迁坟的事。

这在一个村里可是一件大事，如果不是这家人过得不顺当，谁会在“虎口夺食”的麦黄六月里干这个事呢。

村口的人你一言我一语，当然也少不了挤眉弄眼地说些吴国民老汉的坏话。一般都是说吴国民在当地主时如何压榨剥削别人。

白凤英快人快语，从村口的一截土埂上抬起屁股，夸张地拍了拍，刚才那些说吴家坏话的女人脸上就都罩上了一层土雾。

“吴家老汉当地主是不好，可也没干什么损八辈子阴德的事，不要动不动就在这儿说风凉话，生男女的事，谁也保不准。”

听白凤英这么一说，那几个刚才还说得口若悬河的人顿时也觉得有点过分，灰溜溜地各自回家去了。

当然，这些男人们在村口抽完烟稍事休息以后就直奔老吴家而去，边走边直接用大手在脸上抹两把，把头上的帽子取下来前胸后背一顿拍打。

水可是贵得离谱啊，连人喝的水都是每天有人从山外十里左右的地方驮来，更不用说洗脸了。

此时的李三已经把需要迁坟的“用物”都布置妥当，正坐在炕头谝闲传。说到关键处，有时候会故意卖个关子，让这些围在地上或者倒坐在门槛边的听众一阵焦急。

此时的黄川东似乎不再是村里人人巴结的对象，他缩在炕角，偶尔不屑地撇撇嘴。对于李三的这些“精彩”故事，他总是抱有极大的怀疑。医学上都说了，生男生女那都是在于精子的什么“娃”染色体，哪是他李三迁个坟这么简单的事，要是那样，还要医院做什么。

可他知道，对于这些，没人愿意听，更没人愿意信。如果他对着地上的这些人说什么“娃”染色体，估计都把他当神经病看待，那样，他在吴家坪的地位难免会受到威胁。

吴建仁忙出忙进，总算是把厨房里的事情安排妥当，何家媳妇、刘家媳妇都被请来帮忙。

蒸馍摆了两大箩筐，洋芋汤也已经煮了一大锅，年轻些的男人早已趁着在厨房帮忙的机会往嘴里塞了好几个黑面馒头。

吴家老太爷的坟被挖开时，坟坑的地竟然潮湿一片，这在干旱的吴家坪实属少见。

李三愣在当场，按照李三的说法，吴家老太爷那是埋在了火炕里，估计连骨头都变成了灰色。

围在坟坑周围的人开始窃窃私语，“你说，这李三到底有没有真本事，不会是胡吹冒聊的吧？”

说归说，坟已经挖开了，只能按照原定计划，黄川东把从坟坑里掏出来的白骨一堆堆地先摆放在一块门板上，他仔细地把每一块骨头用一个小毛刷刷去上面的尘土。

吴家老家蹲在跟前，看着已经变成累累白骨的父亲，不禁老泪纵横。

伏家老汉拍拍吴国民的肩膀，“别哭了，迁坟是好事啊，给老太爷再找一个舒服的地方，你哭啥哭。”

旁边的人开始坐在山坡上，讨论麦子的收成，洋芋的长势，或者有谁家的小伙需要找媳妇了，央及谁去说媒了等等。

大半天后，黄川东终于把一堆碎骨拼成人形。或许是被埋在土里找不到了，又或许是动物叼走了，最后没有找到的两块骨头，黄川东用面捏了那两块的样子，总算是摆放停当。

新坟被高高堆起，李三拿着早晨写好的祭文，开始抑扬顿挫地念，或许是因为煽情，或许是李三心有所想，“天上人间，相隔如山，一抔黄土，永不能见……”念到最后，李三竟然几度哽咽。

旁边的人也开始抽抽搭搭，几欲落泪。用白凤英的话来说，“傍着别人家的门框，哭着个人的惆怅。”这些缺吃少穿的人，谁还没个难心事呢。

吴老汉自迁坟以后，天天开始关注儿媳妇肚子的动静，有时候着急了，开始旁敲侧击地提醒儿子：七七坟上该添土了，最近该去坟上念叨了，又该送纸钱了什么的。

吴建仁也抓紧机会，时不时地在土炕上折腾一下。

狗剩终于出生了，除了刘春霞外，这个过程吴家老汉等的同样漫长。

他每天除了在家照看两个小孙子外，去一趟父亲新迁的坟地成了必不可少的一件事。有时候是有意；有时候却是出门散步，不知不觉，等到抬眼一看，已经站在了坟地边。

经过一年的时间，坟头上也已经长了些稀稀拉拉的荒草。吴家老汉已经觉得自己是一个垂垂老者，他疲倦地坐在地头，抽一锅烟，望着不远处的村庄。

父亲在世时，整个吴家坪都是他家的，长工伏老汉、白老汉，几对大青骡子。后来打土豪分田地，父亲成分定成地主，一家人就只能夹着尾巴做人了。

五

刘春霞怀孕七个月时，时时就要躲避计划生育的检查，对于吴家坪的人来说，不生个男丁誓不罢休。他们把生男丁当成一生最重要的事来做，也可说是终极目标。

“他爸，我要不要去娘家先躲上一阵子再说，兴许那里山大沟深，查得不紧。”

这天晚上，刘春霞翻来覆去一直睡不着，想着这些天来一直东躲西藏的日子，心里一阵难过。

“嗯。”吴建仁迷糊地应了一声，又翻起身来看着黑乎乎的窗外，“听说，那边这几年庄稼收成也不好，不知道去了方便不。”

吴建仁的话也有道理，但刘春霞已经等不及去邮局发封信核实了。

自打她来到这个家以后，总共才回过两次娘家。

第一次是来此时隔十三年后，三姑娘都已经四岁了，她搭车走路辗转四天才到。而发封信一般是两个月以后才有回应，这还要在邮差心情好不乱丢信的情况下。

吴建仁在暗夜里发了一会儿呆，摸索着点燃了煤油灯，坐在炕头上吸烟。

这个三十来岁的男人已经让繁重的劳动压垮了身躯，显出未老先衰的痕迹。

他用少有的怜爱目光看了一眼略显憔悴的妻子，摸了摸旁边睡着的小丫头毛糟糟的头发，沉默了一会儿，继而想起什么似的，坚定地说，“明早起来收拾一下，咱们去那边避避吧。”

春霞点点头，背过身去，想起这些年生孩子的遭遇，难过地流下泪来。

吴老汉起了个大早，出门时正好碰到白凤英挎着个篮子，手里拿着粪叉从村口回来。

“老尿起这么早干啥，尿憋得睡不住了啊。”白凤英看着吴老汉背着手站在村道上。

“捡了这么多的狗粪还塞不住你的嘴。”

“哎哟，你原来一直拿这个塞嘴的啊，怪不得在你家庄子边再捡不到狗粪，有本事给老娘塞一下别的看看。”

白凤英见四周没人，说话便放肆起来，说话间走到吴老汉旁边，把手里的粪叉往篮子里一放，一只手顺着他的大腿就摸了过来。

“滚一边去，少在这儿丢人现眼！”吴老汉拉下脸，警惕地看了一眼四周。

“哟，别装得一本正经的，黑天儿趴在老娘肚子上的时候像个牲口样的，现在倒人模狗样的。”白凤英往回一抽身，撇了撇嘴。

白凤英和老吴有一腿，这在整个吴家坪已经不是什么秘密。

白凤英老伴死得早，只有一个儿子，那年跟着别人去了附近的煤矿，不到半年就出了事，只留下白凤英。她为人心直口快，平时也帮了大家不少的忙。

常言说，寡妇门前是非多。白凤英对于晚上踢门的、白天扒墙的，一般都是来者不拒。平时的农活有人帮，油盐酱醋的闲钱偶尔也能得到一点。

老吴一听白凤英大清早地提起这号事，顿时黑了脸，咳嗽了几声，背着身沿着村口坡坡下到沟里去了。

吴老汉这几天心事太多，期待着的事情已经快要有个结果，他对李三的迁坟实在没有把握，越到后来，他竟然越惧怕。这次迁坟似乎已经成了吴老汉承受的极限。

刘春霞为了肚子里的孩子，决定铤而走险。她前天晚上就准备了干粮，准备一大早就去二十公里外的路边坐车。

吴建仁看着挺着大肚子的妻子，心有不忍，可毕竟是偷偷摸摸去山外生孩子，也不能大张旗鼓地借个车把她拉着走吧。这样，如果有哪个不怀好意的人在工作组面前说漏嘴，那这个孩子兴许又保不住了。

天上几颗稀稀拉拉的星星，村里的狗不时地吠叫几下，鸡已经叫过头遍了。

吴建仁背着干粮，一手紧紧地攥着妻子的手，在黑夜的山路上摸索着前行。想起这些年缺吃少穿，妻子屋里屋外地忙活，他就一阵愧疚，握着妻子的手也就不由自主地紧了紧。

此时的刘春霞，跟着这个老实巴交的男人走在暗夜的村道上，心情也是莫名的复杂。结婚这么多年，手拉着手这样走在一起，对他们来说不曾有过。现在感觉到丈夫手心里传来的温暖，这个大字不识几个的女人竟然有泪泛在眼角。

“他爸，我一个人去，有点担心。”她伸手摸了摸已经圆鼓鼓的肚子。

“放心吧，还早呢，你先到那边住一段时间，好好缓缓身子，等到快生的时候，我再想办法过去。”

东边渐渐泛起鱼肚白，穿过邻村时，也已经看到早起的农人穿梭在村道上，有人挑着空的水桶，行走时发出有节奏的声音。

二十公里外的这一班车，沿着省道而来，跨省行进，穿过相邻省份的四个县城。

吴建仁为了能赶在车到路口之前，在鸡叫头遍就出发了。有时候一连三四次赶车，也不一定能坐上，有时是离公路边还有几十米，都能清晰地听到车轰隆隆的声音，能看到那笨重硕大的身躯，但就是赶不到车跟前，只能眼睁睁地看着它在眼皮底下溜走，再怎么声嘶力竭地喊也无济于事；有时候跑到路边等上一两个小时，眼看着太阳升得老高了，还不见车的影子，只能悻悻地返回，大多时候，就是车在半路上抛锚了。

刘春霞今天走在赶车的路上，想着能见到几年未见的亲人，心情格外的好，人也就走得轻快。眼看着快到公路边，嘴里竟然悠闲地哼起了家乡的小曲。

吴建仁看着走得气喘吁吁的妻子脸上少有的红晕，心里一阵愧疚。结婚这么多年，春霞没穿过一件好衣服，没吃过一顿好饭，为生孩子受了这么多罪。

“到了那边，记得及时拍封电报，不要怕花钱。”

每次有急事时，他们都会发电报，有时候为了省钱，一个字一个字地推敲，当然少不了村里的能人李三帮忙。

李三摇头晃脑地想上半天，基本能用最少的字数说清事情，但省下的钱一般也都是给李三买了烟。

车喘着粗气呼哧呼哧驶来，伴随着一阵刺耳的刹车声，喷出一股难闻的柴油味。

门一打开，从上面几乎是弹出来两个人，人还没站稳，其中一个已经张口就吐出来一股带着恶臭的黄水。晕车，是常有的事。

春霞拖着笨重的身子就要往上挤，门却咣当一声关上了，从窗口伸出一张胖乎乎的圆脸，“不要命了，没看到这车都挤成啥样了。”

“可是，我……”春霞几乎要哭出声来。

“我什么我，都快生了还在外面跑，出了事我们可负不起这个责任。”

车晃晃悠悠，喷着黑乎乎的浓烟开走了。

刘春霞一屁股坐在路边的草地上，像一个泄气的皮球。

这条路上，一天就一趟车，逢单日从东到西，双日从西到东。错过了，就只能等后天。他俩沮丧地坐在马路边发呆。

六

"回去吧，后天再来看看。"吴建仁望着远处的山，率先打破沉默。

他从背着的蛇皮口袋里取出来一块干粮，这是他精心为妻子准备路上的吃食，自然比平时的可口了许多。他掰开一块饼，塞到妻子手里，"吃一点，趁着天还不热，回去吧。"

虽然不情愿，可是眼下这个情况，只能先回家去。

回去的路突然显得这么漫长。爬陡坡时，刘春霞被腹中的胎儿牵扯得举步维坚，并且伴随着肚子隐隐的疼痛，她感觉到一阵强烈的便意。

"糟糕，难道是动了胎气。"

豆大的汗珠开始顺着她的脸颊往下淌，她已经沉重得迈不开步子。

吴建仁低头往前走，突然就感觉到了妻子的异样。

天麻麻黑时，吴建仁怀里抱着弱小的儿子，一辆架子车上拉着疲惫不堪的春霞进了村。

吴国民忙前忙后，光着脚丫子先是把院里院外打扫了一遍，要不是实在怕别人说闲话，他老早就把儿媳妇的炕也给烧热了。

从张家洼路过的一个人给他捎话带信地说让他找个架子车去接儿媳妇，并且说儿媳妇生了个男孩的那一刻起，吴家老汉就年轻了好几岁，这个脸皱得像核桃一样的老人竟然嘴角难得地扯出了笑容。

他放开嗓子把在对面南山上干活的枣花和杏花喊回了家，又央及伏家三小子套了架子车赶着毛驴，大孙女枣花在家抓紧收拾房子做饭，杏花随着毛驴车去接春霞回家。

这个下午吴老汉放开嗓子喊的那一声，几乎在南山上干活的吴家坪人都听见了。

这些年，他们习惯了吴国民总是愁眉苦脸地过活。而这一嗓子，吴家坪听到的人中间，也十有八九知道他喊出时的惬意。

人们首先想到的是李三，这个能人在迁完吴家的坟后，一直有人在等待着发生点什么。伴随着吴老汉的这一嗓子，李三这个能掐会算的人在吴家坪人心中又多了几分神秘。

同样兴奋的还有吴建仁和刘春霞，他俩顺着那条驴尾巴梁回家时，太阳刚刚落山，还有一抹余晖在天边泛起橘黄的光晕。

刘春霞虽然没有像吴老汉喊出一嗓子的惬意，可当她躺在板车上，看着暗下来的天幕时，她终于觉得，这个吴家坪的天是这样的美，晚霞的余晖还没有完全消退，一丝清凉的夏夜的风吹过。吴家坪，这个落魄的外地女人终于在这块厚实的土地上生根发芽了。

吴家老汉翻箱倒柜，找出一条红布条条，他吩咐枣花挂在儿媳妇的门口，他要让这个提前到来的孙子顺顺当当长大成人。他甚至已经想好了，请李三给孙子做干爹。

听着屋内婴儿的哭声，吴国民激动得彻夜难眠，他绞尽脑汁，最后决定为孩子取名“狗剩”，以贱名博取福命。

三天后，李三又迈着八字步在坪上出现了。

他今天特意把进村的时间选在午后，在村口的“茶话台台”上人正多的时候。他胳膊底下夹个破擦油皮包，挺着大肚子从村口往上走。微斜的阳光照在这个男人的背后，把一片阴影投在他的正前方。

“茶话台台”上的女人们率先转头，那一股熟悉的干部味适时地传入她们的鼻子。

“哟，这不是李三吗？今天又去谁家作法啊。”白凤英尖着嗓子。

李三皱了皱眉，他被这个女人阴阳怪气的声音搞得有些不快，斜着眼瞟了一眼白凤英，并不接话，而是像个领导一样大大咧咧地同大家打了个招呼，同时从口袋里掏出半盒大前门，给在场的两三个男人每人递去一支。

接到烟的男人便有些受宠若惊。

李三发烟是有讲究的，他在行进的过程中，迅速扫过闲谝的人群，发现吸烟者不过两三个。

他等男人们把烟点着了，所有的目光望向他的时候，他才慢条斯理地把下巴微微抬起来，貌似看着远处的山梁，“这不，吴家老汉生孙子了嘛，我一来恭喜，二来禳解。”

远处的山梁上，吴家祖坟突然间就有些晃眼。

今天吴国民比起上次迁坟时，又多了几份隆重，至少在对待李三的事情上。

从李三一进门起，他就毕恭毕敬地亲自生火熬茶，“电线杆”的纸烟也是随意地摆在炕沿上，而不是在给李三发上一根后把烟放在他伸手不可及的桌子边。

李三心满意足地靠在炕头，吸一口烟，很舒服地吐出个烟圈。只有他知道，这个“狗剩”的到来与迁坟的关系。没有人会知道，这个孩子其实就是李三的种。

李三迁坟时还有一项重要的工作，就是用三尺红布蒙住春霞的脸，在房间里隆重地做法事。

当所有吴家坪的人都在山里起坟坑时，留在吴家老汉家里的人都静静地等待李三做“法事”，李三煞有介事管这叫双管齐下。

春霞静静地躺在炕上，脸上蒙着一块红布。李三关门闭窗，在做法事前一再告诫别人，轻易不敢发出响动，不能让屋内透进光亮。众人几乎都是屏气凝神，不敢高声说话。

一灯如豆，李三悄悄地站在地上，望着脸上蒙着红布的春霞。

昏暗的光线下，他点燃了几张黄纸，煞有介事地围着春霞的头胡乱绕了几下，看着她丰满成熟的曲线，他夸张地咽了一下唾沫。

“春霞，想不想要个儿子。”

“嗯，做梦都想。”

“那你就乖乖听话，我一定会让你如愿以偿。”

刘春霞被红布蒙住双眼，感觉李三的声音像来自梦幻。一丝带着热气的光亮绕着她的身体，她突然感觉一阵难耐的燥热。

“好，翻过身，趴下来，什么也不要想。”

“啊……”北屋的人好像听到刘春霞短促而急促的喊叫声。

几个人从凳子上坐起来，又重重地跌回去。李三刚才一再交代，不管听到什么声音，都不能往刘春霞的屋子里闯，否则灵魂出窍，任神仙也救不了她。

刘春霞只感觉到一阵晕眩，李三那肥大的身躯已经趴在了她的背上，“不许叫，被人知道了，你以后怎么做人，你自己想想清楚。”

刘春霞突然像一个泄气的皮球，瘫倒在炕上。

李三贪婪地解开她的红裤带，急促地把她的裤子扒下去。刘春霞的脑子里一片空白，豆大的汗珠和着泪水顺着脸颊往下淌，叫也不是，哭也不是。忍受和屈辱让她无可奈何。

李三快速地褪下裤子，一挺身，就进入了春霞的身体。刘春霞无力地趴在炕上，像个死尸样被李三推动着。

七

做完法事的李三神情呆滞，筋疲力尽，靠在北屋的炕上等待“灵魂”入窍。

屋内的人交头接耳，窃窃私语，他们不时从李三额头上细密的汗珠、蜡黄的脸色上判断，他刚才一定是与鬼神“对战”了一番。

此后李三隔三岔五就会来给刘春霞家做法事，直到多年以后人们才若有所思，吴家坪方圆那些被李三蒙头盖脸做完法事的女人，所生的孩子怎么都长得虎头虎脑，怎么都有那么一星半点李三的影子呢？

“他李家哥，你看这个孩子，禳解一下还是？”吴老汉坐在地下的凳子上，毕恭毕敬地为李三熬茶。

“嗯，我看就让‘老爷家’保佑到十二岁吧。”李三喝一口茶，又吸一口烟，慢悠悠说道。

李三嘴里的“老爷家”就是本地的方神。吴家坪人有个头疼脑热黄川东除了给打针吃药外，他对别的病就束手无策了。

吴家坪人最后的救命稻草往往就是请李三和本地山神庙的“老爷家”做法事。

李三眯着眼睛，掐着手指头，把做法事的日子定在了本月十五，“难得的黄道吉日，各路神仙都会齐聚吴家坪，为狗剩做法事。”

此刻，刘春霞在另一个屋内也是局促不安，她甚至不敢大声呼吸。

听着北屋李三的说话声，看着睡在炕上的小狗剩，她的心不由地一阵狂跳。小婴儿塌塌鼻子，细长眼睛，阔大的嘴巴，怎么看怎么像李三。

吴老汉在院子里出出进进地忙碌，刘春霞的门口挂着一块红色的长布条。

吴家坪的人知道，一般女人坐月子或者是谁家请阴阳做了法事，就会在女人卧室门或是在大门口挂红布条。

外人只要一看挂着的红布条，就会自动躲避，如果不长眼睛胡乱闯进挂有红布条的大门，就会被主人视为不吉。

而在吴家坪，李三却不受这个规则的限制，他能随意地出进，用他的话说，自己都是受神的旨意，代表神灵行事。

李三刚刚在喝茶的当口，借口禳解孩子，已经站在刘春霞面前挤眉弄眼地看了一番孩子，手在孩子身上摸过的同时，又附带触过刘春霞的前胸。

在吴家坪的人看来，禳解孩子是一家的大事，当然为了让坪上的男人都能参加，李三一般会把这个日子定在农活不是特别忙的日子。

天气预报不及时，没关系，谁还不会看着日头西下或者旭日东升判定未来几天的天气动向呢。

院子正中摆了香案，放了李三提前需要的梳子、大秤，北屋的门帘被挑起，香案上早已经请坐着本地的方神轿子，一些平时粗声大气的庄稼汉都小心翼翼地出出进进，唯恐在神灵面前做出什么大逆不道的事。

李三戴了道帽，穿着青布长袍，手里拿着一块沉重的木尺，不时地在门框及桌前敲打，口中念念有词，时而大喝一声，仰头望天，或是突然蹿出门来，在院子某个地方点一木尺，有人立马在被指点的地方点燃几张纸钱。

神灵下凡，法事进入高潮，狗剩被包在小被子里，吴建仁将他抱在怀里小心翼翼地跟在李三身后，绕着院子转圈，一些布条，梳子一应物件绕着孩子上方，随后李三从自己脖子上取下早已准备的红头绳，扎在狗剩前额稀黄的头发上。

这个前额的辫子要一直保存到狗剩十二岁才可以剃除，并且也要进行一场法事，如果不出意外，自然还是由李三主持。

孩子自然还不会张口叫干爹。

吴建仁抱着孩子，声音像蚊子样地替孩子叫了一声，“他干大，以后就要多仰仗你了。”

吴家老汉自从有了狗剩，干活就更利索了。大孙女枣花成天早出晚归，忙里忙外，兰花和梅花早已过了上学的年龄，吴建仁多次提议让孩子去上学。

“上什么学，还不是别人家的人，针线茶饭好就行了。你妈、你媳妇，照样不是大字不识几个，还不是生孩子做家务样样不差。”

吴家老汉的理由非常充分，女孩子家，迟早是别人家的，念不念书无所谓。

吴狗剩五岁半时，趴在吴老汉的背上进了学校，脑门上一根长长的辫子，斜斜地跨过耳朵。

学校离家不足五十米，在吴家坪最西端，周围一大片树林子，一个不大的院子，几间窑洞，两个老师，四个年级，狗剩挂着鼻涕甩着辫子坐在了窑洞的一个角落里。

吴狗剩一个上午坐下来，就已经对上学没有了一点儿热情。后排伏家的辉娃总是趁老师不注意时偷偷地拉一下他的辫子，他的头就不由自主地那么往后一仰。

揪他的小辫子还不算，这些家伙还会围着他起哄，“狗剩狗剩，啥都不剩，李三一根裤带带，拴成狗剩的花头绳。”

兰花和梅花在学校的主要任务就是要保护弟弟不被欺负，她们像两只罩窝的母鸡样张开双臂扑向那些围住狗剩的孩子。可由于瘦小，他们三个经常会被几个大点的男孩子弄得鼻青脸肿。

其实上学也并不是完全没有乐趣，很多时候，吴狗剩会从后门悄悄地溜出来，跑到旁边的树林子里，看小鸟在枝头跳来跳去，或者趴在地上看蚂蚁匆匆忙忙地搬家。有时候看着看着就趴在地上睡着了。

有一天，当他再一次趴在地上看蚂蚁睡着的时候，感觉有人轻轻地推了推他的胳膊，他揉着眼睛，下午刺目的光线中，一个穿着花格子红衣服，扎着两个麻花小辫子的女孩子就站在他的面前。

“你怎么天天偷跑出来？”花格子女孩歪着脑袋看着这个满脸抹得脏兮兮的男孩。

“他们总是揪我的小辫子。”狗剩低下头，一截细溜溜的辫子从额头垂下来。

“辫子啊，你盘起来啊，像我这样。”她两只手从脑袋后面把辫子顺过来，在头上盘了个圈。

“蜗牛。”狗剩禁不住笑了起来。

女孩子叫小琴，是伏辉娃的妹妹。“以后，你就坐我前面吧。我保证他们不会抓到你的小辫子。”

小琴坐在后面时，从来都不会去拉他的辫子，偶尔用手轻轻地敲几下他的背，他赶紧背过手，把小手掬成一个小窝状，等到小琴悄悄踢一下他的板凳，他把小手放在眼前展开时，便会看到那么一星半点的糖块。

八

吴家老汉正在院子里忙着劈盖房子用的小木条，吴狗剩从门外哭哭啼啼地跑进来，一边哭一边用手抓着头上的小辫子。

“狗屁李三，为啥非要给我绑个什么花绳绳。”

吴老汉怔了怔，把手中的斧头扔在一边，往北屋喊，“狗娃子，你干啥嘛。”

“我不要你管，我等不到十二岁，我现在就要把它剪下来。”吴狗剩在屋里气急败坏地喊道。

吴家老汉摇了摇头，继续拿起斧头。这个小家伙，已经不止一次地要剪掉他的小辫子了。

“啪。”一声轻响在吴老汉耳边响起。

“头发？”吴老汉吃了一惊，立即从地上跳起来。

狗剩的半截头发像条细蛇样盘在他的脚下。

“牲畜。”他气得跳起来，跺着光脚丫，“狗剩你个牲畜。给你说过多少次，不到十二岁绝对不能剪掉，否则……”吴老汉把将要出口的话生生地吞了回去，李三当时的话犹在耳畔，一定要让孩子把这个头发留到十二岁。

吴老汉大步迈进屋内，却见狗剩一只手正在头发上划拉，一把剪刀撇在脚下。

吴家老汉差一点背过气去。他来不及多想，钻出屋门，弯腰伸手在墙角拿起鞋子，套在脚上急匆匆地就出了家门。

李三那些高深莫测的话语他虽然不全懂，但是他知道这一根辫子的重要性。

现在那条辫子已经被这个淘气的狗剩剪掉了，那如果小狗剩活不到十二岁，他吴国民也没有了活下去的欲望了。

李三酒足饭饱，正躺在炕上做着美梦。

昨天他刚刚埋掉了邻村的一个突然暴毙的老头，在整个事情结束后，香案上的一只引路公鸡被主人强行塞到他的包里，他看着肥大的老公鸡，半推半就。

一到家，抓紧吩咐老伴黄翠芳收拾干净，炖了一锅。几天的劳累加上一顿可口的饭菜，李三在梦里也笑出了声，这小日子过的。

“他李家哥，不好了。”吴国民人未进门，就已经带着哭腔。

“咋了嘛，吴家爸，看把你着急的。”他慢悠悠地从炕上坐起来，伸了个懒腰。

“可不得了了，狗剩这个犟尿，把辫子给剪掉了。”

李三一听狗剩剪掉了头发，心里顿时一阵好笑，剪了就剪了嘛，把个头发，有啥不能剪的。不过，看到吴老汉的神态，李三心里顿时有了主意。

“吴家爸，你先别急，既然头发都已经剪了，那就照剪了的办。等我想想办法。”

这李三看似沉吟思考，内心早已经狂喜不已，好小子，真给干爹争气，把干爹预定的十二年后的活计提前给我送来了。

吴老汉蹲在炕头边，背靠着炕头，双手使劲地插进灰白的头发里，山羊胡子有节奏地抖动着。

“别着急，既然都已经这样了，总得有解决的办法不是，你先起来，喝口茶。等我看看这个事情怎么办。”

吴老汉刚才一阵急走，虽然只有几里路，可也累得气喘吁吁。

李三装模作样地从破擦油包包里取出来一本发黄的书籍，靠近窗户边透过来的光亮，不时用手指蘸一下嘴唇，慢悠悠地翻看。过了好大一会儿，他才合上书，“也不是没有解决的办法，身体发肤，受之父母，回去把辫子拾掇好，等我看个黄道吉日，提前还个愿。这事就算了了。”

吴老汉心存疑虑地回到了家中，枣花正坐在院子里拿着剪刀，狗剩坐在枣花的怀里，一脸哭相地接受枣花加工改造发型。

“辫子呢？”吴老汉在枣花跟前站定，阴沉着脸。

“剪了啊，狗剩自己剪的，跟花狗啃得一样，妈妈让我给修修。”

“修个屁。”吴老汉气急败坏地使劲把脚上的破布鞋一踢，鞋子划过一个漂亮的弧线落进靠墙根的猪食桶。

一旁正愁眉苦脸的狗剩看到了，咯咯地笑出了声。

吴老汉甚至都已经等不到天亮，他想着昨天和李三的谈话，李三显然是要用那半截辫子去禳解狗剩的灾难。

可现在倒好，他甚至想到了两个早已夭折的孙子。在暗夜里禁不住老泪纵横。

此时的李三正躺在热乎乎的炕上打着他的如意算盘。

“身体发肤，受之父母，来于父母，还于父母。”他道听途说一知半解的话语，总会想办法让此产生经济效益，当然，借此机会亲近一下久已没有亲热过的刘春霞，想到这里，他不禁感觉到了下身明显起了反应，一翻身压住了老婆。还在睡梦中的老婆一脸蒙，糊里糊涂地让李三亲热一番。

在吴家坪人看来，狗剩这个小子捅了天大的娄子，这个辫子好多值钱的男孩子都留过，那可真是命。当然，没有来得及留辫子的也不是没有，那脖子上总会戴上银项圈、缀满玛瑙珍珠啥的。

李三给狗剩的禳解毫无新意，但还是让吴家坪人又悠闲了一个下午。

自从狗剩一怒之下剪掉辫子后，同学们再也没人当着他的面说起过李三，或许也是有了伏小琴的陪伴，他一晃就度过了三年愉快的时光。两个姐姐早都不上学了，用吴国民的话说，认识自己的名字，双手会画个八字就已经够用了。

伏小琴穿的裤子也总是短得不及脚面，头发毛毛糟糟，忽然有一天眼泪汪汪地在校园里堵住他，“我爸不让我上学了，放羊铲草，家里都需要人手。”

狗剩看着这个营养不良显得面黄肌瘦的姑娘，不知道应该说些什么。

“你不会学陈世美吧。”伏小琴突然扭过头去，低声嘟囔了一句。

“什么？陈世美咋了？”他一脸的蒙圈。

“就是，就是当了驸马，不认妻儿。”她显得慌乱而焦急，“就是《铡美案》里的啊。”

“你说唱戏的啊。”狗剩一脸轻松地笑道。

“唱戏的怎么啦，我妈说，陈世美就不是个好东西。”

小琴转过学校的拐角时，眼角挂着两颗泪珠。狗剩摸着头想了半天，始终不明白她不上学和陈世美有什么关系。

村里的孩子大多都外出打工了，不久后回来时都穿着阔气，叼着香烟，哼着流行歌曲。吴狗剩坚持上学，眼睛在煤油灯长期的伤害下也近视了，看人眯缝着眼睛，几乎成了村里人的笑谈。

九

“狗剩，听说国家都不分配工作了，上学都要自己掏钱，还上个什么劲啊，跟我出去打工吧。”伏辉娃和村里大点的孩子都出去打工了，说是看到了高楼，看到了火车，看到了什么长江、黄河。这些东西，狗剩只是书上看到过。

“那你们都在外面干些什么呢？”狗剩挠挠头皮，显得局促不安。

“搬砖啊，和水泥浆啊，只要给钱，我们啥活都干。反正比在家里干农活强多了。”

想到干农活，狗剩眼眶一酸，家里的人都一年四季在山里忙碌，也刚好能够一年的口粮。最苦的是母亲刘春霞，基本就没穿过一件新衣服，常年的操劳让她浑身是病，白发过半，脸上布满皱纹。

狗剩低下头，心里盘算着自己的想法，他从书上看到各种水利工程，各种惠农的政策都已经在发达地区落地，要是能像课本上学的，真正能实现农业现代化，那祖祖辈辈在黄土上劳作的这些人不就真正过上好日子了吗。

他们见他不说话，以为是说到了狗剩的痛处，伏辉娃搂住狗剩的肩膀，“你见我妹小琴了吗？她现在在一家餐厅当服务员，一个月工资比我们都高，他们老板的儿子很喜欢她。”

“不过，我知道，小琴一直喜欢你，说只要你乐意，你到哪里，她就跟到哪里。”

吴狗剩默默地站起身，把一脸诧异的伙伴们抛在身后。他突然发现有种无法言说的痛苦，和这些穿开裆裤一起长大的伙伴们之间有了一种微秒的隔膜。

他也说不上具体是什么，但是他突然感觉到了，这些小伙伴们都将各自跨进他们自己的行业，有各自的路。

吴家坪的人真正过足了戏瘾。在伏辉娃家里，满院子都围坐着村里的人，一台双卡录音机里正播放着秦腔粗犷的唱腔，这在吴家坪这个点着煤油灯照亮，听着收音机过日子的时候简直就是奇迹。

以前也不是没有听过录音机，装着几节电池一个下午都听不下来。伏辉娃录音机连着的是一个汽车电瓶。

“来，抽烟抽烟。”伏国林老汉黑红的脸庞透出一坨红晕，黄黑的牙齿缺了两颗，正口齿含混不清地为来人散发纸烟。

李三也夹杂在这群人中间，他已经感觉自己不再是吴家坪上流的人物。他背靠在墙根处，眯着眼睛望着远处，想着自己在吴家坪上转一圈，都有人窃窃私语地说闻到了干部味的日子相去甚远了。

好几盒烟盒随意地被拆开，放在众人伸手可及的地方，这些抽烟的男人在过足戏瘾的同时又过足了烟瘾，直到日头快要落山时，才耳朵上夹着烟棒依依不舍地回到了家。

“伏家小琴要把兰花她们领去城里打工呢，你说到底应该不应该去啊。”刘春霞睡在丈夫身边，心有顾虑。

“小琴那一身衣服，咱们兰花她们一辈子也穿不到吧。”吴建仁心有凄然。“要不，就让兰花和梅花去吧。说一个月一百多月钱呢，还管吃管住。”

“不过我心里不踏实，要不你跟上她去看一眼上班的地方，再做打算怎么样。”春霞还是不踏实。

兰花和梅花已经被小琴的漂亮衣服俘获了，心里激动地睡不着：“姐，你说小琴姐说的是真的不，有吃不完的好吃的，漂亮的衣服，还有男孩子约着看电影。”长这么大，她们只看过乡下亮敞地里的露天电影。对她们来说，都已经有点迫不及待了。

对于狗剩来说，几年来，他只见过小琴三次面，还都是在人声喧闹的黑夜戏园里。

穿着洋气的小琴好像一只骄傲的花喜鹊，她已经不再和他去讨论戏里戏外的事情，只是一个劲地劝说让狗剩早点结束学业。

“你不知道，城里有多美。”小琴似乎沉浸其中，“都是我们从来没见过的，没吃过的，没穿过的。”

小琴自顾自地说着话，黑夜里她看不清狗剩已经有些发红的脸，她从口袋里掏出一盒烟，悄悄地塞到狗剩的手心里。

他学着成年人的样子，把点燃的烟使劲吸一大口，烟头在暗夜里泛着点点的红光，呛得他难受。

吴狗剩年轻的心里知道，如果现在跟着他们去打工，除了抱砖，除了出卖苦力又能干什么。看着伏辉娃稚嫩的脸蛋，双手磨起的老茧，那不是他想要的生活。

初中毕业后，好几个一起长大的小伙伴跟着伏辉娃去打工了，有几个参军去了遥远的西北，只有狗剩背着一卷铺盖来到了县城的高中。

这是狗剩第一次来到县城，虽然只有几条短短的街道，但还是让他感觉到了一种陌生的新鲜。

学校大门口挤满了人，主要是学生和前来送行的家长，比起吴狗剩形单影只，好多同学周围都围满了家长，帮忙拿行李的，帮忙带吃的。

他随口问了一下班级的宿舍就一个人晃荡到了门口。

屋内乱哄哄的，好多行李都摆了一地，箱子、炉子、面口袋、洋芋袋子都堆得小山似的。

“吴天明吧，把你的铺盖卷搬到这里来。”下铺墙角伸出一个黑乎乎的脑袋，他指指旁边还空着的一张木板床。

“我？”吴狗剩用手指指着自己的鼻尖，在别的地方，他可一直都被叫狗剩的。

这个把吴天明的床铺铺在自己身边的人叫杨旭，长得浓眉大眼，年纪轻轻就好像嘴边长出了一圈黑乎乎的胡子。

一个长条褥子，一张黑狗皮，一个面口袋一样的枕头。等到一切准备就绪，一些煤油炉子开始蹿起红黄的火焰，冒出一些黑乎乎的浓烟。

吴天明躺在乌烟瘴气的房间里，心里开始筹划起他遥远而渺茫的蓝图。

他下定决心要用功读书，他要用自己的行动证明他也能走进城市，过上好日子。他想要的生活一定不是伏辉娃他们那样简单的物质。他要让他们对他另眼相看，他要让吴家坪的人坐在他家宽敞明亮的大房子里，抽上几天的烟，听上几天的秦腔。

这个可爱而单纯的年轻人，对于外面的世界一无所知，他眼中的美好说到底和辉娃他们并无两样。

十

李三渐渐觉得，在村子里已经没有了那种一呼百应的气势，他原来在吴家坪放个屁也有人说带着干部味。

可是他发现，已经很少有人再请他去叫魂啊、安土啊什么的，他开始转动脑筋，开始想办法从吴家坪走出去，他敏锐地发现，外面有一个更广阔的世界在等待着他。

他把破擦油包包换成了漂亮的皮包，在镇街道商铺里赊了一辆一二五型摩托车，他不会再把目光聚集到吴家坪这个弹丸之地。

李三开始在县城周边频繁地活动，比起他在吴家坪、张家洼这些地方拿一只鸡顺两盒烟来钱就快得多。

他特意准备了一些道具，把东西带到了县城，在县城一个偏僻的巷道里租了一间房子，他要在县城开始他招摇撞骗的新生活。

同样开始嗅到发财机会的不止李三一人，当伏辉娃领着一帮村里的半大小子南下淘金时，吴家坪的人似乎从中悟到了什么，对于他们祖辈万分珍惜的土地，也已经不再那么殷勤地侍弄了。

村里那些和土地打了一辈子交道的人，真正地觉得心疼啊，那么好的土地，大部分已经撂荒了。

伏辉娃领着十一个小伙子和两个小姑娘，乘着一辆包工头的车来到了离家八百公里的一个山沟沟里时，众人瞬间感觉上了当。辉娃嘴里描述的比天堂还好的城市离他们太远了，据说出去到镇上买个东西都得坐包工头的顺风车，一个半小时才能到达。

“你说的高楼呢？这哪里像个城市的样子。”小琴最先对哥哥发难，她在饭店干得好好的，本来饭店老板的儿子对她很好，她梦想着有朝一日坐在收银台前数钱，过过当老板娘的瘾。

可现在，同村另一个叫郭彩云的姑娘也开始怀疑小琴，对小琴嘴里偷偷告诉她的话深表怀疑，这哪里是小琴描述的样子嘛。

小琴有口难辩，对着彩云瞥过来的不屑眼神只能暗暗叫苦，忙不迭把自己头上那个蝴蝶发卡取下来，顺手别到彩云头上，才让彩云破涕为笑。

好在这些庄稼小伙子对此并不在意，他们住的山沟里比这也好不了多少，再说了，他们除了搬砖和泥什么的外，再不管什么挑水饮驴填炕的琐事，况且还有小琴和彩云俩美女给做饭，何乐而不为。

十一个小伙子分成几拨，和泥的，侍弄坯子的，推车装窑的，往外出砖的，一个个都是干活的好手.

彩云对于这份工作也已经得心应手，可是小琴就有些落寞了，对于这个工作的地方，她打心里不满意。可是既然已经来了，又不能拆哥哥的台。她只好暂时把苦闷放在心里。

没有音乐，没有城市，没有灯红酒绿，所有的娱乐就是喝酒、打牌。只要是不干活的时候，几个男人就光膀子甩起扑克牌，日子倒也过得很快。

可让小琴感到苦闷的是，厂子里的包工头开始打她的主意了。

那个包工头四十多岁，一脸油腻，满身是肉，露着几颗黄灿灿的金牙，时不时会把袖子夸张地撸起来，露出满是文身的胳膊。

听砖厂的人都叫他牛厂长，他的真名叫牛犇，却从来没有人叫过，大家习惯叫他具有代表性的名字：大金牙。

“小琴，好好干，等哪天哥给你找个好对象，就别回那个山沟沟里了。”大金牙看着小琴，露出谄媚的笑容。

“对象倒是不急，不过哪天有空了带我去镇上转转倒可以，我都待得闷死了。”

大金牙的一句话，倒是提醒了小琴，住在这个四面被山包得结结实实的山坳里，她不时地会想起狗剩。

虽然他已经上了县城的高中，虽然相距这么远，但是想起小时候的事，她脸上竟然会飘起几朵红晕。她明明知道她和狗剩的差距，狗剩不像这些光膀子喝酒甩扑克牌的人，他甚至有一点腼腆，有一点害羞。

大金牙以前除了隔十天半月用皮卡车拉回来一些米面油外，基本上只是在负责出货时领着大货车来几趟。

在这个地方，伙食基本上是面粉、大米、土豆、白菜，偶尔大金牙会带来一块猪肉或者青菜。可最近他却往山沟沟里跑得勤快了，还不时地会装模作样的来厨房检查一下食堂的伙食情况。

如果小琴在的话，他甚至已经偷偷地往她的手里塞些零花钱。塞钱的时机大金牙把握得非常好，往往就是看着屋外的彩云快要进屋的时候，那样小琴根本就不能推辞，只好悄悄地装在兜里等着时机再还给他。

“小琴，你不是说要跟我去外面看看吗？明天有一位客人来拉砖，去送往省城，他来回要拉好几趟，正好你可以跟着去，在省城住上一半天，等到他下次来时再回来，方便得很。”

“那我可以和彩云一起去吗？”不知怎么，小琴一想到自己要在省城住上一两天，突然就有点害怕。

“要是你俩都走了，那饭怎么做？你不用担心，回来时给彩云多买点好玩的就成了。”大金牙对着彩云，“彩云，这几天就辛苦你了，回来我帮你带两件新衣服。”

彩云本来沉着脸一语不发，一听大金牙说要带几件衣服，顿时高兴了起来。

“去吧，小琴姐，难得有这么好的机会，我这儿你不用操心，还有你哥他们呢，到时候帮忙照看我一下就成了。”

来此两三个月了，这个寸草不生的山沟沟里几乎与世隔绝。

随着汽车沿着盘山路的颠簸，眼前的景色越来越美，越来越明朗，山外一片片成熟的庄稼，金黄的麦子随风摇曳，他们刚进山时，麦苗才刚刚一拃长。

司机绷着脸一声不吭，偶尔拿起旁边的大水杯“咕嘟咕嘟”灌上一口，侧过脸看一下像个出笼小鸟的小琴，嘴角泛出一丝不易觉察的冷笑。这样的女孩子他见多了，“妈的，好菜都让猪拱了。”黑脸司机不自觉地嘴里嘟囔了一句。

小琴本来就被外面的景色一直吸引着，也无暇顾及旁边这位脸像泥塑一样的司机。

车在省城外围一个建筑工地上停下来，司机从腰里取下传呼机，开门下车往一座彩钢房前走去，对着小琴做了一个乖乖待在车里的手势。

不一会儿，他出来对着小琴说，在这等上半个小时就会有人来接她。说完又开着卸完货的车轰隆隆地走了。

望着车远去的背影，小琴有一瞬间有跟着货车返回的冲动，她突然感觉到了一丝隐隐的不详。

十一

此时的大金牙正躺在来悦宾馆的席梦思大床上，他刚刚特意在楼下的洗浴中心里洗澡搓背，把自己折腾了一番。此时他已经有些等不及了，想着那个雏鸟一般的小琴饱满的胸，翘翘的屁股，还有一股乡下女孩特有的纯朴。

他已经躺在床上用砖头样的电话给那个司机打过五遍传呼，刚刚才得到回复货车到了砖厂。

宾馆楼下等了一早上的那辆出租车一接到大金牙的指令，立马一脚油门冲那个建筑工地而去。

小琴站在大街上，像一只无助的羔羊，她已经开始后悔了。来这个城市她不是为了来看高楼，也不是为了灯红酒绿，她有她自己的小秘密，她要给远在千里之外的狗剩打个电话。

家里到现在也没有电话，发封信也没有意义，那个胖邮差只是把一些信件随手撇在乡下传达室的窗台上。

出租车在省城的大街小巷里穿行，窗外不时变换着风景。

出租车又停在来悦宾馆门口时，司机对她做了一个坏笑，他对这些事情见得多了，管球她了，反正比自己跑一天挣得钱多，况且还省事省油。

在房间里等待的大金牙起床收拾一番，站在来悦宾馆的门口。“小琴，咱们先吃个饭，再去公园商场转一圈。”他嘿嘿笑了笑，“答应给彩云买件衣服的。”

宾馆二楼的包间里，小琴局促地坐在饭桌前，望着一大桌饭菜，不知道从哪下手，“还有其他人吗？”

“没有了啊，放开吃，不要有什么顾虑。”大金牙大大咧咧地坐下来，“平时在山里都难得一见的东西，多吃点。”

要不是小琴在饭店干过一段时间，她真还没有见识过这些菜，即便如此，她还是看出来这些比她工作过的饭店的高档多了，真还有些不知道如何下手。

“好好干，有机会了给你介绍一个城里的男朋友，你们那个村里太穷了。干脆就不要回去了。”

小琴埋头吃饭，并不答话，那个村里唯一让她留恋的就是狗剩，如果狗剩留在村里，能嫁给他，那她会毫不犹豫地返回去。

这顿饭比起山沟砖瓦厂缺油少肉的饭菜来说，自然是丰盛不少，可小琴却吃得味同嚼蜡，她觉得大金牙另有企图。

好几次她说起要出去给别人打电话，大金牙总是大方地把砖头样的手机拿出来，“随便打，这么方便的，干吗要去外面打公用电话。”

电话号码是小琴辗转从辉娃那里得知的，是学校门口传达室的，打通了，说明让哪个班的学生在约定的时间再来接电话，况且一般要等到课外活动时间，现在天色尚早。

小琴此行来还另外有一个目的，就是把兜里装的钱还给大金牙，她感觉大金牙已经有了觊觎之心。

一想到当着大金牙的面给狗剩打电话，总觉得有些不妥。她好几次把手伸进随身携带的包里抓住那些叠好的钱，都被大金牙打岔给缩回去了。

大金牙吃喝得兴起，满嘴的唾沫星子乱飞，搞得周围的人一阵侧目，他看着眼前这个他垂涎好久的姑娘，心里一阵窃喜。

昨天晚上在街边摊上小贩手里买的一种东西他一直放在口袋里，刚刚趁小琴上卫生间的机会偷偷地倒进了她的水杯里。

单纯的小琴绝对想不到这个大金牙会用如此卑鄙的方式，喝了水后的她顿感头晕目眩，浑身乏力。

她看着大金牙邪恶地冲着她淫笑，她想呼喊，她想翻起身来，可是全身软绵绵得动弹不得。

她躺在床上，任由大金牙剥光她的衣服，愤恨、委屈、难过，所有的情绪一瞬间让她感觉活着已经没有了意义。

大金牙恶狼似地折腾完了，疲惫地躺在床上，他脑海中闪过的罪恶计划初步成型。

他要把她介绍给一个房地产商，当然，偷偷地放在床头的摄像机已经录下了他需要的画面，日后，他会用这些画面威胁着小琴和他私会。

小琴慢腾腾地站起身来，一件件地往身上套衣服，她面无表情，恍若游尸，让睡眼蒙眬中的大金牙心中生出一阵寒意。

以前那些女孩一哭二闹三上吊，他大金牙都胸有成竹地打发掉了，而现在这个小女孩却突然安静得让大金牙感到可怕。

伏小琴依然是一言不发地穿好衣服，慢腾腾地站在落地窗前梳理头发，她的每一个动作都那么舒缓，在大金牙看来甚至非常优雅。

大金牙慢慢地把他那肥胖的身体从床上支起来，“小琴，你倒是说句话啊，你怎么不骂我，不哭，不闹。”

大金牙突然举手冲着自己的脑袋就是一巴掌，“我他妈该死，我不是人，你知道吗，小琴，都因为你长得太美了。”

大金牙显然对自己的表演很满意，他光着身子从床上冲下来，不知羞耻地三两步扑到小琴面前跪下来，“小琴，你原谅我吧，你想要什么你就说。”

“起来吧，小心着凉了。”正在拢着头发的小琴突然转过身来，对着他做了一个甜蜜的微笑。

“你妈，什么情况。”跪在地下的大金牙突然激灵一下打了一个冷战，当然不是小琴说的着凉感冒的话，这里的空调正慢悠悠地翕动着，吐出温柔的暖风。

“难道，这个小丫头片子看上我了？”大金牙心中不由一阵窃喜，他慌乱地站起来，下身凶器立马夸张地昂首挺胸。

“别嘛，都折腾了一晚上了，我早都是你的人了。”小琴朝大金牙推了一下，大金牙虚弱地倒在床边。

“人家都饿了，被你折腾了一晚上。”小琴说着脸上露出一抹绯红的红晕。

而此刻，在小琴的心里，杀了他的心都有。

她想起夜晚来临前的那一刻，她屈辱地躺在床上，被大金牙一次次地摧残、蹂躏。委屈、愤恨，泪流在心里，她想起了吴家坪，想起了狗剩，想起了她曾经梦想的幸福而平凡的一生。这一切，在这个陌生城市的一晚上，都被无情地碾碎了。

两个人都各怀心事，对于大金牙来说，揣测得更为费劲，他时而欣喜，时而忧虑，始终摸不清这个乡下女孩是何种意图。甚至昨天晚上他在床上看到让他大感意外的落红而惊喜的心情，现在也好像在小琴漠然的表情里被大大地画上了问号。

难道伏小琴也不是个善茬，就像他利用的手段一样，她也利用了某一种手段吗？

十二

在满腹狐疑中，他俩一起吃完了早餐，在商场里面买了衣服和日用物品。

可是不管是在大街上走动，还是在商场里面购物，伏小琴都不自觉地挽着大金牙的胳膊。

大金牙，原本在大街上以挽着一个漂亮女子的手臂为荣，现在却像碰到刺猬一样让他步步惊心。

伏小琴在上厕所的间隙拨通了吴狗剩的电话，“狗剩，你就好好上学吧，姐现在有钱了，不管你考上什么大学，你都不用为钱发愁。”

听筒里伏小琴的声音熟悉又陌生，以前有村子里的人开玩笑说起他俩的时候，小琴可不是这个样子，羞得一句话也不会说，见了面也不会说上几句话。现在，吴狗剩摇摇头，看来，这个女孩一出门，也就不着四六了，说话大大咧咧的。

而吴狗剩哪里知道，伏小琴的心里，那个曾经温柔善良的她已经死了，就在昨天，在昨天肮脏的床上，她永远都配不上单纯憨厚的他了。

在商场里，伏小琴第一次精心挑选了一套蕾丝花边的内衣，举在胸前比画着问大金牙好不好看。

在邮局边，伏小琴把一个包裹郑重地包好，寄向了远方。

劳累的一天结束了，大金牙心满意足地躺在床上，等着伏小琴肩膀上的衣服滑落。

在他看来，伏小琴终究是一个乡下女孩，有着物质的虚荣，他在心里窃喜，为能用小小的物质换取这么一个漂亮丰满的少女。可大金牙哪里知道，他将掉进他人生无边的噩梦中。

伏小琴娇媚地站在当地，把衣服一件件地褪下，露出少女特有的丰润光洁的身体，娇笑着扑向早已欲火焚身的大金牙。

大金牙双手在她的身上乱摸，嘴里不住地呻吟，他已经迫不及待地想要进入她。

小琴咯咯地笑着，用双手看似无目的地到处遮挡，让心急的大金牙一时无法得逞。

正当他已经欲火焚身不能自持地想要强行进入她的身体时，小琴突然诡秘的一笑，把嘴唇凑到大金牙的耳边，“告诉你一个好事情。”少女特有的温润丰唇凑向他，在他耳边泛出阵阵香气。

他闭上眼睛，长出一口气，这一番折腾已经让他身体某些部位的硬度达到了极限。

“你，你，快说，倒底是什么。”他使劲弓起虾样的身子。

“我邮寄了一个包裹。”

“我看见了啊。”大金牙喘着粗气。

“你不想知道里面是什么吗？”

“不就是衣服吗？”大金牙撇撇嘴。

“你猜是什么衣服？”

大金牙伸出胖乎乎的手顺着小琴的腹部滑下，又是一阵燥热。

“不会是这个吧。”大金牙狞笑着摸了一把。

“真聪明，一下就猜到了。”小琴把嘴凑到他的耳边，呼出一口气。

此时的他已经被媚惑的小琴撩拨到了极限，强行分开她的双腿，准备长驱直入。

“以后那些东西就保存在公安局了，你就好好保重身体吧。”

一听“公安局”三个字，大金牙刚才还弓成虾样的身体瞬间变得绵软，一下扑倒在小琴身上。

大金牙白天的担心和小琴被他糟蹋后的反常一股脑钻进他的脑海。

此后的他面对着自己软得像虫子一样的下半身，恨不得杀了伏小琴，而每次她以此为要挟让自己把辛苦挣来的钞票汇入她的账户，更是让他恨得咬牙切齿。

小琴离开了砖场，去了他们不熟悉的大城市，彩云有了新的伙伴。

吴家坪的小伙子们经过一番角逐，刘小舟成功地成了彩云的帮厨兼男朋友。

李三逐渐地淡出了吴家坪人的视线，他准备了一身行头，把“根据地”选在了西县。

这里相距吴家坪所在的南县有九十公里，交通便利，距离适中。更为有利的条件是这两个县分属两个省份，往来人员相互交往生疏，便于他长期蛰伏，更好地招摇撞骗。

西县汽车站前面的马路南北朝向，人来人往，十分热闹。

在这条街道上摆开一片红布正襟危坐替人占卜的不止李三一人，每隔上二十米左右，就有一人，许是他们都各自有各自的地盘，或者也有一套行业体系。

当李三把精心准备的一片布在面前摊开，坐在随摩托车带来的一个小凳子上时，两侧的“同行”不经意间投来了意味深长的一瞥。

李三早些年虽然一直在吴家坪一带混得风生水起，但那毕竟是小小的村庄，这里已经是县城，况且两省相隔，虽然只有九十公里左右的路，但两地口音变化都非常大。

李三只要一张嘴，别人就知道他不是本地人。

许是李三早有防备，或者是“做贼心虚”，他早已准备好了一副墨镜，戴了一顶鸭舌帽。

不到十分钟，一位头戴道帽身形微驼的五十岁左右的老者出现在面前，手里提着一个擦油包，拄着一根文明棍。

旁边几个“同行”都齐刷刷把头转向了这边，显然是等待着发生点什么。

“大师，有点困惑的事想请求大师您指点一下。”文明棍单手拄棍，微微弯腰。

李三这屁股才刚刚坐下，就有人送钱上门，心中暗喜，忙点头示意其坐在旁边的小凳子上。

文明棍并不说话，也不坐，只是微微笑着看着李三。

李三见他如此，再看了看旁边那些不怀好意的“同行”，心中已经有数。

就在昨天，他已经躲在远处观察过这些算命先生，也通过周围的一个小卖部里的人把他们这些人的大致情况掌握了一遍。

这条街道上的算命先生大都是游手好闲之辈，对于什么易经、术数一知半解，仅凭圆滑的舌头在这一带混口饭吃。

而这个文明棍叫流云，不知是否是其真名，这个家伙凭着三寸不烂之舌在这一带混得如鱼得水，把前来算命的女人迷得神魂颠倒。稍有姿色的基本都难逃其魔掌，据说这个小城市里打扮娇艳、精神失常的几位女人都与此人有关，不过这无从考证。

李三望向流云，并不答话，他明白猫抓老鼠的游戏，这对视的几十秒，李三感觉他明显占了上风。

“您给我算算。”文明棍一开口，李三知道自己的把握又增加了一层，他的眼睛眯得更加深邃。

“算什么？”李三低头把面前写有神秘预测的红布拉得更展一些。

“你就算我从何处来，所问何事？”流云把手里的拐棍换了个手拿着，摆了一个放松的姿势。

“这个简单，你要听详解，还是略解？”李三顿了一下，“不过以你这么聪明的人，我一点你必然立马开悟。”

“好，那你就粗略说一下。”旁边不知何时已经悄悄围上来一群看热闹的人。

“先生从东北方向来，距此不过百米。”李三胸有成竹。

“哦。”流云脸色微微一变，不过很快又镇定了下来。

“所为何事？”

“天下之大，何处无真正男儿立身之地。”李三抬头环视一周，“二虎相争，必有一伤。如果想听详解，不妨酒后一叙。”

流云踟蹰几秒，决定先稳住再说，对于这个谈吐不凡贸然闯入的行事者，他有些吃不准。

旁边看热闹的人在流云示意的眼色中离开，流云坐在李三前面的小凳子上。

“我看你印堂发黑，最近有吃官司的迹象。”李三故弄玄虚道。

流云脸色一变：“愿闻其详。”

“此事关系重大，当断则断，不断则乱，所谓红颜祸水，先生自当珍重。”

几番糊里糊涂的对话下来，流云脸上的汗已经下来了，他此时对眼前这个人已经不再轻视。

两个人交头接耳说了半天，流云决定放弃现有地盘，远走他乡。当然还是继续行骗，临行前的夜晚流云推心置腹地对李三说了很多这个城市的情况以及平时需要注意的问题。

当然李三在小卖部出手大方地买来的一条好烟起到的作用非同小可。

十三

旁边的一些同行对于李三神秘莫测地三言两语将流云支出这个城市的江湖行为感到吃惊。在他们眼中，流云在这个城市黑白两道都吃得开。

“我想算一卦。”一位美女的香气比说话声更早引起了李三的注意。

在这方面，李三有自己独特的一套“欲擒故纵”。

他首先不说话，与来人对望几秒钟。

美妇妖艳，对于李三的对望起初以为自己的美吸引了他，可是李三就是不开口，从头到脚一直望。

“你，没见过美女啊。好色。”女人终于被看得心里发毛。

“别急，你先坐。我不问，一看便知你要算啥，并且有破解之法。”李三微微一笑，伸手指了指地上的小板凳。

女人一只手把精致的小包往怀里一带，另一只手从屁股后面顺下，把长长的裙摆顺势带在前面。

李三看着她饱满上翘的臀部，瞬间喉头发热，不自觉地咽了一下唾沫，幸好女人弯腰低头坐向凳子并未及时察觉。

女人一落座，李三便已经成竹在胸，如倒豆子般滔滔不绝地说出一大段话来。

“美女衣食无忧，花钱如水，可人生在世，总是不能完美，近来老公夜夜醉酒，面对良辰美景，寂寞空床，外人羡慕你风光无限，可有谁知你满腹辛酸，无处言说。”

李三对望不是没有道理，他观察到女人雍容华贵，衣着鲜丽，可眼圈发黑，眼睛肿胀，明显失眠，没有男人抚慰。

女人看着李三，神情激动。

李三的话她一知半解，但对于什么空床啊花钱如水，风光辛酸之类的她一路走来，可谓坎坷。

十几岁出来打工被男人骗去身子，最后破罐子破摔，去了地下舞厅，当了几年“小鸡”，后来嫁给一有钱商人，可几年过去生不出一男半女。商人又另外找了小三，扬言小三一生出孩子，他俩立马离婚。

过惯了锦衣玉食的生活，一想到离婚后孤苦伶仃，她不由悲从中来，夜夜纵酒消沉。

“有什么破解的办法吗？有什么办法能阻止他和那个狐狸精继续在一起吗？”女人情绪激动之下，和盘托出心里的想法。

李三心中暗笑，这他妈哪是算卦嘛，这城市的钱就是好挣。

不过李三看着美妇那饱满的胸，上翘的臀，他的嘴角露出一丝狞笑，好歹在这个城市找个暖床的嘛。

他刚刚以公安局将要以流云诱骗美女抓捕他而将人支走，他的“文明棍”却不听使唤，执意要捅向美妇的马蜂窝。

李三一个下午连哄带骗地下来，那个自称叫“眉眉”的女人已经是佩服得五体投地了，她甚至一直等着李三收拾好摊子，帮着李三拎着擦油包包，一同去了饭店。

李三在饭店里开怀畅饮，看着眼前这个被他逗得不时放声大笑的美女，他觉得这日子比在吴家坪那是天壤之别。

“三哥,走,咱们回家。”眉眉站起来踉跄两步又捂着头倒在宽大的凳子上。

“三哥，你听我说，以后，我这家就是你的家，让那个老不死的滚得远远的，想死哪都成，想找他妈的什么样的女人都成，老娘还不伺候他了。”说着又伏在桌上号啕大哭。

好在这是高档包厢，服务员不但有着漂亮的长相，更有着过人的眼色，他们在门外听着里面的对话，不时挤眉弄眼地笑笑。

“好妹子，咱不提他，人嘛，横竖一辈子，过好眼前才重要。”

他的手已经搭在了她的肩膀上，李三慌乱地一震，这他妈身材，这皮肤，哪是刘春霞她们能比的，老子在乡下担惊受怕。早知道城市里这么好，我他妈早都来了。

眉眉感到肩膀上一只有力的大手颤抖了一下，她也心中一阵慌乱，起身想要躲开，可李三另一只手也适时地从她下腹探索着，态度强硬地闯入了她的敏感地带。

“不要，哥，不要。”她的声音低到连自己都听不见。

李三一旦掌握了主动，便肆意地动弹起来。他双手握住她坚挺而又丰满的双峰，顺势把她往怀中一带，性感弹性的屁股就被带入了怀中。

包厢里面的椅子咣当咣当一阵乱响，门口的服务员警惕地弹了弹贴着蒙砂玻璃的门，这种不明关系的男女一旦失控，万一有什么事闹腾出来，饭店也难逃干系。

门口的这一男一女服务员早都被里面的动静搞得浑身燥热，为了顾全大局，还是敲响了玻璃。

李三吃了一惊，看着头顶明晃晃的吊灯才明白身处何方，他松开她酥软的身体，顿时长出了一口气。

气氛骤然尴尬，眉眉开始整理被弄乱的发丝，绯红的脸蛋，在灯光下看着让李三顿觉她楚楚可怜。

他拿起桌边的一杯水，大口吞咽了几下。

“服务员，结账。”女人手脚麻利地从随身携带的包里抽出一张卡片，递给了服务员。

李三汗湿的手心里攥着几张毛票，几度都不好意思开口。

十四

小城的夜色灯火阑珊，夜晚的游人也已寥寥，他俩都喝得头昏脑涨，走路摇摇晃晃，搀扶着向前。

“哥，你看见了吗，多少年前，我他妈在哪里都是第一朵花，排队舔我脚丫的人多了去了，他妈的，臭男人。一个德行。”接着又转过头来，把嘴凑到他的耳朵边，“当然，我三哥除外。”

李三望向她手指的方向，只见一片流光溢彩的灯管中，不时变换色彩的几个大字“火树银花不夜城”。

在一个巷道口站定，李三局促不安地说先送她回家，他就在附近的宾馆住下算了。

经过暗夜的凉风一吹，李三心里清醒了不少，他在这个城市也算是刚刚步入江湖。

他知道江湖的凶险，万一这是流云设局让人试探他的呢，岂不是上了大当。

一想起这层关系，他立马觉得头皮发麻，出了一身冷汗，可看着怀里一会儿哭一会儿笑的眉眉，观察了一下周围的环境，他又觉得似乎她不是在演戏。

不管是不是，先把她稳住再说，不要像贪吃的老鼠，刚伸出嘴巴，肉还没到口，已经被夹住了嘴巴。

“你回去吧，以后日子还长着呢，三哥一定会帮你平稳渡过难关。”

“不嘛，三哥，今晚无论如何都得回家。”她缠在李三的身上，噘嘴撒娇像个小姑娘，朦胧的路灯下李三裆下又是一阵燥热。

不管球了，牡丹花下死，做鬼也风流，我就不相信我李三会倒在这个离家不足百里的小城。

当然，席间眉眉曾多次谈起她老公孙悦胜领着一个狐狸精去了新马泰旅游，今天刚刚还传回来一张旅游照片。

“走，哥带你回。”李三豪迈地一甩头，颇有古代侠义之风。

屋内金碧辉煌的装饰超出了李三的想象。在吴家坪人心目中，李三也算是见多识广，也有外面城市的人接他去给调整过风水，可是像眉眉家这么豪华的房子他生平还是第一次见。

他精心收拾过的衣服此刻显得这么不协调，地下宽大的穿衣镜里现出他乱糟糟的头发，邋遢的胡子，站在这里，李三恍惚间觉得自己陌生得有点不能和自己相认。

“哥，坐。”一进门，正在李三脑海里恶补了许多场景的同时，眉眉已经高高地抬起一只脚，甩出的鞋已经稳当地落在了对面的沙发上。

她光着一只脚丫，像个瘸子，一手拉着李三的胳膊，就往沙发上倒去。此时的李三再也顾不上形象邋遢，衣不得体，他拥入怀中的美妇柔弱无骨，一下就倒在了沙发上。

宽大的沙发掩着两具刺目的肉体，犹如在大海上颠簸的小船。

夜深人静，窗外透进一道亮白的月光，李三借着朦胧的光线看着怀中这个娇柔的女人，想起了吴家坪的小村庄，他们终究不是一路人。

李三在街边蹲了一天就神秘地消失在了“同行”的视线中。

那些人交头接耳地议论李三是否得罪了流云。他们哪里知道，李三已经被一个叫眉眉的美妇“改造升级”，住进了当地最豪华的宾馆，专门为有钱人出谋划策。

当然，花钱折腾一番后，李三与以前的形象立马判若两人，再加上李三风流倜傥，幽默风趣，床上也会哄眉眉开心，她更是黏他黏得如泡泡糖一般。

李三此刻才明白项羽东归故乡不甘“锦衣夜行”并不是“穷人乍富”的小农意识，而是大多数人心中滋生的志得意满的再现。

他迅速抽空回了一趟老家，给老婆孩子带去了衣服零食，也大方地给前来“参观”他的街坊邻居殷勤地送烟递茶。

夜晚的油灯下，妻子早早地哄睡了孩子，满眼露出渴望的神情。

“他爸，早点睡吧。”

“睡吧，累了一天了，早点休息。”李三望着结实黝黑的妻子，想起妖艳的眉眉，顿时没有了兴致，“噗”的一声吹灭了油灯。

火光熄灭的刹那，他看到了妻子眼中闪过一丝幽怨失落的神情。

李三翻来覆去无法入睡，虽然短短的几个月，可是柔软舒适的席梦思床让他觉得家里的土炕硌得慌，更要命的是他想起了夜夜和他疯狂折腾的眉眉。

李三觉得来自身体内部一种隐秘的力量让他浑身燥热。他不由得伸出手去，探向渐渐呼吸平静的妻子。

砖瓦厂的生活一落千丈，大金牙每次来都恍恍惚惚，好几次开的夏利车屁股都蹭到了砖墙上，这在平时，准会疼惜地又是骂娘又是擦车，可现在他却没事人一样看也不看一眼。

刘小舟在这帮人里面，是最有眼色的，不但成功地谈了女朋友郭彩云，还学会了开车，经常开着大金牙的皮卡车去镇上买菜。

“哥，咋了，心情不好啊，来喝杯茶。”小舟麻利地把一杯茶水放在大金牙的面前。

“您先喝着，我帮您去擦擦车。”

“别管了，你去帮我办点事。”大金牙叫住刘小舟，面色慌张，好几次吞吞吐吐，欲言又止。

“您说。”刘小舟看着大金牙这种状态，也是一脸狐疑。

“先坐下。”他拉了拉小舟的胳膊，让他坐到自己身边，又兄弟似的搂住了他的肩头。

“你说，哥。有啥事你尽管说。”小舟受宠若惊。

“你改天买菜的时候帮我去买点药。”他突然变得脸色通红。

“啥药啊？我可不敢去犯罪啊，可别是什么老鼠药，安眠药的。”他从椅子上弹起来，慌乱地摆摆手。

“谁让你买那些了。”大金牙看着刘小舟慌乱的样子，有点可笑，自己觉得难说出口的事情竟然也顺理成章地出口了。

“哥那方面不成。我看镇里有卖专治这个的。”大金牙指了指自己腰间。

“我以为是啥呢，你这把我吓的。”小舟直起身来擦了一把汗，“小意思嘛，随便取。”

只要不是违法的，他随便啥都可以干，他就不明白了，取个药又不杀人不放火的，有啥难的。可刘小舟哪里知道，在当地，大金牙也算是个有头脸的人物，要是让别人知道他那方面有问题，那他的脸往哪里搁。

十五

刘小舟开车去拉菜，先在菜市场预订了需要的菜后，就去了街边的药店。

他探头探脑地进入了角落里不起眼的一个小店，看着一个个漂亮的店员，突然有点不好意思开口。

“您要什么？”

“我要。”他挠挠头皮，面红耳赤。

“要什么嘛，一个大小伙把你憋得难受。”

吧台旁边的一个中年男人抬起头，把眼镜摘下来放在正看的书上。

“是不是想要伟哥？”

他眯着近视眼睛一脸坏笑。

“是。”小舟的声音几乎听不见。

“不过我是帮别人买的，不是我用。”他突然提高嗓门。

“没事嘛，男人谁还不知道这个。”

一个上了年纪的女人说着指了指柜台，“过来，小伙子，你要什么样子的。”

他一脸茫然，临行时大金牙一再交代，不能给任何人透露出他需要买药的信息，只是说叫什么伟哥什么的。

“就是这方面有问题的。”慌乱中他学着大金牙的样子指了指下面。

几个人顺着他的手势一望，裤裆里被顶得小伞似的样子惹得他们一阵大笑。

“早泄还是？”男人站直了身子，凭他的经验判断眼前的小伙子肯定不是不举。

“啥是早泄？”

“早泄就是……”男人刚要信口开河地说些黄段子，转眼看到几个小姑娘愤愤的眼神，只好作罢。

小舟兜里揣着刚刚从店里买来的药丸，手心里都捏出了一把汗，他才明白大金牙打发他来的道理了。

等到走出巷口，他才把那几颗绿色的小药丸拿出来，举在太阳底下看。太阳刺目的光线中，他并没能看清里面是什么内容，他摇了摇头，准备开车返回砖厂。

旁边有一个姑娘一直在不远处站着看他，见他要离开了，才快速走上来，在他面前站定。

“你不是要治病吗？”姑娘面色绯红，“我知道有个好地方，专治你这种病。”

“我……”小舟刚要发火，转眼一看就是刚才在店里的店员。姑娘漂亮的脸蛋，迷人的身材，他随即产生了恶作剧的念头。

“真的吗，我都痛苦死了，你真的能帮哥治好病。”他嬉皮笑脸地说道。

“嗯，其实这种药副作用非常大，并且不会根除你的病，我们有一种独特的按摩手法，可以让你在不知不觉中恢复男人本色。”

“多少钱？”小舟下意识地按了按口袋。

“不贵，一次一颗药价。”

恶作剧的心理越发膨胀，他看着年轻漂亮的姑娘，“去哪里啊？按摩店在什么地方？远不远？”

“不远，就在楼上。”她指了指身后的一幢二层小楼。

进到屋子里的时候，他才发觉有些不对劲。

一般按摩店都是开的铺面，怎么这个地方看着像居家过日子的地方，家电沙发日用品一应俱全，屋内布置温馨。

“哥，你先坐，我帮你倒杯水。”

“好。”他局促地在一个单人沙发上坐下来，快速地又扫了几眼屋内，对面有一间房子挂着门帘，显然是个套间。

接过姑娘递过来的水杯，他放在眼前转动着。

“哥，喝水。”刚才还一脸娇羞样的姑娘显得落落大方，一转身，把双手交叉放在前襟处，试图要脱掉外面的线衣，背对着他的屁股突然就显得越发饱满。

他刚想说句什么，她已经麻利地一拉发带，头发瞬间就如瀑布般倾泻了下来。她侧着身甩了甩头发，“哥，休息一会，到里面床上，我帮你按摩。”

里屋放着一张双人大床，窗户被粉红色的窗帘遮着，透过来温暖而迷人的光芒。

“这，这怎么？”小舟一脸诧异。

对于按摩这种事，他也是在砖瓦厂才听说的，辉娃说大都不是什么好事情。

“你先趴在床上，我帮你做。”

他脱掉外套，趴在床上，按照姑娘的吩咐抬腿扭腰。

除了在食堂帮厨时他和彩云有过几次简单的接触外，他从来没有被一个女孩这么近距离地揉捏过。

他开始呼吸急促，浑身燥热。

好在不大一会儿，姑娘说要在外屋取个什么保健液，再进来时，她却只穿了刚能遮住羞丑的三点式内衣。

小舟顿觉不妙，还没来得及翻起身，就听见了外面的敲门声。

“开门，开门！”外面有人大声喊着。

“怎么可能！”小舟猛地翻起身，看见那姑娘已经缩在墙角，捂着眼睛哭了起来。

“抓紧开门，我们是公安局的，有人举报你们这里嫖娼。”外面的人继续说道。

“你，赶紧把衣服穿上啊。”善良的小舟到现在还不知道哪个地方出了岔子。说好不是按摩的嘛，怎么突然就脱了衣服，并且刚好在这个节骨眼上。

“再不开门就要砸啦。”

“哥你去开吧。我这连衣服也没有，怎么见人嘛。”姑娘一脸的惊恐。

门一打开，冲进来三四个身着警服的青年，不由分说地就把他按在了沙发上。

“老实点儿，别耍花招！”其中一个戴着眼镜的胖子说道。

刘小舟哪里见过这种阵势，在众人推搡中早已不知所措。他使劲扭过头，却看到满脸泪痕的姑娘正在里面低头承认整个事情的经过。

“我操你妈。”

口袋里的几百元被如数翻走，这可是他要拉回去大伙十天半月粮食的钱啊。

胖“警察”说本来按照规定，必须要拘留，让家里人来领，但念及刘小舟家乡山高路远，又系初犯未遂，所以从轻发落。

从二层楼拐下来，他头重脚轻地来到车前，不知道如何向大金牙说明。

而此刻，在另一间房子里，胖“警察”他们正围坐在一起，兴高采烈地谈论着刚才大伙的表现。身上的衣服早已穿好，刚才药店的姑娘也围坐在一起，从中分到了应得的一份钱。

“怎么办呢。这么多钱没了，想个什么办法才能骗过大金牙。”小舟坐在驾驶室里冥思苦想。

突然，一个熟悉的身影在前面闪过。

“伏小琴？”他使劲眨眨眼睛。

他使劲摇下车玻璃喊道：“小琴。”

一身漂亮打扮的伏小琴正走在大街上，听见身后有个熟悉的乡音呼唤“小琴”，这么熟悉的声音，显然不是本地人叫重名重姓的人。

她转过身，取下墨镜，就看到了一脸惊诧的刘小舟。

“刘小舟。”小琴惊喜地叫了一声。

她快速地跑到车跟前，高跟鞋敲击着地面的声音尤其响亮。

十六

此刻的伏小琴哪里还有当初的样子，完全一副城里人的打扮。白色的长裙，大红的小坎肩，一头乌黑柔软的头发，在脑后用一方红丝巾轻轻扎起。雪白的瓜子脸，细长的眉毛下闪动着一双乌黑发亮的眼睛，流露出聪颖的光芒。

刘小舟从车上跳下来，想要学着以前的样子在她肩膀上拍一下，可手到半空，终于还是转过来挠了挠自己的耳朵。

这个细微的举动，竟然让伏小琴一阵莫名的失落。他们这些从吴家坪一起走出的少年玩伴终究要陌生了。

“你在这里干什么？”伏小琴看着停在旁边的车，好奇地问。

“来给砖厂拉点菜。”小琴走后音信皆无，自然不知道其中的变故。

“没看出来还挺长本事的嘛。”

“小琴姐，你呢。”

伏小琴转头看到不远处的一个小卖部，买了两瓶水回来。

“瞎混呗，还能干什么。”接着伏小琴用手指了指不远处的一个店面，“我在这里开了一个铺子，卖一些布料啥的。混口饭吃。”

她顿了一下，随即又说：“不要告诉别人啊，我这都是借钱办的，不想让家里人操心，对谁也不能说。”

“对了，彩云怎么样？还好吗？”

“挺好的。”小舟挠了挠头发。他自然不好意思说他已经和彩云好上的事情。不过他也不会守诺到对彩云也不说见了小琴的事情。

“走，姐请你先吃个饭。”小琴抬起头看了看远处，又思索了一会儿，推了小舟一把，“走，开车。”

她不想在离她铺子不远的地方请小舟吃饭，万一旁边的人说三道四让大金牙知道了。虽然她知道已经和大金牙结了仇，但还没有到撕破脸皮的地步。

小舟坐在车上，心中思索着一个问题，一直不好开口。

他看见小琴的打扮谈吐，知道向她借个百八十元的应该问题不大。

小琴指挥着他左绕右拐，约莫十分钟后，停在了出城的一条街道边。

这是一条约莫有五十米的街道，路边除了修车补轮胎的铺子就是饭店，还有一些窗户上贴着“干洗按摩”之类的店铺。

小琴指挥着他把车停在一个“李记泡馍”店的门口，俩人下车进门，点菜吃饭。

许是刚才受了惊吓，许是见到小琴，或者本身羊肉泡好吃，他足足吃了两大碗，满足地打了个饱嗝。

吃完饭，小琴大大方方地结了账，回头还塞给小舟二十元钱。

“小琴姐，我不能要你的钱，你做生意也不容易。”

“拿上，跟姐还客气啥。”小琴脸色一变，显得不高兴了。“再说了，遇上这么巧，也是缘分哈。”小琴呵呵笑道。

“我有个事想请你帮忙。”他红着脸搓着手里的二十元钱。

“有事你就说嘛，看把你难为的，只要姐能帮你的，肯定不会推辞。”

“我，我想和你借点钱。”小舟嗫嚅了好一会儿才像蚊子似的说出来一句。

“一个大男人，看把你难为的。”小琴坐直了身子，放松似的长出了一口气，“借多少？”小琴打开随身携带的小包。

“一百二。”

“行，钱我算给你的，也不要你还，姐也不问你为什么，但一定不能干坏事。”小琴麻利地数出来一百二十元钱，连同刚才抽出的二十元放在一起。

“就要一百二，等我有钱了，立马还你，不过你要保守秘密，对谁也不能说。”小舟感激地把钱攥在手里。

“这是我的电话，如果来镇里，记得给我打电话。”小琴从包里取出一张纸，随手写了一个电话号码，“一定不要告诉厂里的任何人你见过我，也不要告诉他们我的电话号码。”

他站在渐凉的晚风中送走了小琴，直到远远地看不见她的背影了，才坐在汽车驾驶室里发动了汽车。

他要急着赶去菜市场拉预订好的菜。一到菜市场，大老远地就看到了那个菜铺老板焦急地在门口徘徊，卷闸门也被拉下了一大半。

“你这个家伙，我都等你这么半天了，还以为你出车祸了呢。”菜铺老板显然是等得不耐烦了，乱说一气。

“不好意思，哥。真是遇到了点麻烦事情。”

菜铺老板一脸不满地把菜装上车，然后一锁门，跨上摩托车，冒着一屁股黑烟消失在了街道拐角处。

小舟此时才觉得长出了一口气，心里对小琴充满了感激。

等到他赶天黑返回时，大金牙他们已经焦急地开着满身划痕的夏利车沿途赶来了。

好在大家觉得有惊无险，纷纷埋怨他不应该一声不吭，连一个电话也不给大金牙打。

“好歹你也吱一声，万一出了车祸，谁负这个责任。”大金牙一到砖厂，就把怨气撒了出来。

最近他可以说是背到了极点，一个从乡下来的伏小琴竟然让他生活变了一个样。玩了一辈子的鹰，竟然让鹰啄瞎了眼睛。

“不是的，哥，你不知道，半路上油管子漏油了，我走了半天才找师傅换了一根。”

他用手摸了摸大腿，这不，腿走的都抽筋了。

其实小舟一直被大金牙看好，不是没有原因的，他眼光独到，总是能把事情想到前面。

等到人们都散去了，他悄悄地从兜里取出几颗淡蓝色的小药丸。

“哥，这东西好用吗？”

“小逼崽子，这也是你问的吗？”大金牙佯装发怒，“要不要你试一下，完了去找彩云验证。”他压低声音，悄悄说道。同时朝隔壁灶间正在收拾碗筷的彩云努努嘴巴。

等到所有的人都离开后，小舟才悄悄地来到彩云身后，她正系着围裙忙碌着收拾厨房。他站在她身后，望着这个憨厚善良的姑娘，心中充满了感动。

上次大金牙买来的衣服她只穿了一件，其余的两件她说要带给在老家的姐妹。

彩云忙碌中回过头来，看见他一脸思索地站在自己身后。

“神神秘秘的，搞什么鬼嘛。”

“等你忙完了，再告诉你。”

小舟一直思考着要不要把这件事情告诉给彩云，当然他去做按摩的事打死也不会让第二个人知道，他只是想要不要告诉彩云他见过小琴。

现在不说，如果以后万一小琴说漏了嘴，那他就死定了。他决定虚虚实实地委婉地告诉她一些。

彩云忙完了，把腰间的围裙解下来挂在墙壁上，转过身对着小舟："说吧，有什么好事情。"

"你先转过去，把眼睛闭上。"

彩云瞬间就羞红了双眼，她在看过的为数不多的电视剧中见过，知道主人公要他喜欢的女孩闭上双眼后接下来会发生点什么。

她心里又羞又急，同时又莫名地充满期待。

"羞死人了，你说嘛，到底啥事情。"

"你先闭上眼睛再说。"

彩云用小手拢了拢额前的头发，听话地闭上了双眼。一瞬间，她竟然有些幸福的眩晕。

小舟看着面前这个女孩，长长的睫毛下那双紧闭的双眼，他一时间竟然紧张得手足无措，只是愣愣地看着她。

彩云期待的一幕没有出现，她长出了一口气，放松的同时又稍显失落。

她睁开眼，看到小舟一脸陶醉地看着自己，手里捏着一个粉红色的盒子。

他一怔，随即很快说："眼睛闭上。"

彩云只觉得一双手颤抖着滑过她稍显凌乱的头发，滑过她的脖颈，一丝凉凉的感觉。同时一双有力的手似乎迟疑着，又有力地搂住了她的肩膀。她浑身一阵颤抖，双手机械地垂了下去，像一个松软的布袋。

他还是欺骗了她，说大金牙给的钱在从药店返回的路上丢了，恰好遇见了小琴。不过他没有告诉她小琴在那里的事，只说好像在大城市打工。当然，给大金牙买的啥药他也绝对要守口如瓶，这关乎一个男人的尊严。

十七

转眼间，吴狗剩来到县城已经大半年过去了，这期间除了和杨旭混得熟悉些外，他基本和别的同学不怎么来往。

这期间唯一让他感到难堪的是时常饿着肚子，尽管开学时家里人用毛驴驮着几口袋面和洋芋送到发往县城的老驼铃车上。

一日两顿饭基本都是洋芋面，用小煤油炉子煮。

本来他想买个煤油炉子的，可是杨旭说还不如两个人合作。他负责打开水、洗锅，杨旭负责切洋芋、揪面。

每天上午第四节课时，班里的同学基本没有心思听课，一手抓着笔杆，一手在课桌底下已经抓着水壶的提把。

下课铃声一响，老师还没有出门，一个个提着五颜六色暖瓶的学生已经飞快地沿着窄小的过道敏捷地飞奔而出。有时候哪个冒失鬼一不小心还会撞翻老师手里的粉笔盒，但一般在这个时候，老师们也只是大度地笑笑。

饶是如此，等到吴天明跑到后面空阔地上的开水房前时，黑压压的学生已经站了一大片。没办法，谁让他们的教室在四楼呢。

站在前面的学生接到壶里的水接近于开水，自然在做饭时就会节省很多煤油。越到最后，锅炉里注入的凉水越多，有时候排到最后的学生打到的水其实已经和凉水差不多了。

杨旭长相憨厚，可是干起活来却异常麻利。一般情况下，他都是直接把洋芋切好了，放在锅里倒上水煮，等到煮得差不多了，就把外面压来的面条下到里面。

偶尔他们会买些葱之类的，那煮熟的饭里会有一点点让人看着眼前一亮的绿色。可不管有没有亮色，他们还是会狼吞虎咽地吃上一大盆。

吃完饭，杨旭就会满足地往床上一躺，吴天明就洗碗刷锅，负责善后。

杨旭人缘极好，有个在矿上上班的父亲，自然兜里就比别人殷实一些。他时不时地会在南关的蔬菜市场买一些水果回来，分给宿舍里的人，不过一般都只是一小瓣苹果啊什么的。

除了这些，杨旭最吸引吴天明的，莫过于他能随时在校门外那个叫“瑞雪书屋”的地方租来小说。

一本一天一毛钱，也就是在那时，吴天明争分夺秒地养成了快速读书的本领。当然，一般的书他们都是随便看一遍就还回去。《人生》吸引了他，使他爱不释手，一句句地往过看，重复地看。

有一天晚自习，他看到生活在黄塬那些悲苦的百姓时，看到高加林和刘巧珍分开时，他难过地流下了眼泪。

同桌叫柳絮，在吴天明看来，是一个精致的女孩子。长相甜美，打扮入时，笑起来一双眼睛就会眯成向下的弦月。

“你怎么了？”她轻轻地推了推吴天明的胳膊。

在乡下，吴天明和女同学之间保持着相当的距离，即便是邻居家非常要好的女同学，一起走在上学的路上时还有说有笑，一旦遇到别的村的同学或者快到学校时，立马保持距离。坐在一起的女同桌也是一整天不会说话，还会划出明确的“三八”线，形同陌路。所以当他和柳絮坐在一起时，他显得相当的拘谨。

平时这个大方的女孩子总会拿出家里带来的好吃来分享，他都会客气地拒绝。虽然早上薄薄的一个油饼，在他极度空虚的肚子里消化后，每天三四节课时就会饿得头晕眼花。

“我，没怎么啊。”他抬起头茫然地望了柳絮一眼。

“那儿。”柳絮指了指他的眼睛。

他才发现他流泪了。他赶忙不好意思地擦了擦眼睛。

“看得有点入迷了。”他指了指刚刚藏在桌箱里的《人生》。

柳絮好奇地看了眼那本厚厚的小说，她知道这个同桌特别喜欢看书。虽然她的同桌长相普通，穿着寒酸，可是身上总有那么一股让人说不清的感觉，让她极为欣赏。

不过，她平时可最不爱看小说，只要一翻开那些小说，她就犯困。可她好奇是什么样的小说能让这个看起来很特别的男孩子看得眼泪都下来了呢。

柳絮走进了一个让她完全陌生的世界，她不知道在她生活的小县城之外还有很多人如今是这样的生活困顿。这个善良漂亮的姑娘的眼眶湿润了。在《人生》中，她记住了生活中的苦难，以及苦难是最好的老师。

她也似乎明白了吴天明眼里的忧郁与深邃。

《人生》柳絮彻头彻尾地看完了，并且不止一遍。她时而开心，时而流泪，奇妙的是，经过这次事件，他俩的关系似乎增近了一层。

吴天明也偶尔会吃一些她带来的东西。

时间过得飞快，学校的生活忙碌而有序。

有一天，学校里竟然出现了一件怪事，清洁工在清理厕所时竟然在女厕所里发现了一名不足月的弃婴。

虽然校领导极力封锁消息，但还是有小道消息传遍了这个小县城的大街小巷。

同学们在私下交头接耳，柳絮却埋着头一直不说话。

“你说，谁这么狠心呢？”吴天明捅了捅她的胳膊。

“没什么。”她头也不抬，肩膀轻轻地抖动，似乎在无声地哭泣。

“哎，有啥事情给我说一声嘛。”吴天明着急了，不自觉地用手扯了扯她的衣角。

柳絮转过头来时，已经满面泪痕。

吴天明吓了一大跳，“怎么了，谁惹你了？”

“没什么，想起了一些事情而已。”她擦去脸上的泪痕，朝他抛来一个微笑。

直到上课的钟声敲响，同学们才停止了关于那个弃婴的讨论。

十八

县城的学生毕竟都大大方方，很多男女同学相处也非常融洽。用班主任老韩的话来说，这就叫男女搭配，干活不累。不过从一定程度上来说，也有他的道理，因为这个年龄阶段的孩子都想在异性面前留下好印象，不管是不是自己喜欢的，起码学生们在异性面前表现的都比较乖巧，懂事。老韩的管理也就轻松了不少。不像男孩子坐在一起，上课的时候偷偷地在桌子底下掰手腕；女孩子在一起，悄悄地谈论怎么样化妆啊。

吴天明和柳絮的关系却比较特殊。吴天明已经完全适应了柳絮每天带来的好吃的。柳絮也非常巧妙地避免了别人的说道和天明的尴尬。她总是悄悄地把好吃的塞进吴天明的桌箱。

他俩的举动瞒过了班里所有的学生，可还是逃不过火眼金睛的老韩。

老韩并不老，充其量也就二十三四岁的样子，但他在班里不苟言笑，高深莫测地眯缝着一双细长的眼睛，总是会冷不丁地出现在教室后门的玻璃框前，把搞小动作的学生瞅得一清二楚。当然，吴天明和柳絮的小动作也逃不过他的眼睛。他已经好多次地看到过柳絮悄悄地把好吃的东西塞进吴天明的桌箱。

为此他也曾在作业本上偷偷地提示过，写下了诸如“不合时宜的花朵容易凋零”这样含蓄朦胧的句子。但他还是发现，他俩的关系有增无减，并且向着更深层次迈进。

老韩感叹，年轻人的爱情就是有着强烈的吸引。

其实他悄悄地隐瞒着一件事情，就是他也已经结婚了，并且有了一个两岁半的儿子，妻子就是他高中的同学

当天的晚自习结束后，柳絮没有急着回家，她一直神情恍惚地坐到所有的学生都离开了，看着教室里亮晃晃的白炽灯管发呆。她心中积郁已久的心事又让她回到了苦闷的过去，憋得她不吐不快，整整一个下午，她都犹如行走在长久的梦幻当中。

就在临下课前，她悄悄地告诉天明，让他在教学楼前面的花园里等她一会儿。

教学楼里嘈杂的脚步声终于平息了下来，她慢慢来到窗户前，望向下面的花园。花园里隐隐约约地能看到假山，假山周围还有一个稍大的池塘。不过因为此地缺少水源，那个池塘也只是形同虚设，里面经常飘满了落叶。

柳絮在窗前站了片刻，把灯关掉了，轻轻地带上了门。楼道里的灯已经被关掉了，此刻一片死寂，与白天的喧嚣相比，静得有些可怕。

这些楼梯每天都会上来下去走很多次，现在即便是没有灯，她也能走得顺顺当当。她抓着木质的楼梯扶手，一步步往下，手心触在那些被磨得光滑的木头上，透着一股温润如玉的感觉。

每天下晚自习，她都会在所有的同学都走完后，最后一个从这黑乎乎的楼道里慢吞吞地走下来。

很少有人知道，这个白天靓丽光鲜的女孩，在走完这短短的四层楼梯时倒底在想些什么。

留在心底的童年创伤并没有随着岁月的消逝而消亡，反倒在受到一点轻微的刺激时猛然加剧。

而此刻，想到楼下花园里等着的吴天明，她决定把那些屈辱不堪的经历告诉这个憨厚善良的小伙。

等在花园前的吴天明同样也有些不安，虽然学校里男女同学的交往已不像乡下那样。可是这“花前月下”，总觉得有些偷偷摸摸见不得人。何况今天下午柳絮反常的表现，一直让他丈二和尚摸不到头脑。

柳絮在距离他一米的位置站定，“有些话想和你说说，我快被憋疯了。”

黑夜中他看不清她的眼神，只觉得这个姑娘突然变得有点陌生。

“我……”她欲言又止。

她也想不明白，为什么会在此刻强烈地想找一个人听她的故事，而这个倾听者竟然是吴天明。

熄灯铃声已经敲响了，她拉了拉吴天明的衣袖。

“跟我出去吧，我的陈年旧事，一时半会也讲不完，可我憋得慌。”

吴天明慌里慌张地，做贼样地和柳絮一前一后出了学校的大门。

吴天明所在的学校位于县城的最南端，学校右前方二十米处有一个坡度不小的下坡。下坡尽头是一小块平地，约莫二十米的宽度，一字排开住着四五十户人家。

他们一前一后走下斜坡，不时有在外游荡的学生在黑暗里高声吼叫或者五音不全地高唱流行歌曲。

在这个平地上的平房中，住的大都是附近的居民。

有些脑子灵活的居民，在自家院子里又临时加盖了许多小房子租给学生。

在外租住的学生相对比较自由，一般都会给家人说住在外面时间充足，更有利于学习。其实好多都在外面谈起了对象，搞起了当时比较罕见的同居。

柳絮穿过黑夜的巷道，在一个紧锁的双扇门前站定，吴天明见四下行人稀少，也紧跟在柳絮身后。门一打开，一闪身，他俩进入了院内。

“他们都出差了，去了南边。”她站在房子门前台阶边的黑夜里，并不急着进门。

“他们？”吴天明才恍然记得，和这个姑娘交往的时间也不算短了。她却从来都没有提及过她的家人。

她说“他们”，让他觉得拗口而别扭。

“你是说你爸妈。”

“算是吧。”柳絮坐在台阶上，夏夜的凉风吹动着院中的树叶。

“你肯定想知道我下午为什么会莫名其妙地哭吧。”

“嗯。”

“我曾经也是一个弃婴，只不过我活了下来。”她顿了一下，“有时候我觉得我没有那个弃婴幸运，早早地离开人世。”

暗夜的凉风吹在背上，吴天明不知所措地打了一个冷战。

“他们不是你的父母。”

“不是，我到现在都不知道我亲生父母是谁。他们为什么生下了我，却抛弃了我？”

“现在他们对你不好吗？”他小心翼翼地问。

“非常好。”柳絮突然冷笑一声，“他就是一个禽兽。”

吴天明倒吸了一口凉气。

柳絮十三岁时，才知道她不是他们亲生的。

那一年，她上初二。身体已经开始发育。一个夜晚，她的母亲加班，他冲进她的房间占有了她。

她想不到她的父亲竟然会做出这种事。后来才知道，她是他们在路边捡来的弃婴。

黑夜中，吴天明恍惚在看一部破旧灰暗的老电影。

那一晚，他们坐在房屋的台阶上，梦一般度过了一个夏夜。

他只记得，怀抱中柳絮娇软的身体和微微触碰在一起的湿润的嘴唇。

随着旭日东升，他却越发觉得像一个梦境。

十九

“吴天明，你姐叫你课外活动接电话。”杨旭边切菜边挤眉弄眼地说。

他知道，吴天明有个同村关系不错的女孩，叫小琴，时不时地会给他寄些东西过来。他现在身上穿得这套时髦的运动服也是前不久寄来的，吴天明说舍不得穿，他就顺手套在了身上。

“对了，天明，你这个姐怎么对你这么好。”杨旭干活时也不忘打听点他的私事，“是不是对你有什么想法？以后你可一定要好好对她。千万不能当陈世美。”

“陈世美？”怎么和小琴如出一辙。吴天明想起小琴退学那会儿给他说过的话。

不过他在心里思考，小琴这半年来确实给他寄过不少东西，也写过信，但很少打电话。突然打来电话，不知道是什么情况。再说，她一个农村女孩，刚出去不久，哪来那么多钱经常给他买东西。

下午老韩的课他也不时走神，竟然还让老韩隔空丢过来一个粉笔头，让他的脸上火辣辣一阵难堪。柳絮向他抛来奇怪的一瞥。

从那个夏夜以后，她看他的眼神经常会满含深情。有时候会直勾勾地盯着他看，等到他转头时，她竟然慌乱地脸都红了起来。

校门口的保安姓袁，学生送他外号“老圆”，此人生性圆滑，处事八面玲珑。经常有学生闹事打架，他总是躲得远远地观看，有次竟然被学生一巴掌扇掉大檐帽。他也只是弯腰捡起，点头哈腰地微笑。据说这个学校校门口的保安很少有人干到三个月以上，他一干就是两年多。

老圆记性超好，哪个班的学生只要在他那里接过一次电话，他基本都能叫出来姓名。

“天明，来，等一会儿，估计电话快到了。”他热情地拍拍天明的肩膀。

“她真的是你姐？”老圆转头向他。

“是，我三姐。”吴天明不知道为什么要撒谎。

“哦。”老圆顺手拿起水杯喝了一口，看了看窗外，“她在哪里上班啊？干得不错吧？”

“嗯……”吴天明支支吾吾不知道说什么好，他其实也不知道小琴现在在做什么，但据他分析，不会是什么正经生意。

电话铃声响了，老袁熟练地抓起来，喂了两声，转过头对吴天明说：“找你的。”把电话递给了他。

“天明，你下自习后来开发区车站这边一趟，咱俩一起吃个饭。”小琴熟悉的声音传来。

“你在南县。”

“嗯，中午来的。”

“你回老家过吗？”

“没有，过两天回去。”

“那我挂了，就不浪费电话费了，一会儿见。”天明还想说点什么，可是看到旁边还有几个等着接电话的同学，就识趣地挂了电话。

下午的自习课，他同样无精打采。快上课时，他把水壶提给了杨旭。

本来他想让杨旭一起跟着去的，可万一小琴姐有什么别的话想对他说，那反倒显得不方便了。

开发区的“新城宾馆”是本地最高档的宾馆，四层楼的欧式建筑气派超然，雄踞商业及休闲中心地带，俯瞰南县县城，颇具大家风范，有一种舍我其谁的气势。五十余间超豪华客房均配有最豪华的家具和设施。

吴天明局促地站在酒店前，在几米远的位置站定。

大大的旋转玻璃门不紧不慢地旋转着。中间的空档玻璃里，一尊高大漂亮的雕花瓷瓶里别着几束漂亮的花。两个门童笔直地站在两侧。

三楼豪华标准间里的伏小琴站在窗前，看着楼下穿着一身学生运动服的吴天明，心中五味杂陈。

要是以前，她会惊喜地跑下去，可现在，看着吴天明，她突然觉得他俩相距如此遥远。她除了能给他带去物质的需要外，似乎已经无话可说了。比如，无论如何也不能让他知道她现在做的什么。

她拢了拢额前的头发，在洗手间精心修饰了一番，只拍了一点护肤水。轻轻地擦去了口红。她从衣服架子上取下准备好的运动服，这是昨晚临行前她自认为最适宜的打扮。她想让吴天明以最舒适的心情和她见面。

“天明，来了咋不上来呢？”小琴快速地从门里走出来。“走，喜欢吃啥，姐带你去。”

在她经过多少个夜晚的思索之后，她觉得和吴天明的关系根本不可能朝她预期的方向发展，所以在见到吴天明之后，她反倒多了一份坦荡。

小琴脑后扎着高高的马尾，穿着一身灰色的运动服，皮肤白嫩，身材凹凸有致。尤其是翘起的饱满臀部与纤细的腰身，与学校的女生完全是两个样子。

“随便吧，我不知道吃啥好。”天明说的这倒是实话，这些饭店他压根儿就没有去过。

小琴也相信吴天明不是客气，再问反倒就会让他难堪。索性自己做主，带着他走进一家名为“川味王”的饭店。里面的布置简约而不失大气。大厅里坐着好几对一起吃饭的人，天明匆匆扫了一眼，竟然发现了正举筷吃饭的柳絮。

柳絮的对面坐着一个高高大大的男人，由于背朝外，天明并没有看出是谁。

柳絮也埋头吃饭，并没有发现他的到来。

二楼的一间小包厢里，一张大圆桌上面铺着漂亮的塑料桌垫。

他们坐下来，有位头上顶着小巧帽子的服务员轻轻推门进来，递上一本精美的菜谱。

“两位，喝什么茶？”

“我要一杯清茶，天明，给你来一杯三炮台吧。”小琴落落大方地说道。

天明突然想起了上小学时坐在身后的小琴，轻轻敲他背后伸过来的小手里那一颗颗小冰糖。他的心里就突然“怦怦”地跳动了几下。

“想什么呢，天明，三炮台里有大块的冰糖，你应该喜欢。”她顿了顿，看了一眼窗外，“小时候多好啊，有一小块糖就高兴半天。”

“是啊，我刚还想起你那时候偷偷地给我冰糖呢。”天明也有些动情地说。

小琴的脸上现出一抹红晕，扭头看着窗外。

对面的楼房上，闪出一些落日余晖反射的光芒，她想起了近在咫尺的故乡，想起了遥远的砖厂和大金牙。

古人说“近乡情更怯”，她似乎明白了其中隐含的道理。

川味主麻辣，这对一直吃白水煮面的吴天明来说，确实是过足了瘾。由最开始的拘谨到最后吃得汗水直冒，在这热烈的氛围中，俩人的话题再次集中到小时候。

“天明，还记得你小时候的辫子吗？”小琴抬起头。

天明也正好抬头看着小琴，几绺流海垂下来，颀长白皙的脖颈，鼻尖上有层细密的汗珠，天明竟然看得怔了一下。

“你真漂亮。”

气氛骤然尴尬。

“服务员，结账。”吃饱喝足了，吴天明端着水杯用筷子把里面的大枣挑出来，一伸手就要递给小琴。

门开了，柳絮一脸惊讶地站在了门口。

“你？”天明一转头，看到了手里拿着纸笔的柳絮。“你怎么在这里啊？”

“我，我是这里的服务员啊，我怎么没看到你进来。”

天明想对她提及刚进门时看到了她，可转眼一想又没吭声。

“这是？”柳絮指了指小琴。

“哦，我给你介绍一下，这我小琴姐。”

“小琴姐，这是我同桌，柳絮。”

“好漂亮的人，好听的名字。”小琴说着站起来，向柳絮伸出了手。

“谢谢小琴姐，天明的姐也就是我的姐。”柳絮微笑着看了一眼天明，“是吧，天明。”

天明看到了柳絮眼中的一丝怪异的神色，禁不住红了脸。这些细微的举动自然没有逃过小琴的眼睛。

结完账，柳絮出门的瞬间，转头对天明挤了挤眼睛，“你今天晚上还回学校吗？”

吴天明想起不久前，在西河滩的小院里搂着柳絮坐了一夜，天亮前竟然还糊里糊涂亲了她柔软的嘴唇。而此刻，她转身离去时意味深长的一瞥和那句俏皮的话自然大有深意。他如何能够不懂。

此刻的小琴同样心情复杂，她在来之前已经想好，她和天明已经不能走到一起了。她觉得她配不上他。想起那天晚上被大金牙用计玷污，她就恨得牙根痒痒，让她从此与天明咫尺天涯。她的身体虽然脏了，可她觉得她的心里只有天明。她甚至在昨夜来到这个宾馆时，幻想着把她年轻的身体奉献给天明。现在，看到另一个姑娘眼神暧昧地看着他时，她既嫉妒又为天明感到幸福。

“小琴姐，要不要我向老师请个假，陪你去爬山。”天明指了指面前不远处的这座山，“山顶上的夕阳非常漂亮，不过，现在估计爬不到山顶太阳就落了。”

山顶清风吹拂，不远处夕阳撒下万丈金光，在西边的山边快要跌落。

小琴看着身边的男孩，望着远方，几欲落泪。此刻，她多么想依偎在他的怀里，静静地看那一轮又圆又红的落日，慢慢地跌落。让那无尽的黑夜，开始漫无边际地包围掉这眼前的一切。也让她忘掉那些悔恨与不快。

其实如果不是刚刚看到柳絮眼里的深情，站在这里，她有可能会不顾一切。

太阳完全落山了，小琴像一座雕塑，坐在一个土埂前，沉默不语。

微风吹来，天明禁不住打了一个冷战。

“回去吧，小琴姐。”

“嗯。”

小琴一翻身站起来，又“哎哟” 一声蹲在地上。许是蹲得久了，许是她想心事太久。

一只大手轻轻地托住了他。她的心里一颤。这个昔日灰头土脸的“狗剩”青春男性的气息让她内心一阵荡漾。她紧紧地用手握住了他。

下山的路，谁也没有说话，两只手紧紧地握在一起。

“天明，晚上不回去可以吗？”小琴声音低地好像呓语。

“小琴姐，这，不好吧。”

她的脸上一阵火辣辣的刺痛。

“你误会了，我是说姐给你登个房子，你洗个澡。”伏小琴放开了与他紧握着的手，咯咯娇笑。“看把你吓的，我又不吃你。”站在宾馆门口，她有说有笑，好像变了一个人。“我明天回一趟老家，班车早，我就不来学校看你了。”

“嗯。”

“你等一下，我去超市买点东西。”

吴天明回学校时，手里提着一个大包，里面装着日用品，还有一些零食。

他绕过南关的街道，晚自习已经下了，好多走读的县城本地学生正潮水一样从街道上涌出来。

不知道柳絮回去了没，天明这样想时，就故意放慢了脚步。

她回家是出校门就右拐向西下坡。而天明现在是从南关街道自东向西走向校门。他不想现在碰到柳絮。至于出于一种什么样的原因，他自己也说不清楚。

但他也不能太慢，下晚自习后二十分钟内如果不能走进校园，那唯一的办法就是要翻墙而入。墙倒不是没有翻过，只是今晚提着东西，目标太大，难免被人捉了现行。

他从半掩的小门挤进去，看见老袁提着一个手电，手里晃荡着一串钥匙。正沿着学校墙根一路走，一路往墙头上瞄。

他穿过前面老师的宿舍，从花园的拐角往里走。

“吴天明。”身后传来一道熟悉的声音。

“柳絮。”

柳絮背着书包坐在假山边池塘的边上。

“你怎么还不回去？”

“等你啊，看看你姐是不是给你买了好吃的？”柳絮显然已经看到了他手里提着的塑料袋。

“嗯。”

“她不是你姐吧？”

“不是。”

“女朋友？”“青梅竹马？”“……”柳絮好像早有准备，倒豆子似的一股脑全倒了出来。

“我……”吴天明一时语塞，只是把手里的塑料袋往柳絮手里塞。

“那是你姐给你的，我怎么好意思吃呢。”柳絮一甩手，背着书包出了校门。

二十

大金牙吃了一颗“伟哥”，坐在床上发呆，他这已经是第三次吃这东西了。可是每一次吃完后，他一眼不眨得盯着那个东西看，期待看到传说中的龙虎精神。可越看越丑，它就像一个蔫茄子，黑不溜秋的，一动也不动。

自从得了这个病后，他大金牙在家里的地位也是一落千丈。

妻子何雨桐每天再也不会按时按点地为他做饭。睡觉分盖两床被子。直到前几天，妻子直接在客厅里睡起了沙发。

这让他感到无比恼火，可又不知道向谁发。

刘小舟买来药丸的那一天，大金牙早早地就开着他的夏利车回到了镇上。

临回家前，他来到恒新洗浴中心，舒舒服服地洗了一个澡。那天回到家里，他趾高气扬的神情似乎释放了一个信号。

何雨桐竟然麻利地下厨做饭，吃完饭后，悄悄地把两个枕头放在了大床上。

大金牙信心满满地脱衣睡觉，他不想让妻子知道他要靠药物来勃起。

他悄悄地在卫生间里，把那颗淡蓝色的药丸举在灯下看。吃掉了一颗，他坐在马桶上，心里开始变得极度亢奋。他想象着他会冲到床上，恶狼似地征服他的领地。可是等了足足有十分钟，那个家伙竟然像睡着了一样一动不动。这让大金牙极度难堪。

他狠狠地压了一下抽水马桶，好让刺耳的水冲声稀释一下他的绝望。

卧室内的大灯已经关了，只留着床头一个小小的暖黄色的台灯，暧昧而多情。

此刻，他知道她是多么需要他的爱抚。他悄悄地钻进被窝，何雨桐的一只手就温柔地摸向他。

“你到底沾染了哪个婊子的身子？”何雨桐突然杏眼圆睁。她一把掀开被子，抱着枕头出了卧室。

大金牙像一个泄了气的皮球，这种屈辱与难堪对他来说是致命的打击。

他的生意一直顺风顺水。他身边的女人也都娇艳无比。虽然他老婆也知道他在外面拈花惹草，可是每次他只要回到家来，除了带给老婆新式的衣服与化妆品，也总会给她一个美好的夜晚。这一直是大金牙的骄傲。

可是现在，他痛苦地闭上眼睛。脑海中小琴那狐媚的样子又向他走来。

他决定要惩治一番这个贱人。他一骨碌从床上翻起来，三下五除二穿好衣服，风风火火地就出了门。

伏小琴的铺子离此不远，他为了不引人耳目，没有开他的夏利车。在步行两个黑暗的巷道后，他打车往铺子走去。

不得不说，伏小琴有着过人的精明与商人的头脑。

她的铺子在一个三岔路口的前端，她的服装店在这个镇上也属于比较前卫，专营高档男女服装。

她每个月会去三四趟省城，在那里把女人穿着打扮仔细地观察一番。不过，她本身身材高挑，就是一个活动在镇上的漂亮模特。

好多买同款衣服的女人只要在老公面前一展示，他们就会不约而同地说，“伏小琴卖给你的是次品吧，怎么看着不是一个档次。”

镇上的女人对她是又爱又恨。

当然，她的男装也同样畅销，好多男人都只是为了在她的店里多磨蹭一会儿才装作去买衣服。

大金牙在就近的地方下了车，塞给司机一张大团结，司机刚要去给他找钱，大金牙已经甩门下车不见了踪影。

伏小琴生意好转后，在对面的居民楼里租了一套三楼的房子，大金牙起先隔三岔五地就会来。可是每次看着伏小琴狐媚地搔首弄姿，身下的“小弟弟”

就是无动于衷，后来他索性来得不似先前那么勤快了。

他今晚来的主要目的不是去找伏小琴，而是要惩治一下这个小蹄子。

他手里捏着刚刚出门时准备好的自喷漆。

镇上的夜生活才刚刚开始，但对于小琴这边的街道却已经是行人寥寥了。

他悄悄地来到铺面门前，掏出准备好的漆，就冲着大大的卷闸门喷去：“狐狸精，下贱货。”手中的自喷漆冒出“刺刺”的声响，借着路灯微弱的光，几个猩红的大字夸张地张牙舞爪。

大金牙气急败坏，像个神经病一样疯狂地吼着。他使劲把空罐子朝卷闸门扔出，“哐当”的声响在黑夜里刺耳地响起，引来几条野狗疯狂地朝他叫着。他敏捷地沿着街道快速地跑过，跑过两条街，他坐在路边，点燃一支烟。

他刚才生出的“阿Q”式的报复快感顿时变成一阵虚无。他甚至开始可怜自己这种见不得人的勾当。要知道，这个铺面也是他的投入，每个月小琴都会象征性地给他分红。

“妈的，不能便宜了这个害人精，不让我好过，老子就不放过你。”

“哟，哥，怎么一个人在这里逛呢，没上浴室潇洒一下去。”身后有人拍了拍他的肩膀，他做贼心虚地浑身一颤，待到回头看到来人，才夸张地一笑。

黄吉强，头顶像鸡冠一样竖了一撮黄毛，人送外号黄毛。当然也有人知他办事风风火火，背地里都叫他黄鸡毛，就是说他办事不着调，老在天上飘。

“老毛，你在这里做什么呢，不去你的酒吧里撩妹。”一般叫他老毛的，非哥们儿莫属。

“别提了，他奶奶的，最近镇上换将频繁，生意不好做啊。”

“你小子，数钱数到手抽筋，少在这里装穷。”

公安局有个雷振云人送外号“雷公”，此人做事干脆利落，上任一年，曾经为害一方的镇上几个恶霸地痞均无一漏网。

本来黄毛也属于被打之列，不过黄毛这人比其他地痞不同，能屈能伸，见风使舵。被关押一段时间，因为“表现好”竟然和雷公成了不打不相识的莫逆之交。

黄毛开的大众舞厅里，人们都留恋陌生刺激的舞蹈，搂着别的女人跳舞让这个镇上的人既陌生又新鲜。但他私底下又拉皮条，做人肉生意不说，还贩卖起了“白粉”。

雷公在女人和“白粉”中“壮烈”倒下，一次次的“严打”过后把自己送进了高墙大院。

黄毛被释放后依然做起了他的老本行。对他来说，虽然是刀口舔血，可所获暴利，还有一大把随时可以做乐的女人。

“乐呵一天算一天。”黄毛抽出一支烟，大大咧咧地说道。

“是，是，人生在世，难得开怀。”大金牙高声附和。

“这半夜了，你不在美女怀里销魂，怎么一个人在街边溜达啊？”黄毛驻足看着他。

“我，那什么，出来放松放松。”大金牙嘿嘿笑着，好像把戏被人揭穿了一样显得局促不安。

“吃着碗里的，看着锅里的，何况小琴那么骚。”黄毛夸张地做了一个手势。“哪天也让我尝尝鲜，舍得不？”

“当然啊，兄弟如手足，女人如衣服。”大金牙脑海中闪过一个罪恶的计划，让他瞬间兴奋了起来。

“走，咱哥俩去喝两杯。”他搂着黄毛的肩膀。

昏暗的酒吧里，男男女女在一个大厅里跳舞，四周一些单间里，灯光昏暗，不时传出来男人放肆的大笑与女人假嗔的笑骂。

大金牙刚在一个单间的小长沙发上躺下来，就有一个女人蛇一样的粘上来。她半蹲在大金牙面前，低领开口，火爆一片。双手沿着大金牙的腿往上摸，长发渐渐蹭上他的脸。

“哥，来跳个舞。”

“哥今晚没心情。”

“那，陪你喝酒，要怎么样才有心情，你给妹子说。”女人一搭上话，就顺势坐在沙发上，伸手把大金牙往起拽。她凑近一点，在大金牙耳边吹出一股酒气。

大金牙烦躁地把她往外一推，他现在见着女人就烦躁。

“老子家花野花都等着呢，还轮不到你这种女人来撒娇。”他心里想。可还是坐了起来，“哥今天有正事要谈，不喝酒，改天。”

女人不死心，“那我来陪哥哥喝嘛。”

黄毛提着几瓶酒过来，一将酒放在桌子上，就朝女人呼之欲出的胸前捏了一把，又顺手拍了拍她的屁股。“乖，小丽，今天晚上我们有事要谈，下次一起喝。”

被唤作小丽的女人一挺腰站起来，顺手拿起桌上的一盒烟抽出来点燃了。“哟，今晚这都是阳痿啊，且不是不举啊。老板，再不给介绍客人来，妹子们可都饿死了，那就跳槽啦。”

据说离此不到五十米又开了一家酒吧，常有人来此砸场子，高价引诱这里妹子跳槽。

“去你妈的，就你这种货色，倒贴钱老子都不上，滚，滚远点。”躺在沙发上的大金牙突然坐起来，像个疯狗一样，吓得女人扭头就走。

黄毛哈哈大笑，“哥，这是吃撑了咋的，还是看不上我这里的妹子。”

他哪里知道，大金牙苦恼不堪的事正是女人刚才顺口说出的事。

“喝酒，喝酒，咱们兄弟喝酒，不谈女人，女人就不是个东西，都是他妈的破玩意儿。”大金牙举起酒杯。

黄毛在此横行多年，除了为人仗义，察言观色的本领也是一绝。从在街道上碰见大金牙开始，他就已经觉察到大金牙肯定吃了女人的苦头。

“哥，给兄弟说说，谁让你不爽了，咱弄死她。”

“老毛，介绍一个女人入伙，你给多少钱？”大金牙压低声音，右手做了一个数钱的动作。

“咋的，你有美女啊，这就是你的不对了，有钱大家赚嘛。”他举起一杯酒，“干，为兄弟们干。”

一杯酒下肚，黄毛凑近一点。“哪里的妹子，漂亮不，不会又是你玩弄过的乡妹吧。”

大金牙脸涨得通红，“伏小琴。”

“什么，小琴姐。”黄毛举着杯子愣住了。

要知道，在这个镇上，伏小琴确实属于极品女人，气质模样，根本不是他这舞厅里的妹子能比的。那可是大金牙的女人啊，大金牙是谁，乡办企业的典范人物，黑白两道通吃。黄毛虽然玩过不少女人，可是只要一看到伏小琴，他就还是挪不动脚步。

自从小琴的衣服店开后，他一个月总要跑好几趟，大把大把的钱都进入了伏小琴的腰包。可到现在，他连她的毛都没摸到一根。一说起来，他就沮丧无比。

此刻听得大金牙要介绍小琴入伙，顿时高兴得要跳了起来。可转眼一想，嘁，平时只要一提起干了那个小婊子，你傻逼总是要吃人的样子。今天又是哪根筋出了问题，不会是故意这么说要试探老子吧。老子是谁，黄毛能是浪得虚名吗。

想到这里，他话锋一转，上前搂着大金牙的肩膀，“哥，咱不和女人斗气，咱喝酒，成吗？”说着举起酒杯。

“我说的是真的。”大金牙一脸严肃地推开酒杯。“说实话，我和伏小琴有仇。”他压低了声音，“老子现在根本就不愿意碰她。”

黄毛举着酒杯迟疑了一下，他摸不清大金牙说得是真是假，万一他俩只是闹别扭了，我这一杠子还没插下去，伏小琴趴在他怀里撒一通娇，那我吃力不讨好。

“哥，你说的真的假的。”

“骗你是孙子。”

“只要你舍得，我就有办法弄到手。”一想起伏小琴那高耸的双乳，让人热血膨胀的身材，黄毛禁不住舔了一下嘴唇，喉咙里发出一声轻响。

大金牙心里一喜，只要把这两个东西串在一起，不信治不了她。

两个人推杯换盏，先预祝一番。

黄毛想得清楚，只要是大金牙不罩着伏小琴，那她在这个镇上还不是让他黄毛随意践踏。他哪里舍得让伏小琴在酒吧里让别人那啥，他一定要先把她玩个够。

“小丽，拿箱酒。”

小丽今晚上没有成功勾引到客人，正坐在大厅的角落里胡思乱想。猛得听见黄毛喊她，小跑步来到包厢。“哥，你叫我。”她弯腰撅臀，极尽风骚。

“拿箱酒来。”黄毛伸手在她屁股上拍了一巴掌。

“哎。”她顾不得鞋高衣紧，跑步前进。

黄毛喝到兴起，嘴里呜里哇啦地喊着小琴，把小丽压在沙发上。

大金牙虽说也喝了不少，但他心里窝火，对投怀送抱的美女无动于衷。

两人只顾喝酒，黄毛对着怀里的小丽一通发泄。

一个针对小琴的罪恶计划悄悄萌发。

阳光还未出现，伏小琴早早地已经起床了，这是她长期在农村干农活养成的好习惯。

现在虽然说生意渐好，衣食无忧，可她始终觉得城市不是她久留之地。大金牙靠不住，黄毛这些经常来此大手大脚花钱的人更靠不住。她想着等多挣点钱了，她就回离家近一点的城市里，开个铺面，找个好男人，简单地过一辈子。

这个女人哪里知道，其实从她开始报复大金牙开始，她已经陷入了一种可怕的境地。万劫不复的深渊悄悄张开了它的嘴巴，正一点点将她吞噬。

她穿衣起床，站在窗户前拉开了窗帘。这个窗户正对着下面的街道，她的铺面一眼就能看见。几个血红的大字刺目地喷在卷闸门上，门口几个提着菜篮子的老太太指指点点，说着什么。

伏小琴顾不上洗脸刷牙，她穿好鞋子，小跑着下楼。她跑过街道，分开围观的人群，她的手因为紧张而发抖，钥匙好几次都插不进锁孔里。“哗啦啦……”卷闸门发出一阵刺耳的响声。她捂着胸口长长地出了一口气。

大金牙？不像，这段时间来，他偶尔会赖账不给钱，但还没有到撕破脸皮的程度。

黄毛？也不像，他现在垂涎她的身体，不可能做出这么无耻的事情。

她痛苦地坐在长凳上，捂着脑袋，把所有可能的情况都想了一遍。突然，她想起一个人，何雨桐——大金牙的老婆。

这个女人虽然表面上一直没有和大金牙闹僵过，但是私底下她听人说他俩已经分居。别人说是因为大金牙在外面乱搞女人，可伏小琴心里却在想，或许是因为大金牙身体上的毛病。他大金牙搞女人又不是一天两天了，只要给钱，何雨桐才不管他去干什么。

自从伏小琴的铺子开张后，何雨桐就成了常客。虽然她的体型实在不敢恭维，但是她出手大方，人又像男人般豪爽，一来二去，竟然和伏小琴成了朋友。

有时候伏小琴看着何雨桐，心里也会生出一股内疚。同是女人，她知道女人的难处。

可后来有人说她经常出现在黄毛的歌舞厅，并且和一大帮年轻的男孩不清不楚。

“你知道不，大金牙老婆竟然找男人。”有一回隔壁百货商店的一个胖阿姨挤眉弄眼地说。可胖阿姨眼中的野男人却经常光顾伏小琴的衣服店。

除了这几个人，她实在想不到还有谁会对她有这么大的仇恨。

卷闸门放上去时，恰好遮挡了难看醒目的红字，这让小琴心里稍显宽慰。但她的眉头一直紧皱，这是一个危险的信号，不管是谁使坏，人在暗处，她在明处。她决定先从熟悉的大金牙入手。

“小妹，我出趟门，晚上晚点回来，辛苦你下班迟点走。”小琴临出门前，特意交代店里新雇来的小丫头，本地一个乖巧水灵的妹子——张娟。

她不想让那个大红夸张的字一直醒目地暴露在众目睽睽之下。

二十一

伏小琴走出那条熟悉的街道，漫无目的地闲逛。虽然她心里预计了很多种可能，但却没有一样有把握。她不知道找谁下手。

她走在街上，像感觉有几十双眼睛在盯着她看，这让她感到非常难堪。虽然是早上，她还是把随身携带的口罩眼镜一股脑捂在了脸上。

来这个小镇虽然短短数月，但大多数人已经认识了她。有人羡慕，有人不屑。

“伏老板。”她正低头往前走，冷不丁有人叫了她一声。

黄毛昨夜睡得迟，今天却醒得早。昨夜搂着小丽一顿亲热，醒来才发现醉酒误事。要不是喝酒提及了小琴，像小丽这样的角色他根本没放在眼里。

小琴转过身，她想不到她捂得这么严实还是有人一眼就认出了她。

殊不知，这个黄毛已经惦记她不止一次两次。搂着小丽时，心里还在想着小琴的酥胸和丰臀。

“哦，黄老板啊。”小琴停住脚步，取下口罩，一张粉嫩的俏脸出现在黄毛的面前。

“伏老板这么早干吗去啊？”黄毛虽然嬉皮笑脸，可是见了伏小琴还是立马就会变得温文尔雅。

伏小琴有一种本能的优雅，让黄毛在她跟前有那么一点儿自惭形秽。

“没什么，想去趟省城，看看有没有新衣服的款式。”

黄毛顿时显得高兴了起来，“这么巧啊，我刚好也要去省城。”

黄毛指了指不远处的面馆，“方便的话，咱们一起吃个饭，我带你去，我开车，空着也是空着。”他又开玩笑地说，“如果伏老板觉得过意不去，可以请我吃个面，就权当是车费怎么样。”

伏小琴本来想回绝，但听黄毛这么一说，又觉得不好意思。还有她想要是真和大金牙闹僵了，那和黄毛相处好一些也没有坏处。

“好啊，只要黄老板方便，我就恭敬不如从命了。”

黄毛想不到今天这么顺利地就邀请到了伏小琴，想起昨夜大金牙和他一起说的事。转眼又想到昨天搂着小丽想着伏小琴，心里一阵激动，禁不住下身有了反应。他立刻弓腰塌背地跟在伏小琴后面进了面馆。

“小琴，你坐着，我来给咱们端面。”黄毛乐呵地在饭店里张罗。

两个人各怀心事地吃了一碗面。

小琴转身从背包里取出钱，准备结账。

“伏老板，你这不是打我脸吗？”黄毛抢先站起来，把两张大团结塞在老板手里。

虽属小镇，可此地交通便利，去省城也就不到两个小时车程。

一路上黄毛口齿伶俐地向小琴诉说着这些年来在生意场上的事情。这个看似油嘴滑舌的家伙居然也有其可爱的一面。小琴看着车窗外的风景，心情也开朗了起来。

两个小时很快就过去了。

黄毛和小琴并没有任何实质性的进展，他俩互相要打探的事情也都小心回避。

他深知放长线钓大鱼的道理，何况小琴在他心中确实属于不一般的女人。这次短短的行程，他并没有暴露出他的本性，反倒让小琴对他另眼相看。

黄毛其实今天本来没有打算来一趟省城，早上也就那么随口一说，一脚油就直接杀到了这里。刚才他把小琴拉到西关服装批发市场后感觉也没事可干，索性就在不远处包了间钟点房睡起了大觉。

服装市场伏小琴前几天刚刚来过，况且现在正是秋款刚上的时候，她来这里纯粹也就是随口一说。此刻，她站在马路边，竟然觉得也无处可去。

街边马路上的树在微风中摆动着柔软的枝条，不时有片片黄叶从风中落下来。

如果现在把镇上的铺面盘掉，再去别的地方，显然不现实；可是如果继续留在镇上，一旦有了这种恶心的事再发生，如何是好？她沿着路埋头走，有些心烦意乱。

“走路也不长眼睛，往哪瞅呢。”耳边有人呵斥道。

她抬起头，看见一个小男孩手里的零食被碰掉在地上，一脸茫然地盯着她看。后面跟着一个五十岁左右的老头。呵斥声正是老头发出的。

伏小琴连忙蹲下来，一迭声地道歉。

“小弟弟，不好意思啊，是姐姐不好。”说着把地下的塑料袋捡起来，把掉在外面的零食收拾到里面。

“大叔，我不是故意的，我先把这个垃圾扔了。”她小跑步把垃圾扔到离此不远的一个垃圾筒里，又返身跑回来。

“小弟弟，你等着，我帮你去买一袋。”

老头子其实也不是故意刁难眼前这个美女。此刻看着她一脸诚意地道歉，气也消了大半。本来老头子也不是不明事理的人，只因刚才儿媳妇教训孙子，他气不过说了几句，却被儿媳妇给顶了回来，气也就撒到了小琴身上。

街边没事干的人顿时围了一大圈，他们永远不嫌事多。小琴蹲着安慰小男孩，旁边的人就一层层地围着。等到好不容易人都走开了，小琴突然发现不远处的石凳上竟然坐着李三。

吴家坪的人都是外来户，本来没有什么辈分之说，只是吴家人来得早，渐渐成了地主后，家大业大，后来的一些人就成了他家的长工，辈分自然就比别人家高出了一辈。而别人也就只是按年龄，伏家爸，李家哥地乱叫。

李三在吴家坪一带好歹也算是一个公众人物，年龄又稍长，所以伏小琴一直以来都喊李家爸。有时候按辈分的也就叫成了三爸。

此时的李三俨然不是吴家坪上装神弄鬼时的李三。他身穿西服，胸前飘着领带，背着的也再不是那个破旧的擦油皮包，而是左手捏着一个小包，右手拿着一台大哥大。

自从和孙悦胜的老婆搞到一起后，眉眉时不时会给他介绍一些大单生意。眉眉以前认识的除了地痞流氓，当然也有一些生意或者官场上的能人。

随着李三阅历的提升，他俩已经把“策划”延伸到了方圆千公里之外。

昨天他刚刚由眉眉引见，在此来给一富商“治病”。

富商早年嗅到了改革的商机，在人们还走后门挤入工厂端“铁饭碗”吃大锅饭的时候，毅然摆起了地摊，硬是靠卖冰棍起家，现今在省城已经有了规模不小的商场。可忙于生意，两个儿子疏于管教。一个晚上喝醉酒打架闹事，一酒瓶砸破别人脑袋。一个在舞厅被人陷害强奸未遂。

二十二

李三前天来到此地，夜晚富商刘运来首先在此地最豪华的酒店里摆宴为他接风洗尘。席间诉说家中烦心事，说到动情处，竟然声泪俱下。李三一脸戚戚然。

等到刘运来诉说的差不多的时候，李三也吃饱喝足，他适时地制止了刘运来。接着他展开吹牛大法，从三皇五帝到伏羲演卦，把世间万物轮回因果大说特说一番。

“刘兄啊，你看咱俩，要不是有人牵线，我这辈子也不可能和你在一起吃饭啊。往远里说，要不是老祖宗留下这些天书，我也不可能从吴家坪走出来。你说对吧。”

“对着呢，对着呢，兄弟说的有道理。”刘运来痛说一番“革命家史”后，显然心情大好，“再说了，你看这个财富吧，有人挣总得有人花不是。”

“这就叫得之桑榆，失之东隅嘛。”

刘运来越听越迷糊，越听越觉得李三真是一个高人。要不是高人，谁敢起这么大的名字呢。天为一，地为二，李三可不就成了老三了嘛。

哪像他那两个不争气的东西，刘城龙，刘城虎。

李三心说，还不是你钱多了烧的，在古代这可不就是皇亲国戚纵子行凶嘛。

可现在事已至此，解铃还须系铃人。有钱能使鬼推磨。

李三夜里借着酒劲，在刘运来家洒扫一番，并在客厅正中的地方挂了一面大镜子。隔天又去刘运来家老坟烧了些纸钱，写了祭文，总算作罢。心想，坟如果不好，你怎么能发财。

经过李三的点拨后，刘运来多方打点，终于将两个儿子的事搞定。临行时又塞给李三一千元“大洋”。

饶是李三见多识广，可还是惊得张大了嘴巴。

第三天一大早，刘运来亲自开车把李三送到了长途车站，他早早辞别刘运来，坐在候车室里观察形形色色的候车人。这是他的一大爱好，观察的人多了，竟然对他察言观色揣摩别人的心思起到了莫大的作用。

“丁零零……”正当他专心观察各路行人时，手中的大哥大夸张地响了起来。

李三不紧不慢地把大哥大拿在手里，顿时引来行人侧目。

“喂，谁啊？”他夸张地接通了电话。

“喂，找李三。”

“我就是，啥事。”李三现在业务广泛，电话也接得频繁。

“帮我找一下李三。”

“你说，我就是。”

“那你稍等下，我让人给你说话。”

电话那头一阵窸窸窣窣的声响。李三心中抱怨，老子这可是双向收费呢。

“三啊，你在哪里呢？”伏家老汉的声音自听筒传来。

“伏家爸，我在外地呢，您老好吧。”

“外地是哪里啊，远不远？”

“很远啊，怎么了，有事吗？”

“哎，哪恐怕是赶不上了。”伏家老汉在电话那头一阵踌躇。

“到底咋了嘛，现在车这么方便的，有啥赶上赶不上的。”李三对于伏家老汉的啰唆显得不耐烦。

“那你抓紧回来一趟吧，家里有事呢。”

“啥事啊，这说远不远，说近也不近。”

“那啥，有个老人过世了，要让你回来埋人呢。”伏老汉慌里慌张地说道。

“这事啊，那啥，找个黄家洼的谢老六不就成了嘛。”

以前在吴家坪时，李三盯着那片弹丸之地和谢老六抢同一碗饭吃。两人背地里都说对方学艺不精，互相拆台。可是现在李三觉得外面的世界太广阔了，他根本就不屑和谢老六抢地盘了。所以，他时不时地做个顺水人情，把他在吴家坪周围的势力范围拱手让给了谢老六。在外时间一长，好多人已经不再找他办事了。

“这个谢老六自己说他办不了啊。”伏老汉在那头继续。

这个谢老六，啥时候变得这么谦虚了啊。

“那你让谢老六给我打个电话，我给他指点一下。”

伏老汉大清早地步行两个小时跑到乡里给李三打电话，可现在突然觉得这个事情也不那么容易。

“那啥，你家里出事了。”伏老汉在这边下定决心，“你老婆病得不轻。”

“什么，我老婆生病了？”李三一听这话慌了，“什么病？”

“没有确诊，据说是瞎病。”

李三握着电话的手抖了一下，他明白瞎病是个啥病，那就是绝症。他还想说什么，那边已经挂了电话。

他恍惚地听见最后伏家老汉的一句话，“能多快就多快，时间不等人啊。”

他退了票，改去往离吴家坪就近的南县。时间尚早，他坐在候车室里憋得发慌，索性出站，沿着大街散步。

大街上一个人手提大哥大，发型散乱，领带歪斜。累了，他坐在路边的一个长椅上，目光呆滞。

“三爸。”耳边有人叫了一声。

他转过头，看到一个时髦的女孩正站在他面前，冲着他微笑。

“你是？”

“我是小琴啊。”伏小琴说着摘下了大大的墨镜。

“女大十八变，越变越好看。小琴，你这也变得太好看了吧。”李三直起身子，开起了玩笑。

“哎，三爸，你怎么在这里啊？”

“我还想问你呢？”

“咱别在这说话了，去找个地方坐一坐。”小琴弯腰扶了一把李三。

在这个远离吴家坪的陌生城市，能遇到老乡就本身让人高兴。

小琴不经意间的举动更让李三觉得心里暖和了不少。这娃，到底是吴家坪人，到底是自己看着娃们长大的。

他此刻又想起老婆黄翠芳，心里一阵难过。虽然自己在外面坑蒙拐骗，胡作非为，但是她还是在家辛勤地操劳家务。

街边的茶铺子里，李三凄然地诉说着刚接电话的事，神情顿显萎靡。

伏小琴不时安慰着他，说了一些自己在砖厂的事，但绝口不提自己开铺子的事。只是说在砖厂挣了点钱，不干了，想在城市里看看有没有什么理发啊裁缝之类的手艺学。

眼看时间快到了，小琴在街道买了瓶水和零食递给李三，又安慰了几句。

此时距离李三衣锦还乡又过去了好几个月，可现在他却要奔赴家乡。老婆生死未卜，他这悬着的心也一路不曾放下。

“你可回来了，家里人都着急死了。”一到村口，白凤英就一把鼻涕一把泪地抓住了李三的手。

“大妈，翠芳她怎么样了？”李三焦急地问。

“唉，怕是挺不过去了。”

李三家围了一大堆的人，北面的窑洞里喝茶的、抽烟的。

黄翠芳躺在西屋的炕上，披头散发，嘴唇青紫。在村里的几个女人的劝说中越发伤心。

二十三

李三一脸沧桑，风尘仆仆地扑在炕沿上。

脸膛有点像男人样黑红的翠芳看似已经憔悴不堪。

“你来了，我以为看不到你了。”翠芳已经哭出了声。

“嗯。”他伸手抓着她的手，爱怜地摸着她的头发。

在吴家坪人看来，这个动作过于亲昵，但在场的这些女人们看来，却又是非常感动。

“怎么样，在哪里检查的？”李三扭头看了一眼旁边坐着的女人们。

“镇上。蔡疯子亲口说的，肝癌晚期。”白凤英急忙搭话。

“蔡疯子？”李三倒吸了一口凉气。

蔡疯子又名蔡振东，为人生性豪放，不拘小节，在镇医院上班时只在做计划手术时来医院，平时都在家里务农。有人来看病，他也不管在田间地头，还是路边斜躺，就手就给人看病。久而久之，人送外号蔡疯子。

上周翠芳感冒发烧，找蔡疯子看病。他仔细地观察后说恐怕是肝癌，让她去镇里再检查一下。

镇里的医疗条件有限，水平也不高，大夫们一听说是蔡疯子检查的肝癌晚期，都异口同声地说翠芳恐怕活不久了。翠芳当时就软得走不动路了，捎话带信让人找了一辆架子车把她拉回了家，不吃不喝躺在炕上已经三四天。

“那啥，你现在感觉怎么样？”李三坐在炕头上，听一帮村里的女人们七嘴八舌地诉说事情的经过，觉得事情也没有她们想象的那么悬乎。

肝癌是你蔡疯子随随便便就能检查出来的？要是在以前，他在吴家坪一带混的时候，或许也会这么认为。可现在的李三，这几个月来走南闯北，也增长了不少见识。

“浑身无力，人软得动弹不了。”翠芳一脸凄然。

“那你这几天就这么一直躺着？”

“嗯。我都怕等不到你了。”

“没你说的那么夸张。”李三从炕边站起来，起身从灶台边拿起暖瓶倒了一杯水。

“我给你们说啊，肝癌这个病据说是传染的，国内很少有。”

“什么，这是个传染病？”白凤英好奇地睁大了眼睛。

“是啊，你说翠芳连吴家坪也出不去，谁传染给她呢。”

李三这几个月来也见过肝癌晚期的人，症状明显不对。有些人明明到了肝癌晚期，非要闹腾的说是家里坟上的风水有问题。一般他也就随便做点手脚，也算是给病人最后一点心理上的安慰。

从他回来到现在，没看出翠芳有啥不对劲的地方，一个人，几天不吃饭。那能精神吗？晚期的病人那疼起来真是要命呢，可看她好好地躺着一动不动。

“你这个病啊，十有八九是蔡疯子看错了。”

“什么，看错了，蔡疯子的技术那么好的，能看错？”翠芳睁大了眼睛，身子支起来一些。

“有啥不能看错的，人吃五谷杂粮得百病，蔡疯子虽然本事大，可他能看到人身体细胞的癌变？”

“啥叫细胞？”女人们好奇地问。

“细胞嘛，就是，哎，说了你们也不懂。”李三其实也一知半解。他想了想，“这么说吧，大家都吃洋芋吧，熟悉它不？”

“说正经事呢，扯洋芋什么事。”

“别急嘛，我们吃了半辈子洋芋。有没有吃过坏洋芋啊。”

“嘁，坏洋芋谁没吃过，当年我们在冻地里都刨着吃坏洋芋呢。”白凤英想起往事，禁不住叹息。

“那大家都对洋芋非常熟悉了吧？”李三喝一口水，继续说道。

“有啥话你快说，别在这洋芋上耍嘴皮子，人还在这里躺着呢。”

“别急嘛。”

“能不急嘛。”翠芳心生委屈，泪又涌了出来。

“我说的正是你的病，你看我们熟悉的洋芋，外面如果是好的，没有切开的情况下，谁又知道里面是什么样呢。”

众人屏气凝神，“那是。”

“可这与坏洋芋有什么关系呢。”

“肝癌是人的细胞出了问题，细胞，我这样说大家可能不懂。”

其实李三道听途说，自己也不懂。

“细胞，人用肉眼根本看不见，需要高倍放大镜才能看清楚。”

“哦。”众人越听越糊涂。

“你们想，咱们对于自己非常熟悉的洋芋，切开之前都不知道里面是个啥。”李三一语道破，众人恍然大悟。

“那你的意思是说，蔡疯子说得不准？”有人轻声道。

“那当然，这种检查都要经过国家最权威的医院，数十位专家才能检查出来的。”李三顿了一下，“据说，咱们省，只有省医院才有这种设备。”

“你说的是真的？”翠芳不知何时坐了起来，凑到了前面。

“当然，肝癌晚期的病人，据说痛得生不如死，你看你，睡在这里，啥感觉没有。”

“可不是嘛。”白凤英她们看着一脸忧愁的翠芳。

这几天里，吴家坪人被一片愁云笼罩着，都在为翠芳的不治之症感叹。

翠芳自己除了躺在床上唉声叹气，不吃不喝外，啥症状也没有。

“这样吧，明天咱们去趟省城，到大医院里给你好好查查。”

翠芳在四天以后终于吃了一大碗鸡蛋泡馍，本来还想吃，但让李三阻止了。

“你这几天没吃没喝，现在猛吃猛喝，没病也给你折腾出病来。”

围在李三家的大伙陆续离开，有人感叹，有人摇头。

“他李三终究还是年轻，出了几天门，就不知道天高地厚。”

蔡疯子在这方圆几十里那是赫赫有名的人物，总还是有那么众多的拥护者。

或许是因为李三的到来，让翠芳觉得有了主心骨，她一晚上连梦也没做一个，就一觉睡到日上三竿。

临行前的收拾必不可少。

虽然翠芳收拾了一个下午，但是第二天坐在班车上时，人们还是看到衣冠楚楚的李三和她在一起是多么的不协调。

翠芳看着车窗外不时变换过的风景，高兴得忘了此刻是在去医院的路上。

她到过最远的地方是县城，但那已经是多年前。那时的县城除了有两栋二层楼，只有三四条并不繁华的街道。而最近几年，她去的最多的也就是镇上，有时候是去给孩子买几件衣服，有时候是抓一只过年的猪。

随着县城的邻近，路上的风景也逐渐漂亮了起来。甚至有一瞬间，黄翠芳有一种错觉，感谢这次不明不白的生病。让她有了远赴省城的机会。先不管有病没病。这样想时，她的心情顿觉大好。

二十四

一路上，李三看着兴奋地像孩子似的她，觉得这么多年也亏欠了她太多。

临近县城转车时，他们特意去吴天明上学的二中转了一圈。

临行时刘春霞托他们给吴天明带了几个烙饼，一小罐头瓶肉臊子。

李三看着时间尚早，就约杨旭和天明一起出来在南关东头的一个小巷子里吃酸汤饺子。

“李家爸，你们家里也不是正忙吗？”天明听李三说带着翠芳来县城转一圈，顺便买点东西。

李三没有提及去省城看病的事，怕这些年轻的娃娃们分心。

“你三爸这不是在外面胡吹冒聊挣了一点钱嘛，说是过来给我买点东西。”

翠芳说着佯装发怒地看了一眼李三，“有俩钱就把他烧的。”

吃过饭后，天明俩人回校上学，李三带着翠芳转车去上省城。一路无话，至天黑时到了省城。正是华灯初上，璀璨至极之时，城市的夜生活刚刚开启。

黄翠芳简直看得眼睛发直，她恍惚忘了自己此行前来的目的。

李三一到省城，在老婆眼里，那可是潇洒至极。但跟着他，看着他花钱如流水时，又禁不住心疼起来，这些钱，她一年也花不上。

李三拐弯抹角在靠近省人民医院的地方登记了一套标准套房。

俩人一进屋，翠芳就忍不住惊叫起来：“我的妈呀，这住一晚上要多少钱啊？”她甚至都不忍心把沾满灰尘的脚踩到光洁的地板上。“你这个人，说你啥好呢。人常说好钢用在刀刃上，有粉搽在脸上。”她絮絮叨叨地一刻不停。

“你说省下这些钱，回家给村里的邻居街坊买点东西，不是更好？”

“在这个地方摆阔气，谁知道。再说咱们是来看病的。”翠芳看来是真心疼钱，越说越生气。

李三呵呵笑着，已经脱了外套，斜躺在床上。其实李三有自己的想法，他跑来省城给翠芳检查，也是对蔡疯子的说法有所怀疑。昨天虽然在家里拿洋芋乱说一通，但他心里实在也没谱。蔡疯子行医多年，见多识广，肯定有他的道理。

对于他刚刚来到省城就要住这么豪华的宾馆，也是另有所想。万一翠芳得的真是瞎病，也让翠芳在走之前见见世面，享受一下她做梦都想不到的东西。

比如说洗澡。这个十年九旱的地方，人们吃水都困难，更不要说是洗澡了。别人形容这些地方的人说一生只洗两次澡，一次刚出生，一次死去。而对于吴家坪的人来说，死去时都难得洗一个澡。

李三眼角不时泛起点点泪光，对于翠芳无休止的责备也就大度地容忍了。

翠芳这里摸摸，那里看看，又是痛惜李三花钱，又是觉得自己跟了李三没跟错。虽然他在外面胡日鬼，但是在吴家坪，甚至东湾镇，有几个家庭主妇能到省城，能住上这样阔气的宾馆。不过，她同时又有点惋惜，这样的场景她如果回到吴家坪向别人说起，估计打死他们都不信。

“拉屎的地方能比咱们做饭的地方干净，打死我也不相信。”她能想到白凤英那轻蔑的眼神。

“先洗把脸，完了咱们出去吃个饭。”正在黄翠芳胡思乱想时，李三打破了她的思绪。

“不去了吧，咱们在这里喝水吃点馍对付一下就行了。”黄翠芳觉得这么好的地方都没法给吴家坪的人说清楚，至于吃的什么，吃进肚子里谁还知道。

“看你说的，好不容易来省城一趟，也得吃点好的不是。”

那一顿饭，花了翠芳不止两月的伙食费，让她心里又叹息不已。

吃完饭走在大街上，她看到城市里的男女牵着手散步，女人竟然穿着半截衩裤。

“真不要脸，身子都让男人给看光了。”好在她说的是家乡话，估计在这里没人能听懂。

不远处的树下长凳上，有几对青年男女竟然搂搂抱抱。

黄翠芳羞得捂住了眼睛。“赶紧回，你这个家伙，怪不得不在吴家坪好好地挣你的钱。”原来外面这么多狐狸精啊。

“说，你是不是在外面也这样，有了别的女人。”她竟然越说越激动，不愿意再看街上的风景，执意返回宾馆。

回宾馆的路上，有好几次眉眉打电话过来，李三都慌张地压掉了。

“你一会儿洗个澡，明天也好检查。”

“检查还要洗澡，那是不是也要脱衣服？”翠芳开始又紧张起来，“大夫是男的还是女的？”

“我怎么知道，我又没见过。”

“好你个李三，让别的男人看你女人的身子，你有病吧。”

李三又好气又好笑，只能先哄着让她洗澡，“明天咱们去专门找女大夫看行吧。”

李三在卫生间里给她说了一下怎么用水龙头，然后出来躺在床上看电视。

“你不脱光怎么洗澡啊？”李三看见翠芳脱得还剩下线衣就不动弹了，站在地下发呆。

“那，你把灯关掉，转过去睡。”

李三哭笑不得，细想一下，他和翠芳结婚这么多年来从来都是黑灯瞎火偷偷摸摸地在被窝里做事。

他关掉灯，躺在被窝里，蒙头装睡。

“妈呀，烫死我了。”翠芳惊叫着跳出来，光着白花花的身子跑出卫生间。看见李三，连忙拉起被子挡在身前。

“怎么啦？”

“哈屄，这水都能烫猪了，你让我洗。”翠芳哭丧着脸。

李三跳下床，跑到卫生间，哭笑不得。水龙头没有调合适，花洒放出来的全是热水。

抹了全身泡沫的翠芳站在水龙头下，仿佛在一个梦境。这些，她想都不敢想，做梦都梦不到。

在宽大的席梦思床上，翠芳羞红的脸颊越发动人。这个朦胧的灯光，也是在被她骂了好几次流氓后李三才被允许打开的。

灯下，李三搂着翠芳光滑的身子，黑夜在翠芳如水的眸子上漫开来。

偌大的城市死寂一片。

两个人在深深的拥抱中嵌进彼此。

“如果我真得了瞎病，你要照顾好自己，照顾好家里。”翠芳像是自言自语。

“别瞎说，就你刚才的气势，真是得瞎病的人？”李三用手拂过她的长发。

翠芳动情地钻进他的怀里，城市是另外一个世界，虽然这是自己的男人，这个男人和自己有过很多次的肌肤之亲，可是每次做起事来，好像做贼，匆匆忙忙完事以后他倒头就睡。翠芳也从未体会到躺在他的怀抱里会是如此踏实。

“胡说啥呢？你笑话我了吧？”翠芳想起吃完饭后在路边看到搂在一起的男女，那一刻，竟然心有所动，充满了羡慕。

二十五

当吴家坪人正在为李三带着黄翠芳上省城看病担忧时，大金牙的砖瓦厂这边却出了事。

随着各地建筑的兴起，大金牙的砖厂生意日渐好转，伏辉娃他们这些人已经不能满足需要，又有十来个人加入了进来。可是问题也随之而来。

自从伏小琴走后，刘小舟就加入了彩云组做伙食。起初十来个人，倒也轻松。但后来又来了十几人后，每天做饭菜不说，还要蒸馍。他们两个人显然已经不能满足需要。

这天,大金牙心情不错,给大伙准备了一些荤菜,吃完后在院子里开始开会。

“大伙最近辛苦啦，这个月除了原先说好的工资，会额外有奖金。”

“嗷——”人群中一阵欢呼。

“不过，现在有个问题，虽然不是个大问题。”大金牙顿了顿，接过刘小舟递来的一杯水，“近期由于我厂扩大规模，又有十来个新成员入伙，可伙食却……”他看了一眼刘小舟。

刘小舟屁股刚坐下来，瞅见大金牙瞥了一眼自己，以为自己平时做饭时有什么手脚被人告发，屁股抬起来一半，站也不是，坐也不是。

“你坐下啊，瞅你那德行。”彩云悄悄拉了他一把。她一直对刘小舟讨好大金牙的举动鄙视。

“嘿嘿……”小舟讪笑着坐下来。

大金牙看了看大家，“最近来的十几个人老家离这儿比较远，他们总觉得彩云做的饭有点咸了。”

众人就又目光一致偏向彩云。

“其实这也不能怪彩云，我们从小到大，习惯了嘛。”

“同时，现在二十几个人，再让他们俩做饭已经不能胜任了。”

彩云看了一眼小舟：“让你提了好多次了，两个人都快累死了，你就是不说。”

“为了减轻他俩的负担，同时为了照顾大家伙的口味，经我与新来的同志商议，决定让老孟加入。”

“老孟，起来给大家说两句。”大金牙看着旁边的一个年轻人。

老孟其实并不老，人送外号孟大头，反正人都这么叫，也就不知道他的真实名字。

孟大头站起来，朝大伙慌乱地鞠了一个躬，引得众人哈哈大笑。“我也没什么说的，以后就听彩云姑娘的，她要我往西，我不往东。”

“那人家两个想亲热，让你出去回避，你咋办啊。”人群中有人调侃。

“可千万不能为了避嫌，让大家饿了肚子啊。”

孟大头为人勤快，见机行事，很快成了彩云的好帮手。但刘小舟却感觉他碍手碍脚。两个经常为鸡毛蒜皮的事拌嘴。

“你老是护着孟大头，是不是看上他了。”

“你有毛病吧你。”彩云气不打一处来。

彩云除了看不习惯刘小舟在大金牙面前点头哈腰，还一直对他的小心眼心生怨恨。

每次吃过饭洗锅刷碗时，他都会喋喋不休地说彩云给谁的碗里多舀了肉块啦，或者是递饭的时候被人摸手啦。

今天当着孟大头的面，小舟竟然说出这种话来。

“我就是看上他了，咋了。”她解下围裙，一把甩在案板上。

“哟，真被我说中了，原来你早就看上他了，怪不得天天要让我在大金牙面前要人呢。”

“那是我的事，你凭什么说我，我又不是你老婆。”

“你！”刘小舟气得举起了手，忘了手中正举着一把菜刀。

孟大头此刻正提着一桶泔水往外走，猛然一回头，就看到了刘小舟高举过头顶的那把明晃晃的菜刀。他来不及多想，扔掉手里的水桶，一扭身，扬起一只粗壮的胳膊就朝刘小舟扑来。

“嘭”的一声，刘小舟还没反应过来，一把锋利的菜刀已经划过彩云的肩膀落在了旁边的案板上。

彩云捂着肩膀一声惨叫，一只胳膊顿时血肉模糊。

刘小舟和孟大头同时愣在当地。

“快，愣着干什么。”率先反应过来的孟大头抓起桌边的纸，捂在了彩云满是鲜血的胳膊上。

刘小舟已经彻底吓蒙了，看着眼前的一切不知所措。

“快，赶紧去开车，开车送医院啊……”

刘小舟慌张地跑出去，站在车边，手哆嗦着在裤腰带上摸钥匙。

其他干活的人闻声而来。

钥匙解下来，小舟的手却颤抖地插不进锁孔里，豆大的汗珠已经顺着他的双颊流下来。

“快，给老板打个电话。”慌乱中有人提议。

“还愣着干什么，抓紧送医院啊。”大金牙在电话那边高声喊叫。

“都已经成这个样子了，还开个屁车，给老子让开。”伏辉娃一把拨开刘小舟，发动着了汽车。

医院里，彩云躺在病床上，刚才经过简单包扎后，人其实没有什么大碍。人没大碍，刘小舟却被赶来的警察带走了。因为大金牙在接到电话后却同时拨打了120与110。

吴家坪人辗转听到消息其实已经在五天以后，彩云已经出院了。

刘小舟经过大金牙百般求人，也在被拘留了四十八小时后送往砖瓦厂。

"人我虽然没给你判，可是他哪里也不许去，一年内要随叫随到。"派出所干警义正词严。

但是在吴家坪却已经鬼哭狼嚎，哀声遍野。

彩云的母亲坐在自家门口哭得昏天暗地，而刘小舟的母亲也坐在村道口拍着身边的黄土骂彩云是个狐狸精勾引了他们家小舟。

"彩云啊，妈的心肝宝贝，你说你咋就那么傻，跑到那么远的地方。"

"妈还能不能见到你啊。"

"你说那么长的菜刀，这一下劈下去，死活都难料。"

"你要有个好歹，我也不活了，我要让他刘小舟给你抵命去。"

吴家坪顿时被一片愁云笼罩了起来。

本来大家还一直担心李三老婆的瞎病，这一搅和，好多人便又替俩娃担心起来。

"他郭家妈，你咋这么想不通呢，你说他小舟能长几个脑袋，敢在人身上动刀子。"白凤英拍拍彩云妈的背，"你咋就不想想，这人要真是有个三长两短，那边咋能不给咱们发个电报，打个电话呢。"

"小舟那孩子，可是咱们看着长大的，你放心，你白嫂子担保，他绝不会做出这种事来。"

口干舌燥地劝了彩云妈半天，白凤英又折过头来，往东村口去。

"小舟他妈，你就别在这里丢人现眼了。俩娃啥情况咱们都还不知道，可小舟却是动了刀子的。"

小舟妈本来颠着屁股正骂得起劲呢，被白凤英一说，她猛地一惊。可不是嘛，不管彩云做了什么对不起他的事，但动刀子这种事说大不大，说小却是不小。

她惊天动地的哀号也就戛然而止，拍打着土地的双手在脸上抹了两下。本来就是干号，也没眼泪，脸上顿时现出两道难看的痕迹。

二十六

黄毛在宾馆里舒服地睡了多半天，约莫快要天黑了，才翻身起床。他有着自己的如意算盘。在这方面，他自称阅女无数。

虽然伏小琴一直像一只高傲的小孔雀，但是他知道所有女人的软肋，只要把她“办”了，她就会死心塌地地跟着你。他知道农村女孩尤其对于贞洁什么膜的看得比命还重要。

当然，他并不知道，大金牙为此付出了惨重的代价。这方面，他俩可不好沟通。

他舒舒服服地洗了一个澡，慢条斯理地喝了一杯茶，然后拨通了伏小琴的电话。

“伏老板啊，你的事办得怎么样了？”

“哦，已经办好了，你的呢？”

“我刚办完，就给你打个电话。”

其实伏小琴碰见了李三后和他说起黄翠芳的病，把黄毛这茬早给忘了。此时接起电话，才恍然记起。

黄毛有黄毛的一套，他想把时间逗留在晚上，吃饭喝酒KTV，只要他和伏小琴多待一会，他就有办法把她给“办”了。

自己店铺门上被人喷了那难看的几个大字，伏小琴本来一肚子的无名火，可是和李三在街道上碰上说起了黄翠芳后就把这茬放下了。

三婶那么好一个人，怎么能说生病就生病呢。这万一要是有个三长两短……哎，她想都不敢想。肝癌，听都没听过的病怎么就落到三婶的头上了呢。

伏小琴一边转着散心，一边想起吴家坪的事情来，居然一不留神就到了下午。

黄毛在电话里说天黑路远，索性就住上一晚，明天一早回去，反正也没有什么要紧的事情去做。

小琴想着黄毛既然都已经这样说了，肯定是打算不回去了，万一自己要急着说回去，也没有了班车可坐，索性打电话给张娟，说自己有事没有处理完，就不回去了。

“今天晚上你晚点回去，明天早上你就不用来，好好地睡个懒觉。明天我来的时候给你打电话你再来吧。”

张娟一听第二天早上可以不用来上班，就在电话中开心起来。

“你今晚下班迟一点，在对面的商店里买一瓶漆。把卷闸门上的字盖掉。”

“哐噹噹”的声音在黑夜里尤其刺耳，当张娟把卷闸门拉下来时，借着外面朦胧的灯光就看到了几个醒目的大字。

“原来这样啊，怪不得生意这么好。”张娟举着漆瓶歪着脑袋。“人说漂亮的女人是老虎，看来这话不假。”

她挥动着手臂，漆罐发出一阵刺耳的声音，把那几个大字覆盖。

黄毛开着车接到了小琴，打算一起去吃饭。

小琴好几次都想把早晨喷漆的事情问出来，但一直没找到合适的话。

“黄老板，喜欢吃啥，今晚我做东。”伏小琴很快适应了城里人的生活，落落大方，不卑不亢。

他俩在一家门口挂着百年湘菜的店里坐下来。黄毛殷勤地招呼服务员，给小琴推荐菜品。

“黄老板生意一直不错，主营什么啊？”小琴翻看着菜单，看似无意地问。

“小生意嘛，不值一提。”

“不会是做什么违法的勾当吧。”

“哪能呢，咱可是良民，虽然有不良记录。”黄毛倒是不避讳自己曾经违法乱纪被处理过的事实。

“那时候多年轻啊，胡作非为，现在老了。不敢折腾了。”黄毛故意装出一副英雄迟暮的落寞。“哪像你，这么年轻漂亮，大有作为。”

他顿了一下，又试探地问道，“听说伏老板以前在大金牙那里干活。”

“是啊，累死了，也挣不到钱。”伏小琴叹一口气。

“那您怎么一下开了这么大的店啊？”

“黄老板不会怀疑我贩卖人口吧。”小琴暧昧地笑了笑。

黄毛脸色微微一变，提高了声音：“说啥呢。”

“谁不相信你是憨厚的乡妹啊。”黄毛故意说道。

“那可不一定，兔子不急不咬人呢。”

伏小琴旁敲侧击，始终也没有探听出有用的消息。

湘菜主辣，虽然他俩在点菜前一再声明少放辣椒，但还是吃得额头冒汗，嘴里不断发出“咝咝”声响。

黄毛与小琴几番对话下来，才知伏小琴这个女孩虽然年纪不大，却非常老到，做事说话滴水不漏，让他无处下手。另外还有一些话他觉得影射自己和大金牙，不由一阵心虚。他只能望着面前这个美女暗自焦躁叹息。

小琴鼻尖上因为热辣冒出的小小的汗珠，犹如六月滚在荷叶上的露珠，竟然看得让他暗暗发呆。

吃完饭，已经是华灯初上。

黄毛从饭店出来，用牙签剔着牙缝，心里在盘算着怎么样把伏小琴搞到手，玩弄后再放到他的舞厅里替他挣钱。

突然，一个罪恶的计划在他脑海中闪现。他要借刀杀人，留住她的把柄，让她以后乖乖地听话，替他卖命。

他借口上厕所，背着她拨出了一个电话。

“喂，黄老板吗？”电话那头传来一个中年男人深厚的声音。

“不好意思，我打错电话了。”

“没事，你不犯错，怎么会打给我？”

“好吧，我愿意为我的错误买单，请你吃饭，想喝什么酒。”

“来一瓶二锅头怎么样，二两就够，多了容易上火。”

“黑哥，是我，黄毛，我在市里，有货吗？”两个人一番暗语后，黄毛说出了自己的意图。

“怎么是你亲自出马呢？这可是坏规矩的。”那头传来不悦的声音。

“怎么会呢，临时有事，还是老办法，明天上午九点，你叫人把货准备好，我到时候通知你放在哪里。”

“好。”被黄毛称作黑哥的人挂了电话。

黄毛装模作样地在洗手间洗手出来，看到伏小琴时，心里仿佛涌出一把刀，他要牢牢地掌控住这个让他贪恋的女人。让她变成他的玩物。所以，今晚他要伪装成正人君子，让伏小琴放松警惕。

在路边溜达了一会儿，黄毛用手摸摸脑袋，“估计下午有点着凉了，头疼。想回去早点休息。”

“好啊，早点休息了，明天一早回去。”

“不急，明天睡醒了慢慢回。”

第二天伏小琴很早就起床了，洗漱完毕，在街边摊上吃着早餐，边迎着初升的太阳边看街道两旁的风景。突然，她接到黄毛的电话。

“喂，伏老板啊，我刚才接到了一个电话，今天有事回不去了。”

“没事的，你忙你的，我自己回去就成了。”

“不过有点事需要你帮忙，我有点东西要让你带回去给大金牙。”

当伏小琴把一个裹得严实的包裹装在随身包里登上回去的班车时，站在一边的黄毛悄悄露出了诡异的笑容。

“臭婊子，我看你这个煮熟的鸭子能飞到哪里去！”

二十七

李三和黄翠芳站在人民医院的过道上。

李三早早地排队挂号，外科内科各种检查一股脑全做。

医生一步步地从气色到胖瘦、消化饮食等等方面做了询问。

李三不时要为难为情回答问题的妻子作引导，黄翠芳面对着男医生不断地询问，各种隐私的话题，感觉自己被剥光了衣服站在大庭广众之下。她的全身已经被汗水浸透。

对于这个传统的农村妇女来说，她并不知道医生职业化的态度，以及医生广博而无私地爱着病人的南丁格尔精神。

她总觉得，当医生要她当众说出那些让她难以启齿的排泄物或者每个月“坏事”的那些事情时，她已经无法正常沟通了。

最后，当那个戴着厚厚眼镜片的医生示意她脱掉上衣躺在小床上时，她说了一声“好的”，脸已经红到了脖子根。

“没事的，按照医生的要求做。”李三在一旁安慰。

“这儿疼吗？”医生的手不断在她身体上变换着位置，“这儿，这儿……”

医生的手刚刚挨到黄翠芳的右下腹部，她就像被蛇咬了一口一样惊叫了起来。

“流氓。”她冲着医生就甩了一巴掌。

医生猝不及防地被她打掉了握在另一只手里的听诊器。

“你，你这神经病嘛，送到精神健康去。”医生脸涨得通红。

“对不起，对不起，乡下女人，没见过世面。”李三忙不迭地道歉。

黄翠芳看似委屈的眼泪都要流下来了。

几天后，李三和黄翠芳回到了家。

吴家坪人像迎接凯旋的勇士一样把他们接回了家。

“医生说我壮得像牛，哪像得病的样子。”黄翠芳不时说起城里的一切，从饭店说到马桶，从街边搂抱在一起的男女说到男医生伸手在女人的身上乱摸。

“对了，那他有没有摸过你啊。说说，他摸你的那啥了没？”白凤英凑近一点，一脸的坏笑。

“是不是和你家李三摸你不一样？”有人附和，随即厨房里爆发出一阵大笑。

在北屋，整个屋子里烟雾缭绕。男人们一根接一根的抽烟，李三的大方现在已经出乎他们的意料。

他不再是那个夹着半截烟屁股在坪上来回转悠的人。他随意撕开的香烟堆在炕上、地下的桌子上，甚至窗洞子里，桌子底下的板子上都塞上了。糖茶一杯一杯地喝。

有些人嘴里叼着一根，耳朵上架着两根。轮流喝着的茶杯底下总是有一层厚厚的糖，黏糊糊地粘在杯子上。

厨房里的女人们被一种复杂的心情包围着，甚至有人心里惦记着，生病也是一种幸福。其实她们也知道，像她们哪有钱去省城啊。病的严重了只好被蔡疯子判成死刑。

李三也不是一个没有眼色的人，在返回老家的路上，他已经想好了主意。他要替蔡疯子守住来之不易的荣誉。

班车到达吴家坪之前，他就已经捎话带信地把蔡疯子请到了家里。

另外，他在百货商店里买了几瓶麦乳精什么的补品，拆了包装，分别倒在一些塑料袋里，背回了家。

做这些事情时，他都是偷偷背着黄翠芳的。女人们坐在一起，啥话都往外说。要她们保守秘密，除非狗不吃屎。说不定黄翠芳一不留神，就会把他在宾馆里伏在她身上，把他亲了她全身的事也给抖搂出来。

蔡疯子坐在北屋的炕上，心里一直空落落的，抽烟、喝茶，也不怎么说话。虽然李三一个劲地往茶里放糖，可是他还是喝得没滋没味。

直到大家七嘴八舌地不再议论黄翠芳的病情，转头说谁家的驴下了个骡子，谁家的猪娃子生了八九个时，李三才让蔡疯子一直低落的心情重新攀上高峰。

“蔡大夫，你说你怎么就那么神呢？”

蔡疯子正闷头抽烟，思索着如何赶紧逃开这个让他尴尬万分的场面。

“啊……”一听李三说话，他慌乱地抬起头来。

该来的总归会来。当有人捎话带信地让他来时，他已经预计到了最尴尬的场面。他的一句话，让李三领着黄翠芳在省城白花了四五天的冤枉钱不说，还让医生把黄翠芳给摸了个遍。

“我……”他一时不知道说什么好。

其他的人都齐刷刷地把头转向正在喝茶的蔡疯子。

“省城的啥都好，就是医生太坑人。”李三看大家都屏气凝神地望着蔡疯子，才语出惊人。“哪里像蔡大夫，一看就知道得了什么病。”

蔡疯子其实已经老早地听过李三关于什么细胞和洋芋的精辟论断。现在恨不得找个地缝钻进去，想他蔡振东一世英名，恐怕就要毁在这个什么小小细胞上了。

“城里的医生，仪器全都过了遍，最后检查的结果和蔡大夫说的一致。”

“肝癌？”有人伸长脖子，小声地说了一句。

“肝，但不是癌。”李三站起来，给蔡疯子点去一根烟。“要不是您提早诊断出来，城里的医生说，一旦要是耽搁了，那就任神仙也救不了了。”

“这，是省里给开的药，要喝三个月呢，这还是蔡大夫英明决断，提前告知。”

蔡振东把斜躺的身子再斜一些，终于靠在了炕角的枕头上，人也轻轻地呼出一口长气。

几包麦乳精适时地派上了用场。

连黄翠芳也不知道，只是每次喝的时候，感觉甜丝丝的，很好喝的味道，这到底是个啥东西。

李三说，那是进口药，必须喝掉，不能浪费。

国内得这种病的人很少，都是从国外传染来的。看来，这话也不假。

蔡疯子回家后，对此事守口如瓶，绝对没有在别人跟前提起过。

倒是吴家坪的其他人，动不动就在外人面前吹一番。说蔡疯子像华佗，能看到没有发生的病。

黄翠芳心情大好，但唯一让她感觉不爽的就是李三，隔两天就会和一个女人通电话。

通话时，他会把声音压得很低，再加之那女人有时候呜里哇啦的，她竟是一句也没有听懂。

五天后，李三不顾黄翠芳的反对，又手提着皮包和大哥大去了外地。

二十八

那个叫眉眉的女人一天几次三番的电话，不是给李三联系了客户，而是她已经强烈地感受到了危机。

几天不见，眉眉似乎变了一个人。脸也不洗，披头散发，披着被子窝在沙发上,身边堆满了食品袋子。厨房里也堆得乱七八糟,好像整个人都没出过屋门。

她很清楚她的处境，她和李三只是一对男女干柴烈火的配合。除了给自己找到平衡而外，她的心里是痛苦的，甚至有时候竟然还有个罪恶的念头，就是让李三或者其他什么男人在自己肚子里撒下种子。

孙悦胜由以前的十天半月，或者隔个一半周来一次，到现在已经是差不多要断绝了和她在一起的念头。

“那个小狐狸精，不知道怀上了孩子没有？”眉眉想着。

她希望是孙悦胜自己没有上好的犁，而不是她自己这块早些年被过度开发的地里已经长不出来庄稼。

但她又想，小狐狸精会不会和她一样，来一个神鬼不知的借种。

这样想时，她就越发地寝食难安，简直到了崩溃的边缘。

她一天几个长途电话，把李三终于给催了回来。她想让他想一个计策，能把孙悦胜这个饭票先操纵在手里。

李三坐在沙发上，疲倦地奋拉着脑袋。

虽然只有两个小时左右的车程，但老式驼铃车走走停停，加上拉了多半车抽着老旱烟的农民，让李三有了呕吐的欲望。

“三哥，你可想死我了。”眉眉双手环住李三的脖子，把脸蹭了过来。

“说，哪里想了？”李三坏笑着用手指勾起她的下巴，盯着她的眼睛。目光随着往下移动。

估计是她一直没有出屋，所以也没有穿内衣。

睡衣下若隐若现的颤动让李三咽了一口唾沫，对着撑开的扣子下透出的一片雪白光亮痴痴看着。

一路向下，李三的目光像一把锋利的刀，割开了她单薄的睡衣。

眉眉开始面色潮红，呼吸急促。

两片唇很快印在一起。沙发在他们身下痛苦地发出呻吟。

“三哥，嗯。”她近乎呢喃，“现在知道哪里想你了吧。”

“知道了。”随之一阵更为有力地回应。

月光从云层中探出头来，洒下一片朦胧的光。

“三哥。”眉眉一只腿翘起来，搭在李三隆起的肚皮上。

以前的李三有一身干部味，是区别于吴家坪别人的标志。后来，更多地人开始抽烟时，那种李三身上特有的味道逐渐淡出了人的嗅觉。而现在，李三隆起的肚子则又成了吴家坪人谈论的对象。不管怎么说，当李三挺着孕妇一样的大肚子，以至于裤腰带都形同虚设时，他似乎又王者归来，在吴家坪又成了人们争相效仿的对象。

“嗯。”筋疲力尽的李三迷迷糊糊地应了一声。

“人说，生孩子主要在男人身上，是不是？”

“只有累死的牛，没有犁坏的地。”李三似乎答非所问。

“问你话呢？”她一只手沿着李三的大腿向上，滑过他敏感的地带。

“嗯。”李三一个激灵。

这个女人，哪像吴家坪的那些女人，干起事来像打仗，口号喊得能把屋顶给掀下来。李三口干舌燥，有点吃不消。

他老早就听人说城里有一种女人在某一种特定的场合总是哼哼哈哈像唱戏，可是没想到眉眉一旦要起来，没完没了。

他拨开她搭在肚子上的一条腿，翻身趴在了床上。

“是啊，说是什么娃，爱克丝什么的体。”

“那要是男人有问题，女人会不会怀孕。”她穷追不舍。

“哪啥，当然不可能啊。”李三想起刘春霞，狗剩照样是他的种。

计划生育把男人做了手术，女人们照样一串串地生孩子。但这些话他没说出口，他不想和她搅和这些事情。

在李三看来，他终究是吴家坪的游神饿鬼。虽然他现在在这里溜达，但他终究要回到吴家坪，即便死了，也要梗在吴家坪的土地上，那样才能踏实。

“那你说，女人会不会想办法自己怀呢？”眉眉依然穷追不舍。

“自己想办法。”李三装作一副不解的样子。

“是啊，自己找个人借种。”眉眉倒是满不在乎，说着又侧过身，把一只手使劲朝李三趴着的肚子下面探去。“比如说，我和你。”

“你说的不是真心话吧。”李三挪了挪肥胖的身躯，躲开了。

“我怕那个小狐狸真能给他借个种。”眉眉犹豫着说出了自己的想法。“你有没有医院里熟悉的大夫。”

“啥意思？”

“我想给她下点料，让她怀不上老孙的孩子。”

“至于嘛，他俩也是玩的吧。”李三心里一惊，最毒妇人心，这话一点不假。万一出了人命，那自己岂不成了杀人帮凶。

伏小琴走上班车的那一瞬间，身后的黄毛露出了狡猾而狰狞的笑容。他已经预计到不久的将来，伏小琴不但成了他的玩物，更成了他赚钱的工具。

他想到这些，禁不住偷偷地笑出了声，他回转身，继续进了酒店，他要在甜蜜的梦中等到他认为最美好的消息。

与此同时，伏小琴正眯着眼睛坐在大巴车上赶回镇里。越往回走，心里越生气，那几个血红的大字总会蹿进她的脑海，让她美好的心情瞬间变得烦躁。

昨天早上她还怀疑黄毛，后来不了了之。现在想起黄毛，怎么突然又感觉怪怪的，总觉得哪个地方有那么一丁点不合适。但她一时半会又想不出个所以然来，越想想奇怪，越想越神秘。这个黄毛，凭啥正好早晨出现在她的面前，为什么又恰好一同和她上的省城，而今天又让她带个东西回去。

他昨天还说没什么事，只是想散散心来着。现在又有重要的事回不去。

她从塑料袋里取出那包东西。仔细地掂了掂，像一包面粉。他黄毛为啥要把这个东西带给我。她越想越觉得可疑。但她一时间又觉得找不到方向，无计可施。

“好的，哥，没问题，我一直在旁边，她跑不了的。”小琴大大的墨镜后面一直是一双似睡非睡的眼睛。

“她跑不了的”，这个人和谁通话呢？难道？

想到这里，小琴惊出了一身冷汗。她悄悄地把手伸进包里，又仔细地摸起了那个东西。

“黄毛这帮人，你最好不要惹，连那个啥都贩呢。”有一次隔壁的胖女人稀里糊涂地说了一些黄毛的事情。

“有抽烟的、拉屎撒尿的，下车了啊。”司机在前面扯开嗓子嚷嚷。

车停在一片不大的玉米地前，“爷们儿别偷看啊，女人们把自己藏着掖着点啊。”

男人们就近掏出家伙，有的甚至连路边的水渠都懒得迈，就直接转身对着轮胎。

伏小琴看着片玉米地，顿时有了想法。她把塑料袋悄悄地塞进背包里，背着就钻进了玉米地。玉米地的另一头的小水沟里，一些白色的粉末被水冲向远方。

二十九

黄毛做事谨慎，即使对待涉世不深的小琴，也部署了周密的计划。

他通知了镇所雷公的接班人——于登峰。

雷公在许多次贪赃枉法后把自己送进了高墙。而后来的于登峰则紧紧地随着雷公的脚步。他肆无忌惮地贪污，经常出其不意地查封一些店铺，变卖一些东西。久而久之，没人不知道他的胆大，人送外号“于大胆”。

于大胆领着两个得力干将守在了汽车站的院子里。

早上黄毛来电话，将有一个线人带着一点不足以判死刑的白粉出现在汽车站。班次，车号，都说得清楚。但是要等的什么人，他却没有说。

于大胆纳闷，既然是线人，为何要布控。黄毛只说这些粉是孝敬于大胆的，人到时候他们再商量着处理。

这些私事，于大胆心里清楚，相比这一点点好处来，去舞厅喝酒，玩女人都已经属于小儿科了。所以于大胆此次出来，并没有大张声势，也只带了两个随身亲信，早早地就等在了汽车站。

车喷出一股难闻的汽油味，刹车的声音刺耳。

警察小吴一直守在车窗边，心情紧张又激动。他知道做这种事，能够被于大胆带在身边，那基本上就成了于大胆的亲信了。虽然他并不知道要干什么，抓什么人，仅凭于大胆一直闷在车里守候，绝对不会是一般人。

大巴车一停下，小吴就捅醒了于大胆。三个人快速打开车门，拦在了大巴车前。

“一个人也不许下车，有人举报，有人携带非法物品。”

于大胆站在车前扫视了一圈后，基本就锁定了目标。

黄毛的头号狗头军师兼保镖胡严东向他使了个眼色，朝向身后的一个女人。但于大胆不能一下就冲到女人面前，他得有个铺垫，有个循序渐进的过程。

车里的人大都没有见过这种架势，有几个人已经瑟瑟发抖。

胡严东一直盯着伏小琴，见她若无其事地坐在座位上，看着眼前的一切。

胡严东不禁佩服起自己来。自己的这一招撒一把小米，捉一只老母鸡太英明了。黄毛昨天一开始还为了那点点粉不同意，但天下哪有免费的午餐，舍不得孩子套不住狼。

这辆车走走停停，拉的并非全是省城来的。而是在路过的时候都有短途的上车下车。所以到最后，基本都是附近转悠的。

有些人对于大胆的作法敢怒不敢言，憋着通红的脸。

没查到粉，竟然查到几个女人小偷小摸在街上偷来的东西。但今天的于大胆对于这些已经没有了兴趣，况且那几个女人毫无姿色，于大胆不痛不痒地训斥了她们几句就当即释放。

他来到了伏小琴的身边，志在必得。

“哪里人，上哪的？”于大胆来此不久，地盘内的事情还没有摸清楚。

对于伏小琴，他很陌生。但他竟然惊诧她的美，还有她一副事不关己的冷漠神态。对于他这个别人看到就惊慌失措的于大胆，伏小琴竟然有一丝半点的不屑。他说话的声音就提高了几度。

“吴家坪的。吴家坪你知道吗？”伏小琴慢条斯理。

他哪知道什么吴家坪嘛。

“去了趟省城，难道这也要提前备案嘛。”伏小琴用调侃的语调。

“吴家坪，哪个吴家坪？”于大胆当然不知道。

“去省城干吗去？把你的行李打开看看。”

伏小琴取过随身携带的包，很熟悉地打开了。

不远处的胡严冬借机瞟了一眼，心中暗喜，东西还在。今天这一趟志在必得，那自己在黄毛这边的好处费他不用说黄毛都得加倍奉上。

于大胆随手拿起包，钥匙、化妆盒、手机，尽管这些在当时都价值不菲，手机更是一般人用不起。但他已经忽略了这些，他的手甚至有点颤抖，本能地抓向一个塑料包，里面有个包裹严密的白色方块，解开了，是两个卫生巾。

胡严东睁大了眼睛，屁股从座位上抬起来一些。但于大胆好象发现了新大陆，他小心翼翼地把卫生巾拿在手里，面色凛然地问：“这是什么？”

后面的几个女人禁不住笑出了声。这女人护那啥的啊。怎么于大胆连这个也不认识，不过也难怪，女人藏着掖着的东西嘛。

她们哪里知道，于大胆自作聪明地将它和粉联系了起来。

“问你女人去啊，警官，用这个不犯法吧？”小琴此时基本明白了黄毛对自己动的手脚和她一路上的疑虑。

现在，那些东西早都顺着河道撒向田野。她此时也无事人一样将自己高高挂起，只是冷眼看着这个眼前的男人。

于大胆转过身来，对着警察小吴，下巴略微抬了抬，把卫生巾递向他。

小吴看着于大胆，近乎崇拜式的目光有些猥琐；再看看漂亮的伏小琴，他突然有了一种近乎变态的下流。

他将塑料袋放在座位上，从中间取出来一个包装精美的小袋子，一点点用手撕开，里面的白色涤棉状东西就很有弹性地出现在眼前。这些东西将要亲密无间地护在眼前这位美女最隐秘的部位。

这样想时，他握着它的手竟然有一些颤抖，呼吸也渐渐变得急促，情不自禁地舔了一下嘴唇。

他轻轻地捏，慢慢地看，还夸张地放在鼻下底下闻了一下。他双眼微闭，似乎很陶醉的模样。

一旁的于大胆就禁不住有些气恼，伏小琴更是羞得面红耳赤，似乎小吴轻轻摩挲、低头嗅着的不是那包刚从商店里买来的用品，而是她难以示人的身体那特殊敏感的部位。

于大胆强压怒火，“仔细检查，不要放过任何蛛丝马迹。”

小吴将塑料包装撕开来，从里面掏出柔软的护垫，然后小心地挑破，期待在里面看到有价值的东西。显然，他失望了。

他疑惑地望了望小琴，又望向于大胆，尴尬得无以复加。

于大胆此时已经顾不上许多，一把从小吴手中抢过护垫，从里面抽出一丝丝柳絮样的东西，他甚至放在嘴里轻轻地咂了两下舌头。

“操，真变态。”人群中有人轻声嘀咕。

伏小琴的脸已经涨得通红。

此时的胡严东早已汗如雨下，从这帮蠢货开始把玩手里的卫生巾开始，他已经知道自己的高招被人轻松地识破了。

三十

于大胆当众出了洋相，气得暴跳如雷。他转头再找胡严东，这小兔崽子已经不见了踪影。

“黄毛，我操你丫的。”于大胆一坐在车里，就拨通了黄毛的电话。

黄毛在宾馆里正做着美梦，他对垂涎已久的小琴幻想了无数种可能，包括和她亲热的各种招式，黄毛都下流地在脑海里过了一遍电影。但他唯一想不到的是，这个电话却打破了他的幻想和美梦，让他握着听筒的手开始晃了几下。

“你个傻蛋，你让老子守了半天。”于大胆气喘吁吁，“竟然让老子当众出了洋相。”

黄毛显然不知道这边出了岔子。

“屁也没有，你是不是拿你的女人试探老子呢。”

黄毛被于大胆一顿涮。他挂了电话，直接拨了胡严东的号码。电话响了半天，可是一直无人接听。

这个时候再去给小琴打电话，恐怕有点穿帮的感觉。黄毛耐着性子开车往回赶。

他在让小琴送货之前并没有交代好要送给酒吧或者是哪个收货人。他当时太过于自信，对于这件事情是十拿九稳。他眼前一片大好画面会如期展开，可是事情突然出现这样的变化，是他始料未及的。

两个小时的车程里，他既担心惹恼了于大胆，没有自己的好果子吃，又心疼自己的那点货打了水漂。

好不容易挨到镇上，他稍微稳定了一下情绪，径直开车到了小琴的服装店。

小琴正端着一杯水坐在门前沉思。她把这几天的遭遇联想在一起，越来越觉得黄毛有问题。虽然现在不知道带的是什么东西，但今天下午一看于大胆的架势，一定是冲着自己来的。

“伏老板，下午好啊。”黄毛车一停下，就快步从里面钻出来。

“好啊。”小琴站起来，朝前迎了一步。

“怎么这么快就回来了。”

“下午的急事处理完了，就赶回来了。”

“对了，我的货。我一看自己赶回来得早，也就再没打电话。”

“来，屋里坐。”小琴侧身把他让进屋里倒了一杯水。

“我还纳闷呢，带货又不说是给谁，万一出了问题，我可负不起这个责任。”小琴偷偷瞄了一眼黄毛，发现他不易觉察地舔了舔嘴唇。“也是我疏忽了没问一下带的什么。”

“那能告诉我你带的是啥东西吗？”小琴坐在椅子上。

“没什么，一点不值钱的东西。我妈喜欢吃米粉，特意从一个老乡家拿来的。”黄毛这个话一出，顿时就后悔得想以头碰地。

首先小琴肯定会认为他撒谎。

一个米粉，至于提前让小琴带回来吗。但撒谎在其次，主要是他把话说到了绝处，为了逃避，他说成了不值钱的米粉。

他喝了一口水，眯眼看了看将要下沉的夕阳，后悔得肠子都要烂掉了。

“哎呀，那我就放心了。”小琴站起来，将手中的杯子放在桌子上，长长地舒了一口气。

她跨出屋门，站在空地上，双手交叉向上，做了一个伸腰的动作。纤细的腰肢，如瀑的长发，还有那紧致高翘的臀部。

黄毛眯缝着眼睛，他看到一束黄昏的余光从小琴举着的指缝间泻下来，他痛苦又贪婪地闭上了双眼。

“那是下次我去省城带点给阿姨呢，还是在镇上买点孝敬她老人家？”小琴转过身，一双似笑非笑的眼睛。

“看你说得客气的，那么点东西，怎么好让您再破费。”黄毛爽朗地笑了笑。

“要不，我请你吃晚饭，也算是赔个不是。”她试探着问道。

“不了，今晚有事就不叨扰了，等我消停了。我请你吃饭。”

黄毛虽然急于和伏小琴成就好事，但他知道，今天晚上不行，先必须把于大胆这个人摆平。今天他当众出了洋相，到底出了什么事情他现在不知道，因为于大胆话话都没说完就气愤地挂了电话。

“那，说了半天，我还没搞清楚我的米粉上哪去了？”黄毛苦笑着摊开双手。

“我还纳闷呢，一上车我就迷糊了，等到一觉醒来，竟然有派出所的人查嫌疑犯。”

“你说可怕不可怕，那个于大胆，竟然还……”小琴毕竟是一个女孩，当众说起这件事来实在不好意思开口。

“怎么了，于大胆这个人轻易不出去啊。”黄毛摇了摇他的头。

“我也纳闷啊，他们竟然一个人一个人地搜。”

“对了，你说，于大胆怎么了？”黄毛想起于大胆电话中说出了大洋相。

“他，就是那个啥。”小琴顿了一下，“他把我的卫生巾都撕开了。”

“什么？”黄毛吃了一惊。虽然他已经脑补了很多种可能，但是对于于大胆的做法还是有所保留。毕竟堂堂一个地方的派出所一把手嘛。

“怎么个情况，详细说说。”黄毛紧张地盯着伏小琴，声音都有点颤抖。

“你让人怎么说嘛，对了，你这么着急干吗？”伏小琴看着黄毛，表情复杂地说，“你去问街这儿的老太太去，或许她们已经八卦开了。

“实在不行，去问于大胆啊，他可是当事人，会一五一十地把整个经过告诉你。当然，是他自己愿意的情况下，只怕他丢不起这个人。

“那就看你俩的关系了。

“至于那包东西呢，我真不知道上哪去了，我一觉醒来就不见了。

“好在不是什么值钱东西。”

黄毛此时想死的心都有了，偷鸡不成蚀把米。

他匆匆地辞别了小琴，开车就向派出所奔去。

本来，小琴想套话问到底是谁喷的字。但一看黄毛的架势，好像心不在焉，也就再没提及。

她打发走了张娟，把卷闸门一关。回家休息不提。

这边黄毛心急火燎地来到派出所。

警员小吴今天也是吃尽了苦头，本想跟着“老大”混个人情，蹭个脸熟，顺利加入核心圈，没想到自己和他都出尽了洋相。从“老大”暴跳如雷的样子看，他就感觉没有好果子吃。这个于大胆，发起脾气来样子恐怖，六亲不认。

黄毛先在小吴这边简单地了解了一下情况，旁敲侧击地问了一些胡严东的情况。

其实小吴自己也糊里糊涂，不明就里，他把听到看到的都给黄毛做了如实汇报。

黄毛是谁，和于大胆一直来往甚密。他要利用一切资源和于大胆攀好关系，当然黄毛平时给他的好处也不少。

黄毛小心地敲开了于大胆的办公室。

“好你个黄毛，害得老子今天出尽了洋相。”

“冤枉啊，于哥，今天本来是要孝敬您的。”

黄毛便把如何利用小琴，如何给于大胆送个顺水人情的事和盘托出。他想，既然现在东西都不在了，那他不妨把数量再增加上两成。

于大胆半信半疑，他对于黄毛还是信得过的。一来黄毛这人做事果断大方，二来黄毛毕竟要在他的手底下混饭吃。这个势力范围内，他于大胆说个不字，那黄毛的生意立马完蛋。

“哥，这个是孝敬您的。”黄毛从兜里摸出一包东西塞给于大胆。

于大胆压低了声音：“这也就是你，换作别人，老子才懒得要这些东西呢。”

“那个线人联系到了没，那个女孩子怎么回事。是你的人？”

“于哥，我的把戏在您面前怎么能逃得过去呢。”

“我本来是想来个一箭双雕，可是根本不是一回事，我是赔了夫人又折兵。”

“你别叫冤了，我今天他妈的那叫一个丢人啊。这事传出去，不知道又会有多少个版本。”

当晚，黄毛终于取得了于大胆的原谅。在夜深人静时，他俩从黄毛的酒吧里出来钻进了洗脚城。

三十一

伏小琴知道大金牙的砖厂出事时，已经是三天以后了。

当刘小舟在电话里惊魂未定地说他无意砍伤了彩云时，小琴确实是吃了一惊。上次无意碰到了小舟，留给他电话号码。他算是守住信用，没有透露任何信息给彩云或者老家的人。要不，肯定就会有人给她打电话，或者回老家时一定有人会问起。

“你现在在哪里？”小琴着急地问。

“砖厂，派出所的人不允许我离开，这还是大金牙多方走关系。”

“彩云呢？彩云怎么样了呢？”

小琴想起彩云来，就是一阵心疼，这个乖巧的女孩毕竟是自己带出来的。现在自己拍屁股走人，留下她一个人混在一堆男人中间，真不是什么好事。可是想想，自己也是被逼无奈，要是成天让大金牙控制在砖厂里，哪还能有自己的好处。

“没事，也就是一点皮外伤。”小舟吞吞吐吐，“不过，我们俩的关系恐怕要完了。”

“她到现在都不肯和我说一句话。我听别人说，再换两次药，她就离开呢。”

“没说她上哪里去吗？”

“没有，我听别人说，反正不在这个地方干了。”

“或许先回老家，然后去找你。”

“找我，她又不知道我在干吗。”

“可是她说了，听人说小琴姐在城里干得不错，至少带她到城市，即便刷锅洗碗，也比在这山沟沟里强。”

“那你什么打算？”小琴心里很不是滋味。

“我能有什么打算。”小舟想起自己现在成了一个囚犯，虽然不在牢里，可是行动受限，顿时就蔫巴了。

“我想回趟家都不行。回去和家里人解释清楚，我没有动刀子。”

“还说没有动刀子，人都被你劈了。”小琴气不打一处来。

“那是，孟大头作怪，我现在怀疑是他故意的。”

小舟想到自从出了这件事后，孟大头在彩云眼里那已经是排位到了第一，两个人在一起简直让刘小舟嫉妒死了。他甚至还听说孟大头和彩云要辞职不干了，孟大头要领着彩云回趟老家，亲自给吴家坪人解释一下。这个孟大头，处心积虑，分明是一个情场老手。

“小琴姐，你劝劝彩云吧，即便不和我好了，也不能跟孟大头。”

“天南海北，不知根知底，谁知道孟大头是杀人放火的强盗，还是奸淫妇女的惯犯。”小舟顿时异想天开。

“说啥呢？你别这么幼稚好不好，你削了人家彩云一点皮，你现在就已经是这个样子了。”

“他如果是那样的人，早都待在号子里了。”小琴对他的推测显然一点兴趣都没有。

“那好了，我看情况吧，要是可能，我来一趟砖厂，一来劝劝彩云，二来看看我哥。”

说起辉娃，小琴也是一阵内疚。离开这么多天，也没有去看过他，从来也没有打过电话。

孟大头这几天做起事来，手脚勤快，嘴里不时还哼哼唧唧唱着别人听不懂的小调。

其实起先并不像小舟推测的那样，他是有意为之。可是现在，自从回来后，他就喜欢上了彩云。这个姑娘漂亮，勤快，并且还有农村女孩特有的羞涩与内敛。

在医院的时候，彩云其实也没什么事，手脚动弹起来非常方便。但是孟大头却用几盒烟贿赂了医生，让医生告诫彩云，这点伤看着不打紧，其实已经伤到了筋，要是不注意保养，就会留下后遗症。

本来觉得什么事也没有的彩云吓出了一身冷汗。孟大头便乘虚而入，每天殷勤地为她提水送饭，配合洗脸如厕。

别的还好说，上厕所就让彩云尴尬不已。或许是这个机灵的大头连护士也打点好了，每次自己上厕所，护士都说忙不过来，让孟大头去。孟大头就提着吊瓶跟在她身后。虽然厕所门是关着的，可是那一道门怎么能隔得了声音呢。

彩云每次上厕所都憋着一股劲，双腿使劲夹着不让那哗哗声漏出来，本来轻松的事倒整得她一头大汗。完事后，他最后竟然会帮她整理好衣服。那高大威猛的男性胸膛就靠在身边，禁不住让她有点眩晕。可是奇怪的是，隔了两天后，那难堪的时刻竟然成了彩云期待的时候。

而孟大头，这个看似木讷的家伙竟然如此的体贴入微，不禁让她少女羞怯的心有了丝丝甜蜜的感动。这是刘小舟所不能给她的，虽然他俩在一个村里一起长大。

人的关系是奇妙的，在医院短短的两天时间里，他俩的关系突飞猛进。这在砖厂的人是不知道的。

回到砖厂的当晚，大金牙买回来好菜好肉，为他们庆祝。

彩云顺理成章地坐在了孟大头的旁边。

这个变故以前，人们都一直以为彩云是他刘小舟的女人，虽然并没有什么名分。

但刘小舟心里清楚，他举起的菜刀并没有劈向她的意思。可，唉，一失足成千古恨啊。

“来，为彩云平安归来，为大头英勇救人，干杯。”大金牙破例地置办了酒。

其实大金牙是心里乐啊，要是在他砖厂出点什么事，他可真是就倒霉到家了。一个伏小琴就已经够他受的了。

“彩云，对不起，我不是故意的。”小舟蒙头喝了两杯酒，举起酒杯摇摇晃晃地站起身来。

“没事的，小舟哥，我知道，你看我这不已经好了吗？”彩云看着小舟，举起桌上的一杯水。

彩云的一声“哥”，给了小舟当头一盆冷水，让他的心瞬间滑到了谷底。而更让他想不到的是，几天后，彩云竟然带着孟大头回了老家。

三十二

李三在县城混得风生水起。他明目张胆地把预测埋人、起名算命什么的全都写了一个招牌，挂在了租来的房屋门口。

随着眉眉不断地向外转发李三的消息，他们两个也被牢牢地绑在了一起。

在这个屁大的地方，放个屁都能臭一圈，何况他俩出双入对，从来都是混在一起。这让孙悦胜更有了决定休掉她的打算。

在眉眉的心里，其实惧怕这一切的到来，但是当她看到了那个小三挺着高傲的肚子晃荡在眼前时，她的怀疑便得到了证实。

她不时地催促李三，如果现在已经撕破脸皮，不能重新上位，那至少她要弄掉小三肚子里的孩子。那样大蛋糕分开的时候，她的这一份不至于变得更少。这是一个丧心病狂的计划。

“三哥，你说我对你怎么样？”夜晚的灯光下，眉眉极尽妖媚地伏在李三的怀里。

“嗯，挺好。”李三忙了一天，头昏脑涨，稀里糊涂地答应一声。

“怎么个好法吗？”她双手双脚开始蹭上他的身体。

“这么聪明的女人，难道不知道啊？”李三伸手在她丰满的屁股上捏了一把。

“你就坏吧，是不是除了我的身体，你对我再不感兴趣。”眉眉幽怨地说。

“这话说的。”李三仰头看了看天花板，暗夜里昏黄的灯光。

李三一直装神弄鬼，替人算卦，可是他却不知道这个怀里的妇人到底是什么路数。或者说白了，也是在互相利用。

眉眉蛇一样缠上来，双手勾住他的头，反身趴在他身上。

“睁开眼睛，看着我，看着我的眼睛说话。”

这个女人，自从上次提出要利用关系打掉孙悦胜情妇李艳肚子里的孩子开始，他就开始本能地反感她了

李三在吴家坪一带虽然说做事有点过，但他自认为做得对得起大众。

在李三狭隘而固执的观念中，那些没有生男孩子的女人会一辈子生活在自责与愧疚中。在吴家坪人看来，长不出庄稼肯定是地的问题。他们不会把女人生孩子想得更宽泛，他们不知道生男生女决定权在于男人，他们不会把驴下骡子，是马的种这种简单的原理应用到女人身上。所以，在吴家坪，如果一个女人没有生出男孩子，轻则一辈子在人前抬不起头来，重则还会被婆家赶出家门。这个恶棍甚至有时候天真地以为，是他挽救了吴家坪、谢家洼那一带不能生育男孩子的家庭。不过，这些，有谁能说得清呢。但此刻趴在自己身上的这个女人，娇艳的容貌下竟然隐藏着一颗歹毒的心，他要想办法及时离开她。李三从心底里开始排斥她。

“睡觉吧，听话，明天还要去外地呢。”他拍了拍她的屁股。

“那你说，你答应不答应我的话。”她依然蛇一样缠在他身上，并没有打算停下来。

“这个得从长计议，知道吗，这是杀人。”李三脸上闪过一丝凝重。

“嘁，这也叫杀人，那这样杀人的人多了去了。”眉眉突然变得伤感起来。

“我十六岁出门被骗，怀上了别人的孩子，他答应娶我，可是……”她竟然抽抽搭搭，哭了起来，“后来还不是骗我打掉了孩子，都六个多月了。”

“那些骗子，当他们像牲口一样伏在你身上时，恨不得叫你妈。”

“你不知道我曾经亲手杀死过多少个自己的孩子。”眉眉坐起来，神情恍惚。

她想起自己悲惨的身世，想起第一个骗她身子的男人，想起那么多次被男人蹂躏的痛苦经历。

李三看到了一个他不曾了解的眉眉。其实这个女人也有自己不为人知的痛苦。比起吴家坪上的女人，她所受过的苦难或许更为沉重。

这些经历一点点地把一个温柔善良的女人逼到了阴狠歹毒的边缘。

“眉眉，睡觉吧，别想太多了。”此刻的李三一想到这个可怜的女人所经历过的一切，竟然也有些动情，伸手把她拥入怀里，抚摸着她的长发。

她的身躯微微颤抖，把头埋在李三怀里，泪水打湿了他的胸膛。

那一夜，他们搂在一起，安静地睡着了。

李三搂着她，一瞬间竟然感觉她好像他的女儿。但他心里同时生出一种想法，要尽快离开她，让两个人走上正常的生活轨道。

她的心里，对于打掉李艳肚子里的孩子同样是犹豫不决的。

李三，长出了一口气，明天，他还要去远在千里之外的大金牙的砖厂，他要去看看小舟。在吴家坪这个屁大的地方，出了这么大的事，虽然是意外，小舟的本意不管是什么，但是李三作为一个乡亲眼中在外面混的能人，他不能不去看一趟。当然，也是为了稳定一下眉眉的情绪，别让李艳成天晃荡在她眼皮底下。说到底，也是因为李艳年轻，不懂得人世的变故。这个年轻的女孩子，有意无意地挺着大肚子晃荡在眉眉的眼皮底下，却不知道危险正慢慢向她靠近。而孙悦胜，这个久经江湖的老手显然也忽视了女人们一旦较起劲来，也是相当的可怕。

李三和眉眉到砖厂的时候，恰好小琴也同一时间赶到了这里。他们看到活蹦乱跳的彩云时，顿时心里长出了一口气。

按照吴家坪人的说法，话越带越多，吃的越带越少。

吴家坪人，在那天下午两个女人互相哭骂的过程中，已经预感到了砖厂发生的事非同小可。虽然白凤英连呼带吓把俩女人收拾妥当，但动刀子这种事情依然让吴家坪人感到了恐怖。可是派谁去看情况却是个问题。最后他们一致想到了李三。

本来李三带着黄翠芳回家的时候那边已经出事了，可是大金牙他们为了不扰乱吴家坪，把消息封锁了几天，这样李三正好在家里时没有得到消息，回到县城以后他才知道了这件事情，便带着眉眉出发了。

千里之外的砖厂倒成了吴家坪人聚集的地方。

三十三

“彩云，你说你一个女孩子，就这样带着他去咱们老家。别人会怎么说你。”伏辉娃坐在彩云旁边，像一个唠叨的老太婆。

“是啊，你说你这么带着去，你爸妈不把你的腿打断才怪呢。”

“家里人以后怎么抬头做人呢？”

吴家坪的这一帮年轻人个个唠叨个没完。不过，他们想到的这些并不是没有可能。在吴家坪人看来，还没有哪个女孩子自己找婆家。当然并不是完全没有。有些女孩子没有经过家人同意，跟别人私奔后，娘家人甚至从此不再让她进门。

但彩云好像王八吃了秤砣铁了心，低头一声不吭。她现在对于这些老掉牙的说辞根本无暇顾及。孟大头说的没错，以后的路要他们两个走，关别人什么事。

再说了，这个刘小舟，纯粹就是一个鼠肚鸡肠。一个男人嘛，喝点酒一把鼻涕一把泪的，像个什么样子嘛。

说归说，她对于带着孟大头回老家还是心有疑虑。万一她爹不分青红皂白把她赶出来，那她以后应该往哪去。但她又想到了孟大头，对于这个体贴入微的男孩子她打心眼里喜欢。

“你说，万一我爸妈不要我了，你会怎么办？”彩云说出了心中的顾虑。

“不可能吧，人心都是肉长的，姑娘是妈身上掉下来的一块肉。”孟大头耐心地劝说着她。

别人都已经对于这个走火入魔的女孩不抱有劝说的希望了。他们打着哈欠，睡觉的睡觉，打牌的打牌。唯有小舟提着酒瓶子喝得烂醉，嘴里不住地嘟囔着，仿佛吃了天大的亏。

其实这个夜晚，吴家坪人照样不好过。

刘小舟的母亲止住了在外人面前的哭嚎，却无法压抑心中的恐惧。白凤英的一番话，让她彻底清醒了过来，她为白天在村道口泼妇骂街感到后悔。自己的儿子在外面对人家姑娘动了刀子，她非但没有去彩云家安慰，反而……唉！

想到这里，她再也睡不着了。

“他爸，你说小舟不会有事吧。”她推了推旁边装睡的刘思清。

别看这个刘思清，平时吃饱就睡，属于油瓶倒了都不扶的角色，可是今晚他也是睡不着。万一小舟有个三长两短，那他以后可怎么活呢。

“你个丢人货，白天在那丢人现眼，你长猪脑子你。”

刘思清在吴家坪是怕老婆出了名的，平时老婆要他往东，他绝不往西。现在他为了儿子着急上火，竟然对李美芳一顿数落。

“那，谁让你不拦着我，女人嘛，都是头发长见识短。”李美芳难得没有发脾气，口气竟然还像个小姑娘一样表现出了极度的委屈。

“拦你？”刘思清鼻子里面重重地呼出一股气，望着窗外的月光，焦躁得话都懒得说。

“他爸，你说，咱们现在应该怎么办？”李美芳一只胖乎乎的手伸进了刘思清的被窝，在他前胸逗留了几秒钟，随之整个人光溜溜地像鱼样滑了进来。

“怎么办，等着吧，还能怎么办呢。”刘思清搂住妻子圆实的身子。突然感觉这个平时野蛮霸道的妻子竟然是如此可怜无助。刘思清的手温柔地滑过她的肩膀，滑过她的后背。

此刻的吴家坪，展现出她最温柔的夜色。唯有深入地爱抚，才能让刘思清夫妻俩忘掉暂时的烦恼。

伏小琴是乘着大金牙的车来到砖厂的，这一点出乎所有人的意料。

当然刘小舟是个例外，他已经隐约知道了点什么，但要具体点，他似乎又说不上来。

大金牙自从在小琴的卷闸门上喷了字后，一直想办法接近黄毛，想利用黄毛的手狠狠地教训她，但近来厂里发生的事让他无暇顾及，只有暂时放下他和小琴的恩怨。

在如何带领小琴回到砖厂看彩云这件事上，大金牙表现得还算大度。

当然，明眼人能看出来，小舟和彩云、孟大头再待在一起，说不准能出个什么事来。他现在唯一想的就是把这几个惹事的家伙打发走，这也就是他主动提出来找小琴来的理由。

当然大金牙前期也做了铺垫，只是说偶尔在镇上碰到过小琴，听说她在做服装生意，到时候联系一下，看能不能让她把彩云带回老家去。

“什么，小琴姐，你一直在镇里？”彩云亲热地抓住她的手。

“嗯。来让姐看看，胳膊好了没？”小琴一脸忧虑地看着她。

“好了，一点皮外伤。早都好了。”她调皮地挣开小琴的手，双手举高一点儿，在地下转了一个圈。

“那就好，把人都急死了。昨天大街上碰上大金牙，才知道你出了事。”

“对了，你和小舟怎么回事，他怎么敢和你动刀子。”小琴转了一圈，没看见小舟。

“没什么，小舟也不是故意的，他是失手。”旁边站着的孟大头一直插不上话，端了一杯水，递给小琴。

“这位是？”小琴看着孟大头，“好像以前没见过。”

“姐，我是彩云的男朋友。”孟大头微笑地向前一步，朝小琴伸出了手。

“男朋友？”小琴疑惑地看着彩云。

“小琴姐，你别听他胡说。”彩云羞涩的脸上飘起两朵红晕。

她自己也想不清楚为什么会答应带孟大头回老家。

“小舟呢？”小琴转过头，看了一眼外面。

“他好像喝醉了吧。最近天天都喝醉。”

“你不是和小舟那啥嘛。”小琴悄悄地把嘴对着彩云的耳朵。

“谁给你说的？”

“上次碰到小舟。”

“哦，对了，上次小舟回来时说他见过你。小琴姐，你也真够狠心啊。”彩云故意做出委屈状，“竟然把我撂这儿再不管了”。

“你就说怎么补偿我吧。”

“你真要带他回去？”小琴一脸担忧。

“这个孟大头，他的情况你了解吗？他家都有什么人，以后你们离开砖厂会去哪里，这些你都想过吗？”

“没想过，我只要他对我好就够了。其他的我也管不了。”

“彩云啊，听姐一句劝，这个事情你还是慎重对待吧。”

“我妈常说，人外貌好挑，心难挑。”彩云望向外面，顿时蔫了下来。

三十四

当郭彩云在所有人的瞩目下将孟大头带回家的时候，整个吴家坪的人都在列队相迎。他们倒不是想看郭彩云的伤好了没有，而是想看一看孟大头这个外乡人是哪路神仙。

其实也如刘小舟所“异想天开”的那样，孟大头是一个在逃通缉的杀人犯，因为无处躲藏而走进了砖厂，看似木讷，实则隐晦。

他前前后后在两个相邻的省份利用自己忠厚的大头形象以及内心的阴暗，骗取了七八个少女的信任，有的奸后夺命，有的被恐吓后销声匿迹。他花了几个月的时间以同样的方式骗取了郭彩云的信任，眼看胜利在望。

那天他跟随彩云回到吴家坪，心里暗喜，骗过郭彩云的父母，骗过吴家坪这些愚昧的乡下人，对他来说就是小菜一碟。

令他没有想到的是，郭彩云的父母直接不见，放出话来说：“彩云你个不要脸的闺女，要是把一个不知根底的小子带回家，我们就抹脖子给你看。”

乡下人有乡下人的信仰，女儿大了都是爹妈做主媒妁之约，哪有自己找婆家的？何况还带来个外乡人，这简直是给吴家坪抹黑。

正当郭彩云带着孟大头不知所措的时候，一辆警车开进了吴家坪。

本来迎侯郭彩云和孟大头的列队立即敞开了一条大道，警车从他们中间豪迈地开过。

孟大头听见警车的鸣笛，立即逃到了吴家坪的山梁高处。

郭彩云一见孟大头逃窜，也没反应过来是怎么回事，呆呆地站在那里。

警察们立即包围了这座山梁。

在山梁的高处，孟大头显然是走投无路了，因为他对这里的地势地形压根不熟。

“孟大头，你再跑，罪行就会加重，你不懂吗？”警察在下面喊。

“可是你们会枪毙了我。”

“你跑就不枪毙了吗？”

“是不是刘小舟这小子告的密，你们说？”

“都这个时候了你还有心思问这个？”

“女人都她妈的犯贱，我有什么错？”

“孟大头，你还不知错吗？”

“我有什么错？那个女人骗了我所有的钱，那可是我的血汗钱呀。”说着孟大头蹲在山梁上号啕大哭。

“她骗了你的钱，你可以走法律程序，不能杀人啊！”

“法律他妈的都是给有钱人讲话的，我说的话谁听？”

“法律是公平公正的，对每一个公民都一样。”

“可是你问问你们关了的雷公，再问问你们的于大胆，他妈的是公平公正的吗？”

下面吴家坪的人和大金牙砖厂尾随来的工人以及围在山梁周围的警察们，都唏嘘不已。

为首的警察队长喊道：“孟大头，你不要胡说八道了，法律从来都是公平的。”

“苍天啊，公平在哪里？就是那个婊子钻进了雷公的裤裆，我才落得今天这个地步。”

“这个世界是婊子的世界，什么青天白日，什么公平正义，都他妈见鬼去了！”

“孟大头，你在给罪恶添砖加瓦，你以为你逃得过法律的制裁吗？”警察见孟大头已经发狂吼道。

“谁逃过了法律的制裁谁知道，不是不报时候未到。甭废话了，我栽到你们手里，要杀要剐，我已经赚了。”

“孟大头，法网恢恢疏而不漏，这是你罪有应得。”

孟大头束手就擒了。他上警车的瞬间，一束可怕的目光扫过郭彩云的身上，令郭彩云不寒而栗。

警车扬长而去，留下郭彩云呆立在过来看热闹的吴家坪人的中间。

这时刘小舟过来说：“彩云，你现在看清楚孟大头的真实身份了吗？”

“是你吗？是你让警察抓了大头的吗？”彩云像是被人推了一把似的开始咆哮了。

“他是杀人犯，杀了六个女孩子，混进砖厂，企图把他的报复计划进行到底。你傻啊！”刘小舟说。

“你早就知道？早知道为什么才说？”

“我要是早就知道，我和你也不至于走到今天。”

“是我自己不懂事，我太傻了，知人知面不知心啊。”郭彩云说着哭了起来。

“彩云，现在知道还不迟啊。要怪就怪我小肚鸡肠，没有为你着想，只想着自己了。”刘小舟捶胸顿足一阵懊恼。

随之而来的伏小琴拉起彩云的手说：“妹子，你太傻了，孟大头就是个杀人犯，你差点上了他的当你知道不？”

“不可能，这绝对不可能，他是那么老实的一个人。”彩云说着泪如雨下。

郭彩云时而清楚时而混乱的思维让吴家坪的人痛心不已。

“你刚走了不久，警察就拿着通缉令来到砖厂，不信你问大金牙。”伏小琴说。

“是啊是啊，警察不会搞错的，通缉令上有他的相片。”刘小舟连忙解释。

“他们说的对，彩云，孟大头这个人能混进我们砖厂，是我识人不力，都怪我，好在你没有什么损失。”大金牙咧着大嘴说道。

听见动静的郭彩云的母亲这才出来见了闺女：“彩云啊，让妈看看你的伤，这个该死的刘小舟。”

刘小舟连忙跑到彩云母亲的身边说：“郭家妈，我不是故意的啊，这件事砖厂的人都可以做证。”

大金牙和伏小琴也过来连连说：“是的，郭家妈，小舟的确不是故意的，并且他正在为此事受着惩罚呢。”

刘小舟的母亲也连连给彩云她妈道歉：“那天是我太激动了，说话重了，他郭家妈你大人不记小人过，彩云多好的姑娘啊，可不能让一个外乡人给糟践了。”

彩云他妈一听立即阴着脸说：“什么糟践了？你胡说什么呢？”

小舟妈又伸手扇自己的脸说：“呸呸呸，我这烂嘴，总是说不到点子上，我自罚，自罚。”

白凤英一看这两个冤家一下子拉活不来，主动出来劝解。

“他郭家妈，他刘家妈，现在事情很明白了，你们两个就不要再较劲了，都是一个坪上的人，抬头不见低头见的。”

“是啊是啊，以后彩云和小舟还要在砖厂干呢，孩子的事才是最重要的。”有人也七嘴八舌地劝道。

三十五

再有一个月就要高考了，柳絮这边总是心神不定，她想知道吴天明到底是怎么想的，毕竟，他是除了养父母而外唯一倾听过她的秘密的人。

而吴天明，也是对柳絮怀有好感，甚至是喜欢。但是骨子里那种传统的思想又占了上风，同学和朋友甚至……他还不能想得更多，只要不是一辈子的那种关系，他还是愿意和她在一起的。

两个同桌了三年的亲密伙伴，面临的是理想与现实的角逐。

这天的自习课一结束，柳絮就对吴天明说："我想和你谈谈！"

"好吧，我也正想和你聊聊呢。"

他们放下手里的书本到各自的宿舍后，相约到校外附近一座山下。

在这座不高不矮的山上，立着一座孔子庙。他们一前一后来到庙前的台阶上坐定。

柳絮首先打破了沉静："你准备报考什么学校呢？"

"你呢？女士优先！"吴天明苦笑道。

此时的柳絮对于自己当时冲动告诉吴天明自己秘密的事情有一点后悔。

"我不管考什么学校，他们都会出钱。"柳絮说。

"你知道我问的不是这个。"吴天明说。

"我想学新闻专业，走得越远越好。"柳絮说。

"我和你的想法不一样。"吴天明犹豫了半晌说道。

"你不想和我在一起吗？"

"我，和你不一样，我是农村来的孩子……"

"天明，这不是理由，考上了大学，我们就没城乡之别了。"

"你不知道，我的母亲，为了我能上学，忍辱负重。"

"哦，亲生父母，我无法体会。"

"所以我希望将来守着我妈，让我妈过上好日子。"

吴天明一想到母亲，想到父亲，甚至想到吴家坪所有的人，心里一阵无名的烦躁，又想帮助他们，又无处下手的感觉。

“你将来在大城市，可以照样接你妈过去，过好日子呀？”柳絮不解地问。

“你不懂，农村的落后和愚昧，我是想去改变他们。”

柳絮怎么也没有想到，这个在她身边坐了三年的同桌，想法是这么和她格格不入。

“就凭你吗？怎么改变？你能造水还是能发电？”柳絮说。

“这些我都做不了，可是冥冥中我想，我能做到的现在还想不来，我也说不好。”

“可是你不说我怎么能懂呢？”

“柳絮，我知道你怎么想的，你想和我在一起是吗？”

“你知道的。”

“我也想，可是……”吴天明不想说出自己内心的真实想法。他说，“我的理由都给你说了，我离不开家，我妈就我一个儿子。”

“你是嫌弃我吗？”

“我和你是最好的同学，最好的朋友，甚至是知己。”

“这么早就着急划清界限吗？”

“我们都还年轻，以后的路谁也说不上，你说是吗？”

“这话倒还中听，那你现在可以告诉我想报考什么学校了吗？”柳絮说着，把身子往吴天明的旁边挪了挪。

“快要下雨了。”吴天明看了看天，有一层一层的云铺了过来。

“是啊，起风了。”柳絮说着看了一眼身后的庙。

“不如我们回吧，恐怕有过雨。”

“过雨怕什么？一会儿就过了。”

“那我们总不能坐这里淋雨吧？”吴天明说。

“我们进庙里面去。”柳絮站起来拉着吴天明的衣袖。

吴天明随柳絮走进了庙里。

孔老先生端坐在那里，面容慈祥，对于进来的每一位弟子都和颜悦色，善始善终。

“我敬重学问，就像敬重母亲的无奈，敬重我爷爷的执念一样。”吴天明对着孔老先生讲着自己的心里话。

柳絮看着这个已经初具男人体格的同桌，似乎是第一次认识他一样。

柳絮想：我的确和他不一样。

“那你父亲呢？”柳絮问，“三年来我从没听你说起过你的父亲。”

“他？呵呵。”吴天明苦笑了一下摇了摇头，什么也没说。

“吴天明，我很羡慕你，不管怎么样，你有一个完整的家庭。”柳絮悠悠地说着，眼里流出了泪水。

“我又勾起你的伤心事了？别哭，你就要考上大学，逃离那个狼窝了，你应该高兴才是。”吴天明转而安慰起柳絮来了。

“天明，你抱抱我。”柳絮低着头说道。

吴天明虽然无数次想深入地抱抱这个女孩，虽然也有过亲密的一点接触，但是此时，他没有想到这个女孩会无助地看着他。

作为一个男人的吴天明不得不向这个“孤儿”一样的同桌伸出了双臂。

她在颤抖，衬衫被身上冒出的细汗黏贴在身上。一种女性特有的气息让吴天明不知所以。

男孩子就是怕怀里抱着个哭泣的女孩子。哦不，是女人。

“好了，不哭了，为你的决定高兴吧。”说着他推开了怀里的柳絮。

柳絮擦了擦眼泪说：“你看我，眼泪早就该哭干了，没想到在你面前还有。”

“所以呀，省着点，嘿嘿。”吴天明觉得开一句玩笑或许能让他们的谈话进行下去。

“好了，不哭了，凭我的成绩，我一定能考上心仪的大学，祝贺我吧！”

“好，祝贺，同桌的你！”

“我问了你几遍了？你要报什么大学？”

“我想学农业，这是理想，具体什么大学还说不好。”

“你家就是种地的，你不怕你家人反对吗？”

“柳絮，种地和种地不一样，我们都是高中生了，这一点你应该懂。”

“我懂能干什么？要你的家人懂才好。”

“是，这个决定我爷爷会第一个站起来反对的。”吴天明想都没想地说道。

“你母亲呢？”柳絮问。

“我母亲会支持我，无论我做什么决定。”

“那我也支持一下你吧。”

“谢谢支持！”吴天明跟柳絮三年的同学下来，他学会了许多客套或者城里人能说的话。

“好在我们两个的成绩都不错。”此时柳絮感觉心情好了不少。

“是啊，我们都是很用功的人。”

“你如果能和我在一所学校或一座城市该多好！”

“新闻专业的学校里有农业方面的专业吗？”

“有啊，现在综合性大学多的是，怎么没有？”

“听天命吧！”

三十六

当狗剩摸黑回到吴家坪的时候，坪上的人们有的在院子里乘凉，有的躺在露天的凉席上睡觉。

他老远看见爷爷吴国民坐在高高的坪上抽着旱烟。他在等他的回来，他要决定他的命运。

“爷，你坐这里看什么呢？”

“坐在坪上最高的位置，就能看见坪上所有的土地。”

吴老汉一辈子了，觉得守得住土地，就守得住家，守得住家，就守得住尊严。

“你不看着，这些地还能飞了？”

“飞是飞不了，看着它们，心里踏实。”这倒是吴老汉说的一句心里话。

“地再多，咱这也是靠天吃饭啊，没有雨水，能有什么指望呢？”狗剩说着朝天上看了看。

“前几天还下了一场过雨呢，你看。”爷爷指了指自己周围说，“这些草都快渴死了，还没有喝饱，雨就停了。”

“爷，回家吧！”狗剩说着拉起爷爷。

吴老汉拍了拍屁股上的土，背着自己长长的旱烟杆。

“狗剩，快高考了，准备得怎么样了？”

“还好，爷！”

“还好是什么意思？”

“还好就是我一定能考上。”

“哦，那你想好考什么大学了吗？”

“暂时还没有，爷，回来和您商量一下。”狗剩一听爷爷问这个问题，一下子客气了起来。因为他知道，按照爷爷的脾气性格，绝对不会同意他报考农业大学。吴老汉根本不会理解自己的孙子。

“这就好，这才是我们老吴家的后人。”吴老汉满意地看着孙子的背影。

“爷爷，您走快点，不会走不动了吧？”狗剩在前边说。

“小兔崽子，嫌弃你爷老了是吗？刚才蹲着，腿子蹲麻木了。”

狗剩索性停下来挽着爷爷的胳膊说：“那你说实话，是看地呢还是等我呢？”

“小子，我等你干什么？等你气我吗？”说着吴老汉照着孙子的屁股上打了一烟锅。

“小心打坏了你拿啥抽烟，看你怎么办。”狗剩和爷爷一边走一边聊着。

每每这个时候，吴老汉觉得这才叫过日子。

“我可给你说啊，你一定要考个好大学，从这里走出去。”吴老汉突然严肃了起来。

“爷爷，我要是走出去了，将来谁帮您看着这些地呢？”

“这你不用管，你只要走出去了，就给你爷我长脸了。”吴老汉认为“长脸”比守地重要。

这些话是狗剩没有想到的，他只是想到了爷爷会阻止他考农业大学。

“爷爷，没想到您思想有进步啊。”狗剩调侃爷爷。

“你以为你爷爷一辈子待在山里，就不知道山外有多好吗？”

“我小看我爷了，爷，您是高人嘛！”

“知道就好，在这个坪上混日子，永远都没出息。”

“我记住了，爷爷。那要是我换一种方式回来混日子呢？”

吴老汉没法理解孙子这个“换一种方式”是指什么？

“你说什么是换一种方式？你什么意思？”

“就是我来帮您守着这些地，学习种地的新方法后再回来。”狗剩开始对爷爷循循善诱。

“我还是没有听懂。”吴老汉说着站住不走了。

“爷，我不是不想考大学，而是要考农业大学。”

“你说什么？还有种地的大学？种地还要怎么学？”

“那既然有这样的大学，肯定有要学的东西了。”

“你放屁！学种地，跟你爷学就行了啊。再说了，我还没指望你来种个狗屁地呢。”吴老汉别的听不懂，唯独种地这件事，一言不合就骂人。

“爷爷爷爷，您看您，什么话到您嘴里怎么就不一样了呢？”

“你小子半天给我灌迷魂汤呢是吗？”

“没有的，爷，我就是随便说说。”狗剩一看爷爷急了，想缓和一下情绪，“我们先回家，明天再说好不好？”

“不好，现在就给我说清楚，不说清楚我就不走了。”说着话吴老汉重新坐在地上，像个老小孩似的。

白凤英从坪上上来了，她一看见吴老汉坐在地上的动作，笑得直不起腰来了。

“你看看你这个样子，给孙子撒娇呢？越老越不像话了。”

“你走你的路，管球的宽得很，我家的事啥时候轮到你个死老婆子管了？”

狗剩一边拽着吴老汉一边和白凤英打招呼：“白奶奶。”

“你爷越老越像个孩子了，狗剩啊，要哄着你爷爷，千万别和他较劲了。”白凤英说。

“死老婆子，这句话才中听嘛。”吴老汉听白凤英这么说，心里舒坦了许多。

狗剩心想：人老了真的就会变成小孩子，不知道是婴儿期的孩子还是青春期的孩子，要是青春期的孩子那可就不好哄了。

“孙子都这么大了，孙女都嫁人当妈了，你还这个老不害臊的样子，动不动坐地上要臊。”白凤英说道。

“你看你看，刚夸你一句你就掂不住了是不是？”吴老汉说着就要拿烟锅子去砸。

“爷，我们回家吧。”狗剩一看这俩老小孩要是干起架来，他可是一点办法都没有。

“回家，不和这个死老婆子说了。哼！”吴老汉又站起来拍屁股上的土。

“离人远点，拍别人一身。”白凤英捂着鼻子说。

“白奶奶，天黑了，你要去干什么呢？”狗剩问道。

“就是，不回去睡觉，天黑了要去干吗？”吴老汉也问道。

“找鸡，一只刚刚下蛋的母鸡，到现在还没有回来。”白凤英说着“咕咕咕咕”喊着。

“别找了，回家吧，明天它自己就回去了，黑更半夜的。”吴老汉看来还是关心白家老婆子的嘛。

“狗剩啊，那你和你爷这么晚了在这里干什么呢？没看见我家的鸡吗？”

“我刚从学校回来，碰上我爷了。”

“我在等我孙子回来给我上课呢，亏得你没有听见，一句都听不懂。”

“老家伙，你要是能听懂，也考大学去了。”

“说的也是，我都有人叫太爷爷了，那不成范进中举了吗？”

“爷爷，您还知道范进中举呢，了不起！”

“你爷爷是了不起，可是脑子里有一根筋，比范进难搞！”

“你搞过？”吴老汉听着又不舒服了。

“死老头子，你当着孩子的面就不能好好说话？”

狗剩听着这个人粗鲁的话，拽了一把爷爷的衣袖。

三十七

狗剩拉着爷爷回到家里的时候，母亲还在院子里干活。

“妈，这么晚了，睡觉去吧。”

“狗剩回来了？妈把这些苞谷剥完就去。”

狗剩说着蹲下来帮母亲剥苞谷。

“我爸呢？”

“驮水去了。”

“妈，明天再剥吧，回屋，我有话要说。”

“有什么话不能当着我的面说嘛？给你妈说悄悄话去？”

“爷，您回屋睡觉去，我给我妈说说话。”

吴老汉不情愿地磕了磕烟锅子，进屋去了。

刘春霞进厨房去给儿子弄了一碗饭，端出来说：“大老远回来，饭也没吃，就帮妈干活。”

狗剩接过母亲手里的饭碗，呼呼啦啦地吃完了，一抹嘴，又把碗舔得干干净净。

刘春霞心疼地看着这个来之不易的儿子，说：“要高考了，复习得怎么样啊？”

“妈，我一定能考上的，没有问题。”

“那就好，你要跟妈说什么呢？”

“妈，我想回来孝敬您。”

“可别胡说了，你要好好念大学，光宗耀祖呢。”

“妈，看把您吓的，我也没有说不念大学啊？”

“那你的意思是？”

“我想考农业大学。”

“这个你自己想好，妈不懂。”

“我考了农业大学，我就回来改造这里，起码……”

“改造？就凭你？”

“是呀，起码你就不用手去剥苞谷了，这一点我肯定。”

“这个妈相信！”

“那这么说您是支持我的了？”

“孩子，妈在这个家里受苦一辈子，还不是指望你有个出息吗？我相信你是个有出息的孩子。”

“妈，您吃了这么多苦，也没有过上好日子，我会让您过上好日子的。”

“傻孩子，说什么呢？”

“妈，我就是想和您商量，我爷一听我考农业大学，他就翻脸。”

“他怎么能懂种地需要去念大学呢？”

“农业大学也不全是种地啊？”

“所以啊，妈支持你，只要你认准的。”

“几个姐姐都没上过学，我上个学还要回来，这事我爷这一关可能过不了。”

“你姐姐们呀，就没有你这个福气。妈生了她们几个，妈知道。”

“妈，咱坪上像您这样的人太多了，生不下儿子，就是罪过了。”

刘春霞听儿子这样一说，鼻子一酸，竟然心里一阵紧似一阵的难过，这都是命！

“孩子，不说那些了。你好好读书比什么都强。”

“妈，城里的妇女和你们不一样，她们有自己的生活。”

“这些妈都懂，可是妈生活在这个坪上，嫁给了你爸。”

“妈……”狗剩也不知道怎么说好了。

“好不容易把你们都拉扯大了，你姐姐们都嫁人了，你也要考大学了，可是妈老了。”

“妈，您还不老，好好地等我大学毕业了孝敬您。”

“孩子，有你这句话妈就很高兴了。”

“对了，妈，我三爸经常去学校看我，还请我出去吃饭。”

刘春霞听狗剩这样说，什么话都没有说就进屋去了。她怎么也不想有那个记忆，那个让她屈辱一辈子的记忆。也许，这就是女人的命！

狗剩晚上睡在炕上，脑子里没有一点睡意。他一会儿想伏辉娃他们去打工，已经能给家里挣回来钞票了，一会儿想着伏小琴的变化，他想，他将来一定比他们都强。而他现在要做的，就是全力以赴地考上大学。这是他唯一能够让自己出人头地的出路。

半夜的时候，他听见院子里父亲赶着骡子回来的声音，父亲在从骡子身上往下卸水。

坪上的人吃水都是在几十里以外的涝坝河里去挑，趁着晚上没有牲畜饮水的时候。

狗剩的父亲吴建仁就是吴老汉教出来的老实巴交的庄稼汉。吴老汉让他往东，他绝对不敢去西。他和妻子刘春霞之间，除了肌肤上的关系而外，谈不上其他的。

在刘春霞的心里，总有一种想要往出冒的想法，但又说不清是什么东西。十几岁嫁到这个家里来，除了生孩子就是生孩子，她总觉得生活中不该全是这样，期望发生点什么，可总是在乏味的下地、做饭、喂牲口这样的日子中消磨掉。她甚至期望李三常常来看看她，带回外面的一些新鲜事，有时候又为自己的这点期望感到羞耻。

吴建仁卸了水，把水倒进缸里面后，摸着炕沿睡到刘春霞的身边。

“窖里面的水还可以再装，只是今年的雨水不多。”他对没有睡着的刘春霞说。

刘春霞翻了个身，背对着丈夫。

“前几天那场过雨还没有淌到窖口就停了。”他继续说。

“涝坝的水不够澄清，你洗锅洗衣服就用它吧。”吴建仁说着把手伸进了刘春霞的衣服内。

刘春霞把丈夫的手往外一推，把衣服重新裹紧。

“春霞，你咋了？”

刘春霞没有说话，紧闭着眼睛。这十几年过去了，刘春霞总觉得吴建仁令她很反感，尤其是晚上的时候，实在没办法了，她就应付一下，毫无情绪地应付。而吴建仁也就草草了事，发泄一下白天在地里劳动的疲劳而已。

吴建仁往刘春霞的跟前拉了一把枕头，继续他手里的动作。

刘春霞索性不管了，任他怎么弄吧，早完早清净。而每次这个时候，她的心里就会浮现出李三做法事的情景来。她认为这是一种耻辱，却心存一丝渴望。

在吴建仁看来，人们都是祖祖辈辈生活在坪上，日子就是这么个过法。他只要按照父亲的意思做就行，父亲说哪块地种什么他就去种什么。除了在妻子这块地里种出几个女儿没有让吴老汉满意外，他种的所有庄稼都让吴老汉很满意。

现在，他和刘春霞都是做了外祖父母的人了，每天日出而作日落而息的日子雷打不动地过着。吴家坪的人不都这样吗？有几个走出去的呢？

吴建仁从来没有想过去理解谁，唯一要理解的就是自己的父亲——吴国民。现在父亲老了，他也许就会是第二个吴国民。其实他没有想想，自己的眼光远远没有父亲的长远。

三十八

第二天吃过早饭，吴老汉召开了家庭会议，所谓的家庭会议无非就是他们四个人。

在这个会上他要决定孙子的前程，他想他们吴家的祖坟上昨晚一定冒了青烟。因为他梦见他的父亲给他指点了迷津，狗剩应该报考什么学校。

虽然他不懂，但是他唯一要知道的是孙子不能回到这个面朝黄土背朝天的吴家坪。他认为自己的这个“远见卓识”应该能够和读了十几年书的孙子达成一致的意见。

他看着儿子和儿媳都进屋了，孙子狗剩也进屋了，磕了一下手里的烟锅，把烟袋往烟杆上一缠。

吴老汉以一个家长的口吻说道：“狗剩高三要毕业了，面临着高考。”

狗剩在下面听爷爷这么讲，那语气和这一句想了一宿的话像极了他们的班主任老韩。

“爷，您啥时候学会这么有水平地说话的？”

“不要打岔，好好听着。”吴老汉白了一眼孙子说。

“狗剩的学习成绩是没有问题的，现在我们要帮娃拿个主意，帮他填报志愿，建仁，你说。”

“大，我都听您的。”

“春霞呢？你有什么意见？”

“大，我一个妇道人家，没走出过坪上，懂个啥？”刘春霞说。

“那我就做主了，狗剩，你要好好考，考到省上去，那啥……”吴老汉昨晚上酝酿了一夜的词，现在咋就想不起了呢？“有个什么大学？就是出来后可以当大官的那种。”吴老汉索性说出了自己的目的。

“爷，大学哪有专门培养当官的？我还没听说过。”

“那个乡长，他是上过什么大学的？”

“他是师范院校，学的工商管理。”狗剩说。

“对，就是什么管理，管理嘛，就是当官，还有，乡长说县长上的大学比他还高，叫什么什么大学？”

吴老汉前几天费了九牛二虎之力记住的大学名字，现在一下子全部又忘记了。

“爷，上什么大学做什么事，那是自己的决定，不一定上了这个大学就不能干那种事。”狗剩一时半会儿不知道怎么去解释了。

“大，还是您见识多，有您给狗剩把关，肯定错不了。”吴建仁像个马屁精似的。

刘春霞对于吴建仁这种没有主见的性子十分厌恶。

“大，孩子大了，自己的事情让他自己做主吧，我们也知道的不多。”刘春霞说。

“你知道个啥？他就是个孩子，这种事还得我们大人做主。”吴老汉瞪了一眼刘春霞。

他认为刘春霞就是一个儿媳妇，头发长见识短。再说了，什么事啊，什么事能由着孩子自己来呢？

“想挑战我家长的尊严是不是？”想到这里吴老汉说，“狗剩，你昨天给我说什么？农业大学？”

“爷，是的，农业大学挺适合我的，我就是咱这里土生土长的。”

“我听过好多大学，就是没有听说过农业大学，农业，需要大学吗？”

“爷，我最了解咱这里的情况，学习后肯定会有想不到的惊喜。”

“没有你说话的份儿，这个家我说了算。”吴老汉开始蛮不讲理了。

“爷，您这是怎么个意思？我想做的是我自己的事，跟你有什么关系？”

“吴建仁你听听你儿子在说什么？还是不是我孙子？和我没关系？怎么个没关系呢？”

“狗剩，听你爷爷的。”吴建仁对儿子说。

“农业大学是干什么的？上完大学再回来种地？那你还上个球的大学你。”吴老汉显然是怒了。

“爷，您不是老说土地是您的命吗？那您和我爸老了，谁来替你们守？”狗剩觉得说其他大道理他们也听不懂，索性不如这样说。

“你……”吴老汉一听狗剩这样说，知道没法再说下去了。

“吴建仁，你的儿子你来管，我没办法了。”吴老汉把这个难题交给了老实巴交的儿子。

“狗剩，你听你爷爷的，考你爷说的能当官的学校。”

狗剩听父亲这样说，简直把这对父子服了，秀才遇见兵了也没这么难。

“大，我觉得我们还是听狗剩的吧，他毕竟在学校里，懂得多一些。”刘春霞看爷孙闹成这样也不好。

“你知道个屁，我们老吴家的事什么时候轮到你说话了？”吴老汉骂起了儿媳妇。

“大，你这是怎么说的？轮不到我说话我坐这里干吗？”

“你给我出去，搅屎棍子，出去！”吴老汉越发不讲理了。

刘春霞一扭身就跑出去了，委屈的泪水夺眶而出。

吴建仁见妻子气跑了，就要出去追。

“你敢从这个门里跨出去，我就没有你这个儿子。”吴老汉吼道。

狗剩见爷爷骂自己的母亲，他摔门出去追母亲，站在外边指着父亲说道：“爸，你就是个傻子！胆小鬼！”

吴老汉气得浑身发抖了：“吴建仁你看看你养的好儿子，他到底哪一点像我们老吴家的人？”

“大，您不要气坏了身子，你莫生气，莫生气。”

狗剩在母亲的身边坐下说：“妈，你不要生气了，他们这种老封建的思想我迟早要给他们改造改造，你看我爸那个没出息的样子，我看着都生气。”

“孩子，不能这么说你爸，他是你爸啊，他尊重你爷是应该的。”

“那是尊重吗？妈，那不叫尊重，那是自己没主见。”狗剩的这句话正是刘春霞想要说的，但是她不能说。

“狗剩，听妈一句话，去给你爷道个歉，把他哄好了，就啥事没有了。”

“妈，我给我爷和我爸道歉行，但他们不能干涉我。”

“孩子，你要做的事，妈给你做不了主，但支持你，你自己的事还是自己做主。”

“我懂了，妈。”

“去吧，不然你爷又要闹绝食上吊的，事情就不好收拾了。”

“我知道了，妈！”

狗剩说完就进了爷爷的上房屋：“爷，那您说，我报什么院校？”

“只要不是农业大学，做管理就行！”

“爷，我觉得您就是自相矛盾，又要守着土地不放，又不让我种地，我理解不了。”

“狗剩，我和你爷爷也理解不了你，你说考个大学，还种什么地啊？”

“爸，我不考农业大学了，你们说考什么我就考什么，这下总行了吧？”

三十九

吴天明要返校了，母亲刘春霞给儿子烙了七八个大饼。

“儿子，去了好好复习，好好考，自己的事自己做主。”

“知道了，妈！”

“去吧！妈没有多少钱，也做不了什么，一辈子就只会做饭了。”

“妈，我会好好考，将来你就等着过好日子吧。”

“嗯，妈相信我儿子会很争气的。”

“我迟早会回到这里的，把吴家坪改造一番。”

“孩子，妈知道你孝顺，但不能丢了自己的理想。”

刘春霞的这句话，让吴天明心生感动：“妈，我的理想就是让您过上好日子，让您抬起头做人。”

吴天明想把填报志愿的事情和老韩商量一下。

当他走到老韩宿舍门口的时候，听见里面有吵架的声音。

一个女人的声音：“说好了五年后回去，你现在改变主意了，早干吗去了？”

“我的父母都在这里，你让我跟你去，那我父母怎么办？”

“我不管，要么跟我走，要么现在我们就分手。”

“你能不能不要逼我呢？我们七年的感情就这么经不起考验吗？”

“那你让我怎么办？我就待在你们这个小县城一辈子吗？”

“可是当初来的时候，你是义无反顾的。”

"当初我年轻，我傻，好了吧？"

"既然话都到这个份上了，又不能相互退一步，你说怎么办吧？"

"怎么办？离婚！"说着一个长得很漂亮的女人夺门而出，和刚好来的吴天明撞了个满怀。

"对不起，师母！"吴天明认识，这是老韩的妻子。

"现在不是了！"老韩的妻子哭着走了。

"老师！"吴天明走进老韩的宿舍。

老韩还站在房中发呆，看见吴天明进来说："哦，天明来了。"

"师母她……"吴天明欲言又止。

"没事，意见不合，离婚就离婚吧。"

"老师，你们不是大学的同学吗？"

"是啊，毕业后她说跟我来这里的，现在又想走。"

"那你去吗？"

"不可能去，我是咱们这里的人，家都在这里，我母亲辛辛苦苦一辈子，我不可能丢下她不管吧？"

"那你再劝劝师母，最好留下来。"

"让她走吧。对了，你有什么事吗？光顾着说她了。"

"老师，我想请你帮我参谋一下填报志愿的事。"

"这个不着急，等成绩出来了再填。"

"是这样的，老师，我想请你帮我分析一下。"

吴天明把自己的想法和家里人的意见对老韩详细说了一遍。

老韩听了后说："你也看见了，像我这样，回来，你觉得行吗？"

"我很敬佩老师的为人，能回来为家乡添砖加瓦，我想像你一样，学一身本事，回到农村老家。"

"天明，你的想法我支持，按照自己的心来选择自己的路，没错！"

"那谢谢老师，我知道该怎么做了。"

"那你爷爷那边怎么办？你不是说你们家主事的是你爷爷吗？"

"他主他的事，我走我的路。"

"哈哈，好小子，有你的！"老韩说，"不过就你的成绩来看，报考农业大学可惜了。"

"那这样把握更大一些。"

“对了，虽然我是老师，咱也是同龄人，说话就没那么多隔阂了，是吗？”

“老师你想说什么？”

“我看你和柳絮挺好的，怎么样？想过她吗？”

“老师，瞒不过你的火眼金睛，我们谈过了。”

“谈过了？你们都是咱班上有希望的好学生，她也考农业大学吗？不会吧？”

“她有她的理想，我有我的想法，道不同，呵呵。”

“这就对了，你比老师成熟。”

“不是你想的那样，老师。”

“好吧，老师也不多说了，好好考吧。”

吴天明从老师那里出来，又去找了柳絮。

“怎么？回来了？和你家人谈得怎么样？”

“你猜呢？”

“谈崩了呗！”

“是啊，谈崩了。”

“那怎么办？”

“再说吧，我还没想好。”

“我做了好吃的，我们一块吃吧？”柳絮说着从包里掏出两个大饭盒。

“我妈烙的饼子，我给你带一个。”吴天明觉得老吃柳絮的东西有点过意不去。

“好啊，你们农村的干粮最好吃了，我很喜欢吃的。”

“那你说，我以后如果回来种地，经常给你做这样的大饼，你觉得咋样？”吴天明不知道怎么就说出了这句话。

柳絮顿时脸都红了。

“对不起，我说错话了。”吴天明赶紧改口。

“那要是我愿意呢？”柳絮说。

“你可千万别，我不敢把你拉回来，你应该有更好的生活，我刚才开玩笑的。”

“我也是开玩笑的，就算我远走高飞了，难道还不能回来看看你吗？”

“这当然可以了，还可以吃我的大饼。”

“还有呢？我想现在就吃大饼。”说着她大方地在吴天明的脸上深深吻了一下。

这是令吴天明没有想到的。城里的姑娘就是不一样，吴天明想。

“我的主意已经拿定了，为了我妈，我也会考农业大学的。”吴天明像是吃了定心丸似的，心情一下子好了起来。

“对了，柳絮，我刚才听见老韩和他老婆闹分手。”

“这事啊，我早就知道了，他们肯定走不远。”

“你早知道了？”

“是啊，我看见过几次他老婆和一个男的在一起。”

“哦，这么说她是故意来找老韩闹别扭的。”

“肯定是这样的啊，她故意说要走，其实她是不想和老韩在一起了。”

“你知道那个男的是干什么的吗？”

“好像是个大款，看样子挺有钱的。”

“难怪，女人都是势利眼。”

“说什么呢？我是吗？一棒子把人打死了你。”

“哈哈，又没说你，急什么？”

“其实我也是，一听你将来回老家，我也不想和你在一起。”

“每个人都有选择将来的权利，我尊重你。”

“想象一下，你将来在你们老家成了企业家，我是个记者，我去采访你。”

“还在猴年马月呢，想得太远了。”

“不远了，到时候我一定回去亲自采访你的。”

“那我等着。”

四十

李三也来得正是时候，当他带着眉眉到砖厂的时候，砖厂已经消停了。随之而来的，是砖厂的老乡们对他和他带回来的眉眉的看法。

首先是满嘴流油的大金牙："三哥，你艳福不浅啊。"

李三笑骂大金牙："去，狗屁的艳福，哪像你，吃香的喝辣的怀里搂个生娃的。"

大金牙一听"生娃的"三个字，脸上就挂不住了，忍不住"呸"地啐了一口。

"怎么了？看着不高兴？"李三问道，"牛大老板当着，有钱人也有烦恼事？"

"你懂个球，老子憋屈呢。"

"哪个妞没有让你满意吗？憋屈。"说着李三悄悄伏在大金牙耳边嘀咕了一句。

大金牙立即脸红脖子粗，朝着眉眉色眯眯地看着。

"三哥，你他妈就是个没良心的东西。"

"我怎么没良心了？"李三说着摊了摊手表示不理解。

"嫂子在家操持家务，忙到身体有病，你在外面花天酒地，你说，你对得起谁？"

"男人在外面也很辛苦地赚钱呀，不然你嫂子她在家里穿的戴的哪来的？"

"那你敢把这个新嫂子带回去？"

"去去去去，什么新嫂子，越说越离谱了，送你了，领去吧。"李三说着拧了一把眉眉的屁股，往大金牙面前推了推。

眉眉转身瞪了李三一眼，然后一娇三喘地扭到了大金牙的面前："哟，牛大老板啊，话可不是这么说的，谁没有个三朋四友的呢？"

大金牙虽说阅女人无数，而像这样极品的女人她还是第一次见。

伏小琴虽然也是极品，但毕竟年轻，还没有"成长"到这么风骚。这样的女人或许更有味道。

大金牙想到这里，又想到自己不争气的东西，一股无名的火在心里熊熊燃烧着。

此时的大金牙，恨不能立即把眉眉按倒在砖厂的窑洞里体验一把。

他强压着亢奋的情绪说："三哥，不是新嫂子你都敢明目张胆地领着，可见关系非同一般。"

"生意伙伴而已，这不听说小舟出事了吗，过来关心一下。"

"你关心小舟？呵呵，到底是在外面见过大世面的人，有见识，有格局。"

大金牙以奉承人来达到熄灭尴尬火苗的目的。

“怎么不关心呢？乡里乡亲的，不管走到哪里，吴家坪都是咱们的根呢。”李三的这句话倒是发自内心的。

大金牙伸出手摸了一把走到自己跟前的眉眉的脸说：“妹子，这脸嫩得能掐出水来，是本地人吗？”

“牛老板真会开玩笑，你看我哪里像本地人呢？三哥不是说了嘛，生意上的伙伴而已。”

“是床上的伙伴吧？”大金牙没好气地说。

这时候从吴家坪赶来的刘小舟和郭彩云过来了，他们一见眉眉这身派头，都羡慕地咂着舌头。

彩云还沉浸在孟大头的惊吓中，闷着头不吭声。刘小舟这几天都陪着彩云，时不时逗她开心。

“三爸，你能来看我，我很感激。”刘小舟说着就想哭了。

“这孩子，好好的哭什么？彩云，哄哄小舟呀。”李三表现得的确像长辈的样子，一脸的慈祥。

郭彩云看着李三的时候，又看见了眉眉，心情一下子好了许多。她被妖艳的眉眉深深地吸引了。

她说：“三爸，这个姐姐是谁啊？真的好漂亮。”

“到底是年轻啊，小舟，你看看人家彩云，早把不愉快的事忘在脑后了。”大金牙说道。

大金牙又转头对彩云说：“什么姐姐，是你新婶子。”

“牛老板你真行，小舟和彩云是小辈的，能不胡说八道吗？”

可是刘小舟知道大金牙也就是嘴上的功夫，不然怎么会用“伟哥”呢？

“三爸，我真不知道怎么称呼这位……姐姐了。”刘小舟说着脸都红了。

郭彩云一看刘小舟这副样子，心想：天下男人都一个球样子。

李三忙说：“生意上的伙伴，伙伴。”

大金牙在旁边说道：“越描越黑，还伙伴呢，天知地知你知我知，李家哥，出息劲大了。”说着大金牙就要走。

李三怕他这张嘴撒一路风，而这一路风会顺着吴家坪的方向刮过去，急忙给眉眉递了个眼色。

看着眉眉追大金牙而去后，李三对小舟和彩云说：“走，叔请你们两个吃顿饭，压压惊去。”

三个人找了个饭馆坐定后，要了几个菜，一瓶酒。

彩云忙帮他们把酒倒上，小舟端起杯子说：“李家爸，在咱们坪上，您也是见过大世面的人，经过大事的人，您说，我该不该娶彩云。”

李三没想到酒还没喝，刘小舟就给他出了这么个难题。

说实在的，刘小舟、郭彩云以及伏小琴狗剩等这一帮孩子，是他看着长大的，谁是什么样个脾性，他很清楚。

刘小舟除了心眼小自私而外，其他方面配郭彩云是绰绰有余的。而这个心眼小恰好是他对郭彩云过分的爱造成的，城里人不是说了吗，爱情是自私的！

这又扯到了自私。过日子还是自私点好，男人嘛，总不能花天酒地有一个钱就花在别的女身上？

他李三这一点做得可真是够好的，搞的女人都是不掏钱的，在外面挣的钱全交给老婆了。不像大金牙，掏钱，还害了“命”。

所以他对于刘小舟的问题是这样回答的：“要说呢，李家爸我是赞成你们结婚的，这男人啊，越自私越好，对家庭负责啊。”

郭彩云睁着迷茫的眼睛看着李三。

“彩云，不要这样看着你李家爸，李家爸说的可都是大实话。”

“李家爸，你继续说，我们听着。”

“男人过日子，就得顾家是不是？那么自私一点或者心眼小一点，恰恰证明了他对这个家是大有好处的。”

郭彩云第一次听到这么有哲理的话，一下子脑洞大开的样子。

她说：“是吗？李家爸，我以前也觉得小舟对我挺好的。”

“这就对了，都是乡里乡亲的，知根知底，好事！”李三说着自饮了一杯。

他觉得他要是促成了这桩婚事，该是又给坪上做了一件好事呢。

四十一

再说眉眉这个妖精紧赶慢赶追上了大金牙，她觉得大金牙是个大老板，一定比李三更有魅力。

“牛哥哥，等等我呀，走那么快干什么？我又不会吃了你。”

大金牙猛一回头，呵了一声：“想吃我吗？”

“哟，看您说的，还是你来吃我吧。”

看着妖媚的眉眉紧跟在自己的屁股后面，大金牙突然有一个邪恶的想法，他说：“我三哥对你不薄吧，怎么还眼馋别的男人呢？”

“瞧您说的，牛哥哥，我和你三哥就是生意上的伙伴，你想哪儿去了？”

“那喝两杯去？让我看看想哪儿去了？”

“骚情！”眉眉说着朝前走了。

大金牙抱着试试看的心态跟在眉眉的后面，他想：或许自己在这样一个极品的身上成功了呢？

两个人找了个包间坐下后，要了酒菜，跟老相识似的喝开了。

喝到兴头上，眉眉故技重演了，忽闪着两座高峰就坐上了大金牙的大腿。

“这骚娘们，光天化日的，你想干什么？”

“你就不想干点什么吗？”说着眉眉就上手了。

可是大金牙的那里没有一点动静。

眉眉心里一惊，立即缩回了手：“牛哥哥，嫌妹子不够撩吗？”

“谁说的？妹子很撩人啊。”大金牙说完觉察出自己还是不行，但还想努力一把。

他朝眉眉的软和处狠狠地捏着，而自己的那里依旧软和着。

他看着喝的脸蛋红红的动人的眉眉，心里一阵烦躁。越是烦躁，那里越是不争气。

眉眉已经缠上了他的腰，一口酒气加上女人的特殊气，满脸地喷给了大金牙。

大金牙猛地起身一把推倒了眉眉：“骚婊子，滚！老子不会上当的。”

眉眉从地上爬起来骂道："你就上不了老娘的'裆'，没用的家伙。"骂完后摇摇摆摆地走了。

大金牙没好气地从包间出来进到卫生间。他发誓，一定要对伏小琴实施报复。

在砖厂，李三正式对刘小舟和郭彩云说："那就我做主，你们结婚吧，趁着我还在砖厂，给你们证婚。"

这时眉眉迷醉着双眼红着脸来到李三跟前说："好，我也给你们证婚，希望你们百年好合！"

李三看眉眉这副样子，知道没有得手，就对彩云说："领你姐去醒醒酒，看这架势，喝了不少。"

"那三爸，你给我们看个好日子。"刘小舟这个马屁拍到了点子上，这不正是李三的老本行吗？

李三伸出两只手掐掐算算，然后一拍大腿说："后天，后天易嫁娶！"

"太急了点吧？我都没准备。"刘小舟说。

"不急，我来给你们准备，这是我们砖厂的一大喜事。"大金牙已经调整好了心情，老远就听见他们谈话了。

"好，这件事就交给你们牛老板，他负责操持你们的婚礼！"

"对，我来负责，我们砖厂的第一场婚礼，冲冲这些日子以来的晦气。"大金牙说。

婚礼这天，砖厂全部放假，食堂专门请了大师傅掌勺。

在砖厂里摆了十几桌酒席，李三为刘小舟和郭彩云证婚。

"各位来宾，非常感谢你们来参加两个年轻人的婚礼。"

"我作为他们的长辈，是看着他们长大的。"

"今天，他们能在离吴家坪一千多里的砖厂喜结良缘，是牛大老板，"说到这里，他意味深长地看了一眼大金牙，"既然大家都这样叫，我也就这样叫了，牛犇大老板，给两位年轻人提供了便利。"

大金牙含着笑，儒雅地朝在座的宾客们点点头。

这也许是大金牙人生历史上最光荣的一笔，所以他假装儒雅，凸出的肚子下面却压抑着他再也凸出不起来的物件。

李三继续说："我衷心地希望我们两个小老乡在这里收获一辈子的幸福，给我们吴家坪人的脸上争光。"

下面响起了热烈的掌声。

刘小舟今天西装革履，郭彩云小鸟依人，穿着大红的中国传统婚服，头发在头顶高高地盘成发髻，周围插着别致的小花。

两个人往台上一站，光彩照人，使得整个砖厂洋溢着一种幸福。似乎不久的将来，这里将见证一场繁荣。

“下面，我们请砖厂的老板，这场婚宴的东家为二位新人送上衷心的祝福！”

只见大金牙踩着油光锃亮的皮鞋走上了铺着红地毯的新郎新娘的旁边。

他腆着肥大的肚子，昂起肥硕的脑袋，咧着镶着大金牙的嘴巴。煞有介事地咳嗽了一声。

虽然说他也曾当着工人们的面讲过话，可那是训话，完全不需要去讲究仪表和措辞。今天，在他人生最光荣的今天，他说了这辈子最中听的话。

“我很高兴，在我的砖厂，有这样一场喜庆的婚礼，给予二位来自吴家坪的后生的婚礼，我感到很有成就感。”

“是啊是啊，我们老板这可是在积德做好事呢，这种事可是千载难逢啊。”

“我们为牛老板鼓掌。”

“老板做得好！”

“我们以后也在这里举行婚礼。”

“对，举行集体婚礼。”

……

工人们欢呼着。李三忙伸出双手示意大家安静。

大金牙接着讲：“在砖厂结婚，这个想法是李三哥想出来的，我操作的，所以，我还得感谢李三哥。”

说着他朝李三那边看过去，而与此同时落在李三身上的还有一双目光，那就是眉眉热辣辣的目光。

他稍微定了定神接着说：“大家知道，前不久我们这里来过在逃的杀人犯孟大头，那是我招人不严造成的，差点酿成大错。”

下面有人轻声地唏嘘，在砖厂的大门口，伏小琴光彩照人地走了进来。

“不过，这件事都过去了，有情人终成眷属，我代表我的砖厂表示祝贺，祝贺二位新人永结同心！”

大金牙快步地从台上走下来，走到伏小琴的跟前：“你来了？”

“我能不来吗？我的好姐妹结婚，我早就该来了。”

“是的是的，你应该早些来。”

就见李三在台上做了结束语，下来坐在眉眉的旁边。

刘小舟和郭彩云给每个人敬着酒。

四十二

从砖厂回来，李三带着眉眉回到西县。

李三想和眉眉摊牌，他这个人虽然对于女色来者不拒，但是要害一条人命，那是他李三无论如何都做不到的，但是他又不知道如何开口。

“三哥，砖厂的大金牙是不是不行了？”

“怎么讲？”

“女人的感觉啊，不然他会不上我？”

“你和他真的没发生什么吗？”

“没有，白浪费了老娘的一腔热血。”

“哈哈，怪不得你回来的时候醉成那样了。”

“那现在三哥是不是该给我解解酒了呢？”眉眉说着就盘上了李三的腰。

两个人颠鸾倒凤了一番之后，都已经筋疲力尽。

眉眉说：“跟你去了一次砖厂，我收获不少呢。”

“噢，说说看？有什么收获呢？”

“我很羡慕郭彩云和刘小舟，他们才是一对正常的人。”

“哦。”李三有一搭没一搭地应承着，想着自己怎么才能摆脱这个女人。

“三哥，我回来的路上想了很多，我想过一个正常人的日子。”眉眉扳着李三的肩头说道。

“哦。”李三还在想自己的事情。

“如果你愿意，我就跟你一起闯天下。”眉眉坐在李三的怀里。“如果你不愿意，我就和孙悦胜离婚，分一部分财产后自己去干。”眉眉又把手伸进李三的裤腰里。

李三由于接连几天的奔波，加上刚刚的一场重体力劳动，心不在焉地想着心事，根本没有听见眉眉在说什么，对于眉眉的撩拨，更是无动于衷。

“三哥，你在听我说话吗？怎么变成了大金牙？”眉眉另一只手从李三的脸上扇了一下。

李三一个激灵：“你说，你刚才说什么？”

“我说我要跟孙悦胜离婚，跟你过。”眉眉大声地说。

“眉，你看啊，我给你分析，这件事情不能莽撞，我呢，有老婆还有孩子。”

“你的意思是在玩我呗？”

“话不能这样说，我喜欢你是事实。但过日子嘛……”李三尴尬地笑了笑。

“我知道，你还是看不上我是吧？那刚才是干吗呢？”

“刚才，你看啊，我和你呢？就是这样的关系，要真正在一起，恐怕……”

“我明白了，我不强求你，我这就走，和孙悦胜离婚。”

“你有话好好说，离婚了你怎么生活？”

“你刚才想什么呢？我都白说了，拜拜，不见！”眉眉说着屁股一扭一扭地走掉了。

李三还没反应过来，具体地说还没想好怎么和这个女人摊牌，她倒自己先觉悟了。真是“天不该绝”李三也！

李三顿时觉得心旷神怡，决定立即重新找房子搬家，不然眉眉后悔了找上门来，那可就来不及了。说走就走，他卷起铺盖出门随便坐了个车，一直坐到终点站。

在暂时没有找到合适的房子之前，他先进了一家酒店。

他看见吧台前的沙发上坐着一对六十多岁的夫妻，男的花白的头发，穿一身黑色的运动服，女的银白的头发，穿着红色的运动服，身边放着两个大大的行李箱，看样子是来旅游的。但见他们神色忧郁，又不像是来旅游的，不知道发生了什么事。

反正都是暂时休息，他就坐了下来。

只听那个女的说：“我们都找了半个多月了，没有一点消息，老头子，你说我们是不是白跑这一趟呢？”

“听天命，尽人事吧！”男的悠悠地说道。

李三对于这样的谈话太感兴趣了。他似乎天生就是这块料，总有一种抵挡不住的好奇。于是他凑过去问：“两位老人家，有什么难处吗？”

那女的警惕地看着他：“你想干什么？”

“不是，老人家，我听到你们说是不是要找人？”

“我们要不要找人，跟你有什么关系？”老头也警惕起来了。

“老人家，不要误会，你们看我像坏人吗？”

两位老人这才仔细打量了一下李三，慈眉善目的，留着平头，胖胖的脸，胖胖的身体，真还不像个坏人。

李三看老人打量他，笑着说：“不满二位说，我是搞风水研究的。”他有意识地把“研究”两个字夸张了一下。

“搞风水和我们有什么关系吗？”老人问道。

“您看啊，老人家，说多了您可能不知道，这样给您说吧，这些方面呢都是相通的。”

说着李三拿出了自己的一些行头，像摆龙门阵一样摆在了酒店的地上。

两位老人一看，还真是那么回事儿，眼睛逐渐有了一些光亮。

李三看老人放松了对自己的警惕，于是加码说道：“老人家，您不妨告诉我发生了什么事，我能帮就帮您一把。”

“那你这给我算一下多少钱呢？”男人小心问道。

“老人家，都是出门在外，相识是一种缘分，如果我算的对呢，不要钱，算的不对，就当我没说。”

老人一听这样还行，反正也没啥损失，说出来算一下就算一下吧。

“是这样，我们来到西县是来寻找失散多年的儿子来的。”

“那你们和失散的儿子联系过吗？”

“从未联系过，只是听一个在这里出差回去的朋友说的，他说见到过挺像的，我们老两口就赶过来了。”

“什么时候失散的呢？”

“儿子很小的时候，他就像你这样的年纪。”

“能说一下是怎么失散的吗？”

那个女的一听李三这样问，就伤心地哭了起来。

“这个可以不回答吗？”男的问李三。

“当然了，不方便说就不说了。让我想想。”

李三真的觉得很棘手，恐怕自己说了大话了。这样没头的案子该怎么破？

他想了一会儿，摆弄了一下他的家当，左转转右转转。

突然他眼睛发亮，连声说道：“老人家，这下可真让我算着了。”

“怎么？有希望吗？”两个老人也是被他惊到了。

“你们二老今晚好好地睡一觉，明天一早，就有人来敲你们的门，来者，正是二位失散多年的儿子。”

两位老人听李三这么一说，又像蔫了似的忧郁了起来。

“怎么，老人家是不相信我吗？”

“亏你说得出来，这不是闹笑话吗？这服务员都是女的。”

“老人家，是你们的儿子明天早上来敲门，不是服务员。”

“唉，走吧，碰到个江湖骗子。”

四十三

李三跟在两位老人的后面登记房间，服务员给了两位老人的房号是317，李三的房号是319。

接过房卡的一瞬间，李三突然说：“老人家，咱们换一下房间。”

“唉，换就换一下，今天碰上你这么个人，真是的。”

老太太自言自语地拉着行李箱和老头一起走进电梯里。

“先别关门，等我一下。”李三快步地跨进电梯。

他们的房间是紧挨着的，临进门的时候李三又提醒：“记着啊，老人家，明天早上第一个敲门的人。”

一夜无话。第二天早上，李三仔细地趴在门口听着。

现在知道他和两位老人换房的目的了，因为要进 319，必须经过 317，而不是什么吉利数或者算出来的数字。

有时候事情就是这么简单，有些事情的巧合就是天意。

早上八点多太阳刚刚出来的时候，319 的门就被人敲响了。

老太太打开门一看，敲门的果然是个男人，四十多岁的样子。这人中等身材，微胖，脸庞黝黑，戴着副眼镜，穿一身整齐的西服。这种打扮，一看就是个老板或者什么类型的有钱人。

老太太问："请问你找谁？"

"我找一个人，但现在看起来好像我找错地方了。"那个人说完欲走的样子。

房间里的老头子听到外面说话的声音是个男的，想到了李三的预言，三步并作两步追了出来。

"年轻人请留步！"

"哦，还有什么事吗？"

"我们，能聊一下吗？"

"老人家，我还有事情，来找个人。现在看来我找错酒店了，对不起！"这个人说话非常客气。

正在老人不知道怎么说话的时候，李三出现了。李三隔着门把外边的话听得一清二楚。

"这位老板，我有话要说。"

老头看着李三像是看见了救星一样，毫无疑问，从这个人敲门的那一瞬间起，老头就已经相信李三的话了。

"这位是？"那个人把询问的目光交给老头。

说实话，他对于面前的两位都很陌生，只不过他敲错了门而已。

"这位老板，能耽误你几分钟吗？"李三上前一步说道。

"是是，对，对，耽误你一下，我有件事想问一下。"老人也忙说。

来人一看这两位似乎并没有什么恶意，再说了这是自己的地盘，他也没有什么可担心的，于是随老人进到了 319 房间。

当这个人进到房间坐下的时候，老太太的眼睛一亮。

她说："孩子，你贵姓呢？"

“我姓孙。”来人看他们和颜悦色的也不像坏人。

“你父母呢？”老人又问。

“我是个孤儿，从小就和母亲走散了。”

这老太太不听则已，一听这话眼泪扑簌簌就下来了。

老头忙拦了一把老太太说：“孩子，你记不记得你是怎么和母亲走散的吗？”

“老人家，你问这个干什么？我们素不相识。”

“孩子，你看看我，看看我像不像你的母亲？”老太太已经确信无疑了。

人都说母子连心，心灵的感应或许是一个很奇妙的东西。

来人自己看了看老太太，然后抱着老太太的脑袋看着后脑勺。

老太太的后脑勺的头发里面，藏了一颗大大的红痣。

来人又把自己的脑袋伸给老太太看，他的脑袋后面也有一颗大大的红痣。

老太太一看这个架势，竟然放声大哭了起来：“孩子啊，我的孩子，你就是我的孩子。”

来人也一下子就懵住了，良久，他双膝跪了下去：“我终于找到你们了……”

站在一旁的李三也蒙住了，真的是这样吗？他本来已经想好了接下来怎么编，反正是骗人嘛。

其实两位老人也早已不把他的话当真了，只不过在来人敲门的一瞬间突然有点希望而已。

令人没想到的是，事情竟然发生了戏剧性的变化，而这部戏的发生和发展，都是昨晚上就设计好的，导演就是李三。可笑的是，李三这个导演纯属自娱自乐，寻开心而已。

“老人家，您可看仔细了，小时候长到现在，少说也二三十年了吧，不会认错吗？”李三提醒。

“不会的，绝对不会的，这母子痣是别人没有的。哦，对了，让我看看你的大腿。”老太太说着要看来人的大腿。

来人一看是自己的父亲已有百分之九十的成分了，看看就看看吧。

他迅速褪下裤子，大腿上一大片红色的烫伤的疤痕非常显眼地露了出来。

“确实是我的儿子，这个疤痕就是孩子小的时候，一次不小心被炭火烧的。”老太太又说道。

这次李三的心是彻底地放下了，他不由得为自己的能掐会算佩服自己。也许经过多少年的摸爬滚打，李三已经有了一点第六感呢？但他自己觉得，这一把就是天意。

“孩子，那一年你五岁了，应该记得，我带着你去看外婆，结果我去了一趟卫生间的工夫，你就不见了。”

“妈！”来人确信无疑眼前的夫妇就是自己的双亲。

“爸，妈，我坐在那里等妈，看见一个人手里拿着个玩偶，现在想想那是木偶人，特别好玩。我想看看究竟，后来跟着跟着就已经离火车站越来越远了，再也找不见你了，妈！”这人说着说着就哭了起来。

“悦胜，那后来呢？”老太太问道。

李三在旁边听着，这不就是一个很普通的丢孩子事件吗？若不是亲耳所听，还以为是看电视剧呢。

“后来我就急哭了，我哭着满大街地找你，可是找到天黑也没有找到你。

“我哭累了就在垃圾桶的旁边睡着了。

“等我醒过来的时候，周围围了一堆和我一般大小的孩子，还有几个看孩子的女老师。

“我才知道我被好心人送进了孤儿院，直到我长大，能够自食其力，我才从孤儿院里出来。”

“可是孩子，我们一直在找你，每年都要来这个地方两三次，一次就是半个多月，从来没找见过你。”

“要不是昨晚这位先生说，我们又要错过了。”老头指着李三给儿子说道。

“你？难道你认识我并且知道我们的关系吗？”这个人问道。

李三谦虚地笑了笑，没有说话。

“孩子，你的名字还是你爸起的，还是叫孙悦胜吗？”

“是的，妈！我一直都记得我的名字，从来没有变过。”

李三一听这个名字，心里“咯噔”一下，心想：他难道是眉眉的丈夫吗？又一想：不会这么巧吧？拍电视剧也没这么多巧合。那万一要是呢？要是的话走一步算一步吧。

想到这里李三伸出手说道：“孙先生，看样子你是个做生意的吧？我就叫你孙老板了。”

“先生，你都对我父母说了什么？”

“他说今天早上第一个敲门的人就是我们要找的孩子，并且还和我们换了房间。”老头忙说。

“真的是这样吗？先生怎么称呼呢？”

“敝人姓李，人都叫我李三。”李三忙说。

“你真是先知先觉呀，佩服！佩服！”孙悦胜已经恢复了最初的气质和神态。

“哪里哪里，我就是干这一行年成久了，随便算了一下而已。”

“随便算都解决我们三十年来的事情，不简单啊。”

说的李三心里那个乐呀。

“这样吧，李哥，我想聘请你为我公司的大先生，不知道你意下如何呢？”

“大先生，我还没听过，是要做什么呢？我可什么都不会，除了这一行。”李三说着用手比画了一下自己的职业。

“我需要的就是你这样的人，就这么定了。去了你就知道我是干什么的了。”

在这皆大欢喜的时候，李三可是低调地出着风头。他也不便问孙悦胜是干什么的，就跟上他去了。

四十四

话说大金牙操办了刘小舟和郭彩云的婚礼之后，心里的成就感久久不肯离去。他觉得他在砖厂能够办成这样一件喜庆的好事，是他所积的一个大德。

这天午后的时候，砖厂来了一位如花似玉的女孩。这个女孩十六七岁的样子，背着个书包，头发烫成了大花卷子，脸上也化浓浓的妆，一套时尚的衣服穿在身上。她的这身打扮，除了肩上的书包，其他都和她的年纪相去甚远。她走进砖厂滴溜溜转着眼睛，好像是在找人。

砖厂的工人小伙子们看见这样一个花孔雀似的女孩飞进来，都一边干活一边冲着女孩表现着自己。

女孩寻了一圈也没有找见她要找的人。一群男人却在用不同的方式给她发射着猥琐的信号。她真的像个娇傲的孔雀那样飞过来飞过去，最后飞进了食堂的操作间。

看见郭彩云在择菜，走过去问道："这位姐姐，你就是郭彩云吧？"

"你是谁啊？怎么知道我？"

"我是你们老板的女儿，我爸说起过你们，你和小舟哥结婚了。"女孩快人快语地说道。

女孩说着顺手拿起一颗西红柿就吃了起来。

"你就是牛娟？"郭彩云惊喜地问道，"哇，只是听你爸说过，可从来没见过，原来都长这么大了。"

"彩云姐，你都结婚了，还不让人家长啊？我爸呢？"

"你爸，你爸可忙了，一早就去签砖去了，估计现在也该回来了。"

"牛娟，你不上学来这里干什么？"

"我就是想告诉我爸，我不想上学了。"说着她屁股一拧坐在了案板上。

"快下来，这是做饭的地方，小心上面有油。"彩云连忙阻止。

"谁不想上学了？"就听外面刘小舟的声音传过来。

刘小舟现在已经成为大金牙的左膀右臂了，成长的速度极快。

大金牙去哪里谈生意都带着他，一则刘小舟忠诚又聪明，二则他藏着大金牙的小秘密。

"小舟哥，我爸呢？"牛娟知道，刘小舟回来，大金牙就一定回来了。

"你爸在后面，马上到。你怎么来厂里了，不去上学？"刘小舟一边拍打着身上的土，一边进到食堂。

刘小舟和牛娟以及大金牙的老婆何雨桐是经常见面的。

"小舟哥，我不想上学了，我想去打工。"

"你还小，打什么工？念书多好，考大学。"

"我不想考大学，再说了我也考不上。我想让我爸介绍我去小琴姐的服装店。"

"是娟娟来了吗？"大金牙看见刘小舟把车停在食堂外，就过来了。他听见女儿在里面说话。

"娟娟，你来干什么？打什么工？我可都听见了。"

“就是来找你的，听见怎么了？爸，我不想上学去了。”

“上得好好的，胡说八道什么呢？”大金牙看女儿的眼神暖暖地充满了父爱。

牛娟一下子勾上大金牙的脖子：“爸爸，好爸爸，我学习不好，老师又不喜欢我，我还是去工作吧。”

“你看你这个样子，打扮成这样，老师能喜欢你吗？”大金牙嗔怪地说，但他又没有办法。

他一天忙着砖厂的事儿，女儿的教育完全交给了老婆何雨桐，可是何雨桐一天也不着家，四六不分的样子。

“你妈呢？”大金牙放下女儿的手，把她从食堂里带了出来。

“我都几天没见着她了，你问我，你老婆你不管，我能管得住吗？”牛娟满口的怨言。

“那你几天没见着你妈，你吃什么？”

“你不是给我钱了吗？我妈也给我钱，我就在外面祸祸呗。”

虽然大金牙对这个女儿疼爱有加，但是这样下去肯定不行。

想到这里他的心里非常忧郁，一片阴云爬上了他的眼角眉梢。

“娟娟，听爸爸话，去上学好吗？”

“我不去，我想去工作。”

“你还这么小，你能干什么呢？”

“我去小琴姐的服装店帮忙，她可喜欢我了。”

“是她让你不上学的吗？”大金牙想伏小琴是不是不怀好意。

“不是，她才不是呢，她也要我去上学呢。”

听女儿这么一说，大金牙松了一口气，心想：伏小琴也不至于这么不懂事，他们之间的恩怨，也不能嫁祸在女儿身上吧？

“那就听你小琴姐的话，去上学。”

“我不，我就要去打工，你要是不答应，我就天天跟着你。”

活到这个岁数，就这么一个宝贝女儿，女儿可是他的命啊，他从来都是对女儿有求必应。

四十五

大金牙实在拿自己的女儿没有办法，又气愤老婆在家里不管不顾，那自己挣这么多钱又有什么用呢？想到这里他问女儿："娟啊，你真的想去小琴姐的服装店吗？"

"我就是想去，每天都可以穿漂亮的衣服。就是小琴姐不要我，嫌我年龄小，爸爸，你去给我说个情呗。"

"爸爸总觉得你应该去上学，起码把高中给我混出来。"

"我不，我就不。"牛娟说着就给大金牙撒起娇来。

"那好吧，你将来不要后悔就行，我带你过去。"

大金牙开着车拉着女儿就去伏小琴的服装店。

此时正是夜市上人最多生意最好的时候，大金牙领着女儿走进服装店。

牛娟一看见伏小琴就亲热地扑上去拉住伏小琴的手。

"小琴姐，我来向你报到了。"

"说了不要你，你还小，跑来干什么？"说完伏小琴一看后面跟着大金牙，又说，"牛老板啊，你把女儿送我这里就不怕她被我拐卖掉吗？"

"说什么话呢？这孩子她一定要来，我也没办法，就让她试试吧，工资我给开。"大金牙对伏小琴说。

"不是工资的事，你看，你的宝贝女儿，我可管不了。"

"这个你放心，你放开管，该怎么就怎么，我绝不袒护。"

大金牙对伏小琴在心里恨不得掐死她，但是表面上决不会表现出来。毕竟，他还有股份在伏小琴手里。

"那既然牛老板这样说了，我就收下了，多个人多个帮手。"

"小琴姐，那我今晚就上班了？"牛娟一听伏小琴收下她了，高兴得不知道如何是好。

牛娟把书包朝放衣服的小库房里一扔，就出来开始招呼客人了。她又是给进来看衣服的客人介绍着衣服的特点，又是恭维着每一个想要消费的客人，这样子看起来老练得就像干了很多年了。

“这位姐姐，您看起来气质超好哦，这款衣服太适合您了，要不要试试？”

“嗨，这位先生，欢迎您光临小店，有您喜欢的可以试穿哦！”

客人看见这么一个精灵似的女孩子在招呼他们，觉得和往常的气氛有很大的不同。

冲着穿着打扮和年纪不相符的牛娟，店里一下子进来了许多人。

牛娟那极尽讨好和谄媚的话语让大金牙都刮目相看。

伏小琴看牛娟这种不经过培训就能上岗的服务员真是难得，长得又漂亮，又青春活泼，随便搭一件衣服就是模特。

他们索性把这里让给了牛娟，两个人走到后面的休息室去了。

大金牙一进去就一把抱住伏小琴，嘴巴也凑了上去。

“怎么？你还行吗？”

伏小琴这一句话就让大金牙再次跌入了冰窖。

“你够狠！”

“你把女儿放我这里，放心吗？”

“我不放心你还能把她怎么样？”

“我也不想怎么样，多个帮手非常好。”说完伏小琴就出去了，她在看牛娟怎么招揽客人。

大金牙就准备要走了，临走时安顿牛娟，又是对伏小琴说话：“今晚就和你小琴姐住着，明天爸爸给你再安顿。”

“牛老板放心吧，我会把你女儿照顾好的。”

大金牙走了不多久，店里就进来六七个小青年，他们明显是冲着牛娟来的。

“几位帅哥是要看上衣还是裤子呢？这边来，这是我们新到的货，给你们一人买一件？”牛娟急忙迎了上去。

为首的一个朝旁边的一个努了努嘴，旁边那个就开口了：“妹子，我们每人来一条裤子好吗？”

“好啊好啊，各位看上哪一条了？可以去试试。”

“我们想把这里的裤子都试一遍，看哪个款式适合我们。”

几个人嘻嘻哈哈地笑了起来，那笑声明显带着挑衅和猥亵。

“那你们从哪一条开始试呢？”牛娟也不示弱，满脸堆笑。

“这位小姐，我们要你替我们穿着试。”

“行啊，你们脱，脱了我帮你们一个个试，你们站好了，一字排开。”牛娟依然满脸带着笑。

伏小琴站在后面看着差点笑出了声。

那几个小青年一听这话，都不知道怎么办了。就听为首的那个说："你先帮我们脱了吧。"

"好，请各位往门口站，里面地方小，站不下你们几个。"牛娟说着就往门口走去。

几个人也跟了过来，伏小琴怕牛娟一个人应付不了，也跟着过来了。

牛娟说："小琴姐，你去帮我把头一排的裤子给他们每人拿过来一条，我帮他们穿。"

伏小琴听牛娟这样讲，就知道她会有办法应付的。

牛娟对这几个人说："先试，试完后如果合适，多少钱都得买，听明白了吗？"

"你先帮我们脱吧！"

"咱们一言为定，我们的服装你可是穿过了，别人不穿的，就卖不出去了，我给你试的，是看着你的尺码拿的，包你合适。"牛娟说得斩钉截铁。

她伸手去解为首的那人的裤腰带，然后把他的裤子脱了下来，这时店门口围了一大群人。

这个青年还以为牛娟不敢脱。当牛娟脱下他的裤子的时候，他倒先紧张了起来，身体已经僵直了。牛娟又面不改色地给他换上了伏小琴拿过来的新裤子，顺手帮他系上了裤腰带。

"怎么样？帅哥，满意吗？"

这人已经被牛娟的举动吓得直冒冷汗，大庭广众之下，下不来台了。

牛娟说："我以为你见过多大世面呢，才这么点出息，脱个裤子穿个裤子就紧张成这样了，还想干什么？"

"小、小姐，我们开玩笑呢，没想到你来真的，在下佩服！"说着就要往下脱牛娟给穿上去的新裤子。

这下该牛娟主动了："刚才我说好的，你们可都听见了，外面过路看热闹的都看见了。怎么？要赖账吗？"

"小姐，我们开玩笑的，交个朋友吧，裤子呢，我们改天来买。"

"不行，今天就要拿走，不买也得买。"伏小琴过来厉声说道。

几个人一看这位更不是个善茬，自觉已经要吃亏了，连声求饶。

"当我们是好欺负的吗？不掏钱，一个都别想走。"

牛娟把其他几个人的裤子全收了起来，几个人就穿着短裤站着。

双方就这样对峙着，几个青年一看谁也不放过谁。

为首的那人只好说："我们裤兜里的钱，全给你们留下，让我们走，裤子我们也不要了。"

"好汉不吃眼前亏，小姐，放过我们吧。"另一个说。

"是啊，小姐，我们是冲着你长得漂亮，来给你捧场的，你不要误会啊。"

……

"捧场？有这样捧场的吗？是来欺负人的吧？"牛娟说。

"偷鸡不成蚀把米。"伏小琴还是板着脸说。

"滚！"牛娟说着把他们的裤子搜了一遍后扔到了马路上。

几个人跑出去捡起裤子就跑了。

伏小琴和牛娟"咯咯咯"地大笑了起来。

四十六

再说李三，跟着这才刚刚相认的一家人出了酒店。

酒店外有一辆黑色的高级轿车等候着，车门外站着两个穿着黑色衣服的大汉，看见孙悦胜一行人出来后腰身一躬，打开了车门。

孙悦胜安排父母坐在一辆车上，他示意李三跟他上后面的一辆车。李三这才发现后面正有一辆同样的车驶来。

上了车后孙悦胜告诉副驾驶的人："朱秘书，告诉前面的车开去思山别墅，我们去公司。"

朱秘书拿起手里的电话按照孙悦胜的嘱咐说了一遍。

李三坐在孙悦胜的旁边有些心悸，看这架势孙悦胜绝对不是善茬。就是秘书手里拿的电话他也是从来没有见过，就那么小的一个玩意儿竟然能对外讲话。他所见过的除了在电视里看到的对讲机就是大金牙的大哥大。对于像李三这样在吴家坪都是带着“干部味”的人来说，在孙悦胜面前就是个土鳖。他一路上心情忐忑，毕竟，他还睡过孙悦胜的老婆。

不一会儿工夫李三就被带到了一个僻静的山里面，当车往进开的时候他通过车窗往外看去。这一看更是惊出了一身又一身的冷汗：墓园！这是一个足足有一千来亩的墓园，就是说足足有四五十万的墓穴在这里，不知道躺着多少个灵魂。

对于迁过坟、算过命、骗过人的李三来说，哪里见过这个阵势。哦，不对，是亡灵的阵容。

在吴家坪，死人的安葬从来没有这么排着队来过。城里人死了也比乡下人有秩序！李三暗暗捏着汗。

越往里面走离人间的城市越远，离死人的闹市越近。

在墓园的最东面，有一座属于人类的建筑：长居寝园有限公司。

下了车，孙悦胜带着李三进到了一楼的一间办公室里。

“请坐，李大先生！”随即有人沏了一杯茶给李三。

“孙老板，你这是？”

“大先生，我想聘你为我们墓园的大先生，你觉得行吗？”

“在下实在浅薄，不知道这大先生是要做什么？”

“你不是会算命吗？那你懂不懂风水呢？”

李三心想：风水才是我的老本行，太懂了。但又一想：孙老板来着不善，能撑起这么大的企业，懂的一定比我多。于是稳定了一下说：“敝人在乡下就是帮人看坟地风水的，但不如孙老板这里，恐怕难以胜任。”

孙悦胜一听大笑了起来：“这里比你们乡下简单多了，能葬在这里的人都是有身份的人，对于乡下的那一套不是非常懂，略做一二即可。”

“哦，是这样啊，那既然孙老板相信我，我就尽力而为了。”

“好，我让秘书安排你的办公地方。”

“是这样，孙老板，我想去城里面买一些书回来。”

“看书？你需要什么书呢？”

“不瞒孙老板说，我们乡下人好哄，我随便编几句就过去了，但是城里人，我想还是讲究一点好，学一点专业的，再和我自己的传统结合上，或许好一点。”

“呀，没想到大先生这么有想法，孙某人没有看错人啊！”

孙悦胜一高兴，就右手拍着后脑勺，左手拍着腰。他说：“你先去你的办公室看看，有一些书，不够的话列个清单出来，我让秘书去购买。”

李三随着朱秘书来到这座楼一楼的另一侧，打开一间门上写着“大先生”的办公室的门。

“这里原来有个大先生吗？”李三小心地问朱秘书。

朱秘书实际就是孙悦胜的贴身保镖，他黑着脸看了一眼李三说：“你以后自己去问孙总好了。”

至此，李三才知道应该称呼孙悦胜为“孙总”，他这个“孙老板”的称呼显得就像乡下人的亡魂葬进了城里的墓园一样不合适。

说完朱秘书就拉上门出去了。

李三坐在那软和的皮质的躺椅上，心里一阵兴奋。这才又起身看后面的书架，很多此类书籍连他见也没有见过的，整整放了半个书架。

李三心想：我能读懂这些都不错了，还买什么呢？继而又一想：难道以前这间办公室的先生都读这些书吗？

他立即感到非常害怕，万一自己知道的那点东西在这里显得拙劣，那岂不显得很丢人？所以需要多多地学一些更专业的风水方面的知识。

他想跟孙悦胜好好谈谈，了解一下孙悦胜的底细再说。

在他的办公桌上，有一部程控电话，还有公司里各个部门及办公室的电话号码表，他可以随便拨打。但最终，还是要知道孙悦胜怎么想，这才是最主要的。

于是他提起电话，刚要拨，又犹豫了：还是亲自过去一下比较好，刚来就打电话，显得不够礼貌。

他整理了一下刚刚因为兴奋被揉皱的衣服，敲开孙悦胜的门。

“大先生，我刚准备去问一下你还需要哪些我来准备的东西呢，你来也好。”

“孙总，我想今晚请你吃个饭，一来表示您对我赏识的感谢，二来想请教一些您对我工作的具体安排。”

孙悦胜听李三这样说，露出了满意的微笑。

俩人坐着刚才来的车，从墓园里出去，到了一家高档餐厅。立即有人来告诉孙悦胜：“您父母就在隔壁用餐，我们按照您的吩咐在上菜。”

“那孙总，我要不要过去给二老见个面。”

“这个应该的，要不我们一起？”

“也好，也好！”

说完两个人到隔壁，就见那两位老人正坐在一大桌子美味前面。

“悦胜啊，你以为我们找见你就是为了吃这些东西吗？”老头子说话了。

“爸，吃完了我们一起回家，我把这边工作安排好，就回去。三十年没见过了，好好说说话。”

老头老太这才露出了满意的笑容。

“二老，我还没有祝贺你们全家团圆呢。”

“李先生，多亏了你了，要不是你，我们怎么能这么相遇。”

又提这事的时候，李三心里不再是侥幸，感觉到了自信。

“爸，妈，李先生是个好学的人，我刚聘他做了我公司的大先生，他就要买书学习，看来我没有看错人。”

“对的，悦胜，他那天还说，算对都不收我们钱。”

李三倒真是忘了自己说过这个话，也许当时也就是说说而已。

吃完饭李三计划去书店，买一些自己需要的书籍。看来他的机遇不错，在这里或许有更大的发展。

四十七

大金牙把女儿送去伏小琴的服装店后，似乎卸下了所有的包袱，再也不用想着家里还有孩子需要照顾，学习需要操心。而事实上，他和老婆何雨桐都是各干各的，各找各的乐趣，哪里管过女儿的学习。

他准备去签一个大合同，签一年的砖，这个机会是他想了两年多的事情，直到这几天才有了眉目。

他带着刘小舟，也带足了盘缠，去了榆县。

经人介绍，这里有一个大的建筑公司，正在建一个大型的住宅小区，附配大型购物广场，需要的砖的数量是他的砖厂一年的民用销售了。

和那个建筑商约好的时间到了，当他带着刘小舟走进包间的时候，等待他的却是一个身着蓝色西服的女人。

这个女人化着淡妆，皮肤白皙，戴着一副无框的眼镜，头发朝后低低地随意绑着，职业装的上衣紧而有致，下身是合体的一步裙，恰到好处地裹着丰满的臀部。

女人面带职业的微笑，伸出手："牛老板，久仰大名！"

大金牙见过的女人全都是或妖艳或妩媚的，除了伏小琴这个青涩的丫头外，这是第一个如此令人浮想联翩的女人。当他握住女人的手的一刹那，一股电流顺着手臂直达心里，心里就像打鼓似的敲个不停。

他怕自己失态，忙说："我还没见过女士这么优雅的风度，撑起这么大的生意。"

"您误会了，牛老板，我是公司采购部的经理，不是总经理。"

听完女士的自我介绍，大金牙心想：这个建筑商架口不小，看来我算是小打小闹了，派一个采购部经理来见我。

"哦，那请坐，不知道女士怎么称呼呢？"

"我姓芦，叫我小芦就行。"

"啊，芦经理，没想到贵公司的采购部有这么美丽的经理。"

大金牙故意用了"美丽"这个词，以区别她和其他女人"漂亮"的不同。

"牛老板过奖了，我们老总派我过来，就是想和您谈谈砖的事情，如果价格方面合理，我们就可以签合同了。"

"芦经理，这个不急，先上菜，我们边吃边聊。"其实大金牙心里很急，如果不吃饭能拿下合同更好。

酒、菜上齐后，大金牙举起手中的杯子："来，芦经理，幸会！牛某人敬您一杯！"

刘小舟在旁边很有眼色地给二位倒着酒。

更令大金牙没有想到的是，他在和芦经理四目相对的时候，自己的身体竟然有了久违的反应。这一发现令他惊喜不已。

他想：哪怕在这批砖上少赚一些，他都要在这个女人身上试一试。主意打定以后，他就频频劝酒。

而在芦经理这边，她想：如果在价格上能够下调哪怕是一毛钱，她在公司的提成就会增加很大数据，那可是一年的用砖量啊，如果再加上回扣，那……

两个人各怀心事地频频碰杯。

刘小舟看两个人你来我往地敬着，喝得很高兴，心想：这单生意肯定能成，也可以给郭彩云一个交代，买一些新潮的服饰回去。

刘小舟想到这里就去包间外面坐着去了，透透气，也可以小睡一会儿。

“芦经理，你真美，真优秀，就我们谈好的价格，我给你百分之十的回扣，你觉得怎么样？”

“牛老板，你说了算，这个价格比我们公司给我的价格低了一毛五，我占大便宜了。”

女人喝多了的时候职业装就变成了一种诱惑，各个紧致的地方逐渐凸了出来。这正是大金牙想要看到的。

“芦经理，叫哥哥，叫哥哥我还可以给你加百分之十的回扣。”

“真的吗？牛老板真大气，就是做大生意的材料。”

“芦经理，我也佩服你们老板派你出来公关，你够厉害！”

“我哪里厉害了？你是指喝酒吗？”

“你这里厉害吗？”大金牙说着伸手捏了一把芦经理的一步裙。

“牛哥，你真会开玩笑。”

“好，芦经理，这百分之十我也给你了。”

“你喝多了，牛老板。我们签合同吧？”

大金牙不管芦经理在说什么，他已经控制不住自己了。他现在就想试试自己还行不行。于是他抓着芦经理的手放在自己的那个物件上面。是的，的确有了反应，慢慢地膨胀了。他一阵兴奋，就在包间的软座上压倒了芦经理。

芦经理的一步裙被大金牙掀到了腰际。他三下五除二就开始了进攻。可是刚进门就像霜打的茄子，全完了。他气急败坏地跌坐在那里，一声不吭。

芦经理等了半天不见动静，坐起来弄好裙子，攀上了大金牙的脖子。

“牛哥哥，你怎么了？太紧张了吗？”

“是太紧张了，我们改天约，怎么样？”

大金牙开始对自己有了信心，有了这第一次，就会有第二次甚至第三次。看来他需要的是这种类型的女人，穿职业装的女人。

“好呀，牛哥哥，我们现在签合同吗？”

“好，签！”大金牙经过这一折腾，酒醒了一半。

他喊进来刘小舟，拿出了早已准备好的合同。

签了字，盖了章。两个心怀鬼胎的男女就算完成了使命。接下来的事情，就完全是他们私人之间的事情了。

四十八

在大金牙出差、女儿打工的这些日子里，大金牙的老婆何雨桐就想弄出点事情来，以此得到她在大金牙身上得不到的满足。

这天她在伏小琴的店里拿了几套漂亮的衣服，包括一套内衣。

她也见到了打工的女儿，女儿穿着只有街头酒店舞女才穿的衣服。

她对女儿的这身打扮很生气，但自己做的“榜样”在那里，就算说，也说不过女儿，一言不合就会打起来。索性就由着她了，女大不由娘啊！

伏小琴见何雨桐买的穿戴就不像个本分人所能买的，心里对这个女人尤为鄙视，心想：两口子一丘之貉，养个女儿能好到哪里去?

何雨桐也没有想到，她的人生会栽到面前这个比自己女儿大不了多少的女孩手里。

到了晚上，何雨桐穿戴得妖艳无比，扭着猫步进了酒吧。

一群文身的、赤膊的、歪嘴叼烟的、抱着瓶子喝酒的男人立即朝着何雨桐围了过来。

“大姐，这把年纪了还要找乐子吗？”

“来，今晚谁陪老娘喝？”何雨桐说着“嘭”的一声打开了一瓶酒。

立即有几个男人提着杯子来。“大姐，我们陪你。”

“今天谁先喝醉谁就不是人养的。”

“好，大姐一看就是个爽快人。”

几个人乒乒乓乓几大瓶酒就没了，其中一个站起来说：“大姐酒量真好，我请你跳支舞去怎么样？”

何雨桐摇摇晃晃站起来，搭在那人身上就走了，和那个人在舞池里脸贴脸、肚贴肚、十五分钟挪一步。而在座位上喝酒的几个，把一包粉面放进了何雨桐的酒杯里。

一支舞跳完之后那个人搂着何雨桐回到了座位。

另一个把放有粉面的酒杯子递给何雨桐说：“大姐，大姐喝酒的样子真迷人。来，干上！”

何雨桐端起杯子“啪”的一声摔在地上：“姐要连瓶子喝，杯子不过瘾。”于是拿起那个人手里的瓶子，一仰脖子“咕咕咕”一口气喝了半瓶。

她指着围在她周围的男人们说：“你们，你们是一个一个来，还是一起来？”

“大姐想让我们一个一个来伺候还是一起来伺候呢？”

何雨桐的酒量大得惊人，喝了那么多竟然还没有乱了思路。

“你，你先来。”她指着刚才和她跳舞的文身男人。

“好！大姐真是海量，我先干为敬！”文身男说着喝了一大杯。

何雨桐也不示弱，她抱起瓶子喝了一大口。

就见这个男人搂住何雨桐，两只手不规矩地在何雨桐的身上乱摸，一口酒吐进了何雨桐的嘴里。

何雨桐似乎很享受的样子，噙着酒的嘴对着男人吻着。

其他几个男人把何雨桐拉着躺在沙发上，手在她的身上随意爬来爬去。

何雨桐躺在那里，一动不动，时而发出轻微的声音。

抱着何雨桐的这个人示意其他几个人把何雨桐从酒吧里弄走。

他们刚想把喝的迷迷糊糊的何雨桐弄起来准备走，伏小琴就带着牛娟来了。

一看这个场景，伏小琴顺手拿起吧台的一瓶酒“啪”的一声摔在地上说：“我看你们今天谁敢带她走，我现在就报警！”

“妞，你是谁呀？你管得着吗？”

“我还就管定了，放开她！”伏小琴指着为首的文身男人说。

“哟，这不是服装店老板娘吗。你想干什么？”

“你们放下她，什么事都没有，不然，别怪我不客气！”

牛娟站在伏小琴身后吓得直哆嗦。

“伏老板，后面还有个小雏啊，换吗？”

“你给我把嘴巴放干净点，放下她！”伏小琴又一声严厉的呵斥。

这时吧台老板出来说：“误会，误会，大家都是误会。”说着示意那几个男人放开何雨桐。

何雨桐已经喝的不省人事了，歪着身子靠在那个男人身上。

这几个人一看这样僵持下去不会有什么好下场，只好放开何雨桐说：“伏老板，今天你挡了我们的道，咱们后会有期！”

伏小琴和牛娟急忙过去扶住何雨桐，把她带回了服装店。

等何雨桐一觉睡起来的时候，已经完全想不起昨晚的事情了。牛娟一五一十地告诉了何雨桐，是小琴姐救了她。

何雨桐并不识好歹，没好气地说：“伏小琴，你管的可真宽，我要你管了吗？”

“妈，你怎么能这样说话呢？小琴姐还不是为你好！”

“我知道，谢谢你了。”何雨桐说完就要走。

伏小琴对牛娟说：“娟，你外面去把店门打开。”牛娟应了一声就出去了。

把牛娟支出去后伏小琴说：“嫂子，你有什么话不能说，为什么要去那个地方？你知道那些男人是干什么的吗？”

“我不管他们是干什么的，他们能让老娘舒服、高兴。”

“他们看起来并不是什么好人，一群无耻之徒，你惹不起他们的。”

“伏小琴，谁不知道你是什么货，你管得着我吗？”

伏小琴一听何雨桐这样对自己的好心，心想：真是狗咬吕洞宾。

“嫂子，你说我是什么样的货呢？”

“伏小琴，你的服装店是怎么来的你自己知道，你会轻易地收留我女儿吗？自己做的事自己清楚。”

“我做什么了？你知道什么？”伏小琴不听则已，一听心里的屈辱一下子涌上了心头，但是她不露声色，忍受着何雨桐言语上的侮辱。

“你就是个小婊子，牛犇睡梦中都在骂你，你以为我不知道你们的烂事？”

“你……”伏小琴没想到何雨桐会说出这样的话，气得说不出话来。

何雨桐说完披头散发地从伏小琴的店里跑了出去。

伏小琴受到了不小的刺激，是谁把她变成了今天这样，又是谁不断地对她进行着侮辱。她咬牙切齿地想着这一切，一个报复的计划慢慢地形成了。

她来到酒吧，跟酒店老板说了几句话后，酒店老板打了个电话。那个文身男人几分钟后就出现了。

伏小琴要了一瓶酒，和这个人在一个隐秘的包间里坐定。

“伏老板，有什么事要吩咐吗？昨晚的事还要追究？”

“我有其他事找你帮忙，是这样……”

伏小琴和这个人耳语了几句后，文身男人说：“伏老板有这个想法，那天为什么不说？”

“那天我还不想这样，只是这个女人不识好歹，还对我恶语中伤。”

“我明白了，你出的价码有点低，这件事可是个棘手的事，不好办，兄弟们很辛苦的，指不定得几天时间。”

“这只是前期的费用，等事儿成了，我会报销全部费用。”

“伏老板真是爽快人，咱们一言为定！”

四十九

几天后的一个晚上何雨桐照例去了酒吧，和那几个人照例围在一起饮酒作乐。

“大姐，那天晚上多有冒犯，兄弟们这里赔礼了。”几个人一起喝了一杯。

何雨桐心里一热，也喝了一杯说：“不关你们的事，都是那个多事的女人捣乱。”

“看来大姐心里憋屈得很啊，那我们今晚给大姐弥补上。”

“你们怎么补呢？算了，不说那些不愉快的了，我们喝酒。”

“好，不说不愉快的，我们喝酒。”

“喝酒，跳舞，玩高兴！”

说着话几个人你一杯我一杯地和何雨桐碰了起来。

何雨桐不停地喝酒，几个男人不断地给她添酒。动手的动手，动嘴的动嘴，把个何雨桐灌得五迷三道的。

他们看着何雨桐喝得差不多了，趁其不备往酒杯里放了药末。

当何雨桐喝下放有药末的酒，不一会儿就浑身无力，软软地倒了下去。

于是几个人扶起何雨桐朝酒吧外面走去，早已准备好的一辆面包车等在外面。他们三推四抱地把何雨桐弄上了车，几个人也紧跟着上了车。

在车上，何雨桐似乎有些知觉，对抱着她的文身男说：“你们是要拉我去哪里呢？”

“大姐，我们带你去一个享乐的地方，那里很好玩。”

“好玩的地方，太好了，走。”

“好的，我们听大姐的话，这就带你去啊。”

何雨桐翻了个身就要吐了，文身男对司机说：“停一下，靠路边停一下。”

车子停了下来，几个人扶着何雨桐下来，何雨桐蹲在路边就吐开了。吐了一阵后他们又把何雨桐弄上了车。

由于路边的泥土比较松软，当他们上车的时候，何雨桐的一只高跟鞋卡在了刚才呕吐的地方的泥土里，何雨桐也没管那么多，根本不知道自己的鞋子落在了下面。

车子开到了离城六十多公里的一个烂尾楼里面。他们扶着何雨桐进去后两个多小时才出来。

此时的何雨桐已经人不人鬼不鬼的了，衣不蔽体还少了一只鞋子，头发乱七八糟地遮在脸上，整张脸没有一点血色，不说也不哭，像死了的一样。

她被几个人用麻绳五花大绑着，一辆三轮车开到了烂尾楼的前面，从三轮车上跳下一个人。这个人五十多岁的年纪，走起路来一拐一拐的，胡子拉碴，穿着破破烂烂的衣服。来人掏出一沓用手绢包着的毛票，交给文身男，文身男数都没有数塞进了腰包，手一挥几个人上了面包车，一溜烟开走了。

这个五十多岁年纪的人把何雨桐塞到自己三轮车上，朝远处开去。

文身男直接来到了伏小琴的服装店。

伏小琴一看他们来了，急忙迎了出来说：“我们找个说话的地方。”一面对里面的牛娟说，“娟，姐出去有个事，你照应一下啊。”

牛娟出门看着伏小琴远去的背影，心想：小琴姐怎么会跟那几个人在一起呢？那不是那天晚上欺负妈妈的那几个人吗？

牛娟也没多想，转身回到店里招呼客人。

伏小琴和文身男在附近找了个地方坐下，伏小琴问：“事儿办得怎么样？”

“伏老板放心，万无一失。”

“接去的是什么人了解吗？”

“是一个山区的农民，那地方寸草不生，穷地方，都是山路，也没人去，离这里少说也有一千多里路。”文身男向伏小琴保证。

“办得好，只要可靠就行，不要让她再跑回来。”

“跑不回来的，兄弟们又不是头一次做。”

文身男自觉说漏了嘴，赶紧改口：“又不是头一次睡女人了，那个女人没那么大的胆量，像个智障一样。”

“你看啊，我本来也不想多问，但是事关一个人，我冒昧问一下，他拉她去干什么？”

“能干什么呢？当媳妇呗，那里穷得叮当响，娶个媳妇不容易，都是在外面买的。”

“买的？那他给你多少钱？”

文身男一急又说漏了嘴，只好老实交代：“不知道多少钱，我们想反正是伏老板您付钱，多少都无所谓的。”

文身男说着掏出了那用手绢包着的一沓毛票放在伏小琴的面前，伏小琴一看心里有一种莫名其妙的难过。

把她逼上这一步的除了大金牙还有他的老婆何雨桐，她伏小琴好好的一个女孩子，被大金牙祸害成了这个样子，葬送了她一辈子的幸福，她做这些，心里反而多了一分平衡。

只是何雨桐就值了这点钱，在一个穷乡僻壤的山区，这也许就是一大家子的全部积蓄。

伏小琴没有接这包钱，也没有打开看。

“你们收着吧，这点钱，哼。”她从鼻子里哼了一声。“那个女人的命运如何，就听天由命了。”伏小琴说。

“伏老板，有个私密的问题想问你，不知道可以不可以？”

“什么事？”

“那个女人是不是没有老公？或者她和你有什么恩怨吗？”

“她有老公，她老公那方面不行。”

“哦，兄弟明白了，难怪呢！”文身男说着露出了诡异的笑。

“明白什么了？我可什么都没说啊。”

“没说，兄弟也没问，什么事也没有发生。”

“这是你们的辛苦费。”伏小琴说着拿出一沓钱。

文身男把钱装进腰包后说：“伏老板真是痛快，下次如果还有这样的好事，就打这个电话。”说着文身男拿出一张名片。

伏小琴接过名片看了一眼，撕碎扔在了身边的垃圾桶里。她说：“你以为这样的事还会发生第二次吗？”

“难说，万事皆有可能。”

五十

那个一拐一拐的男人拉着何雨桐走在半路上的时候，何雨桐就逐渐地清醒了过来。当她发现自己这副样子，又被牢牢地绑在颠颠簸簸的三轮车上的时候，声嘶力竭地又哭又喊：“停车，停车。”

那人被何雨桐的哭喊惹恼了，他停下车伸出长满了老茧的粗大的手就给了何雨桐一个大耳光，何雨桐立即停止了叫喊。

“大哥，我求你放下我，你要拉我去哪里呀？”何雨桐像个受伤的羔羊一样泪眼婆娑地问。

“从今天起我就是你男人，我姓梁，叫梁直。”

“大哥求你放下我，要多少钱我给你。”

“我花了十年的积蓄买了你，你知道我花了多少钱吗？”

何雨桐心想十年的积蓄，那得是多大个数字呢？

“大哥，你说个数，我都给你。”

“我花了一百多块钱买了你，你以为我会放你回去？”

一百多对何雨桐来说那就是一顿饭的钱，却是梁直十年的积蓄。何雨桐一想就要哭了。梁直又伸出了大手要打下去，何雨桐立即闭上嘴不敢哭了。

“大哥，我求求你放了我，我十倍地给你钱。”

“我买你是让你给我生孩子的，不是要你钱的。坐好了。”梁直说完“突突突”地发动了三轮车。

走了整整一夜，何雨桐坐在上面不能动，腿也麻了，胳膊也酸了，肚子饿得咕咕叫，脸上汗水和泪水与一路上的尘土搅和成了泥。她再也没有力气哭，没有力气喊，任凭三轮车载着她来到一个陌生的地方。

那个村子就像还没解放那样破旧，到处是土墙土路，杂乱的荒草长的比半大小子还高。

村子里偶尔有几个人出出进进，都蜷缩着腰身，看人时抬一下眼后立即垂下眼帘。穿着打扮都像是原始社会的人那样，仅仅是遮住羞耻的地方。

他们住着茅草搭成的茅屋，养着零散的几只鸡，茅屋的门是篱笆扎成的，用粗粗的绳子绑着。

梁直把何雨桐从车上拉下来后直接带到了一个洞里。

这个洞似乎是才挖成的，里面一股潮湿的味道，成年人进来的时候得弯着腰，有二十几米深，五六米宽，头顶上开着天窗。光线就只能通过这一眼天窗透进来，洞里面地上铺着一层麦草，麦草上铺着打了好几层补丁的棉絮，棉絮又破又脏。在棉絮上同样是一床打了好多补丁的旧被子，好像是刚刚才拆洗过的，有一股浓浓的草药味道。被子的旁边是一个枕头，与其说是枕头，还不如说是一截木头棒子，那就是一截从树上新砍下来的木棒。

在这个被称作“炕”或者“床”的一块地面的旁边有个小凳子，小凳子就是个树墩，树墩上立着一支没有点着的蜡烛。

何雨桐被绑在这个洞里面唯一的一块大石头上，仔细一看，这块大石头就是一块石磨。

这时候梁直端着一个大碗进来，手里提了一双筷子。

“吃饭吧，今天是我们新婚，我妈特意做的喜面。”

何雨桐看着这碗“喜面”，眼泪哗哗地往下流。这碗面，就是一碗又黑又粗的糊糊汤啊，里面调了几片绿色的菜叶子。如果在何雨桐的家里，喂狗的都比这强十倍。可是饿啊，不吃就得饿死。

梁直给何雨桐松开了手，却紧了一下身上的绳子。

何雨桐端起碗稀里糊涂地就吞了下去，强忍着眼泪往下咽。

她的身体不能动，吃了饭后梁直又把她的手绑了起来。

“我要上厕所。”何雨桐绝望地说。

“我给你拿尿盆去。”

“梁直，我是个女人。”

“我是你男人，给你接尿接屎都是应该的，还有什么不能看的吗？”梁直说完就出了洞门。

一会儿他拿了个破瓦盆进来了，他把破瓦盆往何雨桐的屁股下一塞说：“尿吧。”

“你走开！”何雨桐吼道。

“你尿不尿，不尿我就拿出去了。”

“放开我的手。”

“我来帮你解开，过几个月你怀了我的孩子，我自然会给你解开手臂的。”

何雨桐此生从来没有受到过如此大的屈辱，当然是在她不情愿或者清醒的时候。她已经非常清楚她是怎么来到这里的，以及文身男几个人对她做了什么。在烂尾楼的时候她要死的心都有，可是她被折磨到昏死。

梁直解开她的裤子，帮她脱下后，她羞辱地当着这个陌生男人，即将成为自己男人的人……这个男人把破瓦盆抽出来端了出去。

他进来后说：“你吃饱了就休息一会儿，今天坐了一天车，明晚我们入洞房。”

入……这不就是在洞里面吗？何雨桐绝望地想着，绝望地闭上了眼睛。

这一夜，再没有人进来过，她被绑在石磨上，绳子的长度足够她睡觉的。

也许是被文身男几个折磨得累了，也许是一天一夜的颠簸累了，也许是刚才那一碗粗陋的饭吃舒服了，也许是……这一夜何雨桐睡得很沉，以至于梁直进来看了几次她都不知道。

她梦见了女儿，在梦里女儿是一个品学兼优的好学生，拿着优异的成绩单让她签字，还报考了心仪的大学；她梦见了大金牙，大金牙像他们刚刚结婚时那样，对她百般疼爱，体贴入微，他们一年后生了可爱的女儿。

在她的梦里，他们一家人虽然过着普通人家的日子，却幸福美满。她在家相夫教子，每天做好饭等着丈夫和女儿回来，然后一家人坐在一起和和美美地吃饭；他们一家三口去游玩，在游乐场，他和丈夫推着女儿荡秋千，女儿像一只快乐的小鸟一样飞起来的时候，“咯咯咯”地笑着。

在女儿的笑声里她的梦醒了，她翻了一下身子，把压麻的四肢放平躺下来，看着头顶的天窗，外面黑漆漆的，想象着这是个没有月亮的夜晚，连星星都懒得出来。

一股接一股潮湿的气味包裹着她，令她全身酸痛，潮湿难受，她能活动的最远的距离，就是从草垫子上下来，翻到潮湿的土地上。她不知道什么时候是黎明，什么时候是夜晚。

五十一

当大金牙谈成了这笔长达一年的生意之后，又和芦经理约了两次，都没有成功。

大金牙气急败坏地从榆县回来了，他已经对自己彻底失去了信心，因为各种类型的女人他都试验过了，都没有成功。他想：挣这么多钱干什么用？人生在世吃喝嫖赌，我只喜欢前三样，可是第三样已经完全丧失了，这都要怪那个小丫头片子。

大金牙越想越生气，他要报复伏小琴，不管用哪一种方法，他要让伏小琴生不如死。

他突然觉得自己最对不起的人就是老婆何雨桐，不知道她现在怎么样？他应该有一个多月没有见到她了。他们的结合，应该是在相爱的基础上，只是随着自己的砖厂越干越红火，挣钱越来越多，他忽略了家，忽略了何雨桐，也忽略了女儿。

大金牙想到这里，觉得自己愧对家庭和孩子，不是一个好丈夫和好父亲。他想从此做一个好丈夫，做一个好父亲。现在做，还来得及。

当他回到那个久违的家里的时候，一个人影也不见。他便去了伏小琴的服装店，只有女儿在店里招揽生意。

“娟，爸不在的这些日子，你干的怎么样？”

“还行吧，爸，我又不想干了。”

“怎么了？小琴姐对你不好吗？”

“爸，我好多天都没见到我妈了，她也不来看我。”

“你妈去哪里了不知道吗？”

“爸，咱们回家说去。”

自从那天伏小琴和牛娟把何雨桐从酒吧里救出来之后，她再也没有见到过母亲何雨桐。

牛娟虽然年纪小，在学校里不好好学习，但是本性还是不错的。她那天看见伏小琴和伤害母亲的那几个青年人在一起的时候，心里就有一种不祥的预感。但是伏小琴在她面前的表现一如既往，她的这种不祥预感随即就消失了。

回到家里，大金牙破天荒地给女儿做了一顿饭。看着女儿陶醉地吃着自己做的饭，大金牙忽然眼眶一热。他已经遗忘父爱很久了，很久没有这样充满父爱地看着自己的女儿了。

“娟，你妈多少天没有见了？”

“有半个多月了，我都没有见过她，都是小琴姐给我买饭吃。”

“这就奇怪了，我打她的呼机也没有回复。”

牛娟不知道该不该告诉大金牙她和伏小琴在酒吧救回母亲的事情，她想了想还是觉得告诉父亲的好。

“爸，那天妈在酒吧里喝醉了，被几个男的欺负，是小琴姐救的妈。”

“伏小琴？她救了你妈？”

大金牙怎么也想不到伏小琴会去救何雨桐，不过私底下她们两个关系的确好。但是女人之间的事，谁又能说得清呢？

何雨桐虽然不着家，那也没有半个多月不回家不见女儿的事情呀，这不得不让大金牙心里有些着急。

牛娟告诉大金牙何雨桐在哪个酒吧受的欺负，大金牙就去了那家酒吧。

刚进门酒吧老板就问候："牛老板好久不见啊，今天一个人吗？"

"我来找个人。"

"你是找？"

大金牙把那天晚上的情况叙述了一边，酒吧老板为难地说："我不能告诉你是哪些人，他们会砸了我的店。"

大金牙露出几颗邪恶的大金牙说："你就不怕我拆了你的店？"

"那是那是，牛老板跺一脚，西县城都要抖三抖，只是……"

"不就是钱吗？小人！"大金牙说着从随身的包里掏出几张钞票压在吧台上，"说吧！"

酒店老板迅速地抽回这几张钱，冲着大金牙耳语了几句。

"牛老板，你可不能说是我说的啊。"

"这个自然。"

大金牙回到砖厂，立即组织了几个身体强壮的大汉，把文身男抓了回来。

文身男得了伏小琴的好处，当然没有出卖伏小琴，他只是说出了何雨桐的去处。

大金牙不听则已，一听气得火冒三丈，一脚就把文身男踹翻在地："你他妈的欺负到老子头上了，说，是谁让你干的？"

"没有谁让我干，就是一个朋友说他老家需要媳妇，可以换钱，我就趁人喝醉的时候干了几票。"

大金牙命人将文身男绑了，自己带了几个人去榆县找何雨桐。

开车走了多半天时间，终于到了榆县，可是这么大的地方，去哪里找何雨桐呢？他们连买去何雨桐的人叫什么都不知道。

在路边他们好不容易碰到一个包着头巾的妇女，想问这是什么村，可是叫住这个"妇女"的时候才发现，原来是个男人。

大金牙惊讶地发现，这个地方的人一部分男人都是包着头巾的，这明明是女人才有的特征。

这个"妇女"开口说话含含糊糊的，仔细分辨才能听清。他说："你们是要找人吗？"

"对对，我们是要找人，你们这里谁家买了媳妇知道吗？"

"我们这里，谁家都买了媳妇的。"

“哦，那最近有没有谁家买回来媳妇的呢？”

“你算是问对人了。前面不远处，有个姓王的，他家前几天买了个媳妇，长得挺好看的。”

大金牙带着几个人急忙赶去那家姓王的人家。这家人情况还算是这个村子里最好的，住着土坯房子，院子里跑着几只鸡。一口打开了盖子的窖口上，放着一只木水桶。就见从屋子里出来一个包着头巾的女子，上身穿着红色的碎花衣服，裤子是天蓝色的，看起来是个年轻的媳妇。

“请问一下你们家最近娶了媳妇吗？”大金牙礼貌地问道。

“是啊，我就是刚娶来的媳妇，你们找我吗？”

大金牙一看不对，连忙说：“打扰了，我们找错人了。”

出了这家，碰到一个嬉皮笑脸的男人，浑身脏兮兮的，披着长发流着口水笑着：“你们要找买媳妇的人家吗？”

“是啊，你知道吗？”

“我知道，看你出什么价了。”

“你要多少钱呢？”

“我不要钱，嘿嘿，嘿嘿。”这个人一直笑着。把大金牙笑的不知所措，这人是不是有毛病啊？

“我要你的大金牙，嘻嘻，嘻嘻，好玩，好玩。”

大金牙一听差点没晕倒：“你只要告诉我，带我去找到我要找的人，我就把这颗牙给你。”

五十二

正当大金牙跟这个不着调的人讨价还价的时候，零零星星地过来了几个人，有的包着头巾，有的长发一股一股地拧在头上。

看过三个人之后的大金牙，很快了解到这些包着头巾的人不一定是女人，而留着长发的人也不一定是女人。但这些人有个统一的特征，那就是都把双手交叉地捅进袖子里、弯腰低头缩着肩走路。他们好像都不怎么洗脸，头发脏得结成一块一块的。只有那个新媳妇穿着稍微鲜亮些，其他人不是黑色就是蓝色，反正看起来都是一个颜色：明亮的垢痂色。裤子基本都短了半截，烂得索索拉拉的。他们全部不穿袜子。

大金牙在这个地方找何雨桐，不知道从哪里下手。

这时候从远处走过来一个扛着锄头的人，这个人和其他人稍微有点不同：他戴着草帽，走路时也挺直了腰身。穿着白汗衫，但是汗衫已经被汗水浸的发黄，蓝色布裤子宽大地吊在腿子上，七分裤的样子。一双干湿泥巴混粘在脚上的布鞋，露着五六个脚趾。

他走到大金牙一伙人的面前问："你们来这里干什么？"

他说话同样含糊不清，但还能让人听懂，分辨起来也不是那么困难。

大金牙想：看起来这是唯一一个可以正常交流的人。

"我们来找人的。"

"我是这里的村长，你有话对我说。"

"太好了，您能帮我们个忙吗？价钱好说。"大金牙随即掏出一包烟给村长。

"我不抽洋烟，我有这个。"说着他拿出一根用破报纸卷成的烟卷。他问，"要我帮什么呢？"

"村长，你能告诉我们谁家最近买了媳妇吗？"

"我们这里从来都不买媳妇，你们问这话是什么意思？"

"我是听别人这么说的，那是娶媳妇？"

"这就对了，都是花钱娶媳妇。"

"那你能告诉我是谁家娶了媳妇吗？"

"没有！"

"我可是听说有人最近从城里娶回来一个媳妇。"

"你们肯定是听错了，我们没有。"

大金牙一听这个村长说得这么肯定，一定有问题。于是他换了个话题说："村长，我们几个走路也饿了，能不能去你家买一碗饭吃呢？"

"行啊，我们这个村子向来都是积善积德，就是缺衣少食的……"

“我们付钱，村长，我们付钱！”

“这样也行，看你们也不是没钱的人。你们五个人，每人十块钱，你看行就走，不行就算了。”

五个人一听就乐了：“十块钱也是钱？把他还难为的。”

大金牙说：“村长，我们五个人付你一百，填饱肚子就行。”

“行，跟我走！”

村长在前边带路，五个人开车紧跟在后面。在一个敞开着的大院子门口停下车，几个人就跟着村长进去了。

有一个包着头巾的女人出来了，村长跟她嘀咕了几句，女人立即喜上眉梢地颠颠准备饭去了。

五个人坐在院子里的树墩子上，观察着这家人。清一色的茅屋，让人想起“茅屋为秋风所破”这几个字来。院子里一只脸盆的漆掉得斑斑驳驳，风一吹当啷啷地在院子里滚着，门口一只大白狗懒洋洋得连眼睛都懒得睁开。院子的周围全是高高低低的荒草，黄的绿的穿插着摇摆。

这时候一个十几岁的男孩子跑过来给他们倒水，提着柴火熏黑的铁壶，铁壶上用草绳当耳子，给他们的喝水杯就是稍有凹坑的破瓦片。

男孩裸露着前胸后背，光着脚，腰里缠了几条布遮丑。

和大金牙一起来的一个工人看小孩子可怜，掏出五块钱给小孩。小孩吓得直往后退。

这个工人说：“别怕，拿着，我有话问你。”

小孩怯生生地接过钱，睁大着眼睛等待问话。

“小孩，你知道你们附近谁家新娶了媳妇吗？”

小孩扑闪着眼睛，似乎听不懂他的问话，扔下钱就跑去厨房里面了。他对做饭的女人说：“妈姆，那个人问谁家娶了媳妇了。”

“悄悄地不要说话，不然梁家人知道了揍死你的呢。”

没想到母子两人的对话刚好被去茅厕回来的另一个工人听见了。这个工人坐下来给大金牙他们使了个眼色，他们再也没有问。

粗糙的杂粮饭稀稀拉拉汤汤水水的，没有一丁点绿色蔬菜。

他们吃完后付了钱，就出了村长家的院子。

谁知村长追了出来，退回了他们五十元钱：“说多少就是多少，我们不会多要。”

大金牙趁机说："我们听说你村姓梁的要个媳妇，我可以帮着去弄一个来。"

"不要了，他们家已经不要了。"

"我已经收了人家的钱，你告诉我他家在哪里，既然不要媳妇了，我把钱给人退回去。"

村长一听这还是个讲道理的人，微笑着点点头，指着西面的山坡说："就在那里，你早说是来还钱的，我就带你过去了，为什么要说娶媳妇呢？"

"我们是听说啊，还不确定，所以就这样问你了。"

大金牙一伙人到那个坡顶的时候，正好看见了何雨桐所在的洞的天窗，因为那洞是新挖的，所以天窗也是用新的石块堵住的。

大金牙挪开石块往里一看，果然，何雨桐在里面躺着，已经跟死人差不多了。一日夫妻百日恩，大金牙一看心都要碎了，立即瘫坐在那里。

几个人赶紧扶起大金牙说："我们躲一躲，观察一下这家人的情况，找机会救出嫂子吧。"

他们把车开出了村子，路过村长家时村长站在门口问："找到了吗？"

"村长，这不是我们要找的人家，我们走了，在别的村子去找。"说完快速地离开了村子。

几个人找了绳子铁锹等工具在村外等着，把车子开到一个隐蔽的地方，商量了具体的营救何雨桐的计划，只等着天黑实施营救。

夜幕完全降临的时候，他们悄悄摸进了村子，两个人在外面叫门，想尽办法引出了梁直和他的母亲，假装说事拖延着时间。其他几个人就在何雨桐所在洞的头顶上挖开了天窗，一个人跳下去用麻绳绑好奄奄一息的何雨桐，从天窗把何雨桐吊了出去。

五十三

大金牙他们带着神志不清的何雨桐往回赶的路上，就拨打了110报了警。

警察根据大金牙提供的情况很快逮捕了文身男等六人，在审讯的过程中，文身男供出了幕后的伏小琴。

这令大金牙无论如何都没有想到，因为他听女儿说伏小琴还救了何雨桐，难道这里面有什么误会吗?

提审伏小琴的是于大胆。

当二人再次见面的时候，于大胆再也不像第一次那样偷鸡不成蚀把米了。他有人证，他完全可以掌控这个女人了。

“伏小琴，你知罪吗？”

“我不知道我犯了什么罪？”

“你贩卖人口，还说自己没罪？”

“你哪只眼睛看见我贩卖人口了？有证据吗？”

“死到临头了还嘴硬。”

伏小琴高抬着脑袋，再也不说话，她觉得她没有错，是何雨桐有错在先。

“说话，你是怎么贩卖何雨桐的？”

“我没有贩卖她，是她先狗咬吕洞宾的。”伏小琴毕竟不懂什么是法律。

“她狗咬吕洞宾你就要卖了她吗？”

“我没有卖她，她是咎由自取，自取其辱。”

“收的钱都在店里放着，还说没卖？”

原来牛娟好多天没有见到何雨桐，又几天没见到大金牙，心里十分着急。那天她无意中在服装店的临时库房里发现了那一沓毛票，看起来又脏又旧，不像是卖衣服收的。再说了，即使是卖衣服收的钱，她也应该清楚。这个丫头在无意中看见伏小琴跟文身男的那一瞬间，就多了一个疑问。

她把这包钱在何雨桐被救回来的时候交给了大金牙。大金牙一闻这钱的味道，就闻出了那个村子的味道，于是他把钱交给了于大胆。

于大胆有了人证、物证，对提审伏小琴信心满满。

伏小琴毕竟年轻不懂法，一听于大胆这样说，心理防线一下子就被攻破了。但当她发现于大胆正色眯眯地看着自己的时候，心里有了新的想法，她觉得自己从这里出去应该不是问题。

她说："于所长，让我想想，想好了给你交代怎么样？"

"我们不逼你，你随时可以交代。"

"于所长，我想喝水。"

于大胆示意旁边的警察端过去一杯水。

伏小琴喝了一口水，把杯子交给于大胆。

"于所长真是善待了。"伏小琴轻声说道。

于大胆强装镇静地说："什么时候想好了，什么时候交代。"

伏小琴走近桌子，拿起白天录了半截的口供说："这件事是何雨桐自愿行乐，行为不检点，后来被我救了后又去找这些人，结果就被他们多次周转多次娱乐后转卖，他们对我怀恨在心，嫁祸于我。"

而何雨桐已经被救出来了，大金牙找不出更加有说服力的理由来收拾伏小琴，伏小琴只有在派出所关着。

一周后，伏小琴拉开了她服装店的大门开始正常营业。有人说她和于大胆进行了交易，也有人说何雨桐已经回来，大金牙不想再纠缠此事，总之伏小琴重新开店像变了个人似的。在她和大金牙的战争中，在她和于大胆的较量中，她还是太嫩，太没有社会经验，仇恨的种子在她心里既已生根，必将发芽。她简单的思想里对于法律知之甚少。

五十四

吴天明如愿走进了农业大学的校园，爷爷吴国民再不愿意，他也不能撕了录取通知书吧。

大学校园里，有着“狗剩”这个土得掉渣的乳名的吴天明，那种天生的淳朴率直和后天提炼的桀骜个性，明显地绽放着。不管在校园的哪个人群扎堆的地方，都能看见他独特的身影，显现他与众不同的气质。他的出现，时常吸引着一些姑娘的眼球。

最先走入他视线的是同样来自乡下的赵小丫。

也许是同样来自于农村，也许是感觉赵小丫似曾相识，她的气质像伏小琴，她的性格更像柳絮。这让吴天明觉得赵小丫就是她心里完美的女子。

在众多同学们排队接开水的时候，吴天明总能见到梦中情人。她守规矩地排着队，而他，总有人替他排队。

也许这是吴天明人生当中第一次追女孩，也是最后一次。他的直接和大胆超乎了他一个来自农村孩子应有的胆量。他提着已经盛满了开水的水壶，走到赵小丫排队的地方，二话不说把自己的壶塞进赵小丫的手里，从她的另一只手里强行拿下空水壶。

一次两次的时候赵小丫没有说话，第三次的时候赵小丫火了：“你想干什么？帮忙还是欺负人？”

吴天明没有想到这么文文静静的赵小丫也会发火，并且发火的样子像一只愤怒的小母鸡——奓着满身的羽毛却飞不起来时的那种无奈。

“同学，以后每天我帮你打水，不好吗？”

赵小丫在吴天明强势的进攻里不得不投降了。

这就是说除了打水，还有打饭。反正吴天明的秩序总在别人的位置上，赵小丫的秩序就在吴天明的位置。渐渐地他们一同去图书馆，一同去操场，一起逛街，一起上课。

那天是一个周末，赵小丫约了吴天明去逛街。

说是逛街，也无非是在校园的小市场逛逛，这里有琳琅满目的小饰品小玩意儿，很适合少男少女们情定浪漫。

赵小丫在一个小猪玩偶面前站住了，目不转睛地看着这个小猪。

按照习惯性的剧情应该是这样的，吴天明二话不说就给心爱的女孩买上，然后赵小丫喜出望外。但是吴天明没有买，就是十六元钱的东西他也买不起。十六元，是他一周的生活费。他不是一个靠物质谈恋爱的人。

他对赵小丫说：“很好看是吗？我可以给你做一个出来，比这个还好看。”

赵小丫也不是个俗人，立即高兴地说："好啊好啊，那我们记住这个样子，等着你来做哦。"说完赵小丫放下手里的玩偶，和吴天明手拉着手就要离开。

饰品店老板也是一个年轻人，看样子是在校学生创业的，或者是学生勤工俭学的。他在他们身后嘟囔了一句话："几块钱的东西都买不起，还真会哄姑娘开心啊！"

这一句看似寻常的话，对于吴天明来说就是一种侮辱。他要跟老板理论一下，回过头来说道："你卖你的东西，那么多事干吗？"

"小子，我说我的话，你管那么多干吗？"

"你再骂一遍？"吴天明觉得自尊受到了伤害。

"我骂你了吗？我骂你什么了？"

"你不要欺负我是农村来的，不买就是买不起吗？"

"谁知道你是农村来的？买得起你买呀！"

"你……"吴天明说着就要过去打架。

赵小丫这边拦着吴天明："走吧，我又不要，我们不要惹事了。"

谁知吴天明把赵小丫的手一甩，就冲了过去。

这时从旁边过来一个女孩，一边伸手挡住了吴天明举起来的手臂，一边对老板说："这个玩偶我要了。"

"你谁呀？多管闲事！"吴天明反问买玩偶的女孩。

这个女孩更是气质不凡，戴着一副近视眼镜，白皙的脸上挂着大气而温暖的微笑，一条马尾高高竖起，宽阔圆润的额头在太阳下泛着光芒。

她说："我替你买下送给她，你觉得怎么样？"

吴天明觉得自己不但受到了侮辱，此时更是受到了屈辱，但面对一个女孩，他又不能失去风度。

赵小丫赶紧跑过来说："谢谢校花同学，谢谢了！"

哦，她原来就是校花樊丁香！吴天明显得极为尴尬。

就见校花对老板说："高云，这么做有点过分了吧？"

"樊姐姐，你说是他过分还是我过分呢？"

"叶弟弟，是你过分了。"

听见樊丁香和老板两个人你一言我一语地谈话，吴天明知道了校花叫樊丁香，老板叫叶高云。他们都是大三的学生。论进校的时间，吴天明和赵小丫在大二，该叫他们一声师哥师姐呢！

吴天明退了一步说："那谢谢师姐，改天请你吃饭！"

一般情况下这个"改天"的潜台词就是"把天若能改了，我就请你吃饭"，所以那是不可能的！

"你们去吧，没你们事了。"樊丁香朝他们潇洒地挥了挥手。

这件事貌似就这么过去了，可是给吴天明的心里造成了极大的阴影。他暗暗发誓，一定要脱贫，哪怕用尽毕生，他要活出个人样来。直到那场排球赛事发生的时候。

系里的两个年级展开了激烈的决赛，吴天明作为天赋很好的选手站在自由人的位置。

吴天明体育运动方面从来都没有经过专门的训练，而是靠着天赋站在最高端。

排球场的周围是来自不同系别和年级的同学，他们自由选择给不同阵营当啦啦队。

给吴天明加油的除了赵小丫和她的同学外还有另外一些人，那就是校花樊丁香带领着她的同学们。

吴天明开始还以为樊丁香是来给对方加油的，当他拍过去一个高难度的球的时候，引来了全场一阵热烈的掌声。为他鼓掌的，其中就有樊丁香。

樊丁香一边鼓掌一边还高喊："吴天明好帅啊，反手扣球的动作帅极了！"

他才知道她是为他而来的。

吴天明在排球场上尽情地表演，啦啦队里的赵小丫和樊丁香这边可有戏看了。

五十五

赵小丫的同学甲悄悄对赵小丫说："你看校花怎么来给你男朋友加油啊，

她是不是看上你男朋友了？”

“胡说呢，没有，她那天还给我买了这个。”

“她肯定是盯上吴天明了，这种人想什么就是什么，你可争不过的。”同学乙说。

“小丫，你也太单纯了，她怕是看上你男朋友了才给你买的，貌似在给你买，她是在帮吴天明。”同学丙说道。

“你看她看你男朋友的眼神，都是那样的。”同学丁也说。

“应该不是这个版本吧？”

“是哪个版本你自己想好啊，不要被人耍了。”同学丁提醒着赵小丫。

赵小丫被同学这么一说，就用狐疑的眼光投向正在高喊“加油”的樊丁香。

樊丁香今天穿了一身潇洒的运动衣，那气质更是鹤立鸡群。

从小被城市熏陶出来的校花在所有来自农村的孩子眼中，那就是已经以较高的起步站在他们前面了。

赵小丫和樊丁香一比，一个是秀丽的小鸭子，一个就是天鹅公主，那根本没有可比性。

就说名字吧，小丫明显就是一个小家碧玉，丁香明显就是大城市里脱颖而出的不俗之物。

而在樊丁香这边，她的同学同样议论着赵小丫的阵营。

“那个吴天明是有女朋友的，你看，为什么还要蹚这浑水呢？”同学A说。

“你知道什么？有女朋友又不是有老婆。”

“那你抢他干什么？一个农村来的，又穷又傲，有什么好的？”同学B说。

“我说过抢他了吗？”

“没说？你这不是很明显吗？”同学C说。

“我只是欣赏他的才气，他和别人不一样。”

“酸气和别人不一样吧？你吃大鱼大肉吃惯了，想吃青菜？”同学D说道。

“赵小丫在看你。”同学D提醒樊丁香。

樊丁香看过去的时候，赵小丫正好看过来，两个女孩四目相对，都报以友好的微笑。

甲乙丙丁和ABCD都看见了，并且都说道：“你们两个好友爱哦。”“吴天明的‘后宫’真是一团和气哦。”

赛场上的吴天明，也看到了这一幕。

赛场中途休息的时候，赵小丫给吴天明送过去了一瓶可乐。

吴天明正要打开可乐的时候，樊丁香送过去一杯热水说："运动的时候适合喝水，补充水分。"

这倒使得吴天明有点为难了，但他还是打开了赵小丫的可乐说："我还是喝这个，习惯喝这个。"

同学B尖刻的话一下子抛了过来："习惯？连个玩偶都买不起，还习惯喝可乐？"

同学乙也不客气："不买就等于买不起吗？好浅薄的见识。"

同学A过来说："吴天明，开水是最好的饮料，你不懂吗？就像空气一样，是最好的养分。"

同学丁说："不管喝什么，那要看是谁给的，你说是不是吴天明？"

赵小丫没有说一句话，她站在那里看吴天明有什么反应。

这时候比赛休场的时间结束了，吴天明什么也没有喝就上场了。

他在后半场的比赛完全失去了应有得水准，发挥也是糟糕到了极点。

吴天明不知道接下来会发生什么。

赵小丫含着泪说道："他没有喝我的可乐，他什么意思啊？"

同学甲安慰道："他不是打开了吗？他还说了要喝可乐的。"

同学乙："是啊是啊，这是休场时间短，他还没来得及喝。"

"他说了习惯喝可乐，不要多想了，小丫。"同学丙。

"这种事，可不能犹豫，小丫，你得留着心眼。"同学丁。

赵小丫把含着眼泪的眼光又看去了樊丁香。

樊丁香正以胜利者的姿态跟她的同学说："他没有喝可乐，说明他想改变习惯。"

"稍微有点常识的人都知道，流汗是要喝水的。"同学A说道。

"就是乡巴佬太土了，没喝过可乐呗。"同学B说。

同学C说："那一瓶可乐不知道得花他们多久的生活费呢。"

"丁香你真的要和赵小丫争这个乡巴佬吗？"同学D问道。

当樊丁香含着笑再一次和赵小丫的目光相遇的时候，她看到了希望，而赵小丫含着委屈。

"看到了吗，这就是自信！"樊丁香对她的同学们说。

"真是难以理解！"同学ABCD"嘘"着樊丁香，表示不理解。

“她们是欺负人呢，故意针对我的。”赵小丫对她的同学们说。

“一个吴天明有什么好的，他爱跟谁跟谁去。”同学甲乙丙丁说。

场上的吴天明也感觉到了“后宫”的不安宁。

比赛终于结束了，吴天明队由于主力队员吴天明的失误较多，输了！

正当所有人准备散场回去的时候，就见樊丁香跑到吴天明的跟前喊了一声：“吴天明，嫁给我吧！”

这突然冒出来的一嗓子让体育场上差不多一百号人都停住了脚步，都以为自己听错了。

三秒钟的死寂后全场爆发出一阵掌声和喝彩声：“吴天明，嫁给她！吴天明，嫁给她！”

吴天明顿时就懵住了：这是什么情景啊？电视剧都不带这样演的。

跑向吴天明的赵小丫也一下子回不过神来，惊呆了，站在原地像是被孙悟空定住了的仙女。

同学甲乙丙丁更是没有想到剧情突发其变，这导演也太奇葩了。

同学 ABCD 也没有想到樊丁香会来这么一出，再怎么不按常理出牌也不是女人跟男人求婚啊。

当吴天明明白是怎么回事的时候，手里擦汗的衣服无力地掉在地上，赵小丫傻傻地看着吴天明。而樊丁香单膝跪地，手捧鲜花，期待地看着吴天明。

其他看热闹的人极力怂恿这场戏按照套路演下去，所有人都看着吴天明。

吴天明当然不能这样束手就擒，赵小丫可是他追回来的女孩。他被樊丁香的大胆吓住了，毕竟来自一个农村或者小县城的男孩，哪里见过这个阵势，但是立刻他就有了自己的主意。

他捡起地上的衣服，拉起赵小丫的手就走了，头都没回。

樊丁香被晾在了操场，她也无所谓，看着吴天明和赵小丫走后的背影，站起来拍了拍膝盖上的土，把手里的花一扔，也走了。

五十六

回到宿舍的樊丁香，照样接水打饭上自习，照样哼哼哈哈地唱着。

同学 A 问道：“你都那样没面子了，还唱得出来？”

同学 B：“就是，这种事也只有那种乡巴佬能做得出来，有教养的人可是做不出来。”

同学 C：“这么大一美女校花，他愣是看不见？太傲！”

“他哪里是傲，是不敢接，没底气！”

“你们都别说了，你们听着，过不了一个礼拜，他就来求我。”樊丁香自信地说。

“真的吗？那我们可有好戏看了。”

“到时候我们要让他说出个一二三。”

“让他跪着，什么时候丁香让他起来再起来。”

“到时候丁香别舍不得就行。”

……

而这边的赵小丫，被樊丁香这么一闹，根本不想再见到吴天明。

赵小丫的同学甲乙丙丁带过来话说：“吴天明，小丫说了，你自由了。”

“小丫说了，你不用为她负责，她本来就不喜欢你。”

“就是，你不用再来找小丫了。”

“她成全你了，说这种人不靠谱，好聚好散。”

吴天明想：这都是哪儿跟哪儿啊？我怎么不靠谱了？什么好聚好散啊？这事怪我吗？

赵小丫说到做到，她真的再也没有去见吴天明。

两个礼拜后，挽着赵小丫胳膊的，换成了系里一位帅师兄，他是赵小丫的老乡。

吴天明在这种纠结的状态下过了两个礼拜，就如樊丁香说的那样，他要去找樊丁香。

他找樊丁香不是要跪着求她，而是要兴师问罪。

吴天明像那天樊丁香在操场上喊他的时候一样，他在楼下喊着樊丁香的名字："樊丁香你给我下来，樊丁香你给我下来！"

樊丁香在楼上朝着窗户喊道："跪下我就下来，不跪下我就不下来。"

吴天明哪里受过这等气，堂堂七尺男儿怎么能说跪就跪，根深蒂固的传统意识里大男人的思想还在他心里扎着根呢。

他忍住愤怒指着窗户说："樊丁香你下来，我有话要说，我们当面说清楚。"

同学 ABCD 从楼上下来把吴天明拉到了操场上一个没人的地方。

"吴天明，我说你是个猪脑子啊？"

"吴天明，你这样明目张胆地是要找死啊？"

"吴天明你知道丁香他爸是干什么的吧？"

"吴天明你想不想混出个人样啊？"

……

"各位姐姐，你们能让我说一句吗？"吴天明急了。

"你说！"

"我费了好大的劲才追到的小丫，现在她不理我了，你们让我情何以堪。"

"那你当众丢下丁香，让她情何以堪。"

"她是自找的。"

"你也太没良心了吧？她帮你买礼物哄女朋友开心，你以为她愿意吗？"

"我也没请她这么做！"吴天明这时候才觉得自己太过分了。

"可是丁香她就是喜欢你，我们也劝不住，你看，怎么办吧？她要是有个三长两短，她爸妈那里可不好交代。"

"那也不关我的事啊，我都觉得冤呢。"

"你一个大男人，就不能低下头吗？我们是为了丁香才和你说的，不然谁爱管你。"

"那我怎么办？"

"那你喜欢丁香吗？反正小丫已经跟别人好了。"

"有点吧。"

吴天明觉得他不能昧着良心说话，他是有点喜欢樊丁香。也许两个人来自不同的地方，出身的悬殊才让樊丁香对吴天明产生了强烈的感觉。樊丁香能出手帮他给小丫买礼品，说明她这人不但善良，还大度。

这件事情要是不解决，他真的没法混了。想到这里他问 ABCD："那我该怎么办？”

“怎么办？那还不简单吗，她怎么做的你就怎么做。”

“我跪？当众？”吴天明顿时觉得脸红到了耳根。

“你也不用当众，我们帮你。”

几个人商量了好大一会儿，最后达成一致意见。

这个晚自习吴天明上得煎熬，上得心情忐忑，上得前所未有。

晚自习后，教室里人都走完了，吴天明就在教室准备好等着，她们会带着樊丁香来的。吴天明拿出早已准备好的玫瑰花。

门外的脚步声越来越近，吴天明已经紧张地头上冒汗。

赵小丫不会让他如此紧张，他追赵小丫，那完全是以一个大男人的姿态出现的，势在必得的姿态出现的。

可现在这不是追，这是被擒，他是碰上天敌了。

就在樊丁香进入教室门的一刹那，吴天明单膝跪地：“丁香，求你原谅我！”

樊丁香事前并不知道这些事，她的的确确是被 ABCD 骗来的。

“怎么是你？你这算什么？”樊丁香就是樊丁香，立即就明白是怎么回事了。

“你们几个串通一气呢？到底是谁的朋友？”她反问 ABCD。

“吴天明，只是道歉吗？没有下文了吗？”ABCD 齐声问道。

“丁香，嫁给我！”

ABCD 帮着吴天明说话了：“丁香，嫁给他，不是你想要的吗？”

吴天明跪在地上也跪踏实了，接着说：“你不答应，我就不起来。”

谁知樊丁香一把拉起吴天明说：“跪你个大头鬼啊？还不起来。”

“那你是答应了吗？”

“我可没答应，先是试用期，使用不合格就换人。”

吴天明真是开了眼了。

这件事就这么过去了，当然了，每天和吴天明成双成对的就成了校花樊丁香。这自然引来了许多狂追校花的男生们的不满：一个穷小子，凭什么赢得校花的芳心呢？

这又在某种程度上极大地满足了吴天明的虚荣心：他就是和其他人不一样。

两个人以秀恩爱的姿态刺激着农大的男生和女生。

这天吴天明收到了柳絮的信。信上说她有男朋友了，对她不错，她在问吴天明要不要把那件事告诉她的男朋友。

吴天明想：柳絮还是拿我当蓝颜知己呢，她有男朋友是好事，我应该为她感到高兴。但不知怎么的，他心里感到酸酸的，以至于一个下午都高兴不起来。

五十七

樊丁香是一个很敏感的女孩子，看吴天明和她在一起一直闷闷不乐的，就想问个究竟。

“你今天怎么了？一定要告诉我。”

吴天明知道必须说实话，否则樊丁香治他的办法多的是。

“我今天收到了一个高中同学的信，不知道怎么回她。”

“男同学还是女同学？”

“女同学。”

“只要不是那种关系，怎么都好说。”

“但要是有过那种关系呢？”

“吴天明看不出来啊，你够花心的。还有初恋？”

“你胡说呢，什么初恋，我初恋是赵小丫。”

“吴天明，你给我嘚瑟吧，柳絮到底是谁？”

“你怎么知道她叫柳絮？”

“我看见信封了，上面写着呢。”

吴天明拿出一看，果然上面写着柳絮的地址和姓名。

“她问了我一个棘手的问题，我不知道怎么回答。”

“什么棘手的问题可以告诉我吗？”

“当然不能，涉及她的隐私。”

“好你个吴天明，你们真有过那种关系？还说不是初恋。”

“丁香，是有过那种关系不假，但那不是爱。”

“你要流氓？没想到一个乡巴佬还……”

“你不懂……”这可真的把乡巴佬吴天明难住了，而又不能对丁香说。

樊丁香看吴天明为了别人的事烦心，不但是吴天明的高中女同学，还关系暧昧，她就气不打一处来了。

“吴天明，咱们的关系还要不要了？”

现在的吴天明已经是骑虎难下了，怎么能不要呢？

他赶紧说：“要，要，我要你，我只要你，你打算什么时候给我？”

“你……吴天明。”樊丁香说不下去了，她脸红了。

“哈哈，樊丁香也会脸红？樊丁香也会吃醋？”

吴天明觉得自从跟樊丁香在一起以来，他的大名就像白开水一样，樊丁香想什么时候叫就什么时候叫。现在一看她吃醋的样子还真好看，怪不得是校花，连吃醋生气都与众不同。

樊丁香再怎么厉害，毕竟是个女孩子，女孩子是需要哄的。想到这里，吴天明暂时把柳絮的事放一放。

他凑到樊丁香的跟前说：“怎么了？害羞了？这不是迟早的事吗？放假了我带你去我农村老家。”

樊丁香一听要去农村，一下子就转怒为乐了：“真的吗？你可要说话算话。”

“去农村就那么高兴啊？那要是以后一辈子生活在农村呢？”

“那我也愿意，只要和你在一起。”

“真是个傻大姐。”

“我本来就是你师姐啊。”

“是，师姐，那现在还吃醋了吗？”

“谁吃醋了，那都是过去的事了，谁过去还没个喜欢的人呢。”

“你这就错了，师姐，她不是我喜欢的人，就是那种……”

吴天明真的觉得不好定位他和柳絮的关系，有过一丁点儿的喜欢，但不是爱。

“那就是知己了。”

“是的，就算是吧，我们是同桌。”

“那更好理解了，我也不问了，有些事你自己去解决。”

“对了，师姐，你刚才说谁过去还没个喜欢的人呢？就是说你有过初恋？”

“我当然有过，还不止一个呢。”

吴天明没想到樊丁香这么痛快，不知道樊丁香还有多少令他吃惊的事情呢。

“那你可以告诉我吗？”

“告诉你也无妨，他们都是过去式了，不适合，就掰了。”

“就这么简单？”

“就这么简单！”樊丁香说着摊开双手。

“师姐……”

“还叫师姐呢？”樊丁香说着就伸手拍了一下吴天明的头。

吴天明更加吃不消了，从小到大，哪个女孩子敢拍他的头。

“你不要动不动就上手，动不动就打我的头啊。”

“怎么了？拍你头你不愿意了？我爱拍就拍了。”

樊丁香一脸的不讲理，吴天明也是很无奈，他没有丝毫办法可以阻止樊丁香，反而对于她的虐待很享受。

“丁香，打人不打头。”

“那叫打人不打脸。”

“脸就在头上长着呢呀。”

“叫你狡辩，叫你狡辩。”樊丁香说着在吴天明的头上连拍两下，“服不服？”

“真服了，师姐！”

“叫什么？”樊丁香说着又举起了手。

“叫丁香，樊丁香。”吴天明急忙求饶。

“说，你和柳絮的关系到什么程度了？”樊丁香一点都不含糊，“你那个棘手的问题是不是你干的？”

吴天明真是对樊丁香佩服得五体投地了，她的想象力也太丰富了，看来不如实交代是瞒不过去的。

吴天明想了想说：“我们亲过，再没了。”

“真的没了吗？”

“我抱过她。”

“继续。”

“再真的没有了。”

“那也算有过那种关系？”

这又让吴天明吃了一惊，对于他来说，走到这一步就是有了那种关系嘛，难道对于樊丁香来说还不算有了那种关系吗？

“这不算是有关系，充其量就是占了一点小便宜，关键是你的心没有想到那种关系。”樊丁香像是个心理医生那样说着。

“对，对，丁香，你说的对，就是这样的。”吴天明更加佩服樊丁香的分析了和见识了。

“那还有什么不好说的？这样算棘手？”

“不是关于我，唉，你怎么想到我这里了，是她……”

“她怎么了？”

“这件事你就不要再问了，反正跟我没有关系，我帮她出个主意的事，你就交给我来处理。”

“那行，我就不多问了。”

说完樊丁香爬上吴天明的大腿，双手捧起吴天明的脸，仔细地端详着。

“你要干什么？”吴天明经常被樊丁香吓着。

“我想看看她是亲了你的哪里呢？”

吴天明看着怀里的校花，不由得就拢住手臂抱紧了樊丁香。

他有亲吻的经验，他说：“要不要我给你学一下呢？”

没等樊丁香说话，她就已经说不出话来了。因为她已经被吴天明堵住了嘴。吴天明吻着樊丁香的嘴巴，感觉到了她和柳絮的不同，她的嘴里面很香、很香。

吴天明伸出手进入到樊丁香的衣服里，想做进一步的动作，被樊丁香挡住了。

她呼吸急促地说：“天明，我怕你了。”

“你还会有怕我的时候？都是我怕你才对。”

“不，就现在，我很怕你！”

吴天明终于在这个师姐、校花、自己的恋人身上找到了作为男人的自信。

五十八

李三在孙悦胜的公司里做了大先生，加上人又聪明好学，忙时为客户做一些风水上的事情，闲了就抓紧补课。李三深得孙悦胜的赏识。

这天孙悦胜把李三叫到自己的办公室里说："李先生，你这么有学问，懂的又多，我有一事相求，不知道怎么开口。"

李三心想：关于你的一些私事，我多少知道一点，但不知道你要我解决什么事呢？便问道："孙总有事尽管说，我能办到的一定尽力！"

"不瞒你说，我们都是男人，我在那个方面……你懂的……"

"我呢，年轻的时候是个孤儿，靠自己的努力挣了一些钱，经常出入一些不当的地方，就成了现在这个样子……所以，到现在还没有个一男半女。"

"孙总的意思呢？"李三问道。

"我老婆是我从那种地方认识并娶回去的，我也守不住。

"前一阵子招了一个秘书，就那样吧……她说自己怀孕了。

"我知道我那方面不行，不可能怀孕，谁知那个女的赖上我了，非要说是我的。"

"也许有一点点可能呢？"李三安慰孙悦胜。

"不是你想的那样，我去做了亲子鉴定，鉴定结果出来，你懂得……"

"哦，孙总，那后来呢？"

"后来自然那个叫李艳的自动离开了我，我给了她一些钱。"

李三想知道的是眉眉怎么样了，就问道："你妻子不知道吗？她不管你？"

"起初她很生气，后来也不知道怎么回事，竟然想通了，要求我出资给她开了一个美容院，倒也干得不错。"

"哦，我是说她不能给你怀个孩子吗？你们可以做试管婴儿。"

"大先生，我妻子现在对我很好，我们两个都回归家庭，很恩爱，就是缺个孩子。"

李三心想：没想到眉眉和孙悦胜能够很恩爱地回到家庭，这是一个皆大欢喜的事。他想了想说："我建议你们去做试管婴儿，那样你们的家庭事业就更稳定了。”

“大先生的这个建议我想过，眉眉也同意，可是我有个想法……你们农村怎么解决这件事？”

孙悦胜的这句话让李三想起了他在吴家坪做法的事情，那里有很多孩子都是他的，但都不把他叫爸爸，比如狗剩。他想：难道孙悦胜也想走这条路吗?对外可以隐瞒他作为男人在那方面的不足，死要面子啊!

于是他对孙悦胜说：“这种事你可要想好，成功的概率不大。”

“我们可以试试！”

“那我们就回一趟吴家坪，我来帮你！”

李三对于让眉眉怀孕是有把握的，只是他和眉眉分开有些日子了，再次见面，恐怕引来一些尴尬。于是他提出来去吴家坪的想法。

孙悦胜一听去吴家坪李三的故乡“作法”，感觉这个主意不错。于是孙悦胜组织了两辆车，带着眉眉和李三要去吴家坪。

当孙悦胜给眉眉和李三互相介绍的时候，眉眉略微一惊之后就恢复了正常的平静：“很高兴认识你，李先生！”说着伸出了手。

李三想：这眉眉变化可真大，真的开始认真生活了，还是我李三的功劳大呢。“孙夫人，雍容华贵，气质不凡啊！”李三恭维道。

李三和眉眉之间的尴尬，在孙悦胜面前已经化为乌有了。

李三的车由司机杜开着在前面带路，孙悦胜和妻子的车由司机乔开着在后面紧跟。经过十几个小时的行程，就到了吴家坪。

在吴家坪这个屁股大点的地方，还从来没有这么高档的车来过。车子一进坪上，就围过来一帮大人小孩看热闹，有的人还用手轻轻抚摸着车身。

就见李三挺胸抬头地从车上下来，见人就发一个红包。

孩子们拿了红包就跑到前面带路去了：“李家爸回来了！”

“李三爸成有钱人了。”

“三爸给红包了，三爸有车了。”

……

李三冲着孙悦胜和眉眉无奈地笑了笑。

孙悦胜说：“乡民们很热情啊，民风淳朴，好啊，好！”

李三和孙悦胜像两个干部一样走在坪上的山路上，这下李三是带着真的“干部味”回来了。

迎面走来的白凤英老远就喊着打招呼："李三你回来了？衣锦还乡了吗？"

"白家婶子真会取笑我，什么衣锦还乡，就是回来看看。"

吴老汉也吧嗒着旱烟锅子说："当了大干部了，回来要带家口吗？"

"吴家爸，你最近好着没有？孙子上大学了吗？"

"嗨，不提不提，这狗㞞不知道随了谁了，直接和我反着干，上了个农大，农大啊！"

李三心想：随了谁你还不知道？

"快回家，你媳妇听说你来了，给你做好吃的呢！"白凤英巴巴地说道。

"这是你朋友吗？都是大老板，物以类聚啊！"吴老汉感叹着。

五十九

孙悦胜一看村子里的人对李三都不错，更加确定了李三的为人，这个人值得交。

回到自己家里的时候，黄翠芳真的做了一桌子的凉面等着。

"这位就是贱内！贱内黄翠芳。"李三向孙悦胜夫妇介绍。

"这两位是我的老板和夫人。"李三又向黄翠芳介绍说。

"哟，这城里人就是洋气，看看孙夫人这皮肤，这身材，这衣服，啧啧啧啧。"黄翠芳羡慕个不停。

"嫂子，你也不赖啊，稍微一收拾就是一个大美人呢。"眉眉也赶紧恭维黄翠芳。

"翠芳啊，我们应该叫她嫂子才对呢！"

"就是就是，要不是我家三哥说，我还叫你妹子呢，嫂子好，嫂子真年轻！"

两个女人加上李三只顾了相互恭维了，把个孙悦胜晾在一边，忘了他才是最重要的客人。

“翠芳啊，孩子们呢？”

“都该干啥干啥去了，不在家。”黄翠芳转身问孙悦胜，“孙总您坐，我笨手笨脚地给你们擀了凉面，也不知道你们爱吃什么，我们庄稼人招呼人就是这。”

“好，非常好，实诚得很呢！”孙悦胜坐下来夸黄翠芳，“李夫人这是心灵手巧啊，这面要是在城里面，特级厨师都做不出来的。”

“是啊，我们可以考虑让翠芳去城里开一个饭馆，绝对火爆。”眉眉说，她也不叫嫂子了。

“你们吃啊，这样，看，葱花、醋、蒜、蛋汤，拌着吃，不够了自己加。”黄翠芳热情地招呼着。

李三看孙悦胜两口子吃的正欢实呢，就自顾去了厨房，朝黄翠芳招了招手。

“翠芳，你知道他们来咱坪上要干啥吗？”

“要干啥？你可不要吓唬我，你好像说过他们是开公墓的。”

“嘿嘿，那个男的是开公墓的，女的是开美容院的。”

“那他们……”

“你知道我是干什么的就行了。”

“你要给他们作法啊，他们没有儿子？”黄翠芳一语中的，真是知夫莫如妻啊。

“嘘，小声，他们连女儿都没有，还儿子呢。”

“那你不让他们迁个坟，再作法。”

“公墓那里，地下埋的都是骨灰，谁知是不是他自己的祖宗，再者，人家父母都活着，祖父母还不知道在哪里呢？”

“那就收魂，再作法？”

李三一看黄翠芳认真讲话的模样，笑得眼泪都快出来了：“你都学会了？那这次你来。”

“去你的，我可不会给人种儿子。”看来李三以作法事种儿子黄翠芳是知道的，就是不许他在外面鬼混。

这件事情的两个方面，是是非非，对于一个资深农村人就是这样理解的。

“那你看，我们把这场法事安排在哪里呢？”

“白婶子家最合适，他们家就她一个人，没其他人，她又热心。”

“嗯，想法不错！你去给白婶子言串一声，拿上些礼当。”李三说着示意吃完饭的司机杜去车里把礼当都拿出来。

黄翠芳提了一包沉甸甸的礼当去了白凤英家。

孙悦胜吃饱喝足满意地抹了抹嘴，也没有像往常那样找人要餐巾纸。

“孙总你真是入乡随俗得快，我们坪上的人吃完饭都是手背抹嘴，还要舔了碗碟。”

“哦，真的吗？那我来舔舔。”孙悦胜说完就端起碗要舔。

李三忙上前阻拦说：“玩笑玩笑，孙总，你就不用舔了。”

眉眉也学着孙悦胜的样子抹了一下嘴，但是手又没有地方去擦，问道：“悦胜你拿什么擦的手背？”

“这里。”孙悦胜指了指裤兜附近。

一时间惹得两个司机和李三都大笑了起来。

李三说：“没想到孙总也很幽默啊。”

“李先生，到了这里就不由人这么开心，开怀大笑。”

李三悄悄走到孙悦胜跟前，耳语道：“孙总，换个环境心情也好，说不定那件事就成功了呢？”

孙悦胜脸一红，也悄声问：“还有这一说吗？我真的感觉心情特别畅快，心旷神怡呀。”

李三趁机说：“今晚我给你们安排在一个炕上，你可以试试，说不定就成了。”

“炕？就是那种土炕吗？铺着花被子那样的？”

“正是那样的，花褥子花被子，保证你就像进了洞房一样。”

眉眉在旁边听他们两个窃窃私语，已经大概明白他们在说什么了。

这时候黄翠芳来了，高兴地说：“白家婶子已经铺好炕了，说晚上就让我领过去。”

“我们现在就过去吧，我想早一点睡上花褥子。”眉眉高兴得像个小姑娘一样。

李三只见过那个狐媚妖气很重的眉眉，从来没有见过邻家小妹似的眉眉。看来人都是会变的。走进村里，城里人也许会变的淳朴善良，比如眉眉。而进到城里，村里人也会变得狰狞恐怖，比如伏小琴。

黄翠芳带着孙悦胜和眉眉去了白凤英家，把个白凤英高兴的，拿出来自己家里最好吃的东西招呼人，烧土豆、煮大豆、炒豌豆，每一样都装了满满一大盘。

眉眉乐的这个抓一把，那个抓一把，烧土豆吃得她满脸都是黑灰，还不停地要着吃。

孙悦胜看着眉眉这副可爱的样子，怎么也没有想到她还有这么可爱的时候。于是心里一热，就赶着去给眉眉擦嘴。

白凤英看在眼里，直夸孙总夫妇恩爱。黄翠芳也羡慕得不行。

“孙总两口子真是模范夫妻啊，对媳妇这么好。”

眉眉含情脉脉地看了一眼孙悦胜说：“是啊，我家悦胜一直都对我很好。”

“今晚你们就睡这屋吧，你们城里人爱干净，我铺的都是新的。”白凤英说，“你们就早点睡，我和翠芳就不打扰你们了。”

白凤英和黄翠芳出去以后，孙悦胜立即插上了门。他把眉眉抱起来放在炕上的花褥子上，然后一件一件地给眉眉脱了衣服。

眉眉说：“这刚吃了东西的牙也没刷，手也没洗。”

“这些都不用了，在农村，就入乡随俗了。”

“那好吧，悦胜，我发现你今天和往常不一样了。”

“你也是，眉眉，你知道你有多可爱吗。”

一句话说得眉眉害羞了，这可是她从来没有过的表情。

眉眉的一个表情，使得孙悦胜雄姿英发，一种从未有过的冲动从心底迸发。

“今晚我们会有个孩子。”眉眉喃喃地说。

“今晚我给你个孩子，我们的孩子。”两个人像是第一次相识，第一次做这样的事情。

黄翠芳回到家里的时候，孙悦胜给眉眉擦嘴的情景一直萦绕在她的脑海里久久不肯离去。她想：城里人真会做事情，李三在城里会不会也和别的女人这样呢？那次带她去看病的时候，她就觉得李三有事瞒着他。李三在城里几年了，从来对她没有像孙悦胜对眉眉那样过。

李三看见黄翠芳回来了，就问道：“他们睡了吗？”

“睡了。”

“那我们也睡？”

“睡吧。”

“翠芳，你怎么不高兴，怎么了？”

"三哥，我问你，你在城里有没有相好的？"

"好端端地怎么想起问这个了？"

"你说有没有吧？"

"怎么会呢？翠芳，要是有，我还能回来吗？我终究是要回来的，我在外边挣钱，还不是为了你吗？"

"在外面几年，你真的没有？"

"我发誓，我没有。"

"我看孙总两口子很恩爱，你就别给他们作法事了。"

"你是怕我占孙夫人的便宜？"

黄翠芳想了想还是不妥，就说："还是作吧，让他们有个孩子吧，有了孩子他们才会更好。"

六十

在白凤英家里，李三旧业重操，作起了"法事"。

他已经好久没有近过眉眉的身子了，这次不一样，他害怕眉眉识破他的计谋，所以他提前给眉眉说了："你同意，我就做，你不同意，咱就算了。"

眉眉说："只要能有孩子，我怎么都行，就是咱俩再做一回那事，我也是愿意的。"

李三没想到眉眉会这样说，心里有点愧对孙悦胜的感觉，转而一想说："不是我，是神灵要给你附身。"

有人照样用红布蒙住了眉眉的眼睛，李三跨上那熟悉的曾经与他颠鸾倒凤过的身子，他做得很卖力，眉眉很享受。

他想：如果这次眉眉能怀上孩子，不一定是他的，因为孙悦胜也很卖力，这种机会是有的，万一有奇迹出现呢？

“作法”完事的时候，有人给眉眉解开蒙在眼睛上的红布，眉眉看见旁边守着她的，是丈夫孙悦胜。

这是李三能想到的最好的结果。

孙悦胜说：“李先生在外面作法事，他招来神灵附到我的身上，点了黄纸绕着你的身子转了三圈，你有感觉吗？”

“我身子热乎乎的，有感觉，是你一直在我身边吗？”

“是啊，他先附灵给你，我在外面等着，然后他附神灵给我，让我进来的。”

眉眉听孙悦胜这么一说，心里明白了。李三的良苦用心啊！

所有事情完毕了，大家伙在白凤英家里吃饭。

孙悦胜心里高兴，对白凤英说：“有什么好吃的全做好，我会付钱的。”

白凤英一听有钱赚，高兴得屁颠屁颠的。

伏辉娃听说李三回来了，来到白凤英家里找李三。

“三爸，您现在是大干部了，走的时候能带上我吗？”

“你想让我带你去干什么？砖厂干得好好的，怎么不去了？”

“砖厂活太累了，我早就回来了。”

“小子，想挣钱还要轻松，哪有那么多的好事？”

“李先生，他要去就带上他吧。”孙悦胜对于这次的出行很愉快，心情好，就好说话。

“还不谢谢孙总？你小子碰上好人了。”

“谢谢孙总！”伏辉娃高兴地不知道说什么好了。

白凤英一听伏辉娃要去当城里人了，也朝着孙悦胜竖起了大拇指：“孙总是个善良的人，好人有好报啊。”

眉眉好像有心事的样子，她一边吃着饭一边观察着李三。

她觉得李三和以前不大一样，难道他“作法事”和她在一起与以前跟她在一起不一样吗？

她明明感觉到之前的那个人就是李三，后来怎么变成孙悦胜的呢？看来李三这个人真的不简单。

李三也偷偷看着眉眉，这个女人现在除了妩媚还有一些让人琢磨不透的神情，他和她之间应该有了隔阂。

而孙悦胜，通过这次“法事”和来乡下“旅游”，对生孩子这件事信心满满，因为他真的能感觉到他和以前有所不同。

几个人各怀心事，都是朝着好的方向想着。

吃完饭他们带着伏辉娃回到墓园去了。

“李先生，既然伏辉娃跟你是老乡，你就让他给你帮忙吧，工作你来安排。”孙悦胜对李三说。

“好吧，我这边正好缺个跑腿的。”

这样伏辉娃就在李三的带领下成了墓园的一名员工。李三安排伏辉娃每天打扫和擦拭一部分墓碑，因为打扫和擦拭墓碑的员工很多，每人分管一部分。

伏辉娃是个有心的人，他接连几天都看见一个女孩在一个墓碑前静静地站上半个多小时才走。

这个碑上面没有写字，也没有相片。他不知道墓里面的死者和女孩是什么关系。

这天傍晚刚好他打扫完这块地方，女孩抱着一束花来了，还是默默地站着不动，花一直抱在手里。

伏辉娃鼓起勇气说了一句：“姑娘，把花放下吧。”

就见女孩把花放下后，继续站着。

“姑娘，你每天都来啊？”

没想到女孩对他点了点头说：“你也每天都在这里啊。”

“姑娘，我看你每天都来这儿站一会儿，敢问，你和这个人是什么关系呢？”

“我们没有关系。”

“哦，没有关系是什么关系啊。”

“我是个孤儿，她也是。”

“哦，我不懂。”

伏辉娃说完就去打扫别的地方了。但是他心里一直想着这件事，觉得很奇怪。他觉得这个女孩很特别，但是哪里特别呢，他怎么也想不起来。

他把这个疑问告诉了李三：“三爸，我这几天老碰见一个女孩在一个墓碑前静立，她说她和墓中的死者没有关系。”

“这里的墓碑这么多，奇怪的事情也不少，你呀，好奇心太重。”

“不是，三爸，我觉得这个女孩好像有点奇怪，或者我见过？”

“那你说，你是在白天见着的还是晚上？”

“是黄昏，天还没有完全黑的时候。”

“你小子不是见到鬼了吧？”

“不会吧，哪里来的鬼？三爸，咱们吴家坪就你一个人见过鬼。”

“也是，你们是见不着鬼的。”

“我相信那个女孩也不是鬼。”

“你不会是看上人家了吧？看上了就去追啊。”

李三的一句话让伏辉娃茅塞顿开，估计就是自己喜欢上了那个女孩，不然怎么会感觉怪怪的。但是的确那个女孩白天的时候没有来过，最早也是傍晚，要是傍晚，就是天阴的那一天。

伏辉娃开始留意女孩到底是什么时间来。

果然，她白天从来都不来，而她来的时候，伏辉娃根本没有看见她从什么地方来的，走的时候，也没有看见她走向哪里。就是她突然出现，然后突然消失。

“难不成她真的是鬼？”伏辉娃想到这里头皮发麻。“不会的，鬼有这么好看吗？”他又否定着自己。

这天同样在他没有注意到的时候，她又出现了，依旧站在碑前。

“姑娘，你每天都来，是要坚持到什么时候呢？”

“坚持到不想坚持的时候。”

“可是我没看见你是怎么来的？”

“这已经不重要了，我也不知道我是怎么来的。”

伏辉娃听着她这些非人非鬼的话，真有些懵了。

要是鬼的话，他怎么不会害怕呢？

就在他一失神的工夫，姑娘就不见了。

六十一

吴家坪的土豆今年取得了很大的丰收，它才是这片土地上真正的主人。

来收土豆的城里人给的价钱不高。

当吴天明告诉父亲吴建仁，他联系了学校的食堂，还联系了一个蔬菜批发市场的时候，爷爷吴国民决定让吴建仁去一趟省城。

“你儿子狗剩有出息了，都能帮我们解决土豆的销售了。”

“是啊，爸，虽然他们有车来拉，我还是去一趟，顺道看看孩子。”

吴老汉抽着旱烟遗憾地感叹着：“也好，要不是我年纪大了，我都想去，这辈子还没去过省城。”

当省城的大汽车来到吴家坪的时候，对于吴家坪的乡亲们来说，这是继李三衣锦还乡的第二件稀罕事。

白凤英用手抚摸着大汽车的半挂说：“老东西，你孙子真能耐了啊，派个车过来帮你卖土豆呢。”

“我家的不够装，把你家的都拉上些，怎么样？”吴老汉自豪地说道。

“那好的很嘛，把邻居们每家每户都少拉上些，算是你老家伙积了阴德了。”

“对，这个主意好，少拉上些也是我的一点心意嘛。”

“那就这，建仁你登记好了，谁家多少斤，都送到车上来。”

就这样，吴建仁乘着大汽车到了省城。当然他是和土豆一起被篷布包起来坐在半挂上面去的。

经过几个小时的昏天黑地的颠簸，吴建仁感觉车行驶渐渐平缓了许多，外面似乎和路上不大一样了，有很多车声、人声，还有不同的叫买叫卖的声音以及音乐声。

他觉得应该是进了城了，他想看看这个人们所说的花花世界是个什么样子。于是他扒开篷布的一角，一束光亮立即直射了进来。他小心地把头伸了出去：“哇，这就是城里啊，高楼！高楼！”

吴建仁有生以来的另一个世界魔幻似的出现在他的眼前。

他心里一阵兴奋，睁大了眼睛屏住了呼吸，贪婪地看着这一切，看着这出生以来所见到的和吴家坪不一样的世界，不觉地口水流湿了衣服的前胸，身下的土豆上也沾上了他的口水。他抬起胳膊擦了一把口水，继续贪婪地看着这一切。

他想：这辈子见一下这些高楼大厦和这些花花绿绿的男男女女，死了也值了。

正当吴建仁沉醉在这一切中的时候，车停了下来，有人揭开了篷布。站在车下的唯一一个认识的人就是他的儿子狗剩。

他从车上跳下来高兴地税：“狗剩狗剩，大在这呢。”

一句话引得其他人小声议论起来了，吴天明忙拦住父亲，免得他再说出不适合的话来。可是对于吴天明的示意，吴建仁哪里懂得。

他继续大声地高兴地安顿儿子：“你让他们卸的时候小心着点，磕坏了就放不长久了。还有啊，这是你白奶奶家的，这是你何婆婆家的，这是你伏家大妈的，这是李爷爷家的……”

“爸，我知道了，你坐下来歇歇。”吴天明阻止他继续说下去，因为那些袋子上都写着姓名和土豆的重量呢。

“你得给他们算好，不能少算了，谁家的都不能少。”

旁边作登记的一个食堂厨师模样的人和颜悦色地说：“大叔，您放心，我们会弄清楚的，谁的都不会少。”

“爸，你休息一下，喝点水。”吴天明给父亲买了一瓶矿泉水递过去。

“我在车里面窝了一天了，一直缓着呢。不累不累，我来帮着背洋芋？”他有意识地把“土豆”叫成了“洋芋”。

“老乡一看都是个实诚人，不过现在不用了，有人搬的，你盯着就行了。”厨师说。

吴建仁因为厨师的这一句话突然觉得自己“升官”了，成了“监工”了。心想：城里人就是会抬举人，也许是看在我儿子的面儿上吧，我儿子现在真的能耐了。

“爸，一会儿车子还要去菜市场，你要不要去看看？”

“要的，要的。”吴建仁高兴地说。

“那你这次坐车里面，我们一起过去。”

学校食堂的土豆很快就卸完了，车子把他们送到了附近的菜市场。

樊丁香早早地就在菜市场等着了，她见车子来了，快步跑到了车前。

“爸，到了。”吴天明看见父亲还在痴痴地看着窗外。

樊丁香拉开车门，吴建仁扶着车门下了车。

他还从来没有见过这么亮豁的女子，忙对着笑盈盈的樊丁香问道：“这谁家的闺女呀，长得这么攒劲！”

“叔叔，我是天明的同学，我叫丁香。”樊丁香大方地自我介绍。

“天明，天明，哦，就是狗剩啊，你就说狗剩就是了，一下子还把我蒙住了。”吴建仁失笑了。

樊丁香笑着捏了一把吴天明：“吴狗剩啊。”

吴天明对樊丁香说：“快帮着数一下，别闹了。”

“哦，好的，马上！”樊丁香说完快速地数着，记着。

吴建仁一看儿子对这个亮豁的女子呼来唤去的，心里又想：我儿子真行了，敢使唤这么好看的女子。

他在这个市场上左看看，右看看，这里摸摸，那里拍拍，这里的一切都是那么新鲜，怎么看怎么和吴家坪的不一样。

那些土豆贩子们把属于自己的土豆认领完了之后，迅速地跟吴天明和樊丁香结算了钱。

吴天明又给车司机结算了运费，剩下的钱都交给了父亲。

吴建仁手捧这一沓子钞票，那个兴奋呀，真的没法形容。

“狗剩啊，这钱，比咱们往年的土豆卖出了好大的价钱呢。”

“爸，这还不算运费，所以啊，我们的土豆在城里非常受欢迎。”

“狗剩，你这次可是给咱坪上做了一件大好事啊。”

“爸，学校那边的明天结算，你今晚住一晚上，明天再回去。”

“那我住哪儿呢？儿子。”

“叔叔，我给你登记了房间，现在就送你过去。”樊丁香蹿到前面对吴建仁说。

“狗剩，这是你找的媳妇吗？”

“不是的，叔叔，我们现在还是同学。”

吴建仁还从来没有见过这么大方的女子，竟然敢这么对他讲话，一点都不知道害臊的。

“爸，你乱说什么呢？”吴天明阻止父亲。

六十二

吴天明和樊丁香打了出租车，把父亲吴建仁送到了宾馆。

走到宾馆的旋转门跟前的时候，吴建仁怎么也进不去。

樊丁香从门外进去，又出来，出来，又进去，吴建仁就是站着不动，吴天明拽着吴建仁的胳膊，怎么也把他拉不进去。

“爸，你怎么了？”

“这门怎么不停下来呢？就这么一直转着？”

“爸，它是电动的。”

“那得费多少电呢？你去告诉他们让停下来啊，不然我们手推都行呢。”

樊丁香和吴天明一听这话，真的是没法接下去说了。

吴天明只好使劲拉着父亲，樊丁香在后面挡着门。

吴建仁终于进了门，还是不放心地朝后面看着，他就是想不明白，没有人的时候为什么不让这门停下来。

到了宾馆的房间里，吴建仁更加坐也不是，站也不是。

“爸，这是卫生间，你洗洗手。”

“不洗了，浪费水得很，我擦一把就行。”他拿起卫生间晾衣竿上的白毛巾就擦起了手和脸。结果白白的毛巾被他擦上了一层油汗和黄土，还有各种说不上来的污渍。擦完后他把毛巾一搭，就算完事了。

吴天明说：“爸，你还是洗洗吧，你看这毛巾。”

“叔叔，你洗洗吧，这里的水不要钱。”

“不要钱也不能浪费呀。”

“爸，洗个手洗个脸不浪费，你洗洗吧。”

两个人劝了好长时间才劝得吴建仁洗了手和脸。

吴天明要把父亲擦脏的毛巾洗洗干净，樊丁香赶紧过来说：“我来洗吧，你去安顿你爸休息。”

吴天明看到樊丁香这样理解自己和父亲，心里一阵感动。

“爸，鞋子和外衣脱了，上床上休息一下，一会儿我们出去吃饭。”吴天明给父亲倒了一杯水。

“这炕这么干净，白得能凉凉面了，我都不舍得上去躺着。”

“爸，那要不你洗个澡？”吴天明忽然对父亲说。

“啥？洗澡？我还从来没有洗过。”

“爸，洗个澡特别舒服，你要洗的话，我来帮你。”

吴建仁朝卫生间看了一眼樊丁香。

吴天明说：“一会儿丁香出来了，我帮你洗个澡。”

樊丁香洗完毛巾出来说：“我去给咱们买饭，咱们在这里吃。”

“也好，那就辛苦你了，丁香。我爸这一天也累了，要出去吃，估计时间上来不及了，我还要上晚自习去。”吴天明说。

樊丁香出去买饭去了，吴天明帮父亲调好了洗澡水，脱了衣服，把父亲拉进了卫生间。

父亲虽然有五十岁的年纪了，但看起来还不算老。他在自己的儿子面前竟然有些害羞，所有的衣服都脱光了，淋浴的喷头都已经在出水了，他死活不肯脱下短裤。那是一件什么样的短裤啊：上面落了好几层的补丁，是那种厚实的布料做成的长裤，等长裤穿破后截成的短裤。

“爸，把短裤脱了吧，不然湿着会不舒服。”

吴建仁背对着儿子，坚持不脱。

“爸，我是你儿子，你看看，我也是男人啊。”此时的吴天明也脱干净了衣裤站在水里。

吴建仁突然转过身哭了，眼泪和淋浴一起顺着脸颊往下淌。

吴天明长这么大从来没有见过哭泣的父亲，只见过在爷爷面前唯唯诺诺、在母亲面前闷声不响的没出息的父亲。他被吴建仁这突如其来的举动吓住了，继而马上就恢复了正常。

“爸，你这是怎么了？”

“你不要叫我爸，我不是你爸！”吴建仁哭着，一下子抱紧了儿子。

“你瞎说什么呢？爸，我不是你儿子是谁的儿子啊？”

“你爸我无能，生了七个丫头……”吴建仁已经泣不成声了。

这让吴天明尴尬到了极点。他虽然从小听人说过，也因为留小辫子的事被人议论过，但真正要面对这件事的时候，他还没有想过。因为在吴家坪这个屁股大的地方上，这样的事很多。这件事不但关乎吴建仁的脸面，他吴狗剩的脸面也不好。

想到这里，他抱住了这个和他的体格完全不同的男人，这个名义上是自己父亲的男人。

“爸，我就是你生的啊，你看，看这里。”吴天明指着自己的胸口说，“我这里，长着和你一样的心，你懂吗？”

“狗剩，你骂你爸我是个傻子，你也不是没有骂对，我就是个傻子啊，我傻了一辈子。”

吴天明没有想到父亲会说出这样的话来，他原以为父亲真的没有什么脑子。原来任何一个人都有他的自尊的，尤其是在生儿育女这件事上，男人的自尊更为强烈。

吴天明不想说更多的，因为他觉得这些事不归他管，他也管不了。他现在要做的，就是怎么样去安慰父亲。从今天开始，他算是重新认识了自己的父亲吴建仁。

“狗剩啊，你上了大学，我也跟着你进了一回城，我知足了，你认不认我这个大，我也认了。”

“爸，你说什么话呢，我这辈子都是你的儿子啊，你姓吴，我也姓吴。”

吴天明终于知道父亲想要的是什么了，他不就是想要吴天明一个保证吗？那给他就是了。

“狗剩，你记着你今天说过的话，要记一辈子的。”

“爸，我不会忘，将来我的儿子、孙子都不会忘。”

吴建仁被吴天明的这句话逗乐了，在彻底地哭出了心里的苦闷之后，像是压在身上二十年的包袱终于落地了，终于轻松了似的。

他长出了一口气，脱下了那条能进博物馆当文物的大裤衩子。

吴天明帮父亲搓了背，搓了全身。吴建仁直愣愣地站着，任凭这个唯一的儿子在他的身体上揉捏，他感觉真的好舒服。

吴天明拆开了一条宾馆的“卖品”内裤给父亲穿上。

父亲说：“真绵软，真舒服！”

“爸，以后我就给你买这种裤衩子，再不要穿那种了，太重太厚，更不舒服，好不好？”

“好，爸听你的，你以后挣了钱就给我买这种。”

父子俩穿好了衣服坐在沙发上喝着水，有一搭没一搭地聊着家常。

吴天明记得，这是他长这么大以来跟父亲聊得时间最长的一次，他从来都没有像今天这样和父亲聊过天，也没有像此时这样和父亲这么融洽。

六十三

在吴天明的记忆里，父亲真的是个傻子。

他现在明白了，父亲不是傻，那是在特定的环境下形成的一种性格，对爷爷隐忍，对母亲包容。那是古老的中国传统文化里最底层人民对待生活的一种态度。

吴天明对父亲的认识发生了改变，他由潜意识里的瞧不起，变成了发自内心的一种敬重。有些事在理论上或许父亲不懂，但实际上他做到了，并且很伟大地做到了。

父子俩正说着话呢，樊丁香买饭回来了。

“叔，天明，赶紧趁热吃。”她说着打开饭盒，三份米饭，六个菜。

“孩子，这得花多少钱呢？”吴建仁说着就要掏出身上刚才收的土豆钱。

“不用了，叔叔，您大老远地来一趟不容易，我本来要请您出去吃好吃的，因为时间来不及，就这么凑合了。”樊丁香大方地说。

“爸，你就吃吧，丁香买的，我还给她就是了。”

“这闺女，真懂事。”

樊丁香被夸得高兴极了，冲着吴天明挤眉弄眼的。

她问吴天明：“你怎么还给我？”

“你娶了我就行了。”吴天明说。

“你嫁给我，要带着很多嫁妆的，土豆多带点。”

“那我还要彩礼呢？我就那么轻易嫁给你？”

吴建仁根本听不懂他们在说什么，他问："狗剩，你要嫁给她？"

樊丁香听吴建仁这样说，笑得饭都喷出来了。

可是吴建仁认真了："那不行，狗剩，你是咱家独苗，可不能当了上门女婿。"

"叔，他不嫁给我都不行，他已经是我的人了。"

"什么？这要是让你爷知道了，打断你的腿。"

"爸，你不要告诉我爷不就行了？"

"爷爷是封建家长，现在都是讲究恋爱自由。"樊丁香说。

"狗剩，她在说什么？我怎么听不懂。"

"爸，吃饭，听不懂就不听了，她胡说呢。"

樊丁香和吴天明三下五除二就吃完了。

"爸，你自己休息，我要去上晚自习了，我上完自习回来陪你。"

说完两个人就出去了，留下吴建仁一个人很无聊地在宾馆的床上躺着。

这一个热水澡一洗，从来没有吃过的细软可口的饭菜一吃，他感觉自己像是进入了天堂一样舒服。就在他舒服得快要睡着了的时候，突然，电话铃响了。

吴建仁拿起电话还没顾上说话，就听得里面一个甜甜的女声说道："先生，您需要服务吗？我正值妙龄，青春性感，服务到位，包您满意哦。"

"啊？你说啥？"吴建仁对着里面说，因为对方语速太快，他没有听清楚。

"先生，您需要服务吗？我可以陪您聊聊天。"

吴建仁这次听清楚了，原来是要来陪他聊天的，他这正无聊呢。

"那你来吧，陪我聊天。"

放下电话不到三分钟，就有人敲门了。

吴建仁打开房门，进来一个浓妆艳抹的女人。这个女人二十多岁年纪，凹凸有致的身材，血红的嘴唇，一头烫着卷的短发，手里提了一个小包。

一进门这女人就像是老熟人似的把包包往床上一扔，转身一把抱住了吴建仁："哥哥，你说我们聊点什么呢？"

"啊、啊、啊，我不是你哥哥，你这是要干什么？"吴建仁哪里见过这个阵势，吓得连连往后退。

"你刚才不是说让我来的吗？我们快点吧？"这个女人一边说话一边就开始脱衣服了。

吴建仁站在那里僵住了，眼睛也直了，人也直了。他的口水马上就要出来了，他突然一个激灵：我不会是撞上桃花运了吧？有这样的好事？

再榆木疙瘩的男人，遇见这样风骚的女人也会把持不住。何况吴建仁是有过七八个孩子的男人，他才刚刚五十岁出头，虽不是血气方刚，却也是精力旺盛。

吴建仁伸手试探地揉了一下女人丰满的胸，这到底是和刘春霞那个被七个孩子吸吮过的胸不一样。他又用力捏了一把女人浑圆的屁股，女人一下子前后左右地扭了起来，像蛇一样攀上了吴建仁的脖子。

吴建仁一生中只有刘春霞一个女人，对于其他的女人，他最多只是想想。

吴建仁被女人这样一撩拨，顿时浑身燥热，血往头上涌。随即他的那个地方开始发热发胀，大有一泻千里的气势。他大臂一挥，变被动为主动，反守为攻。

他抱起这个女人扔在床上，然后把自己压了上去。

女人在床上浪声说道："农民大哥就是不一样啊，钱够用吗？"

一听到钱，吴建仁稍有犹豫。

但听女人在身下说："农民大哥，我给你打八折优惠。"

"优，什么优惠？"吴建仁停住手里的动作问。

"那你想白玩啊？"

"不是你自己来的吗？"

"明明是你叫我来的啊？"女人拿出一支笔"那你来吧，陪我……"是吴建仁的声音。

吴建仁吓了一跳："我的声音怎么在你手里？"

"先来吧，完事了我就把这个交给你。"

被女人这么一惊，吴建仁再也没有任何兴趣了。他不但没有了兴趣，反而心里十分害怕。他希望这个女人尽快消失，但是他没有办法，不知道该怎么办。

女人索性脱光了衣服坐在床上，然后大声说："不付费就想玩女人，农民大哥的账算得可真精！"

就在吴建仁万般无奈之时，房间的敲门声救了他。

吴建仁逃也似的打开房门，来人正是吴天明。吴建仁拉起儿子就跑出了房间，已经魂不守舍了。

"爸，你这是怎么了？"吴天明奇怪地问道。

吴建仁声泪俱下："屋子里，屋子里来了个女人。"

吴天明一听这话立即去吧台报了警。

警察来的时候，那个女人已经穿戴整齐，在这种场合做这样的事，对于宾馆的服务人员来说都是心知肚明的。他们一看吴建仁就是一老实巴交的农民，而吴天明是一个目光犀利的大学生。

警察既没有了解过程，也没有了解原因，更没有调查取证，就把那个女人带走了。

六十四

伏小琴通过和于大胆的交易，从容地从看守所里走了出来。

这件事让大金牙恨得牙根痒痒，他拨通了伏小琴的电话。

“小琴吗？你受惊了，我给你压压惊好吗？”

“好啊，我也正想找你呢。”

两个人见面后，对彼此都憎恨有加，又不知道如何开口。

还是大金牙先打破了沉默。“小琴，我不在的这些日子娟娟多亏了你的照顾。”

“应该的，合伙人嘛。”

“我听娟娟说，你还救了她妈妈。”

“算是吧，我主要是看不惯她那个风骚样子，缺男人的骚劲。”

一句话说得大金牙脸红脖子粗，倒茶的手开始发抖。

伏小琴看在眼里，冷笑了一声：“怎么了？身体不舒服吗？”

这句有意无意的“身体不舒服”更是要激怒大金牙的样子。

“我没想到你变成这个样子了。”

“我变成什么样子了？”

“说话这么露骨，这么难听。”

“人都是会变的，有的人是自愿的，有的人是被逼的，你看我是属于哪一类呢？”

“小琴，你讲话能不这么咄咄逼人行吗？”

伏小琴的报复计划已经成功了一半，随着这件事情的进展，她的胆量越来越大了，口气也就越来越大了。

人都说愤怒的女人要么变成白痴，要么变成智者。伏小琴自己认为她属于后者。

“我没有逼过你，牛总，牛老板，都是你在逼我呀，难道你没有发现吗？”

“小琴，你说我哪里对不起你了？我给了你工作，给了你源源不断的金钱，你为什么要这么做？”

“我做什么了？”

“你还不承认，我老婆是你害的吗？”

“警察都给了你答案了，你来问我？”

“你……”

“牛大老板，牛总，没有证据的话可不能乱说哦。”

“雨桐现在在家里神志不清，等她好了，我会问个明白的，谁做的事情就得承担后果。”

“那你承担后果了吗？给我的大门上喷漆，是不是你干的？”

“是我干的，那我现在的状态是谁弄得呢？”

“你自己呀，你不知道吗？”

“伏小琴，你够狠，总有一天你会为你的所作所为付出代价的。”

“但愿吧。牛老板，你还有什么要说的吗？”

“娟在店里干的怎么样？如果不行，就不要再去了。”

大金牙不想让牛娟去店里干的另一个理由，他不想说出来。他怕哪一天伏小琴把黑手伸向他的女儿，到了那时候，他的一切都就完了。

“你女儿比你有良心，干得还不错。”

“那就好，你看，小琴，说是出来给你压惊，又扯了一些不愉快的，都收回去吧，收回去。”大金牙说。

“牛总，有些事能收回去，有些事做了就收不回去了。”

大金牙觉得他们两人的谈话到了这一步，就没法进行下去了。

看着伏小琴离去的背影，他想：既然你背后给我捅刀子，我也不明着来，咱们走着瞧。

他来到黄毛的酒吧，要了两瓶酒。

黄毛过来开了酒瓶后说道："老板，怎么了高兴吗？嫂子不是救出来了吗？"

"伏小琴，看老子怎么收拾你。"大金牙从牙缝里蹦出这几个字来。

"这件事据说是伏小琴干的，可是她好好地出来了。"

"黄毛，上次让你把伏小琴办了，你小子办砸了，不然也不会有后面的事。"

"是，这件事都怪我计划不周。怎么，哥，有什么新想法吗？"

"我们再合作一把，你觉得怎么样？"

"哥，你说，怎么合作，这个妞我弄不到手，心里都痒痒。"

"她能从那里面被放出来，和于大胆肯定有一腿了，那一条路你就再不要想了。"

"我没想到于大胆走在我前面去了。"

"哥们儿再亲，也是酒肉弟兄，为了女人翻脸的还少吗？"

大金牙的这句话，后来被黄毛用到他自己身上了。

这时那个叫小丽的女人过来了，左手夹着一根烟，右手端着一杯酒，一见着大金牙就说："哟，今晚又是你呀，病好了吗？"

大金牙最怕人说他有病，何况是个女人。

"去你妈的，滚！"

女人伏在黄毛身上就哭号开了："你看牛老板呀，他这人怎么总这样？"

黄毛拍了拍小丽的手说："哥今晚有烦心事，以后一定会款待你的，你放心。"

小丽立即喜笑颜开，放下手里的酒杯就去抓黄毛的裤裆。黄毛被抓得痒痒的，也放下酒杯把手伸到了小丽的裙子里面。两个人不一会儿工夫就扭在一起，在大金牙的面前表演动物世界中吸引人的一幕。

大金牙实在看不下去了，把手里的杯子一摔："黄毛，你还想不想跟老子合作了。"

小丽停下手里的活，看着大金牙发怒的表情，不解地问道："你们这是要干吗？"

"叫你滚你还不滚？耽误老子事了你负责吗？"大金牙冲着小丽吼道。

"你凶什么啊凶！你以为你是柳下惠啊！"

“柳你妈的下惠，老子看不上你这种万人骑的货色。”

“黄老板你看他是个什么东西啊，骂人？”

“骂你怎么了？婊子，我还打你呢。”大金牙说着真的举起了手。

黄毛一看大金牙来真的了，赶紧一只手护着小丽，一只手挡着大金牙：“哥，哥，有话咱好好说，怪兄弟，怪兄弟没有把持住。”

黄毛又只好说：“小丽，乖了，一会儿我来找你，我们继续。”

“一会儿老娘不伺候了，你和他继续去。”说完小丽扭着屁股走了。

“哥，哥，没想到你生这么大气。”

大金牙也觉得自己有点失态，喝了一杯酒后说道：“这次我们要做一个万无一失的计划。”

“是的，不能让于大胆知道。”

“于大胆那里只有你熟悉，你只要不告诉他，其他就没问题。”

“那哥你想没想好一个万全之策呢？”

“我是这样想的……”

两个人耳语了一番后，黄毛一拍大腿喜上眉梢：“哥哥这个主意不错，一箭双雕，既收回了你的服装店，老弟我又抱得美人归，这是皆大欢喜啊！”

“好，为我们的一箭双雕干杯！”

六十五

这天伏小琴早早开门营业了，生意出奇得好，一个上午就比平时一周卖得好，尤其是种“蜗牛”牌的牛仔裤。

来店里的基本都是像她这样的年轻人，喜欢穿牛仔裤很正常，而这种“蜗牛”牌的牛仔裤是她前两天才从省城的批发市场进购的。

伏小琴看这个牌子卖得这么好，一个下午都撑不过去了，她想明天再去进购一些。

就在晚上她想要关门的时候，店里来了一个年轻人。这个人长的白白净净的，穿着一身名牌，气质不凡。

当伏小琴看见这个人的第一眼，心里怦然一动，像是有什么东西击了一下她的心脏。

“先生，请问你需要什么呢？”

这个人不说话，只是在她的店里踱着步，似乎在寻找什么。

“先生，您是需要什么东西呢？”伏小琴又问了一遍。

来人终于说话了：“我在找‘蜗牛’。”

“您来得不巧，先生，‘蜗牛’都卖完了，我正打算明天去上货，您要是能等住的话，明天下午再来好吗？”

“我不是要买，我是‘蜗牛’厂家派来查看销售情况的，考察市场，你明白吗？”

“这样啊，我只是听说，我们进货都是从批发商那里进的。”

来人上下打量了一下伏小琴说：“可以借一步说话吗？”

伏小琴一听来人是厂家的，又看他气度不凡，心想：说不定能搞到内部价呢，这个品牌的销售太好了，如果能搭上这条大鱼，那我的店是不是就火起来呢?

想到这里，伏小琴满脸含笑地说：“先生您稍等，我把这里收拾完了，我们去外边坐一坐。”

“也好，我在外面等。”

伏小琴三下两下关了店门，走到外面一看，来人正斜靠在一辆高级轿车旁边，冲着朝他看过来的伏小琴招了招手。

伏小琴远距离看着来人，心里又像被什么击了一下：难道这就是一见钟情吗？伏小琴为自己的想法感到可耻，立即否定了这个想法，但是控制不住地心跳。

当她走到车跟前的时候，来人打开车门为她护着头顶，很绅士地请她上车，自己上了副驾驶。

就听司机问道：“贾总，我们去哪里？”

“回忆城！”

伏小琴坐在后面一听，心想：回忆城可是只有有钱人才能消费的地方啊，看来他真是厂家的。

到了回忆城，立即就有服务人员热情地过来伺候："贾总来了，哟，今天还带了女朋友吗？贾总可从来都不带女朋友过来的啊。"

贾总摆了摆手，示意服务人员不要再说了。

伏小琴跟在贾总的后面，心里像闯进了小鹿一样跳个不停，脸红红得不说话。她觉得她从来没有过这种感觉。

两个人在一个安静的地方坐定后，贾总打了个响指，立即有人上了一桌菜。

"伏老板，我观察你的店有半个月了，客人很多啊。"贾总说话了。

当伏小琴正式地面对贾总的时候，更加有点紧张。她见过的大老板，除了大金牙，这种派头的还是第一次，看来真的是人外有人啊。

"贾总，您是要？"

"我一直想物色一家有实力的店面作为我们厂家直销的旗舰店，不知道伏老板你可有兴趣？"

"我当然有兴趣了，不知道怎么个合作法呢？"

"我们可以赊销给你'蜗牛'，每周结一次账，二八分成。"

"我二，你们八？"

"我们二，你八。"

伏小琴心想：这不是天上掉馅饼吗？上天真是眷顾我啊。

"实际上，二成对我们来说刚够成本，这个运费呢，得你来付。"

"这个自然，没想到让我遇上了你，真是太好了。"

伏小琴有她自己的小算盘，她想尽快地挣够了钱，买下大金牙的股份，不想给他分成了。还有这家店，她都不想再租了，买下来，就是自己的财产了。不然的话辛辛苦苦一年，都给别人赚了钱了，自己一年的所得不到七八万。

"不过呢，伏老板，我们丑话说在前面，'蜗牛'正在试营销，销路不好的话，我们可不退货的，每周一结算。"

伏小琴一听这个条件就跟没有的一样，销路根本不是问题，就这几天的形势来看，供不应求呢。

"贾总，这个您放心，我伏小琴会守信用的。"

"伏老板真是个爽快人，我们现在就签了合同？"

伏小琴没想到好事来得这么容易，她真是到了该翻身的时候了。

接下来的一个月中，每周都有人送货过来，她如数给付了运费和销售的分成，算下来她真的赚了不少，比平时的销售额提高了三倍不止。

兴奋之余的伏小琴在贾总的帮助下又签了购房协议，打算分期付款把这个铺面盘下来。伏小琴看着销售形势一片大好，想到了不做零售，只做批发的事情。

贾总一听伏小琴的想法，喜形于色地说道："我早就看出来伏老板是个做生意的材料，果然没有看错人啊。"

很少夸人的贾总这么直接地夸伏小琴，让本来就对贾总有强烈好感的伏小琴，竟然不知所措。

贾总趁机握住伏小琴的手说："伏老板不但会做生意，人也长得漂亮。"

这一夸，更让伏小琴浮想联翩，她甚至臆想到了她和贾总缠绵的情景。

贾总看着伏小琴半天不出声，悄声附到伏小琴的耳边说："伏老板想什么呢？有心事吗？"

伏小琴为自己的失态感到害臊，一失神的时候却被贾总的大手抱住了身体。她根本就不想从这个渴望已久的怀里挣脱，只能顺从。

自从和贾总有了这层关系以后，伏小琴就无所顾虑地和许多店铺签了批发协议。

六十六

这天早上伏小琴和贾总从温柔乡里走出来，打开店门的时候，店里的所有货品都没了。

伏小琴惊呆了，她不知道发生了什么，立即赶往不远处租用的库房，库房大门的铁锁被砸开了，里面屯了三个月'蜗牛'和其他货物一件不剩。

到底发生了什么？伏小琴怎么也没有想到，她的梦就这么破灭了。

“伏老板，现在怎么办？报警吧？”尾随而来的贾总说道。

“不能报警，千万不能报，贾总，我现在求你，你给总公司说一声，给我继续供货，我不要分成了，让我还上钱就行，房款、其他店铺的货、总公司的分成。”

“这个我做不到，伏老板，我和总公司有约在先的。”

“那怎么办？”

贾总想了想说：“黄吉强你认识吗？”

“黄毛？开酒吧的？我认识。”

“你可以去问他借钱，以解燃眉之急。”

伏小琴想：黄毛觊觎我的身体好久了，一直没有得逞，我现在唯一有的，除了身体还能有什么？

就在这件“被偷”事件的前几天，大金牙和黄毛精心策划了这一场阴谋。

“贾总”恭敬地立在黄毛的身旁。

“拉货的车我已经派人准备好了，随时准备行动。”大金牙说。

“我知道了，你拉你的货，收回你的店，我就等着抱得美人归了。”

一旁的“贾总”说道：“黄老板真是好眼光啊，这妞真的不赖，功夫很好。”

黄毛在“贾总”的脑袋上打了一巴掌说：“你小子就是长了一副好皮囊，让你先尝了鲜，还好意思说，馋我呢吗？”

“尝鲜的可不是我，我尝的已经不鲜了。”

黄毛翻着眼睛看了一眼大金牙：“尝鲜的是这位老大哥。”说完诡秘地笑了笑。

大金牙使劲揉捏着烟头：“我要让她生不如死。”

“黄老板，你一定把她弄进那种地方去关起来，永无出头之日，我才给你应得的那一份，不然我一定会亲自出手的。”

“老哥你就那么恨那个妞？她还那么年轻啊。”

“少废话，按原计划行动。”

现在，走投无路的伏小琴主动来找黄毛了。

黄毛在自己的酒吧里找了个安静的包间见了伏小琴。

“伏老板光临小店，蓬荜生辉啊。”

“我有事求你。”

“哦？什么事呢？不是有事，伏老板还不肯见我是吗？”

“我遇到难处了，我的库房被盗了。”

“那去报警啊，找我干什么？我也不是警察，再说了，于大胆那里你比我熟。”

“我不能报警，警察如果介入的话，你知道的。”

“不就是你和大金牙那点破事吗？”

“我一个女孩子，名声不要了吗？”伏小琴几乎要哭了，“还有，我进的这些服装和倒卖，都没有正规的手续。”

“你的名声就那么重要吗？你货物被盗的事，我也听说了，这样的损失可是一辈子还不起的。”

“所以我来找你，求你帮忙借我钱，我周转开了就还你。”

黄毛一听这一切按照他们的计划来了，心里一阵窃喜。

“你不是有个厂家的人吗？”

“别提了，他和厂家也是有合约的，他好心帮我，我不能连累他。”到现在了，伏小琴还不知道“贾总”的真实身份，还在替他着想。

黄毛突然对伏小琴有了恻隐之心，这个女人本质是善良的。想到这里，黄毛突然对他和大金牙的约定有了一些动摇。

黄毛为自己的这个突然而来的想法感到吃惊，这可不像他黄毛一贯的做派。但是既然已经到了这一步，就走一步再说吧。

想到这里黄毛给伏小琴倒了一杯酒后，凑到了伏小琴的身边：“妹子，我帮你可是有条件的哦。”

“什么条件，你尽管说，黄老板。”

“不要叫我黄老板，叫哥哥，哥哥就帮你。”说着黄毛已经把手伸进了伏小琴的衣服。

他开始肆意地揉捏伏小琴那对富有弹性的双峰，伏小琴忍着屈辱的泪水，她已经不是第一次用身体当交易了。身体，是她唯一的本钱。

她强装乐意地放下酒杯，攀上了黄毛的身体。

黄毛顺势腾出一只手，摸向伏小琴的另一个敏感地带。

伏小琴立即扭动全身，俯身下去，打开了黄毛的腰带，向着撑起的小伞下面抚摸。

黄毛心想：所有的女人都是一丘之貉，为了钱什么下贱的事都能做，伏小琴也不例外。刚刚对她建立起来的一点“高尚”的意识，在这一瞬间完全坍塌。他觊觎已久的伏小琴，就这么轻易地成了他的俘虏。

“我们私奔吧？”黄毛突然对伏小琴说。

也许是伏小琴真的和他经历过的女人不一样，也许是他被伏小琴弄得情不自禁，反正他就这么说了。

伏小琴吃了一惊：“私奔？去哪里？”

“去一个没有人能够找到我们的地方，我有钱，这几年攒了不少钱，足够我们生活几十年的。”

“那我的店怎么办？我还欠了那么多的债。”

“我们一走了之，谁的也不欠了。”

“真的可以吗？”伏小琴开始动摇了。

她想：如果真的走了，那么债就不管了，换一个没有人认识的地方，也可以重新再来。女人的智商在男人的哄骗下永远都为零。

“当然是真的，我有钱，我们可以重新开个酒吧，我们还年轻，靠双手能够养活自己。”

伏小琴听黄毛说得恳切，竟然相信了。万般无奈之下，三十六计走为上计，兵法上都是这么说的，那一定是没错。

黄毛想：你大金牙的店已经收回去了，钱也得到了，那这个女人，你就不要再纠缠了，我带她走了。

过了好多天以后，在黄毛的任何一个地盘上大金牙都没有发现伏小琴的影子，也没有见过黄毛。大金牙感觉自己上了黄毛的当了：莫非这个家伙金屋藏娇玩够了才放伏小琴去那种地方吗？但是经过他多方打听，最后从那个“贾总”的口里得知，黄毛带着伏小琴远走高飞了，黄毛的酒吧和几个娱乐点全部交给他打理。

六十七

黄毛和伏小琴连夜乘着火车到了丰源省的一个小县城，他们找了一家旅店住下。

伏小琴越想越觉得不对劲，她坐在车上的时候把这件事从头到尾想了一遍。

她问黄毛：“黄老板，你是真的帮我吗？”

“是啊，如果不是真的帮你，我能放下我的生意不管，带你来这么远的地方吗？”

“嗯，也是。但是我感觉你好像知道我要来找你。”

“这你就冤枉我了，事前我真的不知道，只是听说你的店被盗了。”黄毛有点心虚。

“可是我怎么总感觉心里不踏实呢？”

“你放心，我会对你好的。我黄吉强这三十多年来对谁这么上心过？没有吧？”

伏小琴仔细想了想，他说的倒也没错。

“那你能对我说实话吗？我想知道真实的情况。”

“什么真实的情况？我不懂你在说什么？”

“我都要铁着心跟你过了，你还不说实话。”

“小琴，你知道什么？你说出来我帮你分析。”黄毛只好以守为攻，试探一下伏小琴到底知道什么。

“我总感觉是大金牙在背后捣鬼。”伏小琴说。

黄毛带伏小琴出来，是真的想远离刀尖上舔血的日子，他想和这个女人好好过日子。

而伏小琴，经过这几天的思考，她直觉认为这里面一定有圈套。她看得出来黄毛对她的确是真心的，她想利用这一点让黄毛说真话。

如果说女人的智商在男人的哄骗下为零的话，那么男人的智商在女人的温柔乡里就会变为负数。

在这个小小的旅馆里，伏小琴让黄毛尝到了前所未有的滋味，黄毛觉得他带伏小琴出来是一个正确的选择。他已经被这个女人彻底俘虏了，他不知道伏小琴的心里早已经埋下了复仇的种子。

她在不经意间看见了黄毛手机里的信息，是黄毛和大金牙互相发送的信息。虽然没有明说，但从字里行间伏小琴已经知道了个大概，她对黄毛带她逃离虎口的举动十分感激。

伏小琴问道："黄哥，你和大金牙认识多久了？"

"也有好几年了吧。"

"你们关系怎么样呢？"

"还算不错，没有什么真正过命的交情。"

"我的货是不是被他偷的？"

"你和他不是合伙人吗？偷你不是偷自己吗？"

"问题就在这里，监守自盗。"

"小琴，你是不是知道什么了？"

"你的手机里有你们的信息，是你临时改变主意了吗？"

"你看了我的手机？"

"是的，我一直怀疑这件事绝非偶然，是一场策划好的阴谋。"

"小琴，可我对你是真心的，这一点你应该知道。"

"我知道，如果不是你，我现在不会这样安稳。"

"那你有什么打算？"

"我想回去，我要找他说清楚。"

"你说不清楚的，小琴，就不要纠结过去了。"

"你会对我好吗？"

"我一定对你好。"黄毛现在是彻底地放下过去了，他一心想跟伏小琴过好日子的。

黄毛和伏小琴在这里租了一个酒吧，继续经营起了酒吧生意。

大金牙那边却是风平浪静，他很自然地把服装店全部转到了自己的名下，由女儿牛娟经营着。那些被转移的'蜗牛'全部回来了，销售还是那么好。

妻子何雨桐这段时间在他的悉心照料下也渐渐恢复了精神，但是偶尔还会发疯，一旦发起疯来就不停地说："不要卖了我，不要害我，伏小琴，伏小琴救我。"在她的心里，只有伏小琴是好人，是可以救她的那个人。

这令大金牙很是恼恨，伏小琴害了人，反而成了救命恩人。

何雨桐经过那次大难之后，再也不像以前那样招摇了，像换了个人似的，一天不修边幅，吃饭也是糊里糊涂。大金牙专门雇了一个保姆成天看着她。

黄毛的酒吧因为有了伏小琴这块靓丽的招牌，来的人也越来越多，生意自然好得不得了。

“黄哥，照这样下去，我们不到一年就会翻身。”

“你指的什么翻身？”

“我起码能还了那些店铺的货款。”伏小琴还想着欠人家的钱呢。

而黄毛知道，那些钱根本不用还，货都在大金牙那里呢。

“我们就安心在这里吧，也没有人知道。过几年我们回老家去，种田过日子。”黄毛的美好愿望。

“我是从农村出来的，要不是大金牙害我，我也不至于回不去家了。”

“会的，我们一定能回得去的。”

“但愿吧。”

“有些恩怨是要放一放的，该忘了就忘了吧。”黄毛说道。

伏小琴没有想到黄毛会变，变得不像他自己了。然而伏小琴不这么想，她一直在寻找机会和办法要对大金牙进行报复。要不是大金牙，她也不会背井离乡，连正常的爱情婚姻都没有。

虽然现在黄毛已经改邪归正，在她的内心深处，她真正的爱情应该是和“贾总”在一起的日子。那种日子很令她怀念，尽管后来她知道了那是黄毛安排的一个错误。

她也为黄毛对自己的坦诚而感动，黄毛因为她出卖了大金牙，她为此也很感动。她甚至想到，当她报复了大金牙后回来真正地和黄毛一起生活，这是她能想到的最好的报答黄毛的办法了。

但是应该怎么样报复大金牙呢？她想：既然你害了我，我也害了你老婆，算是扯平了。可是你又要逼我，把我往火坑里推，害我失去一切，那就不要怪我不客气了。

伏小琴想到了小牛娟，她把主意打到了这个活泼灿烂的女孩身上。

这天她对黄毛说：“我想回去一趟，过几天就回来。”

“你要去哪里？不行我陪你去吧。”

“你留着好好管理酒吧，我过几天就回来了。”

“你不会去找大金牙吧？”

“不会的，我再也不想去找他了，事情都过去了。”

“那就好，你要回老家吗？回去一下也好，平静一下这些日子以来的心情。”

“是的，回一趟吴家坪。”

六十八

从吴家坪“作法事”求子回来后，孙悦胜和眉眉都像换了个人一样，心情非常不错。

孙悦胜对眉眉说：“我们以后应该经常去农村走走，这样心情会改变很多。”

眉眉说：“是啊，会改变一个人。”

接下来的一个多月，两个人的关系更进了一步，似乎回到了刚认识的那阵子。

孙悦胜没事的时候每天都去眉眉的美容院接她下班，眉眉回到家里也给孙悦胜做一些从吴家坪学来的好吃的，比如凉面和烤洋芋。

这天早上孙悦胜被一阵急促的电话铃声吵醒了。他一看表已经是上午九点了，心想：这怎么睡过头了呢？而身边的眉眉也还在梦中，想想他们昨晚上又是半夜的运动，俯身亲了一下如花似玉的沉睡着的妻子。

“眉，起床上班了，怎么还睡呢？”

眉眉翻了个身说：“困得很，今天不想去美容院了。”

“你可从来不睡懒觉啊，不舒服吗？”

“这几天就是不舒服，老觉得困得很，想睡觉。”

“那就好好睡吧，其实你不开美容院我也养得起你啊。”

“不，我要自食其力。”

“好，好，我没不让你自食其力。”

孙悦胜起床收拾好自己后，准备出门去墓园。

眉眉穿着睡衣从卧室跑出来说：“悦胜，你一会儿要是没事的话回来一下。”

“有事吗？”

“我想，我……”

“怎么现在连说话都变了，你好像吃了什么仙丹了，变得我快不认识了。”

“人家那啥，那啥都超了好多天了，不会是……”

孙悦胜一听立刻就明白了，高兴地说：“真的吗？不会是真的有了？”

“你小声点，我也不确定，所以想……”

“那你收拾好在家等着，我去公司安排一下就过来接你，我们去医院检查一下。”

“好吧，我等你哦。”

孙悦胜说完像乘了春风似的开车去了公司，不到一个小时的时间就赶回来了。

眉眉已经打扮好了站在门外等着，一看见孙悦胜的车开过来立即招手。

“不在家等着，站在外面也不怕着凉。”孙悦胜疼惜地说。

“呵呵，都十几年的夫妻了，现在才过得像个样子。”眉眉伤感地说道。

“好好的，别不高兴了，我们去医院。”

人遇上喜事就会精神百倍地爽，这话一点都不假。

当他们在医院做完化验后，等待的半个小时就像是半个世纪一样漫长。

“悦胜，你说上天会保佑我们吗？”

“不要多想，我们现在已经生活得很好，如果没有孩子，我们也可以过得很好。”

“上天一直对我不薄，让我在那种日子里遇到了你，过上了正常人的生活，这次，它一定也会满足我的。”

“眉眉，只要两个人真心，什么事都不是个事。”

“我知道你有钱，有钱不等于就有一切。”

“我们现在的钱足够我们下半辈子优越的生活了，你不用担心。”

“如果我们有了孩子，我们就不再去干现在的工作，我们换个地方去生活。”

“好，我听你的，带着我的父母，我们去一个没有人认识的地方生活。”

“去你们老家也好。要不我们去吴家坪吧，买些地，盖几间房子，我们过田园一样的生活。”

“都听你的。”

正当两个人憧憬着以后的美好生活的时候，医生叫了：“眉眉，化验结果出来了。”

两个人急切地走到医生办公室，就见那个胖胖的和蔼的女医生含着笑说：“恭喜你们啦，你们要当爸爸妈妈了。”

眉眉一听高兴的眼泪都出来了：“真的吗？医生，这是真的吗？”

“不会是假的，都快五十天了，很清晰。”

眉眉高兴地在女医生的脸上亲了一下，又转身去亲孙悦胜的脸。

孙悦胜毕竟是个男人，把内心控制不住的喜悦表现在行动上，他抱着眉眉久久不肯松开。

回到家里后，孙悦胜的新打算已经在心里成熟起来了。

他说：“眉眉，我们现在最重要的就是保胎，刚才在医院说的话你还同意吗？”

“我同意，悦胜，我们去一个很远的地方去生活。”

“好，那就这么定了。”

“我们去哪儿？”

“我在丰源省的一个农村有一栋别墅，那是前两年瞒着你买的，我也没去住过。”

“好啊，你个死家伙，还瞒着我干了什么？”

“其他的我能变卖的就变卖，墓园给李三，我们带着父母就去丰源省，过逍遥的人间天堂生活，好不好？”

“好，悦胜，你决定吧，我什么意见都没有。”

“要当妈妈了，母性泛滥啊，好温柔。”孙悦胜打趣地说。

“可不是吗，我要给我的孩子做一个好的榜样。”

孙悦胜打电话叫来了律师、李三等人。

“你草拟一份法人转让书，我想把墓园给三哥，我不再经营这里的生意了。”孙悦胜对律师说道。

“你要去哪里？”李三急切地问道。他做梦也没有想到他会有今天这种好事。

“眉眉怀孕了，我这个孩子来之不易，我想以后好好地教育他，不要像我……”他停了一下说，“我从小就和父母走失，三十好几了才和家人团聚，现在又有了自己的孩子，我很珍惜家人在一起的日子。”

李三懂了，在孙悦胜的心目中，李三是他的大恩人，不但帮他找到了父母，还帮他妻子怀上了孩子。

一想到后者，李三心里一阵苦笑：但不知这孩子是谁的？

孙悦胜说：“所以呢，我考虑好了，李先生经过这两年的锻炼，已经能够胜任和经营这座墓园了，我就把墓园转给你，我退出，以后不再参与墓园的任何事。”

“孙总，我怕我没有这个能力。”

“遇到问题我还可以给你做顾问啊，呵呵，放心，下面各部门都是我的老员工，我会对他们讲的。”

“孙总，对你的知遇之恩我不知道怎么报答了。”李三谦虚地说。

“我以后就正式回归家庭了，祝你们顺风顺水！”

在律师的帮助下，李三很快成了墓园的法人。在李三看来，他从吴家坪到这个大城市里的墓园，为人“作法事”，让人喜得贵子是一件助人为乐的事情，就是因为有一颗为别人着想的心，他才有了今天的地位。

六十九

伏辉娃把他在墓园的发现告诉了李三，李三也觉得很奇怪。对于他这样一个在吴家坪经常“捉鬼”的人来说，这次可能是遇见“真鬼”了。

他对伏辉娃说：“今晚，你带我去，我们一起捉鬼。”

这天晚上，伏辉娃照常打扫完白天人们祭祀过的祭品、用具，就去擦拭墓碑，李三隐藏在附近的墓碑后面。四只眼睛紧紧地盯着这个无字又无相片的墓碑，也没有发现女孩是怎么来的，就在他们一眨眼的工夫，身穿米色风衣手捧鲜花的女孩就出现了。

伏辉娃也不是第一次和她说话了，他走近跟前说道：“姑娘，我们认识了也好长一段时间了，我还不知道你叫什么名字呢。”

“我叫枫，枫叶的枫。”女孩大方地说。

李三在一个墓碑后面听着，心想：不是刮风的风和疯子的疯就好，任你是什么风，我都会抓住你。

“枫姑娘，你真的很奇怪，我有很多问题想问你。”

“问吧，我能告诉你的都告诉你。”

“我不知道你是怎么来的呢？”

“这个问题你已经问过了，我告诉过你，我也不知道我是怎么来的？”

“那你是怎么走的呢？”

“我想走的时候就走了，用脚啊？”

“我还听不懂你说话。”

“我说的是人话，和你一样。”

“姑娘，你真的不知道你是怎么来的吗？”

“是啊，这里面埋的是我的骨灰，可我的确不知道我是怎么被埋的。”

“啊？”伏辉娃一听这句话，浑身直冒冷汗，头皮发麻，鸡皮疙瘩都要落地了。

“你是鬼？”伏辉娃抱着头就要跑。

“站住，跑什么？你才是鬼呢。”枫哈哈大笑了起来，笑声在这个墓园里回荡着，听起来阴森恐怖。

这时候李三从另一个墓碑后面跳了出来，他用自己肥胖的身体堵在了女孩的面前，他要捉鬼。他猛地一下把女孩扑倒在地。

谁知女孩一个鹞子翻身，飞起一脚就把李三踢出了老远。

跑半道的伏辉娃回头一看人鬼大战，吓得屁滚尿流，一边跑一边喊：“抓鬼啊，有鬼啊。”

可是他跑了没几步，谁知脚下被什么东西绊了一下，就重重地摔倒了。任凭他怎么使劲，就是爬不起来，感觉背上似压了千斤的力量。他抬头一看，踏着他的正是枫的脚。

伏辉娃脑袋一晕，眼前发黑，就啥也不知道了。

女孩风一样地一回头，目光犀利地如同老鹰的眼睛，她一下子找到了李三的藏身之处。

漆黑的夜里那些墓碑森林一样地立着，李三躲在一个墓碑后面战战兢兢，肥胖的身体不停地哆嗦着。

女孩好像后脑勺长了眼睛，她一把提起了胖胖的李三。

对于一个体重达一百八十多斤的李三来说，能提起他的人重量肯定不小，而眼前的女孩，体重充其量一百斤的样子。

她不是鬼能是什么？李三心想。可是在吴家坪捉鬼的办法在这里无论如何都不好使。李三已经毛骨悚然了，难道这世上真的有鬼吗？他捉过鬼，所以他才不相信世上有鬼。

李三毕竟见过一些场面，在伏辉娃面前好歹是个长辈，他不能像伏辉娃那样倒地晕死过去。

他壮着胆子问道："姑娘，你到底是人是鬼？"

"你才是鬼呢，姑奶奶是人。"

"那你为什么总在晚上出现？来无影去无踪呢？"

"你跟踪我？还是那个年轻人跟踪我？"

"我们都没有跟踪你，是他，他看上你了。"李三不知道怎么搞的竟然说出了这样的话。

"看上鬼了，看上我了。"女孩把李三重重地摔在地上说。

李三摸了摸摔得生疼的腿，另一个墓碑面前的伏辉娃也苏醒了过来，伏辉娃还是吓得抱着头不敢起身。

女孩看着这两个人可笑的样子，她放松地坐在自己的墓碑前。

"你们两个，过来！"

伏辉娃不敢不过来，连爬带滚地匍匐在女孩的脚下。

李三也弯着腰站在墓碑的旁边。

"你们为什么欺负我，我就是来这里站一下，碍着你们啥事了？"

"你问他，我是来捉鬼的。"李三揉着摔得生疼的膝盖。

"你不是鬼吗？"伏辉娃终于抬起眼睛。

"你摸摸我的脚，热的还是冰的？"

伏辉娃伸出手搭在女孩穿着布鞋的脚上，一股热流从他的手臂直达心房，他的心里一颤。

“热的。”

“那还说我是鬼吗？”

“可是你说你埋在这里。”

“我是被人埋在这里的，我活得好好的。”

“那你是怎么‘死’的呢？”李三终于有些明白了。

“你们没看见吗？我有一身功夫。”

“是啊，你的功夫不浅。”

“你是警察吗？”李三问道。

“他们以为我已经死了，却不知道我的名字，所以就和众多死去的人一起，把我埋这里了。”女孩说着站起来，指着她自己周围的墓碑说道。

李三和伏辉娃越听越糊涂

“你们不需要明白很多，只要知道我不是鬼就行了。”

“那你打算怎么走？”

“这个你们不用管，我自有办法。”

女孩说完站了起来，她朝天上挥了挥手。

“你们可以走了，不要站在这里看了。”女孩看李三和伏辉娃在看着她。

“再不走，就和我一起走？”女孩说着就要去拎李三。

有了被提的第一次，李三可不想再被提第二次了，他撒腿就跑。

“你，还愣着干什么？”女孩提醒着发愣的伏辉娃。

伏辉娃心想：我真的是癞蛤蟆想吃天鹅肉，怎么会喜欢这样的一个女孩，太可怕了。于是他朝女孩说道：“我再也不会来给你擦拭墓碑了，这是个假墓碑。”

“假的你更应该擦拭，我每天都会来看的。”

“那什么时候这个墓碑消失呢？”

“你好好擦拭打扫，该消失的时候就会消失的。”女孩说，“你的工作，会对我形成一种保护，我需要这样的保护。”

伏辉娃听着女孩最后的几句话，心里暖暖的。正当他有点激动，低头回味这几句话的时候，从远处来了一辆车，女孩快步地朝着那辆车走过去。

伏辉娃看着女孩远去的背影，像丢了魂似的不知所以了。他站在这个无字无相的墓碑前，久久地、久久地……

七十

从那天晚上开始，那个女孩再也没有出现过，而伏辉娃每天都在认真地打扫着，每天晚上都在那里站上一阵子。

李三看着伏辉娃一天魂不守舍的样子，把他叫过来问道：“辉娃，你最近是怎么了？”

“我好着呢啊，三爸！”伏辉娃在没有其他人在场的时候，总是把已经成为董事长的李三叫三爸。

“我看你每天都回来很晚，不会还放不下那个女孩吧？”

“我总是在晚上梦见她，三爸。”

“傻孩子啊，人家再没有来过一次，你这是走火入魔了啊。”

“她说过，我每天打算和擦拭，就是在保护她。”

“辉娃，不要太过于执着了，等有合适的女孩，三爸帮你介绍。”

“三爸，你说她会不会真的死了？”

“她活得好好的，是特殊情况才造了个墓碑，这是她亲口说的啊。”

“知道了，三爸，你不用管我了，我没事。”

“你是我从吴家坪带过来的人，我得对你负责啊。”

“三爸，我能跟上你来城里工作，就很满足了。”

“辉娃，不要局限于眼前的满足，我想让你做我的助理。”

“三爸，我行吗？”

“我说你行，你就行。”

“是，李总，我一定做到最好！”

“小子，这不是学得很快？”

伏辉娃憨厚地笑了笑。

李三忽然变得很严肃，他说：“我们都是从吴家坪来的人，终究，我们是要回去的。

我们这个墓园啊，三年要换一批，该到换的时候了。一来呢，你就不用天天去清扫了，二来工资也高一些。”

“工资好，那好，太好了。”伏辉娃又憨厚地笑着。

“一提到挣钱多，你小子就高兴了，不愁眉苦脸的了。”

“嗯，但我还是觉得那个女孩是个谜。”

“不要再想了，收拾一下我们准备招聘新的员工。”

这时候李三的电话响了，他拿起一看，是孙悦胜。他对伏辉娃说：“你出去忙吧，我接个电话。”

伏辉娃答应了一声就出去了。

李三心想：孙悦胜打电话有什么事呢？是不是亲子鉴定结果出来了？

他想起孙悦胜临走的时候对他说过的话：“孩子到四五个月的时候就可以做亲子鉴定。”

孙悦胜虽然很高兴地接受了眉眉怀孕的事实，由于他们各自之前的生活有些跑偏，所以担心是在所难免的。

在李三听起来这句话是在给他敲警钟，孙悦胜会不会返回来收回墓园，再告自己“强奸罪”或者其他什么罪名呢？

当然法律方面李三懂得不多，他那些骗人的把戏完全来自于吴家坪或者说来自于祖上。乡下人好骗，那么对于见过大世面的孙悦胜不知道会怎么样？如果知道了眉眉肚子里的孩子不是他的，他会怎么样？

李三顾不得想许多了，只能拿起电话接听。

“喂，是李董吗？”那边孙悦胜传来愉悦的声音。

李三长长地舒了一口气：“孙总，抬举了，我是李三。”

“报告你一个好消息！”电话那头是真的高兴。

这种高兴感染了这边的李三，让他之前那些担心和顾虑完全消失了。

他也高兴地回应着：“孙总，有什么好事呢？说出来分享一下。”

“的确是好事，都是你的功劳啊？”

李三蒙住了：“我的功劳？”

“孩子不是你的功劳是谁的功劳？”

李三心里重新沉重了起来，他想：是不是孙悦胜故意拿他开涮呢？难道孩子真的是我的？这话听起来怎么就像是一种侮辱呢？

“孙总，您的意思是？”他抹了一把额头的细汗问道。

“还不懂吗？我得感谢你在吴家坪做的法事，让我得了个双胞胎。”

“真的啊？那我得恭喜您了，孙总！恭喜恭喜！”

这的确让李三没有想到，从事这份职业快二十年了，还从来没有得过双胞胎。

“李总啊，亲子鉴定也有结果，你想知道吗？”

这一问，让李三刚刚凉下去的额头又渗出了汗。

他说：“孙总，肯定是您的亲生孩子啊，这可不能开玩笑的。”

“对，正如你所说，是我的孩子，我没想到我半辈子不能生育的病被你这个‘半仙’给治好了。”电话那边的孙悦胜已经抑制不住的高兴。

李三重又放下了心，一听孙总叫他“半仙”，那这件事就是百分百的真实有效了。

放下电话，他开始对自己的人生从新认识了。

自从遇见孙悦胜的父母那一刻起，他的人生就发生了天翻地覆的变化，或者说自从认识了眉眉那一刻起，他就走上了人生的巅峰。而成就这一切的方法，还是没有离开他的老本行，谁知道骗人也会骗出奇葩。

他自嘲地笑了笑：“这人世间的事啊，真是越来越搞不懂了。”

不过他又一想：从吴家坪到这里，每一个经过我作“法事”的女人都怀了我的孩子，有长相见证。唯独这个眉眉，竟然还怀了双胞胎，不是我的？

他甚至想自己是不是真的老了，连孩子都生不了了？他才五十岁出头，说老吧，还不算老，但那方面？嗨，算了，不想了。反正现在的事业干的挺好，再干几年就可以回吴家坪了。挣一些钱，回去和黄翠芳度过一个幸福的晚年。

这时候有人敲他的办公室门，他说：“请进！”

是办公室的女秘书，拿了一份文件要他签字。

这个女秘书长得很斯文，戴着一副近视眼睛，高挑的身段，苗条而不失风韵，含蓄得体的同时又掩藏不住浑身散发出的浓浓的女人味。

李三对秘书以及公司里的每一个女职员都很尊重，总是给人一副谦谦君子的形象。

也许真的是年纪偏大了的缘故，他这几年再也不去想那些男女之间的事，反而对于墓园的管理有着浓厚的兴趣。这也就是孙悦胜把公司交给他的重要原因，他有常人没有的天赋，而这种天赋，只有遇见懂的人才懂。孙悦胜就是李三的伯乐。

七十一

伏小琴对黄毛说要回老家吴家坪一趟，黄毛也就相信了。

当她坐上火车的时候，临时改变了主意，她想带上一个人。

她摸黑到了服装店的附近，把自己包装了一番后在那里逗留观察着。

谁也没有认出来这个戴着遮过半张脸的墨镜、戴着防尘口罩、顶着一顶大帽子、穿着宽大风衣的昔日的女老板。

她对这一片的地形很熟悉，通过她的观察，她的服装店的生意依旧很红火，出出进进的人依旧很多。而照看生意的，除了牛娟就没有别人了。

她不得不佩服牛娟做生意的天赋，可能都来自于大金牙优良基因的遗传。牛娟还不到二十岁的年纪，做生意却远远超过了自己。

毕竟她来自于吴家坪这个世代种田的农家，而牛娟，从小就是念着生意经长大的。但是在其他方面，牛娟毕竟还是个孩子，比如人生的阅历，对好人和坏人的区分等等。

她一直等到街上行人稀少，没有人进店，牛娟快要关门的时候，才走进了服装店。

牛娟以为是来买衣服的，走上前热情招待："里面请，有看上的请试试。"

"我不买衣服。"伏小琴开口说话了。

"呀，是你呀，小琴姐，你什么时候回来的，怎么不早说？"

伏小琴现在还不清楚，大金牙是怎么给牛娟交代的，关于她库房被盗等一些事，牛娟是否知道。

"娟，生意最近怎么样啊？"伏小琴试探地问道。

"你不回来，我一个人顶着，怪累的。"牛娟说。

"姐临时有点事外出了，这段时间辛苦你了。"

"你回来就好，我爸还说呢，如果你回来就去找一下他，他有话对你说。"

"你爸他现在怎么样？还有你妈，还好吧？"

"我爸还那样吧，就是我妈，有时候神志不清。他们都说是你害了我妈，可是我妈一犯病的时候总是喊着让你去救她，我不相信是你害了她。"

伏小琴被牛娟的一席话说得无语了，这个小丫头肯定不知道这些事情背后的真相。

看来大金牙对牛娟一个字都没有提过，关于他们之间的恩怨。也是啊，对一个孩子说什么呢？又不关她的事。

伏小琴想：大金牙，你的孩子就是孩子，别人的孩子就不是孩子吗？你祸害我的时候，我也就和你的女儿一样大啊。

想到这里，伏小琴对牛娟说："娟，我明天回一趟老家吴家坪，你要跟我一起去吗？"

"吴家坪，我听说过，那里有大山，有土豆，是不是很好玩啊？"毕竟是孩子，牛娟一听说农村，眼里充满了好奇。

"有啊，烤土豆特别好吃，还有土豆沙拉。"

伏小琴故意拿这些好吃的引诱小姑娘，令牛娟很是向往。

"姐，那我跟我爸说一声，我跟你一起去。"

"不用了吧，就一天时间，我们明天早上去，明天下午就回来。"

"哦，一天时间啊，是不用给我爸说了，这几天他不在。"

"他不在？去哪里了？"

"他去签砖了，又有个建筑商要了一年的砖。"

"哦，砖厂的生意越来越好了啊。"

"是啊，小琴姐，我还想多玩几天，一天玩不好吧？"

"我们不是还要营业吗？时间长了就亏大了，一天就够了。"

"那好吧，我们明天一起从这里走？"

"我住旅店了，你明天来车站找我就行了。"

"你原来租的房子不住了吗？怎么住旅店呢？"

"这个，我好多天不在嘛，房东转给别人了，这个你爸知道的。我回来了再续租。"

"那好，我明天早上七点准时去找你，太好了，可以出去玩了。"

伏小琴从店里出来的时候，心里突然有一种负罪感，她是不是太狠了点儿，牛娟这么单纯，对于外面的世界充满了好奇。但伏小琴又一想：我当年比她还单纯，可是她那个畜生爹……想到这里，伏小琴心里就充满了恨。

她给黄毛的狗头军师兼保镖打了个电话："喂，胡严东吗？"

胡严东早就知道黄毛和伏小琴的关系，是他一直在帮他们打着掩护。

此时一看是伏小琴打来的电话，知道伏小琴此一时彼一时，伏小琴的话就是黄毛的话，他不敢不听。

“是我，嫂子有事尽管吩咐。”胡严东在那边低声下气的。

“是这样，我明天带个女孩回一趟老家吴家坪，你在车上接应一下。”

如此这般安顿完以后，伏小琴回到旅馆一觉睡到天亮。

她和牛娟顺利汇合登上了班车，牛娟像出笼的小鸟似的高兴。

就见一个留着短发、穿着夹克的青年人背着个大包，很吃力地从她们座位旁走过，大包正好碰上了牛娟的肩膀。

伏小琴立即骂道：“走路不看着点吗？这么大个包不放进行李箱，拿上来干什么？”

他立即低头道歉：“对不起，对不起呀美女。”

牛娟见这人给自己道歉了，赶紧说：“没关系，没关系。”

这人随即从包里拿出一把牛奶糖来说：“算是道歉了，这些糖送给你们二位了。”

“拿走，什么破糖，没见过。”伏小琴瞪着丹凤眼说。

车里的其他人一看伏小琴这么不通人情，纷纷谴责伏小琴。

“出门在外，谁还没有个错的地方？”

“是啊，人家都道歉了。”

“见好就收吧，得饶人处且饶人。”

“就是就是，小伙子实诚人，糖都给你们了，就收下吧。”

……

一车的乘客对伏小琴的不满让牛娟很是尴尬，牛娟就收下这个人的糖后说：“糖我就收下了，你过去吧，没事了。”

“谢谢啊，谢谢，实在不好意思，这位美女，我上错车了，我这就下去。”

牛娟收下一把牛奶糖后，这个小伙子就下车走了。

伏小琴在那里还骂骂咧咧地：“扫兴，出门碰上这么个人。”

牛娟反过来安慰伏小琴：“小琴姐，别生气了，他也没咋的，就碰了一下我，还给了这么多的糖。”

牛娟看伏小琴气哼哼地坐着，顺手剥了一颗糖给她：“姐，吃颗糖吧，吃颗糖就不生气了。”

“你自己吃吧，我不吃。”伏小琴脸上露出了狡黠的笑。

七十二

父亲吴建仁进了一趟城，惹出了虚惊一场的闹剧。

吴天明想：从吴家坪到省城，这些路还是很长，父亲要是在回家的路上再遇上什么事情，他可不好给爷爷交代，索性送父亲回去吧。他向班里请了几天假，就陪着父亲回吴家坪去了。

一路上吴建仁都心情沉重，为自己做的事后悔得捶胸顿足。

吴天明安慰了一路父亲，好说歹说吴建仁就是不接招。

刚一到家，吴建仁就直接冲进了屋里，上了炕后拉开被子把自己放了进去，一句话都没有。

刘春霞问吴天明："狗剩，你大他咋了？"

"没咋，车上坐累了，睡一觉就好了。"

"浪了一回省城，把人还搞乏了？"刘春霞嗔笑着就去忙活了。

吴老汉见儿子从省城回来了，也不打招呼就去睡大觉了，觉得这里面一定有问题。真是知子莫如父啊！

"你起来，你个没出息的，一回来就睡觉。"

吴建仁听见是父亲来了，才从炕上爬起来。

"说，干了什么见不得人的事？"吴国民问道。

"爷，没有，我爸他就是坐车晕车了。"

"这还像个话，晕车，我相信，你太爷爷坐个马车都晕。"

"是的，大，晕车了。"吴建仁听见儿子替他说话，心里很是感激。

"那个，钱都拿回来了吗？"

"拿回来了，大，在这呢。"吴建仁从身上的口袋里掏出了一小包一小包的现金。这些小包上面都是吴天明写好的谁家多少钱。

"狗剩啊，你去给左邻右舍们把钱分了。"

"我去啊？爷，叫他们来领吧？"

"你长能耐了是吗？虽然给邻居们办了好事，你再送过去，是不是显得我孙子很谦虚呢？"

吴国民对于狗剩的这次为乡亲们卖土豆的做法，打心眼里感到骄傲。他让吴天明再把钱送过去，那就是太给他吴国民长脸了，给他老吴家的祖宗长脸了。

可是吴天明还没有走出门去，白凤英就领着一帮人进到了吴老汉的家里。

“老东西啊，听说你孙子回来了？”

“是啊，回来了，正准备给你们送钱过去呢。”

“狗剩这是给咱乡亲们做了一件大好事，怎么还让他给我们送过去呢？我们自己取来了。”

“是啊，吴家爸，我们自己来拿。”

“吴家爷，我们怎么就没有狗剩这样的本事呢？”

邻居们乱哄哄地说着话，把个吴国民自豪得不行了，笑得下巴上的胡须一颤一颤的。

领完了钱白凤英悄声对吴国民说：“听说伏国林那个孙女回来了。”

“是吗？这女子可是几年都没回来过了。”

“白家奶奶，您是说伏小琴回来了吗？”

“哦，就是的，就是和你从小一起玩耍的小琴。”

“那我得过去看看，小琴姐都几年没有见着了。”

“不用去了，我来啦！”随着脆生生的声音，伏小琴已经进了屋子，还领着个二十岁左右的城里姑娘。

“小琴姐，你什么时候回来的？”吴天明眼前一亮。

伏小琴比几年前在学校门口见过时更漂亮，更大方了，活脱脱就是一个城里人。

“我比你早到了不到一个小时，听说你回来了，我就过来看看你。”

“这位是谁啊？小琴姐？”吴天明一口一个“小琴姐”地叫着，一来是有意跟她拉开距离，二来还不想拉得太远。

“这位是我老板的女儿，和我一起开服装店的。”

“狗剩哥哥好，我叫牛娟。”牛娟大方地自我介绍。

“你们说说话，我出去溜达去了，还是年轻人好啊。”吴老汉说着拍拍屁股走了。

“等着我，老东西，我也走了，和年轻人搭不上话。”

“你搭去呀，你老十八呢。”吴老汉开着白凤英的玩笑。

“老不死的，我是妖精啊。”

“你和妖精只差个年龄。”

“狗剩，你听，吴家爷和白家奶奶打打闹闹一辈子了。”伏小琴笑着说。

“就是，听他们说话，真的好幽默。”牛娟看着两个远去的背影说。

“是啊，像他们这样一辈子，也挺好，很快乐。”

吴建仁躺在炕上，三个年轻人站在地上聊天。

他觉得很不在，就对吴天明说：“狗剩，你们能去外面聊吗？让我躺一会儿。”

“爸，要不你起来帮我妈干活去吧，给她讲一讲城里的见识也好，这么躺着，我妈还以为你怎么了。”

吴建仁觉得吴天明说的有道理，就说：“那你们聊，我不睡了。”

“这就对了，爸，好好地浪了一回，高兴点。”

“知道了，你爸不是个笨㞞。”

“爸，知道就好，父子同心哦。”

吴建仁会意地和吴天明对望了一眼，就出去了。这让吴天明觉得，他的父亲吴建仁也成长了不少，至少和他能够推心置腹地谈话了，父子俩不再是紧绷着的那种关系。

伏小琴说：“吴家爸进城了？挺好的吧？”

“挺好，挺好，高兴着呢，这是车坐累了。”

“狗剩，你马上就毕业了吧？毕业了打算去哪里呀？”

“我想回来，但是有障碍。”

“回来？上了大学了回来干什么？”

“回来种地呀？我上的可是农业大学。”

伏小琴对于这些似懂非懂，但他觉得既然吴天明这样决定了，肯定有他的道理。

牛娟坐在旁边直打瞌睡，有点坐不住的感觉。

“这位姑娘是不是困了，困了就去休息吧。”

“没有，今天可能是坐车时间比较长，一直犯困。”说完牛娟从口袋里掏出一颗糖，剥了后吃进嘴里。

“你回来种地，你爷爷肯定不同意，小心打断你的腿。”伏小琴看了一眼吃糖的牛娟，转头对吴天明说。

“就是，问题就在这里，我怕爷爷不同意，当初报志愿的时候他就跟我闹。”

“最后还是没有闹过你吧？你呀，和你爷爷就是针尖对麦芒。”

“谁说不是呢？我们是八字不合。”

“什么是八字不合？”牛娟问道。

“你不犯困了？”伏小琴问牛娟。

“不困了，吃了糖就不困了。”

“你这糖还神奇啊，看来女生喜欢吃糖是天性。”吴天明说。

“你这么了解女生吗？是不是有对象了？”伏小琴趁机问道。

“在学校里谈了一个，不知道能不能走到一起呢。”吴天明不好意思地说。

伏小琴听了心里酸酸的。她的心里一直有吴天明，但他们根本不是一路人，越走越远了。他们是两种生活，两个极端，永远不会有交集了。

伏小琴这几年的经历，已经完全能够让她把这份感情藏起来而不露丝毫声色，或者她已经不想再纠结这份感情，因为她已经不配。

“你没有和她谈过这件事吗？毕业了何去何从。”

“她是个很善解人意的女孩，对我很好，如果我说了，她肯定会支持我，但是……”

“但是什么？”

“唉，这件事不是三言两语能够说得清的，不说了。”

“考大学真好！”没想到牛娟突然说出了这样一句话。

“那你为什么不去考？年纪这么小。”吴天明问道。

“我学习不好，就弃学了。”

“后悔了？”

“有点，听你谈毕业理想，我有点后悔。”

“那现在还来得及啊，去高中继续读书，会考上的。”

“有点想重新读书。”牛娟说。

吴家坪这个地方，真的会改变一个人，比如眉眉，比如牛娟。

虽然这个地方常年无水，却能洗涤一个人的灵魂，让人的心里产生满满的正能量。也许正是农民人淳朴简单的生活、善良温顺的性格和单纯直接的思想，才使得常年在大城市这个大染缸里生活的人得以洗清。

如果不出意外，牛娟也许会重新走进校园，做一个好学生，考上心仪的大学。

"那就去读书吧，你还小，以后的路很长。"

"嗯，我现在决定了，回去就告诉我爸，我爸一定会很高兴的。"

"这就好，看来你这次没有白来。"

"对的，牛娟， 在大学里，你会获得你意想不到的美好生活。"

"说的我好羡慕啊，就想马上去上大学。"牛娟已经在憧憬了。

不一会儿时间，牛娟又困地打起了瞌睡。

伏小琴心想：早知道吴天明大学毕业回来创业，她也可以考虑回来或者当时就不走出去，那该多好啊，那样的话她的人生或许是另一番景象。不过呢，这些都是不可能的，能否回来，看命运吧。

伏小琴带着牛娟下午就赶回去了，一路上牛娟不停地吃糖。

她觉得吃了糖，她就能走进大学的校园了，那里好美，是她从来没有过的一种感觉。她决定回去就给爸爸大金牙打电话。

七十三

当吴天明回到学校的时候，樊丁香已经在车站接他了。

毕业在即，他们需要进行一次深入的沟通。

樊丁香已经上班了，她现在经常在外面请吴天明吃饭。

接上吴天明后，他们来到一家小饭馆，要了几个简单的菜吃了起来。

"丁香，我马上就要毕业了，你想没想过我们怎么办？"

"能怎么办？你留下来就行了啊。"

"我留下来，去哪里"

"当然和我一个单位了，我不是已经给你打了前站了吗？"

"土地局吗？"

"是啊，我爸说了，你只要想进我们单位，他会帮你的。"

“那我要是想回老家去呢？”

“这我还没想过。”

“现在想想。”

“我想想啊，你先告诉我，你回老家去干什么？”

“大有作为啊，我想创业。”

“创业？那得有资本。”

“在农村，资源多的是，我们那里盛产土豆，我可以做深加工。”

“是吗？那就可以把我们学到的都用上了。”

“谁说不是呢？只是不怎么现实，光有资源不行，投资也得有。”

“那行，我跟你一起走。”

“我没听错吧？”吴天明一口水差点喷出来。

“我说的是真的，你不相信我吗？”

“我相信你，可是你父母那里？”

“他们，再说吧，我们先决定了。”

“我还是担心，就连我自己，家里人也不同意。”

“哦，原来是这样啊，那我们走一步算一步吧。”

“只好这样了。不过我最终的愿望是想回去。”

“你决定吧，你想什么时候回去，我都会义无返顾地跟着你。”

“丁香，你真好！”

“我可能天生就是要去农村扎根的命，你听我的名字都叫丁香，嘻嘻。”

“我还叫狗剩呢。”

“哈哈，咱们两个的名字就是天造地设的农民。”

“我们可要当新农民，让所有人刮目相看的农民。”

“我真的好期待啊，不知道能不能实现。”

“我们共同努力吧。”

吴天明说着亲了一下樊丁香的脸，他说：“能让我遇到你，真是上天赐予我的幸运！”

“那你的初恋小丫呢？”

“小丫也好啊，只是被你搅和了。”吴天明嬉皮笑脸地说。

“我要不搅和，你以为她会跟你去农村吗？”

“我想她不会的，我曾经跟她说过这个事情。”

“哦？你们都谈到未来了？老实交代，到哪一步了？”樊丁香说着就去挠吴天明的胳肢窝。

吴天明趁机抱住樊丁香，来了一个深深的吻，吻完了说：“就到这一步！”

“天哪，我不活了，你是不是还有什么没有说？到底是哪一步？”

“还有就是下一步。”

“打死你，打死你……”樊丁香不停用拳头雨点般地打向吴天明。

“师姐，不带这样的啊。”吴天明假装恼了。

“师姐今天要家法伺候。”樊丁香一下子缠上了吴天明的腰，在他的脸上雨点般地亲吻，还不停地说，“我要超过，我要超过她。”

“好了师姐，这样的家法以后会不断伺候，你是唯一执法人。”

“这还差不多。”樊丁香说完就要从吴天明的身上下来。

谁知吴天明已经紧紧地抱住了她的腰，任是她怎么使劲都无济于事。

“你想干什么？”

“你说我想干什么？家法都伺候了，不就是一家人了吗？干我该干的啊？”

“吴天明，你脸皮真厚。”

“乖了，不要动。”

“这是在餐馆里，农民，不要太张狂。”

“我要让你看看我这个农民是怎么张狂的。”

“吃饱了就赶紧回，你看看人家都在看呢？”

吴天明一看，餐馆的几个小服务员朝着他们偷偷捂嘴笑呢。

吴天明放下樊丁香，在她的耳畔说：“去你那里，我要下一步！”

七十四

毕业后的打算，吴天明虽然已经和樊丁香取得了高度一致的意见，但的确应该取得家人的同意，不能贸然行事。这件事和填报志愿是不一样的，关系到他今后的生活。

当同学们都积极热衷地跑去人才市场的时候，他是平静的。

那天他和樊丁香在校园里散步。

丁香问："要是你家人不同意怎么办？"

"我也说不好啊，这件事估计只有我妈同意。"

"你妈？听起来你妈很理解你。"

"是的，我妈是我们家最理解我的人。"

"那你爸同意吗？上次见过，他应该不会同意。"

"你凭什么这么说呢？"吴天明笑了。

"直觉吧，女人的直觉。"

"直觉正确，他会听我爷爷的。"

"那你的意思是你爷爷不会同意了？"

"我当初要报考农大，爷爷就闹了一场。"

"一定又是一个坎儿！"

"要不我带你回去一趟吧，也许……"

"也许什么？"

"也许我爷爷看见你，就会同意了呢？"

"这个主意不错，那我们什么时候动身呢？"

"对了，你不给你父母说一下吗？"

"不说了，我都上班了，再说了……"樊丁香不说话了。

"再说什么？说完呀？"

"再说我都是你的人了，他们还能管着我？"

"说得好像是我偷了他们的女儿似的。"吴天明有点沉重。

男人的沉重有时候女人是无法理解的，比如这件事。

在樊丁香看来，婚姻爱情完全是她自己做主就行了；而在吴天明看来，这是两个家庭的高度融合。

"本来就是你偷的呀，后悔了？"樊丁香问道。

"有点吧。"

"啊？你敢！"樊丁香以为吴天明后悔和她在一起了。

"我是担心你父母会看不上我。"

“这件事你就交给我来处理，车到山前必有路。”

“只好如此了，先解决好我这边的事再说。”

“唉，毕业真难，长大真麻烦。”樊丁香深沉地说。

两天后，吴天明带着樊丁香回到了吴家坪。

他们老远就看见爷爷吴国民和白家奶奶白凤英站在坪上的最高处——那一道象征着吴家坪的山梁上。

白凤英对吴国民说：“老东西，你看看那是不是狗剩回来了。”

吴国民吧嗒着旱烟说：“好像是啊，你眼睛还尖。”

“怎么还领着个姑娘啊，不会是给你带回个孙子媳妇吧？”

吴国民一听一下子来了精神头，把烟锅子磕了磕，烟锅袋子往烟杆上一缠，手搭凉棚放眼看去，脸上露出了自豪的笑容。

白凤英见吴国民半天不说话，问道：“你老东西是不是高兴糊涂了？孙媳妇来了不知道怎么说话了。”

“去，去去，是我的孙子媳妇，又不是你的。”

“嘁，看把你个老东西得意的，知道姓啥不？”

吴天明朝着山梁梁上喊道：“爷，是我，我是狗剩。”

“哎，爷看见了，看见了。”吴国民使劲地挥着手。

白凤英站在吴国民的旁边，也替他们高兴着。

吴天明终于在梁顶上和爷爷见面了。

“狗剩，你领的这是谁家的女子？”

“爷，是我同学。”

白凤英说：“媳妇子就是媳妇子，还啥同学。”

樊丁香急忙问吴天明：“什么媳妇子，媳妇子是什么东西？”

吴天明被樊丁香一句话问得笑傻了：“媳妇子就不是个东西。”

“你坏呀，骂人呢？”樊丁香说着就撵着打吴天明。

吴国民一看这还了得，还没过门就打他孙子，这样的“媳妇子”老吴家可从来没有见过。念在她头一次进家门的份儿上，就饶了她吧。

于是吴国民制止樊丁香说：“女子娃就像个女子娃的样子，打男人，成什么体统？”

樊丁香一知半解地听懂了这句话，一下子停住了手说：“吴狗剩，你爷爷骂我了。”

樊丁香的嘴一下子噘得老高。

吴天明立即抱住樊丁香哄了起来："别呀，我爷爷这是开玩笑，又不是真的骂你。"

白凤英一看这个场景，长长地吐了吐舌头："老东西，你看，你家进了洋人了，搞不懂，光天化日就搂搂抱抱的。"

吴国民这个气呀，扔下一句"丢死个人了"，头也不回地走了。

白凤英跟在吴国民的屁股后面颠颠也走了。

樊丁香不解地对吴天明说："你爷怎么了？他不喜欢我，你奶奶也不喜欢我？"

"她不是我奶奶，是邻居。我爷老封建脑筋，慢慢就好了。"

"那我不去你家了，免得被他们赶出来。"

"来都来了，走吧。再说你是见过世面的人，不跟他们一般见识啊，有我呢。"

"你说的啊，有你呢，你得替我担着。"

吴国民刚进门，吴天明就领着樊丁香进门了。吴老汉没好气地坐在大窑洞里生闷气去了。

樊丁香看见吴建仁在院子里喂牲口，就跑过去打招呼："叔，您还好吗？"

吴建仁一看儿子领着樊丁香来了，高兴地放下手里给牲口添料的桶子说："丁香来了，赶紧进屋。"又对在屋里做饭的刘春霞喊道："春霞，你出来看谁来了？"

原来在这之前，吴建仁已经给刘春霞说过樊丁香了，所以刘春霞早就知道樊丁香这个人了。

这时吴老汉从屋里出来说："原来你们两口子都知道啊，就瞒着我一个老汉了？"

吴天明看见爷爷终于主动出来了，讨好地上前说："爷，您大人不记小人过，不看僧面看佛面，就冲着我，原谅了丁香吧。"

谁知吴老汉在吴天明的脑门上磕了一烟锅说："谁说我生丁香的气了？我是气你，娶了媳妇忘了爷。"

"哦，原来是爷站了半天我没有给您介绍啊，这气生的，我该打，该打！"狗剩说着就打自己的屁股。

吴老汉连忙拦住狗剩："不要打我孙子，打坏了谁给我娶孙子媳妇？"

看着他们爷孙两个闹着，早已经拉着樊丁香手的刘春霞，笑了。

“闺女，看我们这个地方苦不苦？”刘春霞把樊丁香拉回屋里问道。

“挺好的，阿姨。”

“你是城里的姑娘，在我们这里是头一次来吧？”

“是头一次来，早就想来了，天明不让。”

“洗洗手吃饭吧。”刘春霞说。

樊丁香去门口的脸盆里洗手，脸盆里的水已经很脏了。

刘春霞忙出来想把水倒了换水，樊丁香忙阻止说：“行呢，阿姨，就用这个洗。”

“你不嫌弃吗，姑娘？”

“不嫌弃，天明说了，咱这里的水金贵得很，一盆水洗好多双手呢。”

“天明这孩子，什么都讲。唉，咱这里就是这样，委屈你了，孩子。”

“没事，妈，她喜欢这样。”吴天明调皮地对母亲说。

“狗剩，你还是给换一盆水吧，咱也不缺这一盆水。”

吴天明就把那一盆水倒进了旁边的水桶，换了一盆干净的水。

说是干净的，却见里面几个孑孓在上下浮动，还不如刚才那盆看不出活物来好一些。樊丁香闭着眼睛洗了手。

七十五

刘春霞事前不知道儿子要回来，所以没有擀凉面，只做了洋芋糊糊和黄米馓饭。

樊丁香帮着刘春霞摆好了碗筷，爷爷吴国民和父亲吴建仁依次就坐定了。

樊丁香见刘春霞不坐饭桌，而是坐在锅台下的小凳子上，于是她也搬了个小凳子坐在刘春霞的旁边。

“丁香，你坐这边来。”爷爷发话了。

在这个家里，爷爷的话就是权威，敢冒犯这个权威的人只有狗剩。

吴天明说：“爷让你坐过来，你就坐过来。”

“但是阿姨没有坐过去。”樊丁香固执地说。

“我习惯了，你是头一回来，坐过去吧。”刘春霞对樊丁香说。

“我不去，你不去我也不去，我陪着你。”

吴老汉看樊丁香这样，满意地笑了。

但是吴天明不干了，他索性把饭桌子往母亲和丁香的面前搬了搬。

吴建仁没有说话，看着父亲的脸色行事。但是今天吴国民也没有生气，任由孙子搬着饭桌子，并且对樊丁香说：“孙子媳妇的面子大，以后我们一个桌上吃饭吧，爷也不是个死脑筋。”

吴建仁第一次看见吴老汉这么高姿态，自然是高兴。

吴天明冲着樊丁香笑了：“孙子媳妇的面子真大！”

樊丁香觉得自从来到吴家坪的这半天多的时间里，这是吴老汉对她最好的待遇，赶紧说：“爷，谢谢您给我面子。”

“你都叫我爷了，我还能不给你面子？你的面子是咱家最大的面子。”吴老汉第一次在这个家里开起了玩笑。

“洋芋糊糊真好吃，这一盆在酒店里要卖上百元钱呢，太香了。”樊丁香边吃边说。

“你放开了吃，咱家不要钱。”爷爷说。

“好的，爷，我可能吃了。”

“能吃就好，吃多少咱家都有的是。”

“丁香，你看我爷多偏心你。”吴天明趁机说道。

吃完饭，樊丁香帮着刘春霞洗锅抹灶，刘春霞不让，但是樊丁香执意要干，刘春霞就没办法了。

做完了这些，樊丁香问刘春霞：“阿姨，洗手间在哪里，我想上厕所。”

“我带你过去吧。”

刘春霞带着樊丁香走出院子，在牲口棚的旁边有一个低矮的草棚，有半人高，刘春霞对樊丁香说：“就在那里面，你进去，我给你看着人。”

樊丁香“哦”了一声就进去了。

那个厕所里到处都是大便，有干了的还有新产生的，只有拣着空隙下脚，蹲得低一点的话，可想而知。

樊丁香实在没有办法解手，蹲得低吧，危险，蹲得高吧，更危险，她想了想又出来了。

“怎么了？没有上吗？”刘春霞问道。

“阿姨，没法上啊。”

“那我喊狗剩带你去山后面去。”

这可把樊丁香难住了，上个厕所还得翻山越岭。

吴天明陪着樊丁香真的翻过了一座山，在山的后面宽天宽地，可以解决一切问题。

樊丁香更是蹲不下了，这人间水火啊。

吴天明说：“你克服一下，抓紧解决，不然一会儿放羊的来了。”

樊丁香一听放羊的来了，许多书上看到的乡村类小说一股脑儿出现在脑海，吓得更不敢解决了。

“快点吧，吓唬你呢，有我在。”

樊丁香这才痛苦地解决了水火问题，一脸的惆怅。

回去的路上，吴天明问道：“还跟我回来当农民不？”

樊丁香拽住走在前面的吴天明说：“等我真的回来了，你起码得给我建个像样的卫生间，哦，不，厕所。”

“再高明的厕所也不可能有水冲。”

“你刚才倒进水桶里的水呢？干吗用？”

“那是洗衣服用。”

“洗完衣服呢？最后总要冲厕所吧？”

“冲到哪里去呢？”

“唉，这个问题好复杂，不说了。”樊丁香拉着吴天明的手走着，引来无数个村民和小孩子们在后面看着。

“丁香，我看我爷是真的给你面子，好多事都不计较了。”

“是吗？或许我是他的克星呢。”

“这样吧，你明天找机会跟他说我们回来的计划，估计他不会翻脸，即使翻脸，也不会不留情面。”

“那我试试，找机会跟他说。”樊丁香答应着。

七十六

第二天太阳冒花的时候，吴天明和樊丁香就起来跑步去了。

他们的晨练成了吴家坪一道靓丽的风景，引得许多孩子也跟在他们后面跑，马路两边时不时有谁家的小狗“汪汪”叫着。

谁也没有见过这么洋气的女子将来会在吴家坪生活下去。

跑完步的樊丁香浑身散发着超俗的气质，站在梁顶上，身上披着太阳的光芒，像来到吴家坪的荞花仙子。

爷爷吴国民也有早起散步的习惯，他看着这个从“仙界”下来的孙子媳妇，隐隐觉得他们之间有一场较量。

果然，爷爷和孙子媳妇在梁顶上就干上架了。

“爷，我和狗剩回来有个决定想告诉你。”樊丁香直截了当，她觉得跟这样的倔老头说话不用拐着弯。

“你们都决定了，告诉我不告诉我有什么关系吗？”

“就是让您知道一下。”

“说！”

“狗剩毕业了，我们回来创业！”

此话一出，吴老汉不相信太阳是从东边出来的，恨不能把太阳顺势揪下来扔进沟里喂狗去。但他不能发火，孙子媳妇还不是很熟，给她发火等于暴露老汉七十年的城府。

吴老汉强忍着怒火问：“创业，你看我们这里有什么业可以让你们回来创呢？”

“爷，这您就不知道了吧？咱这里不是盛产土豆吗？”樊丁香以为吴老汉真的给她面子，跟她好好探讨呢！

“咱这里产土豆，才八辈子，我哪里知道，我才活了一辈子不到。”看来老头是准备和孙子媳妇斗智。

“爷，您真幽默。”

“我不幽默，我就是搞不懂。”

“土豆是个好东西，在外面可是个宝贝。”

“我还以为它只是吴家坪的宝贝。”

“我们回来可以利用我们在大学学的知识做深加工。”

“你们在大学就学怎么侍弄土豆了？”

“不能这样讲，农业大学嘛，凡是能让农作物产生价值的我们都学。”樊丁香一时找不到合适的话给老汉解释，只好这样说。

“那你们为什么偏偏到这个穷地方产生价值，要能产生，还能轮到你们？”

樊丁香一听老汉的话口不对，明显不是探讨。

“斗智”第一回合，老汉赢！

“爷，话也不能这样说，时代在进步，土豆自然有别的用处。”

“土豆的用处，过来过去就是个吃，你说，还能怎么？”

“是吃，吃法不一样。”

“吃到肚子里是不是都是土豆呢？能变成白米饭吗？”

“爷，你是和我抬杠呢还是想好好听我说。”樊丁香首先沉不住气了。

姜还是老的辣！樊丁香心想：我得换一个话题。

“爷，那您说，土地对于农民重要吗？”

“这还用说吗？土地是农民人的命！”

“这就对了，您打算您的这几十亩地将来交给谁呢？”

“这……”吴老汉没有想到孙子媳妇给他将一军。

“您就一个儿子，就一个孙子，狗剩不回来守着，要是被别人弄去了，咋办？”

“那我死不瞑目！”

得，“斗智”第二回合，樊丁香胜！

老汉此话一出，觉得上了孙子媳妇的当了，引诱得他思路混乱。

樊丁香一听叫了一声“好”说道：“爷，土地既然交给狗剩守着，我们只有回来牢牢替您守着了。”

“丁香，那你觉得城里生活方便还是农村方便呢？”

“爷怎么想起问这个话了，当然是城里方便了。”

“是啊，你刚来一天就感觉到了吧？没水，上个厕所还要翻道梁，这还是夏天，冬天那厕所的粪，冻成了冰棒高高得像个粪叉。”老汉说的实话，拿实话吓唬孙媳妇。

“爷，你们就这样生活了几十年？”

“不然呢？否则你爷我不会让狗剩考大学的。”

“爷到底是有先见之明，您是一位有远见卓识的爷爷。”

“不要奉承我了，听不懂你的词，我只是想让我的后人有好的生活。”

“您的想法是对的。”樊丁香此话一出，吴老汉捋着山羊胡须笑了。

“斗智”第三回合，吴老汉赢！

“不过呢，爷，我想说的是，如果我们回来，这一切都要改变。”

“就凭你们，看把你能的。”

“不信您可以等着瞧啊。”

“我怕是瞧不见了，几辈子了都说要上水，也还不是吃雨水？”

“那是过去。现在，讲究人的力量。”

“人定胜天，靠吼声吗？”

“靠知识，靠党和国家的好政策。”

“这个我信，可是你们两个人，行吗？”

“斗智”第四回合，孙媳妇胜出！

吴天明把今天的“武林盛会”完全交给了樊丁香，看看樊丁香到底能不能啃下爷爷这块“硬骨头。”

结果四个回合战斗下来，二比二平。

吴老汉瞪了孙子一眼，说道：“你就站旁边看着？派个我不敢打的人来说服我吗？”

“没有爷，我们是探讨。”

“你们都决定了还探讨个屁！”

吴天明真佩服老爷子的记性，还以为几个回合下来，他把前面说的话给忘了呢。

“爷，有些事，只有做了才知道，不做，永远都不会知道。”吴天明说道。

“孙子，不要给你爷灌迷魂汤了，你爷过的桥比你走过的路都多，你们两个加起来都不敌。”

“爷爷有经验，这我们是不敌。”

“爷爷要的，是你们光宗耀祖，扬眉吐气。”

“爷爷给予我厚望，我怎么能不懂。”

“你懂爷爷的心就好了。”

“只是我心里不甘，我毕竟是从这里走出去的，想回来改造这里。爷爷，您就同意我回来试试吧？”吴天明开始恳求了。

“改造这里的方法很多，不一定非要回来。”

“爷爷，您今天能跟我谈这么多，我真的看到了您的想法。”

“这就对了，孙子。”

“爷爷的良苦用心，孙儿铭记在心。”

“殊途同归，爷爷，回来是最直接的改造。”樊丁香插了一句。

吴老汉白了孙媳妇一眼：“你是城里长大的，吃香的喝辣的，这一看农村新鲜，就怂恿我孙子回来，是不是？”

“这你就冤枉丁香了，爷爷，她父母还不一定同意呢。”

“我相信她父母和我一样，不愿意孩子过穷日子。”

“爷爷，不是穷日子，是我们要实现自己真正的价值。”

“我听不懂你们这些价值，一会儿是土豆，一会儿是你们。”

“那您就不要管我们了，让我们自由发展。”樊丁香说。

“不管？不管还要我干什么？”

“看样子今天说不出个所以然了，我们回家吃饭吧，说了半天了。”

吴天明陪着樊丁香又翻了一道山方便了一下，回到家里，母亲已经烙好了油水饼子和熬好了玉米糊糊。

樊丁香一看这么好吃的东西，已经控制不住自己的食欲了。

刘春霞看樊丁香特别喜欢喝玉米糁糊糊，就说：“你走的时候给你父母带上点玉米糁子，熬着喝当早餐。”

“嗯，好啊，阿姨，这可是纯绿色食品，在超市里好贵的呢。”

“这孩子，什么都拿超市里的比。”

“是啊，我只见过超市里的，地里长的从来没有见过。”

“那就好好吃，走的时候多带点。”刘春霞说。

“赶紧吃，吃完给我滚蛋。”吴老汉说道。

“爷，您还是考虑一下，我们真的有自己的想法。”

“叫你爷个头，说了大半天还给我磨。”吴老汉真的生气了。

刘春霞给儿子使了个眼色，意思是不要和爷爷犟嘴了。

吴天明何尝不知道母亲的用心：那意思是自己的事情自己做主，生米煮成了熟饭，谁也没有办法。

吴天明觉得，母亲虽然一向默不作声，但自有她的主张。有时候母亲看问题，比爷爷有过之而无不及。他要是再这样和爷爷犟下去，永远没有结果，说不定爷爷会动手打人的，这都是很有可能的。

七十七

回不回来这件事，在吴家坪看来是决定不了的。吴天明和樊丁香只好回到了省城。

樊丁香建议："不如我们回我家，听一听我爸怎么说。"

"他要是也不同意我们回去呢？何况，他还不一定认我做女婿呢。"

"试试看吧，我觉得我爸这个人还比较好说话，毕竟他站的位置和我们不一样。"

"好吧，那我怎么准备一下呢？"

"你包装一下吧？"樊丁香嬉皮地说。

"我们回你宿舍吧，你给我包装。"

"嗯，好，先洗个澡，这两天的吴家坪啊。"樊丁香长叹了一声。

"怎么了？后悔了吗？后悔还来得及。"

"有你在，去哪里我也不后悔。"

吴天明对樊丁香的感情由爱上升到了感激，他觉得樊丁香就是他上辈子修来的，今生一定要好好对她。

樊丁香和她的父亲在一个单位上班，本来可以回家住的，她也是为了吴天明方便，才租住的一个简单的房屋。

两个人进屋后先后抢进了卫生间，打开了淋浴喷头。

"吴家坪的炕味带到了这里。"樊丁香享受着热水的洗礼，贪婪地说。

“还有吴家坪的人，也被你带到了这里。”吴天明同样贪婪地抚摸着樊丁香的玉体。

“吴家坪怎么会出来你这么优秀的人呢？爱你！”樊丁香亲吻着吴天明结实的胸肌。

“为你而生呢！吴家坪的人都很优秀，将来还会有的。”

“将来？你怎么知道呢？”

“我有预见性！在你这里。”吴天明抚摸着樊丁香光洁的肚皮。

“你坏啊，吴家坪的人很坏！”

“要是不坏，你也不会爱的。”

“那倒也是，我就爱坏坏的你。”

“那让我坏一下，明天见岳父！”

吴天明用宽大的浴巾裹住樊丁香美丽的身体，抱起来后走出浴室，把她放在床上。

樊丁香像一只乖巧的小麻雀，扑腾着眼睛看着吴天明，看着他慢条斯理地进行着熟悉的功课。

吴天明翻开一本女儿书，每一次翻开的时候，都有不一样的墨香等着他。他贪婪地吸吮着女孩子青春的墨香味，如诗如画般陶醉其中。书里的每一页都富含诗意，每一页都能让他回味无穷。他耐心地读着每一个字，深情地，专注地。

一部长篇读完之后，两个人都累了。

“天明，你怕吗？”

“怕什么？”

“如果我爸不同意我们在一起。”

“那就要看你的态度了。”

“我是一定要和你在一起的。”

“我就更不用说了。”

“在吴家坪的时候，我甚至想，我会不会变成你妈那个样子。”

“会的，一定会的。”吴天明假装认真地说。

樊丁香一骨碌翻起来：“你吓唬我呢。”

“变成我妈不好吗？”

“谁要变成你妈了？”

“你呀，不是要变成我妈吗？”

“吴天明，你长了个什么脑袋？”

“爱你的脑袋。”吴天明说着又狠狠地亲了一下樊丁香红光满面的脸。

第二天吴天明理了头发，买了一身西装，跟着樊丁香去见岳父。他和樊丁香在一起两年多了，这是第一次去樊丁香的家。吴天明心里非常忐忑。

岳父樊仲夏是土地局的局长，四十多岁的样子，显得很年轻。

吴天明和樊丁香见到他的时候，他刚好下班回来。

“爸，我给你介绍一下。”

“不用介绍了，你成天嘴上说的就是他，吴天明嘛。”

“叔叔好，我是吴天明！”

“从吴家坪回来了？”

“回来了。”

吴天明忽然觉得自己平时的伶牙俐齿和超前的脑思维都在樊仲夏的面前失灵了。

樊丁香看出了吴天明的紧张，给吴天明和樊仲夏每人泡了一杯茶说：“喝茶，喝茶。”

“小吴，喝茶！”樊仲夏也客气地说。

吴天明拘谨地不知道说什么了，之前想好的一切都无从说起，求救似的看着樊丁香。

樊丁香会意了，说道：“爸，我和小吴有点事征求您的意见。”

“什么事呢？说说看吧。”

“是这样的，小吴马上就要毕业了，他们同学都在签单位。”

“哦，小吴是想来土地局吗？”

“爸，不是的。”

“那找我干什么？”

“爸，我想跟他回去吴家坪。”

樊丁香的这句话一说，吴天明和樊丁香两个人都像卸了包袱似的，终于表达清楚了，接下来就要看樊仲夏的反应了。

“扯淡，瞎胡闹！”樊仲夏说。

“他回去就回去，你去干什么？”

“爸，你别装了，你明明知道我们两个都处了两三年了。”

“那也不问我和你妈同意吗？”

“我以为你们会同意的。”樊丁香吓得吐了吐舌头。

“丁香，你做事能不能长长脑子，我和你妈就你一个女儿。”

“叔叔，这件事我应该早些来请示您的。”吴天明不会用词了，只能用了“请示”两个字。

“那为什么不早些请示呢？”樊仲夏顺着说。

“这不是还没有确定吗？”吴天明在吴家坪的胆量放在这里，就跟没有的一样。

这会儿樊丁香的母亲也下班回来了。她的母亲卢月，是一位典型的城市职业女性，干练而知性。

卢月见家里有客人，忙打招呼：“来客人了，丁香？”

“是的，妈，我给你说过的，小吴，吴天明。”

吴天明忙站起来说：“阿姨好！”

“坐坐，小吴坐下说，今年毕业了吧？”她去卧室换了一套家居服出来，挽起袖子就去做饭了，“小吴在家吃吧？”

“阿姨，我不吃了。”吴天明站起来说。

“就在家吃吧，坐下。我又不是封建家长，不会吃了你。”樊仲夏故作轻松地说。

“我也觉得呀，爸，您今天可表现不好哦。”樊丁香看见父亲有了笑意，才敢拿出本色说话。

“叔叔，都是我不好，我给您道歉。”吴天明又站起来。

“你呀，动不动就站起来，搞得我好像特别不好相处一样。”

吴天明只好坐下来，不停地喝着茶。

“小吴，其实呢，我和你阿姨早就知道你们的关系了，也为你们的后路想好了。”樊仲夏说。

直到此时吴天明才稍微放松了一点，才把手心展开，让潮潮的汗液散发一下。

“叔叔，那您是怎么想的？”

“你和丁香就进土地局，就这么简单。”

“我……”吴天明看着樊丁香，又是求救。

“爸，我们想回吴家坪。”

“那你的工作不要了吗？你以为有一个编制很容易吗？”

“叔叔，去吴家坪的想法还不成熟，我们就是想听一听您的看法，给我们一些建议。”

吴天明这个马屁拍到了地方上。

“看看小吴多会说话，这就对了。”

樊丁香对吴天明的话有点不理解了。

吴天明说：“丁香，我们先听听叔叔的意见吧。”

“嗯，那好，爸，您说。”

“你们先吃饭吧，吃完了再聊。”樊丁香的母亲卢月已经做好了饭。

几个简单的素菜，一锅清淡的面条，就是樊仲夏的最爱了。

“小吴，就简单地吃点，平时都上着班呢，周末了阿姨给你们做好吃的。”

“阿姨辛苦了，又上班呢，回来还要做饭。”吴天明说道。

“坐下吃饭吧，毕业的事咱们再说。”

“嗯，好吧。”吴天明和樊丁香只好坐下吃饭。

在吴天明和樊丁香看来，父母对他们的关系已经肯定，但是留城还是回乡的问题，还需要再斟酌了。

七十八

吴天明回到学校的时候，同一个寝室的同学们都在谈论毕业就业的事。

一个说：“我们农大的毕业就没人要。”

“没办法就回去，乡政府待着。”另一个说。

“反正我们也留不到省城的。”

“吴天明，你呢？”

“我想回老家种地去。”吴天明说。

其他几个人都笑了：“你真的这么想的吗？”

“真的啊，可是没有人同意。”

“谁不同意？师姐吗？”

“她倒是同意，家里人不同意。”

同学们又对此展开了一场讨论。

“嗨，只要她同意，谁也拦不住。”一个说。

另一个又说：“你们把问题想得简单了，两个人结婚，那是两个家庭的大事，怎么拦不住？”

“主意拿定，时间久了，家里人就认命了。”

“可是时间久了，爱情淡了，亲情永不褪色呢。”

“那怎么办？当个听话的好孩子吧。”

“吴天明，你老婆在本地，你没想过留下来？”

“我……”吴天明不知道怎么对舍友们说。

“要是能留下来就好了，你们也可以在一起啊。”

吴天明说：“现在问题的关键不是我们在不在一起，我去哪里她都愿意的，就是家里的问题。”

“那就尊重家长呗，毕竟人家是过来人，比我们有经验。”

“你们都这么认为吗？”

“是啊，多好的机会，我要有这样的老婆就好了。”

“睡觉吧，明天又是一个艳阳天。”

吴天明躺在床上，思前想后地睡不着。这个未来的岳父在省城是有一定的能量，如果留下来，自己的事业发展肯定没问题。但是自己的理想呢？自己的父母呢？他怎么去照顾。

他一直以来认为坚定的意志因为同学们的议论和观点产生了动摇，但更多地是来自于岳父的坚持。

在这种人生选择的十字路口，吴天明第一次感觉到了迷茫。他想能够给他参考意见的，在吴家坪那个地方，除了李三，再没有别人了，但是他没有和李三联系过，也没有他的电话。

他想起了伏小琴，决定给伏小琴打个电话，再问一下李三的电话，征求一下他们的意见，或许会有想不到的收获。

当第二天吴天明把伏小琴的电话打通的时候，听到的声音却非常陌生：“狗剩吗？你有什么事抓紧说，我这边不方便。”

他只好说："我想要三爸的电话。"

伏小琴匆匆说了李三的电话后，就挂了。

吴天明不知道伏小琴发生了什么事情，也不便问。他按照伏小琴给的电话号码拨了过去，接电话的正是李三。

"三爸，我是狗剩。"

"狗剩啊，怎么想起给我打电话了？"

"三爸，我有个事想请你给我拿个主意。"

李三那边正干得风生水起的，又招了一批工人。

一听吴天明找他拿个主意，心想：到底是自己的儿子，拿主意还得是我。

李三这个人，一直对自己是那么自信，包括"作法事"，也不知道哪儿来的那些自信。而且他认为他的想法就是最正确的想法，就如吴天明最后给他的结论：这个人太自负。

李三对着电话问道："什么事啊？还大老远给我打电话。"

"我马上就要大学毕业了，就是分配的事情。"

"都要毕业了啊，真快！那啥，你想去哪儿呢？"

"我的想法是回吴家坪。"

李三一听"腾"地从老板椅上跳了起来："狗剩，狗剩你听我说，一定不能回去，考出来多不容易，你回去干吗？"

吴天明这边已经插不上嘴了，李三根本不容他说下去回吴家坪的理由。

"不能回去，记住三爸的话，在外面要长见识，回去就完了，面朝黄土背朝天，真的就完了。"也许只有对自己的亲生儿子，李三才能毫不犹豫地说出心里话，他说，"伏辉娃都被我带出来了，现在是我的助理，你还回去当农民？你怎么想的你。还有，人家刘小舟在砖厂听说干得也不错，难道你这个大学就白上了吗？"

吴天明一听李三的话根本没有给他分析和讨论的余地，便悻悻地挂了电话。

一个农村出来的大学生，没有关系，没有背景，甚至毕业在望，连个商量的人都没有。

吴天明郁闷到了极点，理想和现实总是差得很远，要实现起来，就像夜晚看天上的星星，怎么也够不着。够不着的前提是，根本没法去上天。

七十九

吴天明只好和樊丁香商量，但是樊丁香对于吴天明早就表明了态度：他说回她就回，他说留她就留。

学校的毕业证书已经发了，同学们穿着毕业礼服已经在操场上摆了各种姿势拍照，做着毕业道别中所有的活动。

校园里总是有一批毕业生离校，接着又有一批新生入校，这是永久不变的真理。这些熟悉了四年的花花草草，谁也不会在乎冬去春来到底会有哪些变化。

樊丁香给吴天明打来电话说："你来我们单位一趟，我爸找你单独谈话。"

吴天明心里七上八下的，不知道这个未来的岳父会找他谈一些什么，他只好去了随机应变。

当他正要伸手敲土地局局长办公室的门的时候，门被拉开了，一个人从里面走出来，手里拿着一份文件。这个人长得很精神，也有二十多岁，他用一种警惕的眼神看着吴天明，似乎是在看一个天敌，是的，确切地说是情敌的目光。

吴天明刚一进来，樊仲夏就说："把门关上，进来！"

吴天明随手关好门，心里不由得紧张了起来。他是第一次走进一个办公的地方，更是第一次走进一个当官的办公室，不紧张才怪呢，尽管这个人是他的岳父。

樊仲夏微笑着对吴天明说："小吴来了，坐下，我有话跟你说。"

吴天明在樊仲夏对面的凳子上坐下。

"小吴，我们谈谈吧，今天的谈话比较正式。"

"嗯，知道了。"吴天明不知道在这样的场合该怎么称呼对面的这个人，这个人掌握着他的命运。

"小吴，你想好了回乡还是留城吗？"

"没有。"

"那就好，我来帮你想。"

"我听着。"

"首先，你们那个地方出一个大学生不容易，其次，你和丁香是男女朋友的关系。对不对？”

“对！叔叔。”

“所以我建议你留下，这样对你、对她、对我们大家都好。”

“我也听丁香说了，你们家说话的人是你爷爷，他也不同意你回去，对不对？”

“对！”

“那就更应该留下了。原因还有。”

“还有？”截至现在，吴天明再想不出其他理由了。

“刚才出去的这个年轻人你看见了？”

“看见了，他好像对我不友好。”

“他在跟我示好，谁都能看出来，他想做我的女婿。”

这就不难理解了，刚才吴天明就是觉得这个人看他的眼神不对，原来如此！

“他？丁香知道吗？”

“丁香肯定知道啊。”

“没听她说过。”吴天明真的没有听说过。

“丁香怎么可能让你知道，她认为她自己就能摆平。”

“也是，但她应该告诉我。”

“告诉你又能咋的？刚才这个人还巴不得你回吴家坪去呢。”

“还有，这个人的工作能力挺强，他的家庭也很有背景，具体什么背景我就不给你说了。”

“所以呢？”

“所以说你和他根本不在一个天平上，论这些方面你争不过他，唯一的一点，也是最重要的一点就是丁香喜欢的是你。”

“那叔叔的意思是？”

“我的意思很明白，既然丁香喜欢你，我就不反对，唯一的要求是你留下来。”

听起来一点都不过分。

“并且趁着我还在位，我可以帮你，你明白吗？”

“明白！”

“你和丁香结婚后，不管是工作上生活上我和你阿姨都可以帮衬。”

“那我父母那边？他们老了，就我一个儿子。”

“这些我们都可以理解。”

“等你们有了自己的房子，条件好了，你可以把你父母甚至你爷爷，都可以接过来啊。”

到底是当官的人，说出的话就是舒服，让吴天明茅塞顿开。

“还有，你如果执意要回去，那你就一个人回去，我绝不挽留，但是丁香，她不能跟你去。”

“为什么？她是爱我的，我也爱她。”

“爱情能当饭吃吗？我就一个女儿，她走了，我们怎么办？”

“如果丁香也和你一样执意要走，那我们和她只好断绝关系了。”

樊仲夏的话说得平和而柔软，一点都不夹枪带棒，但是听起来却连标点符号都在枪林弹雨中。

吴天明不得不佩服樊仲夏其人，能做到局长，年纪轻轻就是地级干部，靠的不光是工作能力。这些听起来绵软的话语，让吴天明惊出了一身冷汗。

断绝家庭关系，那他吴天明就是千古罪人。这一步路伤害的是一大片人，创业能否成功还在其次。

“所以，小吴，你自己想想清楚，我给你十分钟的时间，十分钟后来找我，当然，你可以去和丁香商量，她就在楼下。”

吴天明答应了一声就从樊仲夏的办公室出来了，出门后伸出手背抹了一把额头的汗。这些看似平淡的谈话，句句需要吴天明字斟句酌。

他来到樊丁香办公室的时候，樊丁香也正像热锅上的蚂蚁一样坐立不安，看见吴天明进来了，立即问道：“怎么样？谈得怎么样？”

“丁香，你爸是学什么专业的？”

“你怎么这样问呢？”

“他像是学过哲学，又像是学过军事，反正挺麻烦一个人。”

“他学的是地质勘探，自修法律，你已经嫌弃你老丈人麻烦了吗？”

“他只给我十分钟的时间，我们商量一下，留还是回？”

“你决定吧，我说过了我听你的。”

“你单位有个人喜欢你吗？是不是在追你？”

“是啊，这个我爸也给你说了？”

“说了，这是条件，对我不利的条件。”

“这个你尽管放心。”

“我不放心，总之还有很多条件。”

“那你的意思是妥协？”

“以退为进，先妥协吧，以后再找机会。”

“啊？你也是自修了军事学吗？”

“必须的，先妥协我们才能皆大欢喜。”

“然后呢？”

“我们还年轻，创业的机会多的是，总会有机会的。”

“那就太好了，谢谢你哦！”樊丁香高兴地亲了吴天明的脸。

“在单位你也这么大胆子？那我可真的不放心。”

“你活得不耐烦了是吧？这可是我的办公室。”

“好了，十分钟到了，我得去给我岳父汇报。”

“去吧，等你一起吃饭哦。”

八十

伏小琴看牛娟不停地犯困，只有吃了糖后才能精神一点，她一颗也没有吃，全部留给了牛娟。

牛娟从吴家坪回来，犯困的时间间隔越来越短，直到把那些糖吃完。

可是当她再一次犯困的时候，不只是困了，浑身都难受，心里像猫爪似的。

她去附近的超市买了几种类似的糖，吃了以后根本不起任何作用，她有些控制不住自己了。

她打电话给伏小琴：“小琴姐，我还想吃那种糖，但要从哪里去买啊？”

“你去超市看看啊，馋猫，这有什么好吃的。”伏小琴嘴上这么说，脸上却带着一抹阴险得意的笑容。

黄毛看伏小琴从吴家坪回来心情不错，就让胡严东给他们订了度假的地方，想带伏小琴去好好休息。

电话那边的牛娟急得猫抓似的心里难受："姐，超市的糖都不好吃，我想吃那种糖，但是没地方去买。"

"不如你去汽车站看看，万一碰到给你糖的那个人呢？"

一语点醒了牛娟，她放下店里的生意疯疯癫癫跑去了汽车站。

这边的伏小琴立即通知了胡严东。

此时和牛娟通电话的伏小琴的神色看上去非常不错，黄毛问："和谁通话呢？这么高兴。"

"大金牙的女儿，牛娟，现在接着弄服装店呢。"

"你没搞什么鬼吧？"

"没有，就是让这丫头舒服舒服。"

"给她吸毒了？"

"我哪来的那个东西，你开玩笑呢。"

"那可是个小姑娘，你适可而止啊。"

"大金牙害我的时候我也就这么大。"

黄毛无语了，他管不了那么多了，他已经感觉到伏小琴报复的爪牙从何雨桐身上转移到了牛娟身上。可怜的丫头！

当牛娟赶到汽车站的时候，眼睛一亮："谢天谢地！"

那个人还是背着那个醒目的大背包，站在车站接待室的门上。

牛娟跑过去冲那人说道："糖，糖，我要吃糖！"

"姑娘，你要干什么？"

"就是你上次给我的糖，好吃，我想买。"

"姑娘，我的糖可贵得很，你买不起的，回去吧。"

"我有钱，你看！"牛娟说着把衣服兜里的所有钱都拿了出来。

胡严东一看说："不够，这点钱只能买一颗糖。不过呢……"

"什么？你说，只要给我糖，我干什么都行。"

"你可以拿东西换！"

"好，你跟我来，先给我一颗糖我吃上，我带你去。"

胡严东给了牛娟一颗大的药丸似的东西说："这个更好吃，你尝尝？"

牛娟二话不说就吃下去了，顷刻间心情大好，再也不难受了。

她带胡严东来到了服装店："大哥，你看这里的货都是我的，你随便拿，给我糖就行。"

吃了糖的牛娟容光焕发，一下子神采奕奕的。

胡严东拿走了一大包衣服后，说道："以后需要吃糖打这个电话。"他留下一个电话号码。

吃了药丸似的大糖的牛娟正在店里营业，大金牙进来了："娟，这几天卖的怎么样？"

大金牙一看墙上挂的好多衣服都不见了，就问："这么多都卖了？要上货了啊。"

"爸，我不想卖了，我想去上学了。"

"我没听错吧？闺女，怎么回心转意了？怎么回事，给爸爸说说。"

"我跟上小琴姐去了她的老家吴家坪。"

"小琴？她在哪儿？"

"我也不知道她在哪儿，她来了一次就走了。"

"傻闺女，你怎么不告诉我呢？"

"小琴姐说一天就回来了，不让告诉你。"

"去干了什么？"

"去见到了一个大学生哥哥，他劝我去考大学，我真的想去。"

大金牙没有想到伏小琴还敢回来，还带着自己的宝贝女儿去她的老家。不过没啥事就好，顺带还教育了女儿。大金牙转而又一想，她还救了何雨桐呢，可现在把她害成了什么样了，时不时疯疯癫癫的。

想到这里 大金牙提高了警惕，他问女儿："娟，还遇到了什么人吗？"

"爸，再没有。"牛娟也不知道胡严东是伏小琴安排的，只当是自己的巧遇了。

"好，女儿有继续念书的想法好，爸爸这就去给你买复习资料，办理你上学的事。"

"太好了，爸爸，我一定考上大学，给你争气。"

大金牙做梦都没有想到，闺女会变了一个人，让他心里对伏小琴又是感激又是担心，总之走一步算一步吧。

到了晚上，牛娟又感觉浑身乏力，越来越难受，比之前更加不能控制，她的四肢有点抽搐。她赶紧吃了一丸药糖，甜丝丝的感觉一下子浸入她的血液，这才美美地睡了一觉。

可是那些服装换来的糖丸很快吃完了。

一想到还要经历那种痛苦，她拨打了胡严东的电话："大哥，我还要一些糖丸，没有它我感觉活不了了。"

"妹子，我晚上给你送过来，你先忍耐一下，这个糖贵得厉害，要的人也多，我正在送货呢。"

牛娟好不容易熬到了晚上，她在店里等着胡严东。

胡严东走进店里的时候，已是晚上十点了，他匆匆放下一些糖丸就走了。

"大哥，你等等！"

"还有事吗？"

"这次的钱还没有给你。"

"欠着，一个月后再结算，我还有事，先走了，你再要就打电话。"

牛娟心想：这真是个好人，这么贵的糖还能让我欠着。

她吃了糖就去休息去了。因为离家比较远，大金牙给女儿在服装店附近租了房子。可是睡到半夜的时候，牛娟就觉得不舒服，她浑身燥热难受，像无数只蚂蚁爬在身上。她掀开被子踉踉跄跄地跑去卫生间，打开水龙头冲凉。冲着冲着不自觉躺倒在了卫生间，她爬到枕头边，拿出胡严东给她的糖丸吃了一颗，才慢慢地恢复了平静。

牛娟心里有点害怕：我不会是染上毒瘾了吧？书上都是这么写的。想到这里，牛娟心里充满了恐惧，她把电话打到了伏小琴那里："姐，那个给我糖的人你认识吗？"

"娟，半夜三更地你打电话，怎么了？有事吗？"

"我觉得他给我的糖不是牛奶糖，好像是毒品。"

"你瞎说什么呢？一个小县城，哪里来的毒品？"

"但是我不吃糖就难受，我以前从来没有过的。"

"娟，不要胡思乱想了，可能是你最近一个人经营服装店累了，休息去吧，啊？"

"姐，我怎么感觉你跟那个人很熟。"

"你胡说什么呢？我和你一起碰见的那个人。"

"可是你怎么知道他在汽车站呢？"

"我……"伏小琴一时语塞，不知道怎么回答牛娟。

牛娟只好挂了电话，在地上沉沉地睡去。

八十一

接下来的几天，牛娟由每天吃一粒糖丸，改为每天吃两粒。

牛娟觉得自己一定是染上了毒品，在她清醒的时候，她给胡严东打了个电话。

“大哥，你是本地人吗？”

“是啊，妹子，还需要吗？需要糖了就给哥打电话。”

“你认识伏小琴吗？”牛娟故意在电话里问了一句。

对方一听她说伏小琴，忙说：“我不认识啊，她是黄毛的人，我怎么认识。”

“哦，那你认识黄毛？他和我爸是好朋友。”

胡严东这时候才觉得自己说漏了嘴，转眼又一想：小丫头应该想不到那么远吧？

他挂了电话立即给伏小琴回了过去：“我刚才说错了一句话。”

“什么话？”伏小琴问。

“小丫头不知道怎么想起来问我是不是认识你，我说你是黄毛的人，我不认识。”

“你个猪脑子，自己想着怎么办吧！”伏小琴非常生气。

那天晚上牛娟又给胡严东打电话要糖丸，约在租住的屋子里。

胡严东把电话打给伏小琴：“嫂子，这丫头不停地要，你说咋办呀？”

“她给的钱够买吗？”

“够是够，我觉得这么对一个小姑娘，太残忍了。”

“不要废话了，残忍的是她爹大金牙。”

“那好吧，我就给送过去。”

“里面的量再往大加一下，不然大金牙还不知道。”

胡严东挂了电话狠狠地骂了一句：“最毒妇人心！”

于是胡严东给糖丸里加大了三倍的剂量，朝着牛娟的租屋走去。

当他敲开牛娟租屋的门的时候，给他开门的牛娟已经无力地倒在了门口。

“这孩子，怎么不早点打电话呢？每次都这个时候才告诉我。”

胡严东“心疼”地抱起地上的牛娟，把她放在了床上。

“我要糖丸。”

“这就给你，马上。”

当胡严东倒了一杯水给牛娟，准备要扶她吃糖丸的时候，一看牛娟充满青春气息的身体和红红的嘴唇，突然心生歹意。

牛娟软软地躺在床上，眼里只能流出泪水，没有一点力气去挣扎和哭喊。他把糖丸喂给牛娟，逃也似的消失在夜色中。

大金牙抽空来看女儿，但是服装店的门是关着的，他拿出备用钥匙打开服装店的门，看见里面有一半的服装不见了。已经是大中午的了，女儿还没有来上班，不会是发生了什么事了吧？大金牙心里生出一阵不祥的预感。

大金牙手里提着一包高中复习资料，快步地往不远处的租屋走去。他发现房间的门是大开的。

他急切地喊道：“娟，娟。”

就听见屋里面牛娟在自言自语：“大哥的糖丸真好吃，真好吃。”她不停地重复着这句话。

大金牙一边往女儿身边走一边问：“娟，你说什么糖丸？太阳老高了怎么还不上班？”

“我要考大学，我要上大学。”牛娟又重复着这句话。

“爸给你买了资料，这就去上学。”可是当大金牙走到女儿身边的时候，他发现女儿裸露着下身坐在床上。

大金牙拿过衣服盖在女儿的身上说：“娟，你怎么了？”

“大哥我要吃糖丸，你来了。”牛娟高兴地看着大金牙。

“娟，什么大哥，我是你爸，你看看清楚。”

牛娟挪动了一下身子，身下的一片鲜红落入了大金牙的眼睛。大金牙立即明白发生了什么事。

他抱住女儿放声大哭了起来："是谁？是谁害了我的女儿！"

而牛娟笑嘻嘻地看着大金牙："狗剩哥哥说让我考大学，小琴姐，小琴姐……"她又一直重复着"小琴姐"。

大金牙把牛娟送进了医院。经过检查，大夫说牛娟服用了大量的海洛因，目前已经神志不清。一听这话，大金牙伤心地号啕大哭。

医生说："先送医院里戒毒吧，神志不清需要长期治疗。"

大金牙回到牛娟住的屋子里，找到了那张写有电话号码的纸，还有牛娟没有服用完的糖丸。他拿出牛娟的手机，一看最后的通话记录正是这个号码，联系频繁的也是这个号码，还有一个号码不认识。

他叫来了刘小舟，现在他最信任的人就是刘小舟和他新招的私人助理大张。

他问刘小舟："你们吴家坪是不是有个狗剩。"

"是的，牛总，他是我们坪上考出去的大学生。"

"他和伏小琴关系怎么样？"

"伏小琴一直都看得上狗剩，但是狗剩看不上她。"

"狗剩人品怎么样？"

"牛总你问这干吗？狗剩挺好的，他不怎么和伏小琴来往。"

"我知道了，没你事了，你去忙吧。"他打发走了刘小舟，就等于排除了狗剩。

因为一个劝女儿考大学的人一定不是坏人。

"你去给我查这两个电话。"大金牙对大张说。

"牛总，不如我们报警吧。"

"报你爷个头，去查！"大金牙隐隐觉得这件事跟伏小琴脱不了干系，所以一定不能报警。

大金牙已经崩溃了。大金牙心里清楚，伏小琴一日不除，他们家一日不得安宁。牛娟是自己的心头肉，害了牛娟，就等于要了他的命。这一次，就是豁出性命，他也要伏小琴死。

这时候大张打来电话："牛总，这个电话是本县电话，已经打不通了。另外一个机主是伏小琴。"

"再查，去移动公司查。伏小琴的怎么查到的就去怎么查。"

"牛总，移动公司需要公安局配合。"

"你自己想办法，不要告诉我没有办法。"

“好的，牛总，马上去查。”

大金牙已经确定，这件事就是伏小琴干的。

大金牙疲惫地回到家里，看见妻子何雨桐也是疯疯癫癫的。

何雨桐看见大金牙回来了，像个小孩似的跑过来说：“你回来了吗？小琴回来了吗？她会救我出去的。”

大金牙一把揽过妻子，又一次伤心地哭了。大金牙一次的放纵，不但葬送了自己的后半生，更是葬送了一个家庭。

八十二

李三签完女秘书送来的文件，往身后的老板椅上靠了一下身子，准备闭目养神。

准备要出去的女秘书忽然又转了过来，她走到李三面前神秘地问道：“李总，我有件事不知道当讲不当讲？”

李三直了直身子说：“讲，有什么事吗？”

“我听说孙总的老婆有孩子了。”

“怎么了？很稀奇吗？”

“也没有，公司的员工都在议论。”

“议论什么？”

“这就不好说了。李总，不过我倒是很好奇。”

“别八卦了，有什么好奇的？”

“我是想求你，没有别的意思。”

李三一听女秘书有事求他，饶有兴趣。

“说说看，只要我能办到。”

“李总，你一定能办到，你给孙总都办到了。”

“莫非你也想？”

“不瞒您说，李总，我和老公结婚也有七八年了，一直没有孩子。”

“建议你们去医院看看吧，还年轻呢。”

“看了，中药西药吃了不少，就是不见动静。”女秘书说着竟然不好意思起来。她说，“我多次想跟您说一下，也帮我们作个法，就是张不开嘴，今天也是犹豫了好久。”

“这个……”李三却犹豫了。

要给以前的李三，求之不得，这可是他最擅长的事情。可是经过孙悦胜和眉眉的这件事以后，他已经对自己不自信了，因为眉眉怀的的确是孙悦胜的孩子。所以李三很迟疑，要不要答应女秘书的请求，他还得再三斟酌。

“李总，价钱我们好说，只要你作法事成功让我怀孕。”

李三心里暗暗地笑了，心想：这帮城里人也有愚蠢的时候，竟然相信作法事能怀孕。

他看着眼前这个美妙的女人，正是人生最好的年纪，不免有些眼馋，但是成功不成功，他都不确定这些人对这种事的态度。

他试探性地问道：“假如要怀不上呢？”

“怀不上我们也认了，病急乱投医嘛。”

李三终于明白了，她把他的作法事也当成了一种“医”。

“不不不，这和医没有关系。”

“那是……”女秘书不解地问。

“说了你也不懂，我看还是算了吧，我也不敢保证。”

“我听说你的本事了，你在你们那个吴家坪，作过法事的都怀了孩子，还帮孙总找到了亲生父母。”

李三哭笑不得，谁能知道他的这些猫腻是怎么回事呢？

“那既然这样说，你和你丈夫准备一下吧，我试试看。”

女秘书高兴地说了一声：“谢谢李总啊！”

第二天女秘书就和她的丈夫邀请李三去她家里作“法事”。

城里人的“法事”和吴家坪应该是一样的，但是许多道具不一样。

女秘书和她的丈夫先请李三吃了饭，在饭桌上不停地恭维李三，给李三频频地敬着酒。

李三想：喝了就做那个事或许会好一点。于是就放开了喝，直到喝得半醉。

按照已经熟悉的套路，万事俱备，只等李三进行最后一道最重要的程序。

在女秘书的卧室里，李三让女秘书的丈夫紧紧地关上门待在卧室外，他则从里面将门反锁了。

他告诉外面女秘书的丈夫："无论如何你都不能进来，如果法事做到半道上你进来，那该有的孩子就会回去的。"

女秘书的丈夫将信将疑，也是鬼迷了心窍，竟然稀里糊涂地就相信了。

也许是女秘书在丈夫面前提前渲染的力度比较大，他对李三的作法由开始的将信将疑，慢慢地满怀期待了。

李三烧着黄纸在女秘书的身体上擦拭完之后，又煞有介事地拿鸡毛掸子掸了几下。

女秘书的眼睛完全被红布蒙着，什么也看不见，只觉得身体上热乎乎的。

她问李三："李总，我感觉身体上热乎乎的。"

李三说："热就对了，说明孩子即将附身了。"

"太好了，李总。"

"记住不要说话，接下来发生的事情你会有感觉，但是千万不能说话。"

李三慢慢拉下女秘书的裤子，浑圆的白花花的大屁股毫无遮拦地出现在李三的面前。李三咽了咽口水，就要行好事了。

可是就在此时，女秘书一跃而起："你要流氓吗？这就是作法事？"

李三还没有反应过来是怎么回事呢，就见女秘书拉下眼睛上的红布："老公，你快进来，李总要耍流氓了。"

李三忙说："这就是作法事的最后一步了，你已经吓走了孩子。"

女秘书的丈夫一脚就踹开了门，一把从床上拉下了李三："作法事就是这样的吗？我还以为你真有什么本事，懂'医'呢！"说着一脚就把没有设防的李三踹倒在了卧室的墙角。

李三捂着被踢的肚子，一脸无辜地看着两个人。

这时候的女秘书已经哭成了泪人儿了："老公，他明显就是欺负人，还说是作法事。"

"老婆，他没有得逞吧？"

"没有，幸好我反应的快，不然我们就吃了哑巴亏了。"

"李总，怎么办吧？你说，公了还是私了？"

“我就是这么做法事的啊，你不信？”

“可是孙总明明是自己的孩子，我们才信的你。”

这下李三有口难辩了，事实就在眼前。

女秘书的丈夫说：“私了我看就算了，法庭上见！”

做了一辈子法事并且在法事上发家的人，竟然最后栽在了法事上面。

李三做梦也没有想到，城里人就是城里人，就是见多识广。在李三的意识里，欺负人和帮人生孩子是两个概念。

因为吴家坪的人只要是经过他做法事生了孩子的，都对他感恩戴德，他没有想到在城里怎么就变了味呢？再者说，他本来也不想再做法事了，以为孙悦胜那一台法事就是最后一台了。还是怪自己眼馋了女秘书的身体，最后一下没有把持住。

女秘书和她的丈夫将李三告上了法庭，理由是：强奸未遂！

接着就有许多墓园的顾客都反映李三有乱收费的情况，尤其是什么“禳解”费。

经过调查，李三从事“法事”多年，不思悔改，到处诈骗，多罪并罚。法院站在公平、公正的立场，判了李三无期徒刑。

李三直到站在法庭上，才知道自己犯的罪行。

当法官问到李三可知罪的时候，李三的回答令人咋舌，惊到了在场的所有人员。

他说：“在我们吴家坪，从古到今，禳解和看风水是我家的祖传手艺，我给乡亲们做了半辈子的‘法事’，人们对我都很敬重。

“做法事我也很累，很费力气。

“在城里，虽然有些事情看上去很离谱，但也有人邀请，我也便去了，我有时候觉得我真的有灵感附身。

“做法事让有难的人度过灾难，我觉得是助人为乐，没有儿子的人有了儿子，虽然是我生的，但他们都有自己的父母。”

说到这里，法庭下面的听众席上有人唏嘘不已，有人偷笑不止。

李三向听众席上看着说：“迁坟这件事看起来不可理喻，其实讲究也很多，我翻看了大量的书籍。

“至于说是强奸，她们都是愿意的。”

法官再也听不下去了，喝住他问道：“李三，你的意思是法院判错你了吗？”

“不是，法官，你们的审判是对的，我是触犯了法律，我该下十八层地狱，我不求任何人原谅我。

“我是墓园的法人，多收的‘禳解’费全部退还顾客，我认了。”

“那你还有什么话要说吗？”

“我服刑期间，墓园交由伏辉娃打理，他是我们吴家坪的人。

“是的，我对吴家坪有着深厚的感情，走出来的目的，是为了更好地走回去，也许，在座的每一位理解不了一个贫困的山区，他们，是怎么生活的。

“伤感的事不说了，我希望伏辉娃找一个法律顾问或者律师当值，千万别走我的老路。”

至此，李三的“职业生涯”画上了并不圆满的句号。

八十三

吴天明很快就和樊丁香结婚了，他们的婚礼在吴家坪举办，新房定在省城的高楼里。吴国民坚持要在吴家坪给孙子办一场婚礼。

婚礼当天，吴天明接到了伏辉娃的电话：“狗剩，祝贺你新婚，我不能回吴家坪参加你的婚礼了。”

“为什么呢？小琴姐没来，你也不来，很忙吗？”

“你不知道吗，李三爸被判刑了，他的公司交给我了，我才要熟悉一些东西，实在脱不开身。”

“李三爸怎么了？为什么被判刑？”

“唉，一言难尽，你懂得，还不就是他那些事吗？”

“唉，吴家坪的人，要走很多弯路，总有明白的时候。”

“我妹伏小琴好像也遇到事情了。”

“我前段时间给她打过电话，她显得很不耐烦，我还正想不通呢。”

“她和原来的砖厂的老板好像矛盾很深，我也是感觉到的，但她从来不给我们说。”

“是吗？上次她回过吴家坪。”

“她也没有告诉我，那可能是最后一次回吴家坪了吧？”

“对了，你呢？将来还回来吗？”

“我肯定会回去的，李三爸说了，我们都要回去的。”

“只是他回不来了。”

“天明，怎么了？谁的电话啊？”樊丁香穿着一身中式的大红衣服。上身是大红绣花夹衣，镶了金丝裹边，小立领，衬托的白皙的小脸粉扑扑的，新娘发髻盘在发顶如行云流水。下身是大红的绣花长裤，也是镶了金丝裹边，娇小的翘臀更显得腰身迷人。这一身装束是地地道道的传统乡村新娘的装束。

“你今天是吴家坪的亮点。”吴天明微笑着说。

吴天明在自己大婚的日子，他突然就长大了，长得更像个男人，从此，责任、担当、理想，都要由这个男人去完成，必须一丝不苟。

“天明，刚才谁的电话，我说。”

“我儿时的伙伴，他们都不能来参加我的婚礼。”

“我不是来了吗？”外面响起一个兴高采烈的声音，“狗剩，是我，忘了我了吗？”来人正是刘小舟。

在吴家坪，狗剩和刘小舟关系走得不是很近，几乎没什么交集。但是作为儿时的伙伴，他是今天唯一参加他婚礼的人。

“小舟啊，听说你当老板了，还有空回来啊？”吴天明没有多少惊喜，也没有多少失落。

“你的意思说我不该来吗？”

“小舟你说哪里话，刚才我接到伏辉娃的电话，还没回过神呢。你能来，我当然高兴都来不及呢。”

“祝贺你啊，吴天明，今天最帅气的新郎官。”

“说什么呢你，今天还有别的新郎官吗？”

“看看，我说什么呢。有知识就是不一样，我还得多学习啊，不然总说错话。”

吴天明给了刘小舟一拳，以示亲切，然后两个人紧紧地抱在了一起。

“好了，结婚典礼马上就要开始了，抱着我，嫂子不愿意了。”

结婚典礼仪式上，先是吴国民端坐在上面受礼，樊丁香一句“爷爷”叫得清脆悦耳，吴国民高兴地山羊胡子颤巍巍的，给孙子媳妇一个大大的红包。

接着就是吴建仁夫妇，并排坐在上面受礼。

司仪更是讲了一通煽情的话，讲得刘春霞热泪盈眶的。

樊丁香看着婆婆泪眼婆娑，忍不住上去抱了抱婆婆。

这一步是司仪提前没有安排的，他说：“父老乡亲们看啊，城里的媳妇就是不一样，已经和婆婆有了心的交流。

“这一点，我们吴家坪的大姑娘小媳妇都应该学着点，婆媳关系如果搞得好，比亲妈还亲。

“而搞好婆媳关系的关键，是媳妇。”

院子里参加婚礼的街坊邻居们，有的小媳妇老媳妇窃窃私语，似乎并不怎么同意司仪的这句话。

司仪见好就收，樊丁香和吴天明双双给父母行了礼，自然是又得两个大红包。

樊丁香对司仪小声说：“我有话说。”

司仪把话筒交给樊丁香，樊丁香拿过话筒说道：“刚才因为我的一个拥抱，或许各位邻居乡亲觉得我是在表演，因为从大家的表情可以看得出。”

樊丁香顿了一下，她在看乡亲的反应。

“我想告诉大家的是，我的拥抱，是真诚的。每一位母亲都不容易，我们作为小辈，必须包容。”

下面有人点头称赞，有人疑虑。

“请有疑问的各位嫂子想一想，在你们家，从小，你犯了错误的时候，做得不好的时候，你的母亲打你一下、骂你一句，是不是家常便饭？”

“是啊是啊，就是这样的。”有人回应着。

“这就对了，那么请问，事情过去后，你还记仇吗？”

“没有，怎么跟父母记仇？”他们已经在大声回答了。

樊丁香抓住这个机会说：“这就对了，公婆是你丈夫的父母，如果你爱你的丈夫，你就不会计较，你就应该包容。”

这一席话，让满院子的人都鼓起了热烈的掌声，司仪反而被樊丁香煽情得眼泪汪汪的。

吴天明感激地给了樊丁香一个大大的深沉的拥抱。

司仪接过樊丁香的话筒说："我做了多少年的司仪，给城里洋媳妇主持婚礼还是头一次，媳妇讲话也是头一次，被媳妇感动更是头一次，吴家坪的父老乡亲们，请我们，把最真诚的敬意献给樊丁香——吴天明的老婆！"

吴天明附在樊丁香的耳边，也是泪眼蒙眬："丁香，谢谢你！"

八十四

吴老汉家的院子里今天摆了十几桌，所有吴家坪有头有脸的人、不想做饭的人、放学回来的孩子，都在这里吃饭。

白凤英对坐在旁边的吴老汉说："老东西，你终于活到娶孙媳妇了，有福气的老东西呀。"

"你也别伤感了，我们俩别别扭扭一辈子，都老了，我的孙媳妇就是你的孙媳妇。"

"老东西，一辈子了，就这句话中听。"白凤英感动地抹起了眼泪。

"大喜的日子，哭什么？老不死的。"

"不哭了，不哭了，高兴，真的高兴。"

"高兴就多吃菜，今天你白吃一天，我都不让你还。"吴老汉说着给白凤英夹菜。

吴天明和媳妇一个端盘子，一个提着酒瓶子，给每一个人敬酒。

热热闹闹的婚礼进行了一天，到了晚上，寂静终于回归到了吴家坪上。

吴天明和樊丁香的卧室暂时安置在父母隔壁的小房间。里面的铺盖设施都是大红的喜庆色，是刘春霞特意叮嘱几个女儿一起置办的。

樊丁香拉着刘春霞的手说："妈，我们结完婚了，您和我爸跟我们去城里住吧。”

“这怎么行？家里还有你爷爷，吃饭都没人做。”

“爷爷如果身体行，也可以去的。”

“你爷爷这几年不出远门了，这是吴家坪的讲究。”

“妈，吴家坪的讲究真多。”

“其实也是从情理上讲的，人年纪大了，出个远门一是累，二是不安全，这意外啊，随时都会发生。”

“妈，吴家坪的有些老规矩其实细想想都是很有人情味和哲理的，只是很多人不知道怎么表达，您这样一说，我们都理解。”

“一辈子了生活在这个地方，去了城里也不方便。”

“妈，有我呢，有什么不方便的？我爷不去，就让我姐们轮流照顾着，你和我爸去。”

“丁香，有你这份孝心，我和你爸就很知足了。”

吴天明和樊丁香躺在这绵软软的大红被褥里，有一种神圣的感觉，一种对婚姻的憧憬、对人生的敬畏的感觉。这种感觉，或许只有接受过高等教育，又生于斯、长于斯，见过了对人性践踏后的人，才能懂得。比如吴天明，因为李三的愚昧，因为伏小琴的肤浅，使得他对这种感觉非常强烈。

他紧紧地搂着怀里的樊丁香说：“丁香，我会一辈子对你好。”

樊丁香已经在他的怀里幸福地睡着了。

虽然他们有过很多次的欢爱，虽然他们有过无数次的心灵碰撞，但是在吴家坪的婚礼，只有一次。

第二天早上当吴天明还在睡梦中的时候，樊丁香已经早早地起来在厨房里帮着母亲做饭。

刘春霞心疼地看着樊丁香说：“孩子，你在城里生活，这边的活计不习惯，就不要动手了。”

“那怎么行？我得入乡随俗。”

“你是念书的人，这些活弄不来。”

“妈，弄不来您就教我，我嫁给了天明，就要学着做他的媳妇。”

“真是个懂事的孩子。”

“这些讲究习俗天明都对我说过，婚后第一天要早起，扫院子做早饭。”

刘春霞这才发现，樊丁香早就把院子扫得干干净净的了。

“他还给你说什么？你怎么都听他的，你是城里的媳妇，这些都可以免去的。”

“城里的媳妇既然进了乡里的门，就是乡里的媳妇。”樊丁香笑笑说。

“你就是嘴利，我说不过你，你随意吧。”刘春霞很喜欢这个儿媳妇。

“妈，我们本来是要回来生活的，只是我爸爸那个人……”樊丁香觉得不回来是对刘春霞有歉意的。

“你爸毕竟是领导，看得远，他说的对，你们还是在城里发展好一些。”刘春霞说道。

刘春霞把土豆洗干净后，正准备削皮。

“妈，你们吃土豆要削皮吗？”

“平时也没有，这不是怕你不习惯吗？我想着你们城里人是不是都要削皮呢？”

“妈，我们削皮是因为怕有农药。”

“咱家自己种的土豆，没有打过农药的。”

“那就不削了，营养都在皮子里呢。”

“我还以为你会嫌弃呢。”

“不会的妈，我怎么会嫌弃呢？”

刘春霞把黄米倒进盆子里，淘了一次水，又要淘第二次。

樊丁香忙问：“妈，您平时做饭淘几次水？”

“咱这里缺水，有时候不淘，有时候一次。”

“那就不淘了吧。”

“你们城里人吃不惯黄米，不多淘几次你吃得惯吗？”

“妈，咱平时咋做就咋做，不要考虑我。”

“你来的机会不多，就像客人一样，吃不惯的。”

“妈，营养都在汤里面，您淘得次数多了，反而不好吃，没味道，城里人和吴家坪的人是一样的。”

“这孩子，是要让我安心呢。”

“也不是啊，妈，您不要考虑那么多了，平时咋弄就咋弄，我还要学您做饭呢，天明总说您做的什么都好吃。”

“他呀，是从小吃习惯了。”

吴天明走进厨房里看，樊丁香立即把他推出了厨房：“快去快去，女人的阵地你别来。”

“你还真行啊，我以前怎么没有发现呢？”

“你没发现的地方还多呢，慢慢发现去。”

吴天明只好出了厨房，爷爷站在门台上全看在了眼里。

“狗剩，你过来。”

“爷！”

“厨房里女人掺和去，做你该做的事。”

“可是我现在没有该做的事啊？您又不让我回来种地。”

“咦，你还嘴犟。”吴老汉说着抬起了烟锅杆子。

“有老婆的人了啊，还打。”吴天明边往后退边揭爷爷的短。

吴老汉家的气氛在樊丁香进门以后，前所未有的好。

八十五

大金牙正在痛苦地思考着，女儿牛娟打来了电话：“爸爸，你在哪儿呢？你给我买的复习资料呢？”

“爸爸给你买，爸爸给我的宝贝女儿买。”

“那你快来吧，我不想在医院待着。”

大金牙听着女儿说话的语气极其正常，赶紧赶到了医院。

大夫告诉大金牙：“孩子的毒瘾还可以戒掉，得花些力气，孩子会很痛苦，只是她的神志，时而清楚时而糊涂。”

“花多少钱都得戒了毒瘾，神志的问题慢慢调理吧，需要时间。”大金牙痛苦地说。

当他走进病房的时候，女儿立即跑过来搂住他的脖子：“大哥，你是来给我糖丸的吗？”

“我是爸爸啊，娟，你仔细看看，我是谁？”

“你是爸爸，给我买复习资料的爸爸。”

“这就对了，娟，好点了吗？”

“你是坏人，给我糖丸，那是毒，你有毒。”

一个护士拿着病例过来，要大金牙签字：“您是家长吧，这里签个字。”

牛娟又开始乱叫：“小琴姐，你来干什么？”说着就又是抓又是打，护士抱着头逃也似的走掉了。

大张急忙给护士让路，一下子撞掉了护士的工作夹。

牛娟看见大张后，吓得直往床底下钻。

大张不知所措，跟着护士出去了。

牛娟一边钻一边哭喊着：“大哥，不要，我还要上学，不要过来……”哭着哭着就躺在床底下一阵抽搐。“大哥，求你了，我没有力气，你不要过来，我不要啊……”

几个护士赶紧跑过来把牛娟从床底下拽出来，找来绳子绑在床沿上，一个护士给她注射药液。

“我要考大学，我要上大学……小琴姐，小琴姐你一定认识那个人。”渐渐地，牛娟再也说不出话来。

牛娟慢慢安静了下来，睁着两只大大的无光的眼睛看着屋子里的人。看着看着，两行泪水顺着脸颊就流了下来。

大夫对大金牙说：“她现在明白了，你有话可以说。”

“孩子，我是爸爸。”

牛娟眨了眨眼睛。

“孩子，你要坚持住，要有毅力，要能忍受，懂吗？”

牛娟又眨了眨眼睛。

“好好配合医生治疗，过了这阵子，就会好起来的，就可以去上学了。”

牛娟眼里的泪水一股股往下流。

大金牙掏出纸巾，帮女儿擦着泪水，他说：“我无辜的孩子啊，都是爸爸没有照顾好你，爸爸有罪啊。

“娟啊，你一定要配合医生，知道吗？一定要有耐心和毅力，就算爸爸求你了。”

牛娟这下没有流泪，使劲地点着头。

大金牙从病房里出来，擦了一把眼泪后对大张说："无论如何都要给我查，查出那个畜生，我要将他碎尸万段。"

"老板，移动公司那边没有熟人，没法进行。"

"出钱，我就不信出高价没有人能查到。"

"是，老板，我一定查到。"

大金牙给家里打了个电话，何雨桐在家里还疯疯癫癫的。有个钟点工在给何雨桐做饭，何雨桐不打不闹的时候就是睡觉，睡醒了就吃吃喝喝。只要没有人进来，她就很安静。

钟点工接了电话问道："牛总，您回来吃饭吗？"

"我回去，再做两个人的饭。"

大金牙回到家里，看着痴痴发呆的妻子拿着女儿小时候的布娃娃玩，在给娃娃梳头。

"女儿啊，快快长大吧，长大了考大学。"

大金牙走过去，拿下妻子手里的布娃娃，搬过妻子的肩膀问道："雨桐，你看看我是谁？"

"你是牛犇，四头牛的牛犇。"

"我是牛犇，那牛犇是谁呢？"

"你是追我的牛犇，我不要嫁给你，你是个穷光蛋。"

"雨桐，你看着我，你已经嫁给我了，我们还有了孩子。"

"对，我有了娟娟了，我的娟娟。"何雨桐疯了似的找布娃娃，大哭着说，"伏小琴救我，快救我啊，救我，救我……"

大金牙伸手在何雨桐的脸上打了一巴掌，何雨桐立即不哭闹了："你是谁？你为什么打我？你放我出去，放我出去……"何雨桐声嘶力竭地喊着，喊到嗓子都哑了。

大金牙紧紧抱住何雨桐，何雨桐的身子在发抖，抖得十分厉害。

她突然伏在大金牙的肩上哭了："对不起，牛犇我对不起你。"

"是我对不起你，雨桐，等你好了，我们一家三口到一个谁也不认识的地方去生活，我用后半生好好地对你。"

"你走开，走开——"何雨桐又突然扯开嗓子喊开了。

大金牙打了个电话，不一会儿就有医生来了，给何雨桐打了一针，何雨桐才消停了下来。

医生和钟点工把何雨桐放倒在床上，何雨桐无力地看着屋子里的人。

大金牙走到躺着的何雨桐面前说："雨桐，你给我听着，我不管你听得懂听不懂，都得给我听着。"

"你，和我，都有责任，对孩子，我们的女儿是无辜的，现在，都被伏小琴害了。"

何雨桐似懂非懂地看着大金牙，傻傻地笑着。

"雨桐，我会给你们报仇的，我一定要让伏小琴死。"

八十六

回到城里的吴天明和樊丁香，每天按部就班地上着班，无喜无忧，平淡如水。

这天吴天明正在办公室闲得无聊，报纸上连广告都读完了，茶也喝成了无色无味的。

那个情敌给他打了一个电话："小吴吗，下班后有约吗？"

吴天明想：我和他分属于不同的股室，业务上很少有往来，他主动打电话有什么事呢？于是说道："闲人一个啊，谁会约我？"他把一声苦笑传递给了对方。

吴天明的情敌叫万晟，他说："单位附近有家新开的餐厅不错，我请客，给面子吗？"

吴天明心想：我来局里上班，给人的印象首先是局长女婿，还没有人待见过我，没想到第一个主动邀我的是情敌。想到这里，吴天明说："好啊，不过说好了，我做东哦。"

下班的时候他去樊丁香的办公室告假："老婆，我下班和一个朋友去吃饭，你回你妈那里吃饭吧。”

“朋友？你的朋友我都认识，还给我保密？”

“当然你认识，并且很熟，回去给你汇报啊。”

樊丁香还有话要说，吴天明就已经匆匆走了。

到了餐厅的时候，万晟已经早早等在那里了。他看见吴天明过来了，打了个响指，服务员拿着菜单急忙过来。

“小吴，看看喜欢吃什么，我也不知道你的口味。”

“我做东，你来点吧。”吴天明客气地说。

“哦？我请客，你掏钱，这个主意不错，那我就不客气了。”

万晟点了几个菜，吴天明要了一瓶酒。

“小吴，你们的婚礼，不打算办了吗？”

“我在老家办过了，这边还没想过。”

“应该办一场，丁香一直梦想穿着婚纱的样子。”

“是吗？她没告诉过我，我还以为她喜欢穿中式婚服。”

“你不知道的还多呢，我会慢慢告诉你。”

“你很了解我的妻子。”吴天明很有风度地说道。

“是啊，我和她从小一起长大，我的父亲和樊叔叔，对了，樊局长，一直关系很好。”

“那是，你真的比我了解她。”

“她没对你说过我们的关系吗？”

“抱歉，她真没说过。”

“丁香这个人啊，就是没心没肺。”

“我是不是可以理解为无情无义？”

“哈哈哈，小吴年纪不大，城府了得，还幽默。”

“万股长过奖了，以后还得仰仗你多关照才是。”

“你都成了局长的乘龙快婿了，还需要我关照吗？”

“这话怎么听起来味道不对呢？”吴天明倒了两杯酒说，“万股长，我敬你一杯，多关照！”

两个人各怀心事地干了几杯后，渐渐地话就多了，说真话的概率也大了起来。

“小吴，你说，我怎么就配不上她了？”

“万股长，你说，你配不上谁了？”

“你老婆，樊丁香，我追了她十几年，好辛苦，你能理解吗？”

“她命里注定在等我，你追不上的。”

“可是我不死心，真的不死心。”

“我们都结婚了，你就死心吧！”

“小吴，我比你年长，你应该叫我万哥，对不对？”

“对呀，对！”

“我一直拿你当情敌看，我其实看不起你，乡巴佬。”

“哈哈哈，我高兴，你如果说我是乡巴佬，我真的高兴。”

“这你都高兴？你跟别人不一样。”

“樊丁香就爱我的这种和别人不一样的样子，嫉妒吗？”

“嫉妒，太嫉妒，小吴，你能把我变成乡巴佬吗？”

吴天明一听笑得眼泪都快出来了，这个外表敌意内心真诚的人，原来是这么想问题的。

“万哥，你还是做回你自己比较好，不是你变成乡巴佬，丁香就会喜欢你。”

“我知道，我和她永远都不会成为那种关系。”

“那是一定的，那是必须的。”

“丁香说了，我和她就是哥们儿，为哥们儿两肋插刀的那种哥们儿。”

“万哥，说说你，今天为什么约我？”

“心结！”

“明白！”

“我想和你成为朋友。”

“我也想，和我老婆的哥们儿成为哥们儿！”

“来，干了这杯，哥们儿！”

两个大男人由情敌喝成了哥们儿，也只有吴天明和万晟了。

“小吴，我很羡慕你，因为你是个农民。”

“万哥，农民也有人羡慕吗？”

“你不知道，现在的政策对于农民一再地倾斜，有时候我都想当个农民去，海阔天空，自由自在。”

“万哥你真的有这个想法吗？”

“真的，不瞒你说，咱们在国土资源局工作，有些政策是最早知道的，羡慕啊！”

对于像他这样从小长在山里的农村孩子来说，大城市应该更具诱惑力。那么换位思考，万晟和他的心情应该是一样的。但是吴天明，作为他的使命和他对吴家坪那片热土的熟悉，他更多地是想回吴家坪，在那里发热发光。

“万哥，你现在心结打开了吗？”

“还没有完全打开，还是放不下。”

“理解，放下一个人真的需要时间。”

“你有过这样的时候吗？你还喜欢过别人吗？”

“当然，作为男人，谁没有喜欢过呢？”

“你瞒着丁香？你这个乡巴佬胆儿够肥的。”

“没有瞒着，我喜欢过谁丁香都知道。”

“这就新鲜了，我没有想到。”

两个人都喝地趴在了桌子上，这时候吴天明的电话响了。

万晟嘲笑地说：“老婆管着了吗？肯定是丁香的电话。”

吴天明没有理他，也没有接电话。他知道电话就是樊丁香打来的，因为设置了特别铃声。

电话铃声就一直在那里响着，万晟不耐烦了：“接呀，你小子咋这么狠？”

“不想接！”吴天明是想当着万晟的面要一下大男子的做派。

万晟实在听不过去了，他拿起吴天明的电话：“喂？你谁呀？”

“万晟，你让吴天明接电话。”

樊丁香对万晟的声音很熟悉，她一听就是万晟，她没想到他们两个会在一起喝酒，真是奇葩！

“他，你老公，喝大了，不接电话，你来接他回去。”

不一会儿工夫，樊丁香就到了。她看都没看一眼万晟，一把拉起吴天明就朝门外走去，把吴天明塞进了门口的出租车里。

“喂，丁香，还有我呢……”万晟站起来又跌坐下去。

服务员走过来说：“先生，你们谁来买单？”

万晟拍了一下脑袋说：“这个乡巴佬，说好的买单，逃走了，还是我来买单了。”

他出了店门，自己叫了出租车，并打电话给樊丁香：“丁香，做人不带这么绝情的，当不了老公也就算了，当个哥们儿难道就区别这么大？”

“你想怎么样？自己回去。”

“你们欠我一顿饭啊，这顿是我买的单。”

“你还欠我一个结婚礼物呢！”樊丁香说完就把电话挂了。

八十七

吴天明其实没有醉，他假装醉了和樊丁香坐在一起，他把身子趴在樊丁香的腿上，心里一阵好笑。慢慢地，他把手伸进了樊丁香的衣服底下，整张脸也贴在她的肚子上。他突然有了一种感动，也许是酒精的作用，也许是喷薄而出的感情，他哭了，泪水浸湿了丁香的衣服。

樊丁香就像抚摸着一个孩子一样抚摸着吴天明的头，又拍着吴天明的后背。“你就不会少喝点？跟他喝的什么酒？”一种从未有过的温柔，流淌在樊丁香的血液里。

“丁香，你喜欢他吗？”

“你喜欢我就喜欢。”

吴天明“扑哧”一声就笑开了。

“你有病啊，一会儿哭一会儿笑的。”

吴天明再也不吭声了，他脸贴着樊丁香的肚皮，环腰抱着樊丁香就睡着了。

到了楼底下，樊丁香温柔地摸了摸吴天明的脸，吴天明的脸上湿湿的，不知道是汗水还是泪水。

“下车了，到家了。”她说。

下了车后，吴天明伸了伸腰，活动了一下被压麻了的胳膊和腿。

他拉着樊丁香说：“我们今天不乘电梯，我们走楼梯上。”

“为什么？你喝酒了。”

“我假装喝醉的，不然你那个哥们儿加初恋不会对我说实话的。”

“吴天明，我怎么才能看清你这个人？”

“现在就让你看清，丁香，我欠你的，我会用一生去还你。”

“你受什么刺激了，吴天明。”

“欠你一场穿婚纱的婚礼，我会还给你。今晚，让我背着你上楼，来吧。”说着吴天明弯下了腰。

樊丁香感动地就要哭了。

“这么小一点事就感动哭了？来吧，老公很穷，但有力气。”

樊丁香慢慢爬上了吴天明的背，吴天明直起腰身，一步一步地朝着大楼走去。

他们住在16楼，吴天明要一口气把樊丁香背上16楼。已经是夜里了，楼道里静悄悄的，只有吴天明的喘息声。

“老公，背不动了就放我下来吧。”

“你要跟我过一辈子，我背你一次，能背动。”

“有你这份心就对了，也不一定要实际的行动。”

“我们乡巴佬比较实诚，要做就做实诚人。”

“你这个乡巴佬，就是太实诚了。”

“不要说话了，省点力气背你。”

“我说，你听着就行。”樊丁香在吴天明的背上，附在他的耳朵边。“从小，我就梦想着一个童话王国，像个花园一样，除了王子和公主而外，有一块菜地，我亲自打理，种我喜欢的花，我喜欢的菜。

“再后来，我梦想着我的王子背着我，我穿着婚纱，我们绕着菜地转着圈儿，各色各样的蝴蝶，大大小小，围绕着我们翩翩曼舞。

“我们的菜地不大，一小块种花，一小块种菜，一小块留着我做试验，这是我的田园梦，也是我的公主梦。

“在那样的田园里，我们生了好多的小公主和小王子……

“天明，你说我的这个梦是不是很庸俗，应该是每个人都有的，每一本童话书上都写过的，反正这就是我的梦。”

把樊丁香背到家门口的时候，吴天明已经累得筋疲力尽，但是他的精神一直没有倒。

打开家门的一瞬间，吴天明被家里的景象惊呆了，就见自己家的客厅沙发上，儿童乐园似的摆满了各种玩具。

“这是？”吴天明不解地问道。

“我下午下班买的，本来想叫你一起去买，但你和万晟去约会了。”

“买这些东西干什么？童话梦吗？”

“笨蛋啊，天明，你要当爸爸了。”

“啊？你说的是真的吗？”

“我今天下午去医院查的，本想下班告诉你的。”

“唉，都怪我太粗心。”

“天明，高兴吗？我们有孩子了。”

“太高兴了，那我刚才上楼背了俩。”说着吴天明就又要抱抱樊丁香。

樊丁香连忙躲着说：“你休息休息吧，够累的了。”

“现在已经不累了，休息五分钟就不累了，现在十几分钟了，抱抱亲爱的，必须的。”

“乡巴佬什么时候学得这么肉麻了？”

“情到深处自然麻！”

“就你会说，我越来越看不透你了。”

“如果说女人是一本小说，那我就是一本魔幻世界，你看不透的。”

“啊，你这么厉害啊！”

“那是，我的小狗剩就是新魔幻世界。”

“天明，别魔幻了，我想吃咱妈做的洋芋糊糊。”

“好，我这就打电话问妈，怎么做，我给你做。”

“你会做饭吗？我从来没有见过你做饭，你们吴家坪的男人从来不做饭。”

“这你都知道吗？不会做我就去学嘛。”

“你要学做饭，这第一你妈来了就不答应，所以我尊重她。”

“我妈不是死脑筋的人，她一定会答应的。”

“天明，为了我，你已经改变了许多，我很感动。”

“都是夫妻了，还说这话。”

“你还是回去把妈接过来吧，我想吃她做的任何东西。”

“你真的这么想的？她来城里或许给你添麻烦。”

吴天明想到，母亲从来没有走出过吴家坪，一下子来到城里，说不定会有许多生活上的不习惯。

“能有什么麻烦？我就是这么想的。”

“她要是让你不自在怎么办？”

“不会的，我都能慢慢接受的，我已经在心里接受她了，至于其他方面，很容易的。”

“那就这样说好了，我过两天就去吴家坪接咱妈。”

八十八

樊丁香怀孕了，吴天明要去接母亲进城。

当吴天明把这个消息打电话告诉吴老汉的时候，吴老汉高兴地山羊胡子又抖上了。

他坐在吴家坪的最高处，那个可以告诉全世界好消息，也可以让全世界分担苦恼的地方。

他像当年狗剩出生时那样，扯着嗓子喊了一声，喊来了一群孩子和一群狗，也喊来了白凤英。

“老东西，都这么大岁数了，还能喊动啊。”

“我有重孙子了，我老吴家的祖坟上又冒青烟了。”

“老东西，你终于活到抱重孙子了。”

“听说李三收监了。”吴老汉突然低沉地说道。

“他这辈子回不了吴家坪了。老东西，你还在想他吗？”

“你说李三的禳解到底有没有用呢？”

“你说呢？”

“吴家坪的人都不说，谁要是说出来了，事情就不灵了。”

“其实有些事情是不能信的，信自己的心就行！”

“老婆子，我也信自己的心，我们两个可惜了了。”

“你看看远处的车，是不是你孙子回来了？”白凤英突然指着远处卷着黄土开过来的小轿车。

“是的，是我孙子回来了。”吴老汉说着话就挥动着他手里的烟锅子。

吴天明带着车，从梁底下钻过来，开到了梁上。

“爷！”吴天明快速地从车上下来，快步走到了吴老汉的面前。

那个司机也下来了：“吴老爷子好啊！”司机正是万晟。

“狗剩啊，这是谁？”

“这是我同事，丁香从小玩大的发小。”

“老爷子，一路上狗剩给我讲了好多您的事，您可是咱们坪上的老神仙啊！”

“哈哈，这城里的人就是会说话，我都成神仙了。”

“爷，咱上车吧，我今天还要赶回去呢，只请了一天假。”

“我也上你这车？晕不晕啊？”吴老汉这辈子还没有坐过小汽车，坪上的班车倒是坐过几次，都晕车。

“您上吧，白家奶奶也上，我们一起回家。”

白凤英站在那里上也不是，不上也不是，难为情得不知道怎么好了，伸手摸着光洁的车身，脸上表现出从未有过的欢喜。

吴天明把爷爷和白家奶奶分别从车的左右面安置到后排座上，然后把车门关好，自己坐到了副驾驶。

从梁上到吴老汉的家里只有几分钟的路程，在吴天明的安排下，万晟开着车在坪上绕了一大圈，惹得村民们都出来看热闹。

“听说狗剩当官了，开了个小车回来了。”

“就是就是，李三回来的时候坐的老板的车，狗剩可是公家的车。”

“就是就是，李三都进去了，再不出来禳解作法事了。”

“不一样的，人家狗剩是大学生，干的是公家的大事。”

“吴老汉家的祖坟埋得好，这不孙子刚结婚，孙媳妇就怀上了。”

“是啊，刘春霞这下有出头之日了，可把人活下了。”

“养儿子不在早，养的好就行；也不在多，养的好就行。”

村民们纷纷议论着，吴老汉坐在车里突然有些胸闷，他喊道：“狗剩，停车，我要吐。”

万晟立即停下车，吴老汉拉开车门就跳了下去。

白凤英也赶紧下来：“老东西，没福消受吧？这就晕了？”

“去你的，日弄我你一个顶八个。”

“你先去吧，狗剩，我和你白家奶奶在这歇会儿。”

“爷，你没事吧？”

“没事，晕车嘛，受不了。”

“那我就先回去了，爷，你一会儿走回来。”

吴天明领着万晟回到了家里，因为提前给过母亲电话，母亲已经准备好了一桌子饭菜等着。

“妈，这是我同事。万晟，这是我妈。”

“妈，我爸呢？”

“你爸驮水去了呗，每天雷打不动的工作。”

“万哥，你坐下吃饭，我家的扯面平时可是吃不上的哦。”

“狗剩你也吃，我去收拾一下，吃完了缓一阵。”

“妈，我姐们啥时候过来？”

“她们几个轮流着过来照看你爸和你爷，都说好了，她们很高兴，今天你四姐先过来。”刘春霞说完就去做准备了。

“天明，你家的面是自己磨的吧？吃起来好有味道，筋道得很，好吃。”

“好吃就多吃点，这个，洋芋糊糊，是丁香最爱吃的，你浇在面上，香得很。”

“哦，好！”

“还有这个，蛋花汤，都是我家养的土鸡，这个，小白菜、葱花，就是简单点，味道不错。”

“嗯，嗯，好吃，好吃。”万晟只是闷着头大口大口地吃，根本顾不上说话。

吴天明看着万晟的吃相说：“你知道我第一次见你是什么印象吗？”

“什么印象？别又说我坏话吧？”

“不说坏话，只是现在的这个形象跟那个形象天上地下的差别。”

“你意思是我吃相很差？”

“不是，是你当时太讨厌。”吴天明说完就哈哈笑个不停。

刘春霞穿了一身素净的衣服。这还是吴天明和樊丁香结婚的时候，樊丁香从城里给婆婆买回来的衣服。刘春霞一直舍不得穿，只有走亲戚的时候穿，而对于她这样的外地人，也没有啥亲戚，最多就是去女儿家。

“阿姨好气质啊！”万晟惊叹一声。

“什么气质啊，一个农村的老太婆而已。”

“您可不像农村的老太婆，这在城里，也是好形象呢。”其实万晟说的也是事实。

刘春霞虽说长年在农村面朝黄土背朝天，一年四季也不知道用护肤品，但是稍一打扮，形象气质是城里人所没有的，在吴家坪也是出类拔萃。

“妈，多带些土豆，丁香天天喊着要吃呢。”

“我装了两袋子，还装了一些荞面，一些玉米糁子，一些麦面，还有黄米。”

“够了，妈，装那么多，能拉下吗？”

“能呢，阿姨，后备厢装不下还有后排座脚底下。”万晟忙说。

“这些鸡蛋是我平时攒下的，都带上，给你这个朋友也带点。”

“妈，把咱家的面给万哥装一点，他说好吃。”吴天明说。

“这怎么好意思？这面粉花多少钱也买不上的。”万晟不好意思地说。

“算我送你啊，我还送得起的。”

“那我这次真是开眼界了，太感谢你了，狗剩。”万晟特意把“狗剩”两个字拖着长长的腔调叫着。

八十九

刘春霞从吴家坪到省城的儿子家里，并没有像吴建仁进城的时候显得那样好奇和拘谨。她很大方，似乎很容易就融入了这座城市。看着满街跑着的各种汽车，高低不同的楼群，新潮的各色人群，刘春霞心里很平静。

在吴家坪，没有这么多现代化的东西，而大城市里的人，他们却很向往农家的日子，比如万晟。

只是她需要时间去适应，她想，别人会的，她也一定能会。人都是吃五谷杂粮的，没有谁比谁金贵，没有谁比谁低贱。在某种时候的低头和忍受，只是对他人的无奈和对环境的适应，这并不等于就是屈服。每个人的内心深处，都有高贵的一面，也都有适应贫穷的准备。这就是刘春霞，一个在吴家坪默默生活了半辈子的普通女人。

当樊丁香见到婆婆的那一刻，自然是高兴的。她已经为婆婆准备好了卧房，买了足够的换洗衣服，这是一个城里儿媳妇能想到和能做到的。因为爱和爱情，她和婆婆打算好好相处，事情也正朝着她所期望的那样进展。

“妈，我给您泡好了茶，不知道您喜欢喝红茶还是绿茶，我想现在是夏天，我就给您沏了绿茶。”刘春霞一进门，樊丁香就捧上了一杯绿莹莹的茶水。

“我可不像封建的婆婆，来让你伺候的。”刘春霞跟自己的儿媳妇开起了玩笑。

“妈，我就说你和别人不一样，果真！”

“别夸我了，说不定我会给你弄出许多乱子来呢。”

“嘿嘿，我乐意！”

吴天明把母亲拿来的东西归置好以后对母亲说：“丁香想吃你的馓饭洋芋糊糊很久了，想得都睡不着了。”

“再说，我就流口水了。”樊丁香说着果然吸溜了起来。

“我现在就去给你做。”刘春霞说着挽起袖子，“你家厨房呢？”

“妈，休息一下，你才坐完车。”

“我不累，一点都不累。”

刘春霞执意要进厨房，樊丁香只好带她去厨房熟悉：“妈，这不像吴家坪，要生柴火，有灶膛，我们用的液化气，您看，这里。”

婆媳两个在厨房里熟悉了半天，刘春霞说：“我知道了，我在厨房里待了半辈子，还没见过不用柴草和炭就能做饭的，神奇！”“这可真干净，妈可算是开了眼了。”

“妈，弄完了要关气的，不然会不安全，我在旁边帮您。”

“好吧，第一次你帮我，以后就不用了。”

不一会儿工夫，刘春霞在樊丁香的协助下，一顿城里的吴家坪饭菜隆重上桌。

“来，我们给妈接风，不过，饭是妈自己做的。”樊丁香说道，“妈，第一顿饭该我来做的。”

刘春霞第一次正经八百地坐在饭桌子前吃饭，但是暗暗压抑住一种说不清道不明的情感，装作自然地学着丁香的样子举起了手中的杯子。

“妈，这是红酒，您尝尝。”吴天明在旁边说，“妈，你会适应这里的一切的。”

“我会的！我尽量不给你们丢脸。”刘春霞自己先笑了。

“妈，您真幽默，真是个聪明的妈妈！”樊丁香说。

“又夸你妈了？小心哪天我出门去找不着回来。”刘春霞自嘲道。

“妈，吃完饭我带您去超市，看您需要什么东西买点。”

“好，带我出去逛逛。”

吴天明看着婆媳两个聊个不停，就说：“妈，您今天刚来，又做饭，累了，休息一下了明天让丁香带你去逛吧。”

“也好，明天去。”刘春霞拉着樊丁香的手说，“你有心了。”

“妈，您不要这么见外好吗？您对我那几个姐姐也是这样客气吗？”

刘春霞只是笑笑。

樊丁香又说：“妈，您就当我是您的小女儿好了，不要老说那么见外的话，不然我会生气的。”樊丁香说着故意噘起了嘴巴，做了个撒娇的样子。

吴天明看在眼里，喜在心里。他打了个招呼就去屋里休息了。自从上高中直到现在上班，他已经养成了午睡的习惯。

母亲从来都没有午睡过，樊丁香陪着婆婆也不想午睡。

在吴家坪，婆婆和媳妇哪有这么说说笑笑的关系呢？母亲吃饭的时候连在饭桌前都没有坐过。一辈子就在家里伺候爷爷、父亲和孩子们，从来不知道自己的位置在哪里。

恰恰是多少年的习惯，让她闲不住。她不会像城里人那样在闲的时候抱着个电视不放或者虚度光阴，她会变着法地做一些好吃的。

来到城里的刘春霞，每天给儿子媳妇做饭。一个土豆就有十几种做法，这在樊丁香的生活经历中从来没有见过。

这不，刚刚放下饭碗的刘春霞，又开始煮上了土豆。樊丁香不知道婆婆要干什么，只是默默地看着。

刘春霞把洋芋煮好，搅拌成泥状，问儿媳妇要了牛奶，又放进自己带来的鸡蛋，调好葱花等各种调料，让樊丁香拿出平底锅来，她烙上了牛奶土豆泥饼。

刚一出锅，樊丁香就忍不住了，抓了一个往嘴里塞，惹得刘春霞笑了：“这孩子，拿个碗盛上啊，也不嫌烫。”

“好吃，妈，太好吃了！你怎么想到做这么好吃的东西呢？”

婆媳两个在厨房和饭厅里折腾，让吴天明也兴奋地没法睡下去，他只小躺了一会儿就起来了。

“你们又弄什么好吃的呢？妈，你留着点手艺改天做，丁香刚吃完饭，小心吃胖。”吴天明对她们两个说。

“妈的手艺多着呢，一时半会儿还用不完。”

吴天明一看母亲做的饼子，惊奇地问：“这是什么？我怎么从来没有吃过呢？”

“这是牛奶土豆饼，吴家坪少有牛奶，所以没做过呀。”

“那你是怎么想出来的呢？妈，你真太聪明了。”

“你们两个呀，都夸了两次我聪明了。”

“就是就是，咱们就是聪明。”樊丁香忙着吃，忙着说。

“牛奶有营养，鸡蛋也有营养，孕妇吃了好。”

“妈，您懂的真多，书上就是这么写的。”

“我可没有看过书，我生了八个孩子，也没有喝过一口牛奶。”

“妈，真是苦了你了。”樊丁香动情地说，“以后我们孝敬您，您天天喝牛奶。”

九十

大张已经调查到，那个打不通的电话是胡严东的，只有牛娟的电话能打通。

“这个胡严东，估计给别人毒品的时候都是单线联系。”

“难怪别的电话打不通。”

“我拿娟娟的电话又试了几次，再也没有打通。”

“他可能再也不来了。”大金牙肯定地说。

“他是黄毛的人。”

“我知道，上次的计划本是万无一失的，结果黄毛临阵反水。”

“伏小琴真厉害，于大胆和黄毛都被她利用了。”

“这个女人变得我都不认识了。”

“牛总，下一步我们该怎么办？”

“大张，最近辛苦你了。”大金牙拿出一个装满钱的信封给大张说，“这个你拿着，我也不能白让你辛苦。”

大张拿着这一包钱，感激地对大金牙说：“我今生唯牛总马首是瞻，绝不含糊！”

“行了，行动上见！”

“明白，我绝不当黄吉强第二！”

“去吧，我想一个人待会儿。”大金牙疲惫地说。

胡严东自认为做了伤天害理的事，把那个电话扔掉了，随后他自己也跑路了。

跑路之前他去找了伏小琴和黄毛。

结果让黄毛一顿毒打：“你真不是个东西，谁让你吃窝边草的？她还没有长大，你真下得了手？”

“我是没有忍住，你就饶了我吧，现在我该咋办？”

“你说该咋办？我现在就把你交给牛总去。”

“千万不要啊，他会剐了我的。”胡严东抱住了黄毛的腿。

“我已经对不起人家了，你还变本加厉，你让我怎么面对牛总？”

伏小琴从里间摇曳多姿地走了出来，她冷嘲热讽地说：“什么牛总，他是你的牛总吗？叫得这么亲，那我就是你姑奶奶。”

黄毛一听伏小琴对自己发火了，赶紧收敛了一下：“小琴，你说，怎么处理？”

“怎么处理？那就要看在你的心里是我重要还是你的牛总重要了。”

“话别说得这么难听嘛，你还不知道谁重要吗？我们都逃到这里了。”

伏小琴突然杏眼圆睁：“那还废什么话？你和我已经是一根绳上的蚂蚱了，你以为大金牙会放过你？”

胡严东一看黄毛的地位，赶紧爬到伏小琴的脚下声泪俱下地哀求："嫂子，嫂子救我，我该怎么办啊？"

"胡严东，你给我起来，你以为你就是强奸了牛娟吗，引诱她吸毒的罪行更重！"伏小琴恨恨地说。

"小琴，你这事做的是不是太绝了，连我都瞒着。"黄毛对伏小琴有些不满。

"瞒着你是不想让你参与这些事，保护你，懂吗？"伏小琴说道，她的确是这么想的，做人要恩怨分明。

伏小琴心里早就想好了后路，大不了她和大金牙鱼死网破。

自从回了一趟吴家坪，得知了狗剩已经有了对象，并且狗剩有自己的理想，那些理想是她一辈子也够不着的，她的心就死了，彻底地死了。支撑她活着的唯一力量就是对大金牙的报复，除此而为，别无他求。而黄毛，只不过是她的工具而已。

她要求黄毛给了胡严东足够的钱，打发胡严东远走高飞。

她铁了心，剩下的事她自己解决，终究是要和大金牙撕破脸的，现在是时候了。

大金牙把女儿牛娟从医院里接回来，请了保姆专门看护妻子和女儿。

他看着疯疯癫癫的母女俩人，似有万箭穿心。

何雨桐和牛娟都穿着睡衣睡裤，满屋子乱扔东西，凡是能抓在手里的都扔出去，然后跑过去再捡，再扔。

牛娟的毒瘾还没有得到有效控制，大金牙还得花很多钱请医生来家里帮助她戒毒。

他看着茶几上自己给女儿买回来的高考复习资料，心痛得像是被人撕成了几瓣。如果他早一点明白教育女儿，如果带女儿去见狗剩的不是伏小琴，那起码女儿是安全的健康的；如果自己做事做人正派，如果自己不沉迷一时的快乐，如果自己多给妻子一些温暖和关爱，家，也不会是现在这个样子。现在，一切都晚了。

害人终害己！这是大金牙此刻能想到的唯一解释。

一会儿是何雨桐围着大金牙喊："伏小琴，快救我出去啊，这里黑洞洞的，我害怕……"

一会儿又是牛娟哭哭笑笑："我要考大学……大哥糖好吃，大哥放开我……小琴姐，小琴姐……"

这母女俩人从卧室到客厅，从客厅到卧室，跑过来跑过去，让大金牙想起农村跳大神的场景来。

他痛苦地背靠着沙发，双手抱着头，欲哭无泪。

“苍天啊，这哪像个家啊！”大金牙失声痛哭了。

报警这条路一定不能走，何雨桐的事情就是个例子，伏小琴是谁？她是能把警察拉下水的人。

想到这里，他来到砖厂的经理办公室，把刘小舟叫了过来。

“小舟，我想把砖厂交给你，你做好准备吧。”

“牛总，这怎么可能，您干得好好的。”

“我有更重要的事情要做，以后砖厂就是你的了。”

“牛总，我知道您信任我，这几年你也没少栽培我。我会替您守着，等您回来的。”

“我喜欢知恩图报的人，小舟，记着以后走正道，不要有了钱就忘了本，更不能对不起彩云。”

“我懂的，牛总，我一定谨记您的教诲。”

“小舟啊，教诲谈不上，只是一点教训！”

“不知道您是要去哪里呢？”小舟谨慎问道。

“你安心经营砖厂，别的事就不要问了，记住我的话，好好做事，好好做人。”

大金牙草草地写了一份协议书，交给刘小舟：“证件印章都在这个抽屉里，我走后你安排人尽快过手。”

刘小舟默默地接受着这一切，像是做梦一样。他这几年一直努力、勤奋地学习着生产、经营和管理，论实力，他完全能够引导砖厂走向正道。刘小舟真的没有想到自己的努力和勤奋会有今天的回报，接手这么大的一个砖厂。看来，机会真的是给有准备的人准备的。

打发走了刘小舟，大金牙叫来了大张。

“安排几个人，我们现在就出发。”

“去哪里？牛总。”

“找黄毛！”

九十一

大金牙带着大张等几个人寻找黄毛的落脚地，他们先从车站入手，因为胡严东是在车站引诱的牛娟。但是他们在车站蹲了三天三夜，也没有见到胡严东的影子。

正在他们焦虑地不知下一步怎么办的时候，胡严东的一个弟兄过来报告说："牛总，我有个朋友在丰源省的郊区发现了一个人酷似胡严东。"

"这个消息确切吗？"

"我的朋友是我过命的兄弟，在这之前我给他看过胡严东的照片。"

"告诉你的朋友，盯紧胡严东，有消息随时来报。"然后大金牙对大张说，"我们连夜火速赶往丰源省，妈的，没想到这个婊子跟着黄毛逃到了丰源省。"

"黄毛是做酒吧生意的，他别的不会。"大张说。

"到了丰源省，我们分头对酒吧逐一排查。"

他们刚到丰源省城落脚，大张来报告："弟兄们盯着的胡严东出现了。"

"在哪里？"

"在郊区的一个破旧楼里面，好像是出来弄吃的。"

"不要打草惊蛇，夜里去捉他。告诉弟兄们先休息下，调整一下精神，吃点好的，不要吝啬钱。"

原来胡严东从黄毛和伏小琴那里弄了钱后，准备远走高飞。可是这小子心存侥幸，心想这件事情过去快两个月了，没有人找他算账。再说了，以往他做这种事挺多的，也不是牛娟一个人。跟上黄毛玩个把女人那是家常便饭，谁还把这当成个事呢？他准备躲过这一阵子就明目张胆地出来重新讨生活了。

岂不知他这次玩的女人，是比他还能玩女人的大金牙的女儿，并且大金牙视自己的女儿为生命。

夜深了，胡严东在烂尾楼里睡得正香呢，埋伏在楼外面的大金牙的爪牙摸进了他的身边，不等他醒过来就把他五花大绑起来。

胡严东喊都没来得及喊一声，大张劈头盖脸就把胡严东一顿暴打。被打得鼻青脸肿的胡严东，还不知道自己挨了谁的胖揍。

胡严东跪在地上，口鼻里的鲜血滴答滴答地砸在烂尾楼地上的沙土上。从烂门框的外面进来一个人，踢起一脚土扬在胡严东的脸上。

胡严东睁眼一看，直接就瘫倒了：“牛总，牛总饶命啊！”

“姓胡的，知道你做了什么吗？”

“我千不该万不该对您的女儿下手。我是后来才知道那是您的千金，要是早知道，给我一百个胆子我也不敢。”

“是谁让你这么干的？是不是黄吉强？说！”

“不是，是我自己。”

大张用脚狠狠地踩着胡严东的头。

“说还是不说？”大金牙又问。

“是我，我说的是实话啊，牛总。”

大金牙对大张使了个眼色，大张在胡严东的裤裆里就是一脚。

胡严东弯着腰直不起来，声嘶力竭哭道：“牛总，饶命啊，牛总，我说。”

大张停了手，胡严东趴在地上捂着下身。

“还不说吗？再来！”大金牙命令道。

大张抬起脚又是一下。

“我说，牛总，我说，是，是伏小琴……”

胡严东话还没有说完，人就已经昏倒了，脸上的汗珠豆子似的往下淌。

“妈的，这小子不禁打！”大张啐了一口。

“把他扶起来，还有用。”大金牙说道。

几个人过来把胡严东拉起来塞进了车里。

第二天早上，大金牙他们找了个地方对胡严东进行了“审讯”。

胡严东讲，大张命令人写，等写好了胡严东犯罪的前因后果，受谁的指使，毒品的来源一些事项的时候就让胡严东在上面签了字按了手印。

大金牙给黄毛打电话，约黄毛出来。

大金牙觉得，要弄死伏小琴，必须和黄毛联手，而对黄毛，他得软硬兼施。

当大金牙用胡严东的电话打给黄毛的时候，黄毛还以为是胡严东：“你现在在哪里，还敢给我打电话？”

“黄老板，一向可好？”

“啊？怎么是你？”

“想不到吧，我们老朋友又要见面了。”

“牛总，你来丰源省也不提前给我说一声，兄弟为你接风啊。”

“你还会给我接风？连电话都换了，怕我什么？”

“这个……”

“我拿你当兄弟，你拿我当什么了？一而再，再而三，为什么和我过不去？”

“牛总，当初是我对不起你，你有事冲我来就行了，胡严东他没做什么啊？”

“他做了什么，难道你这个当老板的不知道吗？”

“那件事我听说了，我还狠狠地收拾了他。”

“哼，老黄，你说得轻巧。刚才还说他没做什么吗？”

“胡严东在你手里吗？你把他怎么样了？”

“他罪有应得，我让他一辈子都不能再碰女人。”

电话那头的黄毛已经浑身在冒汗了，他知道大金牙的手段。

“牛总，牛哥。”黄毛不知道再说什么了。

“叫牛爷爷都不管用了，你首先不讲信用，被一个女人迷得五迷三道的，太不够义气了。”

“是兄弟我一时鬼迷心窍，不过呢，我也想改邪归正。”

“好啊，你改邪归正了，就指使胡严东害人？”

“这件事的确不是我干的，你冤枉我了。”

“那是谁干的？你还要袒护那个婊子吗？”

“她今天出门去了不在，要不？”

“要不什么？”

“让她给你赔情道歉。”

“姓黄的，你的脑子被驴踢了吗？赔情道歉能解决问题吗？”

“事情都已经发生了，要多少钱吧，我赔给你。”

“不是钱的事，我和她的事不是你能懂的。”

大金牙一想到自己这辈子栽到了伏小琴的手里，恨不能把伏小琴千刀万剐。但是他不能对别人说，这件事只有她知他知天知地知。

“那我就不懂了，胡严东是拿了毒品，其他事我真的不知道。”

“真的跟你没有关系吗？”

“天地良心，我真的不知道。”

“呸，你狗屄不得好死，你的良心狗吃上了，还跟我谈良心。”

“牛总，咱们有事说事，这样不好吧？”

“我女儿和我老婆都已经不成人样子了，你说我活着还有意思吗？胡严东的命，就掌握在你的手里。你看着办。”

“你想怎么样？”

“我想和你算一笔账。”

“好吧，我们迟早是要面对的，你说个地方。”

“不要带人，你一个过来，要带就带上伏小琴那个婊子。”

“好，我一个人去。”

九十二

当黄毛来到大金牙指定的地方的时候，一种不祥的预感随即而来，他假装镇静地走到大金牙的对面坐下。

大金牙的两边立着几个彪形大汉，不远处零零散散也有几个看似可疑的人。

黄毛知道大金牙动这么大的声势找他，肯定没有好果子让他吃。

“说吧，牛总，事情既然已经出了，我们怎么了结吧？”

“你他娘的胆儿够肥，给我老实说，胡严东的所作所为你到底知道多少？”

“牛哥，我实话给你说，毒品的事我是后来才知道的，我也劝过小琴。”

“呸，小琴，叫得够亲切的啊。”

“牛总，你让我怎么称呼她？”

“老子玩腻了的女人，你爱咋弄咋弄，老子现在想知道你是怎么想的？”

“我和伏小琴私奔的事，你既然已经知道了，只当是哥们儿对不起你了。”

“这是第一笔账，女人比哥们儿魅力大，这个我懂，于大胆就是个例子，是我的失误了，太他妈相信你了。”

“牛总，我年纪也不小了，就是想以后走正路，所以……”

“这是正路吗？正路你不好好找个女人过日子，为什么偷着藏着？”

“让你女儿吸毒的事，我的确不知道，骗你天打五雷轰。”

“我信，但是事情因你而起，这是第二笔账。”

“牛哥，这笔账你不能算在我头上吧？”

“胡严东是不是你的人？伏小琴那个骚货是不是因为你才能使唤动胡严东？”

“是是是，是我管教不严。”

黄毛看了一眼大金牙身边的大张，长得像鲁智深一样，随时准备要将一棵巨柳拔地而起。他倒吸了一口气，朝窗外看了看。

大金牙厉声说道：“看什么？让你一个人来的，带的什么花拳绣腿的玩意儿？”

听大金牙这样一说，黄毛知道自己带来的几个人已经被收拾了，现在的他身陷囹圄，完全脱不了身了。

“牛总，你这是……我完全听不懂你在说什么？”黄毛装作不懂地问道。

“是不是还报告了警察呢？”

“这个真没有，我发誓！”

“大张，带他走，换个地方说话。”

大金牙说完起身就走了，大张给身旁的大汉一个眼神，两个人架起黄毛也跟着走了。

上了车，他们把黄毛的眼睛蒙上，走了大约半个小时的路程，他们停下车，把黄毛从车上带了下来。

眼睛上蒙着的布被拉下的一瞬间，黄毛有点眩晕。他定睛一看，自己已经被带到了一个类似车间的地方，几种大型设备高悬着，随时要落地砸坑的气势。和设备同时林立着的是一些高大的柱子，柱子的廊坊间穿插着恶臭的水道。

大金牙他们每个人戴着一副防毒面具。

“牛哥，这是什么地方啊？你搞这么大阵仗我们怎么谈话？”

“黄毛，你觉得我们还有谈下去的必要吗？”

“你给我个机会，我一定为你效犬马之劳。”

“我跟你的账还没有算清，我还不需要你当牛做马。”

“贵千金被毁，的确不关我的事啊，牛总。”

“这个不用你说，我知道。”

“牛总圣明啊，我真的狠狠地揍了胡严东一顿。”

“可是你还是给他钱让他走了。”

“牛总，你饶了我这回。”

“吊起来！”

几个大汉过来提起黄毛就吊上了滑轮，然后狠狠地蹾在了臭水里，黄毛连胆水都吐出来了。

“三笔账，加上刚才的不听话，你要怎么个死法？说！”大金牙显然是愤怒了。

“牛总，你放我下来，我知道怎么做了。”

大金牙一挥手，大张放下了黄毛。

黄毛“扑通”一声跪在地上说：“我交出伏小琴，我交！”

“早这么聪明，有必要受这个苦吗？”

“只是……”黄毛吞吞吐吐的。

“只是什么？舍不得了吗？上！”

大张刚要把黄毛再吊上滑轮，黄毛立即趴下了：“牛总，饶了我，我交，我没有舍不得。”

说实话，黄毛还真舍不得把伏小琴交出来，这就是伏小琴的高明之处，她利用了黄毛，还要让他心甘情愿。黄毛本想自己受点苦，让大金牙出出气，这些事就这么过去了，大不了再给些钱。他没有想到大金牙早就做好了鱼死网破的准备，对物质利益以及所有的人间诱惑都置之度外了。

“说吧，怎么个交法？”黄毛胆怯地问道。

“我只要见到她不出气就行，剩下的事就是你的。”

“牛总，你……我下不了手。”

“下不了手你就去死吧，这个交易怎么样？”

“牛总，你够狠！”

黄毛的眼珠子翻了翻，心想：我不交伏小琴，你让我死，完了再收拾伏小琴，我交出伏小琴的尸首，我还得进去，左右都是个死。

“想好了吗？”大金牙不耐烦地问。

“我要是交出了伏小琴，你会把我怎么样？”

“你想怎么样呢？”

“我想走！”

“那就看你的造化了，公安局如果抓不到你的话。”

大金牙他们把黄毛送到了他的住所，就在附近埋伏了起来。

伏小琴这段时间正得意呢，离这件事情过去几个月了，没有听到任何关于对她不利的消息。她觉得自己报复的目的已经达到了，大可以和黄毛过安稳的日子，如果不谈爱情，黄毛不失为一个好的选择。

人有的时候想法极其单纯，与其说是单纯，倒不如说是肤浅，尤其是对于农村出来又没有多少文化的伏小琴而言，把自负当成了聪明。在她看来，大金牙应该是自认倒霉，或许会从此好好做人，就这样了此一生。她太不了解男人了，尤其是像大金牙这样以牙还牙从不吃亏的男人，他岂能轻易栽在一个女人的手里，何况是一个没有任何背景的乡村女人。

黄毛进屋后假装着急地对着里面喊：“小琴，小琴你在干吗？”

伏小琴从里面睡眼蒙眬地出来，穿着宽松的睡袍。

“人家正睡得香呢，怎么了？什么事把你急的。”

九十三

正在上班的吴天明突然接到了一个陌生的电话，那头自称是丰源省公安局的。

“您是吴天明先生吗？”

“是的，你们是？”

“我们是丰源省公安局的，今天早上我们在一个废水池附近发现了一具女尸，从她身上的电话簿里发现了你的电话号码。”

“我的？电话号码？”

“是这样，吴先生，因为你的电话号码被死者设为‘爱的灵魂’，所以我们想你和死者的关系应该很特殊，所以给你打这个电话。”

“等等，警察同志，我没有听懂，丰源省，我好像不怎么熟悉。”

“据我们调查，她在我们省没有任何身份证明。”

“您可以说说她的外貌特征吗？”

“她已经被人毁了容，身体残缺严重。”

吴天明说：“我实在想不起来是谁会在那里。”

“这样吧，我们给你传个电子邮件过来，你辨认一下。”

“好的，我试试！”

吴天明打开电脑，一个衣衫褴褛面目全非的女尸呈现在他的电脑桌面上，照片只显示了她的身体，四肢没有照上。

吴天明想：会是谁呢？当他看见尸体脖子上的一颗黑痣时，心里“咯噔”的一声，一下子觉得眼前发黑。

他把电话打了过去：“我认识她，她是我们一个村的。”

“那麻烦你过来办个手续。”

“好，好的！”

伏小琴的死，给吴天明当头一棒，他怎么也没有想到，伏小琴会死，会这样就死了。

“到底发生了什么事呢？”

他想起已经好久没有伏小琴的消息了，最后一次打电话还是在他快要毕业的时候，说了没几句话伏小琴就挂了。伏小琴当时的语气也和以前不一样，只是当时自己忙于毕业何去何从的事情，没有心思去考虑别人的事。但是他结婚的时候伏辉娃倒是提过一嘴，说是她砖厂的老板怎么回事，吴天明也记不大清了。

想到这里他给伏辉娃打了个电话：“辉娃，你怎么样？”

“很忙啊，墓园的管理很累的，我都快没有精力了，书到用时方恨少啊。”

“先不说这个，你妹你最近联系过吗？”

“她呀，应该挺好的吧，前不久给我打过电话，说是在丰源省，开了个酒吧，过得不错。”

“她真的在丰源省吗？”

“怎么了？天明，有什么事吗？”

“她好像遭遇不测了……”

“别开玩笑了，怎么会呢？哦，稍等，我接个电话。”

伏辉娃有电话打了进来，正是丰源省公安局的。因为在伏小琴的电话联络人里，同样有伏辉娃的电话。

过了十几分钟，吴天明接到了伏辉娃的电话：“是的，天明，丰源省公安局给我打电话了，我知道我妹的电话号码。”

“她到底得罪谁了呢？”

“天明，你能不能和我一起去一趟丰源省，我一个人怕是……”

伏辉娃在那边已经哽咽着说不出话来了，此时的他已经完全崩溃了，他想这事一定和砖厂的老板有关系。

“我们一起过去吧。”吴天明说。

樊丁香的肚子一天比一天大了，索性不去上班了，休假在家保胎。在家陪婆婆聊天，在城市就能享受到农家美食，岂不是人间天堂吗？

樊丁香在旁边看着，婆婆刘春霞给未出世的小孙子缝棉衣棉裤，一针一线地细致地缝着。

吴天明急急忙忙地回家来，对母亲和丁香说：“我要去丰源省一趟，明天回来。”

“这么急匆匆的，有什么事吗？是出差吗？”

“不是，妈，你记得伏家的小琴吗？”

“知道啊，她好像一直在外面打工，我也多少年没有见过了。”

“她出事了。”

“狗剩，出什么事了能让你过去？”自从婆婆来了以后，樊丁香总是跟着婆婆一起叫吴天明的小名。

“她出大事了，没了。”

“没了？什么意思？”

“回来再说吧，我和她哥伏辉娃一起过去。”

吴天明说完就要往外走，樊丁香挺着大肚子站起来，顺手拿了一件沙发上的衣服，又从茶几上装了几个水果：“带上，晚上天凉，这个路上吃。”

吴天明拿上樊丁香给的东西说：“你和妈在家吧，我明天就来。有事就给咱爸打电话，给万晟打电话也行。”

吴天明指的有事是万一提前生产的事。

“你去吧，还早呢，注意安全啊。”

等吴天明出去了后，刘春霞对儿媳妇说：“丁香，你不忌讳这种事吗？”

“忌讳什么？”樊丁香问。

“在吴家坪，怀孕的人不能去见死人的。”

“狗剩又没有怀孕啊。”

“可他是你男人。”

“妈，咱不计较这些，啊，人都死了，死者为大。”

“妈也不是死脑筋，只是这多少年来在吴家坪的影响，一时半会儿忘不掉。只要你不计较就行。”

“妈，你说那个小琴，和狗剩关系好吗？”

“小时候一起玩大的，关系肯定好啊，只是这么多年了也没有联系过。”

“我没有听他说过有个叫伏小琴的。”樊丁香说。

“这个女孩子一直在外面打工，倒是心眼挺好的一个女娃，长得也很好看，但不知道这是怎么了？”

“天有不测风云吧，我们只能祈祷她来世平安。”

“丁香，你真是个心地善良的孩子。”

“妈，不说她了。我今天想吃土豆煎饼、土豆沙拉，您给我做吧，然后我给您做红烧鱼，怎么样？”

“我们婆媳两个一天就顾着个嘴了。”

“是我们三个。”丁香指着自己的肚子说道。

“哦，我把我孙子给忘了，是三个。这要是等我孙子出世，都不认识他奶奶了，成了个大胖奶奶了。”刘春霞笑着说。

“妈，您一点都不胖，该好好吃才行。”

“你就不怕我把你们吃穷了？”

“妈您看您说哪里话了，是咱家，这里是咱家，什么你们我们的。”

“对对对，我总是说错话，丁香批评的对。”刘春霞几个月来，和樊丁香相处得非常愉快，连说话都默契多了。

进了城的刘春霞，脸也红润了，穿着也洋气了，被儿媳妇打扮得好像年轻了十几岁。

九十四

婆媳两个吃完饭，丁香去午睡了，刘春霞还是坐着给孙子缝小衣服。

在吴家坪的吴建仁给刘春霞打来了电话。

刘春霞接起电话说：“小声点说话，儿媳妇在睡觉呢。”

“春霞，我告诉你一件事。”

“什么事啊？你说。”

“刚才伏国林伏老爹家传出消息，他们家小琴被人害死了。”

“我以为什么事呢，这种事就不要说了，不吉利。”

“一个姑娘家，死了也不能进门，太可怜了。”

“我知道了，你还有什么事吗？”

“我想进趟城。”

“谁呀？妈，谁的电话？”这时樊丁香睡起来了，问刘春霞道。

“是你爸，他说想过来。”

“那好啊，妈，让我爸过来吧。”

“听见了吗？儿媳妇说让你过来呢。”刘春霞对着电话说。

“我准备一下，你们带过去的土豆吃完了吧？都要什么？”

“我给你说，你记一下啊。”

樊丁香坐在沙发上看着小衣服，左右比画着。

吴天明和伏辉娃到丰源省城公安局的时候，警察只让他们签了字认领了尸体，至于怎么处理，就看他们自己了。

他们办完手续从公安局出来的时候，一个熟悉的身影出现在公安局办公楼的走廊里，伏辉娃痴痴地看着。

“怎么了，辉娃？走啊？”吴天明不解地看着伏辉娃，又顺着他的视线望过去。

只见一个飒爽英姿的女警，手里正拿着个文件夹朝他们这边走了过来。路过他们的时候，看也没看他们一眼就要过去。

这时伏辉娃忍不住了，他喊了一声：“是你吗？”

那个女警立即转过头："请问你是问我吗？"

伏辉娃追了两步说："我是在问你，你不认识我了吗？"

"你是？"

"我就是打扫墓碑的人啊。"

"哦哦哦，是你啊。"

吴天明看着他们两个说话，不知道在说什么。

伏辉娃赶紧给做了介绍："这是我的发小吴天明，这位警察是……"

"不好意思，我还不知道你的名字。"

"你们好，我叫薛燕。"

伏辉娃把来警察局的经过说了一遍。

"这个案子啊，很复杂，嫌疑人我们正在抓，线索有的。"

"哦，薛警官，你能告诉我是怎么回事吗？"吴天明问道。

"恕我不能多说，我们还没有结案，不能对外透露。你们还是先安置好受害人再说吧。"

从警局出来，吴天明看伏辉娃心情极为沉重，一方面是因为伏小琴的死，另一方面，可能是因为刚才的女警察。

吴天明小心地问道："辉娃，你给我说实话，刚才那个警察，你和她熟悉吗？"

"不熟！"

"那你看她的眼神不对，我看见了。"

"不熟，就是不熟嘛！"伏辉娃显出了极为不耐烦的样子。

"那我不问了，走吧，尽快安置好你妹再说，我还要赶回去的。"

吴天明看他这副样子，不放心他一个人带着伏小琴的骨灰前往墓园，但是又没有办法。

他说："辉娃，不如我们住一夜再走吧，你这样我不放心。"

"也好，住就住一晚吧，我利用今天晚上忘掉她。"

直到现在吴天明才明白了，伏辉娃是单相思，得治！而治愈单相思的良方，就是时间和事实。事实现在已经有了，剩下的就是时间，一夜，足够了！

晚上两个人草草吃了一点东西，就躺下来休息了。

吴天明想和伏辉娃聊聊天，以此来使他达到忘记一些事情的目的。

他说："辉娃，你在墓园这种公司里干的怎么样？"

“还好，现在的墓园我一个人说了算，钱是挣了不少，我两辈子都用不完的。”

“那你就成个家吧，凭你的条件，什么样的女孩没有呢？”

“不瞒你说，狗剩，我们一起长大的，你了解我，我不轻易对人好的，有事情了就自己扛着。”

“理解，在那里，靠你一个人打拼，可以想象你的能力也是非凡的，能管那么多人，那么多事。”

“也许是天生的吧，我管理起来不是很费劲。以诚相待吧，咱吴家坪的人不都待人真诚吗？”

“这一点我和你有同感，不管在哪里做什么事，不能太多心计。”

“嗯，我就是这样对待我的员工的，他们把公司都当成了自己的公司一样管理，我们彼此都同吃同乐。”

“那就在那里成个家，挺好的。”

“是有个女孩一直对我挺好，我心里有别人，不能对不起人家，现在好了，我回去就向她表白。”

“这就对了，辉娃，你能这样想，我真替你高兴。”

“狗剩，我们几个一起长大的，就你一个人考上了大学，我妹她……”伏辉娃又伤心了起来，“她死得太惨了，不明不白的。”

“是啊，她从吴家坪走出去，我们都不知道她在干什么，我们各自都在为自己的前途生活忙碌着，忘记了彼此。”

“李三爸给我说过，我们吴家坪走出去的人都是要回去的。”

“可是你妹小琴回不去了。”

“现在，我唯一的希望寄托在警察那里了，相信他们一定能够抓住凶手。”

伏辉娃和吴天明躺在旅店的床上聊着天。

吴天明说道：“辉娃，没想到我和你以这种方式在他乡谈论这些事。”

“狗剩，你将来会回去吗？”

“辉娃，其实我想回去创业的打算一直没有变。”

“我支持你，我也会回去的，现在还不到时候。”

“虽然我念了大学，论成功，还不如你和刘小舟呢，你们都是老板了，有钱人。”

“别损我和小舟了。唉，我们三个走的路不同呀。”

“也不知道小舟怎么样？他和彩云的孩子估计都很大了。”

“听说了，他干得也不错，人聪明又好学，挺好。”

伏辉娃和刘小舟通过一次电话，刘小舟只说砖厂的老板把砖厂交给他了，去了哪里，他也不知道。

伏辉娃隐隐觉得，这个砖厂大金牙和伏小琴的死有着千丝万缕的联系，因为他了解大金牙的为人。

“狗剩，我心里有个事一直没给你说过，我当时在砖厂的时候，就见识过砖厂的老板大金牙，这个人很不地道。”

“你说的和小琴有关系的就是他？”

“对，就是他。可是我掌握的还不如警察掌握的多。”

“睡吧，警察会给我们一个交代的。”

九十五

正当他们两个都要睡觉的时候，吴天明的手机响了，他一看是个陌生号码，就给压了。没想到这个号码又打过来了，吴天明没好气地接了电话：“你是哪位啊？都这么晚了。”

“这么多年过去了，都听不出我的声音了吗？”

“你是？”吴天明觉得这个声音好耳熟，像是从前世传到今生的，他一骨碌从床上翻了起来。

就听得电话听筒里传出了“咯咯咯”的笑声，这笑声像一汪清泉，立即让人浑身的毛孔都感觉清新和舒畅。

“别笑了，我听出来了，柳絮啊。”

“真好，还知道我是谁。”

“这么晚了，怎么想起打电话了？”

“我去你们那里办点事，刚到，想给你打个电话。”

“哦，对了，你是怎么知道我的电话的呢？”

“大家都毕业了，也没有联系过，我是从杨旭那里知道你的电话的。”

“杨旭啊，对，我好像告诉过他，也没有联系过，他还好吗？”

“都好，我们都好，我们几个常联系呢，就你，像失踪了一样。”

“你来是公事吗？”

“当然是公事，难道专门找你不成？”

“嘿嘿，我也不是那个意思，巴望着你专门找我来呢。”

“哈哈，真会开玩笑，我找你，你家那位不把我吃了啊？”

“怎么可能？”

“我可是听说了，你现在绵得像水，怎么捏就怎么来。”

“水还能捏住吗？呵呵。”

“就跟我狡辩吧，怎么样？明天见个面呗。”

“我现在还在丰源省呢，你能等我回去吗？”

“你在哪里？丰源省？省城吗？”

“是啊，你不会也在这里吧？”

“你说对了，我还真在丰源省城，本想着明天赶过去，才提前给你打这个电话。”

“真的啊？那不如现在见吧？”

“哈哈，吴狗剩啊，你真的想见我？”

“你不都说你来见我吗？怎么又怕了？”

“怕什么，说地方，我们现在就见面。”

半小时后，吴天明和柳絮在丰源城的一家咖啡厅见面了。

柳絮比上学的时候成熟了，穿着一件粉红色的镂空纱衣，下身是阔腿的白色长裤，脚上是白色浅口高跟鞋。头发还是清纯的马尾，精心修饰的脸庞白里透红，就像一朵盛开的牡丹，又像一颗晶莹剔透的葡萄。

她笑盈盈地面对着向她走过来的吴天明，大方地伸出了右手：“老同学，好久不见！”

“好久不见，老同学！”吴天明同样伸出了手。

这家咖啡厅的格调朴素而浪漫，卡其色的主色调里，偶尔在某个地方露出一点大红。零零散散的座位布置得恰到好处，分散在每一个合适的位置。厅里播放着轻松愉快的音乐，声音的大小既能让人觉得美好，又不影响喝着咖啡联络感情的人们的谈话。

柳絮选择在这样一个雅致的地方与吴天明约会，说明吴天明在她的心目中是一种非常纯粹的关系，但又不失暧昧。

“柳絮，你现在在哪里高就呢？”吴天明早已经不是高中时候的吴天明，而柳絮也不再是那个胆小懦弱的柳絮了。

“我在上大学的城里留了下来，现在一家报社做事。”

“啊，那太好了，如你所愿了。”

“对，终于解脱了。”

“看样子生活的真心不错，祝贺你啊。”

“就这么祝贺了吗？”

吴天明想了想说：“抱抱！”

两个人重新站起来，来了一个久别重逢的拥抱，一个久违了的拥抱。

当他们抱在一起的一刹那，两个人的心跳都在加速，原来，深藏在内心深处的那一份期待，一直都是期待，当那份期待变成现实的时候，百感交集！

因为妻子的怀孕，吴天明已经有很多日子没有接触过女人了。他抱着柳絮，情不自禁地亲了一下她的脸庞。柳絮与他有着同样的情绪，两人的嘴唇很自然地就贴近了。

在这样有情调的深夜，这样有情调的咖啡厅，两个人总得有点情调不是，何况是多年前熟悉的旧情调。

柳絮问道：“你过得好吗？”

“你知道我的梦想，就是想回到吴家坪创业，自己发展，但是……”

“但是被爱情绊住了脚？”

“也不全是，主要是家里的原因。”

“还是你爷爷吗？”

“还有岳父，这才是主要的阻力。”

“我能想象，谁也不可能把自己的掌上明珠送进那个靠天吃饭的贫穷的乡村。”

“很正常，我理解。”

“问题的关键还在于你的爱人。”

“她倒好说，我们的想法总是高度一致。”

“那是绝对的啊，你吴天明是谁啊？哪个姑娘不得上杆子贴啊。”

“这话说的，好像我多优秀似的。”

“你不但优秀，主要是身上还有一种光环。”

吴天明不好意思地低下了头，他知道柳絮对他的感情，他也不是木头人，他对柳絮也有一种特殊的感情。而柳絮，也觉得自己现在说出的话很到位，却多了比以前更大的胆量。

人和人之间就是有那么一种感情，一种不能成为夫妻而又胜似友情的感情。如果说某一种感情有时候超越夫妻，那么这就算是一种吧。

此时的吴天明觉得喝咖啡有点不过瘾，叫了一瓶红酒。

两个人虽然多年不见，但是似乎都没有必要说过多的话。那种随时都可以迸发而出的感情在酒精的促使下一触即发。

首先打破沉默的是柳絮，她说：“你看不起我，所以不想娶我。”

“柳絮，不要这样说自己，其实我很喜欢你。”

“那是现在还是过去？”

“都是！”

“但是不足以让你娶我。”

“柳絮，有时候远远看着或者装在心里比绕在眼前更让人觉得美好，你就是这样的。”

“天明，你不是搞文学的，怎么说出的话都能当我写报道的题目了。”

“呵呵，你呀，净瞎说！”

吴天明从桌子的对面，坐到柳絮的旁边说：“我送你回去吧，明天我们要赶回去。”

“我本想到你上班的那里再见你，没想到上天垂怜我，让我在这里见到你。”

“明天我们一起过去，好吧？”

“好，我也想见见你的那位。”柳絮酸酸地说，眼里泪汪汪的。

吴天明看着这个熟透了的苹果似的女子，再也控制不住自己了，他深深地吻住了眼前人。

柳絮说：“走吧，时候不早了。”

“好，我想送你过去，我再回酒店。”

“你住哪里？”

“归来酒店。”

“啊，我也是！”

没想到两个人从同一个地方出来，又要从同一个地方进去。

当柳絮打开了房间门的时候，她退着进去，一只手拉着吴天明的衣襟，吴天明没有多想就跟着进去了。

雪白的床静静地看着他们，他们斜斜地躺了下去。没有来得及躲开的铺在床上的被子，在他们身下欢乐地喘息着，一种久违了的渴望，恣意地缠绵着。被子的温度在不断地上升，直到水漫金山似的气势横扫而过，那种滚烫还久久不能散去。

“柳絮，我该走了，那边有朋友还在。”

“不要走，这一生，我就要这一个晚上。”

“不是我给不起，是……”吴天明不知道说什么才是离开的理由，他嗫嚅着。

柳絮紧紧地环抱着吴天明的身体，没有要松开的意思，她如一条毛毛虫般地黏着吴天明。

吴天明抚摸着她光滑的后背，嘴里说着走，手臂却越抱越紧。

“天明，你是舍不得我的，对吗？”

“嗯。”

“你是爱我的，对吗？”

“嗯。”

“那就今晚别走了，好吗？”

“不。”

吴天明继续抚摸她的身体，这个和樊丁香不一样的身体，久聚后的体力释放让他有一种无休止地想做下去的冲动。他的冲动如火山爆发一样，一浪高过一浪。潮涌的力量只有吴家坪的大山才能够抵挡，也只有吴家坪的大山才具有这样的威力。

那一夜，丰源省城的灯火在火山喷发下摇曳不停。

九十六

第二天一觉醒来的时候，太阳的大长腿已经迈过了吴天明的身体，伸进了卫生间。

伏辉娃早已经离开了。他在桌子上留了一张纸条：狗剩，我走了，我趁着天黑带着我妹妹的骨灰去安葬，不能等你醒了，你多保重！如果想好了回吴家坪，告诉我一声。

吴天明这才想起看手机，发现家里和樊丁香都打了电话。

他急急地回电话到家里，接电话的是母亲："狗剩啊，你今天回来吗？丁香生了。"

"啊？生了？"吴天明心里一阵愧疚。

"昨天晚上打你电话你不接，也不知道你忙什么呢！"

"哎，妈，这边有点事，忘了拿手机了。"

"幸亏万晟赶来的及时，他去接你爸了，才回来就又送丁香去了医院，还好大人孩子都好。"

"给丁香说声对不起，我一会儿给她打电话。我今天就回去了。"

"嗯，你快点啊，你岳母在医院呢，现在，我得过去。"

吴天明放下电话就去找柳絮："快走吧，丁香生了，我这个当父亲的太不称职了。"

"啊？你有儿子了？"

"嗨，你看我，一急，也没问是男孩还是女孩。"

"你急什么？心虚吗？"柳絮说完觉得自己也心虚了起来。

"走吧，路上问。"

两个人简单地吃了点就上路了。

在车上，吴天明拨通了妻子樊丁香的电话，在"嘟嘟"的等待声里吴天明的心也"咚咚"跳着，他开始后悔昨天晚上的事。

"喂，天明。"樊丁香虚弱地说，"你还不回来吗？小狗剩出生了。"

吴天明听着电话那边樊丁香抑制不住的兴奋，越发地感觉对不起樊丁香。

“丁香，我马上就回来了，亲爱的，你辛苦了，爱你！”

吴天明几乎激动到了哽咽，一个男人，不是情到深处就是情不得已，才能有这样的声音，一边是对丁香的深深愧疚，一边是对柳絮的深深歉意。

柳絮看着吴天明对妻子的感情，感到自己不该这样自私。他们彼此都是因了一个“情”字。

“天明，到了以后，我们分开走，对不起！”

“柳絮，是我对不起你，你看我，呵呵。”吴天明无奈地笑着。

“哦，对了，我该恭喜你有儿子了，小狗剩 。”

“谢谢你！”

当这三个字一出口，他们之间的距离一下子就拉开了。一旦距离拉开，就是无休止的客套，一旦客套，就断了有过的和准备有的所有念想。一路上两个人保持着沉默，想着各自的事情。

下车后，柳絮去找她要采访的事去了，吴天明直奔医院。

他轻轻地推开了病房的门，看见岳母抱着孩子，母亲给孩子喂水，妻子樊丁香躺在病床上，像一朵盛开的莲花。

吴天明走到樊丁香的床前，握住妻子的手说：“丁香，辛苦你了！没想到这么快！”

“还不到预产期，也不知道是怎么了，昨天晚上就开始肚子痛。”

“是啊，我也算着不到日子，男孩子可能都提前吧？”

“你快去看看你的小狗剩，像不像你。”

“你怎么给起了个这么难听的名字？”吴天明忍不住笑了。

“怎么了？我觉得挺好听的。”

对于儿子的提前来到，吴天明觉得是儿子在提醒他，有些事适可而止就行了，得有个度。

他从岳母手里接过孩子的时候，小狗剩突然“哇”的一声哭了。

樊丁香笑着说：“你看看，我儿子报复你了，他出生的时候你都没有亲自欢迎他。”

吴天明忙说：“宝贝儿子，爸爸对不起你了。等你满月了，我摆它几桌列队欢迎你，现在给爸爸笑一个，不笑就是不原谅爸爸了？”

说也奇怪，才出生两天不到的小狗剩眼睛一眨不眨地盯着吴天明看，突然“咯”一声就笑了一下，然后立即收住了。

这下把刘春霞吓坏了，她说：“天明，你一下车就来医院，不在外面歇歇，这把孩子吓着了。”

“亲家母，你还真迷信啊，没有的事，孩子这是认亲呢，高兴！”卢月忙帮吴天明解释着。

“是啊，妈，儿子怎么会被他老子吓着呢？”丁香也说。

“对了，天明，你那边事怎么样了？”丁香问道。

“你才生产完，少说几句话，太费气了。”卢月对女儿说。

“是啊，丁香，听妈的，躺着休息，这件事我以后慢慢告诉你。”吴天明也对樊丁香说。他又转头对刘春霞说，“妈，给我爷说了吗？”

“你爸刚来就又回去了，高兴得跟个啥似的，说要亲口告诉你爷去呢！”

“那就好，我就不给我爷打电话了。”

“天明，你回家休息去吧，我看你很疲劳。”樊丁香看着吴天明的脸色不是很好，满脸疲惫。

吴天明怕被丁香瞧出端倪，只好说：“两位妈，就辛苦你们照顾丁香了，我的确有点累，就先回去了。”

九十七

当吴建仁将自己有孙子的消息带回吴家坪的时候，吴老汉兴奋地在坪上来回转着，都不知道去向谁报告这样的好消息了，正好碰上了郁闷中的伏国林老汉。

伏家老汉这几年身体虽然还算硬朗，但还是因为有些事不尽人意而令他看起来有些憔悴。先是传来消息说孙女被人害死了，他很是难过了一阵子。但后来一想：死也好活也好，反正是人家的人，肯定在外面没干好事，不然好好地怎么会连个凶手都找不到呢？又一想到都是自己身上掉下来的肉，心疼是必然的：唉，这个苦命的女子呢！要是随便嫁给坪上哪个小伙子，也是安安稳稳的一生啊！这年轻人，都说出门打工呢，有几个打好的呢？到头来还不是庄户人家一员兵啊，现在倒好，连一员普通兵都当不了了，死后连个落脚的地儿都没有。

这件事还没有过去，他就又接到了孙子伏辉娃的电话，孙子要结婚了。一悲一喜，倒也可以平衡一下伏国林的心。还好，喜的是自己家的事，姓“伏”的人要结婚了，还娶个城里的媳妇子回来。想到这里，伏国林的心情开始有了好转，人渐渐也开朗了起来。

他在山梁梁下的一个小土坡上和吴国民相遇了。

吴国民先开口了：“老伏头，精神好些了？”他还是指伏小琴的事呢。

“好了，没啥想不通的，孙子就是咱亲戚。”

“这么想就对了，我们都年纪大了，放宽心才是对的。”

“你说的对，儿孙自有儿孙福。”

“伏辉娃听说干得不错，当了总经理了。”

“是啊，老吴头，辉娃给我打来电话说要结婚呢。”

“这可是天大的好事啊，你不叫他回来摆几桌？”

“我叫了，他不回来，说单位上走不开，在城里办就行了，媳妇子要办洋婚礼呢。”

“那你去见识一下洋婚礼去，开开眼。”

“老吴头，我咋觉得我就没有你命好呢？你都可以管得住狗剩，说他朝东，他不敢朝西。”

“这一点我不是吹，当初崽娃子要回来，我死活不让，他还是不敢回来。”

“不过啊，老东西，我们细想想，是不是做错了呢？”

“你说，哪里错了？”

“这地，荒了一茬又一茬，我们都老了，也没人种了，年轻人都外边打工去了。”

“打工的那不算个啥，混不下去了就会回来种地的，和我的狗剩不能比。”

“你说的也有道理。”

“我说的都是道理，我狗剩是吃公家饭的，公家人。”

“我还是佩服你，你的家法还是严啊。”

“你有喜事，我也有喜事要告诉你呢。”

“你这几年喜事连连的，啥事呢？说出来让我也高兴高兴。”

“我有重孙子了。”

“你不是有一群重孙子了吗？也不差这一个。”伏国林指的是吴老汉那几个孙女生的孩子，那当然多了，多得他都不想去数。

“老伏头，那是人家的孩子，又不姓吴。”

“你个没良心的老东西，春霞去城里伺候孙子媳妇了，你还不是人家的人在伺候？”

“我是她爷，她不伺候谁伺候？”

“唉，我们这帮老东西，不知道都长了些啥脑袋？”

“长了啥脑袋她们也不姓吴。”

“那这次是姓吴的？”

“对，狗剩生了个小狗剩出来了。”

“好嘛，老小子，你该摆几桌了。”

“就是，我是要摆几桌，孩子满月了，就让他们抱回来。”

“你狗剩比我辉娃还小几岁呢，都有儿子了，我辉娃才结婚呢。”

“迟早的事，老东西，不要羡慕这个了，我还怕年轻人生一个不生了呢。”

“你想多了，头胎是个男娃，就放下心了。”

“嗯，明年你辉娃就会给你抱个大胖重孙子来的，你就等着高兴吧。”

“我们这把年纪了，活过一年半年的，唉。”伏国林又一次陷入了深深的难过里去了。

吴老汉自我陶醉地给伏国林算着账，想着买多少肉，买多少葱，买多少蒜薹，买多少白菜……老早地就盘算着一场热热闹闹的满月宴。

九十八

这天伏辉娃正在处理公司的文件，电话响了起来。

伏辉娃接起电话："喂？哪位啊？"

"我是丰源省公安局的，伏小琴案子的犯罪嫌疑人抓到了。"

"真的？"伏辉娃激动地站了起来，"太谢谢你们了，他是谁，我要亲口问问他，为什么这么狠？"

"他们是一伙人，不是一个人，他们是有计划有预谋的谋杀。"

"谋杀？我妹一个农村姑娘，怎么会有仇家？"

"明天就开庭审理，你可以过来的。"

伏辉娃心情沉重了起来，他就是去，那又能怎么样呢？如果不去，他的心里永远都不会明白，谁来给吴家坪的爷爷和父母一个交代呢？他决定再去一趟丰源省。

三天后他从丰源省回来了，他亲眼看见大金牙、黄毛和那伙人都伏法了、判刑了。

伏辉娃对妹妹的死痛心到了极点，回来后几天几夜都没有合眼，没有进过水米。在不知道死因的时候，他还没有这么难过。

他决定把这个秘密装进他一个人的心里，不去告诉吴家坪的任何人，包括自己的父母，包括伏小琴一直爱着的吴天明。

妹妹的死，对他的刺激非常大，他觉得城市本来就不属于他们这种人，就像李三爸说过的，他们终究是要回去的。

伏辉娃和自己公司的一个女孩要结婚了。这件事等了好久，伏辉娃没有给女孩一个准确的信息。直到见过那个女警察后，他才下定了决心要娶这个女孩的。

女孩生得眉清目秀，是一个地地道道的小家碧玉。女孩曾无数次地向伏辉娃表白，但伏辉娃心里一直有一个期望，想再次遇见墓园见过的女孩。

现在，他终于决心跟女孩结婚了。这个女孩叫刘敏。

当他把这个决定告诉刘敏的时候，刘敏激动地说："伏总，我知道你一直心里有人放不下，现在放下了？”

“放下了，完全放下了。”

“那是怎么一回事呢？”

“以后慢慢告诉你吧。”

“好，我们出去走走吧。”

伏辉娃和刘敏走在墓园旁边的林荫小路上，迎着轻柔的风，心情也渐渐地因风而轻快了起来。

季节正是深秋时候，林荫路两边各种不知道名字的树木顶着一头黄红交加的叶子，一片一片的树叶正轻飘飘地落下。树木的缝隙间麦芒似的太阳光夸张地伸出手臂，揽着路上稀少的行人，温柔，明亮。

伏辉娃对自己身旁小鸟依人似的刘敏有一种说不出的感觉。他自小就没有想过能娶上城里的姑娘，他的理想在田间地头，像母亲和吴家婶子那样的，就已经够了。

他对刘敏说：“如果有一天我不当总经理了，你还会和我好吗？”

“当然，我们都是普通人，我看中的不是你的职位。”

“除了职位，我还有什么？一个乡里人。”

“你自己不知道，乡里人的朴实和善良，诚恳和厚道，是城里人怎么也不具备的东西。”

“那就是傻子呗！”

“呵呵，我就是喜欢傻子嘛！”

伏辉娃被刘敏的一句话说得有点感动，他站住轻轻地抱了一下刘敏，然后在她的额头上亲了一下。

这是他长这么大第一次亲一个女孩。

“刘敏，如果我要回到吴家坪去种地，你也愿意？”

“那可太好了，我最喜欢种地，你真的会回去吗？”

“你喜欢种地？你会吗？那可不是童话里的庄园。”

“我知道，我已经做好了受苦的准备了。”

他们的婚礼安排在当地最高档的酒店举行，客人全部都是公司的同事和刘敏家的人。

至于吴家坪的人，伏辉娃没有想过他们来这么远的地方为了参加一个婚礼。他有自己的想法，最后会回去给吴家坪人一个大大的惊喜。

伏辉娃和刘敏举行的是完全新式的婚礼，他西装革履满面春风，刘敏一袭雪白的婚纱飘逸而大气。他们如金童玉女般走上了婚姻的红地毯。

伏辉娃激动地对着下面的来宾说道：“各位来宾，各位同事，各位亲人，今天是我伏辉娃，一个来自贫穷农村的农家孩子的婚礼，我的家人，因为路途遥远和不适应，没有来参加我的婚礼。”

下面有人低声说着话。

“我知道你们想说什么，无非就是我没有良心或者绝情之类的话，没关系，我想我本就不属于这个城市，只是借用一方宝地，来完成一桩事情。”伏辉娃朝新娘刘敏看了一眼说，“我的新娘，我心爱的妻子，总有一天会同我一起，回到那个让我又恨又爱的乡村的。

“所以，当我们回去的那一天，在吴家坪，在我的老家，我会来一场完全属于我们吴家坪的婚礼。”

下面立即响起了热烈的掌声。

吴天明接到父亲吴建仁打来的电话：“狗剩啊，你爷爷和我把孩子满月的事都安排妥当了，有你几个姐姐帮衬操持，你们啥时候回来？”

“爸，真的非要回去办满月宴吗？”

“这是你爷爷的命令。”

“行呢，爸我知道了。”

吴天明转身对抱着儿子的樊丁香说：“怎么弄？回去吗？爷爷总是打乱我的计划。”

“狗剩，你有什么计划？说出来听听？”

“丁香，我欠你一场西式婚礼，我本想趁着孩子满月，在这里补办一个婚礼，带着我们的孩子。”

“真的吗？太浪漫了，带着我的小狗剩。”樊丁香眼里盛着抑制不住的幸福。

“那爸和爷爷那里咋办呢？”

“狗剩，按你想的去做吧，我们的确欠丁香一个像样的婚礼。”刘春霞给孩子冲好了奶，摇着瓶子说道。

“妈，我觉得我们还是回去办吧？”樊丁香说。

吴天明和刘春霞都以为听错了，几乎同时问道：“你说什么？回去办满月？”

“是啊，爷爷都准备了近一个月时间，不能让他失望啊。”

“丁香，你太善解人意了。”吴天明有点感动，其实他也想回去的。

“真的，这是爷爷的第一个重孙子，他指不定多高兴呢。”

刘春霞也对儿媳妇的想法有点感动，在她看来，回不回都行。

“丁香，我欠你的太多了，怎么还呢？”

吴天明想起了在丰源城的那一晚，越发觉得对不起樊丁香。但是内心深处，总是在夜深人静的时候想起那一晚。

那天柳絮办完事买了一些婴儿用品，带到医院里，然后把吴天明叫出来交给他。

“天明，我真的想去看一眼你爱人和孩子，又没有勇气。”

“你其实不必再过来的。”

“你后悔了吗？”

“我很矛盾啊，我是那么爱我的妻子，面对你我却……我很抱歉！对不起！”

“我也有一个幸福美满的家庭，我们彼此不用说抱歉。”柳絮继续说道，“我们谁也没有想过要对家庭不负责任是吗？只是做了多年前就想做的一件事。”

“也许吧，现在，我们都满足了，再没有遗憾了。”

“我走了，再可能不见了。”

“嗯！保重！”

吴天明一时走神了，樊丁香看他半天不出声，问道：“天明，你怎么了？被我感动得不能说话了吗？”

“是啊，我正在想，我们该怎么回去，还是万晟开车吗？”

“哦，原来这样啊，这件事你安排就是了。”

“正赶上周末，不如和你父母一起去吧？”

“好啊，我爸肯定高兴呢。”

九十九

到了周末，吴天明带着妻儿母亲和岳父一家人浩浩荡荡开进了吴家坪。

车子越走越接近山里，气候就越来越干燥，路也越来越不好走。

卢月透过车窗玻璃看着外面，心里就像车轱辘卷起的黄土遮住视线一样，遮住了思绪。

她对旁边的樊仲夏说："老头子，这个地方怎么光秃秃的，全是黄土啊。"

"这是咱们省比较贫穷的地方，靠天吃饭，能不光秃秃的吗？"

"一点绿色都没有。"

"你不是吃过这里的土豆和麦面吗？好吃吗？"

"好吃是确实好吃，比超市里买的好了多少倍。"

"那就对了，这里的农作物全是纯绿色无污染的。"

"那我们可不可在这里承包一块地，自己种？"

"要种地，好地方多的是，跑这里来？"

"也是，山清水秀的地方很多，这里太苦了。"

"不然这里的人都想着跳农门呢，年轻人都出去打工了，地荒了很多啊。"

"一路上也没看见水，他们吃水怎么弄？"

"给你讲了靠天吃饭，那喝水还不得靠雨水？"

"真是难为天明了，他那么优秀，却是从这里走出去的。"

"你是第一次来，我可不是第一次了。"樊仲夏因为工作关系，全省的什么地方没有去过。

说着话就到了吴家坪，樊仲夏老远看见梁梁上站着两个老人，佝偻着身体向着远处看。

充当司机的万晟对后面说："局长，那就是天明的爷爷，只要天明回来，他就在那里远远迎接呢。"

"是吗？这次真要和这位老人家好好喝两杯。"

"怎么？你好像和他有缘哦。"卢月打趣着樊仲夏。

"当然了，要不是我和这老人家的意见统一，吴天明早就把你闺女拉到这里当农民了。”樊仲夏玩笑似的回答着卢月。

“啊？还有这事？”卢月这时才如梦初醒。

“你不知道吧，婶？吴天明和樊丁香可是个传奇呢。”万晟笑着说。

说着笑着，他们已经把车开进了吴老汉的院墙外面。

吴天明的几个姐姐在厨房里忙前忙后，早已经摆了一大桌子农家饭菜等着了。

满月宴设在第二天，吴老汉家的院子里，村里的人都来了。

院子里唯一的一棵树是柳树，叶子也早早地黄了，干枯的柳枝垂着头看着来来往往的人。

这天的天气非常晴朗，虽是秋天了，一点也不感到冷，人们穿着平时最舍不得穿的衣服来恭贺小狗剩满月。

卢月悄悄对亲家母刘春霞说：“你家的人缘真好，来这么多人，这要在城里，怎么也得二三十桌。”

“吴家坪和城里不一样，乡邻们全家都来吃饭的。”

卢月没有见过这种阵势，十分新鲜地看这看那，单是那一筐一筐的小花卷，就让她爱不释手。

小狗剩穿着喜庆的大红色小夹袄，脖子上戴着银锁，银锁上挂着太爷爷吴老汉从庙里求得的平安符，小手拿着小铃铛，被吴老汉抱在怀里满院子显摆。

吴老汉乐得山羊胡子一直在抖，上下两片嘴唇就没有合上过。

樊仲夏举着酒杯子给吴老汉敬酒：“老人家，虽然我们做亲家几年时间了，可是这还是第一次见面，真有一种故人的感觉呢。”

吴建仁从父亲手里接过孙子，接着去显摆了。

吴老汉对亲家樊仲夏说：“您是大人物，当大官的，能来我这穷乡僻壤的地方做客，真是我老吴头的荣幸呢。”

“哪里的话，老人家，轮起辈分，我还叫您一声叔。这杯就我敬您了。”

“我年纪大了，就盼着狗剩有个出息，光宗耀祖。”

“这个您放心，老人家，他的前途大着呢，我就一个女儿啊。”

“那就全仰仗您了，我把这杯酒喝了。”

吴老汉一听孙子的前途有老丈人撑腰，没有一点问题，心里十分高兴，他甚至认为从此他老吴家的人在吴家坪就是有身份的人了。

吴老汉喝得高兴，说道：“局长啊，昨天晚上让你们睡窑里委屈了，条件就这样，多担待啊。”

“睡一次两次觉得新鲜，还不错。”

“你就是得看着狗剩，我就交给你了，这小子有反骨，我怕他回来的心还没有死。”

“还是你了解他啊，不过呢，他在局里面干得也很好，有天赋，组织上还考虑明年提拔他呢。”

“那就好，那就好，我就放心了。”

一百

这天吴天明正准备下班的时候，他的办公室进来一个人。

来人正是刘小舟。

刘小舟穿着一身整洁的西装，肩上挂着个包，头发理成了三七分，俨然一个成功商人的打扮。

自从他接上大金牙的砖厂以后，生意比以前好多了。他做生意完全是诚实守信的风格，把吴家坪人善良淳朴的本性带到了千里之外的地方，招来了四面八方的客人。新顾客是冲着刘小舟的憨厚朴实来的，老顾客是看在大金牙的面子上重新认识了刘小舟。

他的生意做得风生水起，把个郭彩云乐的，长那么大根本没有想过会做老板娘。

“啊呀，小舟，什么风把你吹来了？”吴天明又惊讶又高兴。

“我专门找你来的。”

“找我啊，我现在是没用的人一个，得亏你想的起我。”

“老弟我总是想着你呢，我们吴家坪出来的人有几个呢？”

"也是，小舟，什么事？"

吴天明给刘小舟倒了杯茶，在沙发上坐下来。

"狗剩，你看你要下班了，也到了饭点了，我们找个地方慢慢说，怎么样？"

"哈哈，小舟，你现在的口气完全是一个商人嘛，变化不小呢。"

"哪里，你又不是不知道，我们才两年没见吧？"

"走吧，外面有一家我们老家的菜，特别好吃，我请你。"

两个人出了吴天明单位的大门，朝东面走去。

这个城市的傍晚显得很放松，回家的汽车像归巢的倦鸟缓缓扇动着翅膀，不紧不慢地赶着路。

在吴家坪，应该是劳动了一天的人们进窑洞的时候了，天黑了，就看电视或者睡觉，别无他事。而在城里面，辛苦了一天的上班族才要开始他们真正的生活。约会的、聊天的、娱乐的、喝酒的等等这些需要联络感情的活动才要启动，他们总是把一天当作两天用。

吴天明和刘小舟来到一家名叫"坪上记忆"的小饭馆里。

老板满脸堆笑地迎了出来："天明来了。哟，今天带了人过来了。吃点啥？"

"老样子，先来几瓶啤酒。"吴天明说。

"你常来这里吗？坪上是指吴家坪吗？"

"是的，老板其实不是坪上人，他老婆是坪上人。"

"哦，真的是吴家坪的人啊。"

"我还骗你不成？我经常来这里。"

说着话呢，就见老板娘端着两盘菜热情地上来了："老乡啊，今天又有空了？"

刘小舟一看这个老板娘，四十岁左右的年纪，虽然口里叫着"老乡"，可是听口音一点都不像吴家坪的人。

"天明，这位是？"

"哦，我来介绍一下，他也是我们坪上的人，叫他小舟就行。"

"您真的是吴家坪的人？"

"这还有假吗？你们都年轻，不记得我，你们的父母可能记得我。我从小就出来混饭吃，靠着咱们吴家坪的特色菜，在这个地方有了一席之地，二十多年了。"

刘小舟一听笑了："吴家坪的特色菜？吴家坪有什么特色菜？"

"这你就不懂了吧？大城市的人吃惯了白米细面大鱼大虾的，我们吴家坪的粗米杂粮可走俏了。"

刘小舟看着这个一头烫发，不丑也不漂亮，被油烟熏出来的赘肉围在腰上的、完全小市民化的"老乡"，有点不相信。

"是真的，小舟，你别不相信，我带我母亲来过这里，她们都认识呢。"

经过吴天明的解释，刘小舟又抬头看了看老板娘，气质里还真有点吴家坪的影子。

"这个小老乡不相信我，可能是我离家太久的原因吧。没关系，时间长了就知道吴家坪人的特点了。"

"对，这句话像！"

"哈哈，哈哈。"吴天明和刘小舟碰了碰杯酒。

"说说，小舟，到底找我啥事？"

"找你做生意呗，我能有啥事呢？"

"开玩笑呢，我能做什么生意？"

"你不是土地局吗？哦，你们现在叫国土资源局，对我的生意可是一句话的事。"

"我有那么本事大？我咋不知道？"

"哎，要说你机关上坐傻了，还真是。"

"请直说，你这就不像吴家坪的人了啊？"

"听说城里人可以回乡承包土地，或者开发一些其他荒地搞建设，那么审批签字是不是你们在做呢？"

"这倒不假，可是和你有关系吗？"

"关系大了，他们过你这一关的时候，你顺嘴一提，用砖就找我，简单吧？"

"哦，就这事啊，那你打个电话不就行了，还跑一趟。"

"天明，你不知道你的这一句话，如果起作用，够我吃一年的。"

"啊？原来这样，你小子太精了。"

"我能想到的也就这些，主要是觉得我们吴家坪的人靠谱，别的人就算是答应了，也当成了耳旁风了。"

"也是啊，做人还得像我们吴家坪的人。"

"两个小老乡聊得够开心的啊，聊什么呢？"

“我不知道怎么称呼你呢，老板娘？”刘小舟问道。

“叫我姑姑吧，哈哈，这个应该没问题。”老板娘也开心地说。

“那就叫姑姑。嘿嘿。”刘小舟笑着说，“我们在聊生意，我是做砖的，姑姑，有认识的人用砖，就打发去找我，我给您提成。”

“吆，看不出来，小老乡还是个生意精啊。”

“多谢姑姑夸奖。”

“我夸奖你了吗？天明，你听出来我夸了吗？”

“夸了，刘小舟是个生意精。”吴天明大笑说。

“正好，你们往对面看，那里是正在建楼的地方。”老板娘指着饭馆对面二百米的地方，果然正在施工。

“那个老板我认识，前几天我听着还叨叨说从哪里进的砖掉渣呢，质量不过关，不知道找到好的没有？”

“是吗？姑，早认识你就好了，我给您敬一杯，您帮我问问。”

“哈哈，姑姑你听，刘小舟现在拾到篮子里都是菜。”

“天明，这你就不懂了吧，做生意就得这样，生意没大小，家从细处来，这一点我和小舟一样，你是公家人，不懂。”

老板娘这番话既是夸了刘小舟，也是提醒了吴天明。

刘小舟听老板娘夸自己，突然叹息了一声说：“虽说我们在外面做生意，心里总是感觉不踏实。”

“你都挣大钱了还不踏实，要怎么才能踏实呢？”

“有根，并且紧紧地抱着根，在自己的土地上做事情，就踏实。”

一句话，点到了吴天明的心里，这种感觉在他的心里也时不时地翻腾着。

“年纪轻轻的，说的话这么老成。”老板娘陪他们聊着。她说，“哪里能挣钱就去哪里，窝在我们吴家坪，外面的世界什么都不知道，都待傻了。你们都回去呀？”

吴天明说：“姑姑，可能你出来几十年了，把这里当成了家，踏实了。男人不一样啊，男人总要找自己的根，不要等到老了才后悔。”

“天明，就前面那个建筑队里面，有好多来自农村的打工者，他们出来为了什么？”

“混口饭呗。”

“他们出来后，好多地都荒废了。现在有个怪象，不知道你们发现了没有？”

老板娘问道。

“姑姑，你说什么怪象？”

“反而是有些城里的人，去农村把那些荒地收拾起来种了，你们相信吗？”

“这个……给地的主人给钱还是给粮食？”

“有些人出去务工挣钱，根本不去管，啥也不要的都有，那地荒了也就荒了。”

说者无意，听者可就有心了。

吴天明回吴家坪的心思又开始活泛了起来。

他说：“小舟，那你想着什么时候回去吴家坪呢？”

“我想再做几年生意，赚几年钱，就回去种地，过舒服安稳的日子。”

“你有这个想法很容易就实现了，彩云是吴家坪的人，你儿子你女儿都是吴家坪的人，你们一家都是，主意在你一个人手里呢。”

“哈哈，天明，你好像有心事。”

“没有，我混得这么好，在省城的大机关，马上就要提拔科级了，前途无量呢。”

“呵呵，前途好还这种样子。”

“就是心里不踏实，就说的那样。”

“那就带着老婆孩子回去呗！这还不简单？”

“说得轻巧，大学白念了？吴家坪的人可都看着呢，跳出农门再进来，哈哈哈。”现在，连吴天明自己，都对自己失去了信心。

他想回去，但绝不是原始地纯粹地回去过上几辈人那样的生活，他是大学生，大学自然就不能白上。吴天明想在生活中把大学的东西活用的想法，一直都没有变过；他要回去，不会像刘小舟那样安分守己地去种地，也不会像伏辉娃那样用挣来的钱在吴家坪过后半生。他想去干一番事情，有一番作为。这个计划的腹稿他从高中时候就开始打了，直到在省城的机关上着班，从未改变过。他在找机会，找对的时间。

因着国家政策越来越活，他的想法变成现实的机会越来越多，他回去的决心也越来越坚定了。但是现在，他不是一个人了，而是三个人，是都回去呢？还是自己一个人回去呢？阻力不言而喻！

在那个被“人往高处走，水往低处流”的传统观念禁锢的爷爷那里，还有“穷乡僻壤里”不可以有好生活的岳父那里，这件事要怎么做，才能使他们同意呢？

和刘小舟分手后，他打车回到了家里。

一百〇一

办完满月宴后母亲没有跟着他们回来，妻子樊丁香还在休产假，一个人带着儿子小狗剩。

吴天明过去亲了一下儿子圆嘟嘟的脸庞，就走进了卧室。

樊丁香看吴天明喝酒了，就说："你先去卫生间洗把脸吧，清醒一下，我有事给你说。"

吴天明做完这些事就上床了："说吧，啥事？"

"爸今天给我说了，让你明天上班的时候注意一点，可能组织部的人要给你下文了。"

"我在上班呢呀？每天都不迟到不早退的，他怎么不给我说，跑这么远给你说。"吴天明有些不解。

"你快下班的时候就不在办公室了，爸给你打电话了你也没有接，你干什么去了？"

"哦，刘小舟来了，我出去坐了一会儿。电话，可能没听见。"他才拿出电话看了一下，果然就有岳父打过的电话。

"丁香，我还准备给你说另一件事呢。"

"什么事啊？还有比提拔更好的事吗？"樊丁香看吴天明似乎对这件事反应不大。

"是这样，不是小舟来了吗？"

"小舟来了能有什么事？"

"我们聊了一会儿，让我了解到许多吴家坪的现状。"

“那又怎么样呢？”

“我又想到了回去。”

“你是怎么想的？这几年舒服的机关生活不好吗？”

“丁香，我总觉得有一桩心事未了，心里不甘啊！”

“我理解。那你想怎么做？”

“我就是不敢在你爸面前说这事，虽然现在是一家人，可是见了他还是不自在。”吴天明说了实话。

“那你也不问我同意不。”

“我想你是同意的啊，这个我们早就商量好了的。”

“可是经过这几年，我也会变啊。”

“呵呵，那你要是不同意，我就一个人回去，常常来看看你，给你带点土豆啥的。”吴天明苦笑着说。

“那不行，我可不放心你一个人去，万一被个什么柳絮啥的抢了去，咋办？”

“啊？丁香你……”吴天明以为樊丁香知道了他和柳絮的那个晚上，吓得脑袋壳上直冒冷汗。

“怎么了？这么紧张，好像你们真有什么事似的。”樊丁香笑了。

吴天明一听妻子原来是猜测的，才放下心来。

“什么柳絮啊，她是城里人，现在在很远的地方，她一辈子都不可能回到我们那个县去的，何况吴家坪。”吴天明说的是实话。

“唉，不说她了，我一提她，倒好像提起了你的什么神经似的。说你吧，真的有这个想法吗？”

“是真的，我和小舟聊了很多，他也会回去的。”

“那你的意思是让我去跟我爸说吗？”

“是的，你去说，比我好说一些。”

“你这个乡巴佬就是贼心眼多，怕得罪人，让我去干。”

“你要不愿意去，那就我去了。”

“别，还是我说。”

吴天明感动地搂住了妻子，把头埋进妻子鼓囊囊的两个乳房之间，贪婪地嗅着妻子身上的奶香味。

“丁香，我应该给你更好的生活，可是吴家坪，一切得从头开始。”

樊丁香抱着吴天明的头，就像抱着自己的儿子那样，一股母性的光环笼罩在吴天明的头顶上。

“谁让我爱你呢？我们都为人父母了，不再是大学时那样冲动的样子了，这件事，我们要好好琢磨。”

“我也是考虑到这些，才不想说走就走，得有个过程。”

“天明，儿子都快会叫爸爸了，你还不给取个名字吗？”

“你不是都叫他小狗剩呢吗？再不用取了。”

“现在所有人都这样叫他，顺口了。”

“我欠你的太多了，都不知道怎么还你，这辈子真的不够。”

“那就下辈子接着还吧。”

“其实你可以留下来工作，我先去吴家坪打头阵。你知道，我们不是去按部就班生活，我们是要干出一番事业去的。”

“我知道你吴天明不是个凡人，想乘着好政策的春风，要去创业的。”

“你真是我的好老婆。”

说到这里，吴天明又想起了和柳絮的那个晚上，他有眼泪流了出来。

樊丁香问道：“你怎么哭了呢？”

吴天明把头放在枕头上，把妻子揽进怀里，右手拍着她的后背，左手抚摸着她光滑的充满了乳汁的他的心爱。

“丁香，这个决定意味着我在这里的一切都将失去，工作、前途，最重要的“月月黄”的工资，我的生活将重新开始，能不能成功，有没有钱可挣，都是个未知数。”

“要不这样，你先去，我和孩子留在这儿，我先把工作留着，还能给你一份保障。万一你失败了，还回来，我有工作，不至于孩子的成长受到影响。”

“这样最好，要是我成功了，你再去，那时候就不一样了。”

“对，我们就这样办，睡吧。”

樊丁香从吴天明的怀里出来，重新盖好被子，熄了灯。

吴天明想到这件事在他和妻子之间已经达成一致意见，心情一下子轻松了不少，剩下的，就是天亮以后怎么做了。

他把手伸向了妻子的腹部，顺着腹部缓缓向下划去。妻子因为照顾孩子，对于这些方面不怎么想了。

她对吴天明说：“睡吧，你还想吗？”

“我想，好久都没有了。”

一句话使得樊丁香翻过身来，重新投入到了吴天明的怀抱。

他们把自己的身体，放入到冉冉升起的白云里，或者说他们乘坐着缓缓的白云，一秒一秒地，走向天堂，走向美好。他们曾经无数次达到了美的天堂，每一次都不一样。他们乐此不疲地相互爱着，爱着对方的每一寸土地。就像吴家坪的庄稼人，爱着吴家坪的土地一样，他们让这里的土地生长着意想不到的愉悦。

一百〇二

第二天吴天明早早就上班了，组织部长带着相关几个部门的人下达了文件，下达了省委对吴天明的认可和信任。吴天明正式成为国土资源局某股的股长了。

当宣布的人走了以后，局里面的人都站起来给吴天明鼓掌，祝贺他年纪轻轻就在仕途上迈了一大步。

吴天明知道，在机关里谋生，人和人之间大都是虚伪的，戴着面具说话，表面说是恭贺，暗地里是嫉妒或者嘲笑。这些他都理解，谁让他的岳父是局长呢？而这些人和人之间的钩心斗角是他受不了的，为什么就不能坦坦诚诚地做事呢？为什么就不能把最真实的一面拿出来呢？好累！

职位升了，办公室还是这个办公室，只是工作更少了，人更闲了，这更加坚定了他想去干一些事情的决心。

下班的时候，岳父打电话说让他带着丁香和孩子去家里吃饭。

吴天明对妻子说了今天单位发生的事情后，就抱着孩子来到了岳父母家里。

刚一进门就闻到了饭香的味道，卢月看见他们来了就说："丁香把孩子交给你爸，过来帮我端菜。"樊丁香急忙过去厨房里帮母亲了。

岳父抱着外孙子，不停地逗孩子玩，小狗剩在外公的怀里"咿咿呀呀"地叫着，很开心的样子。

吴天明也不说话，翻着茶几上的几本杂志。

不一会儿工夫，饭菜都摆上了桌。

岳父把孩子安顿在卧室里后，一家四口才坐下来吃饭。

岳父率先举起酒杯说："今天是天明升职的日子，来，我们家里人祝贺一下。"

"祝贺天明升职，当妈的没啥本事，给你炒几个菜，好好喝几杯。"卢月说道。

吴天明和樊丁香相视看了一眼，只说了一句"谢谢爸爸妈妈"就再没有说什么。

"怎么了？天明，不高兴吗？局里面比你干得时间长的好多人，到现在还是个普通科员呢。"

"这个我知道，全仰仗爸您了。"吴天明谦虚地对岳父说。

"这可不全是我的功劳，你是大学生，工作又出色，升职是自然的事情，水到渠成。"

"是啊，这样下去，用不了几年，就能到副局级了。"卢月也说道，她含笑看着这个稀罕的女婿。

"爸，妈，我也想有个事给你们说。"樊丁香突然说。

"你有什么事呢？说吧，趁着今天大家高兴。"

"爸，我说了您不要不高兴就行。"

"到底什么事啊？还能让我不高兴？"

"我们有个决定，我决定让天明辞职，回吴家坪。"

"你再说一遍，我没听错吧？"卢月有点不相信自己的耳朵。

岳父"砰"地一下放下了手中的酒杯，沉着脸等着她说下去。

"妈，您没有听错，我想让天明辞职，回吴家坪。"

"天明，这是你的主意吧？"卢月忙问。

还没等吴天明开口，岳父就坐不住了。

"你才刚刚被提拔，很有前途，天明，我今天不和你急，说说，你好好给我说说是怎么回事？”岳父忍着心里蹿起来的火苗。

“爸，都是我的主意，我觉得天明在机关，把学到的知识都荒废了，现在农村政策好了，他回去可以有大作为的。”

“是这样吗，天明？看来你一直以来的想法就没有变过，单等生米煮成了熟饭，给我难堪是吗？”岳父快要忍不住了。

“爸，我说了这是我的主意。”樊丁香一只手按着吴天明说道。

“天明，你自己说句话，打发老婆说话算怎么回事？”卢月说。

“爸，我感谢你这些年对我的栽培和厚爱，我要让你们失望了，我准备放弃前程。”吴天明终于说出了憋在心里很久的话。

岳父樊仲夏听了吴天明和樊丁香所说的话后，反而显得很平静，他对这个执拗的女婿是毫无办法的。在结婚之前可以威逼利诱，但是现在，他还能做什么呢？刚刚到手的职务吴天明都觉得无所谓，大好前程吴天明都无所谓。他只好平静地对待这件事了。

“我们先吃饭，吃完了再说这件事好不好？”他自己先坐下来。

吴天明和樊丁香无论如何都没有想到，父亲的反应会这样平静，就连卢月，也吃惊地看着自己的丈夫。他是一向反对吴天明回到乡下的啊！

大家在沉默里吃完了这顿饭，卢月要去厨房里洗锅。

岳父说道：“今天先不急着洗，我们先说说这件事情吧。”

岳母只好坐下来。

“天明，你是不是想了好久了，这件事？”

“是的，爸。”

“那我要是不同意呢？”

“您不同意我也得走，因为我也有理想。”

“都有孩子的人了，能不能为孩子考虑呢？那里的教育，那里的环境。”

“爸，我也是从那里走出来的。”

“可是吴家坪那么多的后生，都没有上成学，就出来你一个呀。”

“爸，我们回去不是过那样的日子，我们是去做事情的。”

“你别插嘴，没你的事。”岳父打断了丁香的话。

“你说，天明，你打算都做些什么？”

吴天明觉得今天的岳父是讲道理的，他从来没有让自己说出过真实的想法，今天是个机会。吴天明就把去吴家坪要做什么的想法一股脑儿对岳父讲了。

岳父听了后说道：“想法很好，我支持你。”

吴天明做梦都没有想到岳父会说出这句话，心里“哗啦”一下子就开了。

“但是，我有个条件。”

“爸您说，什么条件。”吴天明也觉得这件事不会这么顺利。

“要么你和丁香离婚，要么我们和丁香断绝关系。”

这句话犹如晴天霹雳，吴天明到了现在才知道岳父是这样想的。

“爸，这不可能！”

“你如果还认我这个爸，就不要做那种异想天开的事。”

吴天明已经急得不知所措了，这件事不至于这么严重吧？

“爸，我不要离婚，也不要断绝关系。”樊丁香哭了。

“丁香，我和你妈都年纪大了，再不能更多地给你操心了，我只想着你平平淡淡地过完一生，在我们身边，这个你理解吗？”

岳父的语气今天一直很平和，包括前面那句话。

“要不这样，爸，您看行吗？我想……”

“我不配做你爸，你不要叫我爸了，我在跟我女儿说话。”吴天明的话还没有说完，岳父就打断了他的话，这使得吴天明有点尴尬。

“爸，我和天明离婚，让他一个人回去，我留在您身边，就这样了。”樊丁香突然说道。她又对吴天明说，“你同意的话，我们就这么办。”樊丁香用眼神告诉吴天明：过了这一关再说，按我们昨晚商量的来。

“我同意。”吴天明低着头说。

“那就这样，你们回去吧，我要休息了。”岳父不耐烦地摆了摆手。

他站起来摇摇晃晃地朝卧室走去，吴天明突然发现，一直显年轻的岳父，腰已经有点弯了，头发也花白了。他突然心里一酸，岳父是经不起这样的折腾了。

在那一刻，吴天明甚至有点心软，有点后悔。这样一个老人，把全部的希望都寄托在他的身上，而他是这样的绝情，为了自己那个所谓的理想，伤害了这么好的一位老人的心。但是如果他现在不去奋斗，不去实现自己的理想，在这样的机关单位混一辈子，又实在不甘心。破釜沉舟吧，说出去的话就是泼出去的水。

吴天明和妻儿回到了自己的小窝，一路上一句话也没有说过。还是丁香打破了沉默，她说：“你没有看出来我爸的意思吗？”

“没有。”

“你的公职他还会给你保留的，那意思就是给你留了一条后路呢。”

“我咋就没有想到呢？可怜天下父母心啊！”吴天明长叹一声。

“你放心去吧，我把孩子带到能上幼儿园，再考虑怎么去。”

“也好，我后面工作上的手续你就帮我操个心。”

“这个不用你说，嗨，离得不远，几个小时的路程而已，好像生离死别似的。”

“丁香，谢谢你，真的谢谢你，就算我失败了，我还有个家。”

“这样想就对了，我要不支持你，强行把你留下来，你到老心里都会抱怨我的，我可不想被人抱怨。”

一百〇三

有了樊丁香这个坚实的后盾，吴天明准备放开膀子干一番。

他先是跑了工商、税务等各个部门，了解成立合作社的一些手续和相关的一系列程序。这些事情的进展比他预想的还要顺利。

接下来，他正式地回到了吴家坪，要寻找一块可以作为合作社的地址。

村主任和村委书记看到他来村里投资成立合作社，非常高兴，当即表态可以在各方面给予方便。

吴天明回到家里的时候正是晌午，爷爷背靠着院墙抽着烟，他做梦都没有想到，孙子会在这个时候回来。

“爷，我回来了。”吴天明给眯着眼睛晒太阳的爷爷打招呼。

“嗯，怎么没有带我重孙子啊？”

“过几天丁香带他来看您。”

“哦，你饭没有吃就去吃饭吧。”

吴老汉说完眯上了眼睛，显得很疲劳的样子。

吴天明觉得爷爷早就步入暮年了，稍微有点老年痴呆。他还不想给爷爷说他的打算，迟点说比较好，也不知道爷爷现在的态度如何。

吴天明想：现在的吴老汉，无论如何是拿他没有办法的，毕竟他已经上了年纪。

所以这一天下来家里风平浪静，他只对母亲讲了他的真实想法。

母亲听了后也感到震惊：“天明，你会后悔吗？”

“现在还不敢说后悔，都已经决定了。”

“村里人会说你的大学白念了。”

“这是村里人的观念，我也没办法，现在只有朝着想好的方向走了。”

“不管你做什么，当妈的只有支持你。”

“这段时间办事，已经花了好多钱，这几年上班攒的不多。”

“你在城里买房，大部分也是你岳父他们出的钱，咱家多少年的积蓄全给你了。”

“妈，我还没告诉你，丁香把房子也抵押了，贷了一部分款给我投资。”

“丁香真是个好孩子，哎，你不能亏待她呀。”

“妈，我知道了。”

“这件事就先不要给你爷说了，他年纪大了，有点糊涂，我怕他有个三长两短的。”

“我爸呢？”

“你自己对他讲吧。”

“嗯。”

吴天明从母亲这里出来，就去找父亲了。

吴建仁每天赶着驴子驮水，雷打不动。他找到父亲的时候，父亲正打好了水，准备往驴背上放。

吴建仁穿着卡其色的夹克，蓝色的裤子，千层底的布鞋。这身衣服还是去城里的时候丁香给他买的，都已经穿旧了。

丁香给父亲买的皮鞋他从来不舍得穿，只有进城的时候拿出来擦了又擦，小心地穿上。

这时候的天气正是深秋，干涸的大山上只有一些黄草根，山羊和绵羊都在山上啃着土皮。羊粪蛋顺着山坡一直滚到吴建仁要舀的水里，羊和人吃的是一样的水。而这些涝坝里的水，要是再没有雨水的话，马上面临干涸。

两只大大的木桶，吴建仁一个一个往上提，对于吴建仁来说已经非常吃力。

“爸！”吴天明急忙过去帮父亲抬起大水桶。

“天明来了？”

“爸，我有事给您说。”

“走吧，边走边说。”

父子两个在驴子的后面跟着，踩着脚底下软囊囊的沙土路，深一脚浅一脚地往回走。

“爸，我给咱买辆驮水车吧，您学着开，这样省些力气。”

“那得多少钱呢？”

“花不了多少钱，爸。”

“那你看着办吧，我赶着毛驴驮了一辈子的水了。”

“爸，有些事情我们得试着去改变，就像驮水这件事。”

“你有什么事要对我说？”

“我说了你别生气啊。”

“说吧，你爸我现在也经历了一些事情了。”

“我想回来收购坪上的杂粮。”

“你收购那做什么？都没有人要的，吃不能吃，用不能用的。”

“不能吃不能用，坪上的人种这个干啥？”

“还不是怕荒了地，旱地，不种杂粮种什么？水地也没有啊。”

“我可以大规模地搞养殖，比如鸡、猪、羊，然后批量地运输到城市里，给坪上的人解决一些困难。”

“你哪来那么多钱买杂粮？还买鸡、猪、羊，坪上的人都愁卖不出去呢，你倒好，收购。”

“爸，这些只是我要做的第一步，我要成立合作社，还要把坪上人不种的地都收来自己种。”

“狗剩，合作社我不懂，但是收地，你还要当地主吗？”

“爸，你看你，怎么和爷爷一样，什么地主，我会付给他们报酬的。”

“你这是和包产到户对着干呢，不会犯错误吧？”

“爸，不会的，地还是他们自己的，只是我帮他们种，收成我们互相分。”

“我懂了，不过，你不去上班了？”

“不去了，我请了长假。”

“是请假，不是辞职吧？”

“爸，你现在懂的多了。”

“丁香给我灌输的多了，我就知道的多了。”

“呵呵，我要是辞职呢？”

“能请假就请假，何必辞职。你看看小舟、辉娃他们，干得都不错，就怕将来没有保障。”

“这你都知道啊？”

“你爸我虽然一天捋牛尾巴杆子，山外的事还是知道，现在不是还有电视吗？看也看了些。”

“其实我岳父也是这么想的，他虽然生气，还是默许我的。”

“你是不是好久都没有上班了？”

“真是啥也瞒不过你啊，爸。”

“外面跑了好些日子了，才回来，你爷还不知道这事吧？”

“不知道，你先不要告诉他。”

他们从一道矮矮的梁上过去，就是一眼望不到边的大川。

在这片大川里，黄土肥沃，流行着这样一句话：“山是和尚头，沟里没水流，十有九年旱，岁岁人发愁。”此时稀稀拉拉的甜菜根子和胡麻，无精打采地躺在地里。

一百〇四

大面积的拾掇需要长时间的劳作，坪上的年轻后生们上学的上学、外出打工的打工，基本剩下一些老弱妇幼。

吴天明觉得他在这里可以用自己的方法让出去务工的人回来，引着外面的世界进来。而眼下，就要从头开始，一步一步地来。

回到家里，他帮父亲把驴身上的水桶卸下来，倒进缸里。

吴老汉从炕洞里掏出几个土豆，在门台子上摔绊了几下，然后拿在手里一捏，掰开后像散沙一样的穰穰黄澄澄的。那冒着香气的土豆，看着就让人眼馋。

他把一块土豆塞进只剩下牙床的嘴里，窝着嘴巴慢慢地吃着。

看见吴天明和吴建仁来了，给他们一人扔给一个。

“今年的土豆沙得很，好吃，刚烧的，趁热吃了去。”

吴天明和父亲学着爷爷的样子把土豆掰开，美美地享受着。

“大，今年咱家土豆不错，后山那一大片还没有挖完，那个更沙一些，没有多少雨水在那儿。”

“嗯，明天叫上你三女婿和四女婿去帮你挖了。”

“爷，我也去帮我爸挖土豆。”

“你小子来几天了，咋还不走呢？”

“我一时半会儿不走了。”

“咋？收购土豆吗？”

“是的，爷，我想收购土豆，收购玉米、荞麦，还有谁家磨面后的麸皮糠皮，我都收。”

“你收那些做什么？”

“我有用呢。”

“对了，大，咱家后面院子的牲口棚现在用处不大了，我想改一改，养一些猪、鸡。”吴建仁说。

“那不是有地方养呢吗？改那个干啥？闲得不行了。”

“我想养他几百头。”

吴老汉一听“呼”的一声站了起来：“你想啥呢？有钱吗？”

“爷，我带了一些钱。”吴天明想把爷爷蒙在鼓里说话。

吴老汉突然觉得哪里不对劲，瞪着眼前的父子俩，心想：他们啥时候穿一条裤子了呢？

“养那么多咋吃嘛？”

“不是自己吃，我可以去卖。”吴建仁忙说。

“你卖？就你那个脑子，数个数都费劲，快算了吧。”

吴建仁听父亲这样一说，就没话再说下去了。他起身要走，被吴老汉喊住了：“你坐下，给我老实说，到底谁的主意？”

吴建仁木讷地说不出话来了，只求救似的看着儿子狗剩。

“爷，是我卖。”

“你混蛋你，一个公家人，当干部的，卖猪肉玩呢？”

吴老汉犯糊涂的时候说过的话做过的事就都忘记了，但是清醒的时候，就像回到了年少时期。

“爷，您先坐下把这颗土豆吃完了，咱们慢慢说。”吴天明想缓和一下爷爷的情绪。

“我坐个屁呢，我坐下，你小子反骨就没有消下去过你。”吴老汉气哼哼地说。

“那您说说，养猪养羊卖了挣钱哪里不对了？”

“对，我没有说不对，但不是你做的事情。”

“我不做，我可以雇人做。”

“那你就是土财主、坏人，都什么年代了，还雇个长工短工的。”

“爷，您看您说到哪里去了？”

“你小子才喝了几年洋墨水，我让你在外面光宗耀祖的，没让你来剥削人的。”

“谁剥削人了？每个人都是平等的。”

吴老汉脱下脚上满是泥土的鞋子，朝着狗剩的身上就是几下。

吴天明也不躲闪，任由爷爷打他。说实话，现在这鞋底子打在他身上像是挠痒痒似的，一点都不疼。

“你给我老实说，狗剩，你到底想干什么？”

吴天明想能瞒一时是一时，等到自己做的差不多的时候，他想拦也拦不住了。

“我都已经订好了猪崽了，鸡崽也订好了，明年一开春就有人送过来。”

“订好了你就养吧，我也帮不了你了，老了，儿子。”

吴老汉把孙子当成了儿子，说明此时又糊涂了。

吴天明觉得这可真是好玩，索性陪上老爷爷玩一回。

他拿出手机，打开录音键，和爷爷聊了起来。

“那我明天就把后院的牲口棚找人拾掇一下了。”

“你拾掇去，牲口也没有了，你半辈子了咋还出息了呢？”

吴建仁在旁边听着，心里不是个滋味。他在吴老汉的心目中原来一直是没有出息的。

“大，我咋就没出息了，还不是你说个啥就是个啥嘛。”

“你儿子狗剩有出息，公家人，等我死了，你们就都去城市里过日子去，这里再不要回来了。”

“爷，我是狗剩，你刚才说的话可要算数呢，我明天就找人拾掇牲口棚。”

“你拾掇去，拾掇好了去上班。”

“我知道了，爷，我要养很多猪羊，你等着过好日子吧。”

吴老汉说着瞌睡了，“呼呼”地睡着了。

吴天明请父亲帮忙，在村里找了些能干动活的人，他出工钱，请人家拆了牲口棚。后院一下子成了空荡荡的一大片。

他从城里叫来了一个工程队，开来了机器，要动工盖新的猪舍和鸡舍、羊舍等。

“轰隆隆”的机器声把坪上前前后后的村民们都招惹来了，他们想看看吴天明在干什么。

白凤英在土梁梁上找到了吴老汉，她喘着气说：“老东西，你快去看，你孙子在干什么呢？”

“我孙子？他在哪里？”

“在你家的后院子里啊，叫了很多人，还有车，拾掇你的牲口棚呢。”

“叫拾掇去，好事啊，我孙子能耐了。”

“才不是呢，我听说你孙子辞职了。”

“老婆子，你胡说啥呢？我孙子把家都安在省城了，辞职干什么？”

“你还别不信，干活的人说呢，这个大学生可有出息了，回乡造福家乡来了。”

“走，看看去。”吴老汉说着就急急地往回走。

老远他就看见他家的后院里尘土飞扬，孙子吴天明指挥着干活的人忙忙碌碌。半截子猪舍、羊舍、鸡舍的墙已经起来了。

天明看见爷爷佝偻着身子往这边跑，怕他是来捣乱的，忙抓起了手机。

“狗剩，你这就弄上了？”

“爷，征求了你的意见的，这几天你不是也同意了吗？”

“我是同意你干这事，我在纳闷你这几天咋不上班去？”

还没等吴天明说话，旁边施工的几个小伙子就帮腔着说了：“老爷子，您还不知道啊？您这个孙子可有眼光了。”

“是啊，县长县委书记都夸呢，大学生回乡创业。”

“县上从上到下一路绿灯，政策支持呢。您可有福气了。”

……

吴天明看已经瞒不住了，就看爷爷的反应了。

谁知爷爷又糊涂了：“狗剩，你干活就干活，可不能耽误了功课了。”

那几个人面面相觑，不知道老爷子在说什么。

吴天明转对干活的人说：“抓紧干吧，争取明天就弄出来，不然我可管不起你们饭。”

“好嘞，我们一定按时完成。”

吴天明扶着爷爷说：“爷，您回去吧，这里土大，呛着您了。”

“我旱烟都呛了一辈子了，在土里打了一辈子的滚，还怕土？”

“您回去吧，在这里不安全。”

“狗剩，你白家奶奶说你辞职了，是真的吗？”吴老汉才忽然想起来自己是来干什么的。

吴天明心想，难道老爷子又清醒了不成？

“爷爷，谁给你说我辞职了？我这就要去复习呢。”

“你放屁，你当你爷老的不行了？你都成公家的人了，这些时间都不去上班，给我老实说？”

吴天明看爷爷此时是真的不再糊涂了，只好说：“我干完这个就去上班。”

几个施工的人窃窃私语：“看来老爷子不知道孙子辞职的事。”

“就是，老爷子好像有点老年痴呆。”

“嗯，我们干我们的。”

……

“狗剩，你说实话，不说实话我就饶不了你。养猪养牛养羊都可以，你不能辞职啊，你是念了大学的啊。”

吴老汉说着鼻涕眼泪都下来了。对于他来说，供出来的大学生辞职回来下苦，那是丢先人的大事啊。村民们不知道怎么看他吴老汉呢！

吴天明心想这样瞒下去也不是个事，现在说了，当着这么多人的面，吴老汉不会把他怎么样吧？

“是的，爷爷，我辞职了。”

“你，你个龟子儿……”

一听这话，吴老汉的鞋还没有脱下来，就已经气得晕倒了。

一百〇五

吴国民老汉这一气倒，就开始绝食了。他躺在大窑里的炕堖上，一动不动。

吴天明一边加紧干他的工程，一边打发几个姐姐轮流劝爷爷。

可是每一个孙女进去后都被骂了出来：“一个外人，瞎掺和个啥？我老吴家的事啥时候轮上你几个丫头片子来管了！”

孙女们从小不受爷爷待见，一个个都哭着从窑里出来。

吴老汉在大窑里不停地说着，说累了就歇一会儿，歇到有了力气再继续号叫。

刘春霞端进去的水、饭，他一抬手要么全掀翻在地，要么油乎乎地撒在炕上。

“我有孙子了，我老吴头没有亏过先人呢，我孙子有出息了，考上大学了。

“我老吴家的坟头上总是冒着青烟呢，我有重孙子了。

“丢死个人了，大学白上了，像个婆娘一样养猪呢。

“唉，我不活了，我没有前途了。

“我还活的个什么劲啊！我的劲全被吴狗剩耗完了。

“白凤英，他白家妈，你个死货。

“伏国林，你看我笑话呢吗？老东西。

“吴狗剩，你不好好念书，胡逛啥呢嘛？

“丢死个人了嘛。”

……

吴建仁听着父亲嚎嚎唠唠地有一搭没一搭地闹着，时而清醒时而糊涂，可是都指着一件事。他实在不忍心父亲老了还受这么大的罪，进去想安慰几句，可是又不知道他啥时候是清楚的。

“大，狗剩想干吗就让他干吗，您吃点饭吧。”

“他还小，你不要打他。”

老汉摸着烟，吴建仁忙给他点上火，他这一会儿糊涂了，一糊涂就吹着出气，吸气的时候嗓子里“呼啦啦”像扯风箱。

“大，我没有打他，我打他，你还不要了我的命。”

“你去帮你媳妇子煨个炕，拌个猪食，她一个人忙不过来。”

“我知道了，大。”

“你去忙地里去，蒿草都长一人高了，拔一下子嘛。”

“我拔了，麦子都收掉了，我正在挖土豆呢。”

“胡麻打下了给我孙子带到城里去，丁香爱吃我们的胡麻油。”

“大，你吃点饭吧？”

“我吃个屁呢，你看看你儿子做的好事，敢辞职！”

吴建仁一听他又清楚过来了，赶紧从大窑里逃也似的跑了出来。

刘春霞对丈夫说道：“要不你去叫伏家爸和白家妈过来劝劝？他们可能能说到一起。”

“不用了，我来了。”就见白凤英从外面走了进来。

年轻的时候也是一枝花的白老婆子，现在也佝偻着腰，一头银色的头发在风里摇摆不定。

一直刚里刚强的个人，现在穿着个咖色的外套上满是油渍污渍的，有时候刘春霞看见了就给洗一洗，孙女们看见了也帮着补一补。

吴老汉的孙女们打小就是绕着白凤英的膝长大的，跟自己的亲奶奶一样。白凤英也没少疼她们。这个没有后人的老人，就把吴老汉的孙女们当成了自己的亲人。孙女们也不负所望，经常做些好吃的拿过来孝敬她，把她们不穿的旧衣服洗干净了也给奶奶穿。

所以白凤英穿的衣服大多都是年轻人穿过的，倒显得她不怎么老，如果不是腿脚迟缓的话。

刘春霞忙过来扶了一把白凤英："白家妈，您进去瞧瞧我大，他都几天不吃不喝了。"

"我知道，这个死脑筋，就是因为狗剩回来的事。"

"对呀，我们实在没有办法了。"

"你们不要管，我去说，保准他下炕吃饭。"

"那我们就全看您的了，白家妈。"

白凤英摸到吴老汉的炕角上坐下来，给吴老汉点了一锅烟。

吴老汉慢慢地睁开了眼睛："你咋来了？不怕人看见？"

"你个老东西，胡说啥呢嘛，看见咋了？"

"你是个谁？谁家的老婆子？"

"我是老婆子，你是小伙子。"

"我也老了，管不住孙子了，他白家妈。"吴老汉又清醒了。

"你还认识我吗？"

"我和你打了一辈子的交道了，把你不认识，我就谁也不认识了。"吴老汉说着老泪纵横。

"老东西，我和你一辈子了，说话都是掏心掏肺的，对不？"

"对，就是有时候拌个嘴，也挺好。"

"那还想不想和我拌嘴呢？"

"我死也要拉上你，拌到死。"

"那就吃点饭，起来我们拌嘴去。"

"你看我那个孙子呀，咋办呀？"

"人家都成大人了，都有儿子了，你还能管到啥时候去？"

"他白家妈，说实话，不由人。"

"你气倒了，绝食了，你孙子进来过吗？"

吴老汉一想的确这几天没有见着吴天明，自己闹情绪不是白闹了吗？人家根本没把咱当回事嘛。

白凤英继续开导："我们这把年纪了，活过一天两半天，儿孙们怎么闹腾让他闹腾去。"

"你说的好，我心里这口气下不去。"

"下不去也得下呀，他们自己看着咋活吧，咋痛快咋活，你说呢？"

"这话好像是我说的。"

“对嘛，你年轻的时候都不走正道，咋痛快咋活，轮到孙子了咋就行不通了呢？”

白凤英的这话把吴老汉说得脸都红了。

“老吴头，不是我说你，你还知道羞呀？”

“去你个死老婆子，不害臊。”

“那吃饭？吃了我们上梁梁上招风去。”

“吃，不吃白不吃。”

“这就对了嘛。”白凤英朝外面站着的刘春霞喊道，“春霞啊，你大要吃饭呢，快端上来。”

刘春霞一听急急忙忙去厨房弄饭去了，她一边叫吴天明过来：“狗剩，给你爷端饭来，你白家奶奶的功劳。”

“我的先人啊，终于肯吃饭了？”吴天明笑着说。

“你先人只要吃饭，就是对你无奈了。”

吴天明端着自家的老式木头盘子，里面放了母亲刘春霞拌的拌汤，和一碟甜菜，一碗洋芋糊糊。

吴老汉一看是吴天明端着饭进来了，一扭身子打算睡过去。

白凤英忙拉了一把吴老汉的腿：“死老头子，别给脸不要脸，吃了走吧。”

吴老汉坐起来端起洋芋糊糊呼啦啦吃了起来，头都没有抬。

白凤英对憨笑着的狗剩说：“人老了，就跟小孩子似的，要哄的，你哄哄你爷爷，他就吃的更香了。”

“爷，慢点吃，小心烫哦，吃点拌汤，对肠胃好，几天没吃饭了。”

“要你管！”吴老汉用袖口抹了一把嘴，又端起了拌汤。

“爷爷乖啊，真听话！”吴天明说完自己先笑了。

一百〇六

吴天明已经搭建起了猪舍、羊舍和鸡舍，就等着来年春天猪崽、小羊和鸡崽们入住。

他利用冬天农闲的时候雇用了几个村民，在父亲吴建仁的带领下，对村里村民多年存储的杂粮进行收购。

村民们听见吴天明收购杂粮，高兴得跟啥似的。

“这些杂粮放了多少年了，没有一点用处。”

“狗剩既然花钱买，那就太好了。”

“多少给一点钱，都好。”

“以后要是还收，我们明年得多种点。”

“肯定要收啊，你看他建了那么大的圈。”

“狗剩这是要发家呢吗？”

“我们养了一辈子牲畜，也没见过这么大的圈。”

……

不高兴的是吴老汉，他又蹲在梁梁上唠叨开了。听他唠叨的除了白凤英还有伏国林。

“狗剩败家啊，收这些东西不知道花了多少钱？”

“我家存的都白送给你孙子了，也没啥用处。”白凤英说。

“你孙子是在给咱村里人做好事呢，腾仓库呢。”

“老伏头，你说，他怎么就不像你家辉娃那样，干大事呢？”

“老吴头，这可不好说，男孩子嘛，人各有志！”

“你们两个老东西，都应该为自家的娃娃有出息感到高兴。”

“是啊，老吴头，说不定狗剩干的才是大事。”

“唉，我们都老了，看不到前途了。”吴老汉最近总是在说“前途”。

白凤英看着远处田野里茫茫的枯草，还有从枯草里偶尔飞出的几只斑鸠。她慢悠悠地说：“你有前途呢，等你孙子弄个养猪场，你去当场长。”

吴老汉“扑哧”笑了出来：“你来当个鸡婆？”

伏国林老汉吧嗒了一口烟说：“笑了，就对了。”

“唉，我心里窝着一口气，总是不顺畅。”吴老汉苦笑着。

“就睁一只眼，闭一只眼得了，别想那么多。”伏老汉说。

三个苍老的身影在吴家坪的夕阳里鼓捣着，身下的黄土静静地守在他们身旁，全神贯注地倾听着。他们像三颗摇曳着的麦草，随时都有被风带走的可能。

吴天明把一切安排好以后，回了一趟省城。樊丁香已经上班，孩子找了地方全托了。他先去接回儿子，就开始做饭了。

以前不会做饭，这次在吴家坪跟着母亲学会了丁香爱吃的洋芋糊糊，他想在丁香下班后第一时间吃上它。

“天明，好香啊！”樊丁香一进门就吸着鼻子说。

“快洗手吃饭，我做的，老婆大人辛苦了。”

“老公才辛苦呢，黑了没？我看看。”

“半年没有回家了，能不黑吗？”

“这半年可把你忙坏了，我给你打过去的钱都用得差不多了吧？”樊丁香换了衣服后坐在饭桌前。

“都用光了，还不够。”

“明白，那回来是要集资吗？”

“筹资！”吴天明笑道。

“我把我爸妈给我的私房钱都给你了，现在没有了，咋办？”

“我们想想办法，现在家里雇的人还没付工钱呢。”

“创业难啊，开始就是难，等你上了道儿了就好了。”

“还是老婆大人好！懂我！”

“去，别贫了。知道你不怀好意。”

“嘿嘿，知道就好。那打算怎么犒劳我呢？”

“你想怎么犒劳？”

“当然了，你懂的，我都忍了半年了。”

这时候小狗剩睡醒了，“哇哇”地哭开了。

“你儿子不同意，你看着办。”

“儿子还能管老子的事吗？”

“那抓紧吃饭，吃完了洗锅。”

“对，你爸再没说离婚或断绝关系之类的话吗？”

“没有，我爸那是吓唬你呢，哪有拆散女儿婚姻的父母？”

“呵呵，你爸真好！”

“哦，对了，前几天万晟还问你呢。”

“我不在，他不会乘虚而入吧？”

“说什么呢？吴狗剩！”樊丁香说着拿起孩子的小裤子扔到了吴天明的头上。

吴天明接过儿子的裤子，放到嘴边，鼻子使劲吸溜着：“小狗剩的味道真好闻啊。”

樊丁香被吴天明的举动搞笑了：“你有病啊，尿味吧？”

“你说，万晟问我什么？”

“他想跟你干。”

“不会吧？他是不是傻啊？放着好好的工作不干。”

“你说你自己呢吧？”

“我是说他一个城里人，懂什么养殖还是懂什么种植？”

“他有钱，给你投资，入股。”

“城里人脑子还是好使，你继续说。”

“不用了，明天约他谈谈。”

“那好！我们现在办事吧？”

“办什么事？儿子谁管？”

“要不你把他抱你爸妈那儿，就一晚上。”

樊丁香无奈地看着吴天明，她觉得无论如何她都把眼前这个人没有办法，上辈子欠做一个农民。

吃完饭，樊丁香去父母家送儿子去了，吴天明约见了万晟。

“哈哈，天明，半年不见，你现在越精神了。”万晟一见面就说。

“在农村天天干活，能不精神吗？”

“晒黑了，更像男人的颜色。”

“说什么呢？男人的颜色还有特定的吗？”

“丁香就喜欢你这种，粗犷、坚韧，有点神经和高冷。”

“去你的，你才神经呢，细皮嫩肉得像个唐僧。”

“是啊，丁香对我不来电就是因为这个原因。”

“不开玩笑了，说说你，想入股吗？”

“我有这个想法，是因为我的一帮哥们儿吃了我给他们的面和鸡蛋，一直叫好，所以……”

“这样啊，你想赚钱？”

“可不是嘛，哥们儿你都走了，我心痒痒。”

“那就是说我要是搞养殖，无添加的肉食和蛋品，你都能搞定销路吗？”

“当然了，你打听一下，在省城，我万晟是什么人。”

“你是什么人？我只知道你是我的情敌。”

“那都是过去的事了，哥们儿现在有女朋友，马上结婚了。”

“嗯，那就好，我放心了。”

“你放心，你家那位都生孩子了，我还帮你养孩子不成？”

“去，说着说着就跑题了。”

“是这样，我给你投资，你在吴家坪养殖或者种植都行，这个我是外行，你知道。”

“还有呢？我很感兴趣这个话题。”吴天明饶有兴趣地说。

“我在省城这边负责销售，各大超市酒店，我认识的人很多，销路不成问题。”

吴天明和万晟谈到了销路问题，这令吴天明没有想到，纯粹是一个意外的收获。

“好啊，我想到了销售的事，细节还没有想好。”

“那就交给我，如果你信得过我的话。”

“没问题，你入股，那也有你的份了，我还不相信吗？”

“这就对了，干公司这种事，咱还是个门外汉。要多学习。”

“这个你不用操心，我手续跑得差不多了。”

“是养殖公司还是合作社？”

“是合作社，我打算一步一步走。”

“对了，还有你们吴家坪的土豆，我觉得用处很大。”

“这个是我的后期规划。”

“嗯，最关键的是咱的土豆纯绿色无污染，这一点至关重要。”

“没想到你小子打我们吴家坪的主意呢？”

“自从上次你带我去的时候我就一直在考虑，从你家带的面粉和土豆荞面等，我给我一个朋友分了一点，他吃惊了。”

“怎么吃惊了？”

“他说他从来没有吃过这样地道的东西，说这才叫面呢！”

“原来你不打没把握的仗啊！”

“那我们就这样定了，我回去就给你打款。”

“真是雪中送炭啊。不瞒你说，我这次来就是想筹资。”

“我就知道，丁香的私房钱都让你这个乡巴佬祸祸光了。”

“接着再祸祸丁香的发小，谁让你们喜欢我这个乡巴佬呢？”

“哈哈！”

“哈哈，英雄所见略同！”

一百〇七

吴天明回到家的时候，樊丁香已经在等他了，他快速地洗了澡。

生了孩子后的樊丁香更加妩媚，一头乌黑的长发潮湿着，披在肩上犹如出水芙蓉。不加任何修饰的脸庞白里透红，脸上一捏就可以捏出水来。

她穿着一套粉色的睡袍，正斜靠在床头翻看一本书。

吴天明已经好久没有这样安心了，在吴家坪的日子每天都是忙碌的，绷紧了弦、上紧了发条。今晚，他很放松，主要是一回来就解决了资金的问题，还给后期的销售找到了可靠的途径。

他轻轻地掀开丁香的被子，掀开丁香的睡袍，把头深深地埋进丁香的柔软处。吴天明贪婪地吸吮着，两只手不慌不忙地揉捏着。

樊丁香放下手里的书，顺着靠背把身体溜下来，平躺在床上，任由吴天明在上面涂涂画画。她闭上眼睛轻声地哼着，哼着心里的田野之歌。

她觉得她就是吴家坪那些肥沃的土地，渴望甘霖的肥沃的土地。

如果有及时雨的话，那些土地上将会不断地孕育着禾苗或者豆苗，西瓜或者土豆。

吴天明在自己家的一亩三分地里，在自己家一亩三分地的沟沟坎坎里、山山水水里，耕地、磨耙。他寻寻觅觅到那片汪洋，那片深深的草丛，他贪婪地遨游，贪婪地攀登。

“丁香，我要播种了，你要吗？”

“天明，土地政策你是知道的，自己的地呀。”

樊丁香从心底发出了一种声音，在吴天明听来，像是天籁，像是鼓励，像是命令。

“丁香，给小狗剩一个弟弟，还是妹妹？”

“天明，你决定吧！”樊丁香一直闭着眼睛，她像是从远古的荒野里走来，有点迷路。

“你睁开眼睛看看我，丁香。”

吴天明俯下身子亲吻着樊丁香的脸，那红彤彤的晚霞一样的脸。

樊丁香慢慢地睁开眼睛：“谢谢你天明，谢谢你！”

对于樊丁香的动情，吴天明深受感动。

两个人紧紧地抱在一起，乘着春风、乘着云朵，他们一直往上匀速地升起。

“哗——”终于下雨了，土地上乐开了花。

吴天明把樊丁香抱进卫生间，打开水龙头，轻轻地抚摸着雨后窈窕的胴体。

“丁香，以后你真的想去吴家坪吗？”

“都决定好了的事，怎么能变？”她温柔地把后背靠在吴天明结实的胸脯上。

“对了，你送过去孩子给咱爸妈怎么说的？”

“我只给咱妈说了，咱爸心里其实知道，嘴上不说。”

“我明天过去看一下他们吗？”

“不去了吧，等你明天把合作社办成了，再给他们看。”

“也好，怕是去了尴尬。”

“我爸问过你。”

“我不是一个好女婿，没有按照他的想法去做。”

“他是对你寄予了厚望。”

“如果他有两个女儿就好了，另一个女婿帮他实现夙愿，让他培养。”

“有得必有失吧。”

“我会好好孝敬他的，不会让他因为今天的我而感到后悔。”

“嗯。万晟那边谈得怎么样？”

“意想不到的顺利。”

“天明，这半年来，你想过我吗？”

“不想是假的，只是太忙了。”

“天明，你不会对不起我吧？”

“瞎说什么呢？我怎么会对不起你呢？”

“我听过很多这样的故事，女人怀孕和拉扯孩子，男人就变心。”

樊丁香还是背对着吴天明，吴天明摸索着怀里的樊丁香。

吴天明心里一沉，想起了和柳絮的那个晚上，他不知道是哪根神经搭错了，做了那样的一件事。好在柳絮离得很远，从来不和他联系，他也就淡忘了此事。但是偶尔会想起，他曾无数次地下定决心忘记这件事。可是她就像一根刺、一根针，深深地扎入自己的肉体，植入自己的血液，在身体里漫游。他怕哪一天这根针或者这根刺戳破心脏或者刺破皮肤，暴露在阳光下。

他还没有想好怎么应对。

“丁香，如果我做了什么对不起你的事，那都是无心的。”

“只要你的心在我这里，这才是最重要的。”

“好丁香，我爱你！”

樊丁香一句热乎乎的话，让吴天明又是一阵燥热。他给樊丁香擦干了身体以后，又把她抱回到了床上。

“丁香，我欠你一个婚礼，一个穿着婚纱的婚礼。”

“那就等我们的小狗剩长到会提婚纱了。”

“我们议过了，现在，再开始一次我们的美好生活吧。”

“吴天明，你在吴家坪练过了吗？”

“苦于没有陪练！”吴天明坏笑着又一次冲锋陷阵了起来。他在樊丁香的耳边轻轻地说道，“你当我一辈子的陪练吧！”

一百〇八

吴天明回到吴家坪，鸡舍、猪舍和羊舍基本建好，他需要把后山上大片的荒地拓展开来，以便于牲畜们不时地出来活动。

他要做的，是猪、羊和鸡不能有丝毫的饲料添加，放养它们，使它们的肉质和鸡蛋的品质在市场上更有说服力。

有了万晟的钱，他雇用了几台推土机和挖掘机，在这里搞起了建设。

刘春霞和女儿们成了吴天明坚强的后盾，吴建仁也给儿子打起了下手。

吴老汉从来没有见过这么大的机器开进自己家的后院，从来没有见过那些和土窑一般高的小山会被孙子推平。他蹲在可以看见孙子施工的山梁梁上，吧嗒着旱烟。

刚刚飘完雪的山洼里一撮一撮的水蓬草上面，像是顶了一头盛开的梨花。水蓬草的下面有一些罕见的干冰，土洞子里出出进进跑着沙鼠。也有麻雀练习着起飞的动作。

吴国民看着对他来说庞大的工程，对自己的一生开始怀疑。他对身边的伏国林老汉说："你见过这么大的机器吗？"

"我没有见过，我还没见过这么大点工夫就能把山推平了。"

"我有时候怀疑我的判断。"

"年轻的时候我们也做过一些惊人的事情，但不敌狗剩。"

"你家辉娃给你打过电话了吗？"

吴老汉的老年痴呆越来越严重了，想起一句就说一句。

"昨天还给我视频了呢，我孙子媳妇也有了。"

"啥是个视频啊？"

"就是打开手机，里面就能看见人。"

"我怎么没见过呢？我还想我重孙子了呢。"

"到底是隔了两三辈子的人了，没多少稀罕了。"

"老伏头，你真的不稀罕了？"

"真的，反正也摸不着。要是像你狗剩就好了，回来就好了。"

"那你的意思是狗剩做得对着呢？"

"人老了，就想着孩子们都在身边比较好。"

"你说，狗剩要干什么呢？"他又想起了吴天明的事。

"他要干什么我不知道，反正他要干大事呢。"

"年轻人啊，这个世界是年轻人的了。"

"该放手了，我们的好日子不多了。"

"就是的，睁一只眼闭一只眼。"

"这句话成了我们的口头禅了。"

两个老汉说着就相伴着下山了，各回各家。

吴老汉没有回家，他直接走到了吴天明干活的地方。他像个孩子似的立在孙子的身边，傻傻地看着孙子。

"爷，你回家去吧，这里危险。"

"我想问你一句话。"

"你想问什么话，爷？"

"你把我孙子媳妇丢到哪儿呢？"

"爷，她在家里呢，她上班呢。"

"我要看看，你伕家爷爷说手机能看见。"

"咱晚上回去了我给你看，好不好？"

"不行，我现在就要看。"

吴天明觉得，爷爷越来越像个孩子了，但是当他清醒的时候，他就会用恨恨的眼光看自己。

吴天明没有办法，想起白家奶奶的话，爷爷是要哄的。于是他把手机拿出来交给爷爷说："你先看看，我去忙了，晚上给你看。"

"好好，你忙去，我有看的就行。"

吴老汉把手机拿上就出去了。

他刚出门就碰上了白凤英，白凤英忙问他："你又上哪儿去呢？"

他看见白凤英像看见救星似的，忙说："你给我看看，这里面有我孙子媳妇和重孙子，我要看。"

"你翻开，我也看看。"

可是吴老汉怎么也打不开手机，急得拿着手机在地上磕了几下，还是看不见。

白凤英说："你别给磕坏了，去找你孙子看。"

"他龟子儿，不好好学习，看今年能考上大学不？"

白凤英一听老头子话不对了，就把他送回家去了。

刘春霞已经做好了饭，给公公端过来说："大，你先吃上些。"

"你给我孙子烙饼子了没有？他要上学去了。"

"大，你吃饭，我烙好了。"

他端起饭碗，吃了一大碗面条，抹了一下嘴。吴天明的手机早被他扔到一边去了。他头挨到炕上，呼呼就睡着了。

吴天明吃完饭，过来到爷爷的炕边，打开了手机视频。那边的樊丁香接通后，在里面招着手，小狗剩"咿咿呀呀"地笑着，叫着。

吴老汉一听这奇怪的声音，一骨碌翻了起了，咧着大嘴"呵呵呵呵"笑个不停。

丁香在那边说："爷爷，你好着没？"

"好，好，好着呢。我重孙子呢？"

丁香把孩子放在视频前，孩子"啊啊"地拍着小手，冲着吴老汉笑着，手朝前抓着。

"嘿嘿，我的小重孙子，给我说话呢，嘿嘿，嘿嘿。"吴老汉甚至学着重孙子的样子伸出了手。

吴天明在旁边说："爷，你给重孙子取个名字呗。"

"就叫吴远根吧。"

"爷爷，您真有学问。"那边的樊丁香专拣吴老汉爱听的话说。

吴天明觉得爷爷随口说出来的话一定有他的道理，要么就是想了好久，要么就是找人给取的。

他问道："爷爷，你说他为什么要叫远根呢？"

"他将来不会生活在吴家坪的，我老吴家祖祖辈辈在坪上，坪上是他的根呢。"

"爷爷，您说的对，坪上是咱老吴家的根。"

那边的樊丁香说："天明，你也累了一天了早点休息，孩子也瞌睡了。"

她抱起小狗剩吴远根说："跟爸爸和太爷爷再见。"

就见小狗剩吴远根"呀啊呀"喊了两声，被妈妈樊丁香举着小手，冲着视频摆了摆。吴天明就关机了。

这下吴老汉兴奋地睡不着了，他一直不停地问吴天明："狗剩你说，你咋把他们放进去的？"

"爷爷，这是网络的原因，不是他们住在里面。"

"哦，是相片啊，相片怎么会说话呢？"

"不是相片，是他们真的在说话。"

吴老汉弄不懂这件事，就急得一直拍打着手机。他自言自语地说："世道变了，远处的人也能看见了，想看就看了，真是能了，能了。"

"爷爷，丁香和孩子在那边也看见你了。"

"我也钻进她的手机里面去了？"

"网络联通了，我们相互都能看见对方了。"

"狗剩，你明天给我也买个手机。"

"行，爷爷，我给你买。"

吴老汉自从和重孙子视频以后，逢人就说这件事，老年痴呆的毛病似乎减轻了不少。

一百〇九

砖厂的办公室宽敞明亮，宽大的办公桌旁，坐着一身职业装的郭彩云。

她微卷长发蓬松地扎在脑后，一副精致的铂金耳环挂在小巧的耳垂上，衬托得一张小脸巧笑明媚。白细的脖颈上戴着铂金钻石项链，无名指也戴着闪闪发光的钻石戒指，一双曾经洗菜做饭的粗糙的手，已经保养得很好，玉指纤纤。

她埋头翻着一沓票单，不时按压一下手边的计算器。

这时一个女孩小心翼翼地敲了一下开着的门，郭彩云用一种显得极有涵养的声音说："请进！"

“郭经理，我想请个假！”

“你有什么事吗？食堂的事安排好了？”

“食堂里徐姐和王姐我都给安排好了，她们没问题。我妈住院了，我想请几天假。”

“我相信你啊，晓云。这样，你妈那里需要钱吗？”

“暂时不需要，郭经理，你给我开的工资已经很高了，这在我们那里种一年的地也不一定有这么多钱。”

“好好干，晓云，我和你一样，都是农村来的呀。”

“郭经理你很能干，人又聪明，不像我，笨得很。”

“给你说了多少次了，不要叫我郭经理，叫我彩云姐就行。”

“好的，彩云姐。”

“这就对了，你看，我们两个的名字除了姓，只差一个字了。”

被叫作晓云的女孩害羞地笑了：“彩云姐，你真好看！”

“说什么呢？再好看，也没有你们青春年少啊？”

“你也三十岁刚过，又这么漂亮，都以为你二十岁呢。”

“小丫头，拍马屁学得快。去吧，需要钱就给我打电话。”

晓云走了，郭彩云缓缓地靠在老板椅子上，闭着眼睛。

这几年的风风雨雨在她的脑子里一段一段地播放着。从小到大，从来没有想过能有今天的日子，对于一个初中毕业的她来说，在吴家坪那个地方算是高学历了。出来打工，还差点走了弯路，要不是刘小舟的不放弃和执着守护，她怎么也不会有今天的美好时光。

她和小舟的儿子已经上了小学，女儿在幼儿园。一对可爱的儿女就是他们奋斗的见证，也是她美好日子的见证。

自从刘小舟从大金牙手里接过砖厂以后，他们把砖厂进行了整顿，正式取名为“吴家坪砖厂”。

整顿后的“吴家坪砖厂”在方圆几千里都小有名气，之前刘小舟的为人已经被大多老客户认可。他带着吴家坪的气质和淳朴做着良心生意，如日中天。

在砖厂，刘小舟主外，郭彩云主内。几年下来，他们有了不小的积蓄，加之当地砖土的肥沃和廉价，他们的生意做得顺风顺水。

刘小舟和郭彩云都是过过穷日子、从最底层的打工仔开始的，对于经营砖厂，他们精打细算，从不浪费。

她想起今天女儿就要幼儿园毕业了，准备和刘小舟一起给女儿庆祝一下。

她拿起手中的电话："刘老板刘总吗？"

"彩云，你就喜欢胡闹，怎么又换了个手机号？"

"没有，刚才人家移动公司做活动，送的，不要钱。"

"你呀，还是改不了这习惯，咱也不差这几个钱。"

"话是这么说，有免费的为什么不用啊？"

"好好好，都是你有理。这样吧，我接了女儿，你过去接上儿子，我们现在就过去。"

"好，我还正要给你说呢，你还走在我前面了。"

"我不用你提醒，孩子的事是大事。"

"知道就好，一会儿见！"

郭彩云放下电话，略微整理了一下头发，背着包、锁了门，就出发去接儿子了。

刚到餐厅，两个孩子就跑前跑后地玩去了。

刘小舟在后面喊道："开心，照顾好妹妹，别摔着了。"

"开颜，小心地上滑。"郭彩云也对女儿说。

两个小家伙跑过来说："爸爸妈妈，我们要吃冰激凌。"

"少吃点这些东西，冰得很。"郭彩云含笑说。

"那我们要喝可乐。"

"小孩子不能经常喝可乐。"刘小舟又说。

儿子刘开心不开心了："你们两个啥也不给我们买，来这里干什么？"

"今天是妹妹幼儿园毕业的日子啊，以后你们要一起上小学了呢，不开心吗？"郭彩云说。

"那给我们买个酸奶吧，这个总能吃吧？"

"好，自己去拿，完了妈妈付钱。"

刘开心和刘开颜各自拿了一瓶酸奶，哥哥说："祝贺你，小美女！"

"谢谢小帅哥哥哥！"

看得刘小舟和郭彩云在一边笑成了花儿。

郭彩云说："小舟，这个月我们的销售比上个月又提高了五个点。"

"太好了，你算过和去年这时候比，怎么样？"

"比去年这个时候啊，差不多翻了一番呢。"

“这个数字我是想到了，因为这几年的市场需求量不断在上升，价格也一再往上涨。”

“嗯，我算了一下，原材料涨得不是很大，就是现在工人的工资高了。”

“那是肯定的，物价涨得也快，工资再不涨，都让我们挣上了，那工人还怎么生活？”

“你呀，这就是我们吴家坪人的善良，我一直都支持你。”

“你敢不支持吗？我是你老公啊。”

“小舟，我有时候想，我们两个是不是在做梦。”

“穷怕了，我们都是穷怕了。我和你有同样的感觉。”

“不过一看见我们的开心和开颜，就觉得不是梦了。”

“彩云，我见了狗剩几次，他是公家人了。”

“你说过了，他还介绍了你不少生意呢。”

“他现在辞职了。”

“他怎么会辞职呢？那他辞职了我们那边的生意咋弄？”

“生意的事你不用操心了，他也就牵了个线，留住留不住客户还不是要靠咱自己吗？”

“那倒也是啊，就凭我们砖的质量，凭我们敢赊销，害怕留不住客户啊？”

“彩云啊，你这几年进步比我大，管理一个厂子很有经验啊？”

“那是，嫁鸡随鸡，听也听了不少呢。”

“狗剩回吴家坪从头开始了，他的养殖办得有声有色的。”

“你也动心了吗？”

经郭彩云的这一问，刘小舟还真的产生了一个新的想法。

上次和狗剩聊天，他已经决定回去，至于什么时候回，他还没有想好。

虽说挣些钱了回去种地，也就那么一说。这几年外面打拼，让他看到了外面世界的不一样，种地也不再像吴家坪原来的种地方法了。

他还没有对郭彩云说过自己的想法，不知道她会怎么想。

他说：“是的，我们的根在吴家坪，迟回不如早回。”

“你决定吧，我听你的。”

“彩云，我们在外面开砖厂，也许有开不下去的时候。”

“我其实也看到了，做一种生意也不是长久之计。”

“狗剩那天和我电话上聊了，下一步他要乘着土地流转的春风，做农产品深加工。”

“我听不懂，这些年不在吴家坪，对农村的政策不了解。”

“他现在资金上遇到了困难，不如我们……”

“这件事你可考虑好，不要肉包子打狗……”

“我思前想后也考虑了，觉得狗剩做的事很靠谱。”

“先吃饭吧，吃完了我们回家慢慢想，再自己斟酌一下，好吗？”

“好的，开心，开颜，过来赶紧吃饭了。”

两个孩子蹦蹦跳跳地跑了过来，各自坐好了位置。

刘小舟给孩子们倒了饮料，他和彩云各倒了一杯红酒。

他说：“孩子们，今天是开颜幼儿园毕业的日子，爸爸祝贺你们在以后的学习中取得好成绩。”

“妈妈也祝贺你们，你们赶上了好日子。”

开颜天真地问道：“爸爸妈妈，你们小时候也上幼儿园吗？”

“爸爸妈妈小时候没有幼儿园可上，连高中都没有上，初中都是混着出来的。”

“为什么呢？你们怎么不去上呢？”

“爸爸妈妈那时候穷啊，上不起。”

“哦，知道了，你们没有钱买书。”

“所以啊，你们两个一定要好好学习。”

两个小孩子似懂非懂地吃着饭。

刘小舟说：“彩云，狗剩现在搞土地流转，我们两个的地都闲置着呢。”

“是啊，我妈还打电话给我说呢，她年纪也大了。”

“老人们都种不动地了，我们又在外面做事情。”

“这真的就是一个问题。”

“是的，所以我打算把咱们两个的土地承包给狗剩，让他去种。”

“承包？怎么个承包法呢？”

“也没有个具体的方案，我初步是这样想的。”

“你说，我听着呢。”

“只要他给我们两家的老人足够吃的粮食，就是说足够一年吃的就行了，地由他种，种什么，随便他。”

“这样行吗？万一村里人都学我们。”

“这你就不懂了，我也是才听狗剩说的，狗剩说是村上的书记讲的。”

“这不又成了地主了？”

“谁是地主？你、我还是狗剩？”

“哈哈，这真不好界定。”

“是吧？听说我们在外面务工的人，还有工资领。”

“我们不缺那点钱吧？工资，很好笑。”

“自古也没有过，农民领工资。”

“真是天地变了，我们需要学习了。”

“就这样吧，你和狗剩谈，我随你了。”

刘开心听着小舟和彩云的谈话，打断说：“爸爸，狗剩是谁？”

“狗剩是爸爸的发小啊，一个大学生叔叔。”

“那他都是大学生，还没有念完初中吗？”

“开心，你长大了就知道了，考大学不是那么容易的。”

“别吓唬孩子了。”彩云说，“开心、开颜，只要你们好好读书，妈妈保证你们两个都能考上大学。”

“知道了，妈妈，我一定考上大学。”

他们开车在一栋花园式小区的楼底下停下，遥控钥匙打开车库的门。

郭彩云和孩子们从车上下来，刘小舟把车停进了车库。

他们的家在这栋小区的复式楼上，孩子们住楼上，他们两个人住楼下。

郭彩云把孩子们打发上楼去写作业后，下来卫生间放了热水。她匆匆地冲完了澡，换了一身家居服，把湿漉漉的头发用吹风机稍微吹了一下，用发带挽到头顶上。

她坐在客厅里又拿出计算器开始算账。

刘小舟看郭彩云又在重复每天的睡前工作，就没有打扰她，自己进了卫生间。

刘小舟一边擦着满头的水，一边对郭彩云说：“我前面说的事，考虑一下？”

“你呀，吃饭的时候就在套我的话，总是停不下来。”

“吃饭的时候本来是说这件事的，你说回来说，我没忍住就说了另一件事。”

“看来你是铁了心了。是不是琢磨了好久了呢？”

“你敢说你没有琢磨过？只是没有机会罢了。”

“说没有琢磨过，是不可能的，毕竟，我们两个都是吴家坪的。”

“所以啊，投资的事，你觉得行不行？”

“小时候我们和狗剩也不是很熟，来往也不密切，还真不了解他这个人。”

“小时候不算，就是了解，人也有变的时候。”

“也是啊，那你了解变后的他吗？”

“不要说他变前变后了，他根本就没有变。”

“这话怎么说？”

“他给我们介绍生意不是就证明了他的人品吗？总归亏了谁也不会亏我们吧？乡里乡亲的。”

“那你想投资多少钱？”

“那天我们电话上沟通了一下，目前的资金缺口不算大。”

“多少钱嘛？”

“他预算了三百万，前期先投资上一百来万，你看我们能拿出多少来？”

“你给答应了多少呢？”

“我说六十万差不多。”

“小舟，我觉得先投上四十万左右，等我们真的回去的时候，再补一些不迟。”

“我们真的回去还不知道是啥时候呢，现在多投一些，打个前站，等我们回去的时候就有了落脚地。”

“不过你说的也是，那就投上一百万吧，这可就把咱们的家底都弄光了。”

刘小舟没有想到郭彩云做事比他还狠，他说：“彩云，你是怎么想的？一下子出手这么厉害。”

“你以为我一天什么都不了解吗？我听坪上的人说了，狗剩现在的养殖已经赚钱了。”

“主要是农村现在的政策太好了，这在以前我们想都不敢想的。”

郭彩云一边打开电视，一边对刘小舟说：“吴狗剩好好的干部放着不当，好好的金饭碗说不要就不要了？他可是在省城大机关，消息比我们灵通多了。”

“所以呢？”

“所以把钱投给他，能赚钱，不吃亏。”

“那我们的砖厂不周转了吗？”

“砖厂的钱我还留有活头，不紧张。”

“你可真是个好管家啊，我怎么没看出来呢？”

“我从管理食堂的时候就留心呢，什么都是靠细心琢磨得来的，挣钱容易管钱难啊！”

“哈哈，说你肥，你还真哼哼上了。”

“我哼哼了吗？”

“你想哼哼吗？我今天晚上让你哼哼个够。”

刘小舟说着将郭彩云拦腰一搂，就拉进了卧室。

一百一十

这天白凤英颠着细碎的脚步来找刘春霞了。

刘春霞现在俨然是儿子养殖场的场长，她指挥着几个邻居妇女帮忙，喂鸡、喂猪都是按照儿子的吩咐定时定量地进行。

她刚配完鸡食，见白凤英来了，忙招呼进屋。

“白家妈，你来了？”

“春霞啊，你看你客气的，我每天都来几次，你每次都这么客气，真是个好孩子啊。”

“您呀，跟我的娘一样的，我从小没有娘，亏得你经常照顾，我孝顺你还来不及呢。”

一句话说得白凤英抹着老泪，喜极而泣。

“春霞啊，你是个好心的媳妇子，我们吴家坪的人都心眼好。”

“嗯，白家妈，你有事要说吗？”

“你看出来了？我贪图小便宜一辈子了，现在年纪大了。”

“你有什么话就尽管说，什么小便宜不小便宜的，还不都是因为穷吗？”

“孩子，你能这样想，很不容易。”

“白家妈，你这些年腿脚也不好，这么大年纪了还种地，更不容易呢。”

“我就是为这事来的，我听说狗剩在收地。”

“是啊，我们叫收地，他说是有政策的，叫什么土地流转。”

“那就把我的地流转给你们家吧，我一个孤独老婆子，种不动了。”

“就是不流转给我们，我们也会帮您种的，只要您说句话就行。”

“白家奶奶来了。”吴天明从外面提着几瓶涂料进来了。

“狗剩，挺忙的啊？”白凤英转头对吴天明说。

“你这是干啥呢？拿的啥东西？”

“养殖场的栏杆子我想找人刷一下，这不刚买的涂料嘛，油漆。”

“哦，狗剩，刷那个做什么？猪呀鸡的又不是看颜色吃饭。”刘春霞笑着问。

“妈，这你就不知道了，县上的畜牧局要来参观，我们得弄得好看一点不是？”

“参观什么？这有什么好参观的？”

“妈，他们这一参观，就给我拨款呢。”

“啊？你养猪养鸡，县上给你钱？”

“当然了，他们扶持养殖业，有政策的。”

“狗剩啊，你看你读书多了多好啊，什么都懂。”白凤英羡慕地说道，“在前些年，哪有这样的好事？”

“狗剩，你说县上给你钱，白给吗？”

“不白给还收回去呀？确实是白给的。”

“狗剩，你白家奶奶刚才说把她的地给你种呢。”刘春霞对儿子说道。

吴天明把油漆先放下，坐在白凤英的身边问道：“奶奶，您是怎么想的呢？”

“我也是听小舟他妈说的，她说她们家的地都给你种了，她在你家养殖场里打工，你给发工资。”

“是有这么一回事，她不是做不了了吗？地里的活又累。”

“彩云她家也给你了。”

“奶奶，不是白给的，我得给他们钱，不要钱的话就给粮食。”

“那奶奶的地给你，我啥也不要，你种去就行了。”

“奶奶，现在公家给你们这样年纪的人都要发养老金呢。”

“狗剩啊，你知道的就是多，有这样的好事吗？”

“有，你相信我。别的地方都实行了好几年了。”

“唉，奶奶老了，还能有养老金，真是没想到啊。”

“就是没有养老金，我也来给您养老。”

“真的吗？狗剩，那我可算是没有白疼你呀。”

“看您说的，您就像我的亲奶奶一样。”

“好孩子，和你妈一样实诚，说的话都是一样的。”

“那我忙去了，奶奶。”

“你又忙什么去？不回来吃饭了？”刘春霞朝急忙外出的儿子喊道。

“村上找我呢，给我批了一块地。”吴天明边往外走边说。

“这孩子，忙成了啥了。”刘春霞对白凤英说，“白家妈，你也不用回去做饭了，就在我家吃。”

“行啊，我一个孤老太婆，做了饭也吃起来不香。”她像是想起了什么，“你大呢？咋这半天不见？”

“我大和狗剩他爸在羊圈里捣鼓呢。”

“他都这年纪了，还放心不下儿子吗？”

刘春霞笑了笑，朝厨房走去。

白凤英朝着后院里吴天明的养殖场走去，迎面碰上了从羊舍里出来的吴老汉。

“老东西，你现在糊涂着没有？我想和你说句话。”白凤英现在和吴老汉说话前，先要问一下他是否糊涂。

“你才糊涂呢，死老婆子。”

“好好，你不糊涂，你才十八呢。”

“来我家混饭来了？便宜占了一辈子。”

“你这张嘴啊，现在比老伏头还厉害。”

“混饭就混饭吧，我家现在养得起，你瞧瞧。”他指着羊舍说。

“现在服了你孙子了？说你老顽固吧，还别不信！”

吴老汉一听白凤英揭他的短，脸上就挂不住了。

白凤英觉得说的过分了，忙又换了个话题：“老东西，你孙子说我们这个岁数可以领到养老金，是真的吗？”

“我孙子说的啥时候假过？”

“带我去看看羊吧？”

“不能去，我孙子说了，外人、生人不许看。”

“为啥嘛？”

“我不知道，反正是他交代的，我都不让看。”

“连你都不能看？”

“我给他教一下怎么养羊，谁知他的那一套比我厉害，我也是这几天才让进去的。”

“哦，是吗？”白凤英有点失落地说。

“现在这一群羊，是他说了算，他大是执行人。”

“啥是个执行人？”

“啥是个执行人，你附耳过来。”

白凤英将耳朵凑到吴老汉的嘴边，不知道吴老汉嘟囔了一句啥，两个老人都大笑了起来。

一百一十一

吴天明已经启动了他加工厂的建设，正在朝着他理想的人生一步步靠近。

村书记是一位五十多的中年人，土生土长的吴家坪人，他叫吴国庆，论辈分，吴天明应该叫他一声“尕爷”。

当吴天明走进村委办公室的时候，吴国庆正在拿着一份文件等着他的到来。他看见吴天明进来了，赶紧让座：“天明啊，快坐！快坐！”

“尕爷，您找我？”

“对的，你这个大忙人可是难找啊。”

“这几天加工厂项目不是启动了吗？确实挺忙的。”

“你在实地动工，我们村上在帮你拿手续，你厉害了。”

“厉害啥呀，尕爷，这不是摸着石头过河呢嘛。”

“别谦虚了，你可是在国土局干过的人，什么渠道都门清。”

“那是那是，还多亏了书记您的大力支持。”

“我能不支持吗？好政策是千年难遇的，好人才也是百年难遇的啊。”

“尕爷，土地使用权的手续审批下来了啊？”

“当然了，我亲自给你跑，从乡里到县里，从县里到省上，很顺利。”

“顺利就好，顺利就好。尕爷，您辛苦了！”

“主要还是你的坐镇指挥得力，嘿嘿。”

“尕爷真会开玩笑，项目核准既然批了，那我就放开干了。”

“好好干，你给咱们吴家坪的人长脸了。”

“尕爷，要是没有你的倾力协助，我也不会有这么快的动作。”

“对了，天明，还有什么要求，可以尽管提，尕爷能做的都满足你。”

“尕爷，我还真有一件事要麻烦您。”

“说吧，不要吞吞吐吐的了。”

“是这样，我现在手里有好几家的耕地了，其他人家肯定也会把地转让给我。”

“我听说了，这方面需要我做什么呢？”

“我想和各家签个合约，要粮或者要钱都行。”

“哦？你的想法对。”

“那就请村上给担保一下，或者村上出面代表村民和我签个合约都行。”

“天明，你考虑事情很周全啊，这样对你对村民都有好处。”

“我更多的是站在村民的角度考虑，怕他们不相信我。”

“也是，毕竟土地在他们手里多少年了嘛。”

“是的。”

“那你的意思呢？”

“尕爷，我是这样考虑的，主要是时间的关系，你看我现在一个人跑来跑去的，和各家签合同是不可能的。”

“天明啊，你脑子就是好使，给你尕爷又找工作干呢。”

“看尕爷说的，就算是帮我了。”

“好，我通知一声，看谁家不愿意经营的耕地，有愿意流转给你的，我就拟一个合同，统一和你签，你就等着消息就行。”

“尕爷，这件事必须尽快，因为开春我就要规划种植了。”

“行，给我一个礼拜的时间，我一定给你完成任务。”

“尕爷，哈哈，大恩不言谢！”

“你小子的心思，现在一般人猜不到。”

“尕爷，您也不是一般人，我也就不断地想请您出面。”

“还有啥事吗？听你的口气。”

“当然，事在不断地出，问题就不断地需要解决。”

“说吧，只要对村民有利，我这个当书记的义不容辞。”

“村里给我出面担保，我想贷些款，这是其一。其二呢，关于从村民手里收购杂粮存粮的事，还得请您安排人手，当然费用我出。”

“收购的事不成问题。这贷款，我怎么担保呢？”

“现在不是有一种小额贷款吗？家家户户都有指标，还是想请您出面，帮我搞定。”

“哈哈，天明，你的脑子就是和别人不一样。”

“有好政策咱得利用不是？”

“对，我来做。但是你保证，按期给还了。”

“尕爷，我拿您的前途保证，一定按期还上。”

“去你小子，就是会钻空子。”

吴天明笑着跑开了，吴国庆忙喊道：“东西，东西拿走。”

吴天明连忙转回来抓起吴国庆桌上的文件：“把正事给忘了，尕爷，完了请您喝酒啊。”

吴天明来到加工厂的施工地，这是一块宽阔的荒地，背靠大山，除了放羊人偶尔出现，几只呱啦鸡偶尔光顾，从来都是无人问津。

吴天明选择了这块土地，一是不占用耕地，二是这里通一条路就可以直接到山下的大路，交通上也方便。

他看着工人们在忙碌地干活，心想：这每一天都在烧钱，又没有人帮忙，刘小舟要是早点回来该多好。想到这里他拨通了刘小舟的电话：“小舟，打算什么时候回来呢？”

“狗剩，我打过去的钱用完了吗？”

“我打算再贷一部分款，钱都不是个事儿，主要是没人帮着我盯着，一个人太忙了，顾了这头顾不了那头，我只有央求书记爷了。”

“我这边一时半会儿还走不了，我想把砖厂卖了，把钱带回去。”

“不管怎么弄，你尽量快点，我们今年就得见效益。”

“狗剩，你这个家伙干什么都雷厉风行的，养殖场一年就见效益了，加工厂没那么快吧？”

“不快怎么办？厂子在建，设备已经订购，人员都在培训，原材料我马上要收购，还要自己种一部分，几方面齐头并进，再不快就来不及了。”

“什么来不及了？”

“机遇啊，我们得赶在别人前面，不然过两年干这一行的人会很多。”

“闹了半天你不需要钱。”

“小舟，钱也需要，但更需要的是人。”

“我知道了，你这样，附近村子里五十岁以下的人，还有刚毕业的学生，都可以试试。”

“我就这样试呢，得力的人没有啊。”

“那我加快这边的进展，尽快回去。”

吴天明挂了刘小舟的电话，又想起了伏辉娃。

现在，能帮他并且能尽快把这件事做起来的人，除了刘小舟就是伏辉娃了。他记得伏辉娃说过，如果他回吴家坪的话，告诉辉娃一声。

现在他回来都有两年了，梦想已经实现了一半，不知道伏辉娃还记不记得他说过的话。

吴天明又想到了一个人，那就是李三。他想：如果李三爸还在的话……这个念头一闪而过，吴天明苦笑着摇了摇头。

一百一十二

李三在监狱里每天按时出操、按时学习。人倒是清闲了不少，但是也寂寞了不少。

孙悦胜和眉眉领着孩子来看过他一次，每当他深夜睡不着的时候，就会想起他曾经的那些风流事来。

人生在世，每个人做的每件事，可以说都是有因果的。就像你经常熬夜不睡觉，睡得少了，那么你的身体就会垮掉，身体垮掉了，你的寿命会变短，那么你会比别人早长眠一些；如果你吃得太多了，身体也会警告你，以比别人少吃好多年来警告你。就是说，人的一辈子做多少事，都是上天规定好的，多一点不行，少一点也不行。当这些该做的都做完的时候，就不能再做了，哪怕你还很年轻。

李三就是这样，前半辈子做了太多的人间浑事，后半辈子就在监狱里当“和尚”。

道理就是这么个道理，但是往往是最简单的道理，人们往往就要用一生才能搞懂。

他记得孙悦胜来看他的时候，曾经问到他这样一个问题：“李三哥，你给人禳解作法事生孩子，都是这样做的吗？”

他当时不知道怎么回答，是眉眉帮他解了围：“你是不是当时鬼迷心窍了呢？”

他看了一眼眉眉，没有说话。他对孙悦胜的问话不知道怎么回答。但是孙悦胜的双胞胎的的确确是孙悦胜自己生的，这一点是铁定的。他从孩子的眉眼里看出来孙悦胜的影子。这只能说明他已经失去了那方面的功能。也就是说，他把一生的孩子都生完了。

当然孙悦胜知道眉眉在他自己变化之前是不守妇道的，他对李三提的问题并不是很在意李三的回答，他孙悦胜在这之前也不是什么好鸟。

好在孙悦胜和眉眉两个人迷途知返，给孩子的人生奠定了一个好的基础。

李三说：“孙总，我很感谢你对我的抬举和重用，还给了我那么好的前程，可惜了，我没有珍惜。”

“如果不是这件事，我想你会做得很好。”

“是的，孙总。其实作法事这件事真的是在骗人，吴家坪的人愚昧啊，他们不懂。”

“正是他们不懂，才造就了你得寸进尺，是不是？”

“但是他们厚道。”

“也正是他们厚道，才使得你没有完全丧失良心。”

“孙总说的对，我真的不该做那件事。”

“得亏你没有得手，不然判的就不是这个刑期了。”

“是啊，我总是抓住有些人的有些奇怪的想法，趁机捞一把，侥幸了就得手了。”

“你没有想到时代在进步，人的知识层次在不断提升，有些事他们是能擦亮眼睛看的。”

“对，孙总说的对。这些年我在里面受的教育让我明白了很多道理。”

李三看着成熟稳重的眉眉，心里的惭愧无法形容。

妻子黄翠芳也常常来看他，给他带一些换洗的衣物，或者做一些可口的饭菜。他看着日益憔悴下去的黄翠芳，也是充满了歉意。本来想着在墓园打拼几年，挣一些钱回去，和黄翠芳好好地安度晚年，谁知道老了老了还晚节不保。

黄翠芳没有怪罪他的意思，因为在她的字典里，那是助人为乐与人为善的好事。这个又傻又善良的农村妇女啊，让李三恨也不是，怪也不是。

这天黄翠芳又来探监了。

看守人员和她很熟悉了，忙说道：“嫂子又来看李三了吗？”

“是啊，他在里面多蒙你们照顾了。”

“看看，给我们带了什么好吃的吗？”

“带了带了，是我亲手炒的豌豆、扁豆。路远，其他的带不了，带来就坏了。”

“豆子好吃啊，我们晚上值班的时候好消夜呢。”

“把这些衣物给我家那口子，这些豆子给他，这些给你们。”

黄翠芳说着从身后的大背包里掏出一堆东西：“你们检查一下吧，履行程序。”

每次黄翠芳了来了，狱警们都要检查，对她说是“履行程序”，她也就学会了。

“以后啊，你们可以吃到我们吴家坪的好东西的机会多着呢。”

“是吗？超市可以买到？”

“会的，会有那一天的。”

黄翠芳只知道吴天明要做什么事情，至于具体是个什么，就说不上了，只好对几个年轻的狱警这样承诺着。

“嫂子，说了半天，探视时间到了，你和李三见个面。”

“好，我等着。”

过了一会儿，李三穿着囚服从里面走到了探视窗口。他瘦了很多，但是显得很精神。头发剃得光光的，皮肤很白，白得连脸上的血管都很明显。他看见黄翠芳的时候，努力地笑了一下，松弛的皮肤一下子堆起了很多皱纹。

“三哥，你老了。”

“翠芳，我们都老了。”

“三哥，我都想来陪你。”

“我对不起你啊，翠芳，没有给你好日子过。”

“这句话你都说了多少次了，我都不记得了。”

“我留给你的钱你好好花吧，你后半生够用了。”

“花钱也没地方花，老了，也花不动。今年的豆子收成还不错。”

“我牙口也不好了，吃不动豆子了。”李三苦笑着问，“吴家坪有什么变化吗？”

“你还有心思操心这个呢吗？”

“怎么没有呢？毕竟是吴家坪人啊。”

“狗剩回到吴家坪了。”

“什么？他不是在省城工作吗？”

“前几次探监我都想告诉你，想着没有必要，就没有说。”

“他不工作了吗？”李三有些失望。

“听说是辞职了，回到吴家坪创业。”

“创什么业？”

“他养了很多的猪呀、羊呀、鸡呀的，每天都有大汽车来坪上。”

“年轻人啊，我落伍了，想不通。”

“他的猪肉、羊肉和鸡蛋、鸡肉，听说在城里卖的价钱高啊，城里人都抢着买呢。”

李三听着妻子黄翠芳给他说吴天明创业的事情，觉得自己是落伍了，长年关在里面，外面的事情一点都不知道。但是一听说吴天明养殖的禽类肉类在城里销售很好的时候，他终于明白了。

“哦，我懂了，猪、羊都是散养吗？”

“是啊，刘春霞领着小舟她妈、彩云她妈，还有伏国林的儿媳妇，几个女人给养着。”

“狗剩真的长大了。”李三感叹道。

“还不止这些呢。”

“哦？这小子要是干开了，一定不限于这些。”

“你倒是很懂他似的，比他那个榆木疙瘩的大懂得多。”

一句话又说到了李三的伤疤处，那狗剩就是他李三的种啊！

“他还干了什么呢？”

“他先是把他家后院的牲口棚改建成了养殖场，现在又从公家批了好大的一块荒地。”

“做什么？”

“我也不知道做什么，机器整天轰隆隆地响。”

“是不是要开厂子啥的？”

“好像是，他只说以后我们的土豆、扁豆、豌豆，他负责收购，变成商品，像猪肉、羊肉、鸡蛋一样送进城里。”

李三一下子全明白了，他的眼里放出了异样的光芒。

“翠芳，你听着，吴天明是要干大事了，这件大事是我们这辈子想都不敢想的。”

“能比你那个墓园的事还大吗？”

“你不懂，墓园是人家的墓园，不是我的，那是不需要花多少钱就能赚钱的。”

“那狗剩的呢？”

“狗剩这件事啊，是需要大量的投资的。”

“啥是个投资嘛？”

“唉，翠芳，你不懂嘛，就是要砸钱进去的。”

“我知道是要砸钱进去的，他就是个愣娃，跑贷款呢，我都签了字了。”

“你签字？你签字贷款？”

“是村上的吴书记号召我们的，每家每户都帮狗剩贷款呢。”

“是这样的啊。翠芳，我给你的一个黄色的银行卡还在吗？”

“在啊， 我又没花，我取钱都取的是那个蓝色的卡上的，那也花不完。”

“对了，你把那个黄色的卡给狗剩。”

“那是为啥？那是我们的钱啊。”

“不要多说了，那是我的私房钱，你告诉他，是干净的钱，不是骗人得来的。”

“三哥，你还有啥事瞒着我？”

“再没有了，这钱是我的工资，是正经挣来的钱。”

“多少钱？”

“你不用知道，小心眼子，知道了就不给了。”

“知道了。不给我也带不到墓里去。给了就当做好事了。”

“你不小心眼了？”

“你都这样了，我还要钱干什么？对了，我把地也给狗剩了。”

“地给狗剩了你吃什么？”

“他养我。”黄翠芳笑着说。

“他又不是你儿子。”

“可他是你儿子啊！”黄翠芳只好说。

“你……”李三想说哪壶不开提哪壶。

“别不好意思了，做都做了，谁不知道？这在吴家坪又不是秘密。”黄翠芳倒是开通。

“随你怎么说吧，就是我亲儿子，我才把金卡给他的。”

“知道了，我会给他的。”

“你回去了让他给我打个电话过来，我有话给他说。”

“你亲儿子也不知道来看看你。”黄翠芳酸溜溜地说。

李三再没说话，只是低着头，也不看黄翠芳。

黄翠芳觉得她的话是不是有点重了，忙解释说：“我没别的意思，就是心里觉得不平衡。”

“你这个傻老婆子，跟上我吃亏劲大了。”

“时间到了，我该走了，不和你说了。”

“去吧，记着把金卡给狗剩啊，千万别忘了。”

黄翠芳回到吴家坪后，来不及歇息就找金卡。

她和李三的女儿已经出嫁。可笑的是，李三在吴家坪生了那么多儿子，没有一个是姓李的。有时候黄翠芳想起这件事，都觉得亏先人呢。而在众多的儿子里，只有吴狗剩有出息。这还得归功于刘春霞这个外来妹的聪明基因。

李三作法事生孩子在吴家坪一带不是什么秘密，虽然那是犯法的事，法律在那里就是个盲区。这一切，都是因为贫穷和落后。

一百一十三

在省城，樊丁香正上班呢，听见有人敲她的门。她打开门一看，是万晟和一个女的。

丁香忙问："这位是？"

万晟说："丁香，这位美女找你呢。"

"哦，请里面坐。"

万晟见自己的任务已经完成，就对丁香说："那你们聊，我还有事，天明又送过来一车鸡蛋，我下班了过去超市。"

"你去忙吧。"丁香转身问这个女的，"您找我有事吗？"

"我是柳絮，你可能听说过。"

柳絮今天打扮得很素净，一袭长长的藏蓝风衣，一双白色的浅口高跟鞋，衬托得身材优雅苗条。没有化过妆的脸洁净美丽，站在丁香的面前端庄大气。

"哦哦，你就是柳絮啊，听天明说过，你们是高中同学。"

"对，很冒昧地来找你。"

"你是有事要找天明吗？不给他打电话？"

"打过的，他的电话是空号。"

"哦哦，他这个人，这两年忙的什么似的，换了号也不给老同学说一声，前面那个谁，杨旭也是找的我。"

"我说呢，我也只好找你来了。"

"坐，坐，柳絮，你看我们光顾着说话了，我给你泡茶。"

柳絮坐在丁香办公室的沙发上，喝了一口丁香泡的茶。她说："你们结婚的时候我也不知道，我们同学都没有参加，很遗憾。"

"没事，我们啥时候准备补办一下。"

"这也就是吴天明能想得出来，孩子都一岁多了，还补办婚礼？"

"是啊，一直忙，忙得没时间结婚。"樊丁香幽默地说。

"今天一见你，才知道吴天明为什么喜欢你了。"

"为什么？"

“你很幽默，很漂亮，很阳光。”

“看你把我夸的花儿似的，我哪有那么好？”

“是实话，你还很善良，很纯粹。”

“别再夸我了，你找天明什么事呢？”

柳絮从身上背的包包里掏出一张金卡，往樊丁香的对面推了推。

樊丁香一看上面的拼音姓名是柳絮，就问：“你这是？”

“这是我的私房钱！”

当柳絮掏出一张金卡交给樊丁香的时候，樊丁香不知道她要干什么，又把卡推了过去。

“柳絮， 你这是干什么呢？”

“你不要急着拒绝我，我本来是想当面给你家吴天明的。”柳絮有意把“你家吴天明”说得很清楚。

“这是什么钱啊？你不说清楚我们可不敢收。”

“我是搞新闻工作的，当然，我是在报纸上看到吴家坪的春天马上就要来了。”

“我明白了，是从报纸上看到了天明在创业，对吗？”

“是的，创业可能需要很多钱。”柳絮说，“我也不知道他需要多少钱。”

樊丁香认真地听着，没有说话。

“丁香，但是我知道要创业肯定需要大量的资金，我也知道你们结婚没几年，资金上需要帮助。”

“柳絮，我很感激你的好意，但是我们可以贷款。”

“我来找你，一方面怕吴天明拒绝我，一方面我是真心的。”

“哦。”

“能给老家的一个小乡村做点贡献，我很高兴。”

“天明是在为资金的事着急。”

“那你就更要替他收下了，算是我借给你们的也行，算是投资的话，就是我私心了。”

“这我得问问天明，看他愿不愿意，他的事，我做不了主。”

“你们两口子真是天生的一对，那好吧，你问。”

“柳絮，卡你先收起来，我问好了，就去找你。”

“也好，我在你们这里有个采访，可能得几天才走，你给我打电话。”柳絮说着把自己的电话号码写了下来，起身要走。

“我马上下班了，到饭点了，你难得来一趟，我替天明请你吃饭，怎么样？”

“饭就不吃了，我那边有工作餐，来的时候已经报过饭了。”

“哦，那行，全民节约嘛，不然会浪费的。”

“就是，哪天约一下，我请客。”

“也行，这两天我估计天明会回来一趟，我们一起坐坐。”

送走了柳絮，樊丁香心里就不消停了，她立即给吴天明拨通了电话。

“老婆，都快下班了，不回家看孩子，怎么想起给我打电话了？”

“我随时都可以给你打电话，这是我的权利。”

“知道，是你的权利，我都快忙死了，赶紧说。”

“回来尽尽义务。”

“快了，忙完这一茬，最迟后天吧，怎么样？”

“柳絮来了。”

“你说谁？”

“柳絮，你的初恋情人。”

“我不是给你说了吗？我的初恋是赵小丫。”

“别狡辩了，她来给你送钱的。”

“送钱？送什么钱？”

“她知道你缺钱了啊，就给你送过来。”

“多少钱？”

“不知道，一张卡。”

“那收下吧，我为了钱着急上火，还需要人。”

“天明你在说什么？需要人？”

“丁香，我没说清楚，我这里人手不够，没人帮我。”

“她不会去吴家坪帮你的。”樊丁香没等吴天明把话说我，就“啪”的一声挂了电话。

樊丁香在那里生闷气，她没想明白吴天明不但想要柳絮的钱，还想让柳絮去帮他，他这是安的什么心呢？

樊丁香闷闷不乐地回到家里，儿子远根是全托的，她也不想吃饭了，衣服都没换就上床了。女人的确是很情绪化的，她完全没有理解吴天明在说什么。在床上躺了半个多小时，一点睡意都没有。她翻起身想把电话打过去问问吴天明，他为什么需要柳絮而不是需要她，又没有勇气打，万一吴天明说的不是这个意思呢？

吴天明已经有两个多月没有回来了，她的确有点想，但是她又不能去吴家坪，儿子没人管，父母都在上班，有时候她想索性也辞了职带着儿子回吴家坪算了。每每这个时候，吴天明就对她说“快了，快了，等我建好了厂子就建房子，建好了房子你就和儿子过来”。她就很憧憬那样的田园生活，很憧憬！她就会安心地工作一段时间，而一段时间以后，这些想法又重新来一次。

此时的她不想给吴天明打电话，她想起了一个人，就是吴天明的初恋赵小丫。

她从吴天明的一个同学口里得知了赵小丫的电话，想找个合适的机会联络一下，也不知道出于什么心情。

她拨通了赵小丫的电话，好久没有人接。她没好气地放下手机，重新闭上眼睛。

下午一上班，樊丁香就收到了赵小丫打来的电话。

赵小丫说话总是和她这个人一样，细细的柔柔的声音，像一缕清风。

“请问师姐找我吗？”

“小丫，你怎么知道我是你师姐呢？”

“我一直有你的手机号呀，你也没变过号。”

“你这个小鬼精，是你同学告诉你的？”

“对！他不也告诉你我的电话了吗？”

“就是，不然我怎么打给你？”

“师姐，中午我手机静音呢，没听见，你还好吗？”

“不好，都是你那个初恋给我害的。”

樊丁香听见电话那头的赵小丫在轻声笑着。

“你笑什么呢？小丫，嘲笑我呢？”

“他怎么惹你了，告诉我。”

“小丫，你个小鬼精，我告诉你，你去帮我收拾他？”

“师姐，我可没那个本事收拾人。”

“小丫，我中午心里郁闷，想给你打个电话。”

“你郁闷能想起我，一定和他有关系。”

“对啊，所以呢，唉，他这个人总有一种神秘感。”

“你们在一起这么多年了，你应该知道他是个好人。”

“嗯，这个我知道。”

“那其他都是小事，师姐！”

“对了，你怎么样？好着吗？”

“我挺好的，我老公是警察，也忙。”

“好呀，你这样的小女子就适合找个警察护着，不像我。”

“你这么优秀，师姐，人又漂亮。”

“唉，我就是个女汉子。”

“说得好像天明不爱护你一样，其实他把你都快捧到天上了。”

“是吗？我感觉还没有。”

“他给我们班的同学都夸你呢，说你是他这辈子最大的福气。”

“那你是他啥？”

“我嘛，就是过客啊，同学之间玩的呀。”

“哈哈，小鬼精，这话我爱听。”

“师姐开心了？开心了就好。”

“好开心，你是个能让我开心的人，没想到，情敌变朋友。”

“师姐，我也不是你的情敌了。”

一百一十四

黄翠芳找到金卡后急匆匆地来到吴老汉的家里。

家里只有刘春霞在忙，她在给猪和鸡拌食料。

“春霞，你忙呢？”黄翠芳揣着卡对刘春霞说。

“李家嫂子，你来了。”刘春霞一边忙着手里的活，一边问道。

“狗剩呢？我找狗剩有个事。”

“他在工地上去了，忙得连饭都顾不上吃。”

“我去看过你三哥了。”

刘春霞一听李三的名字，心里就不是滋味。这个给了她儿子的男人，不是她的丈夫，她说不出是恨还是讨厌，她常常想起的时候心里就有一种屈辱的感觉。

当着黄翠芳的面，她还不能流露出来什么。

“你看去了？”

“是的，他给我安顿了个事，要我找狗剩。”

“那你去后山上找他吧。”刘春霞根本不想和这个女人多说一句话，也不想知道她找狗剩要说什么话。

“你就不问问我找狗剩什么事吗？”

“什么事你自己和他说，他是个大人。”

“你这个女人，就是傲气。”黄翠芳“哼”了一声，一扭身出去了。

刘春霞看着黄翠芳出去的背影，心里烦透了。她有时候想：公安局怎么不把这个女人也抓进去呢?

黄翠芳翻山扒洼地才看见狗剩的加工厂施工的地方，老远看过去，那一片荒地已经被吴狗剩整得红红火火的。

加工厂的雏形已经成了，好多人在那里干活，吴天明在不远处站着，一边和几个人说着话。

黄翠芳从山上踩着一溜烟的黄土，黄土在她的脚下和身后腾起老高，她像是一尊从土地里钻出的土地奶奶。

吴天明停下手里的工作，回头朝滚落下来的“土地奶奶”看去。

“狗剩，你这事情干大了，我到处找不到你。”

“李婶，您找我什么事？”吴天明对这个长辈算不上什么特殊，就当是普通的村民一样，以礼相待。尽管他有时候会想起他的身世，但那种念头总是一闪而过。

“你过来，我给你说个事。”黄翠芳很神秘地说。

和吴天明说事的几个村民马上离得远远的，他们对黄翠芳和吴天明之间的关系都心知肚明。

吴天明走到黄翠芳的跟前问道：“什么事呢？”

黄翠芳从身上掏出那张金卡说："这张卡给你。"

"这是什么卡？为什么给我？李婶你没弄错吧？"

"我没弄错，你三爸让我给你的。"

"我三爸？你去看他了吗？"

"看去了，我给他说了咱坪上的事，他就让我把这个交给你。"

"我不能要，李婶，你还是收回去吧。"

"你这孩子，干这么大的事情，用钱的地方多。"

"李婶，您把地转让给我，我都非常感激了，怎么还能收你们的钱？这不合适。"

"你三爸就害怕你不要，他说了，这钱是干净的。"

"我知道三爸的钱都是干净的，他在墓园做的是正经生意。"

黄翠芳没想到吴天明这么理解李三，感动地眼圈都红了。

"好孩子，还是你理解你三爸。"

"三爸还是为他犯的错误付出了代价。"

"谁说不是呢？后半生就这样了。"

"他还好吧？他要是在咱坪上，会帮我大忙的。"

吴天明越是这样说，黄翠芳越觉得这钱该给，给的值。

"到底是念过书的大学生，说出的话就是受用，爱听。"

"不过，李婶，三爸的钱都是给你养老的，我不能拿。"

"你要是还念着你三爸的好，就收了这张卡吧。"

"我虽然正在缺钱的时候，但是不能拿这种钱。"

"狗剩，咱都是一个村里的，你又这么有出息，李婶我看着也高兴。"黄翠芳说着竟然流出几滴泪来了。"狗剩，实话给你说吧，我要这钱也没啥用处，你三爸还给我另一张卡呢。"

"那李婶的意思是？"

"这张卡你三爸说了，是他的私房钱，专门给你留的。"

"专门给我留的？"

"对呀，人上了年纪，想的事就和你们年轻人不一样了。"

"我懂！"

"你懂就对了，我们把钱用在刀刃上，不亏！"

"自从三爸进去后，我一直忙，也没顾上看过他，惭愧啊。"

“人都说父子连心，你不去看他，他也记挂着你呢。”

黄翠芳终于说出了所有人都知道的这个秘密，反而坦荡了起来，像是说一件很正常的事一样。

但是对于吴天明来说，尽管坪上的人都知道是怎么一回事，还是都假装什么事都没有一样。他没有想到一个农村妇女，守旧了多半辈子的黄翠芳，说这种事就像说家长里短的事一样轻松。他感到吃惊！

“李婶，你这是什么意思？”

“什么意思你还不懂吗？你是他的亲生儿子啊。”

这下轮到吴天明脸红了。在他看来一直很丢人的事，就这样给翻开了，掰碎了，暴晒在吴家坪灼热的太阳底下了。他更觉得这钱烫手，接也不是，不接也不是。接吧，怎么给父亲和母亲解释；不接吧，三爸和李婶一片热心会被伤了。

正在他左右为难的时候，父亲吴建仁老远赶着那一群羊过来了。

“天明，还不回家吃饭吗？”

“爸，您过来一下。”吴天明觉得这件事还是由父亲做主比较好，于是就冲父亲喊道。

当吴建仁走到他们跟前的时候，黄翠芳手里还拿着那张卡。

“李嫂子，你这是？”

“这是你三哥给的卡，让我转交给狗剩，可是他不要。”

“狗剩是缺钱呢，但这钱……你还是自己和狗剩商量吧。”吴建仁也觉得这件事还是交给狗剩自己处理比较好。

“你三哥和我现在用不着钱了，既然狗剩需要，就拿去用吧，算是投资，你三哥是这样说的。”

“投资啊，那就拿着吧，狗剩，拿着。”

吴天明见父亲表态了，心里的一块石头落地了。

他接过黄翠芳手里的卡，说道：“李婶，我会每年给你分红的，给别人分多少就给你分多少。”

“我不怕你亏着我，我老了，活不了几年了，够我吃喝就行了。”

一百一十五

父子俩回到家的时候，刘春霞已经把鸡和猪安顿好了，刘小舟的母亲和郭彩云的母亲都相继回家去了。

吴老汉最近的心情不错，犯糊涂的时间大大地减少了。他端坐在饭桌前面，等着儿子和孙子入座。

自从樊丁香回来纠正了他们吃饭的规矩以后，刘春霞也大胆地和公公、丈夫坐在一个桌上吃饭了。

刘春霞分别给家里的三个男人盛了饭，自己也盛了一碗。

她做的是扁豆面，凉拌了土豆丝和干茄丝，这是吴家坪最普通的饭菜。对于吴家坪的人来说，百吃不厌。

吴建仁和吴天明父子俩对视了一下，端起碗就吃开了。

吴老汉问道："狗剩，今天干的怎么样呢？"

"爷，挺顺利的，没啥事。"

"真的没啥事？我可是看见个事了。"

刘春霞吃着饭，看了一眼公公，猜测也许是黄翠芳来找她的事他也看见了。

吴老汉一天没事干，到处转悠，坪上每一个人的大动小静，他都看在眼里呢。

"没啥事，爷，吃饭吧。"

"好，吃饭。最近没和我重孙子视频过了。"

"爷，我想明天回一趟家，把您重孙子带过来让您瞧瞧。"

"啊，真的吗？那太好了，干脆留下来，别再去了。"

"爷，您不是不喜欢让我们回来吗？怎么，现在改变主意了？"

"唉，胳膊拗不过大腿，可是大腿变成了你。"

"爷，您不糊涂了？"

"你才糊涂呢，狗剩。"

吴建仁和刘春霞听着这爷孙两个的拌嘴戏，那是每天必备的。但是今天，他们两个心里都沉甸甸的。

“爷，你不再说我是地主了？”

“你爷我就是地主，可是没你这个地主气派。”

“那你还对我回来有意见吗？”

“狗剩啊，说没意见，那是假话，我还是对你回来表示遗憾啊。”

“哈哈哈，爷爷的新词在不断地出现，都快赶上教授了。”吴天明调侃着吴国民。

“你小子每天都在给我上课，我能不进步吗？”

“您的前途大大的，爷爷！”吴天明借机夸了一句吴国民。

吴国民笑得那山羊胡子颤巍巍地抖着。

吃过饭，吴天明去查看了养殖场的情况，把一些要打的针剂放在指定的地方，观察了牲畜们的精神状况。

对于农业大学出身的吴天明来说，养殖是再简单不过的事了。他每天早上和晚上例行检查一下就知道出没出状况，所以他的养殖场从来没有发生过病情。

这一点对于养了一辈子牲口的吴老汉来说，不得不佩服孙子的博学和细致。

吴老汉挂在嘴上的一句话是：“看着玩着就把猪养了，还肥得不行。”

“唉，到底是世事变了，该淘汰的是我啊。”吴老汉觉得他看不懂了，就是稍微看一下都费劲，索性一天空着脑袋从吴家坪的东头走到西头，再从西头走到南头。

刘春霞收拾完锅灶，就上了炕。也是年纪大了，有些活已经力不从心，一到晚上困意就来了，累得浑身酸痛酸痛的。

吴建仁进屋后也上了炕，他对刚刚睡下的刘春霞说：“黄翠芳今天找狗剩去了，你知道吗？”

“她来过家里，我没好气。”

“他给狗剩给了一张卡。”

刘春霞一骨碌翻起来问：“什么卡？”

“是钱！”

“她给狗剩钱干什么？”

“你不要紧张，她不是收买狗剩的。”

刘春霞还以为黄翠芳看着狗剩能做事情了，有其他想法，比如让狗剩认祖归宗之类的。

“那她给钱干什么？狗剩要了吗？”

“是李三给的，要了。”吴建仁说完也躺了下来。

“你老糊涂了，为啥要他的钱？”

“李三的后半生都得在监狱里过了，他留着钱也没用。”

“再没用我们也不能要，他们居心不良啊。”

“春霞，我知道你的心思，是我对你不起。”

“你还说啊，我都亏心死了，天哪。”

刘春霞当着吴建仁的面撕心裂肺了不知道多少次，当然这是她在以后的生活中慢慢才明白的道理。

“狗剩也不要，死活不要这个卡，是我让拿的。”

“你？你怎么想的啊？”

“娃一个人撑起这么大的个事情也不容易，我没啥文化，帮不上娃，能把羊放好都不容易了。”

刘春霞不出声了，吴建仁说的不是没有道理，要是换做李三的话，狗剩也许不会这么累。

“所以我就让狗剩收下了那张卡，黄翠芳硬要给，可能也是李三的主意，就算是借的吧。”

刘春霞把被子蒙上了头，泪水顺着脸颊不住地流着。她不敢放开声哭，也不敢喊，心里的憋屈总是无声地翻滚着，让她的精神经受着摧残。

吴建仁知道妻子此时的心情，他把身子挪了挪，用自己的臂膀把刘春霞揽进怀里，紧紧地拥着。他能做的，只有这样了。但凡他有一点头脑或者自己的主意的话，刘春霞不会这么委屈，不会这么屈辱。归根到底，这一切都是他造成的。

好在吴家坪的人都是这么过来的，明面上风平浪静。

过了好久，刘春霞问：“多少钱？”

“不知道，黄翠芳也不知道那里面有多少钱。”吴建仁嗅着刘春霞满身的汗味说，“春霞，睡吧，不要哭坏了眼睛，明天让娃看见，又担心。”

“嗯。”刘春霞使劲地点着头。

“我们没有啥本事，给娃鼓不上劲，但不能让娃担心。”

而事实上，对于黄翠芳来说，也是一个不眠之夜。

她孤独地躺在炕上，辗转反侧，李三装神弄鬼的各种画面出现在她的面前。年轻的时候不觉得，还以李三能给她挣来钱粮为荣呢。现在老了，跟着社会也进步了不少，尤其是李三进去以后，她也像彻底明白了似的，是非观念彻底地被颠覆了。

她不知道那张金卡里面到底有多少钱，李三说让给她就去给了，对于一个失去自由的人的恳求，她不会无动于衷。

从心里讲，她没有认为狗剩是李三的儿子才给他卡，而是出于帮助，她看见吴天明真的在为吴家坪的人做好事。

她黄翠芳是见过世面的人，跟着李三见过几天世面，在她看来，吴天明是她将来养老的最佳人选，所以她毫不吝啬地把金卡交给了吴天明。

一百一十六

吴天明已经有两个多月没有回省城的家了。

他每次来省城一次，就顺带收一回帐。他要是不来收账，万晟也会把款结算了如数打给他。

吴天明有时候想，如果万晟也辞职了来吴家坪，那将是他最好的帮手了。但是这个想法他没有给万晟说过，心想也就是自己的一厢情愿，人家城里人是不会来乡里创业的。再说了，即便是万晟能来，家里的阻力可想而知了。

他今天来得比较早，就直接来找樊丁香了。他不敢直接上到办公楼上去，怕碰见岳父不好说，还怕碰见以前的同事。多一事不如少一事吧。

樊丁香接到他电话的时候，还停留在那天的不明不白的话里面：“干吗？”

“怎么了？丁香？不高兴了？”

“你需要的人去了吗？”

“你在说什么？什么我需要的人？”

"你那天不是说让柳絮帮你去吗？她去了吗？"

"我亲爱的老婆大人啊，我什么时候说过让柳絮帮我忙的了？原来你为这句话跟我不好好说话啊，难怪！"

"那你以为呢？"

"真是个小心眼，我记得你不是这样的人啊。"

"那要看是什么事什么人了。"

"乖了，下来，我回来了。"

"真的？你回来不提前告诉我。"樊丁香高兴地飞奔着下楼了。

她老远看见吴天明就站在单位大门的对面，她的心马上就要飞了过去。来来往往的车严重影响着她，拖延着她尽快见到日思夜想的丈夫。

当她好不容易走到对面的时候，迎接她的是一个大大的怀抱。她扑进这个想念了好久的怀抱里，使劲地嗅着这个属于她的怀抱的味道，她的泪水唰唰地淌着。

吴天明低头温柔问道："刚才还那么跋扈，怎么一下子就变成了小绵羊呢？"

"人家想你，想的都要发疯了。"

"哪里想了？几乎每天都在打电话呢。"

"电话也两天没有打了。"

"对，我还忘了，生我气呢，就不打也不接我的电话。"

"我们回家？"

"回家，马上！"

两个人回到家里后，又迫不及待地抱在了一起。

樊丁香把这两天的全部委屈、全部恨、全部醋劲全都还给了吴天明，吴天明照单全收。他是需要这样一个城里的小醋瓶时不时地酸他一下，这样就会让他的头脑更加清醒。

他打开这个小醋瓶慢慢地品着，一次和一次的味道不一样。他觉得，樊丁香这个醋精，就像是吴家坪的土豆酿成的特别的醋精，是任何粮食都酿不出来的。也唯有让他吴天明去品尝，去发现其中的精华。

这种味道让他们两个人都感觉到了一种激动和不舍，似乎浑身的每个毛孔和每根神经都在进行一场华丽的舞蹈。这种味道能让他们一天的疲劳得到舒缓和放松，进入到一个神秘的美妙的世界，忘我，陶醉，流连。

樊丁香仰起沾满细碎汗珠的俏脸说："柳絮还在呢，等你呢。"

"你把卡收了没有？"

"我没有。"

"你收下卡，她不是就走了吗？"

"我想让你自己决定。"

"我决定啥呢？你明知道我现在急需资金，你替我收下就行了呗。"

"我答应她你回来一起坐坐。"

"你不吃醋吗？"

"刚刚吃过了，趁着还饱，见一见。"

"行吧，老婆大人，你定地方，我明天就得走，太忙了。"

"那我给她打电话，你给万晟打电话，我们一起去。"

吴天明和樊丁香到了预订的地方的时候，万晟已经早早地等在那里了。

万晟拿出最近销售的账单记录交给吴天明说："吴总，你过目一下，看和收到的款项是否对上。"

"万哥，你办事我放心，不用这么见外的。"

"那不行，公事公办，我虽然入过股，但大权还是你掌握。"

"好吧，我对一下。"

吴天明象征性地翻了一张看了一下，全部都有客户签过字确认过的，他对万晟是信任的。

"来，这边呢！"樊丁香朝着门口招手，柳絮步履轻快地朝他们这边走来。

"来，介绍一下，这是我的同事加伙伴，丁香的发小万晟，这位是我的高中同学柳絮。"

万晟和柳絮见过面后四个人坐定。

万晟说："今天我买单，三位想吃什么放开点，不要客气。"

"那我真就不客气了，大吃一顿。"吴天明尽量放松自己。

说实话，要不是怕丁香说他心里有鬼，吴天明对于见柳絮有一万个不愿意。柳絮也不敢正视吴天明，也是心里有鬼。四个人中两个人心里有鬼，这顿饭吃的到底好不好，不得而知。

"对了，吴天明，我还不知道你的电话。"

"是啊，天明，你老同学怎么都不知道你电话呢？"

"嗨，忙忘了，高中同学就杨旭一个人知道，别的还没来得及通知。"

“天明，这就是你的不对了，这么个大美女同学都不想见？”

“你还不知道我一天都干什么呢？哪有闲时间啊。”

“美女，电话报出来，我们都记一下，说不定以后联系呢还。”万晟贫道。

柳絮只好把自己的电话报了一遍，万晟记到了自己的电话里。

“你不记一下吗？天明？”樊丁香提醒道。

“哦，你帮我记一下，我点菜。”

樊丁香拿过吴天明的手机，把柳絮的电话记了一下，果然发现吴天明的电话簿里面没有柳絮的电话。这下她的心踏实了。

要说这女人的第六感呢，的确是存在的。樊丁香自从第一次听见柳絮这个名字的时候，就有了醋意；而对于赵小丫，她是放了一百个心的，甚至都成了朋友，这是没有道理可讲的。

岂不知，吴天明有个习惯，有一种电话号码他根本不用存在电话簿里，想打的时候只是拨就行了。这一点可能和所有的人有所不同的，也是樊丁香所不了解的。

菜上齐了，万晟举起手中的杯子说：“我们以茶代酒，小小地碰一下。”然后看着樊丁香说，“丁香你说，说点什么祝酒词好呢？”

“你看着我干什么？问天明的老同学呀？”

柳絮看了看吴天明说：“那就祝吴天明同学事业有成，创业顺利！”

“好，这个祝酒词好！”

“你也不问问人家是干什么的？能不好吗？”吴天明说道。

“对了，我还没问你这位美女同学是干什么的。抱歉，美女您干的是？”

“她是某报社的记者，来我们这里采访来的。”樊丁香替柳絮说了，也是替吴天明说了。

“是的，小记者，如果万领导有需要宣传的，我在所不辞！”

“我可不是什么领导，你得好好宣传宣传我们天明，事业干大了，在吴家坪整得天翻地覆的。”

“我也是从报纸上看到的。”柳絮说道。

“大家坐下来边吃边聊吧，都站着算怎么回事？”樊丁香说完自己先坐了下来。

柳絮接着说：“我是从报纸上看到吴天明同学创业的事，所以想入个股，赚点零花钱。”

"哇，我们美女记者有财啊，入个股赚的是零花钱，厉害！"

万晟夸张的口吻和表情逗得其他三个人都忍俊不禁。

吴天明也放松了许多，他看了一眼柳絮说："老同学，你打算入股多少钱呢？"

"我给丁香也说过了，是我的私房钱，也没有多少，所以才说是零花钱，让万领导见笑了。"柳絮说。

"柳絮，我现在正是急需资金的时候，多了不嫌多，少了不嫌少，很感谢你的雪中送炭。"吴天明自己都为自己说的这些客套话感到肉麻。

"那你的意思就是同意我入股了？"

"为家乡人民做好事，我举双手欢迎。"吴天明说。

"我也欢迎，我也是股东呢。"万晟忙说。

"哦，那就我们三个合伙人举杯，盈亏同心。"柳絮说。

"盈亏同心！"樊丁香也举起手里的杯子。

吴天明说："现在给我借款的、投资的、入股的已经有好几个人了，我真是命好。"

"柳絮是内行，给我们起草个合同协议啥的，反正我不懂，看怎么弄合适。"万晟说。

"这个你们放心，我已经草拟了一份，你们看看，电子版我完了发你们谁的邮箱？"

"万哥给个邮箱吧，我在坪上连个信号都没有。"

"行，这件事交给我。"

吴天明想了想说："投资是要分红的，不管我做得怎么样，年底了该你们的那一份我不会少了你们的，这请你们放心。"

他们吃完了饭万晟负责把柳絮送回了宾馆，吴天明和樊丁香回到了自己家里。

樊丁香说："你一个人干这么大的事，的确费劲，我现在才想明白你那天说需要人的话。"

"知道了？不误解我了吗？"

"哎，人家不是没有听明白吗？"

"理解了就好，我告诉你啊。"

"说，还有啥事瞒着我？"

"我们坪上我的发小，刘小舟你记得吗？"

"你说过，我知道。"

"他投的钱可是大头，不然我撑不到现在，还有……"

"还有啥？"

"还有李三爸，就进去的那个，也给了张金卡，我还没看过多少钱。"

"狗剩你能呀，这么多人帮你呢。"

"你明天去看看这张卡多少钱，李三爸的。"

"密码呢？"

吴天明一拍脑门说："你看我，怎么忘了问密码呢？"

"那你回去问好了给我打电话，我先替你收着，还有柳絮的这张。"

"柳絮的密码你知道吗？"

樊丁香翻着看了看柳絮给的金卡，在后面写着六个数字。

"天明，你看这好像就是密码，你的生日啊？"

"你明天试试不就知道了？"

"她知道你的生日，你们关系肯定不一般。"

"丁香，乖了，一般还是不一般，你今天都看到了。"

樊丁香一想也是，就是不一般那又怎么了？现在还不就这样吗？再说了吴天明在乡下，这么个贵妇人一样的柳絮是打死都不会跑到乡下找吴天明的。不过她要防备的是以后吴天明成了气候了，柳絮会怎么样？但是又一想，柳絮的老公是个警察，她都结婚了，也不会怎么样吧？

吴天明看着樊丁香拿着金卡出神，挥着手在她面前晃了晃："丁香，丁香？你发什么呆呢？又想什么呢？"

樊丁香忙说："我在想，李三爸的密码会不会也是你的生日呢？"

"这个很难说，你试试。"

"过来过去都是我试试，试试，你再不会说什么吗？"樊丁香开始给吴天明提意见了。

"这段时间我的确忙晕了，不知道怎么说话了。"

"你黑了，瘦了。"樊丁香看着吴天明突然心疼地说。

"天天大太阳底下晒着呢，有时候饭也吃不上，能不黑瘦吗？我就是没个人帮忙，要是万晟能去就好了。"

"他呀，从小养尊处优惯了，吃不了那个苦的。"

“小舟说快来了，也不见人，我这急的呀。”

“那你看我行吗？我去吧。”

“丁香，你？”吴天明吃惊地问。

“其实我已经想了好久了，我真的想过去。”

“你可受不了那个罪，会不习惯的。”

“没关系，我跟了个乡巴佬，已经习惯了。”

吴天明心里一热，紧紧地抱起了妻子，缓缓地朝着他们的爱巢走去。

每次回来，两个年轻的身体都纠缠不休，总也有耗不尽的柔情。

吴天明有时候想，爱情的最高境界是什么呢？无非就是两个人长长久久地过日子。然而他和樊丁香的爱情，却是在长长久久的日子里与日俱增，他甚至觉得现在的丁香，比少女时代更让人值得去爱。

如果这个女人现在心血来潮让他回来上班，他或许也会放下吴家坪的事业，义无反顾地回来。但是他心爱的妻子，是永远站在他身后支持他的那个人。

他问道：“丁香，你爸他，是不是还在生我的气？”

“他已经不生你的气了，他还时常问我呢，问你的境况。”

“哦，我应该去看看他，毕竟是你的父亲，我的岳父。”

“不用去了，去了双方都尴尬。”

“可是总要有面对的时候。”

“我爸其实早就原谅你了。”

“我一直不敢给他打电话，还是心里怯他。”

“你的电话响了。”

吴天明接起电话一听，一下子惊呆了。

一百一十七

电话是母亲刘春霞打来的，他的父亲吴建仁住进了县医院，要他赶紧回去。

他三下五除二穿好衣服，拿起手机和包，对还在发愣的樊丁香说："我爸住院了，从山上跌下来，摔坏了腿。"

"狗剩，我和你一起去。"

"好，快点！"

两个人以最快的速度赶到了县医院，急忙往住院部跑去。

母亲刘春霞穿着满是泥土的鞋子，衣服也没来得及换，头发乱蓬蓬地罩在头上，一脸惊恐地站在住院部大楼的大厅里。

"妈，我爸怎么了？"

"要住院，腿摔坏了，不知道接不接的上。"刘春霞说着已经哭开了，"狗剩啊，你爸要是有个三长两短，我该怎么活呢？"

樊丁香过去楼住婆婆瘦弱的肩膀，刘春霞浑身都在发抖。

在这个家里，除了她生孩子这件事和"医"字、"药"字、"病"字能挂上边，还从来没有人吃过药打过针，更别说进医院了。

她和几个村民把吴建仁送进医院的时候，她是慌乱的，就像个没头的苍蝇一样，在医院现代化的大楼里瞎撞。缴费、化验、拍片……和农村的小药店相差太大了，光是楼上楼下的问路、跑路她都要奔溃。

她想起给儿子狗剩打电话，疯了似的叙述着。她从来没有像现在这样害怕失去丈夫，在她的概念里吴建仁就是吴建仁，他永远都是站着的，他永远都不会倒下去。他就是她随手抓来或者随手扔过去的一根拐杖、一把雨伞或者一桶水，总之他就是她生活里的空气和阳光，空气和阳光怎么能坏呢?

她看着躺在床上拖着血肉模糊的一条腿的丈夫，他虚弱地闭着眼睛，无力地呼吸着。她才觉得他也是血肉之躯，是人，是需要温暖和安慰、需要爱和感情的人。

"妈，您坐下来歇会儿，这里交给我。"吴天明对母亲说。

"你去问问大夫，一定要把你爸的腿接好，一定要让他站起来。"刘春霞哭着说，在儿子面前第一次像个无助的小孩。

"丁香，你给妈买点喝的，润润嘴。"吴天明看着母亲干裂着的嘴唇，给妻子安顿着。

他拿过母亲手里的一沓票据，走进了医生值班室。

"大夫，我爸的情况怎么样？"

"送来的还算及时，如果你们有条件的话，我建议送到省里的医院比较好。"

“他的腿能接上吗？”

“如果去省里的大医院，应该没有问题，接好后也不会有后遗症，但在我们这里，可能会有后遗症，毕竟条件……”

“我懂了，大夫，那我们现在就转院。”

“听说你是省城的人，一定有条件，咱这小县城，医疗条件落后呢。”大夫无奈地摇了摇头。

“那就请大夫您安排，我们马上去省人民医院。”

“好的，立即动身。”

吴天明打通了万晟的电话，把这件事给万晟交代了一遍。

他和母亲刘春霞、妻子樊丁香一起坐上医院的救护车，护送父亲去省城。

在路上，吴建仁渐渐苏醒了过来：“狗剩，我给你添麻烦了。”

吴建仁的眼里流出了泪水，又闭上了眼睛。

“爸，爸你好好的，我们这就去给您看腿，您过不了几天就会好起来的，爸。”吴天明握住父亲的手，安慰着父亲。

樊丁香在一边拉着婆婆的手，不停地为婆婆擦着眼泪。

“狗剩，爸没用啊，帮不了你。”过了好久，吴建仁又说了一句。

“爸，再不要说了，我啥都懂，你啥也不用做，只要看着我，就是对我最大的帮助。”吴天明拉起父亲的手，放在自己的脸上。

吴建仁轻轻地抚摸着儿子的脸，没有说一句话，一股一股的泪水从干涩的眼眶里流了出来。

救护车开进了省人民医院的大门，万晟已经等在那里了。

“天明，怎么回事？叔叔怎么会摔了腿呢？”

“先进手术室再说吧，具体我也不知道。”

护士们从楼里跑出来把吴建仁抬进了手术室。

大夫经过检查，对站在手术室门外的吴天明他们说：“问题不大，很快就会接好，只要你们后期护理得当，会好的。”

“我爸他能走路吗？”

“会的，他身体这么好，这么壮，不到半年就会上山爬洼的。”大夫看着一身土的几个人，学着他们的话语说道。

“妈，你放心了吧？我爸很快就好了。”樊丁香对婆婆说道。

刘春霞这才松了一口气，软软地坐在了长条凳上。

“手术还得一阵子，丁香，你带妈出去吃点东西。”

“好，那你在这里等着，我和妈出去。”

“不去了吧，等你爸出来了我们回去做饭吃，这儿买一顿饭太贵了。”

“没事的，妈，又不是天天买。”

刘春霞在儿媳妇樊丁香的催促下，从医院大楼下来。她们找了个安静的小饭馆坐下来，丁香给婆婆要了米饭和炒菜，一个素炒西兰花，一个宫保鸡丁。她知道，婆婆在老家天天都吃面，其实是爱吃米饭的。

“丁香，这又得花多少钱呢？”

“妈，你吃吧，为了爸担心得都没有吃饭。”

刘春霞吃着饭，眼泪“哗哗”地流着。

“妈，我爸是怎么弄的？怎么从山上跌下来的？”

“他早上起来我就感觉他精神不好，赶着一群羊就出去了，中午也没回来吃饭，被人发现的时候，他抱着一条腿躺在山洼里。”

“我爸跑了半辈子的山路，都很熟悉了，这是怎么了？”

“这几天他心神不定的，我觉得和那件事有关。”

“啥事？”

“就是黄翠芳给狗剩金卡的事，丁香，你也不是外人了……”

樊丁香听着婆婆的话，陷入了深深的矛盾里，也许她此刻的心情和躺在床上的公公是一样的。

吃完饭她们回到医院，吴天明和万晟等在那里，吴建仁还没有出来。

“你去吃点饭吧，天明，我来守着。”

“我不想吃，等等，爸快出来了。对了，万哥，你去忙吧，多谢你了。”

“你这里行吗？不行我还是等一会儿再走。”

“行呢，你去吧，有事我再找你。”

“好的，那我忙去了，跟我千万别客气啊。那个，婶，我单位还有事，我忙去了。”万晟说完就走了。

一百一十八

吴建仁一夜都没有合眼，心里翻腾着几十年来的酸酸甜甜。

他看着儿子吴狗剩在吴家坪大干特干，似乎要翻过一重天，揭开一重从未有过的吴家坪的春天。他的心里又是高兴，又是自责。高兴的是这样的大好事落到了他们老吴家，自责的是自己半辈子了没有给儿子一点点帮助，反而是……

第二天天还没亮，他就赶着羊出发了。

他每天都要往返山前山后好远，近处的干草都被羊啃光了，走得越远，干草才会越多。这些山、这些土，对他来说就像自己脸上的斑、手上的痣那么熟悉。

今天他特意把羊赶到自己的祖坟地里，他憋了一肚子的话要对着先人讲。

羊在祖坟的四周散开了啃草，他双膝跪在爷爷的坟头前。

他用了半生的力量，把半生都没有说过的话全部对着先人倒了出来。

“娘，爷爷，老吴家的列祖列宗，今天不是什么特别的日子，也不是你们任何一个人的忌日。

“我是吴建仁，我有许多话闷在心里，我想对你们一吐为快。

“在这个吴家坪，我没有一个可以掏心窝子说话的人，因为我是个儿子，是个丈夫，是个大。

“可是我也是个人，心里憋屈啊。

“我生了七个丫头，都出嫁了，成家了，我的儿子吴天明。

“你们就当是我的儿子吧，我把他一把屎一把尿地拉扯大。

“他是个好孩子，是个非常有出息的后生，他是咱吴家坪上第一个大学生。

“他现在要给咱吴家坪做历史上从来没有过的大事，很大，很大，大得我都没法给你们说。

“你们看看，在你们的东面，那些荒山，荒了几百年的荒山，现在他要在这里建工厂。

“我只知道工厂能建在城里，不知道工厂可以建在咱坪上。”

吴建仁说到这里有点激动。

“可是，我作为他的父亲，我羞得很。”吴建仁开始哭了，“我羞得很，娘，先人们，我羞得很。”

吴建仁已经泣不成声，他伸出满是老茧的大手，抹了一把脸。

“狗剩现在一个人从早忙到晚，从后山忙到前山。

“我当大的人，啥劲给娃都鼓不上，除了会放羊。

“最主要的是，我连一分钱的光景都没有，帮不上娃。

“我羞人得很啊，羞人得很。

“坪上的人见了我都夸我儿子，我也感到骄傲，也不知道他们背地里咋说我呢？

“能帮娃的，给娃给钱的，你们猜是个谁？

“我羞人啊，娘，我让娃把钱收了，可是我心里苦啊。”

吴建仁跪在坟弯里对着一堆一堆的黄土，对着一拨一拨的野风，对着一个一个的亡魂，哭着，说着……

空旷的山野里没有一句回音，只有偶尔的一声羊叫，朝着主人呼唤着。一两只孤独的斑鸠，“啾啾”地穿梭着。满天火热的阳光，公平地分摊在吴家坪的山里。

吴建仁跪够了，起身去赶羊群，像是卸下了几十年来都没有卸下的一个沉重的包袱。他踉踉跄跄地走在黄土地里，挥着手里的皮鞭，想喊一嗓子，努力了半天，却没有喊出声来。

那只领头的大绵羊，看见吴建仁挥着鞭子朝它走来，以为是要打它或者指使它往某个地方走。

它东跑了几步，西跑了几步，最后选择了北面的山架。它撒开蹄子朝着那个大大的石头鼓起的山架跑去。其他的羊立即像被一个大大的风口袋收了似的跟在后面跑。

大山架的其他三面均无路可走，其中的两面是陡坡，一面高悬着，下面是凹凸着的石窝。而山架的最高处离地下的石窝足足有两米多高，长年风化后的砂石锋利得就像大自然的刀子。

尽管吴建仁知道，羊，哪怕有穷途，也不会走末路。但是那一刻的他，还是紧跟着羊群，他想让它们停下来。他越是追赶，头羊越是认为它的方向是对的。那只蛮狠的有着两只又弯又长的羊角的大绵羊，撒欢似的跑着。后面的羊群也撒欢似的跟着跑。吴建仁就在后面高举着鞭子放开了跑。

终于，头羊在山架的顶端停了下来，它张望着，最后把目光落在了主人的身上。

吴建仁还在拼尽全力往顶上跑，羊群在头羊的带领下一扭头沿着西面的陡坡跑了下去。

跑到山架最高处的吴建仁，已经没有力气了。快六十岁的他，再强壮也禁不起这样的跑，何况他现在有点头晕目眩。他想跟着羊顺着坡下去，在坡底下躺一会儿，他太累了。

当他一转身的时候，突然感到一阵强烈的天旋地转，脚底下一软，整个身子都软了。这一软不要紧，头一歪，顺着山架悬起的地方，“咚”的一声掉了下去。而下面，全是硬邦邦的砂石，他感觉他的左腿一阵钻心的刺痛。接着就有骨头穿破裤管顶了出来，鲜红的血液从裤管里流了出来，他站不起来了。

头羊从另一个坡底绕到他面前，“咩咩”地不停叫着。接着一群羊站在吴建仁的前面，“咩咩”、“咩咩”地叫着。

吴建仁使出浑身的力气，把自己的身体坐直，他想收回双腿站起来，可是无论怎么努力，就是起不来。他疲惫地撕开裤管，看着他跌折的小腿，一下子又晕了过去。

远处也有别的村放羊的羊倌看见这边的羊在东张西望，不知道发生了什么事。等到那个羊倌过来的时候，吴建仁抱着腿静静地躺在那里。

这个羊倌冲着不远处的另一个羊倌招手：“赶紧过来，老吴跌坏了。”

那个人风一样从那个山头刮到了这个山头。

“这不是吴家坪的老吴吗？放羊放老了还跌了个跟头。”

“废话少说，赶紧的，背起来。”

一个人弯着腰，另一个人把吴建仁扶上那人的背，就把吴建仁背到了吴天明的施工的地边。

几个工人一看是吴天明的爸，开着车就送进了县医院。

有人给刘春霞捎了话回去，让她赶紧去县医院。于是刘春霞就拨通了吴天明的电话。

一百一十九

伏辉娃自从和刘敏结婚以后，一心管理和经营着墓园。

这天他对刘敏说："听说有个地方新发现一种大理石材料，挺好的。"

"管理方面我也不懂，但是我看库里面大理石的碑子还挺多。"

"现在的人生活条件好了，亡者的待遇也在提高，越好的东西越有人要。"

"你是想去考察一下吗？"

"我就考虑着，正好我们结婚两周年了，孩子也一岁多了，出去散散心，当作纪念了，你说呢？"

刘敏高兴地说："好啊，成天待在墓园里，把人待的跟墓碑一样没有生气了。"

"呵呵，你真是越来越会说话了。"

"我还想着哪一天跟着你回吴家坪呢，净听你说了有多好，不知道有多神秘呢。"

"就这两年吧，我们把这里处理好了，就回去。"

"那是要放弃这里吗？还是？"

"我还没有想好，但是要回，就一起回去。"

"嗯，我听你的。"

"对了，你父母不会不同意吧？"

"我父母也是农村人，没有意见。"

"那我们收拾收拾，准备出发。"

伏辉娃的儿子伏蛋蛋长着一个圆圆的大脑袋，胖乎乎的脸蛋，笑起来有一对小酒窝。

他们也经常和家里人通话或者视频，主要是离得太远，也没有回过吴家坪。

一家人开车去看新的大理石。经过几年的磨炼，伏辉娃对于大理石的质地考察和市场行情都有了一定的经验。在石料厂参观考察的时候，他当场就敲定了合同。

石料厂的老总姓吴，他晚上宴请了伏辉娃一家。

酒店定在本地最高档的地方，宽敞优雅的环境和色香味俱全的佳肴，对于伏辉娃来说都已经习以为常了。

吴总带着助理小段频频给伏辉娃敬酒，以答谢伏辉娃这个大客户。

“伏总，像您这么爽快的墓园老总我还是第一次见，真是凭着实力说话，令我刮目相看啊。”

“哪里，我是看这种石头真的不错，我们墓园的生意有时候就是一块石头的事。”

“对，现在的人都不差钱，尤其是有钱人越来越多，对自己的长辈也敬意越重。”

“所以呢，墓碑的好坏就是档次不同的门面啊。”

“伏总真是见多识广，不知您是不是本地人呢？”

“我嘛，一介农民。”

“不会吧，看不出来伏总哪里有农民的影子。”

“我的确是农民，吴家坪的。不知道你听说过没有？”

“你等等，吴家坪，是南县的吴家坪吗？”

“是啊，你知道吗？”

“哎呀，真是大水冲了龙王庙。”

“你也是吴家坪人？”

“我爷爷辈的就是土生土长的吴家坪人，从我爷爷中年时期就出来了，那个地方太穷了。”说着吴总把头摇得跟拨浪鼓似的。

“那你就从来没有回去过吗？”

就见伏蛋蛋对着吴总说：“我叫伏蛋蛋，我也是吴家坪人。”

奶声奶气的伏蛋蛋把吴总和助理小段逗笑了：“你叫什么？福蛋蛋？”

“是啊，我就叫伏蛋蛋，我是吴家坪孙子。”

“你瞧，瞧瞧，伏总的儿子都这么幽默。”

伏辉娃对吴总说：“他的确叫伏蛋蛋。”

吴总一拍巴掌笑道：“对，伏总姓‘福’嘛！”

“哈哈，吴总也幽默。对了，你姓吴，吴家坪的吴。”

“对啊，在吴家坪，除了姓吴的，就数你们姓伏的人多。”

“那想过回去吗？”

“没想过，那里太穷了。”吴总还是摇着头，“难道你想回去？”

“不知道你看过报纸没有，你们吴姓的人里面，出来个人才。”

“是吗？这我很感兴趣。”

刘敏从包里掏出一张报纸，摊在吴总的面前。

一篇题目为《吴家坪第一个大学生回乡创业，政策一路开绿灯》的报道醒目地登在头版头条。

吴总问道：“这个大学生姓吴吗？”

“当然，他是我的发小。”

“那他成功了吗？”

“当然，近在眼前。”

“看伏总这么肯定地答复，一定知道的不少，我倒想听听。”

“他是我们吴家坪的第一个大学生，你也看到了，不用我介绍了吧？”

“哦，他创业都做什么？”

“养殖，土特产深加工。”

“这我知道，听老一辈的说了，那地方的土特产，现在吃得开的很，粗粮，有益健康！”

“哈哈，吴总的广告词信手拈来啊。”

“但愿我们吴家坪多出一些这样的人才。”

“期望，不如伸手帮忙。”

“伏总，你说该怎么帮？”

“喝了这一杯，我告诉你该怎么帮？”

“小段，给伏总满上！”

两个人碰了一杯后，伏辉娃说：“那个大学生叫吴天明，是我的发小，只可惜我没多少文化，不然我也会那样干的。”

“可是你有钱啊伏总。”

“我也是碰上了好运气，所以打算回去帮他，起码我有钱，还有管理的经验。”

“伏总啊，你说得我都动心了，咋办？”

“你想好，吴家坪就那么大，肉就那么多，不要狼太多哦。”

“伏总真会开玩笑，吴家坪的土豆上电视了，这我清楚，纯绿色无污染，城里现在不就兴这个吗？”

“你呀，既然知道怎么就没有行动过呢？”

“这不是不熟吗？毕竟几十年了，我们老吴家的人都不认识我了。”

“你是建字辈吗？”

“吴建东。”

“对了，吴天明比你小一辈。”

“往上算几代，都是一家人呢。”

“没想到我这次考察大理石，还给狗剩带出来一个叔。”

就听伏蛋蛋又拍着小手叫道：“狗剩叔叔，远根哥哥。”

几个人又因为伏蛋蛋的话开心地笑了起来。

“我听说吴天明最近碰到事了，一是缺乏资金，二是缺少帮手，我想尽快处理完这边的事，就回去一趟。”

“你回去帮我问一下，看我能帮上什么忙，要钱还是要人，我都可以给。”

“好，有你这份心，我一定转告。”

一百二十

吴建仁所在的省人民医院住院部病房，他的左腿已经被石膏裹着，高高地吊起来悬在病房的半空。

他躺在病床上，旁边坐着刘春霞，地上站着孙子吴远根。

刘春霞说：“这次多亏了亲家公，他找的骨科大夫，不然你这条腿就残了，非瘸了不可。”

“亲家公，他不生狗剩的气了吗？”

“生呢，说你儿子太倔了，遇事不和他商量。”

“爷爷，我外公说我就像我爸爸一样犟脾气。”

孙子的一句话惹得吴建仁笑了起来，一笑，震得腿有点疼。

“爷爷，我外公还说，我将来去吴家坪养羊去。”

吴建仁笑地捂住肚子，不敢再笑了，这么长时间吴建仁第一次露出了笑容。

这时候卢月提着饭盒进来了。她说：“老远就听见你们三个说说笑笑的，有什么高兴事呢？说出来让我也笑笑。”

“是孙子逗我们呢。”刘春霞忙说。

“你这个孙子啊，可了不得了，我们背后说话都要防着点。”

“小鬼精。”刘春霞说。

“我有时候和你亲家公批评一句你儿子的不是，他眼睛瞪的大大地看我们。”

“可不是吗？现在的孩子精着呢。”

“他有时候还警告我们，再说他爸爸不好，他就告诉他爸爸呢。”

卢月打开饭盒说：“亲家公，没什么好吃的招待你，我做的手工面，不如亲家母做的合口，你将就吃点吧。”

“说什么呢，我们在这里太麻烦你和亲家公了。”

“都是一家人，什么麻烦不麻烦的。”

“姥姥做的洋芋糊糊最好吃了，我能吃两碗。”小狗剩吴远根又说道。

“你听这孩子，我还不是学着你做的，丁香也说你做得好吃。”卢月对刘春霞说道。

“天明回去忙工地上的事去了，丁香在上班，可把你们忙坏了。”

“你说狗剩这孩子，也不敢去见你们，这个倔脾气啊。”吴建仁吃着饭说。

“丁香他爸是真的生天明的气呢，天明也不去见见他爸。”

“亲家母，这件事还得你拉和一下，都是一家人。”

“老樊的脾气也倔，这父子两个都倔。”

“不是一家人不进一家门。”

吴建仁静静地听着刘春霞和亲家母的谈话，心里已经想好了这件事的处理办法。

“那我就回去了，亲家母，需要什么就给我打电话，我给你们送过来。”

“嗯，辛苦你了，亲家母！”

等卢月走了，吴建仁对刘春霞说：“狗剩啥时候过来？”

“娃跑来跑去的，一个人忙晕了，可能后天来。”

“等他来了，我让他去给他岳父道个歉。”

“就是，这事就得你来说，我说了他也不听。”

“唉，这孩子，丁香多好的娃娃啊，我们欠人家的太多了。”

再说吴天明，几个月下来人更黑更瘦了，但是心劲越来越大了。

他正在四处忙碌的时候，接到了伏辉娃的电话：“狗剩，忙的怎么样了？”

“你呀，不是说要来帮我的吗？怎么迟迟不见呢？”

“我这边一时半会儿走不开啊，得安排好公司的事，好事多磨，好事多磨。”

“我可是忙得一个顶八个了，再不来，我快顶不住了。”

“悠着点，兄弟，没有人和你抢生意。”

“你到底是闯荡了几年了，说话就是不一样了。”

“我回去，给你还带了个好消息呢。”

“什么好消息？”

“见面说，我明后天去一趟那边省城，有个事办一下，你过去吗？”

“我爸住院呢，我得过去。”

“哦？叔叔怎么了？”

“唉，一言难尽，见面说。”

吴天明和伏辉娃相约着一起去看父亲吴建仁。当他走进病房的时候，正好碰上岳父从里面出来。

吴天明尴尬地低下了头，岳父就准备从他身边走过。

“爸！”吴天明突然叫了一声。

伏辉娃一看吴天明和他岳父的表情，没有说话，直接进病房去了。

樊仲夏停住了脚步，没有回头。

“爸，对不起！”吴天明走到岳父的身后说。

“你有对不起谁呢？”

“爸，我给您道歉，我……”吴天明不知道该说什么了。

岳父回过头来，看着吴天明说：“你和丁香两个，是你们自己的事，我管不了，也不该管。”

“我这几年一直想看您去，没有做出什么成绩，不敢见您。”

“我也不是你领导了，你不见就不见吧。”樊仲夏低沉着声音说，他的表情极为复杂。

“可您还是我爸，我不该让您担心。”

“你爸是吴建仁，我也没有为你担心。”

“爸，丁香都给我说了，我都知道，我再一次给您说一声对不起，爸！”

吴天明从来没有这样对谁说过话，他突然觉得说出来，心里轻松了许多。

“我年纪大了，很多事理解不了，你自己的事自己做主。”

“我需要您的支持，精神上的。”

“哦，那说明我还有点用处。”

“晚上一起吃饭吧，刚才那是我的发小，在邻省做墓园老总。”

“给我说他干什么，我又不会做生意。”

吴天明不知道对岳父说什么好了，尴尬的气氛又一次把他们笼罩起来。

“那我去看看我爸，晚上吃饭我去接您！”

“去吧！”岳父说完就下楼去了。

吴天明返回病房，父亲正在和伏辉娃聊着天。

“爸，我妈呢？”

“你妈和丁香回家了，做饭去了。”

“哦，您好些了吗？”

“就是需要养着了，没事。见着你岳父了？”

“见着了，几年没有说过话了。”

“你这个孩子，就是倔啊，我刚才替你给你岳父道歉了。”

“爸，都是我不好。”

“唉，给你岳父汇报一下你的情况吧，说不定他能帮到你。”

“我会的。”

伏辉娃说道：“你岳父是当官的，道道肯定多，你该多请教。”

“你不知道，他不同意我回去的。”

“那肯定呀，你工作那么好，你岳父又那么厉害，你这家伙把前途轻易就丢了。”

吴建仁忙示意伏辉娃不要往下说了。

伏辉娃转而问道：“后悔吗？”

伏辉娃觉得不能再揭过去的事情了，就问吴天明是否后悔。

“现在说后悔还有意义吗？箭在弦上了。”吴天明说道。

“那就拉弓射箭，狗剩啊，其实这种事对别人来说太简单了，问题是他发生在吴家坪，就有了难度。”

“辉娃，你这些年在外面闯荡，看问题的深度有了，你说的有道理。”

"是啊，见得多了，也就知道该怎么应付了。"

"辉娃，我们一起吃饭吧，给丁香打电话。"

吴建仁对儿子说："去了和你岳父好好说，他刚才还问我呢，说你需要他做什么，看样子他想在你前面了。"

"知道了，爸！"

"你和你妈都去吧，你妈还能给你长个精神。"吴建仁说。

"嗯，走吧，把我岳母也拉上。那爸就一个人在病房了。"

"去吧，我没事的。"

吴天明和伏辉娃一起出门，他给樊丁香打电话，让她带着母亲、岳父、岳母一起过来。

六个人来到一家不错的餐厅，要了一桌子的菜，还要了酒。

吴天明打算今天晚上借酒壮胆，和岳父握手言和。他亲自把酒满上，双手呈到岳父面前说："爸，在吃饭之前，我先敬您一杯，真诚地给您道个歉！"

"你小子有种，几年不见我，孩子都这么大了，我还是第一次喝你的酒，吴家坪的人牛啊！"

岳母拽了一把岳父的衣袖，岳父说："拽我干什么？该说的我都要说，不服我管，不需要我关心，我就是个多余的，是吗？"

"爸，不是的，我从心底里需要您的指点。"

吴天明知道，做惯了领导的岳父必须给他至高的尊重和抬举，始终认为他是正确的和无所不能的就对了。

"我以为你干得挺顺利，已经创业成功了，不是还在半坡上等着呢吗？"

"是的爸，我需要人才，我手头上没有人啊，您如果能够……"

"什么意思？要我也辞职跟你去创业吗？"

"老樊，孩子给你敬酒呢，道歉呢，你见好就收吧，不要为难孩子了。"卢月在旁边终于说话了。

"亲家公，我也替我儿子给您赔个不是，我们乡下人不失礼数。"刘春霞站起来端了一杯酒。

樊丁香一看这形势，赶紧也端了一杯酒："爸，我和天明都对不起您，我喝了这杯，看在我家远根的面子上。"

一提起吴远根，樊仲夏一下子喜上眉梢，什么架子、气势都没有了。

"好吧，我就看在我孙子的面儿上，把他爹原谅了。"

“这就对了嘛，亲家公宰相肚里能撑船。”

伏辉娃趁机说道：“那我们大家一起干了这杯，祝吴天明创业成功。”

“好，亲家公、亲家母多吃菜，我们边吃边说。”

吴天明擦了一把额头上的汗，给岳父满了一杯酒说：“爸，我记得您有个同学，闫叔叔，退休了，是做过土豆加工的工程师。”

“你小子就这点我喜欢，聪明！”

“爸，那要看是谁的女婿了。”吴天明借机开了一句玩笑。

“没大没小的，跟你岳父开玩笑。”刘春霞把吴天明说了一顿。

“亲家母，让他说，我就喜欢他这样说。”

“你看看，亲家母，我说什么来？这父子两个脾气一模一样的。”卢月笑着说。

“我早就跟他谈好了，他刚退休，闲在家里闷得很，想找个地方发挥余热，我就跟他讲了你的事情，他高兴得跟啥似的。”

“是吗？那太好了，我可以给他最高的工资。”

“你小子就知道钱，他不要你的工资，就是想去那里走走，过一过乡村的日子，换个环境，顺便给你指导。”

“那我怎么承受得起，不给工资我心里不踏实。”

“就负责吃住就行了，吃吴家坪的饭，他满意得很，半辈子了也没吃过那么纯粹的粮食。”

“爸，您可给我解决了大事啊，太高兴了。”

“天明，我这也有一件好事要给你说。”伏辉娃接着说。

“就是你电话上说的？现在说吧。”

“我这次出去考察大理石，碰上那里的吴总，算辈分是你叔叔辈的，叫吴建东，说你只要吭一声，他出钱出力在所不辞。”

“这是好事连连啊，我不成功都不行。”

“是啊，我天明傻人有傻福，帮他的人太多了。”刘春霞激动地说。

“还有，你不是没有帮手吗？我这几天把这边的事交代一下，就正式回去帮你干。”

“真的吗？辉娃，你要是来，就能分担我一大块工作。”

“我回去再给墓园提一名常务总经理，让他负责日常的管理。”

“那样能行吗？你撒手不管。”

“墓园的工作都已经程序化了，正规运行，我不去可以。”

“看来你的管理经验丰富了，那就回来吧。”

“是的，墓园里有事了和我电话上沟通一下就行了。”

“欢迎闫叔叔，不，闫总工程师加入，爸，您替他干一杯！”

“好！欢迎伏辉娃的加入，干杯！”

对于吴天明来说，这真的是意外的收获呢。

“天明，是不是这顿饭没有白吃呢？”樊丁香问道。

“当然了，每一次的努力都不会白费的。”

这时候伏辉娃拿出一张金卡给吴天明说：“这些钱你先拿去，该置办什么设备就去置办，不够了我再添。”

“这些年我们吴家坪出去的人也不多，你和小舟都干得不错，小舟说他把砖厂要转让出去，也就这几天吧，他和郭彩云也回来。”

“哦？是吗？那就太好了，我和这小子很少联系。”伏辉娃说。

伏辉娃、吴天明和樊丁香三个人你一言我一语地说着，规划着吴家坪的未来。

“亲家母，我们吃菜，年轻人的事咱们跟不上了。”樊仲夏招呼着刘春霞，“什么时候亲家母给我也做一回土豆沙拉，你孙子总是说你做得好吃。”

“这个不难，亲家公，现在回去我就可以做。”

“哦，对了，我家楼下有个餐馆，想请你过去给他们现场指导一下，不知道你这个有没有专利？”亲家母问刘春霞。

“什么是专利？”刘春霞不懂地问。

卢月要给刘春霞介绍去一家餐馆指导做土豆沙拉的技术，说到了专利的事情。而作为吴家坪人的刘春霞，根本不知道什么是专利。

“就是你可不可以给他们教，配方或者手艺。”

刘春霞笑着说：“我们乡下人就是随手做的，什么配方不配方的，谁想学都可以的啊，没啥保密的。”

“这样啊，我还给餐馆的人说你可能要收很高的配方费，专利我也想到了你可能没有申请。”亲家母说道。

“亲家母，你看我家这位做事情怎么样？你可以要高价，让他们出，反正他们出得起，哈哈哈。”樊仲夏看来是真的高兴了，一块心病落地了，人就异常高兴。

“我可不会要价，给人帮个忙的，怎么随便要人家钱呢？”刘春霞不解地问道。

“亲家母，这你就不懂了，城里人不像咱吴家坪的人那么实诚，付了钱心里才踏实，再者，本来就是你该得的。”

“那要这样说，亲家母你做主，你想要多少你要，我也不懂。”

“那就这样说好了？过几天就去给他们指导一下。”

一百二十一

在吴家坪，村书记带领着村民们平整各自的土地，家里没有劳力的或者年纪大了干不动的人，全部把地转让给了吴天明。村书记代表各家各户的村民，统一和吴天明签了合同。

因为大家的土地面积比较大，前些年种的粮食足够以后五六年的口粮了，他们都等着吴天明给他们发工资。

村书记吴国庆给吴天明打电话告诉了这件事：“天明，这几天抓紧过来一下，把合同签了，我都给你准备好了。”

“尕爷，您办事我放心，我爸在医院，我过两天就回去。”

“好的，我可按照你的要求把各类种子都准备好了，就等你了。”

“好的，尕爷，虽然我已经有了规划图纸，但是开播还要来搞个仪式，毕竟我是第一次。”

“好，我们等着你，旧土地，新种法嘛。”

“嗯，尕爷，那就先这样。”

“问你爸好啊，尽快好起来，好日子就要来了。”

“好啊，谢谢尕爷的大力支持。”

卢月把刘春霞带到他们楼下面的餐馆，刘春霞一看这哪是什么小餐馆，是一家很有规模的大餐厅。

“亲家母，你怎么给我说是个小餐馆，这么大的餐厅，我怕。”

“我就是知道你会害怕，所以才说是个小餐馆，可不许打退堂鼓了啊？”

“我还真心里怯得很。”

“不用怕，大家都是普通人。”

“我这个人，自家小厨小灶地做惯了，还没见过这么大的餐厅，厨房怕比我家院子大吧？”

“他们叫操作间，不叫厨房。”

在亲家母的鼓励下，刘春霞走进了操作间。

老板迎出来说道：“哎呀，大师傅来了，欢迎欢迎啊。”

“这就是我亲家，吴家坪土生土长的大师。”

刘春霞看了一眼亲家母，对老板说：“哪里是什么大师傅啊，就是个农村的家庭主妇。”

“可不能小看这家庭主妇啊，尤其是乡村的家庭主妇，走进大城市的时候，她们都是一等一的烹饪高手。”老板说。

刘春霞没有听懂，问亲家母：“他说什么高手？”

“他意思是，你是比大城市里的特级厨师都高的高手。”

“我有那么厉害吗？”

“当你亲家第一次拿一盘你做的土豆沙拉来我店里的时候，其实已经放凉了，好几天了，但是依然是那么的色香味俱全，好吃啊。”

“有那么好吃吗？那个东西刚出锅才好吃呢，调料倒不是很多，主要是原材料，必须是我们吴家坪的土豆才能做出来的。”

卢月一听忙说：“老板，你看看我亲家这个人实诚不？这一张嘴就把底给你们交了。”

“哈哈，一个精明的亲家陪着，有意思。”

“可不是吗？我这亲家，纯粹的吴家坪人的善良和大气，从不藏着掖着。”

“我就喜欢跟这爽快的人打交道，那就我们谈谈价钱吧？”

“什么价钱？”

“二位请坐下来说吧 。”老板对着里面的服务生说道，“过来给我们上几个菜，把我们的最拿手的上几个。”

其实后面操作间里早就准备好了，服务生快速地端上了几个店里的招牌菜。

“怎么样，家庭主妇先尝尝，给提点建议。”

“我会提什么建议啊？见都没见过这么好的菜。”

“没见过才让你尝，第一口就能尝出来问题。”

“尝尝吧，亲家，给他们提个建议，大胆说。”

刘春霞拿起筷子，夹起第一盘菜尝了一口，品了一下说道：“我不知道这是什么菜啊，就是觉得……是不是火候太过了，要是火再小点，多烧一分钟，或许味道就会大不一样。”

“哦？我尝尝。”老板说完也夹了一筷子，“挺好的呀，我们一直这样做的。”

“你就按我亲家说的试试嘛。”卢月说道。

“好，那就再做一盘，按照刘大师刚才的建议。”老板安排旁边的服务生。

“刘大师，那再尝尝这个。”老板指着另一盘菜说。

刘春霞又夹了一筷子尝了一口，摇了摇头，然后舀了一勺汤品了一下。

她说道：“这个是调料放迟了，还太多，肉倒是很烂，但是不香，味道是由调料调出来的，在汤里。”

“刘大师，您这是什么嘴啊？顾客不都这样吃吗？再说了调料放早了我们时间上来不及。”

“那我就不好说了，反正要让我做，我的调料除了一点盐和一点花椒面外，其他都不放，并且早放多炖，这样肉鲜汤鲜，都好！”

“有道理，那这样，我们以后限量卖，改变经营策略。”

“是啊，老板，我觉得我亲家说的对，这样既对得起顾客，也给你节约了成本，操作也简单了，你改变经营策略以后，说不定顾客为了这道菜提前预订呢。”卢月说道。

“哎呀，我今天是请刘大师给我传授土豆沙拉来的，没想到这下收获大了去了。”老板高兴地说。

“那你倒是出多少钱呢？”卢月问道。

卢月带着亲家刘春霞去一家大型餐厅传授土豆沙拉的制作手艺，没想到顺带地提了几个建议。

卢月问老板出多少钱给刘春霞。

“这样吧，你教会我们大师傅做土豆沙拉，这个做法你再不要给别的店说，自己也不要做出去卖，我给你十万，怎么样？”

“啊？”刘春霞非常吃惊。

“怎么？嫌少了？那就十二万？”

“不是嫌少，我觉得这不值这个钱，我还白吃了你的菜。”

卢月笑道：“大老板，你看看我说什么了？我亲家他们一家人都是这么好的人，我没说错吧？”

“你说的对，我就给你们十二万吧。”

“老板，不好意思啊，在我们吴家坪，去给任何一个人教会一门手艺，都不收钱，街坊邻居都这样。”

“这不是街坊邻居，是要做生意赚钱，所以呢，我就得给你付费。”

“哦，是这样啊，那你少给些就行了。”刘春霞也不知道要多少合适，把目光移向身边的亲家母。

“那这事我做主吧，给一半，六万就行，我女婿正在创业，取个吉利的数字，怎么样？”

老板笑了：“那多不好意思，我占了这么大的个便宜。”

“先不要着急说你占便宜的事，我跟你说了，我女婿正在创业，以后如果有需要的地方，还请你帮忙。”

“对了，我还要说呢，你们吴家坪的土豆，可得给我供应，我保证比超市的价格高出很多。”老板说道。

“这个你得跟我儿子谈，他不一定对外卖。”

“我高价收购呢？”

“具体你们有机会了谈，我做不了主，也不懂。”刘春霞说。

“那这件事以后再说，现在请您进操作间。”

一百二十二

吴天明回到吴家坪，在村书记的办公室里铺开图纸，按照早已画好的规划，详细对大家讲了种植的情况。

他把大面积的耕地进行了分类，一部分用来种豌豆，一部分用来种扁豆，一部分用来种小麦，这些分别占去耕地的百分之十，再拿出百分之十的耕地种植一些苜蓿、玉米等以供鸡和猪食用，百分之六十的耕地他都用来种土豆了。

有些村民就提出了异议："我们往年都是种小麦多，玉米多，这才是主要粮食。"

"就是啊，这不合适吧？"

"每年种的土豆都放坏了，喂猪喂羊都不吃。"

"你怎么想的啊，狗剩，你会不会种地啊？"

"把这么多的好地都种土豆了，糟蹋地嘛你这是。"

"种苜蓿干什么？还嫌地里面草不够多吗？专门种草。"

……

听着村民们这样的议论，吴天明给大家做了答复。

"各位乡亲，我这样规划，是有我的道理的。

"第一，根据上年种植农作物的种类，来计划今年的种植种类，这是每一个老庄户人家都知道的吧？我就不多说了。

"我想说的是这样调整的原因，你们听了，就知道以后该怎么做了。"

"你从来没有种过地，还给我们教种地？真是奇怪。"一个村民在下面不服气地说。

"我是没有亲自种过地，也许以后也不可能亲自种地。"吴天明说。

"那你回来种地，不是开玩笑吗？"

"我这样调整，就是你们所说的倒茬，实际上就是根据每种农作物适应土地的酸碱度调整的，这是一门学问。""还有，根据养殖需要和加工需要调整种植的多少，这也是需要变通和学问的。"

"哦，弄了半天是来给我们上课来了，种地也需要上课？"

这时候村书记吴国庆说："乡亲们，吴天明是农业大学毕业的，他虽然没有你们操作经验丰富，但是他从土地与种子的根本上去研究种地的方法，我们都应该学习。"

村民们不说话了，因为村书记吴国庆也是一个庄家行里出身的人，他说对，那就没错。

吴国庆看大家不说了，接着说道："吴天明这样规划，不会少付你们一分钱，你们拿着工资种地，旱涝保收，亏了，不要你们负担，明白吗？”

“哦，好事啊，我们就负责按他说的弄就行了，不管长得成长不成，对不对？”

“对，基本意思就是这样。”吴天明说。

“另外，别看我土豆种这么多，我一颗都不会卖的。”

“不卖？不卖你吃吗？吃一辈子也吃不完。”有村民问道。

“不，我也不烧着吃、不煮着吃，这些都是传统的吃法，我要加工了再吃。”

“你加工？就在你盖的那个厂子里吗？”

“是的，以后我会把土豆做成任何一种你能想得到的吃法，输送到各大中城市的超市里，让全县、全省以至全国的人都能吃上我们吴家坪的土豆。”

“这怎么可能？拖拉机送还是汽车送呢？”

“相信我，乡亲们，我这两年的努力不会白费，养殖场你们看到了吧？”

村民们又开始窃窃私语：“这可是真的，两年时间这家伙不知道挣了多少钱，天天有车来拉。”

“挣了多少钱我们不知道，就看吴老汉就知道了，他再没有闹过。”

“对，老汉不但不闹了，反而一天喜笑颜开的。”

“别人家养个一两头猪，三五只羊都隔三岔五生病的死掉的，他倒好，啥事没有。”

“是啊，还成群结队地示威呢。”

“那我们就冲这一点，相信他了？”

不知道什么时候吴老汉摸到了他们当中。

吴老汉捋着山羊胡子乐呵呵地笑着说：“你们听我孙子的，没错！谁还有我倔呢？”

“那是，谁也没有你倔，谁还倔得过你呢？”村书记吴国庆说道，“老哥，你讲两句？”

“谁有啥想不通的可以来找我，我会让你想通，就这。”

村民们开始笑了。

有人对吴国民说：“老汉，是不是改口把孙子叫爷爷呢？”

吴老汉笑得更欢了：“爷爷孙子老弟兄嘛。”

“哈哈哈，这话说得对，爷爷孙子老弟兄。”

“对，吴狗剩，你哥喊你回家吃饭呢！”

村民们爆发出一浪高过一浪的笑声。

一百二十三

当这个春天到来的时候，吴家坪的春天才刚刚开始。

村民们按照吴天明的规划，大面积铺开了种植工作。

一听说是拿着工资种地，谁都干劲十足，有的人甚至叫来了家在别处的亲戚。

吴天明觉得这倒是个不错的主意，于是他发出广告，只要是愿意回来种地的，他都发给工资，并且保证比他们在外面打工挣得工资高。

很多村民一听有这样的好事，又是自己的老本行，又在家门口，何乐而不为呢？

吴天明通过考察，选了几个人去了养殖场，并且给他们发了白大褂。这些人穿着“工作服”乐得不行了。

“我们啥时候养猪养鸡穿白大褂，这和护士一样了。”

“放个羊还有工作服登山鞋，这待遇也太好了吧？”

“还有分工，各司其职。”

吴天明因为父亲跌坏了腿，安排了两个人放羊，按班轮流放羊，还给他们分发了登山鞋和登山杖等防护衣物等。并对养殖场的人员进行了调整，有一定文化程度的优先使用了。

正当吴家坪这边干得热火朝天的时候，刘小舟、郭彩云和伏辉娃先后也到了吴家坪。

这一下吴家坪更热闹了，刘小舟的父母、郭彩云的父母和伏辉娃的家人，尤其是伏国林老汉，在坪上把人要美了。

“亲家，我们是亲亲的亲家啊。”李美芳对郭彩云的母亲示好了。

“我们早就是亲家了，过去的就不说了。”

“看孩子们有出息就行了，他们这次把砖厂给卖了，还带来了好些砖、好些钱。”

“天明加工厂的砖都是小舟他们供的，叫作入股。”

“你学得还挺快，孙子归你，孙女归我。”

“哈哈，这么早就分工了，行，就按天明说的，各司其职。”

俩亲家说说笑笑地一人领着一个刘小舟和郭彩云的孩子。

“吴老汉，这下好了，我孙子来给你孙子做伴来了。”伏老汉说。

“做伴好啊，我们吴家坪的后生都有出息了。”

“出息大了，你没看刘思清的小子吗？到底是娶上了彩云。”

“好，好，都好，这个怕老婆的刘思清，孙子孙女都有了。”

“不要发愁，二胎政策放开了，我和你都会有第二个重孙子的。”

“老东西啊，你说咱们两个也太能活了吧？”

“不要瞎说，我们还年轻，要活到一百岁呢！”

“哈哈哈，你个老不死的，那不成精了？”

“你说这帮娃娃放下外面那么好的营生不弄，一个个地跑回来，要干什么啊？”

“这么大的事业放着呢，干什么你还没看见吗？”

“唉，不是我说，我经常半夜里惊醒，被这个事堵着。”

“我当地主那会儿，也没这么凶动过。”

“老吴头，啥叫个凶动？”

“就是整得凶，整得厉害，不懂吗？装吧你！”

“老吴头，最近怎么没有见过你那个相好的呢？”

吴老汉抬起烟锅杆子就给了伏国林一下：“你个老东西，狗嘴里吐不出象牙来，什么东西你？”

“别闹了，真的怎么没见过出来？不会是倒下了吧？”

“你还别说，我也有日子没见了。”

“要不我们去看看？”

“去看看。”

两个老头子慢悠悠地朝着白凤英独住的小院走去。

吴天明把伏辉娃和刘小舟召集到他刚刚建成的加工厂办公室里，进行了分工。

“小舟，辉娃，终于盼到你们来了，我太高兴了。”

“我早就该来了，那边的人选才落实。”伏辉娃说。

“哦，你现在是董事长，当甩手掌柜了。”刘小舟对伏辉娃说道，“我砖厂本来不大，就卖了，不过咱们这边要用砖，成本价。”

“说吧,天明,给我们分什么工作,你安排。”伏辉娃和刘小舟对吴天明说道。

“论外交能力和管理能力，你们两个都比我强，非常有经验。”吴天明说。

“但是这技术方面你比我们都强，可以说我们是外行。”伏辉娃说。

“我们都是吴家坪的人，都是庄稼人，这一点是一样的。”

“嗯，天明说的对，我们都听你的。”刘小舟说。

“我是这样考虑的，销售和外面跑路，就交给辉娃去做。”

“行，我没意见。”刘小舟说，“我做什么？”

“你的工作很辛苦，加工厂里的各个环节的监督和人员调配，你负责。”

“好！没问题。”刘小舟说道。

“你们要是早来，这些工作都已经上道了。不过现在还不迟，到秋季各种农作物丰收的时候，就是你们大显身手的时候。”

“我们没问题，回来就是要撸起袖子一起大干一场的。”

“那就好，我们三个既然都回来守着这片土地，那么就要让它发挥应有的作用，哪怕拼尽全力，也要让我们吴家坪的春天永远绽放。”

“天明到底是读了大学的人，说出的话就是不一样，我们两个多向你学习，好好学习。”

“我们不玩虚的，好好实干。我就协助闫总工程师负责技术操作，还有政策方面的一些事。有什么事我们大家一起商量。”

“行，你就是我们的总负责人，吴总！”

“好，我们各司其职！伏总、刘总。”

“还有我呢，怎么没有分配工作呢？”随着银铃般的声音，进来一个现代时尚的职业女性，她是郭彩云。

“啊，彩云啊，变得这么时髦了，我都认不出来了。”伏辉娃忙说。

“是啊是啊，当年那个胆怯的小丫头，变化真大。”吴天明也说道。

“社会能把人变好，也能把人变坏。只要我们不要忘了吴家坪人的本分就行了。”

“彩云，说话也是一套一套的了。”吴天明惊奇地说。

“她呀，自学了大专到本科，财务管理。”刘小舟自豪地说，“还是我两个孩子的妈。”

“真是刮目相看啊，我们吴家坪应该多一些像郭彩云这样的年轻人，积极向上的，充满生活正能量的，多好。”吴天明感慨地说道。

“是啊，可惜我妹她……”伏辉娃看见郭彩云就想起了伏小琴。

“好了，我们不谈不愉快的事了，人各有命吧。”刘小舟也想起了大金牙对伏小琴做的种种不是，以及两个人长达多年的恩恩怨怨。

当几个人陷入沉默的时候，吴天明说话了。

“不说那些了，都过去了，要怨，只能怨吴家坪太穷，吴家坪的人太善良和太愚昧，但愿从现在起，我们扭转这个过去的时代。”

“说了半天，给我分什么工作？”郭彩云问道。

“你这么厉害，又懂管理，又通人事，就干你的老本行吧，把加工厂和养殖场的财务给咱干起来。”

“好，我一定做到最好！”

“我有个想法啊，不知道能不能说。”伏辉娃说。

“你说，我们四个商量。”

“我一进吴家坪，就有一种不好的感觉，是这几年柏油马路走惯了，看着这个黄土飞扬的乡村路，心里不痛快极了。”

“这就是你当年死活要跟上李三爸走的原因吗？”

“是啊，受不了这路，下雨的时候鞋都换不及，这又爱又恨的雨啊。”伏辉娃说得有点伤感了。

“辉娃，这一点我想到了，现在省上到市上再到县里，都在搞村村通道路硬化，咱吴家坪这个地方实在是太落后了，所有的政策都比别的地方迟来。”

“那什么时候搞呢？”

“我争取了，努力了，书记爷爷也是跑断了腿，县上说资金有限，需要硬化的乡村路太多了。”

“那就是说吴家坪赶不上了？”

“说是到明年了，才能给我们修。”

“也是，村里像这样的路太多了，国家得花费多少钱，才能把所有乡村的路都变成水泥路呀。”

“必要的时候得我们自己想办法，‘扬灰路’变‘水泥路’。”

“是，我自己赚钱了，就别麻烦政府了，留出钱来给别的地方修去。”

“那我们自己修呗，这件事我来做。”伏辉娃说。

“辉娃，你做也可以，县上说了，如果我们自己做，让我们把账做好，打报告上去，政府会给补贴，就是迟早的事。”

“行！给不给补贴我们都得修路，若要富先修路嘛。”

“政府不给钱我也得修，我自己挣了钱回来，就是要给我们坪上干些事情的。”

“说的好，辉娃，我支持。”

“好，我们支持！”

“小舟，这就要你出面了，调动你之前的合作伙伴，水泥的用量可是很大的。”

“行，这个没问题。”

说干就干，第二天就有推土机和挖掘机开进了吴家坪。这在吴家坪又是一件惊天喜事。

一百二十四

吴老汉和伏老汉去找白凤英的时候，老太太正在炕上躺着，发着高烧。

“原来你是病了啊？怎么不说一声。”吴老汉忙伸出手在白凤英的额头上试了试。

“老东西，你给我把毛巾弄湿敷上，我心里慌得很。”白凤英有气无力地说。

“你不会就这么走了吧？别吓唬我了。”吴老汉一听眼睛都热了起来。

“老东西，你还是心疼这死老婆子呢吧？”伏老头在旁边说。

“你这个破嘴，我撕了你。能不能有点同情心？”吴老汉怒对伏老汉。

白凤英虚弱地说：“春霞最近不在，没人进来。几个女子也忙工人的饭，也没进来，你也不来看看我。”

病中的人都比较多心，尤其是白凤英，像个老小孩一样娇弱了起来。

“我让女子给你拌上一碗拌汤端过来，吃点就有力气了。”吴老汉说道。

“老东西，你不会自己给拌去？”伏老汉说。

“对，去让你孙子媳妇拌上端来，看一下城里媳妇子的手艺，拌汤可是最能体现人手艺的吃食，别小看一碗面糊糊。”吴老汉对伏老汉命令道。

“行，做就做，我还想知道这个城里的孙子媳妇啥手艺呢。”

伏老汉出去后不到一个小时，就领着孙子媳妇和重孙子进来了。

孙子媳妇端着一碗拌汤，对白凤英说：“您就是白奶奶吧？我爷让我给您拌的拌汤，您尝尝，不可口了我重做。”

吴老汉往碗里一看，还别说，里面飘着的几个葱花子就像是吴家坪人做出来的。

“是你自己做的吗？”吴老汉不相信地问。

“吴家太爷爷，是我妈妈做的，我叫伏蛋蛋。”伏蛋蛋大声地说道。

吴老汉乐道：“你叫个啥？福蛋蛋？”

“是的，我是福蛋蛋。”伏蛋蛋又大声说。

伏老汉学着重孙子的样子对吴老汉说：“你耳朵背了，还看不起人，我孙子媳妇亲手做的。”

刘敏扶起白凤英，白凤英端起这碗拌汤，一口气就吃完了。

吴老汉忙问：“怎么样？老婆子，地道不？”

“就是我们吴家坪的味，地道。”

“哎呀，我说啥了，我孙子媳妇能得很，吴家坪的洋芋糊糊都会做。”伏老汉自豪地说。

“孩子，你不容易啊，跟谁学的？”白凤英吃了一碗粥，精神也好些了，脸色也好了。

“辉娃教我的。”刘敏忙说。

吴老汉说：“辛苦你了，丫头。你来吴家坪，是要扎根吗？”

“是啊，爷爷，就是要扎根。”刘敏学着吴老汉的口气说道。

“伏老头，你重孙子的名字起得好，伏蛋蛋。”

“你重孙子的名字也起得好，你起得好。”伏老汉说。

“老伏头，你这一辈子了，就这句话说得好听。”吴老汉说。

白凤英看着炕边坐着的两个老汉又拌嘴了，就说道：“你们两个能不能消停一下，孙子、重孙子都在听着呢。”

“刘敏,你把伏蛋蛋领回去吧,叫你妈晚上做些臊子面给你白奶奶端过来。”

刘敏应了一声带着儿子走了。

“外面什么声音？哪里来的机器声这么大？”白凤英问道。

“你不知道,狗剩刚把厂子建好,机器不吵了,这辉娃又开始了。”吴国民说。

“辉娃又干什么呢？”白凤英问。

“我孙子要修路呢，把咱坪上的路一直通到县城的柏油路上去。”

“是啊，你以后就不怕拐倒了，路平展展了，也不怕下雨下雪了。”吴老汉解释着。

“好事啊，咱吴家坪越来越好了，就怕我们几个老东西活不了多久了。”白凤英感叹。

“好好活着，活他个一百岁，看看这大好的世道。”吴老汉说。

三个老人你一言我一语地谈论着好日子的到来，担心他们活不到那个更好的时候。

伏老汉对吴老汉说：“你要是提前死了，我帮你活着看。”

“你个老东西，刚夸了一句，就又烂嘴了，我抽你！”吴老汉说着就要抬起旱烟锅子。

“算了，都这么一辈子了，还闹。”白凤英显得有些烦躁。

“你好些了，我们三个出去溜达一圈子去。”伏老汉对白凤英说。

三个人走出村子，朝着那个制高点走去。

白凤英感慨道：“看看吴家坪，大变天了，工厂建起来了，路也修了，这以后指不定还有啥好事呢！”

“我们好好活着吧，你把病抓紧治好。”吴老汉说。

伏国林老汉离他们两个一丈多远，挥着手说：“这路，那路，还有那，所有的路，都要变成水泥路，我们走不动了，让孙子们买个车，我们开上走。”

“你会开车？”

“电动车，简单。”

“老东西，你听伏家这个野心大着呢，还要开车。”

“他呀，开过马车、驴车，还开过自行车，估计问题不大。”

吴老汉的一句话惹得白凤英笑个不停。

伏老汉说：“白嫂子，你小心岔气了，让吴老头子得逞。”

“你个老东西，能不能改改你这个破嘴啊？”

“老吴头，都一辈子了，改不了了，不损个人心里不舒服。”

加工厂的办公室里，吴天明、刘小舟和伏辉娃，又在合计一件事情。

刘小舟说：“辉娃哥给咱修路了，我想给咱引水。”

“引水？这可是大工程，从哪里引？”

“我们离县城那边的红沿河二百多里，从那里引比较近。”

“这不容易啊，小舟，我们的资金远远不够。”

吴天明说：“你们说的这些修路和引水，政府其实都在考虑了，就是一时半会儿得不到解决，修路我们自己做了，引水恐怕困难。”

“再困难也得干呀。”刘小舟说。

“你先不着急，村书记爷爷去过县里了，他说今天就有消息过来。”吴天明说。

“那我们等等，也不在这一两天。靠我们自己的力量，这件事不容易。”伏辉娃也说。

“那咋办？我们只有等消息再决定。”

正说着呢，吴天明的手机响了，他说：“你们稍等，是书记爷爷的电话，听他怎么说。”

“喂，尕爷，您回来了吗？”吴天明接通电话问道。

“狗剩啊，是好消息也不是好消息。”

“您说吧，尕爷，有消息总比没消息的好。”

“县上批了，红岩河的水只能到咱坪下面，上不了坪。”

“这是大好的消息啊，尕爷，怎么能说是不好的消息呢？”

“县上还是考虑到资金的问题，目前主要是解决基本农田的灌溉，人畜饮水这一项就要靠我们自己了。”

“那好，这样已经很好了，我们的农田饮水有了保障。”

“狗剩，本来县上想着自筹一些资金顺便把人畜饮水的问题也给办了，但是他们先办离城近的几个乡，我们那里还是太远，山又高，还得等几年。”

“尕爷，您先回来吧，我们几个正在商量这事呢。”

挂了电话，吴天明兴奋地说：“你们听见了吗？吴书记说了，红沿河的水能到我们坪下，这样我们就从坪下引水上来，不就简单多了吗？”

“哎呀，真是瞌睡遇上了枕头，大好事啊。”伏辉娃高兴地说。

“现在一切都朝着预计的方向正常进展，趁现在有空，把这里的办公室装修一下，车间也收拾一下。”刘小舟建议道。

“闫总工程师说了，车间的事交给他，他在这方面是有要求的，他正在联系人来，办公场所我们可以立即着手装修。”

“那我们三方面同时进行，引水的管道等可以动工了，等红沿河的水一来，就直接上。”

“我们把水引到哪里？每家每户的院子里还是厨房里？”伏辉娃问道。

吴天明和刘小舟都笑了：“问问村民，想引哪里我们就给他引哪里，让村民们高兴一下。”

“我们吴家坪世世代代都没有吃过自来水，终于可以实现这个愿望了。”

吴家坪要通上自来水的消息，火速地在吴家坪传开了。村民们不知道这几个年轻人到底要把吴家坪整治成什么样子，怎么想干就干呢？看来这个世界上总有那么一些说不清道不明的事情，每天都在发生着。

吴天明想想都觉得兴奋，他的这一带头作用起得好，他辞职的这一决定做得好。要不是他带头来吴家坪创业，吴家坪的人不可能过上好日子。即便是有可能过上这样的好日子，那也得迟上多少年。他越来越觉得自己这辈子很值，对自己所做的事情感到很值。

想到这里，他给远在省城的妻子樊丁香打了个电话。

“喂，天明，忙坏了吧？”

“是啊。爸和妈在医院里，辛苦你了。”

“都叫爸和妈了，还这么见外吗？”

“亲爱的，我都不知道怎么感谢你了。”

“狗剩，你越说越远了啊，我是你老婆，不都是应该做的吗？”

“丁香，我有好事要告诉你。”

“你那边每天都有好事，拣最重要的说。”

“吴家坪就要上水了！”吴天明激动地说。

电话那头的樊丁香打开免提让病床上的公公吴建仁和婆婆刘春霞都听

到了。

吴建仁不相信自己的耳朵："真的？狗剩说的是真的吗？我再也不用去百十里的地方驮水了吗？"

刘春霞说："孩子说的你还不相信吗？孩子啥时候说过大话。"

"嗯，那倒也是，我狗剩从来不说虚话。"

樊丁香对吴天明说："你听见了吗？爸妈都听见了，他们非常高兴。"

"丁香，我给你说句话，你关了免提。"

"我出来了，你说。"樊丁香拿着手机从病房里出来。

"我想给咱们新盖的房子里装上个浴室，和咱楼房上的一样，到时候你想什么时候洗澡就什么时候洗澡，好不好？"

"你看着办吧，天明，我想你了。"

"很快，等这边一安排，这些事走上正轨，我可以腾出几天来回去一下。"

"爸好些了吗？"

"好是好，就是闲不住，人也白了，胖了。我原以为咱爸就那么黑呢，这不下地劳动还是恢复得白白胖胖的了。"

"是吗？我记忆里他一直很黑，不说话。"

"不是，他现在可健谈了，病房里都是好朋友，给人家许了好多愿。"

"许愿？许什么愿？"

"病好了送他们土豆呗，能有什么愿。"樊丁香在电话里那头"咯咯咯"笑了起来。

"丁香，我太想你了，想死我了都。"

"要不我回去一下？"

"过段时间我们合作社要成立，有个典礼仪式，你想过来就过来。"

"那好，我叫上万晟一起来。"

"好的，那我挂了，合作社的名字还没起好，我们商量一下去。"

吴天明挂了电话，躺在他为他和丁香准备好的卧室里睡着了。直到爷爷吴国民找到他的时候，他还在沉沉地睡着。

一百二十五

吴国民不忍心推醒孙子，这孩子自从回到吴家坪，人瘦了一大圈，黑了不少，头挨着枕头上就睡着了，娃太累了。但是他书记爷吴国庆和伏辉娃、刘小舟在到处找吴天明，他不得不把孙子推醒。

“狗剩，狗剩啊，他们在找你呢。”

吴天明隐隐听得有人找他，眼睛都没有睁开，自言自语地说：“我爸是吴建仁，我是吴建仁的儿子……”

吴老汉一听这话心里“咯噔”一下，但是立即就恢复了常态。

他把吴天明摇了摇，又叫道：“狗剩，狗剩，你书记爷爷找你呢，有事要商量。”

这下吴天明一骨碌翻了起来：“爷爷，我睡着了。”

“赶紧去加工厂里，他们在开会，都等你呢。”

“好，爷爷，我马上去。”

吴国民把刚才吴天明的梦话想了想，啥也没说，就出去了。

在加工厂的办公室里，伏辉娃、刘敏、刘小舟和郭彩云，闫总工程师，还有几个村里的村民，都在等吴天明的到来。

“对不起大家，刚才给睡着了。”

“天明，你是太累了，今天开完会你就去调整一下，剩下的事交给我们吧。”伏辉娃说道。

“没关系，我们开始吧。”

“现在我们所有的事情都弄好了，就等着第一批货问世。”闫总工程师说道。

他是一个六十多岁的老人，头发花白，精神矍铄。刚刚晒黑的皮肤让人感觉比刚来时年轻了许多。

“新土豆丰收的时候我们就有了第二批、第三批的土豆深加工产品陆续上市。”

“一年多的辛苦没有白费啊，所有手续的配齐、所有设备的调试运转、所有人员的岗位培训花费的资金都是小事，花费的心劲太大了。”吴天明说。

“天明付出了常人想象不到的艰辛，这里我们给他鼓个掌。”刘小舟说。

“还是不搞虚的吧，我们加工厂到现在还没有个正式的名字，我都忙得顾不上给加工厂取个名字。”

“今天的会议议题主要有两个，一是给加工厂取名，二是确定加工厂开业典礼的日子。”刘小舟说。

“那就大家发表一下意见，取个好听的名字，有吴家坪特色的名字。”

伏辉娃说：“我们三家合起来，每家出一个字，怎么样？”

“嗯，辉娃这个建议好，就这样。”吴天明和刘小舟当即表态。

“从天明开始，你给一个字。”伏辉娃说。

“我叫狗剩，这个名字是我爷爷起的，我就用这个‘剩’字吧，挺好。”吴天明说。

“那我就取我的姓‘伏’字，不过我想用个谐音，幸福的‘福’，怎么样？”伏辉娃笑道。

“好好，不错，‘剩’‘伏’，已经两个了，小舟，该你了。”吴天明高兴地说。

“我，刘小舟三个字都和这两个不搭配，不知道给个啥字好？”

“再想想，和你有关系的都行，连起来也有意义的。”闫总工程师说了一句。

“不如就郭彩云的彩云两个字也不错。”其中一个村民叫到。

“哈哈，真的不错，那就叫‘剩福彩云’加工厂？”刘小舟说。

“小舟，省一个字吧，‘剩福云’加工厂。”伏辉娃说。

“再想想，我们叫加工厂好还是合作社好？”吴天明问。

“我们一直叫加工厂，都叫顺口了。”郭彩云说。

“那改一改，就叫剩福云农业合作社，可以吧？”

“可以可以，太可以了，就这么定了。”伏辉娃和刘小舟、郭彩云集体鼓掌通过。

“第二件事，剩福云农业合作社什么时候正式典礼？定个日子。”

“这得问闫总工程师第一批土豆加工产品什么时候出炉。”

“月底，就是五月三十一日。”

“那好，离月底还有半个月，我们好好准备一下。”吴天明说。

“开业典礼就定在六月六日吧，这个数字比较好。”伏辉娃说道。

“其他方面我们抓紧筹备，这个我来调配，场面要排场，估计到时候会有很多人来，保不齐会有外商的。”

“都有可能，我们的宣传已经扩大了周边的好几个省了。”

“好好干，争取一炮打响。”

“那今天的会就算圆满结束了，我们剩福云农业合作社诞生了。”

“哈哈哈，先内部祝贺一下，小庆一下好吗？”伏辉娃建议。

“这个可以有，你们庆祝去，我去趟省城看看我爸，这里就拜托你们了。”

“你去吧，代问叔叔好，前期你一个人忙得脱不开身，现在有我们在，你可以稍微放松一下。”

“就是，有你们真好，我一个人进度也不会这么快。”

“对了，坪上的道路硬化赶月底就能完成，到时候四面八方来的人就不会抱怨路不好走了。”伏辉娃说道。

“太好了，真是双喜临门。”

“唯一的缺陷就是水的问题，这要到年底看能否解决，我们要用上自来水，估计到明年春上了。”刘小舟说。

吴天明急急忙忙地从合作社这边过来，拨通了丁香的电话。

“天明，你们典礼的时间定了吗？”

“定了，下个月六号，我现在有点时间，我马上回去。”

“我等你！”

一百二十六

合作社就要挂牌了，典礼仪式就要开始了。

远在省城的吴建仁和刘春霞说什么都要回到吴家坪，去给儿子撑一撑场面。

吴天明担心父亲的腿，说道：“爸，您还是别去了吧，我妈陪着你好好休养，好了再去不迟。”

“不行，这件事是你一辈子的大事，我必须去。”

“就是，狗剩，我们扶着你爸去，他恢复得挺好，你不用担心。”母亲刘春霞也说。

“我们一起去吧，参加完了再回来，让爸妈也见识一下这个场面，肯定很热闹。”

“那是一定的，我们的努力会带来意想不到的收获。”吴天明说道。

“那我更要见识一下去，哪怕一天。再说了，我现在就是回家养着就行了，医院真是把人住傻了。”吴建仁焦虑地说。

“那我去问一下医生，看回家休养行的话，我们就出院。”樊丁香说。

“哎，这就对了，早该回去了，这里就不是我们待的地方。”刘春霞也说道。

吴天明的岳父樊仲夏也来给亲家公送行，他说：“本来我也想去吴家坪看看，这几年被天明折腾成啥样子了，可是这几天有几个重要的会要开，等忙完这阵子，我和丁香他妈一起去看看。”

“你就忙你的工作吧，亲家公，有你的这份心就很好了。”吴建仁说。

“是啊，这些日子把你们打扰得不行，多亏了亲家公亲家母的悉心照料，大恩不言谢！”刘春霞忙说道。

“说什么呢，我们都是一家人。”卢月说。

“既然是一家人，还那么见外干什么？”樊仲夏也爽朗地说道，“我远在省城也听说了，吴家坪的宣传做得很大，实力就要看未来的效益了，不管怎么样，努力了就是成功了。”

“爸，典礼仪式上我们会推出第一批产品，完全按照闫总工程师的规划进行，下一步新的土豆一丰收，我们的产品品种会增加很多，前景非常乐观。”吴天明对岳父说。

“那就好，省上给你们的水利工程提前了，估计到不了年底你们坪上就会有水。”岳父说。

“那太好了，爸，这可是个好消息啊。”吴天明高兴地说。

“今天早上会上才通过的，估计下午精神就传达到你们县上了，好事不断啊！”岳父精神焕发地说。

“我会把这个消息告诉坪上的每一个村民。”吴天明说。

“亲家母，天明在吴家坪折腾得那么凶，估计好日子在后头呢，你的家传菜可以搞个农家乐。”天明的岳母建议道。

“啥是农家乐？”刘春霞问。

“就是你们那里或许会去许多外地人，你给他们做饭，赚钱呀。”岳母笑道。

“你呀，就知道教亲家母赚钱，脑子里都想什么呢？”樊仲夏笑道。

“我想什么？我还想跟着一起做呢。”岳母开玩笑说。

“那好，亲家母，我等着你，我们一起做。”刘春霞说。

“对了，妈，我听丁香说你传授什么土豆沙拉，赚了五万元。”吴天明问刘春霞。

“是的，你岳母就是脑子好使。”刘春霞对儿子说。

“到时候两个妈开个农家乐，我投资。”吴天明说。

“好，我等着这一天，马上退休搞第二职业。”卢月高兴地说道，“当一回农民，真好！”

这样吴天明带着父母妻儿一起回到了吴家坪。

六月六号这天，吴家坪迎来了史上最热闹的一天。

“剩福云农业合作社”宽敞的大院里，搭着一个宽大的台子。台子上摆着合作社刚刚生产的第一批农加工产品，一字排开，足足有七八个品种。

村书记吴国庆代表村党委进行了热情洋溢的讲话，对吴天明他们合作社给予肯定，并寄予了厚望。最后宣布合作社正式成立。

在一阵热烈的鞭炮声里，“剩福云农业合作社”的牌子闪亮登场。

来自全县以及全市的订货商纷纷慕名而来，和村民们一起参观合作社以及合作社生产出来的产品。

吴家坪空前的盛况使得所有村民们像是遇到了盛大的节日，他们穿着最漂亮的服饰，主人般地笑着欢迎来自各地的陌生客人。

他们也没有想到，平时只是煮着吃、烧着吃，炒土豆丝、炖土豆块的土豆竟然有这么多的吃法。真空包装的土豆加工产品，任何时候打开就能吃，还有很多他们没有尝过的味道。村民们真是开了眼了，纷纷买了去尝。接着订货商们争先恐后地品尝、赞赏和签下订单。

就在众多的来自各地的客户里面，有一个金发碧眼的外国人。他用半生不熟的中国话问旁边的人，这个人正是吴老汉。

“这位老者，您是吴家坪的人吗？”

“我是，我是狗剩的爷爷。”吴老汉自豪地说道。

“狗剩？狗剩是个什么东西？”外国男人迷茫的眼神让吴老汉很生气。

“你才是个东西呢，我孙子是老总。”吴老汉生气地说，“要不是看在你是客人的份上，我就要抽你。”

“抽我什么？我也是来看货的。”

“你看你的货吧，不要骂人就行。”吴老汉今天心情格外好。

“我没有骂人，我也想做这个生意。”

“什么？你要和我孙子抢生意？”这下吴老汉听懂了。

“不是的，我的生意在法国，我想找这里的老板。”

“我就是老板，你有什么事就对我说。”吴老汉一本正经地说。

“哇，太好了，您就是老板？”

外国男人突然给了吴老汉一个大大的拥抱。

吴老汉啥时候见过这样的动作，还是和一个外国男人。

他别扭地从外国男人的双臂里挣脱出来：“你要干什么？”

“哈哈哈，老人家，您真的是老板吗？”

“你长得比我还老，什么老人家？”

吴老汉看着外国男人有些泛白的黄头发，还有额头上的褶皱，他觉得这样的长相就是比他年纪大嘛。

外国男人无奈地耸耸肩，不知道说什么好。

吴老汉和外国男人的争执引起了伏辉娃和刘敏的注意。

伏辉娃忙走过来对外国男人说：“你好，我是伏辉娃，合作社的副总，请问您有什么需要帮忙的吗？”

“他说他是老总，我和他谈谈生意。”外国男人指着吴老汉说。

伏辉娃笑着说：“他是我们这里的最高长官，谈事找我就行，他不直接管。”

外国男人突然用一种极其敬重又极其吃惊的眼神看着吴老汉说：“了不起，真的了不起，中国的老头了不起！”说着还竖起了大拇指。

吴老汉问伏辉娃说：“他老还是我老？”

“吴爷爷，他老，您还年轻呢，您的前途一片光明，这边交给我吧，您去尝尝那个，适合您吃。”伏辉娃忙把吴老汉打发走了。转而对外国男人说：“您是从哪里来？需要什么呢？”

“我来自法国，我叫亚力克斯，我想和你们合作。”

“哦，怎么合作，亚力克斯先生？”

“这件事等我参观完了你们的产品后再说，好不好？”

这时伏辉娃接到了吴天明的电话，叫他马上过去。

“这样吧，亚力克斯先生，你在这里参观，慢慢看，一会儿来合作社里，我们详谈好不好？”

“好吧，我可以和你谈，你不介意吗？”

“当然，来的都是客，我不会拒绝的。”

“好的，我会去找你的，吴家坪很好客嘛。”

吴天明接见了一位来自丰源省的客人，点名说要见伏辉娃。当伏辉娃见到这个人的时候，也不认识。

那人自我介绍说：“我是孙悦胜的私人助理，姓高。伏总，你好！”来人说着伸出了手。

“你好，高助理。孙总他还好吗？”

“他很好，他听说你回吴家坪创业了，让我送来了贺礼。”高助理说着掏出了一个大大的红色信封。

“太感谢孙总了，这么远他还能想着我们这个事情。”

“孙总说了，吴家坪的人很善良，吴家坪是他一生受益的地方。”

高助理又说：“孙总最近忙新的事情，所以不能亲自来，他说，他可以和你们长期合作，你们的产品他长期订购。”

“这真是个好消息啊，太感谢孙总了。”

“我就走了，话带到了，礼也带到了，祝你们好运！”

高助理说完就上车走了，伏辉娃给吴天明大概介绍了一下孙悦胜的情况。

一百二十七

在众多的人群里，亚力克斯极为显眼，他尝尝这个，品品那个，不停地流露出赞赏的神情。他当场签下了三年的订单，就沿着合作社往坪上的路走去。

坪上与通往县城的道路已经全部得到了硬化，水泥打造的路面宽敞平整，马路一旁的大山依旧庄严地沉默着。

大山的身体上一层一层的梯田就像青蛇一样缠绕在山腰，远远望去，像是架在天边的云梯。而在马路的另一边，是一眼望不到边的农田，农田铺着一层土豆秧子，睁着好奇的眼睛看着他这个外国人。

他一直走到坪上，走到了那个制高点。原来，站在这里可以看见很远，看来，交通是不成问题的。走着走着，不知不觉他远离了热热闹闹的合作社，来到了一户人家。

这家人的院子很大，三孔老窑还在那里唱着古老的歌谣。

老窑的两边，立着刚刚建起的两排新式的瓦房，现代化的农村住房更加衬托出古窑的庄严。

在老窑的后面，是比合作社还大的养殖场，分门别类地养着鸡、猪、羊，还有刚刚引进来的牛犊。

养殖场依山取势，随遇而安，里面的牲畜们有的懒洋洋地晒着太阳，有的自由地活动，有的在棚里休息。

亚力克斯走进这家院子，对里面问道："有人吗？老乡，在吗？"

就听得里面有人答应："进来吧，人在呢。"

亚力克斯朝着声音发出的房间走去，那是一孔老窑。

闻声出来的人正是刘春霞，她刚从合作社现场回来，正在给吴建仁准备饭菜。

她一看家里来了个外国人，忙问："你是要去合作社的吗？你走错地方了。"

亚力克斯说道："我是从合作社来的，你不介意我进来看看吧？"

这时吴建仁拄着双拐从里面出来，问道："你想看什么？"

亚力克斯说："我听说吴家坪有个吴天明，可是我怎么去找到他？"

刘春霞和吴建仁对看了一眼，他们从来没有见过外国人。

亚力克斯看他们不说话，忙说："我是来谈生意的，我不要找副总，我要找吴天明。"

"那你进来坐，我给他打电话。"刘春霞忙让客人进屋。

不到十分钟，吴天明就回家了。

亚力克斯一看面前的年轻人不高不矮，不胖不瘦，黑黝黝的脸上两道浓厚的眉毛，眉毛下一对明亮的眼睛。

亚力克斯没等吴天明说话，就站起来问道：“你就是吴天明吗？”

“我是，请问您是？”

“我是法国吉瑞土豆加工厂在你们省的总经理，我叫亚力克斯，我想和你合作。”亚力克斯直言道。

“我还对您一无所知，让我们先互相了解一下再谈好吗？”吴天明觉得这件事不能唐突，自己的理想才刚刚开始。

“我对你已经很了解了。”亚力克斯说道。

“你对我已经很了解了？”吴天明不解地问。

这时亚力克斯的手机响了：“崔，你过来，我找到了吴天明，我在他的家里。”他对着电话里面说道。

一会儿，一辆车开进了吴天明家的院子，从车上下来一个年轻人，从穿着打扮看就是省城来的。一下车就对吴天明介绍自己：“我姓崔，是亚力克斯先生的翻译。我来迟了，不好意思，亚力克斯先生。”

“没关系，崔，你跟他说，他还不了解我们公司。”

崔翻译如此这般地给吴天明介绍着亚力克斯所说的法国公司以及亚力克斯对于吴家坪很感兴趣。

吴天明终于明白了，他是要和他抢生意的。吴老汉说的没错！但是吴天明不会拒绝他，还伸出双手：“欢迎，欢迎，欢迎外商入驻吴家坪。”

亚力克斯立即喜上眉梢，给了吴天明一个大大的拥抱：“Thank you ,you are great!”

吴天明还了亚力克斯一个拥抱。

刘春霞和吴建仁一看两个人抱在一起了，看来是好事情，就说：“那这个什么克斯，崔，就留下来一起吃饭吧？”

亚力克斯忙问：“可以吗？我们可以吃你做的饭？”看来他对刘春霞也很感兴趣。

一个穿着布鞋、一身不起眼的乡村服饰、腰里系着绣花的围裙，这样打扮的中年妇女，引起了亚力克斯浓厚的兴趣。

吴天明说：“当然可以了，但不知道你吃得惯吃不惯我们的饭菜？”

“吃得惯，吃得惯，中国农村的美食，rural food,Country cuisine。”亚力克斯忙说。

刘春霞不懂他在说什么，问道："他在说什么？"

崔翻译忙说："亚力克斯先生说他喜欢吃中国的乡村美食。"

正当几个人在院子里说说笑笑的时候，吴老汉进来了。他一见那外国男人竟然到他家里来了，一下子黑着脸对吴天明说："就是他，他刚才还在合作社那边骂你，说你是个什么东西？"

"啊？怎么会这样？"吴天明觉得是不是爷爷和亚力克斯交流障碍引起的。

崔翻译忙对吴老汉解释道："我是亚力克斯先生的翻译，怪我没有及时赶到，给您老人家造成了误会，我在这里替亚力克斯先生给您道歉了。"

"狗剩，你和他谈什么？他是来抢你生意的。"

亚力克斯睁着圆溜溜的眼睛看着吴老汉，根本不知道他在说什么。

吴天明对吴老汉说："爷爷，您先回屋休息去，这里交给我。"

吴老汉说着在地上捣了一下他的烟锅杆子，走进了老窑。

不一会儿，蹦蹦跳跳的吴远根拉着母亲樊丁香也进了院子。

"爸爸，伏叔叔和刘叔叔叫你呢，合作社里食堂开饭了。"

"去告诉刘叔叔和伏叔叔，让他们弄一些饭过来，在家里吃。"吴天明给儿子说道。

"那我去说吧，给这边送过来一桌。"樊丁香对亚力克斯笑了笑就走了。

"Mr.Wu，这是你妻子吗？"亚力克斯目送着樊丁香离去说道。

"是的，亚力克斯先生。"

"好好漂亮，你的妻子，你的儿子也好漂亮，都是吴家坪的人吗？"

"是的。"

就见刘小舟和伏辉娃先后来到了吴天明家的院子里。几个村民帮着抬了一张桌子过来，桌上摆满了饭菜。刘春霞也端了自己做的两个菜上来。

吴国民坐在中间上座，吴建仁、刘春霞带着孙子坐在左右，吴天明、樊丁香、伏辉娃、刘小舟和亚力克斯、崔翻译依次围着圆桌坐定。

吴天明说："就这么简单的饭，今天我们吴家坪来了外国人，亚力克斯，这位你见过，我们伏总，这位是刘总。"

亚力克斯忙问："伏总？副总？"

"哈哈哈哈，他姓伏，是副总。"崔解释道。

亚力克斯直摇头："搞不懂，搞不懂，吴家坪的话，我搞不懂。"

吴远根学着老外的样子摇头晃脑：“搞得懂，搞得懂，Very good!”

在座的人全都被吴远根的童音弄笑了。

吴天明给亚力克斯夹了一个菜，亚力克斯却要吃刘春霞端出来的洋芋糊糊。

吴天明就给他盛了一小碗，他尝了一口连说“Very good!very good”直竖大拇指。

吴远根对着奶奶说：“奶奶，他都说你 Very good 呢，你真是 Very good 厉害的奶奶。”

刘春霞说：“我也学会了这一句，Very good！”

“对，你可以开个饭店在这里，绝对的 Very good.”亚力克斯说道。

“好啊，将来这里外国人多了，我开饭店还要学英语呢。”刘春霞笑了。

“奶奶，我给你教英语，welcome to wujiaping!”吴远根已经在教了。

“哈哈哈，小孩子很聪明。”亚力克斯又竖起了大拇指。

吴老汉坐在上面看着他们说说笑笑了，不知道发生了什么，但是觉得一定是在夸重孙子呢。

他也学了一句“喂饱了兔子的吴家坪。”又一次让在座的人一阵大笑。

“这顿饭，我可以付给你们钱的。”亚力克斯突然说。

“什么？谁说让你付钱的了？”吴天明问。

“难道要白吃吗？”亚力克斯怀疑自己的耳朵。

“今天我们挂牌典礼，来的都是客。”

“这么多人都是白吃吗？”

“是的，你放开了吃，不收钱的。”樊丁香说道。

不知道什么时候伏蛋蛋、刘开心和刘开颜都来了，他们要找吴远根玩耍。

吴老汉看见这么多孩子，高兴地放下饭碗也去了。

“这就叫老人小孩吗？你们中国话。”亚力克斯忙说。

“是啊，看来亚力克斯先生对中国文化有一些了解啊。”伏辉娃问道。

“了解不多，只是听说。”他接着说，“我们可以谈谈合作的事吗？现在。”

“你先说说你的想法。”吴天明说。

“我想种地，或者收购你们的土豆，怎么样？”

“我们自己的土豆要自己来加工，当然如果你给的价格是我们想要的，也可以销售给你。”

“那我自己要种你们的地呢？”

“这个，我们还真没有想到，我们的地都是分给每个人的。”

“我可以给他们工资。”

吴天明想，这不正是他正在搞的吗？只不过他只是种了一部分，大部分村民们还是自己在种。

“亚力克斯先生，这个我做不了主，这里的地不归我管。”

“报纸上说你是这里的庄园主，我可以从你这里租一部分地来种。”

“什么？庄园主？”吴天明笑了，“哪个报纸上这样说的？”

崔翻译说：“他是这么理解的，就是你流转了一部分地的事。”

“亚力克斯先生，这件事你还得去和村上谈，当然了，如果租的多，除了吴家坪，还有其他地方的地供你种，条件谈得好的话，都好说。”

“哦，这样说你还有困难，那我也要深加工呢？”

“你在我们坪上深加工吗？”

“不，不，这个地方小，我不和你抢，我可以出口，中国市场是你的。”

“还有，我也可以帮你出口，你的合作社可以归到我们公司的下面，负责所有产品加工和销售，国内国外都行。”

吴天明一听还有这样的好事，但是按捺住心里的小激动。

他说道：“我的合作社前期投资很大，也刚刚起步，是我们三个人合起来办的，现在给不了你答复。”

亚力克斯问道：“那什么时候能给我答复呢？”

“明年春天吧，你来，我一定给你一个满意的答复。”

“那好，我们一言为定。明年春天我再来。”

“一言为定！”

一百二十八

自从“剩福云农业合作社”开张以来，来吴家坪谈生意的各地客商络绎不绝，吴家坪每天都要接待很多客人。

刘春霞真的想开饭店了，就在合作社不远处。

当她把这个想法告诉儿子的时候，吴天明非常赞同。

“妈，您悠着点，不要太累了。”

“妈年纪大了，也想做个生意过个瘾。”

“那我就满足您这个愿望，但您必须保证每天不要过量。”

“我多吆喝几个人一起干，我们少挣点钱，就是看着高兴。”

“昨天我岳母还打电话来问呢，她再有几个月就退休了。”

“她真的会来？”

“会的，退休了也得找个事做，过一把当老板的瘾。”

“对，她适合当老板，我们给她打工。”

于是吴天明立即筹措建了几间塑钢房，还有一排简易的凉棚。一座简单朴素的农家乐院落就建成了。

刘春霞和郭彩云的母亲李美芳、刘小舟的母亲以及其他几个吴家坪的妇女，摇身一变成了农家乐的主事人。她们只做自己会做的，土生土长的吴家坪菜，一个土豆烧成了八种菜，引来了无数的客人。甚至本地县城的人都慕名来到这里消遣，顺便参观吴天明的养殖场，购买一些现出的土豆加工产品。

吴老汉的老年痴呆最近又有些严重，孙子每天都给他药吃，监督他按时服用。可是他害怕药苦，他说：“我一辈子没有吃过药，没有打过针，老了你还要我吃药，我哪儿也不疼。”

“爷，这药吃了您才有力气去看我怎么日鬼土豆呢。”吴天明学着爷爷的口气说，他总是把加工土豆叫“日鬼”。

“狗剩，你今儿又日鬼了个啥？”

“狗剩啊，土豆怎么被你日鬼成了这个样子了？”

“这就是个八不像嘛，还膨化，还香葱味。”

“这又是个啥？懒屃才吃这个呢！”

……

他每天都无所事事地转进转出，有时候在合作社的库房里走一圈，每次都喋喋不休地唠叨一番。

这天在家里，吴老汉一个人在院子里蹲着抽烟，伏老汉来了。

他说：“老东西，你那个相好的最近又没见，要不要去看看。”

“你也老年痴呆了吗？”吴老汉吸了一口旱烟问道。

“我也吃药呢。”伏老汉说。

“你孙子给你的吗？”

“伏蛋蛋给的。”

“你说白老婆子咋了？”

“腰疼，心口疼。”

“走，去看看。”

吴老汉起身和伏老汉一起到白凤英家，那个破旧的小茅屋。

“你们来了？”白凤英从炕上起来说道。

“你不起来转悠去，躺着万一哪天再起不来咋办？”吴老汉坐在炕沿上问道。

“我刚吃了饭，春霞打发人给我端过来的。”

“春霞一回来就接上班了。”伏老汉说，“前几天我孙子媳妇说你胃口不好。”

“心口疼！”白凤英懒洋洋地说。

“你要坚持着呢，不敢早早地走了。”吴老汉说道。

“起来，我们三个到农家乐里去。”伏老汉建议道。

三个人慢慢腾腾地来到农家乐，刘春霞忙给三位老人倒了热茶。

“没有想到，吴家坪都能开饭馆了。”伏老汉说。

“谁能想到，吴家坪的‘扬灰路’变成了‘水泥路’。”吴老汉也学着孩子们的洋腔洋调说着。

“还有呢，我们驮了一辈子的水，现在水要上到你家锅台上了，再也不用驮水了。”白凤英说道。

“你个老婆子一天窝在家里不出门，还知道个这。”

“你以为就你个老吴头知道啊。路是我孙子修的，水是老刘家的小子上的。”

“咱们是不是真的没用了？一辈子了，啥也没给坪上弄过，亏先人呢，羞先人呢。”吴老汉突然痛哭流涕。

“唉，真是老年痴呆了，跟小孩子一样，哭哭笑笑一瞬间。”伏老汉说道，“我孙子就是这么说我的。”

刘春霞和李美芳出来，一人端着两碗扁豆面。

“大，您和伏家大、白家妈吃上一碗扁豆面。”刘春霞说道。

三个人端起碗，呼呼啦啦地连吃带喝，吧唧着嘴巴，吃得分外香。

剩下一碗，吴老汉说：“老伏头，你来？”

“吃不动了，年轻的时候吃三碗，现在吃不动了。”伏老汉说着抹着嘴，然后习惯性地舔了舔碗。

“那你来？”吴老汉对白凤英说。

“咱两个一人半碗，就像从前那样。”白凤英说道。

伏老汉一撇嘴：“一人半碗，一人半碗。”

“不如我们三个人分了吃。”吴老汉建议。

于是他提起碗，给每个人碗里拨拉了一些。

邻座上吃饭的一桌客人拿着几瓶啤酒给他们说：“老人家，喝酒吗？”

“喝，我们一人喝他一瓶咋样？”伏老汉建议道。

在合作社里，吴天明、伏辉娃和刘小舟，在听郭彩云给他们汇报这半年来的经营情况。

“半年过去了，我们加工的产品销售的不错，但是还有很大的盈利空间。”

“刨去水电费、人工工资和个别设备的保养维修，我们在盈利，并且盈利很高。”

“但是如果把前期投入都算进去的话，还没有到盈利的时候。”

听到这里，吴天明说：“你算算，按照这个趋势，就是说从现在手里的订单来看，我们不再增加新的加工品种的话，几年可以扳回来成本？”

郭彩云说：“这样啊，如果把修路和引水的成本都算在合作社的话，起码得三年才能扳回成本。”

“那要是我们加大深加工的力度，改换一些产品的品种，如果我们远销省外，乐观地估计一下，两年可以吗？”

“改换新品种也需要投入，两年应该可以。”

“再乐观一下，我们出口呢？”

“这个，恐怕相应成本也会增加，比如关税。”

“我知道了，我们是否考虑一下亚力克斯的建议呢？”

“我的意见是不考虑。”刘小舟说，“我还想着事业才刚刚开始，自己干得正有劲呢。”

“我的想法和小舟一样。”伏辉娃说。

“还是你们两个在外面闯荡的多，见多识广。我赞同。”

“但是他要和我们竞争，怎么办？”伏辉娃说。

“既然是生意，就一定有竞争，世界上没有独一无二的企业，也没有独一无二的赢家。”吴天明说。

“对，我们要做好竞争的准备。”刘小舟说道。

“村民们的想法也是多样化的，想让我们种的地我们付给工资，想让老外种的地老外去付工资，这个选择权在村民手里。”

“是的，我们不管他花多少钱，那是他的事。”

“不行，这一点得统一，每亩地的工资是一样的，或者根据土地的品质确定？”

“明年春天他来了跟他谈，得公平竞争。”

“对，公平竞争。”

郭彩云说：“那我们把今年的盈利按照比例分红了。”

郭彩云说完拿出账本，一一列出了入股的人员，以及人员名下的投资金额。

伏辉娃说道：“主要人就是我们三个，至于其他投资来的，是天明找来的钱，就算在天明的头上，他去给人家分吧。”

“好！”几个人一致通过。

拿到赚来的第一笔钱的吴天明，激动地说：“我的梦终于实现了，这一步走得很吃力，经过了很多难题。”

“是的，我和小舟在外边干，虽然经历了一些事，还是没有在自己家乡这样踏实。”

“我们三个一定要齐心协力把这件事办好。”刘小舟说。

“这些方面，天明是内行，我们两个是门外汉，大学啊，没有白上的。”伏辉娃说道。

“哦，对了，养殖场的奶牛产奶了，各家可以订购。”吴天明说。

“好事啊，如果量大的话，我们纳入土豆产品。”郭彩云说。

“哈哈，彩云现在是啥东西都可以拿来做产品，进步很大啊。”吴天明夸了一句郭彩云。

“别小瞧了她，虽然是自学，也是大学本科呢。”刘小舟也借机夸自己的老婆。

一百二十九

转眼就到了第二年的春天，合作社的产品不断翻新着花样，新的土豆产品更是带来了新的商机，销量与日俱增，来自全省各地的订单应接不暇，合作社的车间里机器的运转声没有间断过。车间的工人三班倒，甚至加班加点地生产着。

吴天明还从别的村招来了一些应届毕业生，一边学习一边操作，很快地就实地培训成功上线工作了。

正当大家马不停蹄地生产的时候，那个外商又来了。和他一起来的还有三四个人，其中包括崔翻译。另外两个都是外国人，一个是大老板模样的，一个是他的助理。

他们一来就直接来到了合作社，直接找吴天明。吴天明穿着工作服，一身香喷喷的味道站在他们面前。

“亚力克斯，这就是吴天明？庄园主？”

“这就是吴天明。”亚力克斯恭敬地说道。

“吴总，这是我们国家驻中国的老总，名叫安东尼，我在你们这里的合作已经给他做了汇报，他同意我和你的合作。”

“各位，咱们先去办公室里坐，我换身衣服。”吴天明忙说道。

“我们可以进去你的车间看看吗？”安东尼问道。

“这个恐怕不行，我们先去办公室谈。”

安东尼耸了耸肩，无奈地跟着吴天明去了办公室。

吴天明电话通知了在各岗位上忙着的伏辉娃、刘小舟和郭彩云，刘敏也进来给他们分别泡了茶。

吴天明给他们一一作了介绍。

“吴总，吴家坪是一个小地方，让你做得现在人尽皆知。”安东尼微笑着说道。

“我们这个小地方，哪里有人知道啊？”

“你太谦虚了，报纸上都说你是庄园主，养着牛羊猪，厉害得不得了，中国的大学生厉害对得不得了。”

“哪里的话。你们一路上辛苦了。”

“为了和你合作，我们不辛苦，我们应该的。”

“那你们想怎么合作呢？”伏辉娃问道。

“最好的合作方式是并购，你们将纳入我们公司的旗下。”

“让我们更名吗？”刘小舟说。

“不用更名，还叫‘剩福云农业合作社’，在前面加上我们公司的名字，产品用我们的商标就行。”亚力克斯解释道。

“商标？那不行，我们‘吴家坪’牌才刚刚打出去。”吴天明反对道。

“吴家坪是个小地方，我的商标有大市场。”

“你们打算出多少钱呢？”刘小舟进一步问。

“你们的债务我全部承担，你们可以挣到很高的工资，甚至比你想象的还要高。”

“不行，就是给多高的工资我们都不卖，我们三个都还年轻，还想大干一场呢。”吴天明说。

“你们还是可以按照你们自己的思路去经营，我们不会改变你们的经营策略。”

“但是合作社的所有权不属于我们吴家坪了，不行。”吴天明说。

“是啊，你们还是不要打算盘了，另做考虑吧。”伏辉娃坚持说。

“那下一步就是要和你们竞争了，合作不成就竞争，你们敢不敢？”安东尼盛气凌人地问道。

“当然了，我们不会把加工厂建在吴家坪，我们只从吴家坪收购土豆或者直接在这里种地。”亚力克斯解释道。

崔翻译进一步解释：“这些老外主要是看上咱吴家坪的土壤产出的土豆好。”

“是吗？外国的土不好吗？”吴天明问道。

“是的，他们化验了，吴家坪的土豆比他们法国本土生长的土豆淀粉含量高出许多。”崔翻译解释道。

“哈哈，老外也崇洋媚外。”刘小舟忍不住笑了。

崔翻译继续说道：“这里的气候等自然环境非常适合土豆的种植，所以如果你们不想被并购的话，他们就要在这里租地。”

“租地？那就是变相和我们竞争了。”

“对！”

“那行，我们拦不住你，但是我们有言在先，公平竞争。”伏辉娃说道。

“要种地，先付钱！”刘小舟也说。

吴天明看他们都说到了这件事，最后说：“竞争，我们也是友谊第一嘛，毕竟你们给我们带来了商机，让我们吴家坪有了新的活力，欢迎你们！”

安东尼激动地握住吴天明的手说：“我来的时候，其实没有很大把握的，害怕你们不要我们进来，看来是我‘小肠辘辘’了。”

安东尼的一个成语让在座的人都捧腹大笑。

刘小舟忙解释说：“这里应该是小肚鸡肠，而不是‘小肠辘辘’。”

“中国话，好麻烦。”安东尼尴尬地说。

“中国人，好客，喜欢！合作愉快，需要我们提供技术方面指导我们将不吝赐教！”安东尼又说。

“不吝赐教也可以自己用。”伏辉娃几个又大笑了起来。

吴天明严肃地对外商说：“你们在这里种地，可以，但是必须经过审核，如果你们相信我的话，我可以带你们去见村书记，然后得到政府相关部门的批复。”

安东尼说：“这个我们一定积极配合，希望程序不要太复杂，越快越好！”

“一定一定，只要是把我们这里的经济搞活，让我们过上好日子，我们会的。”不知什么时候村书记已经站在了门外。

一百三十

远在省城的樊仲夏家，也发生了变化。

局长夫人卢月已经退休，樊丁香也想辞职。

樊仲夏离退休的时间也不到一年，他再也不像以前一样觉得只有政府机关才是生存的空间，就像吴老汉一直认为农民应该本分地种地一样。

樊仲夏对于已经成家并且有了孩子的女儿不想再横加干涉，他默许了她的辞职。

“爸，我办完手续就带着远根回吴家坪去了。”

“去吧，你们一家人是要在一起的。”

在樊仲夏家里，一家四口坐在一起吃饭。

吴远根对外公说：“外公，我天天给你打电话，你可不许说烦哦。”

“好宝贝，我一定不会，就怕我给你打电话的时候，你说烦，那我怎么办？”

“我知道，外公会下不来台，爸爸就让外公下不来台。”

“这小子，比他爹强多了。”樊仲夏微笑着说。

“老樊啊，我还想去吴家坪呢，就怕你一个人没饭吃。”

“那我叫外卖好了，你们都被吴天明收买了。”樊仲夏故作不悦地说。

“好了好了，我现在不去，等你想去的时候我们就去，好不？”樊夫人像是在哄孩子一样。

“不行，明天丁香走的时候我们一起去看看。”樊仲夏突然说。

“你呀，老了老了，赶紧退休吧，想一出是一出的。”樊夫人调侃丈夫说。

“别说我老了，这是退休前综合征。”樊仲夏一本正经地说。

“听说过退休综合征，还没听说过退休前综合征。”樊夫人不屑地说。

“一回事，一回事嘛。”樊仲夏狡辩道。

樊丁香听见父母这样说，觉得他们是需要散散心了。

“那就明天和我一起去吧，等于把我送到婆家，好不好，爸，妈？”

樊丁香和吴远根一边一个拉着樊仲夏和卢月。

樊仲夏两口子看着女儿和外孙，无奈而又幸福地笑了。

在吴家坪那个制高点上，吴老汉和白家老婆子盘着腿坐着。

“老婆子，我们都活到这把年纪了，该看到的都看到了。”

“就是现在从这里一头栽下去，也没有遗憾了。”

“死老婆子，你说啥呢？好好活着。”

“我年轻守寡，你年轻丧妻，你说，我们怎么不能在一起呢？”

“你还记挂这事啊？再甭提了，甭提了。”

“你儿孙满堂，我有遗憾。”

“甭提了，我说你个老婆子甭提了好不好？”

“我不说了，你看看现在，地都让外国人种了，他们这不是侵略吧？我担心得很。”

“你不是一向开明的很吗？怎么现在和我以前一样了。”

“我就是想不通，越来越想不通了，坪上的娃娃们折腾，我能想得通，外国人折腾，我就是想不通。”

“外国人是给咱坪上的人打工来了，是坪上人雇的长工，这下你想通了吗？”

“哦，这下我想通了。可是狗剩他们对待长工也太好了，一个桌上吃饭，还毕恭毕敬的。”

“死老婆子，活到一百岁的时候你啥都就想通了，还是太年轻。”

“不远了，再有十年就一百岁了。”

“老婆子，你眼神好，你给我看看远处来了一辆车，是不是我重孙子回来了。”

“你是想重孙子想疯了，不过看着有点像。”

“现在的马路干净得很，黄土也没有卷起，车就到眼前了。”

“老东西，你洗澡了吗？”

“老婆子你洗了？”

“春霞帮我洗了，一辈子都没有洗过澡，洗完澡轻飘飘的，走路都轻了。”

“嗯，你成仙了。我不洗。”

“犟驴，你脏着舒服，我看你犟到啥时候。”

“太爷爷，太奶奶！”

“爷爷！”

就见樊丁香领着吴远根朝吴老汉他们走了过来，车停在不远处。

樊仲夏及其夫人卢月也从车上下来，朝他们走来。

“老人家，您身体还是那么硬朗啊！”樊仲夏热情地握住吴老汉的手，樊夫人也拉着白家老婆子的手。

“你们来了，快，快进屋去，来了就住几天，条件好了，再甭回去都行。”

“好好，等不了多久，我就回来常住，陪您聊天。”

“好好，太好了，赶紧回屋里去，我们走。”

“老人家，今天我们一路走来，感觉变化很大啊，光秃秃的山上都种满了树，过不了两年，这里不再是黄山黄土了，会变绿的。”

“对，对，政府都号召植树呢，政策好，还是政策好啊！”

“老人家，您也知道政策好吗？”

“狗剩天天给我灌输着呢，我不进步都不行。”吴老汉爽朗地笑着。

“爷爷，我和远根这次回来就不走了。”

“你也不当公家人了？”

“我当吴家人来了，不回去了。”

“我管不了你们了，你们都成大人了，孩子的娘了，管不了咯。”

“太爷爷，我天天陪着你不好吗？”吴远根说。

“好，还是好好念书的好，就是种地，也要把书念好！”

“你们听听，你爷爷现在进步得很，说话跟狗剩一样一样的。”白凤英笑着说。

“我们回去吧，爷爷。”樊丁香搀着爷爷说道。

“我走路还好得很，不要你搀。”吴老汉倔强地甩开樊丁香的手。

“哈哈，不错，老人家，就要有这样的精神，我们要向您学习呢。”

“学我，就来当农民。”吴老汉“哈哈”笑着，山羊胡子剧烈地抖动着。

一百三十一

吴天明带着岳父母一家正式参观了他的事业基地。从养殖场到合作社，一边走着，一边介绍着。

“天明，当初你要回来创业，我坚决阻止，你不怪我吧？”

“爸，看您说的，可怜天下父母心啊！”

“你能这样理解，我很感动。”

“爸，创业很难，这您是预料到的，是对我的爱护。”

“得付出多少努力，你很清楚，但是我还是低估了你的能力。”

“爸，我念了一趟农业大学，我不把它用在合适的地方，心里总是不甘心。”

“小子，这才是实话吧，待在机关里，英雄无用武之地了。”

“爸，养殖和深加工都是我的专业，有了技术，我才能游刃有余，大胆操作。”

“现在销路还好吗？”

“好得很。养殖场的销售一直是万晟在做，他昨天还给我反馈呢，无添加纯天然的绿色蛋品、奶品和肉食，已经扩销到了周边的省份。”

“你要一直保持这样的品质，决不能因为销量而做其他的手脚，这样会砸了吴家坪的牌子。”

“我懂的，爸，运输途中会有损耗，我打算搞真空包装。”

“嗯，合作社呢？还是三个人搞吗？”

“是的爸，我们各有所长，但还是我说了算。”

“跟外国人合作的怎么样？”

“很愉快，村民们把一部分地租给他们种，周边几个村子发展了不少，他们的地一部分自己种，一部分租给我或者外国人种。”

“他们没有影响到你吧？”

“没有，反而对我有很大的帮助，很多品种和技术方面他们很给力。”

“那就好，多学学法国人的制作方法是有好处的。”

“对，但是我们有土办法和土豆的品质，离开了这方水土，法国人是做不出来好东西的。”

“一方水土养一方人啊，天明，爸爸给你投个赞票。”

“爸，今年政府发动机关的人植树，一直承包到我们吴家坪了。”

“我看见了，一路走来，山坡上都种上了树，成活率应该不错。”

“是的，水上来了，及时浇水，成活率还不错。”

“天明，你有没有想过种果树？”

“爸，您还别说，吴家坪的土地非常适合种苹果树。这就是我没有让外国人承包吴家坪山头的原因。”

“哦？说说看，我很有兴趣。”

“爸，法国人把土豆叫‘鬼苹果’，而我打算，在吴家坪的山上，种上真正的天堂苹果。”

“好，这无形中又是吴家坪的一片春天。”

“苗树我都已经预订好了。郭成县有个育苗中心，我提供了这里的土壤检测报告和气候环境报告，他们会重视的。”

“天明，你做事情总是很稳妥，不打没准备的仗啊。”

“爸，我们输不起，要做，必须成功。”

“爸就是很欣赏你这一点。”

“呵呵，爸，您可从来没有表扬过我。”

“小子，被表扬的感觉挺好吗？”

“爸表扬我的感觉挺好！”

“越来越会说话了，有进步！”

“爸，您尝尝我们刚做的新品种，这个，蛋饼。”

樊仲夏掰了一小块，尝了尝说：“嗯，味道不错，这蛋是你养殖场的吗？”

“是的，纯粹放养的土鸡蛋。”

“味道就是纯，独特，保持本色吧。”

“还有我妈做的土豆沙拉，里面用的牛奶也是养殖场的。”

樊仲夏又尝了一块，赞不绝口：“和你妈做的一模一样，非常好吃！配方是你妈做的吧？”

“是我妈指导的，闫总工程师稍微调整了一下。”

“哈哈，你妈的专利可是卖过了的啊？小心。”

“嘿嘿，经过调整的，我们的这个可以真空包装，一百八十天不变质，我妈做的当天吃比较好。”

“这可是书本上学不来的啊！老外更是望尘莫及。”

“对，爸，这里的许多东西别人是没法弄的。”

工人们在车间忙忙碌碌的，樊仲夏由衷地说：“以前这样的生产场面只有大城市里才能看见，没想到在吴家坪都能实现。”

“是的，这位领导，我就是从省城来这里打工的。”旁边过来一个小伙子，端着一盆削了皮的土豆过来说道。

“我可不是什么领导，我是来长见识的。”樊仲夏笑着回答。

“天明啊，你这里的工人都来自各地吧？”

“大部分是本地的，外地的都是亲戚介绍过来的。”

“嗯，管理可不简单啊。”

“你不知道吧，我的发小郭彩云可是专门管人的，还管钱呢。”

“不错，不错，天明，你知人善用，比你爸强多了。”

翁婿两个的这一顿畅谈，让他们的心走得更近了。

当他们参观到最后，站在吴家坪的制高点上的时候，已经是傍晚时分了。

新一季的农作物在红沿河水的灌溉下茁壮地成长着，远处的天渐渐地黑了过来，有些阴云弥漫着。下面的地里绿油油的，散发着蓬勃的生机。有的山腰上梯田缠绕，有的山腰上树苗茁壮。它们都在预示着吴家坪的春天越来越灿烂。

吴天明对岳父说：“爸，今晚可能要下一场透雨，农作物要畅饮一次了。”

“是啊，我看见有的地方除了大面积的土豆、小麦、玉米外你还种了经济作物和蔬菜，是不是？”

“是的，要合理搭配种植，这不但考虑生活的需要，也要考虑到土地的需要，不同的农作物需要汲取土地的养分不同。”

“这个你在行，我可是个门外汉。”樊仲夏看着远方说道。

“爸，你有没有想过退休后在这里干一些事情。”

“我能干什么？你岳母说要回来掺和你妈的农家乐呢。”

“你可以给我做顾问，你有人脉。”吴天明说。

“小子，不但聪明，还机灵。我是这样想的呢。”

“你想到什么了，爸？”

“我退休了，建个别墅来养老！”

“呵呵呵，爸真是有想法，我支持！”

“怎么样？我要不建个养老院？肯定不错！”

“爸，您的这个想法真的很厉害！”

“比你怎么样？在养老院里，你爷爷这样的，活到一百岁没有问题。”

“哈哈哈，爸，您的那些老朋友都来吴家坪相聚！”

“对，天明，我就是这样想的。”

一百三十一

晚上一大家子在刘春霞的农家乐里聚餐，好不热闹。

卢月对刘春霞说："亲家，没想到你真的干上农家乐了。"

"还不是你的主意吗？怎么，退休了想来吗？"

"怎么不想来，老樊还有一年，你再坚持一年。"

"丁香和孩子都回来，剩你们老两口了，孤单了周末就过来。"

"会的，我要提前进入状态。"

"索性把省城的房子卖了，住过来算了。"

"老樊也是这么说的，要建个别墅，我们都住进去。"

"早些人家外国人还说呢，说天明是庄园主，老樊要是建个别墅，真就变成庄园主了。"

李美芳看她们两亲家聊得起劲，说道："彩云她妈，你听听她们两个聊的，到时候咱们也建个别墅，比一比。"

"对，我们也是两亲家，比一比。"

三个女人一台戏，这四个女人，都能演两场戏了。

吴建仁的腿基本恢复了，甩了双拐，一天不是在农家乐帮着招呼客人，就是在养殖场里监工。现在， 领着孙子忙前忙后，摆弄桌椅和碗筷，很快，一桌丰盛的农家风味饭菜摆上了桌。

凉棚已经被改建成好多隔间，天天都是客人爆满，生意好得不得了。当然了，他们是今天其中的一桌。

白凤英俨然成了老吴头家的一员，她和吴老汉坐在上座。

左右依次是吴建仁两口子、樊仲夏两口子、吴天明两口子和吴远根。

吴老汉数了数人数说："我观察了一下，来这里吃饭的人总是十个人一桌，我们少了一个。"

白凤英也说："就是，你再有个重孙女就凑齐了。"

吴老汉看着吴天明问道："行吗？"

没想到樊丁香说："行呢，爷爷，我会努力的。"

高兴得吴老汉不知说啥好："吃饭，吃饭，孙子媳妇应该多吃。"

"多吃土豆精神好，还长寿，是不是？天明？"丈母娘卢月问女婿。

"是的，妈，还减肥美容呢。"

"哦，怪不得吴家坪看不见一个胖人，看不见一个长得丑的。"

"这个见解逐渐被人认可了，所以我们的土豆销到了全国。"

"不是有出口的吗？"樊仲夏问道。

"出口的是加工的产品，土豆作为原材料和蔬菜，还没有出口过呢。"吴天明说道。

"出口是什么意思，狗剩？"吴老汉问道。

"太爷爷，出口就是卖给外国人。"吴远根吃了一口土豆丝说。

"那不是这里有外国人在买吗？"

"不是的，是要我们卖到国外去。"丁香说。

"那拉来拉去的，都碰坏了，得捣多少道手续？"

"所以啊，价格就高了。爷爷，您没看电视上讲吗？"

"看了，很远很远的一个超市，摆着'吴家坪土豆'，五块钱一斤，贵啊！"

"这还算是便宜的，不贵！"樊仲夏说。

"没想到啊，没想到，小土豆，大市场。"吴老汉说。

"你们听我爷爷，现在说话一套一套的。"

"今天忘吃药了，痴呆了，不要笑话我。"吴老汉对自己的老年痴呆已有认可，自嘲道。

吃完饭后，刘春霞安排亲家两口子在新建的客房里休息。

她说："亲家，你们看看，天明给你们把房子都建好了，只要你们回来，这房子永远都是你们的。"

"是啊，现在条件好了，记得我们第一次来的时候，住大窑洞里，晚上就怕塌下来怎么办？"卢月不无担忧地说。

"那不是还好好得没有塌吗？"刘春霞笑道。

"它不会塌下来的，多年的烟火气已经尘封了它塌陷的欲望。"樊仲夏说了一句很文艺的话。

刘春霞问道："你在说什么？亲家公，我怎么听不懂。"

卢月说："他胡说呢，你别介意。"

刘春霞隐隐地觉得，亲家公这话似乎是冲着她说的。因为刘春霞是一个来自外地的女人，在吴家坪落脚，生根，已经四十年了，她已经离不开吴家坪这块土地了。

樊仲夏看刘春霞似懂非懂的样子，笑了："亲家母，我在说这三孔老窑呢，结实得很，烟熏火燎的一百多年了，都成文物了。"

"哎呀，亲家公，您还别说，上个月县文物局的人来了，不让我们拆窑，说是公共财产。"刘春霞像是突然想起了似的说道。

"哦？还真有这回事？让我说中了。"樊仲夏为自己无意中的一句话感到自豪。

"亲家，真的吗？"卢月忙问。

"你没看见吗？中间那孔老窑门框上贴了匾额的。"刘春霞解释说。

"真的？那我们敢进去不？"

"政府说了，以后修缮都是公家出钱，我们居住就行了，不能动土。"

"还有这样的事？"卢月追问。

"来农家乐吃饭的人，还有远处来的，参观老窑呢。"

"这天下之大，无奇不有啊，连老窑都有人参观。"卢月惊奇地说道。

"那你们以后可以收费了。"樊仲夏说。

"这个目前还没有。亲家，你们休息吧，被褥都是我新准备的。"刘春霞收拾完就出门去了。

在客房对面的新瓦房里，樊丁香已经安排儿子睡着了。

吴远根每次来吴家坪，真是回到了老家，无拘无束地到处疯跑，就像吴天明小时候那样，翻山越岭不在话下。一到天黑，吃了晚饭，浓浓的倦意让这个孩子倒头就睡。

樊丁香洗完澡上了床，等着吴天明的到来。

吴天明例行着每天的工作，翻完了养殖场的台账记录，再去现场进行简单的查看。然后去合作社的车间逐一检查，听伏辉娃和刘小舟他们汇报一下当天的情况。给值夜班的班组长和工人们打个招呼，才能回家休息。

他怕惊动睡着的儿子，悄悄地摸进卫生间去洗澡。

樊丁香在外面问道："你不开灯，偷偷摸摸得像个贼。"

"你还没睡？我怕吵醒你们，你等我呢？"

"狗剩，你个工作狂。"樊丁香在床上嗔怪丈夫。

"等会儿让你再见识一下我的工作狂，看看能狂出个什么名堂来。"吴天明一边洗澡一边说。

吴天明以最快的速度洗完自己，潜入樊丁香的被子里面。

“你今天给爷爷答应了什么？”吴天明坏坏地问道。

“我答应了什么？”樊丁香一时被问住了。

“嘘！不要出声。”吴天明神秘地说。

他已经吻住了樊丁香的嘴巴，恣意地享受这来自大都市的味道。

吴家坪的天空滴着雨滴，打在丁香的心里，轻盈、欢快。顺着丁香的眉目、颈部，一直往下流动着水珠，所到之处，无不战栗着、膨胀着，就像一支舞蹈，演练了、彩排了、上演了。

“天明，我太想你了。”

“丁香，我一直在等你回来，这个家，你还满意吗？”

“天明，你答应过我的，都实现了。”

“我说到做到，这个卧房，和咱城里的楼房一样。”

“天明，你在做什么？”

“我在帮你实现爷爷的愿望。”

“我好喜欢坏坏的你，狗剩。”

“不要出声，小小狗剩就要来找妈妈了。”

樊丁香沉醉着，没有出声，她只听见外面的雨声越来越大，像是打在什么上面“嘣嘣”地响。

“我在窗前种了丁香树。”

“我没发现。”

“你听，它在说话。”

“狗剩，你是个骑士，是个英雄。”

“我是一只饥饿的老虎，丁香。”

“天明！”

“别说话，丁香，我要带着你飞了，飞到吴家坪的上空。”

他带着她，久久地徘徊在那三孔老窑的上空，徘徊在养殖场的上空，徘徊在合作社的上空，徘徊在吴家坪广阔的田野里。

风声、雨声，田野里即将成熟的麦子，和土地里深沉的土豆，还有红沿河引来的渠水组成了《科罗拉多之夜》，组成了《莫扎特小夜曲》，还组成了《吴家坪的夜》……终于，雨停了，“叮咚、叮咚”的声音，是云朵不舍的脚步。

“丁香，你后悔吗？”天明把头放在樊丁香的颈窝，亲昵地问道。

“后悔什么？”

“后悔辞职，来当农民。”

“如果这辈子不当一回农民，我才后悔呢。”

“你是我上辈子修来的。”

“那你呢？是我求来的。”樊丁香抚摸着吴天明结实的胸肌和厚实的脊背。

“丁香，这个家的窗帘、地板、床和被褥、枕头，都是你亲自选的，你没来的时候，我一个人躺在这里，你知道我想什么了吗？”

“你想什么了？不是每天晚上都视频给我说呢吗？”

“还有没说的。”

“你瞒着我干什么了？”

“丁香！”吴天明说着眼圈红了，他一直对和柳絮的那个晚上耿耿于怀，一直想对丁香坦诚。

“不要说了，如果觉得不好启齿，就不要说了，把它洗掉！”

“好丁香！”吴天明久久地亲着怀里的女子。

一百三十二

樊仲夏和卢月经过一晚上的休息，早上起来神清气爽，精神百倍。他们有晨练的习惯，两个人在吴家坪的村道上慢跑着，一直跑到了那道梁。

伏辉娃和妻子刘敏正好也在锻炼，他们相遇在那个吴家坪的制高点。

“樊局长，早啊！”

“早！伏总。”

刘敏和卢月也打了招呼，两个人走进了农田。

“刘敏，你来吴家坪后悔了吗？”

“阿姨，后悔什么？辉娃是个好小伙，我跟着他很幸福。”

“你们这些孩子啊，我也是搞不懂，爱情真的很重要吗？”

“法国人说，爱情和土豆一样宝贵。”刘敏温柔地说。

“你们这几个孩子，常和法国人打交道，学了不少。”

“是啊，阿姨，文化交流。”

“带阿姨看看这田野的风光吧。”

在梁上，樊仲夏和伏辉娃也在聊着。

“辉娃，你们一下子种这么多的地，得花很大的成本吧？”

“樊局长，再大的成本都值得的，我们会挣回来的。”

“这个我相信，只要你们几个想法一致，最怕的是不信任。”

“呵呵，也是，我在那边的墓园没有放弃，时不时还得过去，我和天明是从小一起长大的，交心的发小。”

“吴家坪的后生厉害着呢，叔叔我很佩服，我佩服我的女婿。”

“叔叔，我知道你担心什么？怕我们搞失败了，赔了，对不？”

“嗯，做长辈的就怕你们没有想过后路，这也是人之常情嘛。”

“叔叔，您想的对，我们都是买了保险的。”

“种地、养殖、深加工，都买了保险？”

“不止这些，连农家乐的饭菜都买了保险。”

“孩子们，想得周到啊，即使失败了，也有保险公司赔偿，叔叔彻底服了你们了。”

“叔叔，您退休了可以考虑来加入我们。”

“你们欢迎我吗？”

“当然欢迎了。”

“看你婶子和刘敏走得远了，我们也过去吧。”

一片湿润的田野里，麦穗上、玉米叶子上、土豆秧苗上，还停留着昨晚上的水珠。刚刚冒花的阳光照着水珠，就像一面面吴家坪上的小镜子。经过硬化的水渠两边，有蜗牛不时地蜿蜒着。水渠里的小青蛙跳来跳去，大蝌蚪静静地等待着蜕变。蝴蝶结成伴儿在田间地头游戏、追逐。

他们在田埂上边聊边走，回头望望刚才站过的地方，吴老汉和伏老汉也在那里瞭望了。

“那是我孙子和孙子媳妇吧，还有你孙子的丈人两口子？”

“好像是，老伏头，你眼神咋比我好呢？”

“你比我年轻，眼神没我好。”伏老汉坏笑着。

“你说，他们在干啥？”

“城里人见啥都稀罕，不知道他们在干啥？”

“你吃药了吗？”吴老汉突然换了个话题。

“我忘吃药了。”

“吃了药，你就知道他们在干啥了。”伏老汉一听这话才明白，原来吴老汉在编排着骂他呢！

“那你吃了？”伏老汉反问。

“对了，我好像吃了两遍。”吴老汉呆呆地说。

“老东西，你是吃错药了。”

“老伏头，我们两个找孙子去要个工作干。”

“我们两个？干什么？”

“他们说干什么我们就去干什么，发工资就行。”

“哈哈哈，老东西，不要命了，钻钱眼里去。”

“没跟你开玩笑，再不干点活，就废了。”

“回去吃药去了，不和你说了。”伏老汉说完就扭头走了。

“这个老东西，说走就走，等等我。”

一百三十三

樊丁香被吴天明安排在合作社的销售部门，樊丁香欣然接受。当她了解到合作社的销售形式还滞留在线下销售的时候，她想到了另一个策略。

她对郭彩云和刘敏说："你们试过网上销售吗？"

"这个还真没有想过，没有人操作过这个。"

"我想试试。"

"那得一天 24 小时有人在电脑边待着，懂电脑的人也不多。"

"我们可以招聘啊，现在年轻人没有就业的很多。"

"这个想法不错，招两三个客服就够了。"

"是的，开个网店，把我们的商品拍照发出去。"

"嗯，行，说干就干，丁香，你说怎么干，我们听你的。"

"哈哈，你们三个女人在演戏吗？"刘小舟过来问道。

"小舟，刚才丁香姐说我们可以开个网店。"彩云说道。

"嗯，想法时尚，到底是城里人，见过大世面啊。"刘小舟夸着樊丁香。

"什么啊，我还不是经常网购得来的经验。"樊丁香不好意思起来，"我加入你们行列，得出点力不是？"

"嫂子，我们早就巴不得你回来呢，这样天明就安心了。"

"怎么，他不安心吗？"

"他有时候想你和儿子，就发呆了，只拼命地干工作。"刘小舟说。

"怪不得他都瘦成那样了，原来是累的啊？"

"是想你想的。"郭彩云说。

"现在好了，丁香来了，我们都齐了。"刘敏说。

"说说吧，嫂子，网店怎么个弄法？"刘小舟问道。

"快递公司这里有几个啊？"樊丁香问道。

"好几个呢，你想和谁合作，我们当时就可以联系。"

"那太好了，事情就变得简单了。"

"客服还招不招了？"彩云问。

"招吧，其他人还有自己的工作，不然的话手机就可以搞定的事情。"

"是的，得有专人负责，还得配合库房。"刘小舟说。

"嘿，到底是内行，这一条龙的网络销售不比实体销售工作量少，说不定会应接不暇呢。"

"我们要不要开个会呢？吴总和伏总还没有同意。"郭彩云说。

"我做主了，简单的问题简单来，两个嫂子都同意了，他们敢不同意？"刘小舟拍拍胸脯。

四个人一拍巴掌，这事就成了。

做一个网店，也就半个小时不到的工夫，当他们把各类产品和价格往网店里一放，立即有无数的顾客在咨询。

“是吴家坪的土豆产品吗？”

“真的是吴家坪的吗？”

“吴家坪也有网店吗？”

“我是老顾客了，网上是不是可以优惠呢？”

“我一直听说吴家坪的绿色食品，要的少不便于去买，网上买的少可以吗？”

……

顿时，订单雪花般地飞来了。

网店刚刚成立不到半天，销量就赶上他们平时一个月的了。

快递员在吴家坪上上下下忙忙地跑着。

这下吴老汉又不懂了，他看着快递员像陀螺一样旋转，眼睛都花了。

伏老汉问：“你还去找工作吗？他们在招人呢。”

“真的吗？我们两个行不行？”

“他们要招网上卖土豆的，叫什么客服？”

“客服是干什么的？”

“就是卖东西的小二。”

“这个行，我行！”吴老汉觉得自己终于有工作可干了。

“你行个屁，你懂电脑吗？你会玩手机吗？你会算账吗？”

“老伏头，你最近是吃了枪药了吗？还是长学问了，说的这些话我怎么听不懂了？”

“你不懂了吧？我家伏蛋蛋天天给我教呢！”

“那我也回去让远根给我教教。”

“等你学会了，顾客都跑完了。”

“老伏头，我觉得你比我进步，你懂得太多了，我服你。”

“老吴头，你这是第一次服我吧？”伏老汉问道。

“唉，其实我一直很服你，就是嘴上没说过。”

“算了，学也学不会，我们过去帮忙往那些人的车上放东西，总行吧？”伏老汉建议道。

“我不去，我不懂，丢人得很。”吴老汉的犟病又犯了。

直到晚上回来，吴天明才知道樊丁香在搞网上销售。

“丁香，你有这个想法怎么不先告诉我？直接就上了？”

“我不是刚来吗？就要给你个惊喜啊。”

“好老婆，真厉害！”

“怎么奖励我呢？”

“唯一的办法就是加大生产力度。”

“是要加大，我再给你个建议。”

“什么建议？你来了我的问题就来了。”

“车间里上岗的人员应该有劳动保护津贴。”

“你在给我提意见？行，你这样一搞网络销售，资金就更活了，这些都没有问题，我还要给他们买养老保险呢。”吴天明还说，“丁香，我怎么早没有发现你这个销售人才呢？”

“还不是我网购时间长了，自然就想到了。”

“败家败出的招式，哈哈。”

“还有个事给你说一声。”

“什么事？大吗？”

“太大了，我在网上钓到一个大客户。”

“网上恐怕都是零星销售吧？能有大客户？”

“一个荷兰的，要预定三年的加工产品，就是你那种什么粉？”

“土豆全粉还是土豆淀粉？”

“对，全粉，他预定三年的。”

“天哪，我的宝贝，我还要准备出口呢，你这就搞定了？”

“他把钱都打过来了。”

“丁香，你胆子真大。给伏总报告了吗？”

“他知道了，已经纳入生产计划了。”

“这下有我们忙的了，这网络销售了不得啊。”

“当然了，你知道双十一网上销售和实体店销售的比例吗？”

“听说过。”

“说出来吓死人呢。”

“丁香啊，按照这个趋势，吴家坪的土豆根本不够。”

"那就扩大生产啊，周边的村子都可以，还有郭成县呢。"

"丁香，我现在就想奖励你。"

吴天明说着一伸手揽住樊丁香，把她摆在了床上，随即自己俯身上去，轻轻地爱抚着。

"丁香，我们的春天又来了吗？"

"春天来了，我们就再也不分开了。"樊丁香喃喃地说。

"开花，散叶，我要在这里扎根。"

"天明，你欠我的婚礼呢？"

"办，在吴家坪举行一次西式婚礼！"

"在吴家坪？会有西式婚礼？"

"我把省城的婚庆公司请来，专门为我们策划。"

"天明，我爱你！"

两个已经有了三岁儿子的人，像是才要结婚一样，种种柔情立刻充满了吴家坪的夜。

一百三十四

这一天是"剩福云农业合作社"给大家发工资的日子。每个月的十五号准时发工资，这已经成了约定俗成的事情。

当每个人领到自己工资的时候，竟然发现都不同金额地多了那么几百块钱。

工人们纷纷议论："这是怎么了？我比上个月多了我二百元。"

"我也是啊，比上个月多了三百。"

"对对，我也多了五百。"

"怎么搞的，我这个月请假了，竟然工资发全了。"

“不会是郭彩云算错了吧？”

“是把钱装错了吗？”

“要不就是奖金。”

“是奖金也没提前给我们说啊？”

“合作社这几个月的销量不断增加，是奖金没错。”

“听说是吴总的老婆樊丁香来了，搞起了网络销售。”

“对，网络销售的销量一个月比咱一年的都多，应该是奖金。”

……

工人们纷纷议论着，坐在办公室的樊丁香和郭彩云、刘敏脸上洋溢着自信的微笑。

“照这个趋势下去，我们要调整工资了。”

“是的，只要大家齐心协力好好生产，涨工资势在必行。”

“关键是质量，一定要保质保量，不能偷工减料。”

“男人们在前方冲锋陷阵，我们在后方要持好家。”

“这是一定的，我们三个都和吴家坪有缘啊。”

“也许是我们上辈子都欠吴家坪的，呵呵。”

“对了，彩云、刘敏，我和天明打算补办婚礼。”

“你们没有办过婚礼吗？”刘敏问。

“办过啊，就在吴家坪，没有办过像你那样的婚礼。”丁香对刘敏说。

“我和小舟结婚比你们都早，还是在外地。”彩云笑着说。

“是啊，你和小舟年龄最小，孩子却最大，都两个了。”樊丁香说。

“那你的意思呢？”郭彩云问道。

“我又怀孕了。”樊丁香说。

“真的，那恭喜你了。婚礼怎么补办，说，我们帮你。”

“其实也就是结婚纪念吧，说婚礼也行，反正他狗剩说一直欠我的，都两个孩子了才兑现呢。”

“我们可以做什么呢？”

“你们两个，给我做伴娘！”

“哈哈，太好了，那就这么说定了。”彩云高兴地说。

“还有呢，四个小孩，我的伏蛋蛋，彩云的开心、开颜和你家远根，当花童，都把他们打扮起来。”刘敏建议。

“嗯，就这么办，太好了！”

吴天明、伏辉娃和刘小舟三个一起，还亲自为白凤英、黄翠芳等“五保户”人家送去了米、面、油和生活用品。

白凤英激动地握着吴天明的手说：“狗剩啊，好孩子，你给咱坪上的人办了好事。”

“奶奶，应该的，只要您长命百岁，好日子还在后头呢。”

“我看到了从来没有见过的好日子，知足了。”白凤英说道，“我每天吃的、喝的都在你妈的农家乐里，就不要送这些东西过来了，我一个老婆子又做不来。”

“奶奶，这是我们合作社的心意，您就收下吧。”

“好好，奶奶收下，奶奶收下。”

吴天明又掏出一个信封塞进白凤英的手里说：“这是给您的零花钱，您拿着买些喜欢的东西。”

白凤英打开信封一看：“这么多钱，奶奶我活了一辈子了也没见过这么多钱，狗剩啊，奶奶算是享福了。”

“奶奶，您好好活着，好好看着咱坪上，会一天天好起来。”

他们见到黄翠芳的时候，她正在家里洗衣服。

看见吴天明他们进来，她立即把他们让进了上房：“狗剩，辉娃，小舟，你们想喝啥茶？婶婶给你们泡。”

“不喝了，婶，我们给您带了来生活用品，就走。”

“急什么呢？现在咱有的是水，还怕喝没了吗？”

黄翠芳说完麻利地沏好了茶，给每个人端了一杯。

“狗剩啊，我一个人也吃不了那么多，再说了你种的地都给我分过了，钱呀粮呀都分了。”

“婶，这个和种您家的地没有关系，是合作社给大家的福利。”

“你们干得好，干得红火，婶看着也高兴，还给我们发福利。”

“对呀，咱合作社是咱吴家坪的合作社，有钱了大家一起享用啊。”伏辉娃说道。

“你们三个都是我看着长大的，没想到成了咱坪上最有出息的后生了，婶高兴。”

吴天明掏出信封给黄翠芳说：“婶，这是您给我的那张卡的分红，彩云算好的，我给您带来了。”

“还有婶，这是合作社给您的一点心意，您也收下。”刘小舟也拿着个信封给黄翠芳。

“孩子们，你们一下子给我这么多东西，让我怎么弄啊，我一个人，吃不了，花不了的。”

“婶，我们应该做的，您就进城去消费一次。”伏辉娃笑着说。

“就是，婶，您拿着钱去城里花，买衣服买喜欢的东西。”吴天明也说。

“婶老了，穿啥也不好看了。”黄翠芳说，“我买些生活用品去看看你们三爸去，告诉他你们干得很好，让他放心。”

“婶，三爸在那里好吗？”吴天明问道。

“好得很，他改造呢，现在不迷信了，学到了很多新东西。”

“那就代我们问他好！”吴天明、伏辉娃和刘小舟三个同时对黄翠芳说道。

“好好好，我一定把你们的话带到。”

慰问完了村里的一些老人和需要慰问的其他人，三个人来到了合作社。

吴天明说：“我想麻烦二位一件事情。”

“什么事呢？天明，对于我们两个，不要说麻烦，有事您说话。”刘小舟调皮地说。

“我和丁香要在吴家坪办一场西式婚礼，这是我欠她的。”

“这是好事啊，兄弟们一定尽心尽力。”

“婚庆公司我已经谈好了，是万晟在省城找的，不日便到。”

“那我们？”伏辉娃问道。

“你们两个，给我做伴郎！”

“哈哈，这是好差事，一定以最好的状态出现。”

“对了，要的就是你们这句话。”

“我们三个一起创业，一开始我没有想到，你们真给力！”吴天明感慨地说道。

“就是我们两个没有读多少书，还不是靠你掌舵呢！”伏辉娃说。

“我们三个各尽其才，是最好的组合！”

一百三十五

三个月后，吴家坪迎来了新一年的丰收。

网络销售取得了空前的成绩，吴天明扩大了土豆的种植。

吴天明的岳父樊仲夏申请了提前几个月的退休，和岳母卢月一起，正式来到了吴家坪。他们还带来了婚庆公司，要为女儿女婿在吴家坪办一场西式婚礼。

吴老汉就不明白了，这孩子都几岁了，还办什么婚礼呢？

白凤英说："现在的年轻人，我们不懂，西式的婚礼就是穿着白色的衣服，不知道怎么想的。"

吴老汉站出来反对，他说："我这活得好好的，打算活到一百岁呢，你们倒穿起孝服来了，真是不孝啊！"

伏老汉揪住吴老汉的衣袖，把他从人堆里拉出来，训斥道："你这个老糊涂啊，人家那是纯洁干净的意思，怎么啥事都要扯上你呢？"

吴老汉又对白凤英说："是我老糊涂了还是你老糊涂了？怎么也看不出来结婚穿白色的衣服是好事呢？"

"唉，老头子，我算是看明白了，不懂就装着吧，反正不是坏事。"

"爷爷，你不知道，丁香怀了你的重孙女，你不高兴吗？"吴天明听见他们议论，小跑着过来说。

"真的吗？这可是大喜事呢，你们听听吧。"

"那我们办个结婚纪念吧，也不叫婚礼了，爷爷。"丁香也过来说。

"办，办，你们办啥都行，我重孙子高兴就好。"吴老汉高兴得嘴巴都已经合不上了。

吴建仁和妻子刘春霞积极地筹备着儿子的婚礼，他们做梦也没想到儿子和儿媳妇会有这样离奇的想法。不管怎么样，这样的喜事经常有更好。

农家乐的大院子里搭起了宽大的舞台，正值天高气爽的一天，阳光正好，风轻云淡，吴家坪像是过节一样。

婚庆公司的人着装整齐，专业而又热情。两排身着大红服饰的音乐演奏者们，吹着舒缓悠扬的开场曲。

一条大红地毯沿着三孔老窑门口，一直铺到大舞台。

首先入场的是请来的主持人，他严肃庄重。

吴天明穿着西式的婚服，由伴郎伏辉娃、刘小舟陪着，站在主持人的旁边等待着自己的新娘。

接着乐师们奏响了婚礼进行曲，伴随着婚礼进行曲，新娘樊丁香，身着美丽的白色婚纱礼服，由父亲樊仲夏用手挽着，由伴娘刘敏、郭彩云陪着，一步步走向吴天明。

樊丁香的身后，长长的婚纱拖尾由刘开心、刘开颜、伏蛋蛋和吴远根四个孩子分别拉着。三个个小男孩也是西装领带，刘开颜也穿着小白纱裙，就像四个小天使一样。伴着舒缓的乐曲，他们缓缓地走上红地毯。

樊仲夏亲手将女儿交给女婿。

司仪严肃地进行了婚礼流程后，樊丁香和吴天明紧紧地抱在了一起，深深地吻着。接着，吴天明深情地说道："亲爱的丁香，虽然我们结婚五年了，但是，我一直没有给你一个你心中的婚礼。

"我不是一个好丈夫。直到今天，我用我自己的方式，给了你一个你想要的婚礼。

"我感谢我的爷爷，感谢我的父母，养育了我，供我上了大学，才让我遇到了丁香，并且爱上了她。

"我感谢我的岳父岳母，是你们，给了我这么好的妻子。

"从此，我会用我的一生去爱她，疼她，保护她，让她过上幸福的生活，我保证！

"丁香，我爱你！在我们第二个孩子来临的时候，补办了这个迟到的婚礼。

"但是爱，从来没有迟到！

"只要有爱，每天都是好日子，只要有温暖，每天都是春天。"

樊丁香也表达了自己对吴天明的爱，对吴家坪的热爱。

她说："这一生，任何时候举行这个仪式都不算迟，因为有爱。

"我和天明是大学同学，一路走来，我们聚少离多。

"我爱吴天明，我也爱吴家坪。

"是吴家坪这块热情的土地，养育了我的爱人，我感谢吴家坪的父老乡亲们，感谢我的爷爷，感谢我的公公婆婆。

"是你们，给了我这样好的一个老公。

“我爱你们！”

农家乐大院里的宾客席上，坐满了合作社的员工们和吴家坪的父老乡亲们，他们用非常热烈的掌声表达着自己的心声。

吴天明和樊丁香，面朝两对父母深深地弯下了腰。

这一刻是幸福的一刻，这一生将是幸福的一生。

当话筒传到主持人手里的时候，主持人动情地说道：“在我的婚礼主持生涯中，这是第一次在一个乡村主持西式婚礼。

“首先我很感动，为今天男主人公创业的执着，为女主人公痴情的追随。

“也为吴家坪能有这样的后人感到骄傲。

“能把城市搬到乡村，能把乡村融进城市，是我们这一代人的自豪。努力中，我们不自觉地会发现，城乡的距离在不断地缩小。

“是你们的真诚打动了我，是你们的热情感染着我，昔日贫穷落后、黄土朝天的吴家坪，今日是一片生机，是一个美丽乡村。

“在不久的将来，这里将是集养殖、种植为一体的现代化产业基地，一块神奇的东方绿洲。

“我相信，会有更多的吴天明涌现出来，会有更多的像吴家坪一样的乡村出现在中华大地。

“老百姓的日子渐渐富裕了起来，俗话说得好，没有做不到，只有想不到。

“最后，我祝吴家坪的父老乡亲们健康长寿，祝幸福的时刻永存，祝吴家坪四季如春。”

话音刚落，无数姹紫嫣红的花朵朝着台上的吴天明和樊丁香撒了下来，犹如灿烂的春天，久久地开在吴家坪的上空。

吴老汉从席间溜了出去，沿着干净的硬化道路走着，此刻的他头脑十分清醒。他依旧站在吴家坪的制高点上，抬头看了看天，低头看了看绿油油的土地，然后甩掉右手的拐杖，扔掉左手的旱烟杆子，直起腰杆对着远处美美地吼了一嗓子……

完

2019.5.30